宁夏文艺评论

2016年卷

杨　梓◎主编

黄河出版传媒集团
宁夏人民出版社

图书在版编目（CIP）数据

宁夏文艺评论.2016年卷 / 杨梓主编. — 银川：宁夏
人民出版社,2016.12
ISBN 978-7-227-06548-7

Ⅰ.①宁… Ⅱ.①杨… Ⅲ.①文艺评论—宁夏—
当代—文集 Ⅳ.①I209.943-53

中国版本图书馆 CIP 数据核字（2016）第 313903 号

宁夏文艺评论　2016 年卷 　　　　　　杨 梓 主编

责任编辑　陈　晶
封面设计　黄河浪
责任印制　肖　艳

 黄河出版传媒集团 出版发行
宁夏人民出版社

出 版 人　王杨宝
地　　址　宁夏银川市北京东路 139 号出版大厦（750001）
网　　址　http://www.nxpph.com　　　　http://www.yrpubm.com
网上书店　http://shop126547358.taobao.com　http://www.hh-book.com
电子信箱　nxrmcbs@126.com　　　　renminshe@yrpubm.com
邮购电话　0951-5019391　　5052104
经　　销　全国新华书店
印刷装订　宁夏精捷彩色印务有限公司
印刷委托书号　（宁）0003861

开本　787 mm×1092 mm　　1/16
印张　23　　　　　字数　520 千字
版次　2016 年 12 月第 1 版
印次　2016 年 12 月第 1 次印刷
书号　ISBN　978-7-227-06548-7
定价　55.00 元

序:长风破浪清激浊

郑歌平

塞上江南，鱼米之乡，天蓝水清，人杰地灵。在六盘山与贺兰山之间的大地上，黄河浩荡，奔流不息——黄河文化、农耕文化、游牧文化、西夏文化、回族文化等相互碰撞、相互交流、相互融会，使塞上及宁夏的文学艺术呈现出思想性艺术性俱佳、地域和民族特色独具、雄浑与典雅并存的繁荣景象。

宁夏回族自治区成立后，尤其是改革开放以来，在自治区党委和政府的正确领导下，宁夏发生了翻天覆地的巨变。半个多世纪以来，宁夏文联牢牢把握"高举旗帜、围绕大局、服务人民、改革创新"的总要求，坚持"二为"方向 、"双百"方针，以"出人才、出作品"为中心，团结引导全区广大文学艺术工作者，深入生活、抒写人民、勇于实践、努力耕耘，创作出一大批优秀的文学艺术作品。宁夏文学艺术伴随着自治区的发展而繁荣，枝叶繁茂，硕果累累，已成为对外宣传宁夏的一个明亮窗口，引人关注的一张精彩名片。

然而，对宁夏优秀文艺作品的评论明显滞后，文艺评论人才也出现了青黄不接的现象。而文艺评论机构和阵地的缺乏，长期以来成为宁夏文艺事业发展的瓶颈，严重影响宁夏文艺事业的繁荣发展。

习近平总书记《在文艺工作座谈会上的讲话》中指出："要高度重视和切实加强文艺评论工作。文艺批评是文艺创作的一面镜子、一剂良药，是引导创作、多出精品、提高审美、引领风尚的重要力量。""要以马克思主义文艺理论为指导，继承创新中国古代文艺批评理论优秀遗产，批判借鉴现代西方文艺理论，打磨好批评这把'利器'，把好文艺批评的方向盘，运用历史的、人民的、艺术的、美学的观点评判和鉴赏作品，在艺术质量和水平上敢于实事求是，对各种不良文艺作品、现象、思潮敢于表明态度，在大是大非问题上敢于表明立场，倡导说真话、讲道理，营造开展文艺批评的良好氛围。"

《中共中央关于繁荣发展社会主义文艺的意见》首次对文联的职能作出了新定位，从"联络、协调、服务"六字基本职能扩充到"团结引导、联络协调、服务管理、自律维权"十六字职能，而且十分鲜明地强调要在行业建设中发挥主导作用，这是一个重大的理论创新、实践创新和制度创新。而在"引导"方面，就是要加强文艺评论工作，对文艺作品、文艺活动、文艺现象作出价值判断，为优秀作品鼓呼，为优秀人才仗言。同时，文艺评论引导人民群众甄别美丑，潜移默化地影响民众的价值判断和审美追求，树立中国特色社会主义共同理想和正确的世界观、价值观、人生观，不断增强社会主义先进文化的吸引力和感召力。

加强文艺评论工作，根本在人才。针对宁夏文艺评论人才不足的严峻现状，宁夏文联高度重视，支持宁夏文学艺术院于2014年举办了第二期文艺（评论）研修班，面向全区招收有志于文艺评论的青年才俊27名，邀请中国文联的专家和我区的评论家授课，进行了为期5天的封闭式研修；并纳入文艺院的考核管理体系，每年公布学员的创作情况，对成绩突出的学员予以奖励。举办研修班的方式就是紧紧抓住人才，为宁夏的文艺人才提供一个新起点，让他们自此走上"只能快，不能慢，更不能靠边站"的文艺创作高速公路。

加强文艺评论工作，关键在阵地。2014年12月，宁夏文联针对文艺评论园地缺乏的现状，支持宁夏文学艺术院编辑，以《朔方》增刊的形式推出一期"文艺评论专号"。这是宁夏第一次公开出版的文艺评论专号，其中推出两位年轻评论家的个人评论作品专辑也属首次，得到文艺评论界的广泛好评。为了贯彻落实习近平总书记《在文艺工作座谈会上的讲话》精神和《中共中央关于繁荣发展社会主义文艺的意见》，加强文艺理论和评论工作，加强文艺阵地建设，促进宁夏文艺评论工作更上新台阶，宁夏文联决定创办《宁夏文艺评论》，于2015年推出一期46万字的《宁夏文艺评论》（2015年卷），由宁夏人民出版社出版，面向全国公开发行，开创了宁夏文艺评论事业的美好未来。

《宁夏文艺评论》具体由宁夏文学艺术院负责编辑。期望文艺院坚持"二为"方向、"双百"方针，发挥"培扶人才，编研作品"的职能，选取思想深刻、内容健康、见解独到、论述清晰的论文，做好稿件组织、编辑校对、设计印刷等各项工作，将《宁夏文艺评论》办成一个深化文艺研究、力推文艺人才、品评文艺作品的重要阵地，一个学术性与可读性、专业性与综合性、前沿性与实际性相结合的耕耘园地，一个探讨文艺领域重要问题、追踪当代文艺发展趋向、关注文艺创作实情的展示窗口，为宁夏、西部乃至全国的文艺评论工作，为文学艺术事业的繁荣作出新的贡献。

是为序。

2016年11月18日

目录

主编:杨　梓
编辑:马　星　王晓静
地址:(750004)银川市
　　　兴庆区文化东街
　　　59号,宁夏文学
　　　艺术院
电邮:nxwxysy@163.com
电话:0951-3971037

目　录

刘文西绘画美学阐释：
遵循生活，有行有思，境界乃大

荆　竹

引言

当我们穿越时间之隧道，站在历史高度审视刘文西绘画创作的时候，当我们回眸检视中国美术史的时候，我们自然而然地会得出这样一个结论：刘文西是当代中国画坛开宗立派之人物，他的绘画代表着中国画写实主义风格的发展方向，他的绘画创作贯以民族性与现代性并重，他的艺术精神就是中华民族自强不息的精神，他是中国当代美术史上的一颗璀璨明珠。

我之所以强调刘文西绘画作品历来以"民族性"与"现代性"并重，乃基于他绘画作品所展现在人们面前的精神风貌与艺术个性方面的认知。此感受皆来自刘文西绘画作品的审美特征、精神显现与绘画技巧——他的画弥漫着一种恢弘的气势、粗犷而又细腻之笔墨与雄浑之美学风格，犹如浑厚而完整的交响曲，让人心中油然生发一种诗性之审美感触。让人一面欣赏、一面求解，解读大自然与天地精神往来之艺术传达。刘文西潜心描绘的陕北黄土高原的情景，不仅使观者体会到他作品的内在神韵，从心灵深处去接近生活的本质，而且感到他的艺术能量在作品中获得了一种释放，展现其生命之趣与审美感受。那画面浑厚优雅淡定之气度，那笔笔相生之气韵，闪动着色调的淡墨；有润含春雨，干裂秋风，更有那种胸有成竹之层层墨色渲染与反复铺水而形成的似透非透似黑非黑之迷人质感……其独特之造型洋溢着灵气，和谐的墨色与韵味透着人类生存之自信，灵动而又厚重之笔墨透出生命的昂扬之力，泛起生命不息之光泽而征服观者。我此种对刘文西绘画的感受正是来自于他作品的主要美学特征——他的作品有别于中国传统绘画作品之显著特色。

一、绘画史识与民族心路

中国山水画，如果从新石器时代之刻画纹算起的话，已有三千多年的历史。即使从现存最早之卷轴山水画、隋代展子虔的《游春图》算起，亦有一千五百多年的历史。它经历了一个从孕育、发展到成熟之运演阶段，同时也经历了一个从表现事物到表现情感，从讲求技法到纯粹以笔墨论优劣之阶段。我的意思是说，中国的山水画从人物语境中独立出来，经历了"人大于山，水不容泛"之幼稚阶段，在隋以后开始有了"咫尺千里之趣"，认识到了"丈山尺树，寸马分人"之比例关系，使山水画日臻成熟。从唐代李思训、王维，到五代董源、巨然、荆浩、关仝，再到北宋李成、范宽、郭熙、燕文贵、王诜、张择端等一大批山水画家的出现，加上南宋李唐、刘松年、马远、夏圭、萧照之继起，把中国山水画推向了艺术高峰。中国山水画在经历了元代极具个性张扬的时代之后，以倪瓒"逸笔草草，不求形似"之理论为终结。虽然明代少数有作为的画家苦苦挣扎，但是中国山水画仍然坠入了清代数百年间毫无生气的深渊，这就是以清初"四王"为代表的食古不化的保守派占统治地位之时代。当然，这仅仅是一个大概的线条，并不意味着我们会因此而湮灭像石涛、八大山人、"扬州八怪"等画家的功劳与民间绘画之生命力。恰恰相反，我们看到了在迷茫深海中亮起的盏盏孤灯。尽管他们皆或多或少地受制于时代之束缚，但毕竟有他们卓有成效的个人努力，才会使我们今天

看到的中国美术史在明季清初那段时期不至于灰暗一片。尤其是石涛"借古开今"、"我有我法"与"笔墨当随时代"振聋发聩之声音，以及"搜尽奇峰打草稿"之美学主张，仍深深惠顾于当世无数画家。20世纪初，西学东渐，给中土画坛注入了一股美学新风。西画中之色彩、透视、解剖、素描等从自然科学中引入之方法，对传统的中国画产生了巨大之冲击。面对西学东渐之冲击，中国画坛产生了激烈的震荡与裂变。1935年《国画月刊》发起了"中西山水画思想"大讨论，为的就是寻求中国画振兴之路。真正使中国山水画走向振兴之标志，是近现代山水画坛出现的一大批卓有建树的画家。他们中的佼佼者当数吴昌硕、黄宾虹、张大千、傅抱石、潘天寿、李可染、刘海粟、吴冠中等一代大师。他们的作品皆具有鲜明之时代特征，同时也具有鲜明之艺术个性。他们不仅互不雷同，而且也不重复自己。在表现手法上，他们皆是传统的继承者，但同时又是革新者。他们皆具有各自创造的一整套表现技法，为中国画传统技法的推陈出新，做出了可贵的贡献。黄宾虹画富春山水，观夜山而体味出积墨法，并在黑团中求得宽广之天地。张大千在敦煌石窟中研习多年，从传统之技法中扩展出泼彩，独辟蹊径，再以所创技法表现真山真水，敢为天下之先。潘天寿以篆籀笔法入画，如高山坠石，如绵里藏针，笔墨上具有丰富的审美情趣。李可染观察逆光山水，创造了积墨手法，为华夏河山立传。刘海粟与吴冠中则借鉴西画手法，融汇中西，在山水画上不拘一格，生面别开。到了当代，刘文西在绘画创作中，融史识与诗心于一炉，勇于突破中国画已有的审美形式，创造性地吸纳了中国传统绘画的优秀成果与西方现代艺术成就，在东西方艺术交汇中开拓中国水墨画的崭新领域。他以李可染的绘画方式，继承并发展了传统中国人

物画以形写神、形神兼备的美学思想；采用中西合璧、古今兼容、循序渐进、科学严谨的造型方法；秉持车尔尼雪夫斯基的"美在于生活"的美学主张，反映时代，走超越性的现实主义绘画创作道路；重视笔墨，重视创新，从现实世界中发现美，在绘画艺术创作中反映黄土高原文明与审美情趣。刘文西的绘画技法，皆从"美是生活"中悟出，在刘文西本人看来，美的事物包括客观世界的本质与现象、人与客观世界的关系。植物的丰美、动物的壮健、风景的绮丽、太阳的光芒、云霞的变幻、黄土的裂变……自然的现象均具有美的本质，社会生活中的庄严和伟大、正义和崇高、爱情和友谊、生产与实践……总之，生活中充满了美的事物。在此种唯物论的基础上，刘文西认定艺术的第一目的在于反映现实；但反映现实并非巧妙地模拟自然的把戏，而是为了说明现实生活。因此，他在绘画作品中强烈地表达了这一艺术法则，在体验丰富多彩的生活世界中创造出了斑斓多姿的绘画艺术作品。刘文西秉持这种"美在于生活"的理性、表现生活实感的创作方法，正是中国现代山水画之标志与审美价值尺度。刘文西继承了中国古近现代绘画史上的这一美学成果，以此为师，独辟蹊径，开宗立派，走出了一条属于他自己独有的绘画之路。

二、人文襟怀与艺术向度

刘文西从小受到绘画艺术熏染，青年时代陶醉于山水画艺术创作，痴迷于色彩艺术世界，学古人不仅追求表面貌合，从中西各家笔墨特点入手，直达神似，体会作品内在神韵，从心灵深处接近古典艺术本质。他长期专攻中国水墨画、人物画与花鸟画，对传统技法下过扎实的工夫。他多用水墨或浅绛法来保持那种浑然完璞之美感，依赖有骨力

的笔画支撑画面，这是中国传统绘画之优秀部分。更重要的是，刘文西不辞辛劳，特别注重到生活中仔细体味观察。1959 年，二十多岁的刘文西为采访陕北刘志丹的事迹，深夜被炭火熏昏过；他扎根于陕北农村，与农民同吃同住，吃包谷面、住窑洞，与老乡一起过年，不间断地画素描，素描之法贯穿了他绘画艺术生命之始终。刘文西一生尤其注重人物素描，他留存的各类人物素描达两万多张，为创作积累了大量素材。素描，乃刘文西这一代画家的未知之追求，乃环境之转移，乃经验之累积；归纳起来就是艺术之拓展，画本之翻页。刘文西把扎根生活与素描相结合，他每深入一次生活便有一次不同的感受，艺术上也产生一种新的变化，发现新的事物，体验新的生命，展现新的创造，决不闭门造车。他开阔的胸襟，使他看得更高、更广，容纳更多。当然，他也希望通过素描来不断获得新的艺术灵感，产生新的艺术生命；刘文西对深入生活与素描一生从未间断，最终创造出了独特的绘画技法。他秉持"美在于生活"（车尔尼雪夫斯基语）的艺术理性，从现实生活中捕捉形象、捏紧动感，投入绘画造型的本质；他以博大的人文襟怀，拓宽艺术向度，寻找心灵栖息之地，犹如贞洁高尚之童贞圣女，永不倾颓；他把自己的心灵洗得雪一般洁白，坚信真正的艺术美仍然在大自然中、在生活中，裹挟在古老的传统文化中。他从古典绘画中汲取营养，在水墨画方面取得了举世公认之成就。只要我们仔细研究他的绘画，就会发现他在传统基础上创造出来的绘画技法，已有鲜明的独创性，并且发生了本质性的变化。从点睛之笔墨与人物的描绘上，让我们感受到了现代艺术的审美气息。他极力变法，重视创造，尝试众多技法，为我们展示了一位艺术家应有的敢于创新的可贵品格，形成了一种既有崭新的美学风貌，又只属于他自己的绘

画艺术语言特色。他以形神兼备作为自己最高的艺术目标，运用独特创作思维，追求"迁想妙得"之艺术效果，他将中国画的工笔重彩和水墨写意结合起来，在造型上吸取西画中素描和色彩的精华，加进民间艺术中清新健康的朴素格调，巧妙地融为一体，形成了自己独特的艺术风格。刘文西的绘画艺术表现手法游刃有余，他能够根据不同对象采用不同的处理方法。刘文西画老农形象多用焦墨干皴皱纹，染以淡墨表现结构，最后赋彩润色之，色墨结合恰到好处；画年轻女性形象侧重染色，能够用不露笔痕的饱色表现面部皮肤的新鲜圆润。他的人物画与一般国画人物大不相同，有的寄托了他对杰出人物之仰慕，对他们的理解与想象；有的表现了对正义，对真理，对真情，对光明幸福与未来之憧憬；有的是对劳动者创造世界的热情讴歌；有的是对人生、对社会的深刻理解与关注。他以高瞻远瞩之襟怀，以高屋建瓴之智慧，以"语不惊人死不休"之精神，创作出了一幅幅关注社会、关注人类、关注生命的陕北系列作品。他沿着中国传统既定之路径，寻求"天人合一"之表现途径，欲通过对水墨画艺术造型更深入的探索，获得实实在在"创新"的审美效果，让观者的内在精神受到激励，进入一种真实、和谐、愉悦之审美状态。

三、美的生命向力与人生辐辏

刘文西不仅是中国当代美术界黄土画派的创始人，而且被誉为中国当代绘画艺术大师。在他的带动下，形成了以刘大为、杨晓阳、陈光健、王有政、罗平安、戴希斌等60多位画家为骨干的黄土画派。他们活跃在黄土高原大地的山山水水和沟沟峁峁，为黄土高原和西部的崛起挥彩泼墨、擂鼓放歌。刘文西的作品独特完美，绘画风格独具

魅力，艺术境界深邃幽远。他的绘画表现了由此产生的生命哲学意识。他的绘画源于对人类生命历史过程的洞察和对艺术生命向力的透视，当代画坛理当有这样一种深刻的新发现：刘文西的绘画美在于生命。

刘文西一生寒暑于笔端，铁砚磨穿。绘画既是他的终身事业，也是其生命的重要组成部分。中国画是最讲究传统的艺术。传统既是技巧，更是精神，其中有小技更有大道。得技艺者与古人貌合神离，是为小道；用笔墨精神与古人对话，师古人之心、夺造化之功者方入大道成大器。而刘文西注重传统，技道并进，他的绘画，以描摹陕北黄土高原鲜活的生命而享誉海内外。在艺术思潮泛滥之当下，刘文西始终把坚持扎根底层，摄取民间生命活力，视为自己绘画创作之根本信念。1958年，25岁的刘文西从浙江美术学院毕业后，带着满腔热忱，开始了以人民生活、革命历史和黄土地为艺术生命的人生辐辏。从1957年他第一次到陕北，60年来刘文西已去过六七十次之多，几乎走遍了陕北的山川土地，走访了上千个村庄，结交了数百个农民朋友，画了两万多张速写，对那里的山山水水、父老乡亲均充满了深厚的感情。如果说战争年代美术界与人民血肉相连的代表人物是古元（古元，字帝源，广东人，擅水粉、水彩、版画。1938年赴延安，先后在陕北公学与延安鲁艺学习。历任中央美术学院教授、院长，中国美术家协会副主席，中国版画家协会主席等）的话，那么新中国成立以来坚持走这条路的人就是刘文西。

扎根民间要有相对固定的基地，半个多世纪里，刘文西始终把陕北高原视为自己的生活基地，始终把陕北的二十里铺、周家湾和四十里铺，作为自己寻找艺术美的生命栖息之地。每年用很多时间泡在这块浩瀚而浑厚的黄土高原上，与陕北人民建立了深厚的感情，并在作品中力求描写陕北人民特有的

个性和气质，以及陕北的革命历史与风土人情。在陕北，他走东家，串西家，不仅为大家作画，还帮助农民解决家庭纠纷；到了工地，他挽起袖子，就与大伙儿"杭育杭育"地干；到了老乡家就热乎乎聊天，与老乡盘腿而坐一起吃香喷喷的饭；春节到了，他跟着陕北秧歌队，看串串花灯映红黄土高坡。刘文西深深地爱着这片黄土地，更爱着这里的人们，他曾说他最喜欢陕北人的性格，他们不畏艰难困苦，很坚强，所以他乐于生活在他们中间。

刘文西终生坚持画素描，他所强调的"素描"，就是坚持扎根民间。刘文西坚持"美在于生活"之艺术理念，将扎根民间这一行为凝结在"美在于生活"的理性中。"美在于生活"，不仅显示他扩展了的行为能力在绘画艺术创作中之体现，也更加独特地带有陕北高原文明日益强盛的民族生命欲望。这对刘文西的绘画创作有着不同寻常的意义，这已成为刘文西绘画艺术创作之重要资源，而且和他的精神探求与美学追求紧密联系在一起。刘文西以画陕北而成为当代绘画大师，可以说陕北成就了刘文西，刘文西也塑造了陕北。大量的作品使他以独创的面貌与风采，在中国画坛上形成了以他为代表的黄土画派。数年来，他在国内外发表作品千余幅，出版画册十余部。中国美术馆收藏25件，获国家级奖7件，人们不会忘记，20世纪60年代初他创作的《祖孙四代》带给人们的震撼。在这幅永载史册的作品中，刘文西以思想深刻、人物造型生动和笔墨技巧的创新而确立了自己在中国当代美术史上的地位。他从《毛主席和牧羊人》至《同欢共乐》，从《支书和老贫农》到《沟里人》，每幅作品之诞生均会引起人们一片赞叹之声，无不给人留下深邃隽永之回味。可见，"美在于生活"的理念，以本源之形态表达着他的高屋建瓴、创作智慧、审美情趣和价

值判断。在刘文西那里，中国画传统之积淀与现代绘画艺术理念之融入，使他的绘画创作具有了鲜明独特的优势，"美在于生活"之理念以其独有的审美意蕴与人生辐辏，诗意地栖居在他的绘画艺术世界里。"美在于生活"的理念，已成为刘文西绘画创作的原创性美学特征，成为他艺术生命向力的重要构件，成为他艺术风格形成与审美价值认同之标尺，或者说，已成为他从事绘画创作的一种力量源泉。美在于生活，是刘文西绘画创作之灵魂，是他审美思维、艺术人生与精神境界内在的辐辏。他所秉持的这一美学思想，既是从李可染之美学主张中获得，也是从张大千、傅抱石等前辈大师"古法之佳者守之，垂绝者继之，不佳者改之，未足者增之，西方绘画可采入者融之"（徐悲鸿语）的绘画美学中"拿来"，融会贯通，化为自己的艺术生命。他从黄宾虹、吴昌硕、徐悲鸿、潘天寿、刘海粟等艺术大师的经典作品中，学习和掌握中国画民族气派之内在精神结构与艺术流程，用平静之心态对待艺术造型之建构与嬗变。他深知艺术创作应耐得住寂寞，更需要经历一个漫长而艰难之探索过程，他对中国现代绘画艺术瑰宝深入研究与悟解，从中探察中华民族绘画艺术传统之精髓。显然，刘文西对"美在于生活"之理念有着极其深刻的理解与认知，这就决定了他认定的艺术作品的灵魂就是美在于生命之展现，就是画家自己心灵结构之自觉显示。刘文西试图通过他的绘画创作呼唤人类艺术应该返璞归真，重现原始生活之生命质感，从而使艺术生命获得一种质的转换，从自然生命存在转换为艺术生命之存在，并从绘画创作展现人类生命历史过程中，去寻找精神家园之栖居。刘文西所坚守的"美在于生活"之理念与艺术信念，在他的绘画创作中得到了无与伦比的释放。他的绘画之精心概括与黄土高原文化交融互渗，足以表征他对绘画

艺术之路之选择乃是他"美在于生活"理念的沉潜与升华，他的画笔流淌出来的不仅仅是对陕北大地之深切同情，更是站在人类民族化立场，用大地的眼睛对世界、对人生予以审视。但是，身在黄土地心在全天下的刘文西的精神境界与艺术世界，受到现代艺术哲学与传统美学的影响，作品的意境已远远超越了黄土地，作品的同物之境与超物之境在此"自树立耳"（王国维语）。刘文西坐在土窑洞前静观陕北黄土高原，从高原（对象）中静观出"神遇迹化"（理念）来，顿悟艺术生命浮现眼前，表之于绘画作品中；此时以"我"观山，则大山染上主观之色彩，经过意志之努力，日臻境界。因为艺术并非单纯描绘客观黄土高原，亦并非单纯表现主观情思，而是面对黄土高原丘壑，"望秋云神飞扬，临春风思浩荡"，在绘画之情感体验中将"自然丘壑"变成画家之"胸中丘壑"，然后以完美之形式将这"胸中丘壑"表现出来，成为"画上丘壑"。清代石涛谓画家变"自然丘壑"为"胸中丘壑"这一过程用"神遇"之范畴概括之；用"迹化"来表述将"胸中丘壑"物化为"画上丘壑"过程，刘文西十分认可古人的此一美学思想。他认为画家面对一山一水、一草一木，皆是面对的整个世界，从而使自己从现实之时空中超越出来，在对山川之审美观照中看到自身，甚至在这种"凝神"之境界中，不但忘却审美对象以外之世界，并且忘记自身之存在，"意境两忘，物我一体"（王国维语），达到一种悠然意远之"化境"。可见，美在于生活是刘文西绘画创作之唯一源泉，他坚持了这一理念，故他的绘画创作才进入了一种神奇的运思状态与最佳的审美状态。

四、艺术人格与现实重构

刘文西始终坚持美在于生活的艺术路径

不变之原因，就是欲达至艺术人格之"自我"重塑，即重构和谐优美之现代性人格，重塑充盈着理想人性之自我人格；他身怀历史使命感、人民意识和人文思想坚守，重构现代生活世界，这是他绘画艺术链条上牵引出的新的美学思考，也是他绘画创作之重要艺术使命。他的画，表达了他的审美理想与审美境界，记录了陕北黄土高原之原始风貌。这种秉持"美在于生活"之基点，就是艺术世界与生活风貌在绘画中之重现，从而达到绘画艺术的原创性效果。由此掀开他在脑海深处那些似乎经历过的生活经验、民族记忆，并展开无边无际之视觉联想。做出如此之判断，乃基于刘文西在艺术人格上显示出来之情感逻辑，以及对绘画图像或形式赋予生命状态之表达，因而展示出了他雄阔、真实、多彩之造型艺术世界。这个判断犹如艰苦的大漠探宝，它既是来自刘文西对人类生存体验之个人记忆，也是来自刘文西作品之神性品质与灵感指数。刘文西以陕北黄土高原的历史人物、历史事件，以及村镇、农民、牧羊姑娘等为创作背景的系列水墨画作品之意绪，连接着人类历史生命与现实生命，连接着种族生命与个体生命。在他的绘画背后是源远流长的人类血脉生命之河，在他的画外是与世界同在的生命的无限延伸之可能性。这就是他的绘画能够唤醒人的内在潜伏着的意绪与审美价值。他的绘画是一个庞大的艺术话语结构系统，象征人类游牧文化与民族精神；欲表达一种带有普遍性和永恒性之审美景象，也是一种对人类农耕文明的美学透视。他的绘画作品始终表达着一种对自然与人类自身之依恋和欣赏之情怀，这是人类与大自然和谐相处的美学表达，是一种寻找人类精神家园之另一传达方式，或谓之艺术生命之自由显现。刘文西淡泊名利，视艺术为自己的生命本身，如今 80 多岁的他，仍坚持不断地在陕北高原与各地深入生活和写生。那些高山厚土，窑洞内外，没有高贵的特征，平平淡淡的高原村镇风貌，干旱的山丘，甚至缺少湿润之空气，缺少茂密之森林，阳光一览无余地洒落在高原黄土上。那里的人们与大自然融为一体，终日过着人背驴运之生活。然而在那里，刘文西的生命意识获得了延伸，艺术的精神获得了张扬与释放，使刘文西实地表达了他在人生辐辏与审美体验过程中心灵之激荡。他从不同视角对自己的艺术形式进行价值取舍与判断，他的绘画作品之所以成功，正是坚持美在于生活的理念这一艺术行为孕育之结果，他的绘画作品在中国画坛别开生面，独树一帜。多少年来，刘文西把对现实生活的影响力，看成是艺术的本质力量之显现，由此决定了他艺术的力量和审美价值。令人惊异的是，仔细解读刘文西的艺术人格与作品，不难发现他艺术心灵之崭新姿态。他的主观性控制，使绘画结构与笔墨色彩在总体和谐之中随着情感的变化起伏跌宕，用笔墨色调来表现内心之激情，展现生命之喜悦。他的意绪、情感转换为笔墨意痕，信笔生、顺势生，生出情态、情调和意境。形式秩序上大有意趣，组织结构，巧用心思折射"自我"智慧，"超以象外，得其环中，持之匪强，来之无穷"（司空图《二十四诗品·雄浑》）；举笔落色，流变交织，这一切定格为他心中之自我人格。刘文西在绘画中既倾情于创作之过程，又注重绘画作品之最终效果。宽阔之笔触，潇洒而苍劲，色彩之点画皴笔法，斑驳而淋漓，在笔墨设色交替出现中，那种充满韵味之技法之变换，那种恣肆豪放的富有节奏之用笔，那种以浓郁之情与散淡色调来表达的实体与力度，皆淋漓尽致地发挥了出来。肌理厚薄，笔墨浓淡，被不拘一格地重新组织为新的构成要素。情感的随机性效果之合理控制，将无意识之流变纳入有意识之秩序，刘文西似乎有意识地需要观者仔细意会其内心之体验。艺术作品之产生，总是包含着艺术家对生活的感受、体验与理解，灌注着艺术家之人格智慧与心声。刘文西真情地生活着，更真情地创造着，他把自己的主观情思，深深地融入绘画之中。作为一名当代美术大师，刘文西看到了艺术在现实性的历史语境中所起到的特殊作用。一旦扑到生活漩涡之中，返回艺术本身，回到自然本身，他的心灵与艺术精神就会更加沉稳淡定。此乃日臻"素处以默，妙机其微，饮之太和，独鹤与飞"（司空图《二十四诗品·冲淡》）之境界。他的作品视野开阔，画面气势恢宏，色彩散淡而强烈；作品里的黄土高原与各色景物、人物与窑洞，表现出画家的清澈、透明；用写意般之色彩去表现大自然潜在之生机。生命运动的旋律变成他画面流动之线条笔触，他时厚时薄地用笔墨，或薄色轻揉，或团块勃起。刘文西力图捕捉自然浩瀚之气势与黄土高原之原始力量；他用点线去结构画面，凭生活之积累与经验去补充，给自己留下更多抒情之余地。刘文西绘画作品整体厚重、灵动，以自由微妙之变化，与心绪相对应，此种厚重与灵动牵引着画家本人，同时也感动着我们。这就是画家面对时代变迁，心灵在场的一种艺术态度。此种态度，表征了刘文西绘画的艺术使命，以及绘画作品的永恒性。

五、笔墨灵魂与精神境界

面对 20 世纪 90 年代的中国画坛，刘文西洞贯喧豗，矩矱自持，以其严谨的绘画态度、美学品格与笔墨高度，兼具深厚的传统精神和独特的现代意识稳坐当代中国画坛。笔墨是中国画的灵魂，他对"山水"与"笔墨"之理解，应该可以比肩中国现代史上许多山水画大师，而大大超越了同时代相当一批画家，使他成为中国绘画从古典传统向现代转型的绘画大师，开启了中国当代绘画之新气象。是的，刘文西着力于山水自然景物在特定时空中的意境表达。我们只要在他的画前伫立凝神，便总会有一种精神性的东西弥漫其中之感觉——具有显而易见之超越性品质，这是刘文西的绘画作品与众不同之地方。对笔墨色彩范畴本身进一步探究，使他探索出了独创性的绘画技法。他将感性与理性、艺术与哲学、历史与文化、体验与实践、传统与现代皆糅合在一起，成功地把错综复杂的文化记忆表现得意趣丛生，默默地昭示着他的美学思想。他的绘画自成一格，用笔洒脱自然，墨色重击轻出，绵密味浓，在具象的描绘中，融入笔意与肌理，并带有浓厚的哲理意味。解读刘文西的绘画作品，让我们有一种久别重逢之激动，高原画面的庄严与神秘、质朴与厚重扑面而至。点与线、笔墨皴法皆处理得天衣无缝，画面耐品，意远幽邃，不露痕迹。优秀的绘画作品是由画家的学识、修养、气质、人格构成。刘文西的绘画中弥漫着深厚的学识与修养、敏锐的认知与鲜明之个性，皆已构成他绘画艺术语言的独特价值。刘文西的画在质朴与厚重中还有一种抒情之诗意溢于画面，追求一种东方气韵生动之美，让人从中领略中国文化之浑厚与精致。诗意尽显的画面宛如一团墨色之璧玉，重峦叠嶂之黄土高原，沉重庄严之大山，茫茫浩瀚之苍穹，给人以深邃与凝思、宁静淡远与梦一般的迷离之感。他的作品融自然情调与人文情怀于一炉，笔墨灵魂与精神境界融为一体，情景互现，诗哲交融，生机勃发。他的人物画既继承发扬传统的造型艺术规律与笔墨表现力，又汲取西洋画严格深入的造型基本功，力求在表现人物的内心世界和个性的同时追求强烈的民族地域特色，创造出具有深刻思想内涵与鲜明时代感，能打动人心、催人奋进的人物画；同时也重视山水、花鸟画之创新，创作了具

有浓郁民族地域特色、鲜明个性与时代精神的崭新的山水与花鸟画。他的山水花鸟画视野开阔，题材重大，既有传统功力，又具有时代新鲜感，有极其浓厚的民族地域色彩与时代色彩，创造出了具有感染力的山水花鸟新作品。刘文西熟悉人，重造型，讲笔墨，求创新，植根黄土画人民，创造出时代精品。这是刘文西的笔墨灵魂与精神境界使然。这里有自由之精神向往，有对失去情怀之追忆，有对田园牧歌之恋慕，有对宇宙洪荒之咏叹，还有对生活、自然、人文思辨之感怀，有对现实人生的哲思和对未来理想之憧憬与遐想，只要我们细细品读刘文西的绘画作品，就可以进一步发现其中之奥秘。刘文西认为，任何脱离生活实际之艺术行为，皆具有短暂、易逝与偶然性之特点，只有与现实生活、传统文化、中国现代山水画艺术精髓相互吸纳、融会贯通之作品，才具有永恒之审美价值。

六、外师造化与中得心源

刘文西意欲将生活、自然、人文作为绘画艺术创作之终生追求，以此消弭当代画坛之噪音，为人们提供一个明确而清晰的激发美感的绘画视觉群像，这也是他始终坚持不变的创作目标。当下中国美术界五花八门，乱象丛生，一是炒作手段泛滥。不少书画家利用各种途径不着边际地吹嘘自己的作品。二是官本位思想的左右与影响。有的人争一个美协主席或副主席、秘书长、理事等身份的职级，只为自己作品的价格飙升。三是媒体有失公正的误导。四是优劣美丑审美价值判断标准的混乱等。面对这些咄咄逼人之各色现象，刘文西心智淡定，毫不动摇。对刘文西而言，自然—生活—人文，乃心中之明灯。刘文西是一位很古典的现代男人，浑身有一种老庄处世哲学的气质。他信奉中国传

统"人法地，地法天，天法道，道法自然"的哲学理念。此意乃地给人树立了榜样，天给地树立了榜样，道给天树立了榜样；地要遵从天之规律，天要遵从道之规律。老子提出世界的五个最大的方面，也可以说是五个维度——人、地、天、道、自然，总结了人类五个方面的师法关系与五个方面的规律。刘文西在此方面心领神会，顿悟深透。他经常躲开闹市，到陕北大山深处，到农家窑洞，去寻求恬静，寻求智慧。他主张清心寡欲，把苦恼化为快乐。他在日常人际伦理中，大智若愚，以少胜多，融入亲情。他的绘画代表作《同欢共乐》《祖孙四代》《转战陕北》《知心话》《奠基礼》《沟里人》《北斗》《解放区的天》《山姑娘》《虎娃》《黄土情》，以及近年来创作的《东方》《基石》《老百姓与人民同在》《春天》《陕北小姑娘》《黄河子孙》《黄河汉子》等，这些作品深刻地反映了他的这一美学信念。他既喜欢现实（生活）世界，也喜欢精神（理念）世界，他始终认为现实、精神皆是绘画创作的美学之源。这个信念，让刘文西感到了陕北高原的温馨之乐，让他陶醉于对陕北"生活—自然"之崇拜当中，有力拓展了他绘画艺术创作之表现空间。这位出生于浙江越剧之乡的绘画大师，自从扎根于陕北生活基地，他就已经不再是一个江南人的形象了。如今谁人见他，仅从外形模样看，就认定他是一位地道的陕北人。所以，刘文西非常热爱陕北那片热土。他曾深情地谈了他对绘画艺术创作的思想源泉。他说人的精力是非常有限的，外面的世界那么大，根本了解不完，文艺工作者生活在这里，还是要扎根在本地，扎根在群众中间，要和人民交上朋友，了解人民，了解他们的灵魂，了解他们的行为，了解他们的整个所作所为，还有他们的历史，特别是革命的历史，认识他们的重要性，静下心来，好好创作，全心全意为人民创作，创作出人民喜闻乐见

的作品来。我所理解的刘文西的"扎根本土"，可用古人"外师造化，中得心源"（张璪语）之概念来解读。所谓"外师造化，中得心源"，与车尔尼雪夫斯基的"美在于生活"的理念同构同质，一脉相承，亦即从生活中获得一种艺术精神，并作为自己绘画艺术创作之生命源头——运用于绘画创作实践中。在刘文西看来，造化即宇宙自然，乃艺术创作之客体；心源乃作者自身，即主体。艺术生命乃从主体获得对客体审美感受那一刻开始孕育。宇宙是一个无所不包之生命系统，乃是包括人与艺术在内的一切生命之源。它以永不停歇之运动为其生命形式。宇宙和一切的自然运动形式皆表现为节律性。此节律性反映在艺术中就是具有审美意味之韵律。韵律，亦即艺术生命之形式。艺术的韵律与宇宙和人的节律有着对应关系；艺术的生命与宇宙和人的生命有着同构性质。艺术生命中也包含着宇宙与人的生命信息。自然之生命信息在人的心灵中，与人的生命信息——感情、气质、人格、审美理想等一起化合、溶解、结晶、升华，从而创造出新的艺术生命。当然，刘文西也不否认学院派。他认为学院派的基本功是比较全面的，解决了造型问题。学院派可能有弊端，如课堂教学实践久了，到人民中间去的时间就少了，但是对中国人物画的发展是有功劳的，他说自己也是从学院里出来的。故，刘文西也不拒绝凡高、塞尚、毕加索、达利、康定斯基、夏加尔等大师的抽象艺术绘画作品与理念，同样能从中获得绘画艺术创作之灵感，而且经由审美思考，认知西方古人之"旁观话语"与"迷狂话语"，与中国古人之"道法自然"有相通性与相融性。因为再抽象的艺术美学攀登，皆离不开生活、自然、人文等审美经验。刘文西以自己质朴之语言方式和绘画结构，让观者在其作品面前，一层又一层地渐近自然；同时，又一层一层地破解

审美壁障，使人的心灵在天籁中得以舒展。此乃人类心灵深化之过程，更是民族历史文化情怀之袒露。刘文西独特的绘画语言，深厚的人文关切与深远意境，令世人震撼。显然，这与他对"外师造化，中得心源"与"美在于生活"的理解和实践有关；与他勤于实践，深入思考，以及真诚为艺术献身之绘画创作活动相关联；也是他丰富的人生阅历、深厚的艺术积累、不懈的审美追求，共同成就了他的绘画艺术创作。

绘画是无言之诗，画中之笔墨、构图与意境是画家为人之精神体现。身在闹市，却能心系黄土地，那是自然之魂魄，亦为画家本人之灵魂，刘文西的绘画即是如此。刘文西扎根陕北，与农民相交60载，农民也熟知刘文西为人极其简单、率真、性情，亦能保持内心纯正。他的绘画映现了他的人格，而他的人格亦在绘画中挺立。以上列举他的绘画代表作品，就是他对生活实感的一种真情表达，也是一种中国民族气派的显现，更是一份精神之诉求与表达。他创作的反映陕北高原生活中的那些农家姑娘与牛、羊等作品，自由轻盈，嬉戏追逐之心态，传达的是他对从容简单、况味悠然生活之推崇。中国水墨画传统讲求情景交融，追求意境，"澄怀味象""得意忘象"皆旨在"畅神""怡情"，乃画家将自然、生活、艺术领悟高度融合之体现。牛、羊在传统文化中象征吉祥美好，灵动悠游。生活中的刘文西即是如此，他的绘画，不为名利，只为那份因画带来的内心宁静，只为能在画中留下朴实美好的回忆。他的画，让我们愉悦，让我们激动，让我们深思……他的作品是"外师造化，中得心源""美在于生活""倒映"出来的自然中美的事物，是对于人类生活的一种暗示，以及使人们回忆起生活的事物。刘文西的绘画艺术价值就在于此。

七、人本情怀与审美形式

仁者乐山，智者乐水，山水用具体形态展现人的精神追求，形神兼备，成为中国传统绘画千年不变之思想。刘文西的绘画创作极具此种情怀。他的绘画尽显人本精神，时而轻暖透明，安然温馨；时而沉思冥想，从容淡定。他的笔墨是意气之淋漓流露，大胆用水，层层积墨，厚重虚灵，有意无意间，尽显舒畅、朦胧、缱绻留恋之神态。在刘文西笔下，无论是陕北黄土高原，还是汹涌的黄河波涛，皆来自他丰富之生命体验与深厚的人本情怀；是他行万里路，搜尽奇峰，画出了他心中之高原厚土，倾诉出了他人生的真性情，倾吐出了他胸中的浓情深意。他的绘画创造了独有的审美形式，画中之高原厚土，常常充满佛意禅味，此源自他对生活之细腻体味与深刻洞察。看山是山，看山亦可不是山，佛意禅味在刘文西富有诗情之心中，在现实生活的真诚感悟中，在一幅幅精致的绘画作品中，处处闪现。

对于绘画的创新，刘文西付出了巨大之心血，对于绘画创作如何融入传统精神与现代精神等问题，他曾说过，中国传统文化是国画艺术的宝库，但若能恰当地融入现代艺术理念，或许能够得到更多的启迪。他不仅这样认为，而且也不断地实践着自己的美学主张。他画中之"陕北人家"，不仅仅延续了中国传统绘画语言，亦有西方现代艺术的元素。源于西方结构主义叙事的抽象绘画中普遍采用几何图式与色彩绘画，讲求对称、平衡与内在秩序。传统水墨画往往感性，西方绘画则多了一份约束和理性。刘文西绘画作品中线条的精确运用，色彩晕染中节制与放松的自如拿捏，恰是西方绘画精髓之体现。故刘文西的绘画世界不仅仅是叙述古老的中国式记忆，还增添了几分具有现代审美特征之艺术特质。

总之，解读刘文西的绘画是一场心灵之旅，他的画往往深藏着一种陕北高原文明特有的质朴、憨厚、勤劳、厚重的大美境界。线条分明的乡村原始民居，若隐若现的延河溪流与"陕北小姑娘"的沿山小路，凝思苦想的"东方""基石"与"山姑娘"，还有那些神情各异之牛、羊、鸡、狗等，无不是他个人心性之写照。刘文西绘画中有一个想象之栖居地，用眼过滤之世界，那里有最真实的情感与灵魂，欣赏与解读他的绘画，仿佛可以获得一种精神之安慰与暂时之安居，这是当代人之渴望与共鸣。对于当代生活之敏锐感触以及陕北高原生活之经验，让刘文西的绘画在表现陕北黄土高原文明时，形成了属于他个人独有的审美形式与风格。画中缭绕山间之清晨色调，散落窑洞前之金色落叶，重彩淡墨之笔法，空灵悠远之意境，唤起的是当下人精神上之归宿感；一种完全不同于都市生活的浮躁与喧嚣情境，那是画家博大的情怀与对人类精神自由之向往。

生活本身，远不是那样的富有戏剧性。艺术家不动声色的时候，往往真正震撼人心的也恰恰就在这个时候，观者不是被你的画面所震撼，而是透过你的画面，被自己重新发现的生活所震撼。思想、情感、精神之力量，从来不是因为它可以取代生活，而是它通向生活。"要散布阳光到别人的心里，先得自己心里有阳光。"（罗曼·罗兰语）刘文西正是这样一位心中充满阳光的艺术家。更重要的是，刘文西善于为自己铸造一种完全适合他思想情怀的审美形式，借助于精心选择的画面与蕴含真挚情感的形象来喻理抒情，其间流淌出诗一般之凝练与娴熟厚重，并给观者留下极为广阔的想象空间和获得永恒性的价值与意义。

罗贵荣：理想与现实

代大权

我全身最要命的地方是心脏，心脏最柔软的那块儿是"银川"，银川不但分去了我一生大半的阳光，更有许多令我牵肠挂肚的朋友，尤其是受我蛊惑仍在做版画的朋友，比如罗贵荣就是在我在蛊惑下踏上了版画的不归之旅，也因此在猴冠麟楦的喧嚣中困顿迍邅。天地良心，我劝过罗贵荣放下刻刀立地发财吧，他也说再想想，却不曾放下刻刀。罗贵荣与版画达到了"眼波向我无端艳，心火因君特地燃"的境界，对艺术对美的高尚向往让罗贵荣心有所属又身无可依，心有所属是幸福的，艺术是罗贵荣一生的情人，不是价值与道德所能左右的。身无可依却是恓惶的，生活是罗贵荣永远的麻烦，"出门苦恓恓，惶惶无终日"。能把艺术与生活烩到一起又美味无比，只能是一种理想。人和动物最本质的区别是人有理想，在精神与物质之间不断调适自己，以满足精神与物质不同的追求，同时调适与追求是有不同层次和区别的，罗贵荣是把这两者一股脑放在了精神这头，也就是在精神的人性与物性之间找到了自己的立足之道，精神的坚守与艺术的嬗变相依互动，心灵的沉潜和表现的飞扬互为表里。

罗贵荣在自己的创作中所触及的主题，无论是社会中的各色人等还是自然界的景色样态，总是能从画面中流露出一种沉静与肃穆的气质，那种庄重的典仪感和专注的宗教性体现了罗贵荣对艺术表现精神上的"洁癖"。他在作画过程中无休止地校正和反复，实际是在不停地打扫着自以为还不够"干净"的画面。而版画从画稿到制作到印刷的工艺过程恰恰满足了他在不同阶段更深入的"洁癖"追求。那种一挥而就地涂抹与渲染，那种灵光乍现的表现和语言，似乎都不能让追求完美的罗贵荣满意，他的性格与版画的性格已融为一体。即使在日常生活中，这种"画种"人格也无时不在，那份讲究和较真，实际更多的还是挑剔自己。在为自己家中装修时，对地砖之间横平竖直的间距，在设计扶梯弧度时对曲线在空间的变化，对壁橱不同面积的切分隔断，顶灯与壁灯光线投射的区域等细节的把控都一丝不苟，我以为这就是一个版画家的"画种"性格使然。给他干活的工人要么就哭着回家了，要么就以他为师技艺精进。他给工人的除了工钱，更重要的是工钱已无法体现的"认真"。无论是地面、墙面，在罗贵荣的眼里实际都是画面；无论是沙石木料在罗贵荣的心里都是材质，剩下的就是表现了。如何让材质的物性在人性的作用下产出美的画面，这就是罗贵荣的思维模式在外人眼里的体现。罗贵荣神情严肃，很少玩笑，更不可能有轻佻之举。轻佻之举源于非分之想，当罗贵荣把更多可能都尽付艺术，把更多生活都集中于审美，琐碎生活的非分之想就被消解在创作追求的非分之想当中。日常的喜怒哀乐，利益的取舍度量，人际的远近亲疏几乎都不在他的算计之中，你在他不同时期的作品中不难品味画家不同阶段的人生况味，而品不出生活的琐碎与算计。一簇光辉映射的门廊，卓然耸立的寺庙穹顶，无边无际的荒原田野都随着画家洁净的向往铺展开去，匆匆行走的妇人、举手祷告的教民、眺望远方的少女，也都应了画家洁净的招呼而聚拢过来。罗贵荣在自己的作品中推演着对人生的思考，用刀刻画出理想中的世界，他的理想与现实之间的距离是被一幅幅画面所衔接，精神与物质的反差是被一刀刀

的镌刻所连缀。他的向往与现实之间的距离永远存在，与时俱进的向往则要和与时俱"化"的能力相提并论，罗贵荣也正是在"化"的能力中去追求"进"的向往。艺术从内心到低端的运演生化是艺术家从小我到大我的运演生化。从生到熟，从涸到润，从虚到实，都验证着艺术家自我提升的努力，罗贵荣在早期的格子系列阶段，就显示出过人的自我提升能力，他用编码方式去解构图像，去切分画面，正是企图从具象与写实的泥淖中脱身出来。在这种个性语言的形成过程中，与其说他在不同方寸却相似空间的无数格子中寻找表现的潜能，不如说他是在不断的更美、不断的雷同里努力建构"错中之对"的基因。现实中要避免的对中之错在艺术中则正好相反，正好是艺术追求的"错中之对"，这是现实与艺术不同的"对错观"所决定的，理性与感性、正向与逆向、共性与个性、必然与偶然等矛盾关系的存在所决定的。这种矛盾现象既让双方充满魅力，也决定了各自的价值，是一对再对，对到无聊庸常；还是将错就错，错到有趣生动的思维甚至决定了艺术家个人的价值；或者名满天下却无聊庸常；或者默默无名却有趣生动。我更想将罗贵荣置于后者，并在后者的价值与思维中去评价罗贵荣。实际上，罗贵荣从开始接触版画，到被版画的"画种"性格所影响再到与版画浑然一体，物我两忘，成为名副其实的版画家，正是循着这一价值与思维的方向发掘了自己，提升了自己。版画在所有绘画表现手段中之所以更纯粹、更深刻、更艺术，就在于它与艺术的价值观有着更直接的联系。"版画"源于印刷却要反印刷，"强调技术却不以技术为目的"，印刷的所有错误与瑕疵都可转为艺术表现的方向与可能的版画观念。早在罗贵荣的格子系列时就为他更艺术的思维埋下伏笔，也同时是他一下子就喜欢上了这种错乱与麻烦不断的

"画种"的重要原因。每个画种都会对应其画家，并把画家当成自己的形象，用特殊的画家充实自己的价值，用平庸的画家装点自己的门面，罗贵荣正是充实了版画价值的画家。

罗贵荣创造性地建构自己的艺术语言所追求的目的有三：一是将机械影像格式化后从客观性中分离出主观性；二是使语言的表达形式具有节奏性；三是将主体用平面的方式消解重组后强化了逻辑性。罗贵荣表现语言的个性、节奏性和逻辑性让他的版画有了自己的面目，在各种展览中都能跃然而出，在许多奖项里都当之无愧，因而获奖无数也就在情理之中。

我看罗贵荣格子时期的版画，如看攻城略地般过瘾，看他在格子的阵仗中建构错中之对的努力，在约定俗成的呆板中隐匿突破的计谋，积蓄爆发的能量。他在一块块色斑的集群里悄悄孕育着变异的种子，经过多版的套印后，所有的格子都犹如新生的婴儿啼声嘹亮，所有的色斑都焕发出光彩，所有的形象都充满着生动的力量。这种个性强悍的艺术语言使中国的版画更为积极更为丰富。在此之前，中国的版画无论在历史的复制时代，还是现代的创作时代，就艺术本体语言的创造性而言乏善可陈。欧洲、日本或苏联版画语言是自新兴木刻以降中国版画的语言，中国传统版画的线刻则是国画线描的照搬，中国水印木刻也仅捡拾了些传统水墨的遗韵，语言的滞后使中国版画滞后于其他画种的发展，滞后于中国社会文明进程的一个重要标志。没有谁会去对滞后审美，也没有谁会对滞后发善心，没有版画自我的清醒认识，没有版画人自己的变革努力，滞后就只能出局。所以我更看重罗贵荣在本体语言上的变革所隐含的重大意义甚于社会一般的审美认识。

罗贵荣从1990年到2000年以十年的时间基本完成了对格子系列的主体性创作，

2000年以后画面中偶尔出现的格子语言已退居配角，不同形状与面积的点线取代格子成为罗贵荣在历史新时期新的形象，他在2001年创作的《往事》中，似乎是对过去十年往事的一次告别。画面中只有一匹不知所从的马孤独站立于画面中心，虽然仍是格子系列语言的延伸，但较以往更随意也更灵动，格子的切分、造型的精准，或大或小的面积，或长或短的间距，都非常自由地表现出这种语言的魅力，如果以往的格子语言中还有佶屈聱牙之处，那么在《往事》中这种语言已经更为流畅娴熟，更为自然舒展。

当一种表现形式达到完美达到顶端时，也正是它技穷与越趄的开端，聪敏过人的罗贵荣发现这种自己独创的语言受到两方面的夹击，一是电脑的普及让数码处理图形的技术已得到普及，他的格子被越来越多的人怀疑为数码技术的体现。二是在格子越来越细分后，错像反而更弱化并渐渐细微了这种语言的个性特征，前者说明任何事一步超前就得步步超前，后者说明任何努力都可能得到相反的结果。前者就不说了，它体现了事物发展的必然性，而后者则充满偶然性，尤其因人而异。罗贵荣在精神上具有的洁癖导致在行为上的偏执，这种人常常因为直观前方而放松了周围，他可以看得很远很深却视野不宽，以至于从最初的"错中之对"不自觉地绕了一圈后又回到"对中之错"。对造型越是得心应手，也就越情有独钟，罗贵荣在格子系列的后期对表现对象的深入刻画确实达到版画写实风格的极致，但不断纠偏，不断较真的同时也扼杀了变异与升华的契机，拥有了极致的写实手段却淡漠了个性的表现目的。于罗贵荣而言，对写实与具象表现能力的自信，如果不能循着错中之对的理念，在偶然之错中发现必然之对就可能演化成对自己的迷信，偏执在成就一个特殊人才的同时也潜伏着毁掉他的可能。

罗贵荣也许意识到这种危险的临近，却并没有太多的准备，因而在21世纪的新作中，展示的仍然是能力而非个性，向往的仍然是独善而非兼济。作品《杨树林》《风中之城》《阳光地带》《林深风轻》《晚秋组画》《远翔》《远方天雪》等反映了罗贵荣从21世纪初到2010年十年的变化，是罗贵荣脱离了格子系列后试图找到一种超越前一时期的新的语言模式，并且从人物到风景有了更开阔的表现视野，开启了自己以景状物、以物喻人的新语境，为中国现当代版画风景类型的作品增添了新的成绩，但却远未达到开启格子系列时就获得全国版画金奖《白盖头》那样的轰动效应。新的语言形式即使是在版画范围内也并非独此一家，类似的绝版套色早在20世纪70年代的云南版画中已见端倪，而且更具地方文化的品质与个性。这都让希望看到新变化的美术批评界很困惑，实际更为困惑的应该是罗贵荣自己，版画自身材质与工具决定了它与油画国画等完全不同的表述方式，这是它自身的物性价值所决定的，所以它完全不必去模仿其他画种的语言模式，不论具象写实还是抽象变形，它都有着只属于版画的价值与意义。画家的人性与材质的物性在相依互动中所激发的各自的创造激情决定着表现终端的质量，任何人都不可能超越物质的作用直接诠释精神或文化的行为。即使赤身裸体地舞蹈，没有伴奏地歌唱，身体本身也验证着物质的存在，因而脱离了版画材质的物性作用的版画家实际只是画家，如此这般的许多画家借助版画的材质与工具创作的所谓版画，实际形似而神非，如八哥学舌。同样道理，许多版画家画的油画国画也只能算玩票，当代艺术界潮的革命追求即是破除手段的壁垒而人人均可直抵表现的殿堂。但这历史悠久的壁垒并不仅仅是画家的革命即可以破除，更多人的精神与文化所系才是其悠久的所在，而新

的形式新的表现也仍需更多人的拥趸才可能立足。新的发展与可能在初始时一定会被冠以歪门邪道，以区分传统悠久的"正儿八经"。鲁迅因此说："其实世上本没有路，走的人多了，也便成了路。"走在这样的"歪门斜道"之上，罗贵荣依仗的是年轻锐猛，不为经典所累，更不被名气所累，放刀直干，随心所欲。我想当时社会与业界的肯定更多的也是对他的创作精神而不仅仅是作品，是对他的无畏而不是娴熟，对他的肯定也就因此包含了对他所尝试的"歪门邪道"的肯定。随着成绩的积累，名气的日盛，当初的探险之旅早已成为旅游胜地。当初的初生牛犊也已老大不小，罗贵荣似乎又回归到以革命始却以保守终的宿命之路。当他在意识到格子时代应当告一段落时，实际超越自我的储备并不丰足，以致内心的焦灼与困窘就不仅在情绪中，也流露于作品上。这一时期以风景为主的画面中"路"总是处于醒目的位置，故城遗址的路、杨树林间的路、荒野上的路、月光下的路、沙漠中的路、大雪后的路等。这些路或蜿蜒曲折，或时隐时现，每条路虽各具特征却有一共同的结果，那就是都没有尽头。这一时期看似更为开阔的画面，实际是罗贵荣在寻找表现的出路，画面中不乏阳光、不缺远方、不少生灵，只是都没有可以走遍的路，并且在技法上较格子系列更细腻的语言、更逼真的塑造、更丰富的细节，并不能达到更新颖的表现，因而这些细腻逼真和丰富只是更贴近照片更贴近技术，也几乎更贴近罗贵荣想找出的路。在格子系列后的变革显示了他思进取、求上进的一贯人生态度，变革的结果虽还不理想，但自我革命的勇气让我们折服，《飘系列》《我和我的土地系列》《未来》等作品的水准是在格子系列后的又一次高峰，人物情绪的刻画，造型动态的把握，不同刀法的组织都在当代版画中不可多见。如果格子系列未能

展示画家浑厚的专业素养，那么在这之后不同阶段的作品中，画家终于可以将自己对技术的偏爱、对造型的苛求、对色彩的讲究都发挥得淋漓尽致。这些作品的成熟不但是罗贵荣自己的成熟，也是中国版画在具象套色人物方面成熟的重要标志。尤其是罗贵荣既没有高等美院的学术背景，也没有生存环境积极的支持，仅靠着一己之力而跻身于当代版画著名大家之列，这在中国的美术史上也充满了挑战的意味，证明了被几个美院把持的所谓主流美术也需要社会资源的滋补，也需要罗贵荣这样近乎自学成材的大家捧场。

宁夏的版画在罗贵荣的带动下逐渐在全国有了影响，也确实与专业美院的专业教育没什么渊源，更多的是这些喜欢版画的朋友相互交流、取长补短、共同发展的结果。罗贵荣和我还有更多的于动乱年代成长的同龄人都有一共同的短处，就是先天不足，以致学养贫瘠、造诣浅薄，以致在后天的努力中很容易被知识系统的梗阻或文化脉络的血栓所放倒，因而罗贵荣在自己的艺术实践中不论大步前行或趔趄踌躇，都可归结为他从理想到现实的艰苦奋斗，而奋斗不止的人无所谓长寿却永远健康，理想与现实之间的距离只会越走越短而不会再长。

张少山的艺术蜕变

马知遥

　　退休以后，少山多次跟我谈明末清初山水人物画家陈洪绶晚年变法。说者有心，听者无意。现在细想，他不是随便说的，他是深思熟虑且有感而发。

　　他很崇拜陈洪绶。当年11月下旬，临走时少山随手给我一本《美术世界》（2006年第6期），说上面有他的几幅画。回来翻开一看，感到耳目一新。同时立马想到"蜕变"二字。"蜕变"也许有些不敬，但我觉得很恰当。动物界有一种脱皮脱壳现象，每脱一次就成长一次、成熟一次。少山新近创作的《湟河之畔》《高原的雪》《西部情歌》《卓玛》《大漠之舟》《甘南风情》等，其题材、风格与以往的作品一脉相承、清新淡雅、宁静朴拙，着重表现西部少数民族那种原生态的生存状态、生活空间与生活情趣，以及他们那种自满自足、自得其乐的自由天性，只是在艺术上特别是在章法布局和笔墨技巧上更考究、更精炼、更凝重、更成熟了。"之"字形或"S"形的构图，大块的黑、白、灰的对比，短而硬的折线有如螺纹钢似的轮廓勾勒，使画面的形式感、纵深感、立度大大地加强了。一改往日有些作品平铺直叙、一眼望穿、散而乱的弊端，如《手抓羊肉》《揣手》《白盖头》《斩木为兵》等。"平""满""繁""散""乱"，我觉得是改革开放以来，中国画坛出现的一股思潮，在东洋画和西洋画的影响下，有些人认为不讲章法、不讲笔墨、不加选择、随心所欲、胡涂乱抹，就是创新发展、就是时尚、就是现代。认为离传统越远越好，越看不懂越好，越邪乎越好。然而少山的画，既是传统的，也是现代的。他始终在坚持笔墨技巧的同时，探索章法结构的变化与突破。中国传统的人物画往往是先画好人物再补景。前景、中景、远景层次分明。少山则是前景、中景、人物环境浑然一体，所以他的画应该说是"现代中国文人画"。他聪慧、敏感，很快意识到堆砌、繁琐、累赘不是艺术。艺术要有所选择，没有选择就没有艺术。《湟河之畔》《卓玛》《沙漠之舟》出现了，简洁精炼，见笔见墨，生动传神，感人至深。

记得20世纪60年代初，结识少山时，给我的印象是除了潇洒、风流倜傥外，笔墨功夫也非常好，我敢说在宁夏是首屈一指的。然而那时候，搞专业是有罪的。为了生存，为了生活，他也不得不干一些违心的事，画布景、搞服装、搬道具、搞摄影、管行政……真正画画是中年以后的事。他的素描、油画、国画、工笔、写意、没骨、山水、花卉、羽毛、走兽、人物都有很好的造诣。他本可以找一条便捷的发财之路，像有些人一样画山水、画花卉，或者画新仕女、画美女图。但他选攻风俗人物画。如果说他的《手抓羊肉》用笔还显得有些滞涩的话，到了《场歌》就潇洒自如了。真正的中国画我觉得是离不开笔墨功夫的，离开了笔墨技巧，就不是中国画了，正像中餐离不开碗筷一样。黄宾虹一生都在研究笔墨技巧，总结出"五笔""七墨"。李可染先生说："画家有了笔墨功夫，下笔与物象和主体心境浑然一体，笔墨腴润而苍劲，干笔不枯，湿笔不滑，重笔不浊，淡墨不薄。"笔墨功夫，笔墨技巧，对于一个中国画家来说是致命的，决定一个画家最终成就的高低，因为画家所有的修养、意图、愿望都要靠笔墨来实现，甚至笔墨趣味都具有独立的审美价值。黄胄、叶浅予几条简约的动势线可以让人玩味无穷。画家在追求笔意、笔势、笔触、笔趣的过程中，有时竟可以达到忘情忘我陶醉其中的精神境界。

笔在宣纸上运转时，是一个神秘、神奇的过程，有很大的不确定性。像初恋一样，让人不断地追求寻找一种刺激的完美。一幅画稿确定之后，少山反反复复地画，成堆的废稿之中，其实不乏成熟的作品，但他要找到一种感觉。记得少时我亲眼目睹李苦禅先生表演画鹰，两次都是失败的，颇有些不以为然。只有当自己拿起笔来在宣纸上涂鸦时，才知道一笔下去要准确到位是多么的不易。要做至炉火纯青，需要长期的、刻苦的修炼。难怪黄宾虹要求勾勒、皴、擦、点、染落在纸上都要有生命的活力。

中国画家要求诗、书、画、印完美结合，我想近百年来除了吴昌硕、齐白石等少数画家外，多数都没法做到。这也许有些苛刻，但书画结合，大概是起码的。齐白石说他自己是诗词第一，书法第二，金石第三，绘画第四，读者专家也许并不认同。我和少山多次谈到书画同源，谈到笔墨的功力，往往是书法的功力。对写意画家来说，尤其是行书和草书的功力。吴昌硕在总结自己的创作经验时说："以篆刻入画，笔笔多以中锋出之。"清代，有人问王翚何为士大夫画，王说："一个写字尽之。"这使我想起不少画家当要见笔时，如鸟的喙、鹰的爪、人的手、花的瓣、树的枝显出来的尴尬和捉襟见肘的狼狈。经常看画，只要一见到题跋、落款的拙劣，我就觉得有"社会活动家"的嫌疑。退休以后，少山在书法上也下过不少工夫，一幅女人体小品《妆》，那种铁线的勾勒功夫没有中锋用笔的本领是难以完成的。陈洪绶65岁变法，齐白石65岁成名，少山65岁蜕变……也许65岁对画家来说是个坎，过了这道坎，又是一片新天地，又是一个新高度。

徐文秀《中国梦黄河魂》书法展观后

杨森翔

　　走进徐文秀个人书法展厅，扑面而来的便是沉稳大气、雄强有力的六个大字："中国梦黄河魂"及一千余字的《宁夏赋》。这六个字及《宁夏赋》，几乎占了一面墙壁，不但点出了这次书法展的主题，而且也为徐文秀的书法风格定了位——碑帖交融，互为根基。

　　碑学的基本特点是深厚大气、沉稳雄强；帖学的基本特点是灵动自然、神采飞扬。纵观徐文秀书法展，这两种风格在他的作品中，有机地交融在一起，体现出鲜明的时代气息和成熟的个人特点。

　　当代中国的书法创作，主要有三大流派：一是坚守帖学，二是崇尚碑学，三是碑帖交融。在碑帖交融这一流派中，又分两翼：一是"碑学为体，帖学为用"；二是"帖学为体，碑学为用"。在徐文秀的创作实践中，二者兼而有之。以"碑学为体"的作品，除了上述"中国梦黄河魂"外，最典型的还有毛主席词《沁园春·长沙》(五条屏)、清人书论及黄宾虹语录、"惠风和畅"等。这些作品，运笔如刀，斩钉截铁。由于在碑学中又注入了帖学的因子，在沉着雄强、深厚宽博、豪迈开阔之外，又多了一些清秀灵动、神采飞扬的特点。"帖学为体"的代表性作品当推毛主席词《清平乐·六盘山》及苏东坡词《水调歌头》(四条屏)等。这些作品虽尊"二王"及黄(庭坚)、祝(枝山)一路的"帖学"，由于注入了碑学因子，在清秀、灵动、飞扬之外，又富磅礴气势，并成为恢宏巨制。

徐文秀是一位勤奋而聪慧的人，在学书的道路上，他不但镇日临池，能下"笔笔不苟"的笨功夫，更能转益多师、博采善择。在碑学一路，他重点临习汉隶和魏碑；在帖学一路，他对黄庭坚和祝枝山、徐渭情有独钟，但又不是简单地照抄照搬，而是有所取舍：他从祝枝山学"点"，从黄庭坚学"划"（笔画线条），从徐渭学"笔墨"，并拜当代书法名家胡抗美为师，从胡师学"块"（面、章法）。他的这一取法和定位，不但表明了他的聪敏和善学、多思，而且意味着他的视野已站到了新的时代高度，既承接了自清代以来碑帖交融之路，又融入了自己的感悟、思考与志趣，与当地同时代的一些书者拉开了距离。

办"个展"的难点在于如何突破"单调"。一般采取的解决之法是邀请名家提供作品助兴，同时在拼贴"制作"上下工夫。徐文秀的个展没有走这条老路，这其中的原因，一则是为避免"趁机揩油""投机取巧"的嫌疑，更重要的是他的自信和底气。俗话谓"艺高人胆大"。"胆大"的前提是"艺高"。徐文秀的"艺高"表现在哪些方面呢？具体说，就是很强的空间感和控制能力、澎湃的创作激情和自然放松的创作状态，再加上纯熟独特的运笔语言。

由于徐文秀早年毕业于工艺美术专业，而且多年从事工艺美术设计，所以在他的书法创作中，总是习惯性地依照几何透视和空间透视的原理，构思和确定字与字、行与行、笔画与笔画之间的远近、层次、穿插等关系，使平面的书法作品传达出有深度的立体空间感觉——这就是我们能从"中国梦黄河魂"这幅作品中感觉到"黄河之水天上来，奔流到海不复回"意蕴的原因。同样，在"禅"这幅单字条幅作品中，由于作者用极为简练的笔画在宣纸上合理穿插，精心布局，构造出硕大的一个"禅"字，且大面积留白，从而创造出佛家坐禅静思和四大皆空的意境。

当然，这种效果的出现，还与作者超强的控制能力有关。据作者讲，在创作"中国梦黄河魂"这幅超大作品时，他既没有在纸上画线，也没有在纸下衬格，而只是静思片刻，略加忖度，便直接落笔，一气呵成。一千余字的《宁夏赋》刚好填满作品下方的空间，一个字不多，一个字不少，显示出很强的空间控制能力。其实，他的所有优秀作品都是他空间控制能力强的证明。比如，在几幅章法各异的扇面、团扇（圆光）作品中，他也是随意生发、一气呵成，显示出无拘无束、自然天成、形式丰富而又和谐统一的美。

控制能力强的另一个方面，是说，他能很好地处理笔、墨、纸（绢）等书写工具的关系，通过对这种关系的调节和控制，塑造出有张力和质感的线条，从而创作出上乘的书法作品，而这又与熟悉各种书写工具的性能相关。徐文秀说过，选用什么样的笔、墨、纸，是以定位自己所追求的书法体裁形式为前提的。不同的定位，就要选择不同的书写工具，并善于驾驭之。这犹如一台戏，作者是"编剧"和"导演"，笔是"演员"，墨是"唱腔"，纸是"舞台"，水则是"伴奏"。"戏"的风格不同，选择的"演员""唱腔""舞台"和"伴奏"也不同。还是以"中国梦黄河魂"与"禅"这两幅作品为例，由于前者追求的是磅礴的气势，后者追求的是静思与四大皆空的感觉，所以作者在选择"演员""唱腔""舞台""伴奏"时，都采取了不同的标准。特别是"伴奏"（水），由于作者（"编剧""导演"）用水之妙，"墨分五色"，使前者酣畅淋漓，后者层次丰富，从而使整幅作品苍润而不枯涩，空灵而不板滞。

参观徐文秀的书法展览，一个很强烈的感觉是，他的每一幅作品，都洋溢着澎湃的激情。他的这种激情是从哪里来的？生活。2015 年 8 月，作者到北京参观全国十一届书法展，受到启发和感染，兴奋不已，产生了强烈的创作冲动。回来后，即铺纸研磨，提笔创作了六条屏《兰亭序》；同年，他阅读米帖，看到米芾的《拟古》，又受到启发和感染，欣然命笔，创作了"拟古"这两幅作品，其"形"已与王羲之和米芾大不相同，其"神"——澎湃的激情却一以贯之；他读李白、苏轼、徐渭的诗文，也是一次次地感染，一次次地激动和启发，于是一幅幅与古贤神交的作品便应运而生。在这里，激情是作者与生活相连的神经，它使作者始终保持生活的热情和敏感，审美与"审丑"意识达到"无为而为"——自然放松的境界，从而又使自己的"书法"从僵化的形式中挣脱出来，化为活生生的艺术女神，直接与生活和思想相融，这种"混化"状态便构成了作品的自然与壮丽。

有必要强调的是，"自然"不是自流，"放松"不是放任。蔡邕说："书肇于自然，自然既立，阴阳生焉，阴阳既生，形势出矣。"孔子说："游于艺。"这都是讲只有在书写中获得心灵的放松，才能够自在和愉悦。而要达到这样一种状态，非有长期刻苦的训练不可。

书法是艺术，而且是线条的艺术。艺者，技也。通观此次展览，徐文秀在书法表现技法上，已形成了自己纯熟而独特的用笔语言：其作品的线条，既具有汉魏碑学的高古、质朴、简洁、沉稳、厚重的内涵，又具有晋唐以来帖学（特别是行草）的灵动、飞扬、潇洒的抒情性。他的用笔、用墨以深沉、厚重为基调，偶见枯笔与淡墨，虚灵而踏实。运笔速度徐疾相间、舒缓有致，其笔下的线条，在准确肯定的同时，又强调多样变化，笔笔因势相生，所谓"一笔成一字之规，一字成一篇之准"，表现了高超自如的用笔技巧，造就了这些作品的精湛品质与艺术高度。

由于多年的刻苦浸淫，徐文秀在书法理论、技法和文化积淀上都有很深的造诣。他已经能够完全凭借个人的功夫势力使自己的书法个展"不单调"。

《中庸》有言："博厚，所以载物也；高明，所以覆物也；悠久，所以成物也。博厚配地，高明配天，悠久无疆。"这是徐文秀的追求，也应该是所有青年书法家的目标。

书画评论二题

闵生裕

吴善璋书法艺术：通会之际，人书俱老

吴善璋自幼爱好书法艺术，其书法从楷书入手推及行草诸体。对王羲之、颜真卿、欧阳询、孙过庭、米芾、何绍基等进行认真的研究，并借鉴汉简、敦煌遗书等丰富自己的艺术语言，追求简捷、流畅、清峻、典雅的艺术风格。

关于书法，有人讲法，有人讲道。我以为，形而下者谓之法，形而上者谓之道。将书法艺术理解为一种陶冶性情的手段。通过书法的实践，抒发和调节作者的感情，提高个人的品德素养，探索和理解人生意义，是谓"书道"。道，理也，即规律、原则。所以，王僧虔说："书之妙道，神采为上，形质次之。兼之者方可绍于古人。"由此可见古人论书也是讲道的。吴善璋在书法学习上是下过真功夫、下过硬功夫的，据说他早些年每年的耗纸量在三十刀以上，这是什么样的节奏？因为耗纸如烟、退笔如山的功夫，所以，其书法在形质方面的修炼达到了炉火纯青、出神入化的境地。书画至神妙使笔有运斤成风之趣，我想那是鬼斧神工啊！凡书，笔画要坚而浑，体势要奇而稳，章法要变而贯。有的书法家虽能笔墨纵横，但点画的形与意往往不能兼顾，而善璋先生的书法在笔墨挥运之际，则能点画井然，笔到意随，神采焕然。孙过庭说："观夫悬针垂露之异，奔雷坠石之奇，鸿飞兽骇之资，鸾舞蛇惊之态，绝岸颓峰之势，

临危据槁之形；或重若崩云，或轻如蝉翼；导之则泉注，顿之则山安。"先生字的结体严密，就单字欣赏，其字行笔险劲，似弓开弩张蕴千钧之力；竖如利剑，点如石凿，钩如金戈，捺如飞刀。比如"水"部，三点错落有致，其上两点画给人感觉那墨几乎是砸在纸上，力透纸背，入木三分，而最后一点，宛若鱼儿衔钩沉底，垂钓者猛一甩竿，让钩挂鱼跃出水面。那是真正的神来之笔。吴善璋书法高韵深情、坚质浩气。先生军人出身，观其书作，有如剑客，通篇透出的是剑气薄云、豪气冲天的雄劲和纵横捭阖的从容。想来，这当是一种能给人以力量的尚武精神。

吴善璋的书法师法正统且师古不泥，既能入帖，也能出帖。在书法的传承学习上，先生转益多师，学过二王、米芾等古代大家。先生学米芾的作品，但无米书的锋芒毕露、腾跃跳掷之风，而是寓放于收、变方为圆、不激不厉，即得米形而传晋人之意。得鱼忘筌是成功书法家的化境，与那些食古不化的学书者相比，善璋先生有他人不可比拟的艺术性灵。刘熙载云："书，如也，如其学，如其才，如其志，总之曰如其人而已。"故追求作品神韵的高雅，即作者磨砺品质的过程。明末清初的傅山说："作字先作人，人奇字自古。"在考量一个书法家的艺术成就时，我们往往情不自禁地联系其人、其才、其学、其志。吴善璋虽出身行伍，也当过工人，但长期以来，他沉浸于对中华国学及传统文化的学习，在书法上表现出的深刻内涵、高深造诣令人赞叹。善璋先生在与友人书作时，常缘时即景，激扬文字，其国学功底友人时可领略。所以，还是应了那句话，英雄不问出处。

我们常说少要持重，老要张狂。在中国书坛，善璋先生颇负盛名，先生属于那种敏于行而讷于言的人，书法是他最真最美的语言。他一向温敦仁厚、持重内敛。尤其是先生身居中国书协副主席这样的显位，挥毫泼墨之余，指点江山、臧否人物无可厚非。然而，在热衷炒作与包装的时代，他却独守一份宁静。我在许多场合上见到的善璋先生，从不见其夸夸其谈，相反多沉默寡言。在个人宣传上，他更不事张扬，甚至在银川书画院为他出的作品集里只有寥寥几行字的简历。书法家应该重艺德、重书格，一个书法家的"书格"往往受人格影响。虽然人们不可能从一篇书法作品的技艺或风格上看出作者人品之高低优劣，但书法家的风格既成，其人格也往往内化于作品中。善璋先生是一个有内蕴有傲骨的人，他不媚俗不媚权，淡泊宁静，唯艺术是尊。他将内心的疏狂全部寄于笔墨、寓于艺术。吴善璋先生曾在《光明日报》发表了《书画创作要尊重艺术规律——兼评浮躁的"笔会现象"》，文章尖锐指出当前书坛的浮躁现象，可谓出语惊人，一针见血。他说："寂寞耕耘、潜心研究、长期积累，是高水准艺术创造的不二法门。而当前流行的'书画笔会'，与纯粹的'雅集'基本没有关系，也不是面向群众的书画艺术普及、春联赠送或纯粹的抒怀吟咏活动。其中掩藏着公款消费和雅贿，可称为浮躁的'笔会现象'。这样的'书画笔会'，表面上是'繁荣创作'，实则与习近平总书记要求的'静下心来、精益求精搞创作'背道而驰，也不符合艺术创作规律。"

对于吴善璋先生的艺术成就，我们可以说桃李不言，下自成蹊。但对善璋先生书法的欣赏如果只停留在"点赞"，那或许只是附庸风雅。作为一名书法家，吴善璋没有辜负这个时代。宁夏的艺术评论者更应不辜负先生的艺术成就，我想这也是宁夏文艺评论工作的尴尬。我们只知道善璋先生书法一字难求，知道其作品润格不菲，却不能在我们工作中就如何理解善璋先生的书法，如何走近他的艺术世界，感知他的艺术追求等诸方面问题给予关心理解与帮助。对此，我等深感责任的缺失。

尹旭先生早年论善璋先生书法时，说他善变，有时几个月或变一次。果然，在左冲右突中，确立了其个人风格。孙过庭在《书谱》里说过："初学分布但求平正，既知平正，务追险绝，既能险绝，复归平正。初谓示及，后乃通会，通会之际，人书俱老。"细心的人也许会发现，善璋先生在目前的创作中仍在求变。客观地说，对善璋书法的某些变化我还持亟待商榷的保留意见，比如荣宝斋出版社出版的《吴善璋2015农历乙未年新春书法台历作品》。选的一部分作品，其书风变化之大，超过了一般人对其作品的审美惯性。我一直欣赏善璋先生书法结体上的严谨与章法上的诡异。或许是我们在书法鉴赏上的肉眼凡胎，对这类作品认识上的偏差；或许是由于先生无意地重神采、轻形质，这种"神驰形外"的表象让我们偶觉陌生。我固执地喜欢原来的那个"形神盎然"的吴善璋。善璋先生说，一个书法家的书风既成，呈现出稳定的艺术风格，但具体创作，不同时期的作品总是有变化的。孙过庭在《书谱》里说的"伯英不真，而点画狼藉"，这里的所谓"狼藉"明贬实褒。这恰恰是书法家创作达到的一种心手双畅、物我两忘的化境。如此说来，我们更应该理性看待书法家作品中出现的阶段性的形神变化。关于善璋先生书法的变化，我们所看到的或许是他书法寻求突破与创新的过程。

"庾信文章老更成，右军书法晚乃善。"其实，书法越老越精者不止是王羲之。欧阳询的代表作《九成宫》成书于他晚年。然而，我一直偏好《皇甫诞碑》，书法审美从来不排斥个人喜好，如米芾说颜真卿的书法是"墨猪"，黄庭坚说东坡书法是"石压蛤蟆"，而东坡说黄庭坚的书法是"死蛇挂树"。人生七十，从心所欲不逾矩。善璋先生也将到人书俱老的年龄了，世事之洞明、人情之练达，全在笔端。我相信坚守与突围，都是他的艺术生命所包含的选项。

周一新绘画艺术：笔底悠悠万古风

周一新给我的印象是一个传统的知识分子、本色的艺术家。他是我仰视的人物，他的国画师法正统、画格极高。无论是在各种展览上还是网上，我们能看到的周一新的画作，每一幅都很精致，你找不到那种草草的可以诟病的敷衍之作。周一新读的书特别多，尤其是在中国传统文化方面涉猎面极广，我想，国学正是周一新国画艺术精进的源头活水。

在创作题材上，许多画家爱跟风，缺乏艺术坚守。关于最近看的全国美展宁夏作品预展，我和周一新交流时，他说，第一印象是"白帽子"太多，即画家都热衷打宁夏回族这张牌，所以题材雷同撞车者不少。仿佛宁夏画家只有顶着这顶"白帽子"才能走向全国，这样的艺术路子是非常狭窄的。我与先生同感。其实，中国历史悠久，传统文化博大精深，是我们取之不竭的艺术源泉。传统文化是指中华民族共有的、以儒家思想文化为基线的、涵括其他各种不同思想文化内容的有机构成体系，而中国画是经过漫长的历史和文化演进而逐渐形成的，有其几千年的文明脉络和人文认知，其所蕴藏的文化内涵已成为中国人文化基因的一个组成部分，并深入每个中国人的内心。国画是东方艺术的主要形式，它在内容和艺术创作上反映了中华民族的民族意识和审美情趣，体现了古人对自然、社会及与之相关联的政治、哲学、宗教、道德、文艺等方面的认识。文化精神是中国画的支柱，中国文化中有一条未形成理论文字的精神文脉。周一新长期浸淫传统文化，他善学古人，善采"古风"，弱水三千，只取一瓢饮。在浩如烟海的传统文化精粹中，周一新任意采撷，他的作品从《诗经》《楚辞》到历代诗文莫不涉猎。

当年获全国十届美展银奖的《水浒忠义堂》精妙绝伦，令人叹为观止，那近乎黄金分割的构图，把水浒108条好汉摆布其中，无论形质还是神采都无懈可击。他用纯熟的线条将人物形象勾勒得惟妙惟肖，众好汉情态各异，风姿卓然。那是令人震撼的大制作、大手笔。周一新的画风醇正，师古不泥。他能取得如此辉煌的成就，对我而言，一点都不意外。

在周一新的画作中，释道题材作品和仕女作品无疑是最耀眼的。他笔下的中国禅宗始祖达摩身材伟岸，面容慈善，眼眸深邃坚毅，那种沉郁伤感、烟霞风流的情调，都通过风火渡江、面壁静思等富有故事性描绘，给人一种冷寂空灵的禅境。宗教人物钟馗道士正气凛然，威风八面。国画大师们历来不乏塑造钟馗的雅兴，著名画家齐白石、徐悲鸿、李可染、黄冑、范曾、王西京等，我简单地从网上搜索后进行比较，实话说，齐白石的钟馗太软，徐悲鸿的钟馗太板，李可染的钟馗太散，黄冑的钟馗太野，范曾的钟馗也似乎少点什么，相对而言，我更喜欢周一新和王西京的钟馗。在人物造型和表情处理上，周一新的钟馗更威严、更庄重，着色也更有视觉冲击。周一新也爱作弥勒佛、和合二仙、刘海戏蟾，画中人物憨态可掬，妙趣横生，孩童那天真调皮的怪样令人捧腹，他若出现在你身边，你会禁不住拧一下他的腮帮子，或是嘴上骂一句"坏尿"，然后抬脚朝尻子上轻轻踢上一脚才过瘾。他笔下的观音菩萨，慈眉善目；老子出关，仙风道骨；关公长须飘逸，大义凛然。还有诸多种人物及后世的苏东坡、米芾等文人墨客，无一不得其臻妙。《何妨一笑》画的是弥勒佛，这幅画人物身材比例非常有趣，上半身与下半身的比例几乎是4∶1，我以为这是神来之笔，它与宋人梁楷的《泼墨仙人图》异曲同工。梁楷画中一位仙人袒胸露怀，宽衣大肚，步履蹒跚，憨态可掬。那双小眼醉意蒙蒙，仿佛看透世间一切，嘴角边露出一丝神秘的微笑。那副既顽皮可爱又莫测高深的滑稽相，使仙人超凡脱俗又满带幽默诙谐的形象活灵活现。作者在构造人物形象时，有意夸张其额头部分，几乎占去面部的多半，而把五官挤在下部很小的面积上，垂眉细眼，扁鼻撇嘴，既显得醉态可掬，却又诙谐滑稽，令人捧腹，作品以生动的形象表现了作者的思想境界和生命态度，极尽嬉笑怒骂之态。如果说梁楷突出的是那个仙人充满智慧的额头，那么周一新用夸张的比例突出的是弥勒佛的大肚皮，那肚皮像洪水一样淹没了他的下肢，看上去几乎没腿。这种艺术的夸张岂不更彰显出弥勒的大肚能容。

大概是因为儿时看连环画太多的缘故，我对古代仕女有某种特殊的情结。在我的童蒙时期，梦中情人都是头上有云鬟的古妆女人。周一新笔下的美人或雍容典雅，清新可人；或仪态丰神，风情万种；比如《清水出芙蓉》系列，画中女子或娇羞慵懒，令人怜惜；或若有所思，心有千结；或明眸朱唇，顾盼神飞。周一新的许多人物画中常常能给人以诗意。比如有一幅画画的是一携琴的女子，它让我想到的是"有情明日抱琴来"。他还有更多的画作取宋词意境，将带着某种相思或闲愁的美人入画，如《红藕香残玉簟秋》《相思又一年》《江南可采莲》等等。大有写尽人世间百媚千红之势，让人看后感喟"佳人再难得"。看了周一新的仕女图，让我想起王安石《明妃曲》里为画师毛延寿鸣冤的两句诗"意态由来画不成，当时枉杀毛延寿"。谁说意态画不成？只是你毛延寿不过是个画工而已。当圣上"归来却怪丹青手"

时，你只能自认倒霉。周一新号释莲堂主人，这大概与他钟情释道及莲之出污泥而不染有关，我们仿佛从中能窥见画家内心对高洁的向往。宝剑赠壮士，明珠馈佳人。在周一新笔下，墨荷、芭蕉、书卷、画轴、花瓶、古琴、扇子等等，都是古典美人的匹配之物，有了它们，人物妙然成趣。周一新的画大胆设色，用墨讲究，技法纯熟，传统的中国红在他的人物画中运用较多，比如达摩的袈裟、钟馗的长袍、半裸山鬼那委地的长裙，却让人感觉一点都不俗艳。

宗白华说过，艺术是一种技术，然而，画家的技术不只是服役于人生，而是表现着人生，流露着情感和人格。空灵与充实是艺术精神的两元，一个造诣高深的画家能将此二元发挥到极致，一则是能空能舍，构图与用笔简约清新，让人清爽；一则是能深能实，让其内容丰富意蕴深刻，让人深思。周一新的画在这两方面都非常注重。从这些年的各种展览情况看，中国画整体文化品质下降，中国画的"制作性"逐渐压倒其"书写性"，美术家的书法篆刻等综合能力下降，以及中国画的"写意"精神现今"弱化"、"矮化"甚至"异化"。中国画强调"外师造化，中得心源"，融化物我，创制意境，要求"意存笔先，画尽意在"，达到以形写神、形神兼备、气韵生动的效果。由于书画同源，两者在达意抒情上都强调骨法用笔，因此绘画同书法、篆刻相互影响。周一新书画兼修，他的字写得遒劲有力、洒脱飘逸、书风正统。书法与绘画完美结合，得大味成大美。周一新许多画作的题款非常讲究，内容高古典雅，不落俗套。伫立于他的每一幅精心题款的人物画前，你不得不久久驻足，细细品味，从中悟画之诗意，赏人物之雅态，品书法之俊秀，那种艺术的享受无以言表。

如果说周一新在青年画家中的特点是画技，我不反对，但我更看重的是支撑其艺术创作的内在力量。周一新博览群书，我们的多次交流中，提起许多典籍，比如我们谈古典诗词、谈《世说》、谈《小窗幽记》及古今文人轶事，话语不多的他倒来了兴致，侃侃而谈，且每有惊人之语。周一新的画卷里总是透着一种书卷之气、浩然之气、凛然之气，一言以蔽之，那是中国正气。当前，艺术界不是在呼唤中国精神、中国风格吗？周一新长期坚定对中国传统文化的认同与学习，体现了艺术家的一种文化自觉与自省。他的国画取法高古，神形兼备，他向我们展示了一股蓬勃向上的中国风格、中国精神、中国气派，这难道不是迷惘的中国艺术所要寻觅的吗？当画家画到一定程度，画家的底蕴、修养很关键，周一新艺术创作走的是正道，在青年画家中，周一新是成名较早的，这是一件好事，至少让他早早树立信心，坚定自己的创作道路，不为浮名而费心，不因市场而媚俗，从而沉静下来努力修为。在这个充满喧嚣与浮躁的时代，周一新的艺术发展若想更上层楼，师法前人之余，更多的恐怕要继续坚守自己的宁静与淡泊，更多地求诸自己的内心。就目前的创作状态来看，周一新心无旁骛，守"正"不阿，当属那种"规矩"的画家，我想他是不急于求"异"图"破"，如果有一天，随着个人技艺的臻熟及修为的提升，在造型与用墨上发力，从而施变求逸，那大概是他艺术创作的又一个喷薄期。我坚信，这一天迟早要来。

画家四人谈

梦 也

杨立强：坚守是为创新

对一位画家的了解，大多是通过对其作品的研读和揣摸来达到大致的印象，然而对于他的人生阅历和创作理念，却要通过其他途径，而这一点恰恰是不能忽略的。在读了杨立强的文章以及他和评论家沈奇的访谈后，始对他的人生轨迹和创作理念有了一个较为清晰的了解。

与许多不幸的艺术家一样，杨立强也是命运不济、艰辛备尝，然而作为一个坚强的西部人，他却有着不同于常人的韧性和不甘平庸、敢于挑战命运的勇气，尤其让人感佩的是他在求艺过程中的谦卑和孜孜不倦。年少时的奋进和中年时的"归隐"可以基本勾勒出他人生大致的轮廓。仅从这一点也可看出他是一位淡泊名利、潜心于创作的艺术家，而这一特点无疑也是产生优秀作品的先决条件。

"出于心，归于心"，这是杨立强对自己创作心态和创作理念的最好注解，对我解读他的作品、揣摸他的心性和气质提供了依据。

出于心而归于心，强调的是创作的过程和遵循的创作理念，它更多的是结果而不是缘起，而我们在看重其过程和结果的同时，也不能忽略其"进于心"的东西到底是什么，对于杨立强而言，那就是学习和继承蔡鹤汀、蔡鹤洲两位大师的笔法，继而受浸于陇南山水的情韵和人文风俗的熏陶，最终走出一条属于自己的艺术之路。

从杨立强的作品可以看出，他继承的更多的是蔡鹤汀先生用墨的大胆和笔力的古拙苍劲，这一点在他的梅花小品里更显突出。然而，作为一个中国画家，除过师承，他不可能不从古今名家中去汲取营养，这一点，在杨立强的作品里同样可以得到证实。八大山人、梁楷、齐白石、徐悲鸿、刘海粟，这些古今名家，一定以特殊的方式影响过他，而油画、水彩这些不同类别的画风也一定程度上影响过他。所以，我们已经不能说他是单一的蔡氏两兄弟的高徒，更应当说，他是一位受益于中国传统文化影响的画家。

构图简略，用笔灵动疏松，在线条的支撑下，大块的墨色清亮淡远，成为一种超越具象、直达深远意境的中国现代山水画。这是杨立强的山水小品给我的直观印象。同时在他的作品里也可看出水彩技法和泼墨技法的交汇融合，这一点也成为其作品的突出亮点。

在我所熟悉的西北画家中，善于泼墨、泼彩，且以温润、绚丽的大色块来表现山川物象者，并不多见，而杨立强却开创了这一领域的先河，起码在这一点上是一个独辟蹊径的西北画家。

由于个性和地理等因素的影响，西北画家，多以线条的老辣和构图的苍凉、奇绝见长，却很少有水色温润的泼墨、泼彩见长者。由于大家所熟知的原因，西北的荒旱和物象的枯涩苍硬，倒是造就"铁线描"的理想环境。而杨立强却充分运用水墨和色彩在宣纸上的洇染和生发等特点，营造出了一种或真或幻，或虚或实的丹青世界，充分体现了中国画超越具象而接近天工的奇妙。

由于心性使然，我对中国的泼墨画情有独钟，南宋梁楷的《泼墨仙人图》、明代徐渭的《墨葡萄图》、清代华嵒的《天山积雪图》等，都堪称一脉相承的中国大写意画的典范之作，为后世中国画家的大写意创作开创了先河。

从写实到写意，似乎是很多有个性有理想的大画家的必由之路。因为随着笔墨功夫的成熟，画家自然实现了一个从现实世界走向心灵世界的转变。中国当代画家张大千老年时常以泼墨、泼彩见长，其画作鬼斧神工、自然天成，仿佛创造了一个意念中的仙境。而刘海粟，东西兼顾，在浓墨重彩中构筑了一个理想的水墨、水彩世界。徐悲鸿也不例外，在他少有的大写意泼墨画中，也极具中国大写意的精髓，其《漓江烟雨图》墨色浓淡相宜，物象朦胧而逼真，尤其奇妙的是墨色灵动而透亮，其手法之高妙，让人称绝。齐白石也一样，在其97岁高龄时所画的《牡丹》和《白菜萝卜图》，可明显看出他偶然间超越具象进入泼墨泼彩的自由境界，呈现出一派恣肆汪洋、鬼斧神工般的气象，成为他生命最后的绝唱。

说到底，优秀的艺术家并不是一直停留在对现实世界的单纯描述上，而是表现在对精神世界的不懈探寻上。所以我觉得，中国大写意画，类似于西方的印象派绘画，轻具象而重印象，独有其韵味。现在来看法国印象派画家莫奈的《日出印象》和《睡莲·鸢尾花和枝条》，其实就是用油彩表现出的一幅中国大写意泼墨画。

说这么多并不是厚此薄彼，好像我只重泼墨而轻视线条、重写意而轻视工笔，不是的。因为无论是哪一个画种，都可以产生出奇妙的作品。

之所以倾心于大写意，是因为，杨立强的画，强化了我关于这一点的认识。其实杨立强对山水、人物、花鸟无一不通。究其原因，一是受益于当代著名画家蔡鹤汀与蔡鹤洲二位恩师的指点；二是得益于自己的勤奋和悟性。

非勤学苦练不能成就为大家，非顿悟创新不足以独成一家。纵观杨立强的绘画，涉猎广泛、工写兼备，且都有所长。而我以为相对于他的花鸟、山水，唯独泼墨泼彩独见其灵性。比如他的家园系列和河西印象系列以及近期的山水小品等，皆是这一范式的最佳体现。

在这些系列作品里，他以线条为支撑，穿插以大色块的布局。其大块的墨色中杂以或黄或绿或褐或青的大色块，概况性地表现出了陇南山川的形貌、各种农作物或生长或成熟时的景象——其实是一种印象。往往是，在相互交织的色块中，隔出一方明净的水泊，既是画面中的留白，又成了清澈透明的一方活水。而在这样的一个世外桃源般的仙景中，往往点上一两只耕牛、一两个人物或是一组水鸟，立刻使安静的画面充满了动感。

杨立强的这些泼墨泼彩山水画，并不是色团和色墨的无序堆积或排列。其实，他十分注重色彩的和谐，在对色彩的天然把握中，尤其注重一种整体的效果，从而使各个色块搭配适中，且不紊乱。然而最重要的是，他能在各个色块之间巧妙地穿插线条，不仅使画面有了骨感和支撑，且使画面统一在一种格调中。

很多人以为，泼墨泼彩，也许就是让水墨和色彩在宣纸上任意地生发，而不加控制。其实高手，既要借水墨在宣纸上自然地生发和洇染，同时，还要借物赋形，给予适当的修整和调理，所谓的画龙点睛之笔常出于此。我觉得在这一点上，杨立强先生可谓心灵手巧、几近天然。

说到底，好的大写意作品，既是自然天成，又是有意而为。这有意越是接近无意，其作品才越接近天成。所以，要做到这一点尤其难矣！

然而要是没有线条的功夫，要是没有对构图的随机把握能力，那么你的泼墨泼彩画也许会显得没有张力和内涵，或许仅仅是一些没有生气的色块和墨块而已。

无疑，杨立强悟透了其中的奥妙。

杨立强的作品，无论是山水小品还是花鸟虫鱼，皆追求一种简单明快的风格，虽简约但不清寂和孤单，而是在简约中达到无形的丰满，在实与虚中维持了准确的平衡，将意境的开拓当作最终的追求，充分体现了中国画重意境、重个性呈现、重生命体验的特点。

对于一个成熟的画家来说，往往不会拘泥于流派和技法，而是进入自由的创作境界。在经历了艺术上的苦苦探索之后，杨立强已经进入了一个自由创作的阶段，他更注重将自己对外部世界的理解和认识通过画面来表达。他遵从自己的内心，坚持"出于心而归于心的"创作理念，将自己的生命感受通过故乡的一草一木恰当地表现出来。而这种从本能出发，对已知和未知世界的探寻，正是所有优秀艺术家的所为。

杨立强的朴实和安静，其文化修为和对故乡的一往情深，是造就他的艺术根基。我们有理由相信在他的个性得到伸展的同时，一定能够开拓出更为广阔的艺术空间，使其作品在接近天然的同时，传递出真善美的真谛！

然迪：放达始于随性

结识一个朋友当从交心开始，熟知他的美学追求，同样也始于心与心的交流。对于然迪先生，可谓我的故人知己，也可视作我的良师益友。我们的缘分始于绘画，始于对艺术同样的执着和痴迷。

早年在故地海原，就知道有一位立志于绘画艺术，且走南闯北，负笈东瀛的画家，他就是然迪，一个头发卷曲，怀着一腔热血的青年。对于我们的故地，热爱写作的人不少，但从事于绘画，且富有声誉的却寥寥无几，然迪正好填补了这一空白，成为海原人的骄傲。事实上，年近中年的他，虽受聘于江苏画院，成为西部百杰之一，但他的根在海原，所以他既是故土的骄傲，更是宁夏乃至西部的骄傲。

近些年来，然迪曾在宁夏、兰州、天水等地连续举办画展，以他雄宏苍郁的绘画作品，陶冶了故人的心声，也把一种豪迈苍劲、意境深邃的画风注入西部画坛，不仅丰富了绘画爱好者的视野和创作手法，同时，也提供给众人一种新鲜的艺术享受。

然迪对中国绘画的贡献，以及形成的自身价值，不是我所能定论得了的。作为一个朋友和学生只能欣赏他变幻多端、皴擦渲染的笔墨妙趣，领略他笔下突然生发的古木寒林的萧疏和波诡云谲的云影山峦，也许更为重要的是还能窥见他去尽凡俗，澄明于心的心灵世界。

安静下来细细琢磨他的绘画，透过他充满诗意的水墨世界，尚能体验到一种寄情山水，放逐于江湖的飘逸和孤寂，一种沉浸自然接近于大道的古典情怀。

然迪的绘画，表现的题材多为南方山水，其中他心仪长久的黄山正是他云林漫漶、自然生发的艺术之源，凡巨幅宏制，凡斗方小品都取意于黄山之魂。然而他的山水画不是简单的对物象世界的摹写，而是渗透了个人所思所悟的心灵造化，在似与不似之间体现出了中国绘画的最高神韵。他的绘画重在笔墨的传神和气息的高古，弥漫着冷然的森森古意。在古木干硬的老干和纷乱的虬枝当中，透露出画家笔意的刚硬和老辣，与此同时，飘然的瀑布流水，以及或浓或淡、自然生发的云朵山峦，不仅使画面有了动感，也化解了老木枝干的坚硬。动与静，刚与柔，构图的主与次，笔墨的浓与淡，凡此

种种都在他的巧意安排之下，达到了天人合一的境界，极尽了中国绘画的肌理，创造出物我两忘，妙趣横生的艺术世界。

我以为，然迪的绘画，有这么几个特点：一是笔触线条的刚硬；二是墨色浓淡、干湿对比的自然处理；三是构图的险峻与平衡能力（他的小品或出一角或占半边，但觉整体平衡。有"夏半边"的妙趣和"马一角"的神奇）；四是刚与柔、重与轻、浓与淡的对比与统一；五是精神内含的丰厚与超然，以及对人生的体悟和对大自然的热爱。

然迪也许追求的是山水人文，他以山水为媒介，表现出了对人生和对自然的理解。这理解表现出的基调就是宁静、邈远和超脱，是生对死的追问，是冷寂对烦嚣的追问。

他的绘画，多为水墨，极少用彩，在墨色的枯干和淋漓中，在线条的老硬和墨块的润泽中创造出奇妙的水墨世界。他的绘画既有具象，又有虚幻，而他笔下的具象又是抽象的具象，而其笔下的虚幻，又透发出具象的真实。凡有成就的艺术家都是来源于物象的真实而又超越于物象的真实，尤其是在真与假、实与虚之间找到艺术的真谛，表现出艺术的或真或幻的美，也充分地表达出艺术家的艺术追求。我以为这是然迪最为高妙的地方。

作画半生，然迪在艺术的道路上磕磕绊绊一路走来，当中既有求学的艰难，也有创作的快乐。他的绘画功夫自不必说，我感兴趣的是他的一些创作习惯：每每作画，必备烧酒，必备烟卷，他生性豪放又脑脯多情，注重友情，疏于财富。即使在他成名之后，也不拿捏，凡有朋友求画，总是点头答应。

前几日，我们几个朋友来到然迪的画室，把老将灌多了，他借着酒劲，一人画了一幅，随意之作，却是精品。我等在窃喜之余，对他的慷慨感佩于心。尤其是我，由于热爱绘画，在他那儿受益更多，感激之情难

以言表，小记如此，不是为了吹捧，而是有感于此。

古木寒林近于道，人间真情深似海。话说回来，高尚朴素的人品最终会成为艺术的试金石。

马红霞：秀美源于精致

由于爱上了绘画，就对宁夏书画界的各路高手渐渐熟悉起来，包括他们的创作风格、艺术追求，以及个性和生活方式。闲暇时喜欢和石舒清一起转画廊看画展，对各位熟悉的画家和书法家的作品也免不了要评论一番。有由衷感叹的也有不以为然的，在这里就不细说了。

相对于宁夏其他画家，我对马红霞的绘画作品情有独钟。曾私下里对朋友说，马红霞是继曾杏绯之后宁夏画牡丹的高手。在我看来，她的工笔牡丹，线条准确而细腻，设色轻淡而雅致。尤其是折叶、反叶以及枝干的穿插上都表现得十分精到，经得住专业人士的推敲。当然除过表现的到位，更为重要的是画面不是僵硬的古版的而是活的动的，富有生命气息的。由于同样喜欢画牡丹的缘故，我对马红霞笔下的牡丹喜爱有加。

古今中国喜欢画牡丹的画家层出不穷，这是因为牡丹不仅是百花之王，更是富贵和吉祥的象征。然而除过吴昌硕、赵之谦、赵云壑等这些近代丹青高手之外，能把牡丹画好的实在不多。因为牡丹多为复瓣花卉，且叶片三叉九顶，变化多端，表现起来，不是一件简单的事，非积数十年之功而不可为。

要是很欣赏一个人的作品，而不认识这个人，也是一种缺憾。2012年夏天，我和石舒清一起前往马红霞的画室。

初次见面，却发现马红霞不是想象中的那么个人。原以为她是一位大大咧咧，长相粗糙的人，与西海固老家的人没有二致。结果却出人意料：她清雅沉静，敏感细腻，也不乏一点忧郁。然而我们不是来看人的，而是来看画的。一进她的画室，便被感染：无论是面墙陈列的大型人物画还是挂在墙壁上的牡丹画均让我耳目一新。于是心里想：你看，人家才像个画画的。画室干净、整洁，能联想得到她在画画时的一丝不苟和精心细致。我问她：你画一个小斗方大概需要多少时间？她说需要半天。一幅四尺整张得需要十天八天，这得需要多大的耐心。可见在创作上她是多么认真而不辞辛苦。我以为像她那样能把工笔画得如此灵动而不僵硬，实属不易。

见了人见了画，我心想要是再能当面看看她怎样运笔，当是一件更难得的学习机会。所幸这样的机会来了：她要把送给石舒清的一幅小册页上的牡丹画收拾收拾再上上色。于是我看到了她细致而精准的用笔，以及对色彩和水分的把握。我有一个感受，在绘画上你哪怕要画好一个点、一根线条也得需要几年的工夫，这其中还不排除你的悟性。说到底，绘画中的线条是骨架，它的轻与重，紧与松，光滑与枯涩，以及曲折变化，实在是蕴含了大自然中的风声雷动与时序变迁。而色彩的沉郁与明亮也体现了画家对人间或喜或忧的情怀。

最后，我希望马红霞的作品里能多一些放达，多一些松弛，多一些人间烟火，多一些鸡鸣犬吠。

祁国鸿：任性出于自信

2008年，我曾在宁夏展览馆观看过固原市书画家为庆祝自治区成立50周年而举行的书画展，在众多高水平的画幅前浏览不失为一种美的享受。其中特别吸引眼球的是祁国鸿先生的一幅焦墨山水画，构图精妙，笔墨苍劲。尤其是焦墨的运用，不仅传达出山脉与树木的骨感精魂，且在黑与白的对比中创造出古朴深远的意境。在国画中微妙润泽是一种美，而苍劲洪莽也是一种美。相对于润泽洇染，带有枯笔效果的点染皴擦却能使画面给人一种冷峻的骨感美。这就是焦黑山水的特别之处。而观看祁国鸿的这幅焦黑山水画领略到的就是这一独特的感受。

事有巧遇，2009 年初春，我带着对国画世界的浓厚兴趣，到固原去拜访国鸿，在他的办公地点，我斗胆画了一幅白菜水果，意在得到他的指点。他毫不拿捏，在我所作的白菜叶上补了几笔，且在白菜根部添上了一只红色的瓢虫，马上使僵硬的画面有了意趣，并且红色的瓢虫与斜下方的红色水果有了呼应。接下来他应我的请求即兴创作了两幅花鸟画，其用笔的大胆和率性都给了我全新的体验。不论是枝条的穿插和水墨的渲染看似随意而为却是胸有成竹。只有亲自涉猎了国画笔墨的人才能体验到其中的功夫和妙趣。

在短暂的接触中我能体会到国鸿的散淡和坚韧，这散淡是对名利的散淡，这坚韧是对国画艺术的不懈追求。据他讲他一直以来没有解决的问题是如何用焦墨去表现黄土丘陵的质感，从中可见他对绘画艺术孜孜以求的精神。

他意识到，对于历史悠久、精深而博大的中国绘画，要想取得点滴之功却是难之又难。然而此生有幸与"墨"结缘，他便乐于"知白守黑"，以"墨"为色来抒写生活。

作为一个执着的追求者与探索者，祁国鸿数十年如一日，在"墨田"勤耕不辍，在潜心钻研"焦墨山水画"的同时，兼顾花鸟画。迄今为止有 30 余幅作品参加市级以上及区外画展，有多幅作品荣获省、市级不同奖项，并产生了较为广泛的影响。

中国画以传统文化为绘画内涵，对画家个人修养要求很高。潘天寿曾言："中国画是受之于眼，游之于心，澄怀忘虑，物我相融汇的过程……故重悟性，需静观"。因此国鸿常常聆听前人"物我合一"的吟唱；分享前人"人闲桂花落"的静谧；感受前人"涤除玄鉴，超尘绝伦，逍遥神游"的超然。在吮吸传统美学思想的同时，勤于外师造化。他多年来坚持外出写生，积累素材，丰富生活积累。在"焦墨山水画"创作中，力求表现生活气息，给人以亲切自然，幽静清雅的美感，画面墨色苍润华滋，笔法简练。

中国画是物我两忘、天人合一的化境，是探索自然与人生精微的载体。追求中国画的力度与深度，寻求思想性和艺术性的和谐统一；借鉴大师手笔，形成自身特色，成为国鸿绘画创作之路上的永恒追求……

国画浅谈四题

云　薇

丁淑萍国画：妙笔凝香

一纸墨痕在濡染流年的纤纤指尖，一湖涟漪是悄藏于唇边的浅浅笑靥。

有些人，一眼初识，便会心生欢喜，犹如一缕雪夜暗香，不经意间已幽幽拨动心弦；有些画卷，气韵芳华，茫茫天地落于咫尺素娟，万千气象，百般诗意。

才华出众的丁淑萍优雅从容，阳光的心态赐予她睿智和美丽。她天资聪慧，酷爱读书，年少时学画，梦想着有一天，执笔挥毫泼墨，展示世间之美。20 世纪 80 年代师从著名国画大家曾杏绯专攻牡丹、梅竹、禽鸟，又于此期间研习北派名家于非闇、王雪涛工笔写意花鸟，擅长写意花鸟、人物，兼攻书法、篆刻。而今，她历经探索与追求，始终坚守在寻梦的信念中，付出数不尽的努力与汗水，无怨无悔，在岁月的澄澈中，终将成为画坛里的一株超逸清雅的牡丹，散发着缕缕芬芳。其作品多次在全国、自治区展览中获奖并展出。先后六次举办个人画展并出版个人画集，2011 年中国（宁夏）国际投资贸易洽谈会暨中国·阿拉伯国家经贸论坛期间举办回族夫妻画展，先后九次荣获大展金奖，九次荣获银奖，十次荣获铜奖。国画作品《梅报新春》《荷塘香韵》入展第十二届全运会名家书画展并荣获杰出贡献奖。中国山水画的美，壮丽、包容、静谧、祥和；中国人物花鸟的美，内敛、含蓄、浓郁、大气。置身于大美中国的深远意境中，只需静静地体味袅袅如烟的缥缈意境，飞瀑流泉的悠然绝响，便会从心底升腾出一种波澜不惊的澄明之境。中国美术史上，成就突出的女性画家寥若晨星，即便如此，仍有耀眼的流星不断地划过男性为主体的艺术天空。她们的多思和善感似乎出于天性，女画家的笔也更重描画女人心底里的那一片梦幻的天空。

俯瞰近处的水波荡漾，仰望远处的山峰巍峨。我依着窗外那一缕暖暖的阳光，观看丁淑萍的牡丹图《红露凝香春满园》，一些微妙的情愫在我心间流淌。她秉承几位大师的画风，既有传统功力，又有现代感，大胆创新，独树一帜。她画的牡丹，神清气爽，超凡脱俗，渲染出牡丹那蓬勃的生命力，在起笔落笔间，惊艳了往昔的时光。国色天香的牡丹，从含苞待放到昂首怒放，姿态各异。构图严谨，穿插有致，细密精妍，层次分明，着色细腻，雍容典雅。牡丹花开之时繁花似锦、绚丽灿烂，让人不由得为之倾倒。

古往今来，画牡丹者众，牡丹画得好者也多。从古至今，文人对牡丹的赞咏之词浩如烟海，诗人白居易在他著名的诗篇《牡丹芳》中写道"花开花落二十日，一城之人皆若狂"，可见牡丹深受人们的喜爱与推崇。国画牡丹注重墨法的渲染和意蕴的表现，丁淑萍笔下的牡丹，有的飘逸幽静，有的娇艳欲滴，有的含苞待放，风格迥异，各有千秋。

一花一世界，一墨一馨香。能书善画的女子，起笔嫣然，落笔无言，笔锋游走，朵朵倾国倾城的美丽。于是，娇艳欲滴的牡丹，脉脉含情，青翠如玉的枝叶，烂漫多姿。春风摇曳了一湖的花影，清辉冉冉升起，心如一盏琉璃灯，温润而纯净。

"春来谁作韶华主，总领群芳是牡丹"。满堂惊艳的刹那，几株牡丹，在她的笔下花朵硕大妩媚，花色缤纷艳丽。黄的庄重矜持，红的如火如荼，粉的娇柔婀娜，紫的白的纤尘不染。花型更是俊秀婆娑，或娉婷娇美，花团锦簇；或舒展妩媚，富贵典雅。透过柔媚细纱，走进悠悠岁月，思绪、记忆、心境，终是飞花入梦里，且将心思揉于曲，和弦交融相辉映。

《红露凝香春满园》《锦绣年华》《天香一夜增秀色》等画作，构图新颖，用笔洒脱，色墨结合，设色淡雅，风骨傲然，没有半点媚颜，画面艳而不俗，具有深厚传统功力。她以独到的用墨技法、审美情趣，将牡丹的国色天香表现得恰到好处。

一幅画，引人爱不释手，画家必然用心动情，花开四季，墨生五色。心中山河锦绣，画中诗意怡然。画家的学识修养的积累，个人气质和禀赋的历练，与绘画的风格有千丝万缕的因果关系，所谓"了却尘境，澄然心空，抚琴弄月，对弈作画，如闲云野鹤，似行空仙人"。精神的淡泊，往往是艺术空灵化的开始。空明澄澈的艺术心灵，空寂幽玄的审美意识，千百年来，源于儒释道思想对艺术家们深远的影响。

牡丹在唐代推崇到"国花"的地位，牡丹以其国色天香赢得从古到今人们的喜爱。闲窗品画，是谁惊扰了流云浮生，是武皇，让富贵落入凡尘；是谁辜负了一眼痴望，是牡丹，从容静候着生根与怒放，在风雨喧嚣中，独自微笑独自平静。即使是被逐出长安，流放洛阳，牡丹没有半点消沉而是在顽强中坚守一份执着，轰轰烈烈地绽放，似乎懂得顺其自然，更懂得安放一缕花魂。

丁淑萍独爱牡丹，尤爱那份真性情，笔墨间千回百转，万种风情。"北方有佳人，绝世而独立……"仿佛，回眸处，一位牡丹仙子，相伴于蝶舞翩飞的春色里，天上人间美轮美奂，莫如此境。琼蕾绽开倾城之色，艳丽夺目的花朵，似烈焰，烧出人间四月最耀眼的火花。美的光芒，在众多缤纷的春花之中，雍容大气。历代文人墨客对牡丹花的色与香给予极高的评价。帝王之花，何等的荣耀！刘禹锡笔下"唯有牡丹真国色，花开时节动京城"。花开菩提，一双纤细的手，深深浅浅地描绘内心的美好，此刻的心境于天地间沉静安详，拥抱自然的味道醇真而深情。

一幅幅画卷，花开富贵，花开吉祥，花开风清月明，花开草长莺飞，世间万物，逐渐地明媚温暖。

而她画的红梅，《梅报新春》《天香一夜增秀色》等作品，也是枝挺花艳，暗香沁人，春意盎然，孕育着对未来的无限憧憬与希望。

腹有诗书气自华，最是书香能致远。她的人物作品《蔡文姬》《相思》《碧野清风过曲悠生清香》通过笔、墨、色彩的运用，赋予作品灵魂的同时，把女人内心深处的点滴思绪，通过人物的神采、动作刻画丝丝入扣，气韵非凡。作品描绘的美人是唯美的，有内涵的，引人浮想联翩。画中如若有了诗的境界，诗中自然会有画的韵味，常读书的人，心里心外，都会有一股淡淡的书香萦绕其间。书卷，就是她内心的一道山水，就仿佛给自己的心里植了一道花园，身外的喧嚣是入不了心的。花开时节，花香四溢，幽幽入怀，于是，心也荡漾，情也畅然。

我欣赏文人的风骨，画者的气度，尤为欣赏淡然洒脱的女画家。回眸的刹那，看过的风景，有姹紫，也有嫣红，更多的是如水的时光，静静地相守，坦然地面对岁月的风雨，让容颜沉淀出优雅的从容。画之雅俗，关乎人品，关乎学识。气韵浓淡，关乎心境。丁淑萍作品《相思》《夏荫》《金色荷塘》《雪意融融》等，无不表现了内心世界，气韵悠然而至。《雪域风情》《蔡文姬》《珍禽迎雪》等，则从另一个角度去感知作者内心的坚韧，是冰天雪地依然绽放出对生命的热爱与抗争自然的顽强。

一朵花开在深夜，独守一份芳华，意韵幽幽地开着，这样的花朵自然有了静气。一个人，专心一件事情，别的事情都搅乱不了她，心系一处，也就有了静气，人已静谧，风度俱来。绘画如同品茗，可愉悦心境，陶冶情操，润泽心灵。"绘画之时，能平心静气，以气驱笔，寄托情怀，遨游于天地万物间。"

万物静观皆自得，保持一颗澄怀观道的静心确是艺术创作的前提和基础，不张扬，不喧哗。始终保持一颗淡定的心实属不易。无论是心与云俱闲，还是清坐契心赏，这些场景似乎对古人都是常事和乐事。但对于今日画人，保持着"也无风云也无晴"的平静心态又有几人能做到呢？她向往生活的灵光闪闪的眼神，赋予作品太多的思考和想象的空间。

心在意境里任由美牵引着，弥漫开来的墨香，满天满地。美，若是一种心境。见青山如是，心亦如是。

李卫宁国画：随风吟竹

竹影婆娑，姿态入画。一次静心品茶的机缘，我结识了画家李卫宁，一位谦和有礼的中年男子。当我轻轻地翻开他的画册，我不禁被他蕴藉深沉的画风、低调而幽默的自跋中的语句所吸引。

他自嘲自己"虽是陕西佳县人氏，但有幸落生于塞上沃土宁夏石嘴山，然全无北方男子魁伟之风骨。质朴的禀赋加自然造化成就了一名普通人，故取号'平常人'。

吾自幼生丹青之趣，却无缘跻身科班院校求学深造，难圆'点石成金'之梦，落魄柴门而为一'野狐禅'者。而茶余饭后，或伴乐听琴；或练美声、吼通俗、唱民歌；或涂朱砂、抹藤黄。观大风起兮，灰飞扬，求志同，存道异。求自然天成，聊以自娱，其乐也融。

初涉丹青，多习人物、山水。而立之岁，尤痴迷画竹，然天资不济，竹味不足，所画墨竹多似桃叶，柳叶……"

当我俯视李卫宁的一幅幅墨竹画卷，摇曳葱茏，雅腴清新的气息迎面而来；竹竿的线条圆润厚重，竹叶的刚健飘逸在深浅变化的墨色之间千回百转，犹如谦谦君子，刚柔并济，是我对他的墨竹作品的总体印象。他专攻墨竹之道三十余载，绘制画稿及作品万余张。著有《李卫宁墨竹集》，作品多次参展获奖。现任石嘴山市文联副主席、市美术家协会艺术顾问、市书画院副院长，宁夏美术家协会会员。

此刻，我们几个志趣相投的友人，围坐几前，谈笑风生，袅袅茶香，悠悠古琴。在这种氛围中，李卫宁感受颇多，沉吟片刻，他仅从对中国画的哲学、诗意、书法、激情四个方面，向我们娓娓道来了他多年来积累的一些对中国画的认识和看法。

竹，常被文人雅士寓意清高正直的气节、虚心的品质，因此墨竹成了书、画、道（哲学）的综合体，成了人格、人品的写照，成为中国画史千载不衰的画种。自文同、苏轼而至元四家，墨竹之风兴起，内蕴哲学意理与书法融会贯通。可以说，墨竹是一种中国文人画。

中国画是哲学的艺术。纵观几千年来中国文化的沉淀与发展，儒、释、道思想给中国传统文化带来了深远的影响，而道家思想对中国绘画的影响尤深，表达逍遥于天地之间心意自得的感受。哲学思想在中国画的各个时期的画家，都有各自的理解和不同的表现。石涛在论画中说，"以我襟含气度，不在山川林木之内，其精神驾驭于山川林木之外"。我国传统绘画题材可分人物、山水、花鸟等，技法可分工笔和写意，其精神内核是"笔墨"。中国写意画家们在描绘自然时也就摒弃了客观表象的视觉写真、再现，而是透过"象"去捕捉自然内部所蕴含的生生不息的生命，写形传意，以形达神。

李卫宁在《诗思竹间得 道心尘外逢》《相生相克》《无常》等国画作品中，无不体现山林隐逸的气势及恬逸的哲学理念。而《春生（晴竹）》《夏长（雨竹）》《秋收（风竹）》《冬藏（雪竹）》国画作品，是来源于传统中医的养身之道。《荀子·王制》有言："春耕夏耘，秋收冬藏，四者不失时。"世间万物，总是春生夏长，秋收冬藏。画面中的春夏之竹，枝繁叶茂，显得生机盎然；秋冬之竹，傲霜斗雪，竹叶坚挺有力，如刀似戟。白居易《画竹歌》中所云："不根而生从意生，不笋而成由笔成。"清灵的况味超脱世俗，不染烟火，不沾凡尘。而我对竹的情结，源于珍爱的《红楼梦》。冷雨潇湘，忧竹千竿。秋风来袭，想必那婉转可人的林黛玉相伴幽幽琴声，谱写千古离殇的诗篇。

中国画是充满诗意的艺术。中国画中的"意境"，是画中题诗，诗画互补，再加盖红印章，使中国画集诗、书、画、印于一身，形成了独特的艺术形式，使人在读诗看画、看画赏诗之中，享受意境之美。

梅兰菊竹"四君子"中，梅凌寒傲雪，兰超凡脱俗，菊暗香盈袖，唯有竹历冰霜、不变风姿，乃真君伟丈夫也。他在国画作品中题款："独坐幽篁里，弹琴复长啸。深林人不知，明月来相照。"若能像王维那样弹琴长歌，听竹萧萧，观竹瑟瑟，促膝品茗，且随风吟竹唱，这份雅致情怀，令人慕煞不已。

画中有诗，诗中有画。透过时光的沉淀，透过画和诗，他不仅是停留在对竹的描摹，更多的是文化内涵，也足见作者的艺术修养和学识造诣。若以竹代言，竹子便不再是自然之竹的再现，诗也不是无感而发的诗题。从自然之竹，到画家笔下艺术化的墨竹，已潜移默化地将主观情感浅浅入墨，深深入心，一份诗情画意，诉说着眼中的山水，彼岸的墨竹。

中国画是具有书法美感的艺术。绘画与书法相辅相成，缺一不可，所谓"书画同源"。李卫宁从喜欢书法，认识书法，研习书法的过程中，细心地揣摩和摸索。他的书法作品《厚德载福》出于《国语·晋语六》："吾闻之，唯厚德者能受多福，无德而服者众，必自伤也。"李卫宁常以元代文人书画名家赵孟頫的观点要求自己，"石如飞白木如籀，写竹还与八法通，若也有人能会此，方知书画本来同。"强调书画同源，提倡以"写"代"描"。虽然他的书法作品已经获得大家的认可，群众的喜爱，成为石嘴山市书法家协会副主席、宁夏书法家协会的会员，但他依然谦虚谨慎，学无止境。

以书入画，就是要以流畅的笔调，传统画法中的竹叶以"个"字或"介"字，既有力又含蓄，富笔墨情趣。尤为欣赏他的《春雨一夕鸣　乘风写绿影》《雨后龙风长　风前凤尾摇》《一塌卧山中　静听秋雨响》《寒稍虽数叶　高洁傲霜风》等国画作品。风雨中的竹叶、风霜中的竹叶，竹的起笔收笔似乎既有书法的笔墨厚重，又具深沉潇洒的画风。错落有致的竹叶，以墨色浓淡分出层次，且适当留白，布局新颖，气息清新，让人伏案良久依然沉浸在片片竹叶与风相依、与雨相守的意境里。

中国画是富有激情的艺术。画家的每一幅作品，都充满着作者的情绪、情感、情怀……他的《怒竹》中"怒气写竹"，是画家个性化的举动。竹子既有作者情绪的怒气，也不乏喜气流露。微风轻拂，竹子枝叶摇曳，宛如豆蔻年华的女子，风中漫步，眼神姿态洋溢着祥瑞之气。《瑞雪年丰　竹报平安》显得喜气洋洋，"竹枝纵横，如茅刀错出"。他的画，最动人的是"气势"，是韵，是气，是节奏，是铺天盖地的动态美……墨竹往往是刚柔相济，墨竹的气势也就摇曳多姿。

当今社会，是一个人心普遍比较浮躁功利的时代，人们总是步履纷杂、行色匆匆；人们总是很忙——忙得心力交瘁，忙得长吁短叹，忙得精神萎靡，忙得心灵苍白。而能初心不改地坚持追求真、善、美的内心修养的艺术家并不多。绘画的本质最重要的是真性情，有感而发。遵循这个艺术规律画家才有可能进入艺术表现的自由境界，不拘泥于外在形式，注重的是内在意境修为的不断提升。

李卫宁注重个人综合修养的提升，注重理论实践的结合，是他多年从事国画创作的切身体验，从与他的言谈中，从他的作品中，都能明显感受到，李卫宁对中国传统美学有着深入的研究，在他为石嘴山市老年大学授课，在为各单位讲座中，明显体现出来。他经常在授课时大篇幅背诵《道德经》《离骚》等传统经典，常说"你画竹，竹也在画你"，用行话说，就是画如其人。他在党校学习期间，创作的国画作品题款"中国共产党坚持中国特色社会主义道路自信、制度自信、理论自信、文化自信，咬定青山不放松，任尔东西南北风"就充分说明了这一点，也体现了他的人生信仰和对绘画精神追求的坚定与执着。石嘴山市委、市政府授予他"德艺双馨"文艺家称号。

"三千里读史，不外功名利禄；九万里悟道，终归诗酒田园"。最惬意的人生是逍遥无束、把酒吟诗的田园生活。人生拼命的追求，到头来终归明白自己想要的，不过是"淡泊以明志，宁静以致远"。

或许就在我们一刹那的迷离与恍惚时，岁月已蹉跎，千山暮雪，百鸟飞尽。"禅道通灵悟天机"。他回首三十余载信笔涂鸦之鸿爪，多似"邯郸学步之窘能"，而无"萧散简达"之灵机。何故？知天命之年，宁静沉思，蓦然醒悟遂仰天大笑，曰："丹青妙趣若羚羊挂角，无迹可寻，笔墨情至乃心手相师，境由心造，非人人皆可悟其道也。"

今，余痴迷此道却不解其理，有如鸡肋哽喉，吞也难，吐也难，留也苦，弃也苦，不吞、不吐、不留、不弃则苦中苦，难上难。然仍沉溺于苦海而不能自拔，亦然苦中作乐，乐此不疲且执迷不悟，歧途不归者，乃陕西佳县愚人——李卫宁也。

我享受喝茶的过程，敬重懂得生活，执着追求的艺术家。一盏茶，有些苦，有些涩，有些悠然的美。在这初秋的窗前，一杯一盏，且让我们就这样捧着茶盏，缓缓地展开画卷，是真英雄自洒脱，是真名士自风流！

刘玉明国画：笔蘸清风

近日，有幸观赏刘玉明老师的画作，宛如在浩瀚缥缈的泼墨山水之间，摇一叶小小的扁舟，弹一曲《高山流水》觅知音，画一幅清风明月星辰。

刘玉明是一名回族画家，毕业于宁夏大学美术系，宁夏石嘴山市文化馆副研究员，中国当代书画家研究会会员，中国美术家协会会员，香港美术家协会会员，石嘴山市美术家协会副主席，石嘴山书画院副院长，宁夏书画院院外画家。

在多年的艺术实践中，他汲取了董源、石涛、八大山人、黄宾虹等大师的绘画营养。近年来，主要探索宋、元、明、清文人画的精神和北派山水的疏野与旷达，力求追从范宽，潜心揣摩古人"六法"，注重笔墨与心灵感应，融会贯通，释然落笔，将用笔之道、运墨之法落实在形神的刻画和情与学的表达之中。

刘玉明的《塞上八月》《贺兰春晓》《塞上金秋》等作品先后分别荣获全国、全区美术作品展览金、银、铜奖。代表作《塞上八月》荣获宁夏第八届文学艺术评奖美术创作奖;《回望边塞》等作品入选全国回族画家作品展及第三届全国五自治区美术作品展;《西行漫记》《山舞银蛇》等作品入选文化部、全国总工会及全国"耀吉星杯"展览，并获奖。2011年，中国（宁夏）国际投资贸易洽谈会暨中阿国家经贸论坛期间，与妻子丁淑萍举办回族夫妻画展，部分作品被韩国、日本、新加坡、加拿大、沙特、叙利亚等国博物馆和个人收藏，作品和传略被收入《20世纪中国当代书画名人》等书籍。2011年的作品《回望边塞》入选参加第十六届广州国际艺术博览会，并于2012年荣获石嘴山市高层次拔尖人才奖。2013年9月、2014年9月被宁夏美协推荐，参加了北京荣宝斋画院"刘大为人物画高研班"，受到中国美协主席刘大为导师的好评。2014年12月，四幅作品入选"盛世莲花"澳门回归十五周年中国书画高质作品展，并作为特邀嘉宾参加画展开幕式庆典等活动。

艺术来源于生活，高于生活。他的作品，笔墨醇厚、内敛、含蓄，给人以深远辽阔的美感，结合自己对回族精神的虔诚信仰，巧妙地将西北的地域景致特点，所见所悟的一山一水悠然入心入画。在雄浑俊秀的贺兰山色、塞上江南的回乡风情、绵延千里的丝路古道、大漠荒原的牧马放歌等西域风情中，让观者感到亲切自然，流连忘返。

美在"荡胸生层云，决眦入归鸟"的意蕴之中。《贺兰春晓》《塞上金秋》《兰山雄翠图》《塞北晴雪》等作品，充满了画家对塞北的山水、大自然的瑰丽景象的深切爱恋，与他的蓬勃激情和深刻体验深深融在一起，挥洒出了对美的不懈追求与感悟。宇宙万物生生不息，"生而不有，为而不恃，长而不宰"，不把万物据为己有，不夸耀自己的功劳，不主宰和支配万物，而是遵从万物自然而然地发展。刘玉明怀着对天地山水，江河湖泊天然淳朴的赞美之情，追求一种源于传统的文人气质，一种与自然相通、和谐的自由心境，他运用笔墨，在干、湿、浓、淡的微妙变化中构图，以色彩的浓淡来概括绚丽的星辰江河，体现世间万物无限丰富的意蕴。可以说笔墨是中国画的根本，人文精神是中国画的灵魂。

在岁月的长河中，谁拥有了一颗欢喜的心、感恩的心，那么，迎来的春天，才能体会到小溪水波荡漾的美丽；迎来的夏天，才会体会到荷花初开的纯美及芬芳馥郁；迎来的秋天，才会体会到暖阳的温婉及硕果累累；迎来的冬天，才会体会到瑞雪兆丰年，那一份静谧与安详，久久驻留在心中……

美在"斜阳漏处，一塔枕孤城"的诗意之境。杜甫讲"意匠惨淡经营中"。匠心独运，可回味无穷。倪瓒道"画者不过意笔草草，不求形似，聊以自娱，写胸中逸气耳"。他在《大漠赛驼图》《草原图》《千里边塞任驰骋》等以人物为主的画作中，既有远去的风景，又寥寥几笔将人物灵秀的韵味表现得质朴无华。或于大漠赛驼中强烈的动势，仿佛呼之欲出；或在千里边塞的驰骋，任思绪飘扬，在悠悠天地间诗意深沉。中国画重神似，不苛求形似，是为了在艺术形象中偏重主观思想的表现，把形象当成寄情之物。在强调个性、情感的画面里，画家借描绘自然景物来抒写或悲壮，或高亢，或喜悦，或愁怀的心灵感受。中国画更注重内涵，不仅运用绘画的技术来完成，而且融入了更多的书法、诗文的语言来配合绘画的技术，并融诗、书、画、印为一体，俗称"四绝"。画家由于吸收了绘画之外文化素养的积淀，形成了自我的审美意象。书画同源，刘玉明以书法来滋养自己的笔墨，显现出了以书为骨、以墨为韵、以诗为魂的总体气象。作品和传略被收入《20世纪中国当代书画名人》等书籍。2010年4月出版个人专集《刘玉明国画作品》。

画家若能经年累月地坚守书画笔墨的晕染，他必然是在大千世界的喧嚣背后，寻求内心四季的清寂，散发出儒雅的气度与内涵。清寂，是清风明月时洒向大地的光辉，是来自灵魂深处的一种情怀。它是浮华褪却后的清静，也是红尘喧嚣后的清澈。清寂的时光中，他可以将思绪根植于色彩斑斓的世界中徜徉沉浮，也可以描摹万物皆有灵性的丝丝感悟，留一份温润于腕间的墨色婉约流动，将心放在山泉瀑布的旋律中，留一份清幽的韵致，让耳畔的风徐徐吹过，让山林的道路在琴声缈缈中曲折蜿蜒。

透过所绘的物象，刘玉明的国画作品，使我感悟最深的乃是那起伏跌宕、纵横错落、挥洒有致的笔墨韵律，它就像一首古琴曲调在笔情墨韵间演绎着自信与洒脱的写意，留给我明洁清润的想象空间。作品中的用墨、施色、运笔、蘸水皆轻松自然，墨、色、水的交融渗透达到了力透纸背的效果。画语与笔墨的自然融合，心境与物境的统一和谐，描绘出袅袅如烟的缥缈意境，飞瀑流泉的悠然清响。

在这瞬息万变的世间，我们或许可以没有鲜花掌声，或许可以没有高朋满座，但终究会沉浸在高山流水的意境中，静下心来听一首歌，赏一幅画，读一段文字；在小院的篱笆墙里，在远山的青黛中，把酒言欢。倘若一生，能在如水的时光里，借一盏彼岸的烟火为灯，采一弯山川河流为墨，让幸福如此温暖，遥望着夜空的星辰。笔蘸清风邀明月，墨染豪情生华章。

王伯石国画：水墨流年

掬一捧日月的清辉，品味自然的灵性深远，画一笔丹青的画卷，让水墨流年如诗一般隽永。

他，用一方古砚，描绘岁月的山水；他将宣纸铺展，狼毫游动，一笔笔如烟的柔软从墨迹中悠悠渗出，那些潇洒又俊逸的绘画、书法、篆刻，任一曲水调轻轻地流泻，在薄如蝉翼的素笺上浸透了再浸透……他是王伯石，一位谦和有礼的青年画家、书法家、篆刻家，说起圣贤诗书、青铜玉器来，也是见解独到，乐此不疲。

恬淡儒雅，是他的一种心性，也是盛开在茶汤里的花香。他的画舍里，雕龙刻凤的茶几上，摆放着别致的茶杯和紫砂壶；几株绿植，在廊间鸟鸣的清脆声中，濡染了几分灵秀，长势愈欢；一方小塌，几根檀香，袅袅婷婷，若隐若现；临墙而立的木架上，依次放置着青铜玉器以及各类书籍用品。我拿起一本《诗品》，读到"不着一字，尽得风流"，目光所到之处，书法、篆刻、中国画论及几本茶经诠释着这间画室的主人对诗、书、画、茶的情趣与热爱。

古往今来，读书的男子，添一份儒气、灵气和英气，举手投足间流露着谦谦君子之风。正如雪小禅所描述，文字有暮色，心还少年，多好。这里的茶、书、画……如水波潋滟，充满着飘逸的文人气息，不知惊艳了多少人的目光。

我们临窗而坐，品的是茶，听的是他的故事，赏的是他的山水画卷。王伯石的爷爷是一位学识渊博的老人，在老人家的书桌旁和琅琅读书声中，王伯石一年年长大，喜爱中国传统文化和中国书画艺术的种子，在他的心田里生根发芽，舒枝展叶。与同龄人相比，他少了些轻狂与矫情，多了些沉稳、持重和儒雅，保留一份率真与洒脱。

在追求艺术的道路上，他用一颗如莲的心，画下许多的感动，一墨生花，万般景致在青山绿水里镌刻着片片浓情，点染出人生画轴。研墨的当口，抬笔落腕处便有了诗情画意，一滴水墨晶莹温润地飘落在心湖里。他潜心参悟儒释道博大精深的智慧，渐渐融入一幅幅画作……后遇名师，见他天资聪慧，年龄虽小，艺术天赋较高，传授他绘画技巧与其中的精髓奥妙。当才华遇上勤奋与努力，偶然就成为了必然，注定他将成为宁夏画坛中的一颗新星。如今他的画展陆续在宁夏博物馆和石嘴山市书画院展出，画展引起各界人士关注并荣获"第二届石嘴山市新人新作奖"。他用善于发现美的眼睛来看这个纷繁的世界，用一颗至纯之心挥毫泼墨，创作着美术书法及篆刻作品。他的书法与篆刻疏密有致，两者相映生辉。他的绘画平和如水，以单纯的淡彩为宜，古朴典雅。

"善书者必能画，善画者必能书"。在画作《秋江泛舟》，茫茫天地间，落红、孤舟、老叟、几点水纹……整幅画落在眼里，满卷皆虚空，全是秋寒之意。《巫峡清秋》《秋山观瀑》，滔滔云海，均有留白，"有心恰恰无"，"留白"即是"无"的表现。就如同道家的"以无为大，大而无所容"，反映出物情和心意，又如同音乐的节符，具有了韵律感和节奏感。《幽山独居》《松下行吟》等作品，或一人独坐，或抚琴遥想，神态各异，惟妙惟肖。云雾瀑布在山中缭绕，重峦叠嶂，山、水、岩……透露出孤寂高洁的人文情怀，以及儒家、道家和禅意。《龙女礼佛图》《普贤王菩萨》，人物面部、发髻刻画得细致入微，丝丝入扣，突出的是神采，而衣袍服饰只用数笔，一挥而就。观音菩萨或端坐莲花或脚踏祥云，呈现出安详圣洁的姿态，轻轻地洗涤着世人的烦忧。中国画的人文精神就是要具有儒家的风骨、道家的太极、佛家的菩提。"淡然无极，而众美从之"。画品之美，美在自然。在当下浮躁喧嚣的社会生活中，人们也应该保持自然天性、天人合一的状态。

他用富有弹性的毛笔，饱蘸水墨，在宣纸上挥洒，或抑扬顿挫，或轻重急缓，或浓淡干湿，运用线条的丰富变化，勾勒、皴擦、染点，因而产生了秀润高逸的线条、奇拙简洁的线条、纵恣奔放的线条、洒脱豪放的线条。我看到一幅精美的大六尺工笔重彩《文会图》。这幅画他已用了四年的时间，至今还未完成，是源于他对艺术的一丝不苟。一笔笔线条，将远处山石古木，近处亭台楼阁，隐约可见的瀑布，动静结合。几位古代文人雅集，吟诗作赋、听琴品茗的情景惟妙惟肖跃然纸上；一种超凡脱俗的意境，无胜于有，方寸天地宽。

想来作画的人，将笔墨收住了，又将境界铺开了，观画的人，一点点地，循着深深浅浅的墨痕，循着升腾的幽寂之气，心中的山水，也一点点地晕染开来……

我听着水与茶杯碰撞的声音，声声入耳，格外清脆。品着这份淡淡的苦涩，此刻的心境澄澈祥和。窗外有白云飘过，几束阳光穿过窗棂，点缀着画室内的光阴，就连落在窗台上的尘埃，也似乎沾染了书画的墨香和山水的灵性。

前几日，友人折了一枝含苞待放的兰花给我。欣喜之余，我找一只净瓶，接上水，插上花，简朴的家立刻有了一抹春色。一人喜静，若满树花开花落，那便是灵魂的安然与世间的悲喜交集吧！

很喜欢一句话：灵魂是用来种植的，种草，有碧翠；种花，有芬芳；种下一棵大树，便会收获阴凉。世间的烟火，就是一边凋零一边葱茏，一边颠沛一边热爱。那么，在新岁的钟声即将敲响之际，我借一缕阳光养心，在心灵深处的桃花源里就捧起了温暖的希望。祝愿来年，王伯石以勤为水，用爱作墨亦作光，去收获一个沉甸甸的金秋。

蒙古族舞剧《永远的马头琴》观后

余媛媛

这是一个美丽动听的传说，折风为弓，捻尾成弦，念琴音尚存，只为还琴弦一脉，轮世相传！原创舞剧《永远的马头琴》是中央民族大学舞蹈学院编导教研室主任，硕士研究生导师，国家一级舞蹈编导，文华编导奖获得者徐小平老师带领创作团队的又一力作。从课堂教学——田野调查——舞剧编创——舞台实践，完成了教学与创作研究的全过程。舞剧通过触弦、拨弦、对弦、颤弦、断弦、击弦、鸣弦构成完整的结构，舞剧的剧情讲述的是"她"生前本是草原上的一匹美丽的白马，放步草原，自在潇洒。当"她"险些落入王爷的圈套时，是牧民苏和救下了"她"，为报恩情，白马跟随苏和左右，情愫渐生。在与一直觊觎白马的王爷一次次对抗中，白马最终为了保护主人苏和而牺牲了自己。白马死后，化作一把马头琴，苏和日夜拉奏，他们形影不离。舞剧的剧情层层递进，环环相扣，舞段的设计紧紧围绕主题缓缓地向人们诉说着草原上那个浪漫而富有诗意的马头琴传说。

《毛诗序》中说："情动于中而行于言，言之不足，故嗟叹之，嗟叹之不足，故咏歌之，咏歌之不足，不知手之舞之，足之蹈之也。"这段话足以说明舞蹈最能直接生动地抒发人的内心情感，舞剧《永远的马头琴》恰恰就是以白马与苏和的情感线贯穿始终，总导演徐小平说："舞剧《永远的马头琴》是以琴展爱，以琴诉哀，以琴做骨，以琴为心，勾勒出蒙古族脉脉相沿相续的精魂。马头琴醉人心灵的吟唱，贯穿在整个舞剧的创作过程中，使创作者在人与自然的对话中，多一份祈盼，多一份感悟。"同时带领观众在舞剧中领略草原文化的博大精深。

一、荡气回肠的双人舞

中国现当代的舞剧创作基本遵循了以"双人舞"为主要叙事手段的原则，《永远的马头琴》也不例外，整部舞剧共有四段较为经典的双人舞，每一段双人舞都可以做到以情设舞，以舞动情。关于白马和苏和的情感叙述，编导多次以马鞭为道具始终牵系着男女主人公，同时运用舞蹈动作及双人舞托举准确地表达了人物之间的情感关系，之所以以马鞭为主要道具，是因为生活在草原上的蒙古人民将之作为与动物交流感情的常用工具，同时也是对蒙古族民俗文化的传承。

例如在舞剧第一幕的初识双人舞中，男女主角以马鞭为传情的纽带，围绕着小勒勒车开始了整部舞剧的第一段双人舞。第二幕中的热恋双人舞中，编导依然在马鞭上大做文章，男女主角始终围绕着马鞭进行舞蹈，在双人舞的最后从鞭子中幻化出一条象征情思的蓝色丝带，它将二人的情感化成泉水，清澈甘甜，寓意着白马和苏和相依相偎，永不分离。第三幕中大勒勒车上的柔情双人舞，更是随着主题音乐的响起，牵动着所有观众的心，白马与苏和在勒勒车上通过头部的互相摩挲、高难度托举动作，充分地表现出两人难舍难分、不离不弃的真挚情感。第四幕的垂死双人舞中，白马和苏和相互扶持，相依相偎，最后白马舍己救苏和，编导在此时将人物的性格刻画得非常到位，白马面对生离死别时依然果敢坚定，无时无刻不牵动着观众的心，与之一起舞动。舞剧中主要角色白马的性格十分鲜明，面对苏和时柔情似水，面对王爷时英勇强硬，两位主要演员能够准确地把握各个双人舞段落的情绪转折。

观看舞剧的过程中，观众与演员表演产生的共鸣，与剧组多次深入内蒙古地区采风，以及在采风过程中编导和演员的细致观察、体验生活分不开。总导演徐小平老师说："这几年，带着学生们到呼伦贝尔额尔古纳河边，锡林郭勒乌拉盖草原采风调研，我们观看了非物质文化遗产'蒙古象棋'的黑白对弈，听到了草原深处烙马印时的声声嘶鸣……一条条路径捻作我心中的琴弦，一步步脚印攒聚成灵动的音符。编导在动作质感和情感传递上的要求可谓是精益求精，用心地引导着每一位演员在舞剧中的每一处情感表达。"

二、布景道具的巧妙运用

舞蹈布景是完成舞蹈舞台美术造型任务的重要组成部分，往往编导会根据舞剧创作的需要进行设计，在舞剧中舞蹈布景具有塑造舞台空间形象，创造舞剧的环境氛围，表现舞剧时间地点的作用，最后达到情景交融的效果。编导在舞剧《永远的马头琴》中对布景的设计简练概括，并同时应用象征、写意的手法，创造丰富的色彩和富于表现力的形象。例如舞剧中大小勒勒车的运用则是以写实手法，力求创造舞台景物的真实感；而舞剧的序幕中将套马杆意象为绳子挂满整个舞台，则是以象征的手法创造夸张、变形的舞台空间形象，作为烘托舞蹈气氛的背景，突出舞蹈形象的装饰美。除此之外，舞剧布景还与舞台各种造型因素，如灯光、服装、道具等相互配合，发挥它的独特作用，以加强和扩大表现力。

一提及蒙古族舞蹈必定会联想到筷子舞，筷子舞属于表演性道具舞蹈，流传于内蒙古鄂尔多斯市，是婚礼、喜庆节日欢宴时，在弦乐及人声伴唱下，由男性艺人单独表演的舞蹈形式。舞者左右手各握一把筷子敲击手掌、肩部、腰部、腿部等处。击打时肩部环绕耸动，腕部翻绕灵活，敲打的声音清脆，节奏鲜明，情绪热烈欢快。舞者时而转身打地，时而蹲跳打脚，各种动作基本上保持半蹲的舞蹈姿态。舞剧第一幕中的小草舞瞬间把观众带入草原的情境当中，舞者手中各持一把绿色的小草，配合着男女主角的出场变换着不同的方式抖动着手中的小草，随着主题音乐的响起，小草根部的绿色绸子被演员抽出，演员们随之舞动起手中的小草，并在身体的各个部位敲击拍打，瞬间被编导巧妙运用此道具所吸引。

在当今中国舞剧的发展历程中，舞剧《永远的马头琴》的舞美与那些千篇一律、华丽豪气的舞美背景相比较，简约却又如此应景。舞剧中的另一个重要的布景道具则是大小勒勒车，编导徐小平老师说使用这个道具的想法是来源于徐帆主演的话剧《原野》中金子要喝水的片段给予的灵感，引发编导的无限遐想，更想着重说大勒勒车在舞剧中的运用，序幕中大勒勒车就出现在舞台中央，纱幕后虚幻中一个拉马头琴的演员在大勒勒车的一头被撬起在空中，转眼间大勒勒车利用杠杆原理像跷跷板那样将另一头的女演员举向空中。第三幕中女主角被绳索困于舞台前方，独舞结束后走上大勒勒车，大勒勒车倾斜后男主角从后方上车，紧接着整个车在舞台上由纵向开始转动至横向对观众停止，勒勒车停止的瞬间，两个大轮子开始转动，男女主角开始在勒勒车上跳一段非常优美的柔情双人舞，白马依偎在苏和的怀抱中，两个人的头互相不停地摩挲，这一道具的运用无疑增强了视觉冲击力，同时编导巧妙地运用这一道具完成了舞剧中人物的转换。

三、流畅动听的舞剧音乐

"音乐是舞蹈的灵魂"，此说法近年来在舞蹈界颇受争议，但是二者的关系却始终亲密无间，舞剧《永远的马头琴》的音乐是由中央民族大学舞蹈学院理论教研室主任、国家一级作曲徐平担任音乐总监，并和著名蒙古族作曲家那日森共同作曲。舞剧《永远的马头琴》的音乐自始至终无缝连接，旋律优美动听，感人肺腑，它在表现思想内容、发展戏剧情节、塑造人物形象和性格上发挥着非常重要的作用。总导演徐小平老师说："第一次听到马头琴的声音，便被其深情而婉转的音色所吸引，草原上关于马头琴的传说故事浪漫而富有诗意，带给我无限的遐思和创作的欲望。"舞剧《永远的马头琴》的音乐作为时间因素全部注入舞蹈本体当中，音乐的悦耳程度及情绪渲染的能力已经达到极致，最终使舞剧音乐和舞蹈动作完美融合在一起，其功能的拓展使欣赏者获得视听互补、总体把握的综合感受和更为丰富完整的审美体验，舞剧编导运用最美的舞蹈动作和姿态与最优美动听的音乐相结合，带给观众视觉、听觉全方位、立体式的美妙感受。

总之，舞剧《永远的马头琴》充分发挥科研创新精神，促使校园与社会的有机接轨，实现教学实践的研究价值，为进一步弘扬传播优秀文化传统，推动"一带一路"文化艺术的宣传和交流提供有效的途径。也充分体现了课堂与舞台实践的紧密结合，总导演、编导和演员利用课余时间一起钻研，群策群力完成了此部舞剧，这不仅是课堂教学的一次完美体现，同时也为在校师生提供了很好的学习锻炼机会，推动了教学的进一步发展。

浅析咏叹调《不幸的人生》音乐分析及处理

朱玉龙

《不幸的人生》这首咏叹调选自歌剧《伤逝》，这首作品是培养歌唱感情的一块试金石，不仅仅体现在歌曲中高音有多么的华丽或是低音有多么的浑厚，而是要求歌唱者有非常娴熟的演唱技巧，对气息掌控的收放自如，并且能够准确感受到各乐句之间力度的强弱、速度的快慢、节奏的轻重舒缓，更重要的是演唱者对歌曲情感的表达。现通过对《不幸的人生》选段的曲式进行分析，并对音色、音量、节奏、力度、语气、情感等方面进行论述，让音乐学习者和音乐爱好者更好地诠释歌剧《伤逝》选段《不幸的人生》。

一、歌剧《伤逝》概述

（一）创作背景与意义。歌剧《伤逝》是作曲家施光南先生在鲁迅先生诞辰 100 周年时改编的同名歌剧，并由王泉、韩伟编剧，这部作品借鉴了西洋歌剧的表现形式，采用了咏叹调、宣叙调、重唱等多样的体裁。在形式上吸收了 20 世纪二三十年代歌剧的一些特征，富有民谣旋律，是我国近现代歌剧创作的重要成果之一。

这部作品于 1981 年由中国歌舞剧团首次在北京演出，受到文化、艺术界的赞赏，认为这部歌剧很好地发挥了音乐的感染力和歌唱功能性，具有很好的艺术渲染力。该歌剧融合了鲁迅先生的作品的内涵和施光南先生的音乐天赋。小说《伤逝》是"五四新文化运动"作者心灵犹豫的写照，它的抒情风格也给整部作品增加了忧郁的色彩。在这部小说中，鲁迅抛弃了以前的庄重与深沉的语言风格，充满诗意般的怨恨、含蓄的语言。而歌剧《伤逝》继承了鲁迅先生的抒情、端庄、悲剧精神和风格，注重人物的心理描写，把爱情、人生的情节和最大限度的发挥这种音乐表现手法来表达人物内心的情感。

（二）作者、作曲家介绍。作者鲁迅，他的一生在文学创作、文学批评、思想艺术理论的引入、科学基础的介绍、古籍整理和研究领域都有着重大的贡献。他对"五四运动"以来中国文化发展的运动有很大的影响，尤其是在亚洲意识形态和文化领域具有极其重要的地位和影响，被誉为"20世纪东亚文化版图的优秀作家"。作曲家施光南，被誉为"时代歌手"，是新中国成立后我国自己培养的新一代作曲家。1981年为纪念鲁迅先生诞辰100周年，创作了大型歌剧《伤逝》，以崭新的手法，成功地用音乐塑造了鲁迅先生于20世纪20年代笔下所刻画的一代追寻与彷徨的青年形象。

（三）作品概述。歌剧《伤逝》具有抒情风格，深刻的笔触，通过一对年轻恋人子君和涓生的爱情悲剧，有力地抨击了封建势力，歌剧刻意表现子君和涓生追求自由的爱情生活，但他无法摆脱的沉重压力的旧势力，最后导致悲剧的结局。在使用结构的歌剧，使用音乐，发挥了一些突破。以四季相互连贯的场景为线索展开故事。在音乐表现手法上运用西方歌剧表演方法还采用了合唱、重唱等形式，并在人物的心理描写上也有了很大的创新，大段的咏叹调、宣叙调、重唱等形式交织在一起，以表达人物内心情感的波澜壮阔。这部歌剧是我国在20世纪80年代最重要的收获之一。

故事讲述一个年轻的受过教育的青年人男主人公涓生在教育局就职，由于五四新文化运动的影响，思想道德改革的影响下，他不满封建制度但不完全和社会断裂。在他感到非常孤独、空虚时，女主角子君进入他的生活，让他看到希望，开始了两人的爱情生活。涓生和子君两个人物的性格弱点，注定了他们的爱情是个悲剧。在繁重的家务和生活琐事面前，爱情的颜色也渐渐褪去，在两人的性格差异、思想差异逐渐变得明显，亲戚、朋友冷漠和缺乏了解，再加上封建的旧社会黑暗的力量，男主人公失去了在局教育工作的机会，在没有任何经济来源的情况下，面对残酷的现实和沉重的打击，两人陷入了困境与矛盾。涓生总是想靠自己的翻译和写作生活的希望被现实无情地粉碎，面对冰冷的眼睛和黑暗的社会，涓生逐渐意识到自己和子君沉浸在爱、顺服，而完全忽略了生命的真谛。女主人公子君开始怀疑爱情，这让涓生增添更多的麻烦和莫名的苦痛，涓生决定结束这种盲目的爱情生活，找到一种生活方式。他决定让子君失望和绝望，曾经一直为了幸福爱情而付出努力的子君受到了致命的打击，子君从一个天真无邪的女子变成了一个充满愁苦的怨妇，她被无情地推向了黑暗的深渊。

咏叹调《不幸的人生》描述的是子君在爱情破裂后，对社会的压力、对生活最终失去了信心，带着对涓生的依恋，走到生命的尽头，结束了她不幸的生活。夹杂着悲伤、绝望和无助的思想情感，主人公对过去的爱情生活，与爱人的失望和现实的恐惧，生动地塑造了女主人公的情感基调，做了戏剧性和抒情的组合，故事中"悲"的完美体现。茫然失措的子君不再有过去的可爱和纯洁，在家庭的冷漠和无情的社会面前，她没有选择，只能逐渐走向死亡，给自己的人生画上悲惨的句号。

二、选段《不幸的人生》音乐分析

选段《不幸的人生》是女高音咏叹调的经典曲目。曲调起伏跌宕，具有强烈的戏剧性，给人一种被压迫、迷茫、苦痛、挣扎的情绪。此乐曲是 f 小调，3/4 拍子，全曲速度为 Andante（行板）中速稍慢，其曲式结构是带变化的复三部曲式。整首咏叹调中音乐主题共有三个，前六小结为引子，A 段主题 f 小调，从 7 小结至 22 小结；B 段主题转入 F 大调，23 至 96 小结；最后一段 A 段为变化再现，乐曲最终在 f 小调结束。本曲选段从小字一组 c 音到小字二组降 b 音，跨度十四度音程，主题每次都和主人公子君的心理有着紧密结合，为剧情的烘托、发展起到铺垫作用。

引子部分（1～6 小结）Andante，f 小调，由两个下行模进句构成，预示着全曲悲凉的基本情绪，瞬间把女主人公子君内心的彷徨和不安表现出来。

A 段（7～22 小结），f 小调，歌曲由小调的主和弦引入，在三拍子和四拍子的交替中进行，加强了旋律的不稳定感，刻画出主人公内心的无助与彷徨。

B 段（23～96 小结），这部分由单三部曲式写成：a+b+c。在二拍子和四拍子的交替中进行，旋律逐渐起伏，音乐逐渐拉宽。

第一部分 a 段（23～55 小结），转入 F 大调，是主人公对往日美好幸福生活的回忆和与眼前残破爱情的诀别。第二部分 b 段（56～77 小结），F 大调，用二度模进来表达出主人公无奈、无助的情绪，"我将回来"的语气伴随着坚定的和弦伴奏将这种情绪完美地表现出来。第三部分 c 段（78～96 小结），转入 f 小调，运用柱式和弦、三连音等伴奏织体，刻画出主人公内心的恐惧。

间奏（93～113 小结），f 小调，起到过渡作用，为再现声部做铺垫。

再现 A 段（114～138 小结），f 小调，是 A 段的不完全再现。以歌唱性的旋律，加上力度、速度的变化，表达出主人公肝肠寸断以及无力与命运斗争的绝望心情。

三段曲式结构充分体现出了女主人公子君的无助和悲伤，作品的前部分比较注重环境的描绘，后部分注重人物感情及心理变化的刻画，由静到动，整首歌曲情感显得较为沉重，根据女主人公子君的内心变化线条到最后将整个故事情节推向了高潮部分，这首咏叹调中出现了三次女主人公子君悲伤、绝望的呐喊。

三、选段《不幸的人生》音乐处理

歌曲的处理在演唱歌曲时是非常重要的，除了要深入了解作品外，还要尽力融入作品、展开想象、进入角色、把握好作品处理的度。一首声乐作品处理方式的好坏对于作品本身和演唱者来说都是至关重要的。但是，每一个演唱者都有自己处理作品的方式，好的处理方式能够使听众产生共鸣，让这首作品更加富有情绪，更加饱满，更加深入人心。

结合故事情节来分析，咏叹调《不幸福的人生》总体的情绪基调是绝望、悲伤的，它包含女主人公子君对过往爱情生活的回忆，与爱人诀别的悲苦以及对现实的恐惧。

（一）作品音色与音量的处理。《不幸的人生》是一首抒情的女高音歌曲。作曲家施光南先生对人物的心理活动进行刻画，使歌曲更为生动。歌曲的音色、音量的表现是演唱者对表现歌曲的一个思考的重点，演唱时要对每个乐思、乐句、乐段进行丰富的艺术设计，演唱者应注重声音色彩的明暗和线条的粗细，从而更好地体现主人公子君的人物性格以及复杂的内心活动。在咏叹调《不幸的人生》中，主人公子君不再是年轻活泼的小姑娘，而是一个经历了爱情挫折的妇女形象，借悲伤的景色来抒发自己的忧伤和苦痛，在演唱这首作品时要抓住子君的年龄特点与心理特征，把握作品成熟的音乐色彩和略带忧伤的情绪，既要用暗淡的音色来演唱又不能失去女性的柔美与圆润，使歌曲旋律富有歌唱性与流畅性。作品《不幸的人生》采用通谱歌的形式，引子部分预示着全曲的基本情绪。如歌曲的第一句（见谱例1）"又是死一般的寂静，又是冰一样的寒冷。我的心啊，被刺痛的阵阵剧痛，斑斑伤痕"铺垫了全曲悲凉的情绪，此句由弱音开始，音域较底，对于很多演唱者来说是比较难控制的。低音弱唱应该是建立在控制的呼吸基础上，而不能只是单纯地追求弱的音色，而丢掉了原本的音色和正确的呼吸状态。因此演唱这一乐句时应做到声音高位置集中，应保持连贯的音乐线条。在有一定音量的基础上带入气息和情感的处理，从而达到弱音的效果，由此来表现出女主人公子君的痛苦、无助和哀伤。表达这种激动的情绪需要具有张力的戏剧性声音，由弱渐强，声音色彩也会随之明亮。谱例1见文后。

（二）作品节奏与力度的处理。节奏是音乐作品的骨架，音乐作品没有了节奏就失去了表达音乐思维的能力。在音乐的表现中，力度的变化是不可缺少的。音乐作品都常利用力度变化获得鲜明的强弱对比，来更好地塑造音乐形象。在演唱时，不能进行盲目、机械的歌唱，要做到节奏稳定、准确，既要做到旋律连贯又要展现出歌曲应有的感情色彩。歌曲的节奏准确、力度的对比、旋律舒展性，在这首作品中起到重要的推动作用，推动剧情的发展。在这首作品中，前十六后八、前八后十六的节奏较多，使旋律富有律动性。在演唱歌曲前不仅要熟悉乐谱，还要体会戏剧性，传达出音乐节奏的内在韵律。如歌词"我将回去，哪里是我的归宿……哪里是我的路程？"采用了前八后十六和前十六后八的结合（见谱例2），并不断地重复，起到了强调的作用。而"我将回去"一句的旋律共重复三次，在演唱时随着情绪层层推进，力度也需要逐渐增强，体现出子君内心更深层次的悲伤。在演唱这段旋律时，要有稳定的节奏感，并且做到慢而不托，从而更好地塑造出女主人公子君的悲痛内心和悲剧形象。歌曲节奏和力度的改变，把音乐的情绪逐步推向高潮，体现出女主人公子君与命运抗争却未能成功的绝望心情（谱例2见文后）。

歌曲从"哪里是我的路程，我将回去，我将回去，我将回去。啊，哪里是我的路程。"开始到"在那条路的尽头，是寂寞，凄凉，和怨恨！"（见谱例3）这一段旋律的调性、节奏发生改变，需要歌唱者用饱满的气息表现出强弱的对比，预示着子君无奈、悲痛的心理。力度由强到弱，演唱时三连音控制要集中、旋律线条要连贯、音量逐渐减弱。这种处理表现了子君对命运的不公和对今后生活的思索。在演唱歌曲时要表现子君内心的悲伤、痛恨。如歌词中"父亲夏日般的威严，可怕啊，路人冰霜般的嘲讽。在那条路的尽头，是寂寞、凄凉和怨恨"，正是子君借来抒发子君内心的矛盾以及对未来幸福生活的渴望（谱例3见文后）。

（三）作品情感的处理。歌曲的情感处理是歌唱的生命和灵魂。情感处理是一项充满创造性的艺术表现，只有深入了解歌曲的创作背景才能清楚地表达每一个乐思、乐句、乐段的情感，进而把握整首作品的情感特征。《不幸的人生》本部作品的人物心理和情绪复杂，需要投入自己的感情的同时并且把自己融入作品的深入。如作品A段（7~22小节）是女主人公子君在低沉诉说自己的悲伤，情绪悲痛而压抑；作品的B段落

（23～96小节）描写女主人公子君在生活中的挣扎、痛苦、悲愤之情；而再现段落又回到了A段落的悲伤与无助之中，表现出了子君已经无力与命运抗争的绝望心境。在歌唱中既要求演唱者调动全身的激情同时又要学会加以控制。

歌唱的语言需要夸张美化的，在进行严谨的处理后，从而达到生动的效果。即要有清晰的吐字和歌唱性的旋律线条，根据歌曲的情绪变化，比如演唱委婉、抒情部分的时候吐字要连贯。这首歌的歌词富有诗意，表达情感时要进行良好的控制，从而更好地融入歌曲的角色中并打动自己，要把握情绪的发展规律，从而表现出情绪的起伏变化，避免用音色的对比来表达，而是用感情带动声音，声情并茂地表现好歌曲，使歌曲具有新的生命力，引起心灵共鸣。

总之，歌剧《伤逝》是一部具有里程碑意义的作品，作品充满新奇感，是在传统的中国色调的基础上，加入西方的歌剧创作手法，打破了以前是中国歌剧创作的一种常用的创作手段，创造了中国特色的歌剧。施光南先生是以美学等为目标的原则并结合西方的创作方法，实现民族音乐的效果，使中国歌剧的创作有了很大进步

施光南先生通过《不幸的人生》这首凄凉又不乏张力的咏叹调将女主人公子君的悲惨的人生呈现出来，这种方式对我国的歌剧创作具有深刻的意义。只有深入地了解该作品的音乐风格与演唱特点，掌握作品正确的演唱方式，才能将人物的心理波动和角色命运完美地展现在听众的面前。通过自身对选段《伤逝》的歌剧内容、音乐结构、人物特点、歌唱语言和演唱处理等方面进行分析，来帮助音乐学习者和音乐爱好者声情并茂地诠释好这首艺术歌曲，成功塑造人物性格。

复三部曲式					
前奏	A	B			间奏	A1
（1～6小节）	（7～22小节）	（23～96小节）			（97～113小节）	（114～138小节）
		b1	b2	b3		
		（23～53小节）	（54～77小节）	（78～96小节）		
复三部曲式 = 前奏 +A+B （b1+ b2+b3） + 间奏 +A1						

谱例1

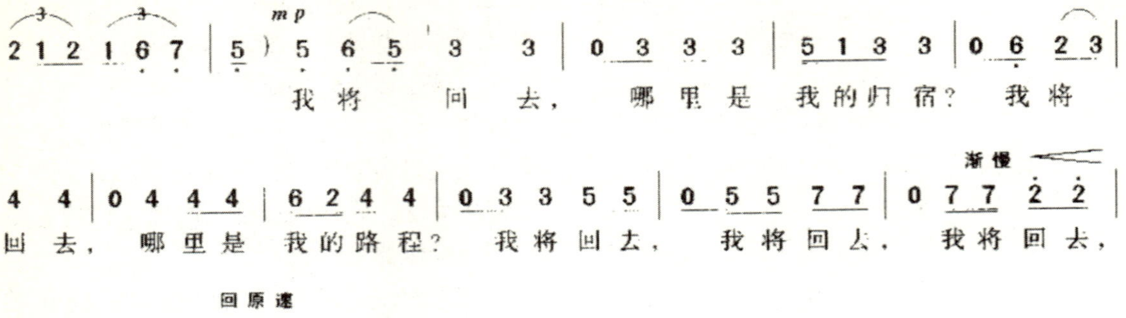
mp
我将回去，哪里是我的归宿？我将
渐慢
回去，哪里是我的路程？我将回去，我将回去，我将回去，
回原速

谱例 2

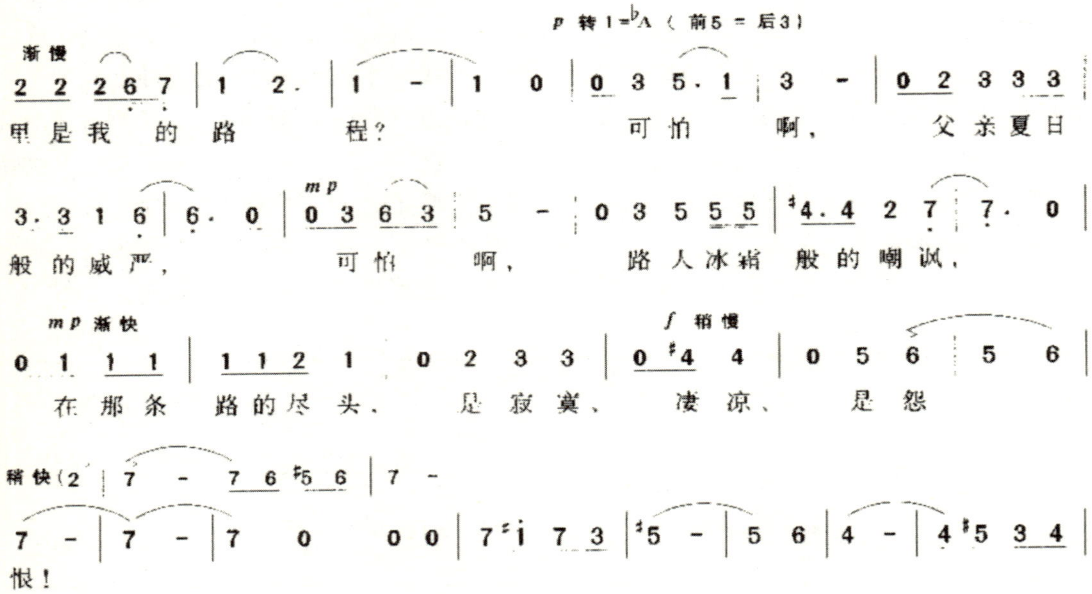
渐慢
p 转 1=♭A（前5=后3）
里是我的路程？可怕啊，父亲夏日
mp
般的威严，可怕啊，路人冰霜般的嘲讽，
mp 渐快
f 稍慢
在那条路的尽头，是寂寞、凄凉、是怨
稍快
恨！

谱例 3

参考文献：

[1] 杨霞：《试析女高音咏叹调——〈不幸的人生〉》，《黄河之声》，2011 年第 13 期。

[2] 付磊：《浅析歌曲〈风萧瑟〉的艺术特征》，《音乐大观》，2012 年第 5 期。

[3] 李珊：《歌剧〈伤逝〉中子君人物形象的艺术魅力》，《北方音乐》，2012 年第 5 期。

[4] 陈媛媛：《试从歌剧〈伤逝〉看中国歌剧的未来发展趋势》，《北方音乐》，2011 年第 8 期。

[5] 林晓燕：《论歌剧演唱中角色的情感转换——歌剧〈伤逝〉中的子君形象》，《艺海》，2010 年第 6 期。

[6] 杨曙光、金永哲：《中国歌剧演唱研究》，《中国音乐》，2010 年第 2 期。

[7] 徐磊：《歌剧〈伤逝〉的抒情性特征分析》，《黄河之声》，2010 年第 4 期。

[8] 蓝卡佳：《凄婉的魅力——〈伤逝〉语言的抒情特色》，《遵义师范学院学报》，2002 年第 2 期。

电影《清水里的刀子》首映之后

哈 麦

《清水里的刀子》获奖及影评

2016 年 11 月 12 日，由亚洲新锐导演王学博执导的电影《清水里的刀子》荣获第 36 届夏威夷国际电影节"评委会最佳摄影特别奖"和"亚洲电影促进奖"，这是本片继荣获第 21 届釜山国际电影节最高奖——新浪潮大奖之后，再次被国际电影界肯定。

"评委会最佳摄影特别奖"高度肯定了本片摄影指导王维华的工作。颁奖词写道："这部令人惊叹的影片生动地展示了中国农村少数群体穆斯林的生活。如同一部人类学影片一样，《清水里的刀子》向我们展现了美丽山区人民日常饮食、种植、缝纫、烹饪、祷告和致哀的仪式。"

"亚洲电影促进奖"的颁奖词这样写道："在电影的每个方面都有所成就。这部电影对中国西部荒凉农村的回族穆斯林群体有真实而独特的洞察，是一个超越地域的具有普遍性的悲伤绝望的故事。"

釜山国际电影节颁奖词写道："宁夏西海固风景入镜，仿佛一帘幕布，把一切都显现在主角风刻般的面庞上，他们将简单却艰辛而充满仪式的一生同如影随形的死亡相连，刻画了一个悲伤而自由的诗样寓言。"

釜山国际电影节评委会主席苏莱曼·西塞评语："老人有张让全世界都有共鸣的面孔，整个观影十分享受。"

著名电影杂志《综艺》评语："影片主演老杨沟壑纵

横的脸展示了他大半辈子的艰辛劳作以及诸多其他不可言说的苦难。影片结尾的场景让观众屏住呼吸，进入老人内心的象征世界，如明镜般映射出贫瘠、白雪皑皑的外在环境，不禁让观众探寻老人的心到底是平静如水，还是丧失一切后的麻木和冰封三尺。"

电影《清水里的刀子》自 2016 年 10 月 7 日釜山国际电影节首映以来，陆续受到全球十多个国际电影节的邀请。本片也即将在非洲摩洛哥马拉喀什国际电影节亮相。

马拉喀什国际电影节于 2001 年由时任国王穆罕默德六世创立，迄今已经举办了 15 届。该电影节近年在挖掘年轻导演，推广伊斯兰文化电影方面独树一帜。其最高奖为金星奖。本届马拉喀什国际电影节评审主席为贝拉塔尔，评审团成员有法国导演布鲁诺杜蒙、阿根廷导演利桑德罗阿隆索、丹麦导演比利奥古斯特等。

王学博访谈摘编

缘起。2007 年的时候我还在上学，我的同学叫石彦伟，也是这部电影的策划，他是回族人，当时给我推荐了这篇小说。我们都在东北上学，但是这部小说描写的是宁夏西海固的故事，我很喜欢这部小说，觉得很震撼，但没想到能把它拍出来。

我同学说，如果我想实现的话，他就帮我实现出来。然后他就在穆斯林的网站上发帖子，说一些学生想把石舒清老师的这部作品拍成短片，看看有没有人愿意参与。当时是没有报酬的，而且如果谁想来，还得自己承担吃住行。即便如此，还是有很多人报名。

当时凑了十二个人去了西海固，还没有联系到石舒清老师我们就先拍了。

2009 年在南京的"中国独立影片年度展"上，这部片子入围并放映，有些导演觉得还不错，建议我把它拍成长片。2009 年

年末，石彦伟帮我找到了马金莲和马悦这两位宁夏回族作家，同我一起来写剧本，石舒清老师在此后也参与了剧本的创作。

到 2010 年，我们在宁夏西海固花了大概十个月的时间体验生活，同时把剧本完成了，并开始筹拍。直到 2015 年 10 月才正式投拍。

油画般的效果。现在很多人评价我们的这部电影 4∶3 的构图有着油画般的效果。可以说这与我的追求不谋而合。我上学的时候特别喜欢达利的画，还有毕加索。我想过影片的意境，我觉得意境最强的表现方式就是塔可夫斯基的那种感觉。

我就跟我们摄影师聊，作为新导演都想要一些新的东西，比如当年的很多导演拍西北，他们是那样的美学，包括写实的美学。我们需要有我们自己的。

我就跟他聊，有没有可能用一种非常写实的方式拍，用很客观的视角拍，把画面全都做成像米勒的画一样。摄影师也很兴奋，他觉得这样挺好的，片子就会更古典、更高雅，跟影片的风格和讲述的意境比较吻合，所以就决定加强片子的绘画感。还有一点是我们到场后发现西海固的山特别大，4∶3 的构图也便于突出人物，因为这片子走人物内心的，这样就更能走到人物心里去，主要是从这两个方面考虑的。

这部小说是 1998 年写的，小说的感觉也是 90 年代左右的西海固，现在西海固变化很大，所以我在影片里也模糊掉了时代背景，没有提是哪个年代的。老西海固特别质朴，有着神秘的味道，很是古典，人的状态也是古典的，所以这部片子里的人物在造型上也体现了 90 年代或更早一些的感觉。

没有音乐的电影。还有比较特别的一点是，《清水里的刀子》是一部没有音乐的电影。这是一个特点，更是一个冒险。

主要的考虑是，我想要拍一部很写实的电影。音乐加上就有主观色彩了，容易破坏

片子整体的气质。

曾有一个构想，如果影片的声音出来就像一种交响乐，那其实就更高级。不一定是大的交响乐，它的稳定的声音，包括音调构成，就可以是一部音乐。特别值得一提的是，我们的配乐唐富康老师在做声效设计的时候，就像一个作曲家，像一个指挥家。

这是一部安静的电影，但你可以听见风声、雨声及日常生活中的各种声响。

艺术有时候需要少，音乐会加强情绪，我觉得影片的情绪已经够多够强了，再加有点痕迹过重。现在我觉得剧里的情绪高低起伏得正好。

还有比如落雪的声音，牛在夜里嚼草的声音等等，都强过人为的声音。

在这方面唐富康老师有非常大的功劳，富康老师真的实现了我的想法。很多人看完后说摄影太棒了，但是我觉得，把声音也得说进去，要有一种整体的浑然感才好。如果观众只觉得画面很美，其实并不是好事。包括人物内心的体现，声音确实加了太多分。之前我一直在说声音和画面各占一半，声音没做之前我一直觉得一半是不在的，声音做完另一半才算是找到了。富康老师做得特别细，包括鸟叫，一些奇特而丰富的声音，富康老师做出来简直就是一首乡村交响曲。他是一个很较真儿的人，每一点儿细小的声音都是在配合和服务于整体旋律，特别让我吃惊和敬服。

漫长的剪辑。电影拍了四十天，剪辑用了十个月。我和剪辑师晓东一起剪。我之前剪完那版好多人看完也很喜欢，后来我们发现了一个更好的结尾，我们做了大量剪辑尝试，把时间拉长了。

后来又从台湾请到侯孝贤导演的剪辑师廖庆松老师帮我们剪，跟我们之前剪的版本出入挺大，主要在结尾。把我原来的结尾稍做了调整，但我还是更喜欢我那个结尾。我一直坚持我那版。

发给一些人看，大家都觉得廖老师那版比较好。因为我那版后面整整三十分钟一句台词都没有，廖老师说他这一版去任何电影节都不会让人有恶感，但是有多少好感他也不敢说。他说得很直接，如果是侯孝贤导的，他的这个版本一点问题都没有。

作为一个新导演过于风格化，一般不容易被接受。廖老师剪的版本比我剪的那个版本更清晰，观众的感受会更明确，廖老师特别厉害，我想讲清楚的他几下就搞清楚了。

导演有时候会过于迷恋自己的某些东西不舍得剪掉。廖老师给了我特别大的宽容。有些大剪辑师一般剪完就算定剪。他是按定剪来做的，但是他很客气地说，你想改哪儿告诉我一下。后来他离开的时候，直接说，反正框架这些都给你了，你想做一些微调，你可以再调，他给了我很大的包容。

关于演员。演员是非职业演员，都是当地农民。这个故事包括剧本的内容，演员看了以后都觉得跟他们的生活是一模一样的。开拍前，演员大概排练了一个多月，每天都会跟他们聊剧本里的事情，包括饰演马子善的那个老人，他的老伴儿去世的时间并不是很长，我当时给他讲了这个故事，排练的时候他就经常哭，就想他老伴儿。

而演他儿媳妇的那个女孩和演他儿子的男生，在现实中也是两口子。开拍前两三天，儿媳妇的母亲去世了，他们两个一老一少正好赶到这个情绪里，表演时也都自带了这样一类情感。有意思的是，两个主演，演马子善的和演马子善儿子的耶尔古拜，两个人都叫杨生仓，就把他们分别叫老杨生仓，小杨生仓。

牛常跑掉。我们的片子里要拍到动物，牛不用说，是主角，还有羊。拍牛确实遇到困难了，羊还好吧。比如说表现牛不吃不喝的时候，我们拍了大量的素材。我们拍牛的场景非常多，比如说牛跟老人相处的镜头，实际上是拍了大量的素材，去捕捉牛的状态。

但观众会发现，我的片子里其实单个牛的镜头并不是特别多，都是跟人要建立联系的。如果你单抓牛的状态，相对来说简单一些，它不用跟人配合，跟人配合的戏量挺大的，特别是跟马子善老人，老人家腿疼，总跟牛在一起走来走去，有的时候可能赶上牛状态好的时候他腿疼了，就不想拍了。我们还得等他腿好了再拍。还有牛总会乱跑，它一跑的话我们的道具人员就满村子去追它，有时候一找两个小时才能回来。

期待与随缘。这部片子入围多个电影节，自然高兴，对于能否获奖，我觉得就随缘吧。

希望这部片子能够尽快上映，现在计划也是按照上映来做的。就是说，我们把后续的电影节都走完，希望能有一些好的口碑和反响，至少现在的反响还是与我的期待相吻合的。我想要呈现的感觉，观众的接受度也还不错。所以说希望接下来能够尽早跟观众见面。

《清水里的刀子》釜山首映

2016 年釜山电影节，有三部中国内地的电影和一部台湾片入围主竞赛单元角逐新浪潮奖。其中《清水里的刀子》是一部回族题材电影，多年来罕见。该片改编自回族作家石舒清的同名鲁迅文学奖获奖短篇小说，由新人导演王学博执导，尔冬升、张猛、万玛才旦共同担任监制。

西北贫困山区一个回族老头的日常。电影拍的是宁夏西海固贫困山区一个回族老头的日常。老伴故去，按照回族的教规，在 40 日之后要举办比较大的祭礼。儿子建议，祭礼那天宰家里的老牛举办筵席，孝敬操劳了一生的母亲。在接下来的日子里，老头每天精心照料这头家里赖以耕地多年的老牛。在忌日的前三天，这头牛在饮它的水里看到了将要宰它的那把刀子，开始不吃不喝。老头以前听祖辈说过，牛能看到宰它的刀子，不吃不喝是为了以一个清洁的内里来结束自己的生命。

原小说仅六千多字，大多都是心理描写，比较超现实。王学博在改编的过程中放弃了探讨牛能否看到宰它的刀子，也不放入任何对宗教的态度，而是把镜头对准了这个老头，他的家人，以及他周围的人，完全写实的拍摄手法，对西北贫困山区回族的日常生活还原度非常高，可以当作纪录片来看。

2007 年萌生想法，2015 年拍成。王学博 1984 年生于东北，大学学的广播电视编导。上学的时候因为喜欢电影，拍过一些短片。萌生拍《清水里的刀子》的想法最早是在 2007 年，王学博的一个回族同学给他推荐了这篇小说，看完感触很深。经过同学的帮忙，在穆斯林网站上发帖招募志愿者，王学博拍了三部短片《西海固三部曲》，2009 年参加中国独立影像年度展，有人觉得不错，建议发展成长片。

2010 年，王学博去西北体验了三个月生活，写了剧本，筹备拍摄。但当大部队到的时候，演员们不演了。因为当地人有一个观念，穆斯林不能演戏（《古兰经》有讲穆斯林不能演化了妆的虚构的脸谱化的人物，但对原生态出镜没有提及）。另外，在这个偏远的山区，找不同家的男女演夫妻会被人说闲话。于是搁置，直到 2015 年又再次开拍。

三百万小成本，尔冬升、张猛、万玛才旦监制。在拍片的同时，王学博自己还开了一个做广告、营销的公司，也做一些制片人的工作，参与的项目包括《塔洛》《锤子镰刀都休息》《轻松＋愉快》。因为做制片人，认识了万玛才旦（《塔洛》）、尔冬升。王学博跟尔冬升聊过，说这个剧本投给了很多公司，有研发总监看哭了。尔冬升问怎么一个剧本看哭了还没投钱？他看了之后也觉得操作难度比较大。但是觉得这个事情有意义，说一起做。

张猛是回族，也曾想导《清水里的刀子》。有一年担任 FIRST 电影展评委，看到了王学博这个项目，看后很喜欢，也知道他付出了很多心血，君子不夺人所爱，答应当这部电影的监制。

这三位导演主要是在艺术创作、组建团队、操作经验，以及融资上给了王学博帮助。电影最后花了约三百万，其中第一笔五十万是王学博一个朋友给的。后来一个浙江的公司投了一些，新华网也投了一些。

新导演缺少真正深刻的对这个时代的思考。和很多"80 后"导演一样，王学博也是从一个喜欢看电影的影迷变成拍电影的人。当时在东北上大学，大一下学期没课，就泡图书馆，看电影，也是经历了看韩剧、看周星驰、看好莱坞大片、看奥斯卡获奖片、看文艺片这样的过程。最后看到文艺片觉得很独特，每一个导演不一样，被这种特别的感受吸引。

王学博认为拍电影初心比较重要，没有感觉的东西拍的时候都能睡着。"我不是考虑商业片还是文艺片，看是否打动我。我下一部电影在筹拍，投资一千多万，也会有魔幻、犯罪，我觉得还是一部文艺片。再之后我对我的发展没有明确的规划，还是想拍真正打动我的东西，也可能是我的思考。"

在这个中国商业市场正发达，艺术片已经连续缺席戛纳、威尼斯，新人里再也出现不了像张艺谋、贾樟柯这样世界级导演的时代，王学博们怎么自处？

"我并没觉得拍文艺片的导演少了，之所以成绩没达到第五代、第六代，跟时代有关。那个时代中国电影还很少，是大家认识中国电影的时代，中国电影还可以的，他们就想要。现在中国是受世界关注的国家，电影节也越来越商业，竞争比当年强很多。现在的新导演，在制作水准、工业水平上不一定比以前差，只是我们这一代的生活阅历比上一代少了很多。讲小县城大家都看到那一阶段了，现在的中国并不是那样的，最重要的是一些新的观点，跟现在新导演缺少真正深刻的对我们这个时代的思考有关。"

2010 年以来的宁夏小说创作状况分析

郎　伟

在当代中国文坛，宁夏的小说创作曾经有过堪称辉煌的时刻。张贤亮奉献于新时期早期的"伤痕""反思"之歌和"三棵树""新三棵树"们于 21 世纪前后的激情演唱，不仅给中国当代文学增添了别样的色彩和声部，而且，更为重要的是，宁夏文学，尤其是宁夏的小说创作，从此始为国内文坛所认可，并曾经被认为是西部文学创作当中的耀眼亮色。遥想 21 世纪前后的那些年，宁夏业已成名的小说家们意气风发、佳作迭出；国内一流评论家、编辑家纷至沓来，由衷喝彩；方才进入小说写作领域的新锐者摩拳擦掌，雄心万丈。时光也就刚刚过去了十来年，宁夏小说创作界的繁华胜景已经不再，我现在的直率看法是：当前的宁夏小说创作正在陷入某种危机状态。危机的具体症状到底如何，未来摆脱危机的具体路径又在何方？本文将试图以认真的事实陈述和理性的科学分析来回答上述两个问题。

一、宁夏小说创作的现状分析：在全国的原有创作地位逐渐失去，小说创作处于困境当中

言说当前的宁夏小说创作陷入危机，处于困境，基于下述的四个理由。

第一，近五年来，小说家队伍处于减员和萎缩状态。

我们已经看到，对于宁夏文学而言，群情激昂、视文学为"图腾"的浪漫时空已经远去，"四世同堂"共

唱"同一首歌"的文学盛景也已风流云散。当前宁夏小说创作界的真实状况是，"50后"和"60后"两代作家基本上处于创作的沉潜状态，除了个别作家，比如漠月、季栋梁等，这两代作家中的绝大多数人的创作数量逐渐减少，创作质量也很少能够超越自己前些年的代表作。宁夏的"70后"作家本来就不很多，冒尖的几位"70后"小说家，如今主要是张学东在国内文坛左冲右突、奋力打拼，但多多少少给人以独木难支之感。小说家队伍中的"80后"，一是人数更加稀少，不成阵势，二是在全国具有知名度和美誉度的作家似乎只有马金莲一人耳。至于"90后"作家，在宁夏小说界，能够露出尖尖角的好像还没有。如此说来，老作家老树未发新枝，新作家新苗又不得雨露滋润，生长迟滞。所以，创作家队伍的减员和萎缩状况，已是显而易见。

第二，就一个不短的文学时段而言，宁夏长篇小说的创作水准一直在全国居于比较靠后的位置，近五年以来也没有出现特别震撼人心的作品。

新时期以来，宁夏的长篇小说创作在全国文坛一直处于非理想的排名状态。除了文学巨人张贤亮的《习惯死亡》和《烦恼就是智慧》具有全国影响力之外，其他长篇小说作品一般只具有区域性文学影响。虽然，这五年当中，宁夏的长篇小说创作领域出现了《上庄记》（季栋梁）和《马兰花开》（马金莲）这样的能够入选"五个一工程"奖的作品，但未能提供思想深邃、境界高远、艺术格调清新、冲击力强大的长篇小说依然是宁夏小说创作界的短板。如何摆脱固有的创作套路，真正写出深度审视历史与现实并能在艺术上独出机杼的力作，既是宁夏小说界一直追寻的梦想，也是宁夏文学进入质的飞跃的前提所在。

第三，近五年来，宁夏的中篇小说和短篇小说创作基本上处于惯性滑行状态，思想冲击力强、艺术质地超群的好作品罕见。

自张贤亮于20世纪80年代成名以来，中、短篇小说创作，一直是宁夏作家奉献于中国文学盛宴的最拿得出手的"美味佳肴"，也是宁夏文学能够征服国内文学界的"独门兵器"。我们可以如数家珍一般，说出三十多年来宁夏最好的一些中短篇小说：张贤亮的《灵与肉》《河的子孙》《绿化树》《初吻》《普贤寺》，马知遥的《幺叔》，查舜的《月照梨花湾》《淡蓝色的玻璃》，戈悟觉的《夏天的经历》，吴善珍的《蔡叔叔编的歌儿》，陈继明的《月光下的几十个白瓶子》《村子》《骨头》《比飞翔更轻》《粉刷工吉祥》《蝴蝶》《北京和尚》《陈万水名单》，石舒清的《清水里的刀子》《小青驴》《红花绿叶》《农事诗》《果院》，漠月的《白狐》《湖道》《锁阳》《放羊的女人》《父亲与驼》，金瓯的《前面的路》《鸡蛋的眼泪》《一条鱼的战争》《补墙记》，张学东的《送一个人上路》《看窗外的羊群》《跪乳时期的羊》《喷雾器》，季栋梁的《军马祭》《觉得有人推了我一把》，郭文斌的《吉祥如意》《大年》《水随天去》，李进祥的《口弦子奶奶》《女人的河》《挦脸》《屠户》《害口》，马金莲的《碎媳妇》《掌灯猴》《长河》，了一容的《命途》，成蹊的《杀狗》，韩银梅的《舞伴》，吟泠的《粉菩萨》等等，这些中、短篇小说，莫不以独特的生活开掘和精湛别致的艺术呈现而新人耳目，打动人心。近观2010年以来的宁夏中短篇小说，不能说没有精品出现，石舒清的《低保》《浮世》，马金莲的《长河》，马悦的《飞翔的鸟》，属于近五年当中，宁夏中短篇小说创作当中的佼佼者。然而，不能不说的另外一个事实是，宁夏的中短篇小说创作，当然包括宁夏的中短篇小说创作者们，其在全国的集体声誉正在呈现式微状态。有两个评说值得特别注意：其一，许多国内文学界人士共同认为，宁夏的小说创作土气息浓，泥滋味重，这是长处，可是总是将西部乡土的单调生活反复讲述而不变换技巧和手法，这就没有艺术的新鲜感了。其二，文学界还有一个疑问：宁夏文学就是乡土文学吗？为什么我们读不到充满清新格调的宁夏城市小说和宁夏作家对于其他更为广阔的生活领域的深刻动人的书写？显然，宁夏的中短篇小说创作正在遭遇瓶颈状态：题材新疆土亟待开拓，创作技巧和手法亟待更新。令人忧心忡忡的是，这几年新出的小说家们，其取材还是大多来自乡村生活领域，其基本的写作手法和技巧尚在磨砺状态，未趋成熟，"化蛹为蝶"的艺术新变似乎遥遥远期。

第四，小说评论队伍也处于萎缩状态，外界对宁夏小说创作的历史与现状越来越陌生和隔膜。

当代宁夏文学创作起步较晚，历史积淀不算深厚。然幸遇"浪漫的80年代"，文学大热，作家受宠，遂使张贤亮之忧患人生化为锦绣文章，亦使穷乡僻壤如宁夏者忽成文学边疆。应该说，张贤亮和"三棵树""新三棵树"们的成功，既得益于其自身的不懈奋斗，亦得益于20世纪80年代以来整个社会对于文学的由衷喜爱和充满敬意的文化氛围，特别是文学评论家们对其创作的热心扶持、帮助、呐喊和推介。遗憾的是，自20世纪80年代以后，时风大变，经济忽然挂帅，利益成为图腾。受财富至上和物质消费主义的深刻影响，中国文学生存的空间受到无情挤压。直接可以看到的景观是，文学写作者队伍的大幅度撤出和逃逸。文学评论写作者本来在作家队伍当中就非主力方阵，近二十年来这一群体的人数更是不增反减。宁夏地处偏远，新时期以来，文学评论写作者队伍本就"五六个人，七八条枪"，拜金哲学成为全民追求之后，21世纪以来这支写作队伍更显人数寥落，后继乏人。客观而

言，宁夏的文学评论写作者主要是为宁夏文学"鼓与呼"的，是为其创作摇旗呐喊、传播令名的。一方面，他们热情地肯定宁夏创作家的优秀业绩和独特奉献，同时，也善意地指出其创作的不足与缺陷；另一方面，宁夏的评论家们会借助国内的各种文学平台，向更广大的文学受众宣传和介绍宁夏的文学创作成就和优秀的作家作品，以期国内文学界的朋友们由此而深度知晓和理解当代宁夏文学。然而，让人尴尬的是，如今活跃于宁夏文坛的认真而专注地研究宁夏文学创作的评论家不超过七八人，而新锐的写作者却颇显寥寥（评论家的锻造需要相当漫长的时间）。在这样的情形之下，单是为宁夏创作家发表的新作品赶写评论尚且不及，遑论全方位地对外热心推介，倾情宣传？如此，外界对宁夏文学的认知也只能越来越隔膜和疏远，宁夏文学曾经获得的荣光也就逐渐地沉入岁月和历史的湖底。

二、宁夏小说创作未来发展方向：练内功，开新境，站在巨人肩上望星空，立足宁夏本土观新潮

宁夏的小说创作危机显现，症状多多，那么，未来的创作之路当如何举步，怎样前行？我有四点浅见愿意谈说。

第一、在新文化时代（全球化已经到来、自媒体开始风行）必须下大工夫培养宁夏本土作家，这是一个艰巨的任务，也是宁夏文学重新崛起的保证。

众所周知，我们已经进入全球化时代，全球经济和文化的一体化已经成为不可逆的时代潮流。全球化时代的文化特征是：东西方时空的转换频率突然加速，各国文化的差异性正在不断弥合，中国传统文化的传播和继承面临严峻的挑战，造就和培养作家的社会文化土壤正变得日益复杂和充满不确定

性。而另外一个对培养和造就作家产生影响的因素是，影像文化已经普及和深入到社会的最小细胞——每一个家庭当中，电视、网络和智能手机的普及以及自媒体时代的到来，使前现代社会的"古典的宁静"和"写作的诗意"被轻薄的电视文化和网络漫游、手机阅读冲击得七零八落，家庭文化和社会文化氛围越来越呈现娱乐化、碎片化和浅薄化的态势。这样的情形之下，如何才能培养出一个具有发展潜力的青年作家？毋庸置疑，挑战就在眼前，而宁夏文学的未来需求又如此急迫和峻切。我想，哪怕就最微小的概率而言，在广大的校园之内和众多的基层写作人群当中，总还有一些做着文学梦，热爱经典文学，愿意从事"心灵之事业"的文学好"苗子"，如何认真细致地发现这些"苗子"，帮助其沐浴阳光雨露，经风雨，见世面，直至成材，这是一个摆在各基层作协和宁夏作协面前的不能不完成的任务。这个任务完成好了，宁夏文学才可能拥有比较光明的未来。否则，宁夏文学的前景将会十分暗淡。

第二，宁夏的青年小说家们必须认识到：智慧小说的写作时代已经到来，要想成为一个优秀的写作家，不仅要在写什么上下工夫，也要在怎么写上下工夫。

多年以来，宁夏的小说创作一直缺乏比较强大的智慧性因素。我们许多作家写小说，素材多多，积累厚实，写入作品中的一切，几乎等同于生活本身。不停地生活讲述和细节罗列，往往像一堵密不透风的墙，压迫得读者喘不过气来。外地评论家和编辑家阅读宁夏的小说，常常惊异于宁夏作家把小说写得"像锅盔一样厚实"，却也疲倦于宁夏小说的"质地坚硬"，缺乏灵动。在经历了"50后"、"60后"、"70后"小说家们勤奋的创作实践和不倦的探索之后，我以为，宁夏的小说创作是到了与传统的艺术面

貌告别，从而转入新路的时候了。这种转入新路的必要前提和准备是，认识并理解各类小说文体的根本特质。比如，短篇小说的文体特征和长篇小说的文体特质。事实上，我们许多作家对这两类小说的文体特征的认识和理解是颇为模糊的。

我以为，短篇小说的文体特点就是"短"和"精"两个字。"短"指的是篇幅上有限制，最好在一万字以内。"精"，一是指"精致"——小说结构、写作技巧要巧妙、圆融；二是指"精深"——小说意旨要精密深奥。如果说得稍微啰唆一点，短篇小说的文体特点无非这样几句话：篇幅有限，线索单纯（故事和人物简单），意旨深微，撼人心魄。短篇小说从来都是一种非常具有难度的写作，一些文学史上的大作家，比如巴尔扎克就写不好短篇小说。当代作家麦家在《短篇小说应开创生活》（《中国作家网》2014年12月8日）一文中说："生活往往不是这样，但短篇小说就是这样，不是写生活，而是开创生活，是创世纪；不是拾阶而上，顺流而上，而是暗度陈仓；不是大部队压上去，而是剑走偏锋，出奇制胜。找个蹩脚的比方，生活犹如一堆草药，带着山涧的露水，附着泥土气，短篇小说是一粒药片，匪夷所思的疗效，好像是上帝赐的，其实是那堆草药炼制的。"麦家所言，值得我们每一个愿意在短篇小说的写作上下工夫的作家认真汲取。

宁夏的长篇小说创作一直处于徘徊不进状态，原因之一是相当多的长篇小说创作者对这一小说种类的文体特质认识不清、理解不深。我心目中杰出的长篇小说起码应该具有以下几个特征。

其一，它是具有一定时间长度的生活描述和岁月讲述。这个时间长度到底应该是多少？古典的杰出的长篇小说是百年或者是数十年，到了现代，这个时间长度被缩减了，

这可能带来了长篇小说天然本质的一些损伤。因为无论是西方还是中国，长篇小说都是来源于史诗讲述和历史讲述，是一种跨越漫长时间的具有沧桑感的讲述。20世纪以后，长篇小说的岁月沧桑感遭到了破坏，什么样质地的生活都可以进入长篇小说的取材领域，这是导致长篇小说杰作缺乏的重要原因之一。

其二，杰出的长篇小说是对非常具有密度的复杂生活的描述。被选择进入长篇小说艺术空间的生活应该具有足够的丰富性和复杂性，经得起作家创造力的强力拉扯和锻造。意大利作家卡尔维诺认为：长篇小说应该是"一种百科全书，一种求知方法，尤其是世界上各种事件、人物和事务之间的一种关系网。是一种繁复的文本。"（卡尔维诺《未来千年文学备忘录》，杨德友译，辽宁教育出版社1997年，第74页）俄国形式主义批评家巴赫金在《长篇小说的话语》一文中则指出："长篇小说是用艺术方法组织起来的社会性的杂语现象，偶尔还是多语种现象，又是个人独特的多声现象。统一的民族语内部，分解成各种社会方言、各类集团的表达习惯、职业行话、各种文体的语言、各代人各种年龄的语言、各种流派的语言、权威人物的语言、各种团体的语言和一时摩登的语言，一日甚至一时的社会政治语言。每种语言在其历史存在中此时此刻的这种内在分野，就是小说这一体裁必不可少的前提条件；因为小说正是通过社会性杂语现象以及以此为基础的个人独特的多声现象，来驾驭自己所有的题材、自己所描绘和表现的整个实物和文意世界。"（巴赫金《巴赫金全集》第3卷，白春仁，河北教育出版社1998年版，第40~41页）

其三，杰出的长篇小说应该提供深邃宽广、敏锐尖端的社会人生思索和人性思索。它是一个优秀作家对复杂人间和多变人性的长时期智慧性思索的结晶，是对包围着人类的生活世界和人性世界的锐利的穿透。

其四，杰出的长篇小说应该是一种能够永远深入地传达人类的激情、向往、恐惧、痛楚、忧伤等不可视的内心生活的绝佳文体。杰出的长篇小说可以全方位地呈现个人心灵的全部内容，但是不能够把个人的精神生活与喧嚣和沸腾的整个人类生活世界隔绝开来。

其五，杰出的长篇小说，在文体结构上应该有足够的熔铸百家的能力和创新突破的能力。

其六，作为用汉语写作的长篇小说，应该充分体现古典汉语雅洁蕴藉富有韵律之美和现代汉语流畅清通之美。语言不讲究的长篇小说不能称之为好的长篇小说。

我以为，当前宁夏长篇小说的创作存在着三个亟待解决的艺术问题。首先要解决的第一个艺术难题是从事长篇小说创作者思想和艺术准备不足的问题。长篇小说不是想写作就能够写作的，一个缺乏基本的文学写作训练的人是无法进入这一写作领域的；一个从事了多年的文学创作的人，由于思想未能高屋建瓴，艺术锤炼又未到火候，也不适合于马上进入长篇小说的写作。宁夏长篇小说创作亟待解决的第二个艺术难题是大量作品明显存在着选材不严、开掘不深的问题。写作长篇小说，如果认为有了生活积累，就可以写出好作品。这样的认识不仅轻浅，而且有害，会无端浪费许多得之不易的素材。宁夏长篇小说创作存在的第三个弱点是许多作家对长篇小说的诗学特点认识不清。长篇小说由于生活容量大，生活面宽广，人物命运互相牵扯，它的起源又与各民族的神话和创世史诗有关，所以从它诞生的那一天起，它的内部就蕴藏着丰富、复杂、纷扰、奇诡等因素，这是小说的本质（小说总是在言说谜一样的人生和人性）使然，也是几百年来长篇小说的经典文本所共同拥有的艺术密码。

第三，处于创作转折期的作家们必须认真研究中外经典作家和优秀作家们的创作经验，在前人的肩膀上仰望星空，在同行者的刺激和启发下奔向远方。

这显然是一个老而又老的文学话题，但是仍然需要不断谈说。我想强调的是，对一个正处于艺术转折期（向上飞升还是向下沉沦）的小说家，对于经典作家和优秀作家作品的阅读，不应该只停留在清浅的阅读欣赏层面。而应该进入深度研究的层面。何谓深度研究？一是知晓所喜爱的作家一切生平事迹，二是几乎读过这位作家的所有重要作品，三是能够在万千的小说家当中准确地识别该作家作品的独特风格和情调，并能够形之于文字。我这样说，是因为在当代作家中，那些能够深度解读经典作家和优秀作家的写作者，其自身的创作水准一般都居于国内作家前列。比如莫言对于福克纳和加西亚·马尔克斯的深度解读，余华对于鲁迅的解读，苏童对于意大利作家卡尔维诺的解读等等。

对于生活写作于相同地域同行们优秀作品的阅读，也应该成为宁夏作家们认真阅读的题中之意。我的见解是：宁夏的青年作家们在进入宁夏生活的写作之前，必须将新时期以来宁夏最好的中短篇小说（见本文前述）一一读过。道理很简单，所有的后来者的写作都要立足于一个庞大的源远流长的写作谱系当中，崭新的创造和新锐的思索之苗总是从老的传统之树中长出。我从来也不相信，一个无所依傍的写作者可以创作出思想清新、艺术精湛的小说。

第四，宁夏各界要加大推介本土作家的力度。曾经被实践证明的"走出去"、"请进来"的文艺战略要重新恢复，并发扬光大。

21世纪前后的那些年，宁夏文学界繁花似锦、蜂飞蝶舞，其异常热闹的景象为这十余年间所仅见。当是时，宁夏文联和作协不断派遣作家出外学习、取经；宁夏各文学杂志的编辑们亦东奔西走，一为约国内文学名家之稿，二为推荐宁夏本地作家优秀作品，三是请国内名家来宁夏为本地作家"传经送宝"或者"诊断"创作症状。这样做的效果是，居于中心城市的文学界著名人士，不仅知道宁夏在张贤亮之后已经聚集了一支令人羡慕的小说家队伍，而且其卓越的创作力一点儿也不输于国内任何文学大省。于是，短短几年间，宁夏小说再现创作高潮，"三棵树""新三棵树"横空出世，名震一时。近五六年来，受诸种内外因素的影响，宁夏文学界"走出去"和"请进来"的举措有所抑制，创作主体之间的艺术交流亦出现不流畅现象，那种你追我赶，奋勇争先的愉快的创作氛围渐行渐远。简言之，21世纪前后宁夏文坛出现的由于众人拾柴而超常燃烧的那"一团火"正在变得气息微弱，欲暗未明。如何将"那一团火"重新唤醒并再度熊熊燃烧？我没有新的答案。所有的答案都在历史之中，在宁夏文学并不算久远的早年岁月当中。

宁夏新边塞诗的流变及艺术特色

张　铎

　　边塞，是中华儿女保家卫国的前沿阵地，自古以来就是兵家必争之地。我国反映边塞风光及生活的诗词，兴于汉而盛于唐，并在盛唐形成了一个流派，即边塞诗派，且名篇佳句，异彩纷呈，至今传唱不衰。代表诗人有高适、岑参、王昌龄、王之涣、王翰、常建、崔颢等，著名诗人李白、杜甫、王维也是边塞诗杰出的作者。高适的边塞诗代表作《燕歌行》抒写了军队的边塞生活，气势豪迈，感慨深沉。岑参边塞诗的代表作《白雪歌送武判官归京》色彩鲜明，雄浑壮丽。王昌龄边塞诗的代表作《出塞》二首，《从军行》七首豪放雄浑，意境开阔。在某种意义上讲，边塞诗是盛世的产物。宋代边塞诗词创作转入低潮，尽管范仲淹的《苏幕遮》《渔家傲》苍凉悲壮，意境深远，可韵味和盛唐大不一样。元明边塞诗数量不多，佳作也少。清代林则徐、左宗棠、谭嗣同、邓廷桢、屈大均等诗人写了一千多首反映边塞生活的诗作，为历代第二个高潮，这与"康乾盛世"有很大关系。林则徐《赴戍登程口占示家人》中"苟利国家生死以，岂因祸福避趋之"的著名诗句，抒发了诗人渴望建功立业、热情报国的襟怀，影响深远。宁夏地处塞上，在古代诸如王维《使至塞上》"大漠孤烟直，长河落日圆"，李益《夜上受降城闻笛》等优秀诗篇，人们大都比较熟悉，而反映当代边塞题材的诗作则知之甚少。古今边塞诗之不同，主要在于古代边塞诗以反映保卫边疆的题材为主，当代边塞诗以反映建设边疆的题材为主，其他一切题材大都是由这两个内容派生出来的。其实，新时期宁夏旧体诗诗人，在继承前人的基础上又有所创新发展，在国内外产生广泛影响，为宁夏赢得了荣誉。周毓峰《古剑行》《出塞行》，秦中吟《西河·晨过胜金关》《鹧鸪天·咏荷》，项宗西《塞上行·爱伊河》《雨中遐思》，马启智《云南迪庆香格里拉》，任启兴《念奴娇·阅海》，李增林《红豆吟》，张源《塞上喜雨》，贾朴堂《惊秋》，兰书臣《萧关抒怀》，刘沧《宁夏川》，刘世俊《贺兰山》，吴淮生《银川鸣翠湖》，崔正陵《陕北行吟》，彭锡瑞《寄呈牛司令员》四首，邓万《扬黄扶贫灌溉工程感赋》，魏康宁《哈巴湖抒怀》，崔永庆《固原怀古》，马志凤《新天府畅游》，沙俊青《喜雪》，张程九《宁夏解放五十周年》，王其桢《灵州怀古》，沈华维《六盘山写意》，杜晓明《塞上曲》，杨森翔《江南塞北》，王正华《艾依河巡礼》，唐麓君《沙生植物颂》，何志鉴《鸣翠湖》，海军《雨中过六盘》，王文华《瑞雪》，肖川《秋兴步杜甫原韵》，张嵩《过六盘山·吊成吉思汗》，刘剑虹《西夏鎏金铜牛》，黄正元《六盘山长征纪念亭》，何敬才《归雁》，杜桂林《沁园春·菊》，宋玉仙《初秋》，闫云霞《忆秦娥·西夏王陵》，白林中《黄河颂》，段庆林《春游苏峪口》，熊品莲《秋草》，熊秀英《初春》，李玉民《浪淘沙·西夏王陵》，李萌《访西夏王陵吊元昊》，王慧君《望海潮·塞上湖城》，许凯《塞上之春》，闫立岭《华夏回乡》，丁玉芳《咏春》，于永森《七律·初到固原》等，均是宁夏新边塞诗的代表作。

需要说明的是"边塞"是一个短时间内不可消失的方位概念，它不仅仅是大西北，还应包括东北、西南边疆，即凡我国边疆地区都应包括在内，而反映边疆地区生活的诗——边塞诗，应当更具有开放性、包容性、广泛性和多样性的特点。因为文学的民族性和地域性不仅是文艺家驰骋创造才能、大显身手的广阔天地，更是根治文艺作品公式化、概念化、单一化的一剂良药。同时，也是各民族文艺相互交流、取长补短、不断进步的动力所在。我们倡导边塞诗，不仅对祖国边疆走出落后、融入世界和人类的中心有作用，即使对整个国家和民族发展都有特殊的意义和作用。本文只拟对宁夏边塞题材的诗词作品进行初步探讨和梳理，以就教于方家。

一、宁夏新边塞诗发展概况

历代诗人尽管为宁夏这块厚重的土地，留下了许多传世的边塞题材诗词作品，但有组织的诗词活动则一直到20世纪三四十年代，才在宁夏南部山区固原出现。1941年时任固原县县长兼民国《固原县志》第二任总纂福建闽侯人叶超，集合当地的几位诗词爱好者受庆龙、郑佩福、受云亭（曾任《北京晨报》主编）等创办了"萧关诗社"，定期吟诵诗词，相互学习交流，后编辑出版了《塞上雪鸿集》。这是目前已知的宁夏历史上第一个有组织开展活动的诗社。

1949年至改革开放前，宁夏创作传统诗词的诗人相对比较少，只有罗雪樵、贾朴堂、牛化东、李景林、赵庚、马季康、吴淮生、秦中吟、彭锡瑞、吴宗渊等为数不多的一些诗人。改革开放为宁夏传统诗词的复兴带来了前所未有的机遇，边塞题材诗词创作者日渐增多，故而诗歌界把新时期以来，反映边塞题材的诗歌，称之为"新边塞诗"。1985年，《宁夏日报》副刊编辑秦中吟先生联络时任宁夏文联理论研究室主任、作协副主席的吴淮生，并通过他联系宁夏文联名誉主席石天、朱红兵等，由石天牵头成立了诗词组织"塞风诗社"。石天任社长，朱红兵、贾朴堂、肖维章、吴淮生、秦中吟等为副社长。时任自治区顾问委员会主任薛宏福、副主任丁毅民，自治区政协主席李恒和、副主席张源也多次参加塞风诗社和后来改名为宁夏诗词学会的筹备工作。中华诗词学会成立时，时任自治区主席黑伯理以及薛宏福、张源为特邀代表，石天、吴淮生、秦中吟为代表。在中华诗词学会成立大会上，黑伯理、薛宏福、张源被聘为顾问，石天当选为常务理事，秦中吟当选为理事。1986年5月23日，秦中吟在《宁夏日报》撰文《要多样化，不要单调》批评边塞诗风格之不足。他指出，"不论在内容或形式上，比起正在开发的西北地区广阔丰富的生活，风格还有些单调狭窄，亦即粗犷豪迈有余，细腻优美不足"，"不仅作为构成西部诗歌群体的不同诗人的作品要多样化，而且要求同一诗人的作品也要多样化"。秦中吟的观点在当时引起了不小的反响，深受社会各界支持。1988年8月自治区党委宣传部正式批准成立宁夏诗词学会，挂靠自治区政协教科文卫体委员会。学会名誉会长薛宏福、李恒和、丁毅民，顾问贾朴堂、姚持、路展、李震杰、高嵩。后增补王拾遗、胡公石为顾问。时任自治区政协副主席张源任会长，石天为常务副会长，朱红兵、秦中吟、吴淮生任副会长，秦中吟兼任秘书长，周毓峰为副秘书长。李增林、刘世俊、吴宗渊、周毓峰、彭锡瑞、周资生、张程九等为理事。后又先后推举马启智、任启兴、王正伟、项宗西、梁国英、强锷等为学会不同时期的名誉会长，聘请李增林为学会总顾问，张怀武、刘世俊为副总顾问。此后先后担任学会会长的有李涌泽、邓万、秦中吟、魏康宁等。学会成立之后，积极开展采风、创作、吟诵、学术研究、对外交流、编辑出版诗词等活动。吴淮生、秦中吟的作品最早被选入新时期以来由著名诗人叶元章主编的《当代诗词精选》。秦中吟、吴淮生、彭锡瑞、吴宗渊四人的作品被选入

新疆师范大学主编的《丝绸之路诗词选》。李增林、吴淮生、秦中吟、王其桢、苑仲淑等人的诗词还被选入河北诗词学会编辑出版的《当代千家诗选》。1990年秦中吟主编出版了宁夏第一部诗词集《塞上龙吟》，填补了古体诗词集出版的空白，作品反映了新时期以来宁夏改革开放，社会主义现代化建设新成就，回汉各族人民新的精神风貌，热情歌颂宁夏壮丽山河及淳朴浓郁的风俗民情，初步显示了宁夏新边塞诗词意象粗犷、大气磅礴、虎啸龙吟、崇高瑰丽、豪放阳刚之美的艺术特色。同年秦中吟出版了个人诗词集《朔方吟草》，这也是宁夏出版的第一部个人诗词集。

1992年5月1日宁夏诗词学会在《宁夏日报》开辟了由秦中吟主编，两月一期的《夏风》诗词专版，为全国省级党报发表整版诗词之先例，广受诗词界好评。一年后，由张源、秦中吟联袂主编，宁夏人民出版社出版了诗词集《夏风》。1995年9月，全国第八届中华诗词研讨会在银川召开，国内外一百多名专家、诗人参加。时任自治区党委书记黄璜到代表驻地看望代表，自治区主席白立忱、人大常委会主任马思忠、政协主席刘国范、党委副书记康义、自治区政协主席李恒和以及时任银川市委书记陈育宁等同志出席了开幕式。会议的主要议题是讨论古今边塞诗的创作实践，继承和发扬边塞诗的优良传统，结合时代和民族地区的特点，创作反映讴歌改革开放新时代的诗词作品。秦中吟的主题论文《认真总结边塞诗经验，促进诗词沿刚柔相济方向健康发展》获与会者一致认可，后来被选入中华诗词学会20周年文集。全国第八届中华诗词研讨会结束后，秦中吟编辑出版了《重振边塞雄风》《中华当代边塞诗词精选》等书籍。另外，秦中吟还主编了《当代诗人咏宁夏》等，为"新边塞诗"发展鼓与呼。《当代诗人咏宁夏》一书

由时任宁夏党委副书记、宣传部部长马启智作序，产生了一定的影响。全球汉诗总会会长张济川先生称赞这部书从质量到外部装帧都为国内上乘。中华诗词学会副会长、新疆师范大学教授星汉先生称该书有较高学术价值。同年12月，秦中吟应邀出席在新加坡召开的全球汉诗第五届研讨会，被选为理事。其七律《贺新加坡解放三十周年》书写装裱后被新加坡国立艺术馆永久收藏。1996年由中华诗词学会等单位主办的全国"李杜杯"诗词大赛，周毓峰长达九百言的古风《出塞行》荣获二等奖。1997年香港回归，周毓峰的古风长诗《古剑行》又一次荣获"全国回归杯大赛"一等奖。1996年秦中吟出版由著名美学家、中央政策研究室艺术局局长严昭柱作序的《诗的理论与批评》。这是宁夏有史以来的第一部诗歌理论专著。李增林、王拾遗、高嵩、刘世俊、唐骧、张迎胜、丁生俊、杨继国、布鲁南、何克俭等先后分别或合作出版了《离骚通解》《关于诗经》等古典诗词研究著作。1997年秦中吟又一次受全球汉诗总会邀请出席了在马来西亚召开的第七届研讨会，并做了重点发言。1999年秦中吟的《鹧鸪天·咏鹅》获全国建安诗词大赛及全国民间文艺诗词大赛一等奖。同期秦中吟的《六盘山今昔》在全国旅游诗词大赛中获奖。2000年夏天，随着西部大开发战略实施，宁夏及时在全国率先召开了"当代诗词与西部大开发"研讨会，组织出版了诗词集《西部开发诗词大典》。值得一提的是同年宁夏大学、北方民族大学等院校先后成立了诗词组织，诗词真正走进了校园。2000年宁夏诗词学会举办了"凤城旅游诗词大赛"，崔永庆、刘剑虹、黄正元三人获一等奖。2001年由秦中吟、吴国伟合编的《宁夏旅游诗词精品选》由中国文联出版社出版。2002年、2003年，宁夏老年大学，平罗、中宁、盐池等县也分别成立了

诗词学会，并各自出版了诗词合集。2004年在宁夏日报《夏风》诗词专版的基础上，改为16开本双月刊后又改为季刊。《夏风》立足宁夏、面向西部、放眼全国兼及海外华人，坚持"二为"方向、"双百"方针，以发表诗词为主，兼及民族化新诗、诗歌评论、信息、诗人活动，为综合性诗刊。通过多年努力，推出了一批新人，团结了一大批区内外及海外老中青诗人、诗评家，在全国诗词界产生了广泛影响。新边塞诗倡导者秦中吟、项宗西的诗词作品入选《中华诗词》"吟坛百家"诗词专栏，各自集中发表诗词数十首，秦中吟、项宗西还分别入选《诗词之友》封面人物，并各自集中在该刊发表诗词作品数十首。秦中吟、项宗西、吴淮生、张嵩、李玉民、沙俊清等人作品入选《诗刊》，这是宁夏诗人作品第一次在以发表新诗为主的国刊集中亮相。从1995年以来宁夏先后邀请著名诗人刘征、李瑛、张永健、朱先树、杨金亭、郑欣淼、郑伯农、丁芒、周笃文、梁东、丁国成、王亚平、李文朝、刘章、张陵、赵京战、郑德兴、王庆生等数十人次来宁讲学，播下了诗的种子，推动了宁夏新边塞诗的发展。

2006年在中华诗词学会举办的"首届华夏诗词奖"中，秦中吟、吴淮生、黄正元、刘剑虹、崔正陵、张嵩的作品入围。2007年由宁夏诗词学会与宁夏纪检委、监察厅联合举办的"塞上清风全国廉政诗词大赛"中，张嵩获一等奖，崔永庆、刘剑虹获二等奖，刘沧、崔正陵、李贵明、张苏黎获三等奖，杨石英、唐麓君、王正华、任登全、叶光杰等获优秀奖。这次大赛引起了各方关注。2009年8月15日至18日，全国毛泽东诗词研究会第九届年会在银川举行，并举办了《中华诗词文库·宁夏诗词卷》首发式，中央文献研究室原主任、中国毛泽东诗词研究会会长逄先知，中央文献研究室副

主任、中国毛泽东诗词研究会常务副会长李捷，《文艺报》原主编、中华诗词学会代会长郑伯农，毛泽东主席生前机要秘书张玉凤，宁夏政协主席、宁夏诗词学会和宁夏毛泽东诗词研究会名誉会长项宗西，宁夏政协原副主席强锷、李增林，宁夏诗词学会、宁夏毛泽东诗词研究会会长秦中吟以及来自全国各地的专家、学者何火任、吴正裕、严昭柱、吴欢章、涂武生、季世昌和宁夏诗人、学者吴淮生等 120 余人参加会议。会议期间，自治区党委书记、人大常委会主任陈建国，自治区人大常务副主任马瑞文分别会见了逄先知、李捷、郑伯农、张玉凤等。这次研讨会时间不长，但开得热烈，达到了总结经验、研究问题、交流思想、推动边塞诗发展的目的，对宁夏新边塞诗的创作产生了积极的影响。

2011 年至 2013 年宁夏又举办了两次黄河金岸全国诗歌大赛，编辑出版了以宁夏文联主席郑歌平为编委会主任的《黄河诗金岸——首届中国宁夏黄河金岸诗歌节诗选》，以自治区党委常委、宣传部部长蔡国英为主编的"中国梦、黄河情、宁夏美"《中国宁夏黄河金岸诗词赋大赛暨第二届黄河金岸诗歌节作品集》，发现和培养了一批诗词新人，从而更进一步提高了宁夏"新边塞诗"的影响力，提高了宁夏的知名度和美誉度。

宁夏诗词学会自成立以来，共计编辑出版《塞上龙吟》《夏风》《当代诗人咏宁夏》《中华当代边塞诗词精选》等大型诗词集十四部，会员个人出版诗词集近百部。2016 年学会又集中为老会员出版了 11 部诗词和评论集。特别是《中华诗词文库·宁夏卷》的编辑出版，突出了新边塞诗豪放阳刚的主体风格，更洋溢着宁夏这块热土上"新边塞诗"的地域特征，散发着沙枣花和马兰花浓郁的清香。尽管对这一诗歌运动，西部各省区的诗人大都倾向于采用"西部诗歌"这一

名称，但宁夏诗人还是认可"新边塞诗"。自称或是被列入"新边塞诗"的主要诗人有秦中吟、项宗西、吴淮生、周毓峰、马启智、任启兴、段云、李增林、贾朴堂、丁毅民、张源、刘沧、兰书臣、石天、邓万、张嵩、刘剑虹、沈华维、魏康宁、崔正陵、崔永庆、杨石英、白林中、闫云霞、王文华、黄正元、熊秀英、段庆林、熊品莲、海军、杜晓明、李玉民、何敬才、许凯、宣民庆、闫立岭、丁玉芳、于永森等。秦中吟、项宗西、吴淮生、张嵩等"两栖"诗人的边塞诗主要成就是传统诗词。当时一些关于"新边塞诗"的讨论，引起了人们对这批诗人的关注，而且渐渐，"新边塞诗"也专指旧体诗人，有别于 20 世纪 80 年代主要指新诗。还有论者指出，古今写边塞诗的诗人既有长期生活在大西北的"土著"，也有外来者，但写得比较好的还是外来者，尤其是传统诗词。例如 1997 年香港回归，湖南籍诗人周毓峰的古风长诗《古剑行》获"全国回归杯大赛"一等奖，秦中吟为此专门主持召开了作品研讨会。事实上，以周毓峰、彭锡瑞、周资生、何志鉴、唐麓君、杨石英、熊品莲、胡清荷等为代表的湖南籍诗人不但队伍整齐，而且学养深厚，作品质量上乘。著名评论家郑伯农先生在谈到浙江籍诗人项宗西同志的诗词时曾说："他有丰富的生活阅历和诗词素养，更难能可贵的是，有大视野、大胸襟。写起诗来不矫揉造作，不故弄玄虚，用的是古典的艺术形式，说的是当代人的话语，倾吐的是当代人的心声。所以，自然而然地具有鲜明的时代特征。"（郑伯农《春色秋光·序》，中华书局、宁夏人民出版社 2011 年）宁夏外来诗人的影响力由此可见一斑。当然，宁夏本地诗人的成绩也很突出。如秦中吟扎根塞上，倡导和积极实践边塞诗，被评论家称为中国新"边塞诗"的领军人物。张嵩多次夺得宁夏乃至全国诗词大

赛一等奖，跨入了中华诗词有成就的诗人行列。截至目前，老中青三代诗人形成了宁夏诗词界前所未有的亮丽风景线，在中华诗词界亦占有了一席之地。这些诗人的创作，大都具有强烈的边塞特色、爱国主义精神及阳刚之美。具体而言，有的有较强的社会政治意识，作品主要反映新时期民族寻求奋起的精神折光；有的表现为对诗人内心体验到的自然与历史的宏观把握，在或写实，或直抒胸臆的基础上，更多地采用诗词曲等形式，构成浑厚、古朴、奇丽的艺术风格。

二、宁夏新边塞诗重要诗人

（一）"新边塞诗"的领军者：秦中吟、项宗西

秦中吟（1936—2014），本名秦克温，宁夏平罗人。著有旧体诗集《朔方吟草》《塞上新咏》《攀登兰山》及《秦中吟文学评论集》《诗的理论与批评》《诗论新篇》等十余部著作。诗词作品曾获艾青杯奖、全国诗歌节奖、毛泽东诞辰100周年全国诗歌征文奖等。在诗坛具有举足轻重的影响，又是多面手，写诗词、散文、评论，还发表过很有影响的长篇小说。他的作品偏于雄浑，大都引吭高歌，壮怀激烈，受白居易的影响较大。他的笔名秦中吟就来自于白居易的诗题《秦中吟》。其作品犹如油画，色彩夺目，情感热烈，不留空白，富有象外之象，情外之韵，有豪放之美。秦中吟是土生土长的宁夏籍诗人，20世纪60年代开始诗词创作，其诗讲究构思，以现代汉语为基础，多吸收生活化口语入诗，多方面表现塞上山川文物、田园风光及风土人情，自觉地把新诗意象、象征、通感、白描等表现手法运用于诗词，追求豪放阳刚之美，形成了清新淡远、语言质朴的风格，并不断探索边塞诗的审美空间。他主编的《当代诗人咏宁夏》《当代中华诗词精选》《中国西部开发诗词大典》《中华诗词文库·宁夏诗词卷》等14部诗词集突出了鲜明的西部特色，是我国当代边塞诗创作的重要成果。秦中吟扎根塞上，倡导和积极实践边塞诗，被评论家称为中国"新边塞诗"的领军人物。

项宗西（1947—　），笔名宗西，浙江乐清人。著有诗词自选集《春色秋色》，诗文集《霁月清风集》《春晖秋月》《疏影清浅集》等。他的诗作少而精，注重形象思维，结构严谨，语言清雅，意境高远，显示了他作诗为文的修养和文化素质。七绝《雨中遐思》云："翻墨跳珠势卷洪，水天一色浪排空。西湖借我三巡雨，塞上迎来一岁丰。"仅四句诗，就使杭州"西湖"与西部干旱的"塞上"通过"雨"连在一起，营造出"丰"收的喜人年景，洋溢着欢乐。诗中所描绘的西湖雨中之景与作者所表现的思想感情合二为一，即物我合一之境，其不但景美情真，而且时空跨度大，境界辽阔，诗如其人。这表明了作者既有"西湖借我三巡雨，塞上迎来一岁丰"的志向和抱负，又有深邃的目光、阔达的胸襟以及深厚的艺术功力。诗人写出了诗，诗也写出了诗人。生命虽然短暂，在这里却有了永生的意味。而这正是艺术的特性，它超越了时空，具有永恒的价值。诗人的作品不乏婉约之韵，但以豪放为主，更具乐观主义精神，不但继承了盛唐边塞诗雄奇豪迈的诗风，而且在探索中进一步拓宽了诗的题材，融入了全新的社会生活内容，为当代新边塞诗的兴起、发展、壮大起到了推波助澜的积极作用。

（二）塞上军旅诗人：彭锡瑞、周毓峰、沈华维、何敬才

彭锡瑞（1926—1997），湖南桃江人。20世纪40年代开始诗词创作，充满爱国主义情调。诗作主要讴歌新中国新宁夏的建设，作品贴近时代、贴近现实社会生活，文

字厚重而苍劲，格律考究严谨。七律组诗《致牛化东同志》是其代表作，感情真挚，具有较高艺术境界。《谒黄帝陵书感》感事命意，情动于衷。英雄气概，非同凡响。与遗孀胡清荷合著诗词集《湖海诗情录》，诗笔不凡，语近旨远。琴瑟和谐，相得益彰。

周毓峰（1928— ），湖南益阳人。古风长歌《出塞行》洋洋九百言的鸿篇巨制，深沉地反映了一代知识分子的沧桑命运，不折不挠的意志，透视时代的巨变，具有较强的思想性和艺术性，是当代豪放壮美的边塞诗的代表作品。该作脱胎于汉乐府、盛行于唐代的歌行体，却又将这一体裁的优点充分发挥。写景、叙事、抒情、议论等多种方式交错使用，自然得当。全诗不仅以生动曲折而又富有传奇色彩的典型故事情节牵动读者的心，而且还将强烈的感情灌注其间，这无疑大大强化了作品的艺术感染力。且结构首尾呼应，前后关照，几乎无懈可击。语言的应用也颇具特色，适当地吸收古语，使作品显得古朴典雅；而更多从现实生活中提炼的语汇，又使作品通俗易懂，富有鲜活的时代气息。被评论家誉为"新边塞诗最具代表性的诗人"。

沈华维（1952— ），宁夏永宁人。在诗词创作上孜孜以求，而且写得情趣盎然，逼真如画，意境深远。如《思乡》："边关何事不思还，家国安危系一肩。借得蟾光心问月，亲人如梦可安然。"军人身在边关，想的是家国安危。不是"不思还"，而是"家国安危系一肩"。从边关到家，再到"国家"，虽是铺叙，但时空交错，具有较强的层次感。守在边关，回不了家，就借月垂询，"亲人入梦可安然"。此时的"月"是边关"月"，亲人当然是在家里。从时空角度看，似乎又拉开了距离，然而那个"家国安危系一肩"的"大写的人"，距离却更近了。承前启后，化虚为实，开拓出一片新的境界，使时空的回还对照融合无间。"借得蟾光心问月，亲人入梦可安然"，抒发的就是军营赤子的柔情，重在表达情致，展示意境，使读者涵咏体味。诗人立足于实体形象，而又超越了它，创造出一个超然空灵的艺术境界，形成了一种隽永的风格，使人从中品味出"象外之象""味外之味"。短短的四句诗，明白如话，却又何等的深婉，何等的富有精气神。

何敬才（1954— ），甘肃临洮人。著有诗词集《蓝梦集》《春草集》。他的诗作来源于生活，地气浓郁，情感热烈。如《雪夜喂马》，风雪交加，马灯摇曳。战士在喂马忙碌一番之后，用口琴吹奏"怀念战友"的电影歌曲，吟诵着唐诗"月黑雁飞高，单于夜遁逃。欲将轻骑逐，大雪满弓刀"。这是怎样的豪情？一个既富友爱柔情，不畏艰难，勇于胜利，又乐观坚强的人民战士形象跃然纸上。又如《江城子·堡子山》，作者满怀思乡、爱乡的深厚情结，从登临绝顶的苍凉，写到民间传说黑水池内巨蟾带来雹灾的担忧之心。由山冈上的羊肠小道、荬黄的蕴叶，引出了儿时孩童们"藏码"而戏的天真乐趣。虽两鬓染霜，乡情难忘，童趣犹存……人们看到一位归来游子，驻足山顶，凝眸遐思。往日雹灾过后的惨相刺得他心痛，儿时游戏的欢乐，却又荡起他无邪无虑的孺子情怀。而《看左公柳感吟二题》第一首，读者随其穿越到百多年前的大西北，看到刚刚平定了新疆阿古柏之乱，遏制了俄英入侵阴谋的大军，在左宗棠的带领下奏凯还师。战士们在途经酒泉开怀畅饮之后，不忘栽种树木绿化山川，洒下了一路春风。第二首则以"辞庙""抬棺"之举，表现了左公收复伊犁血战到底的坚强决心，塑造了一位爱国将领的高大形象。诗作古雅蕴藉、意深韵远。

（三）塞上知名诗人：吴淮生、崔正陵、刘剑虹、王文华、崔永庆吴淮生（1929—   ），安徽泾县人。他写新诗也写诗词，亦写散文，三者互补，颇有建树，是宁夏文学界的前辈。他的诗词作品多以表现宁夏山川风物、名胜古迹以及亲情友情为主，题材广泛，言近旨远，风情神韵，风格典雅，是20世纪80年代宁夏最早走向区外，在全国较有影响的旧体诗诗人。步毛泽东韵写三门峡的一组词作大气磅礴，想象丰富，堪称力作。1979年以来，吴淮生先后出版了诗集《塞上山水》《漂泊的云》《新声旧调集》，散文集《梦里青山》《人世沧桑谁识》《思濂庐散文》，以及《吴淮生诗文选》等十余部。他还主编、编辑了"塞上诗丛"9部，以及《宁夏当代作家论》《宁夏文学十年》《古峡涛声》等书。其诗词作品集《吴淮生诗词选》是《旧调新声》的增版，颇能代表宁夏诗词创作的水平。诗人已至耄耋之年，仍笔耕不辍，时有诗词、评论佳作问世。

崔正陵（1935—   ），江苏盐城人。诗人坚持诗词创作，是塞上比较成熟，且有成就的诗人之一。作品凝练，意蕴深沉，清新可喜。七律《景德镇瓷》构思精巧，别有境界，不同凡响，曾获全国性奖项。诗人三十多年来先后在区内外二十余家报刊上发表诗词作品数百首，其中不少作品被海内外多种诗词选本收录。作品题材多样，内容丰富，严于格律，精于结构，语言清新流畅，凝练简约，意蕴深沉。诗人擅长七绝，言约意丰，颇堪玩味。其诗乐观旷达，寄情深切。代表作有七绝《赠银川绿化大队》《题西夏王陵》《西湖三墓》《景德瓷》，七律《过明孝陵》《青铜峡》《七十回眸》等。自传体长诗《平仄人生》基本上用七绝写成，颇见功力。近期又完成了该书的修订本，从内容到形式更臻于完美。诗人熟练地运用七绝联章的方式，抒写其八十多年的沧桑经历，力图通过个性命运的展现来反映一个时代的特征，在艺术上有一定的独创性。另外还著有《百步斋诗

文集》等文学作品集，为当代宁夏诗词创作作出了突出的贡献。

刘剑虹（1941—   ），宁夏中宁人。著有诗词集《剑如虹》《塞苑流韵》。作品七律《西夏鎏金铜牛》意象粗犷，韵味深沉，获"凤城旅游诗词大赛"一等奖。七律《任长霞》获"塞上清风"全国廉政诗词大赛二等奖。诗人不但擅长诗词创作，而且重视诗词艺术的研究与探索，注重深入实际感悟人生，其作品多以凝练的笔墨，烘托出深邃的意境和宽广的情蕴。诗风简洁犀利，想象奇特新颖；文字工整，质朴明达，情事合一，情理互现，熔思想和艺术于一炉，富有哲理和感染力，具有鲜明的个性。诗作或达观，或悲壮，或凄婉，或哀怨；在表达上或含蓄，或形象，或深沉，无论是谋篇布局还是遣词用句，显示了其娴熟的艺术功力，实现了景致与情怀、现实与历史的和谐统一。在创作实践中，诗人依据自己创作的宝贵经验，撰写了《边塞诗与爱国主义》等多篇具有一定学术研究价值的诗论，凸显了诗人对生活的深入观察和艺术把握。

王文华（1941—   ），河北省围场人。四十多年来，共创作诗词三千多首，楹联四千多副，多首作品获奖入集。著有《岚溪吟草》《王文华联稿》等。2008年1月，经世界民间艺术家最高奖"金飞鹰奖"艺委会和评委会审定，被授予第一届（亚太地区）民间艺术家最高奖"金飞鹰奖"终身成就荣誉称号。个人传略被收入《当代诗词家大辞典》《中国当代楹联艺术家大辞典》等多部词典。其诗作构思奇巧、刚柔相济、寄情幽远，给人以厚重感、亲切感。

崔永庆（1942—   ），宁夏中卫人。著有诗词集《绿野春秋》《秋悦平畴》《流苏集》《雪泥集》等。作品数次在全国和自治区诗词大赛中获奖。崔永庆长期在农业战线工作，淀积了对农村和农民关爱的深厚感情，

近一半的诗作都是反映农业、农村和农民生产生活的巨大变化，热情讴歌社会主义新农村改革与发展的辉煌成就。他把艺术之根深扎于人民之中，一颗向真、向善、向美的诗心贴近于人民大众。他的诗熔铸了中国古典诗词的凝练、隽永、典雅和现代诗词的清新、活泼、明丽，成为宁夏诗坛上一道风姿独异、不可多得的亮丽风景。诗人创作多用生活化口语，朴素自然，不乏情趣、理趣，一些作品达到了情与理的和谐统一。他一直主张和坚持应以普通话的音韵为标准的白话写作格律诗词，提倡现代口语入诗。他所创作的古体诗，无一例外的都是使用的新声新韵。诗作境界宏大，意蕴深厚，别饶隽味，朴实而又自然，清新而又明丽。

（四）塞上女诗人：熊品莲、杨石英、熊秀英、丁玉芳、闫云霞

熊品莲（1933— ），女，湖南临澧人。她的诗词创作在艺术手法上题材丰厚、广泛，既赞颂自然美、山河美、人情美、风物美，又关注历史变迁、社会进步。写作手法多样，体裁多有变化，兼容性较强，既有古风、近体律绝，也有长短句词和曲联。内容上既借景抒情、借物言志，又直抒胸怀、义理融情。比较起来五言律绝运用得更得心应手，语言较为凝练、老道、含蓄。她的诗词就是她心灵的感应和情感历程的真实记录。其代表作品《荷塘观鱼》《晨燕》《五律二首》《寄远十首》《七律二首》《重九抒怀》，词《喜迁莺》（二首）《玉楼春》《鹧鸪天·梦难成》《长相思》，曲《双调·拔不断》等，皆以爱情为主题，情真意切，思绪绵绵，如莲之清香，沁人肺腑。

杨石英（1933— ），女，湖南邵东人。著有诗集《秋韵》等。作品多带有军旅色彩，诗风豪放，境界脱俗，语言凝练苍劲，格调高昂。如《访鸿门宴旧址》："此日鸿门杀气休，几尊塑像立村头。依然项羽英雄汉，天下而今不姓刘。"诗中有记事，有描写，有议论，章法灵活，时空交汇，沉郁悲怆，超旷绝俗，有苍茫之感。

熊秀英（1943— ），女，河北涿州人。诗人善于借景抒情，描写山水田园自然风光和亲情的诗朴素自然。其诗作感情浓烈，含蓄婉转，既清新直率，又英姿勃发，富有洁气。善于缘情写景，长于创造有我之境，作品始终荡漾着浓烈的浪漫气息。如《初春》一诗："草木经风各自新，桃花先占一枝春。柳丝也解人间意，长蔓悠悠牵客心。"诗人写春，先从风写起，而这风是"吹面不寒杨柳风"，是贺知章笔下"似剪刀"的风。在这样的和风吹拂下，草木各自新。此处之"新"乃词类活用，着一"新"字，使万物充满了生机，尽得风流。诗人写桃花，先占一枝春，是形似，是画工，即画得像。而写柳丝长蔓牵客心，是神似，是化工，写出了精神。

丁玉芳（1952— ）女，陕西户县人。曾在《古风》《千千》《国学论坛》等著名网站发表大量诗作，合著《九诗人诗集》。诗风沉稳明朗，通俗晓畅，别具深抱，耐人寻味，是宁夏网络诗人的代表，格外引人注目。

闫云霞（1953— ），女，宁夏中卫人。著有诗词曲集《云霞韵语》《沙坡头咏怀》。她学诗虽晚，但虚心学习，勤于探索，可谓后来居上。其作品感情细腻、洒脱，柔中有刚，在散曲创作方面颇有成就，且在国内产生一定影响，是宁夏散曲创作的带头人。曾四次参加中国散曲学术研讨会，并向大会提交学术论文，得到与会者好评。其代表作有《黄河金岸十二咏之河畔新居》《[中吕·山坡羊]退休感怀》等。其词曲作品善于将世俗生活诗化、雅化，是真实生活的写照和反映，语言朴实，接近口语化，富有曲味。《[正宫·双鸳鸯]缘思情闲》，被著名诗人吴淮生评为"是散曲重头兼独木桥体，连写四

遍感情越写越深；同用一韵，感情也越唱越激越。"

（五）塞上资深诗人：李增林、任启兴、邓万、杨森翔、魏康宁、李玉民

李增林（1935— ），北京人。著有《易经文学性探微》《易经美学观刍议》《离骚通解》《关于诗经》《屈骚是世界文学宝库的明珠》《古代寓言和故事注评》《先秦文学论集》等著作，由此获得先秦文学史研究家和楚辞专家的声誉。他还主编了教育部规划的《大学语文教材》。李增林以写新诗起步，后涉猎旧体诗词。其诗作立意宏大，境界高远，贴近现实，关注国计民生，特别是旧体诗词诗风典雅、语句凝练。其五古《红豆吟》韵味浓郁，情意缠绵，堪称精品力作。他的赋意雅句秀，简净幽婉。如《银川赋》在《光明日报》"百城赋"专栏发表后，宁夏的报刊都转载了，产生了很大的影响。

任启兴（1942— ），安徽濉溪人。著有回忆录《天高云淡》、摄影集《光影漫步》、诗词书法作品集《尺素旷怀》等。诗词作品曾先后在《人民日报》《人民政协报》《宁夏日报》《华兴时报》《诗词月刊》《夏风》等报刊发表。其作品，情随境迁，境因情异，雄奇婉转，充分展示了作者宽阔的眼界、博大的胸怀，显示了作者安然达观、存厚率真的人生态度，真正做到了情景交辉，给人以较强的艺术感染力。如："浩渺烟波三万亩，着我飞舟一叶。煦日金辉，鸟鱼共影，但看云天澈。"（《念奴娇·阅海》）作者写阅海，先写阅海之大"三万亩"，又写船之小"一叶"，以小衬大，极言阅海之"浩渺"。着一"飞"字，以动写静，境界全出。一个"飞"字，不仅写出了船速高，而且暗示了作者的喜悦心情。而"煦日金辉，鸟鱼共影"，指太阳照在水面上，光辉耀眼，晃得人心里也闪了起来。天空鸟的影子和水中鱼的影子，叠在一起，似与游人相乐。一句"但看云天澈"，

便把天水都澄澈的境界勾勒了出来，这里的"云"是指投在水中的云。此时此刻，作者的心情也"澄澈"极了。表面写景，但景里含情，意境悠远。尤其是他的感怀之作，既没有形成哀怨之作，也没有发为决绝之声。感怀，只是使他的作品染上一种潇洒的气度，而正是这一份难得的豁达，又使他的作品更增加了一种雅致、一种气度，让人感到一种美的享受。

邓万（1942— ），宁夏永宁人。有较高文学修养和深厚生活积淀，诗词创作虽然起步晚，但起点颇高，作品数量虽少，但风格典雅、庄重，创作势头极好。诗人生在宁夏，成长在宁夏，对家乡风土人情的变化有切肤体验，垂髫居所、同伴鬓衰，车流、鲜花、风沙、碱滩、湖泊、泉水的变化都"诗化"为出自内心的诗句，形象贴切，充满生活气息。诗人的一些作品通过抚今追昔，进行时空对比，表现了他对大时代变革的正确把握，具有强烈的时代特色。诗人聪颖敏感，语出于心，句出于情，作品艺术性较强。著有诗词集《履痕韵语》《塞上情韵》等，从中既可见其多年来心灵之旅的履痕，亦可观其诗词创作的发展轨迹。其诗作语壮情豪，清新隽永，别饶蕴藉，格调苍劲。诗心老而弥坚，足见其高洁之风。

杨森翔（1945— ），宁夏灵武人。著有作品集《荒原的呼唤》《吴忠与灵州》《思与在》等。文学作品曾获宁夏文学创作一、二、三等奖；新闻作品曾获宁夏好新闻一、二、三等奖。七律《塞北江南》即事命笔，自然清峻，境幽情浓，思深律细，功力深厚。

魏康宁（1948— ），陕西咸阳人。其作品写实性较强，关注重大题材，创作极其严谨，贴近生活、倾情民生、典雅工切、托意清远。如五律《哈巴湖抒怀》缜密典丽，豪情洋溢，意味深长。组诗《建国60周年感怀》阅尽沧桑，沉思邈远，诗意勃然，意

雅句秀，有古人之遗风。《参观中华回乡文化园》《隆德马社火》等诗作，格调高昂，语言铿锵，简净幽婉，具有鲜明的时代风格，是新时期边塞诗的精品力作。

李玉民（1954—　），宁夏中宁人。专攻词曲创作，集中表现煤炭战线生活，热情有如煤炭燃烧，富有时代气息，文采斐然，真情感人。如《矿井救实剪影》主要是描写矿井救灾，通篇洋溢着一种责任感和使命感，令人肃然起敬。而吸收现代生活语言写古体诗词，在这首诗中亦体现得比较明显。"工作面，有灾情"，不仅符合词的字数要求，更为重要的是用工业题材的术语，反映了当代企业工作者严谨科学的态度，求实干练的精神风貌。从这短促、凝练、急切的，没有多余字的表述中，报告者的情貌宛然可见。闻其声，如见其人。平平常常的字词，经过作者的巧手编织，显得不同凡响，给人以身临其境之感。毋庸讳言，这样的语言是鲜活的、含蓄的，又是清新的、典雅的。李玉民的词作散见于《宁夏日报》《诗刊》《中国西部开发诗词大典》等报刊和诗选集。著有诗词集《心旅四十载》等。

（六）塞上中坚诗人：张贤亮、杜桂林、沙俊青、黄正元、杜晓明

张贤亮（1936—2014），江苏南京人。张贤亮晚年创作的旧体诗词数量不多，但豪情壮采，诗境空灵，意极隽永，颇堪玩味，为塞上诗苑增添了绚丽的光彩。著有《张贤亮诗词选》《绿化树》《男人的一半是女人》《灵与肉》等。

杜桂林（1936—　），河北滦南人。退休后在老年大学讲授诗词，为宁夏诗词事业的发展作出了积极贡献。杜桂林与两个子女编著的《毛泽东诗词格律和意境》融诗坛百家之言，汇前贤睿智之见，同时参照古代典范作品进行比较，对毛泽东诗词进行了详尽的解读，是新时期研究毛泽东诗词的重要收获。杜桂林的诗词集《秋风》题材广泛，格律严谨，咏怀志感，诗意浓郁，达到了一定的艺术境界。

沙俊青（1937—　）辽宁北宁人。著有《青山集》《青山集续》。他的楹联如"与冰雪相亲，疏影横斜藏傲骨；同松竹做伴，繁花璀璨笑寒风"（《咏梅》）。对仗工整，音调和谐，不愧为楹联高手。事实上，其联亦是诗，而且是凝练至极、境界不凡的诗。他的诗如"银满山中玉满塘，梅花遥伴稻花香。漫天飘得鹅毛落，一片飞花一粒粮"（《喜雪》）；"黄莺唱曲唤新苗，紫燕衔泥补旧巢。雪化冰消园草绿，小松当比去年高"（《喜春》）。诗作通俗易懂，语言优美，色彩斑斓，韵味十足，意境深远。

黄正元（1944—　），宁夏银川人。多年在林业战线工作，熟悉六盘山区林业生活，诗情饱满，贴近实际，具有浓厚的地域特色，寄寓着作者对六盘山区的深切眷恋。代表作《六盘山长征纪念亭》《世纪钟》缜密典丽，承转自然，寄意深远，在艺术创作上有一定探索和创新。五律《纪念毛泽东诞辰一百周年》《怀念毛泽东》既包含着对这位伟人卓越才情的仰慕，又表现着诗人当时当地的勃然兴致。缅怀伟人，既见真情，亦略透豪气，感事沉吟，怀志高远，且用语自然而灵动。"雄文辉日月，雅韵冠诗林"，似不经意而工，典雅，形象，生动，俨然可法，别有境界。

杜晓明（1965—　），吉林白城人，祖籍安徽淮北。著有诗词集《昔我往矣》，直追魏晋；《杨柳依依》，体悟盛唐。从山水到边塞，从五言到七言，从南方到北方，从诗到词，既书写襟怀，又勾勒山水，无不运用自如。如杜晓明的《东湖梅岭》："东湖天下阔，梅岭意闲闲。兰渚生碧草，宫馆鸟空还。清晖竹上过，野凫思旧年。古人去不返，孤舟徒留连。"诗作描写的都是游览中

看到的景物，使用的都是浅近的词语，感情也安恬平淡，没有什么跌宕起伏。铺叙的层次也顺其游踪，笔笔都显得自然而然，似乎毫不经意，连五言诗的形式也变得自由和灵便了。反复吟咏，你觉得这种平易近人的风格，与作者所刻画的对象是那么和谐。一方面，每个句子都不见斧凿之痕；另一方面，每个句子又显得那么自足，蕴藏着深厚的情味。无论笔墨之外，笔墨之内，都令人深思。比如诗的开头两句写远看的景色，就很有气势；中间两联，由远及近，展现了梅岭苍翠，碧水环抱，宫馆逸出的山水画境；最后两句，表现心情与环境的契合，共同构成了一个完整的诗的幽深境界，情意真切，既关合景，又关合人。

（七）塞上回族诗人：马志凤、兰书臣、马启智、白林中、海军

马志凤（1937—　），回族，河北大厂人。五十多年中，他视宁夏为他的故乡，并且深深地眷恋。七律《新天府畅游》："夏日晴川一色新，无边原野绿如茵。悉听座下驰高速，不禁心中叹美辰。塞北神游扬子畔，江南景赏大河滨。纵横八面观奇幻，尽享古今风物淳。"发自内心对塞上新变化的赞颂，意高韵远，语言明快，情景交融，而且遵从格律，手法严谨。作为回族的一员，又长期在宁夏生活，他熟悉回族人民，熟悉他们的民族习俗和生活习惯及风物。诗人的作品在这一方面有其独到之处，为别人所不及。如《瞻仰同心清真大寺》《凤城民族团结碑落成》《移民开发区》《感吾妻》等，从语言、风格、特点、情感、特定环境都能很好把握，往往是大处落笔，意在笔先，情韵俱佳，开合有度，艺术效果明显，读之令人神往。

兰书臣（1943—　），回族，宁夏固原人，祖籍河南偃师。参加了《国家军制学》《当代丛书·中国人民解放军》《中国军事百科全书》的撰写、通稿和总编工作，著有《国

防教育》《军事文告选注》《中华文化通志·兵制志》《固金瓯》等专著、文集及个人诗选《春风集》。其诗言真语挚，浑化无迹，颇多苍凉之慨。

马启智（1945—　），回族，宁夏泾源人。在繁忙的工作之余，他好读书、勤思考、爱书法、喜摄影、长诗词。著有诗词集《大地行吟》《大地歌咏》《大地畅吟》以及《人生简报》《经济：发展的基础》《改革：发展的哲学》等文集。他的诗作清新隽永，言近旨远，气势恢宏。如《北京燕山》："棚矮农家静，天高云月淡。京城多少事，却叫此山闲。"诗虽短，内容却相当丰富。"天高云月淡"，可见写的是天欲黑之时的景色。前两句一"矮"，一"高"，错落有致；一"静"，一"淡"，相得益彰。景有限而情无限，有一种"言有尽意无穷"的艺术效果。后两句是议论，但又是前两句诗所勾勒之景的升华。"此山"虽指"燕山"，但又何尝不是人呢！而"多少事"与"此山闲"相对，使人从中品出"味中之味"。马启智的诗词大都表达了作者心灵深处不断生长的，对养育了自己的可敬人民，以及哺育了人类的大地母亲浓郁而质朴的情怀，是自然流露的感激和挚爱，具有崇高的风范。

白林中（1953—　），回族，宁夏银川人。著有《白林中诗词》《白林中诗词第二卷》。他擅长描写回乡风情、穆斯林生活，颇有特色。如《白帽》《盖碗茶》《古尔邦节》《回乡婚俗》等民族题材的诗作，艺术地展现了回乡风情的优美，地域特点鲜明，贴近生活，气息浓烈，而且语言流畅，音调和谐，是不可多得的回族题材力作。他的诗感情充沛，立意清新，音韵铿锵，特点鲜明。既有传统的白描和赋比兴手法，也采用现代诗的隐喻与通感等方法，或数种方法并用于一首之中，意象奇瑰，想象独新。他在创作上继承了前人的传统和方法，因而他写出的

作品不仅有特立独行之感，而且在艺术上有所突破。《咏莲》："连天碧叶画中翩，绿碎风翻倩影旋。玉臂入泥仍素净，仙葩出水更娇妍。轻姿冉冉凌空舞，华盖亭亭御浪喧。淡雅清幽非自好，一尘不染沁人间。"仙姿洁净，风格高标，诗人襟怀，证见于此。

海军（1956— ），回族，宁夏固原人。著有诗集《旅痕吟草》。热爱文学艺术事业，擅长诗词，钟情书法。发表诗歌、散文作品近300首（篇），曾获宁夏第七届文学艺术奖。其诗歌以古体诗最为擅长，现代新诗也有涉猎。他创作的古体诗充分体现了对社会事件及现实生活的关注，对时代脉搏的触摸，对家乡变迁的礼赞，对历史人事的感喟。有豪情也有悲悯，善于抒情咏怀，胸襟开阔，文气浩荡。有古风雅韵、高洁精神和独特的人生感悟，颇有歌词之韵，体现出汉语的语义之美。作品中对小我情感的咏叹较少，而对民之维艰咏唱的大气朴实之风较盛，情辞慷慨，沉郁凝重，颇具意趣。

（八）塞上新生代诗人：许凯、张嵩、段庆林、闫立岭、于永森

许凯（1955— ），宁夏平罗人。其诗词作品清新自然，韵味悠然。如《秋收》："树依碧水村村绿，小院人家户户新。稻麦方收香满囤，牛羊又壮欲添丁"。清顺、凝练，写出了作者眼中塞上江南的乡土特色和时代特色。又如《塞上之春》："一方春韭村边绿，几处桃花映碧湖。马踏垄沟翻旧岁，人修堤堰著新书。"平畴沃野，尽收眼底，凭兴挥毫，涉笔成趣，给人以身临其境之感。而炼句入神，思接千载，又洋溢着欣喜之色，结句有余响，令人神往。

张嵩（1963— ），宁夏固原人。少年时代即开始诗词创作，发表作品近千首（篇），作品入选40余部选集，著有《遥远的岸》《散落的羽片》《渐行渐远集》《温暖的石头》《诗化留痕》等作品集。诗作多次获区内外奖项，是宁夏中青年古体诗词创作者中的代表性诗人。张嵩兼写新诗、诗词、评论，鉴赏水平较高，富有才情，由于他长期生活在宁夏南部固原，作品多表现六盘山区的发展变化及其山水风物，具有豪放阳刚之气。长篇古风《六盘山颂》，获"塞上江南·神奇宁夏"全国旅游诗词大赛一等奖，作品以优美的文字不仅写出了六盘山的崇高美，也给人以历史沧桑感和时代使命感，具有很强的艺术感染力。古风《重读清贫有感》获"塞上清风"全国廉政诗词大赛一等奖，诗作通过对方志敏烈士70年前所作《清贫》一文的深情解读，歌颂了烈士"愈是清贫志愈坚"的崇高精神境界，进而批判了灯红酒绿、纸醉金迷、形形色色的颓靡之风。作品立意高远，思想深刻，激情澎湃、感人肺腑。全篇描写醋畅淋漓，歌颂情深，抨击有力度，不时闪烁出思想光彩。这两首作品是宁夏诗词创作的重要收获。张嵩擅长律绝，兼及古风。前者追及盛唐，意境为先，构思奇巧，富于哲理，工于对仗；后者以歌行体见长，语言考究，一韵到底，于平常处每见新奇。

段庆林（1963— ），宁夏陶乐人。在《诗刊》《同晖》学刊，《大海洋诗刊》等报刊发表古体诗词曲作品近百首，入选《20世纪诗词文献汇编》等多种选集。所作诗词曲语言鲜活，平实质朴，接近口语化，生活气息较浓。作品多有创新，风趣幽默，每有出彩力作，令人耳目一新。《偶成》："功名淡似白莲花，卧看诗书就苦茶。不入寒冬与酷夏，春秋勘破乐天涯。"全诗兴致勃然，诗意丰厚，言辞俊爽。阅世之情，警世之意，尽在其中。把卷吟咏，启人遐思。著有诗词曲集《念珠集》。

闫立岭（1966— ），河北清苑人。在从事核工业勘查之余进行诗词创作。作品构思严谨，讲求格律，诗风明丽，注重意象，

一些诗词作品达到较高的艺术水平。《华夏回乡》："明月天空侧耳听，大河吟诵古兰经。高山静立常思过，春夏秋冬已尽情。"清新通脱，自然平淡，辞浅而意非浅。全诗别有寄寓，生气远出。曾获"中国·宁夏黄河金岸诗词赋联大赛"优秀奖。

于永森（1977— ），山东平度人。主要从事诗词曲学的研究，继王国维"境界说"提出并系统建构、阐释了"神味说"诗学理论，为20世纪以后唯一植根本土的新审美理想理论体系。著有学术专著《诗词曲学谈艺录》《聂绀弩旧体诗研究》《〈漱玉词〉评说》《诸二十四诗品》，另撰有《嫁笛聘箫楼曲话》《论意境》《论豪放》《论语我说》《王国维〈人间词话〉评说》《王之涣诗歌研究》《〈二十四诗品〉解说》《稼轩词选笺评》《唐宋词选笺评》《金庸说部诗学论稿》《否庵旧体诗集》等著作，发表论文多篇。《中国美学三十年》（副主编，撰写古代美学部分30万字）获山东省第六届刘勰文艺评论奖（著作类，2011年）、山东省文化艺术科学优秀成果奖一等奖（著作类，2011年）；《诗词曲学谈艺录》获宁夏第十二届社会科学优秀成果奖著作二等奖（2014年）；旧体诗被提名角逐首届聂绀弩诗词奖（2013年）。诗作咏物寄怀，清峻刚毅，蕴含丰富，真切感人。

（九）塞上其他诗人

贾朴堂（1909—2007），山西临猗人。诗词功力深厚，格律严谨，用词典雅，豪情满怀，98岁高龄时仍在创作。著有诗集《心声集》（一、二集），大都为颂歌。诗人暮年，壮心不已，寄慨身世，一往情深，是与时代命运息息相关的歌手。

石天（1916—1993），山东人。著有《石天剧作选》、京剧《红娘子》，与人合著京剧《北京四十天》《清宫恨》，改编传统剧目《白蛇传》《碧玉簪》（京剧）等。剧作家写诗，曲写风怀，深致旷达，章法谨严，宛如行云流水，倍觉亲切。《塞上中秋》语言跌宕有致，不乏生动，且景事兼得，颇堪寻味。

张源（1917—1983），河南孟县人。《青海赋》境界阔大，气势恢宏，超迈沉着。

王其桢（1920—2001），河北元氏人。有较深的诗词学养，著有诗词集《紫塞驼铃》，记录了诗人跋涉塞上坎坷经历和情感历程。诗品如其人品一样厚道、崇高，韵味如驼铃悠扬。尤其是写给妻子的组诗浓墨重彩，情真意切，十分感人，是塞上诗词难得的佳作。

丁毅民（1921— ），回族，山东沂水县人。著有《新中国的回回民族》等。其诗善用赋体，平实而直言之，豪情满纸。如《过六盘山抒怀》，激奋之情，难以抑制，但又乐观豁达。

刘沧（1921— ），山西吉县人。著有诗词集《晚情吟》《金秋放歌》等。老而弥坚，寄望殷切。《夕阳》四首，过来人语，诗人情愫，极其深沉。

李震杰（1921—1995），湖南人。著有《李震杰诗文选》等。中国作家协会会员。他虽以写新诗为主，但旧体诗平易质朴，沉郁慷慨，极富个性特色。

胡清荷（1925— ），女，湖南桃江县人。诗人与其丈夫彭锡瑞均擅诗词，合著有《湖海诗情录》。自幼受传统诗词文化熏陶，文字功力深厚，比较老练，诗风亦较豪放。《悼念亡夫彭锡瑞同志》一唱三叹，语虚情实，颇能激动人心，有大家风范。

林锋（1925— ），广东揭阳人。著有《林锋诗选》。军旅诗人，壮怀激烈，情真意挚。如《鸣翠湖即兴》，清壮顿挫，曲折有致，极情尽态，自然生趣。

李萌（1926— ），安徽临泉人。诗作景在目前，情溢景外。《访西夏王陵吊元昊》古意新词，生机益然，耐人寻味，别有一番情味。诗家语之奇妙如是。

苑仲淑（1927—2004），女，河北安平人。诗作多歌颂现实生活，政治热情饱满。一些描写亲情、友情的诗味道醇厚，感人至深。如《缅怀先公张大千》（之一）："天涯海角任飘游，飞墨纵横遍五洲。神笔尽涂尘世色，袭人光彩照千秋。"又如《春雨》，出语自然，用意深邃。诗词集《秋叶篇》有一定影响。

吴宗渊（1928— ），江苏常熟人。谙熟诗词格律，著有《词格例说》，很早就发表诗词作品。收入《丝绸之路诗词选》的作品为其代表作。《瑶池畅想》结构严谨，诗意浓郁，颇见读书人自适心境。

张程九（1928— ），安徽泗县人。著有《晚晴室吟草》《雁韵鹅声》等诗词集。作品题材广泛，气象万千，诗笔所向，触及社会各个层面。曾在宁夏老年大学担任诗词教员，培养众多学员，为宁夏诗词事业作出了贡献。

王慧君（1929— ），别署惠君、文舟、养心斋主，河北鹿泉人。诗作豪爽激越，情深意挚。

陶玲（1930— ）女，浙江绍兴人。著有诗集《晚荷集》。诗作多从性灵流出，创作颇具才思，语言质朴，感情真挚。组诗《游沙湖即兴》流动自然，别开生面，本色当行，确为传世佳构。

唐麓君（1931— ），湖南零陵人。著有诗词集《麓君吟草》等，主编《沙海诗林》系列丛书。诗风浪漫，像沙生植物般淳朴自然。其所著《治沙造林工程学》一书，将学术与诗词相糅合，低诉慢吟，别出新意，气势不凡，颇见特色。

王文景（1932—2012），宁夏平罗人。五十多年笔耕不息，诗词严守格律，笔力遒劲，表现新农村建设的田园诗有声有色。值得一提的是在诗词创作方面扶持和带动了不少新人。

何志鉴（1935— ），湖南安乡人。著有《诗词曲云谱及秋蒿拾零》。何志鉴老当益壮，甘为人梯，其诗婉而多姿，清新可喜。《鸣翠湖》要眇蕴藉，清正和谐，最富情趣。且逸怀爽气，似超乎尘垢之外。

刘世俊（1935— ），天津人。与人合选注有《萨都剌诗词选》。创作格律严谨，用语精当准确。古风《贺兰山》情真意挚，自然生趣，诗风沉稳。

王祥庆（1935— ），籍贯甘肃泾川。其诗词收入《当代诗人咏宁夏》《夏风》诗刊等。诗作典雅工切，静穆邈远。

董家林（1936— ），安徽寿县人。著有诗集《大柳树恋歌》《未了情》等。五古长诗《庙坪扶贫纪事》感事沉吟，怀志高远。诗以存史，咏以言情。

任登全（1936— ），宁夏平罗人。著有《塞上吟草》，主编《平罗古今诗词选》。曾任中学校长、县教研室副主任。长期从事教育工作，知识面较宽，参与意识强，勤于写作，诗艺日渐提高。七律《卢沟桥》概括准确，结构严谨，含意丰赡，获由成都毛泽东诗词研究会主办的中华魂诗赛三等奖，是宁夏纪念抗日战争70周年的力作。

李秀明（1937— ），河南洛阳人。他的诗造语平淡，蕴情深挚。《观青铜峡一百零八塔》写景豁人耳目，寓情启人遐思。

高嵩（1937—2014），河北人。著有《李白杜甫诗选译》《敦煌唐人诗集残卷考释》《张贤亮小说论》以及长篇小说《马嵬坡》等著作。诗作隽语清朗，质朴感人。

吕振华（1939— ），宁夏中宁人。著有《白菊诗稿》《墨菊诗稿》。诗作清新自然，语尽情留，蕴含丰富。

宋玉仙（1942— ），女，河北保定人。她的诗清新自然，神采飞扬，耐人寻味。《初秋》《咏水仙》生气远出，辞浅意徐。借景抒怀，辞气清壮。

肖川（1942— ），本名赵福顺，原籍河北。中国作家协会会员。以新诗著称，偶尔写旧诗。诗作苍凉冷峻，语绮色浓，思致清远。

李贵明（1946— ），河北威县人。长期从事地质勘测工作，有较深厚的文化积淀，作品大开大合，气概豪迈。几首《咏秋》诗典雅含蓄，颇有韵味；七律《塞上清风》讥世之意，溢于字里行间，情意盎然，获"塞上清风"廉政诗词大赛三等奖。

韩长征（1947— ），宁夏银川人，祖籍河北大名。著有《凤城散记》《雪晴塞上·诗歌卷》《雪晴塞上·诗论卷》《华鼎三书》《周易灵通》等。诗作境界辽阔，气象宏大，情志深广。

李宁善（1947— ），河北省泊头市人。诗词作品委屈尽致，别有会心，颇为动人。

王晓农（1948— ），陕西周至人，著有《王晓农诗词集》。其诗词作品诗意曲折，颇为动人。如《夏晚唐徕渠畔散步》，融情入景，结体自然，变化有法度，且含不尽之意，溢于言表。

薛建民（1950— ），宁夏中宁人。著有《岁月的情结》《绿地》《思考的印痕》等。诗作畅快淋漓，质朴自然，极情尽态，风格恬淡。

宣民庆（1954— ），陕西武功人。作品集中发表在《解放军报》《宁夏日报》《当代诗人咏宁夏》《中华当代边塞诗词精选》等报刊。诗作融情入景，幽婉动人。

邱少宣（1955— ），河南宁陵人。著有诗文集《寒尽春来子满枝》，编著《中华诗彩》等。诗作语工意永，弥足动人。

邓成龙（1956— ），四川三台人。近年来创作了新古体诗数十首，发表在《夏风》《六盘高峰》等报刊。诗作清幽可喜，真切感人。

蔡正俊（1956— ），宁夏固原人。其诗作情真辞雅，寄意深远。

李宪亮（1958— ），陕西延安人。参与编辑《宁夏历代艺文集》《宁夏历代诗词集》《中国回族文学概论》《宁夏民国风云录》《中国地域文化通览·宁夏卷》《宁夏掌故》《春度六盘》《中华奇石》等十多部著作。著有古体诗文集《境由心生》及《中国年俗文化概观》。诗作用意精妙，情韵俱佳。

郭生有（1959— ），宁夏固原人。著有诗文集《六盘星雨》。诗作有感而发，质朴自然。《答友人》："远眺百鸟翔，近视皆成双。天地共步韵，与君暂相望。"远看众鸟飞翔，近看成双成对。我们虽然"天地共步韵"，但也只能"与君暂相望"。哀伤之语，意味深长。

陆占洪（1961— ），宁夏永宁人。新旧"两栖类"诗人，诗词也受新诗影响，多写农村题材，关注弱势群体。作品语言质朴凝练，洋溢着泥土的气息。《五月观塞上农村》清新自然，情景相融，作者的喜悦之情宛然可见。

王风（1965— ），本名王凤笙，甘肃镇原人。著有诗词集《绿岛拾翠》。如"曲水牛羊苍翠里，几丛沙棘点秋岚"（《延龄寺》）。河水弯弯曲曲，静静地流向远方。一群牛羊在"苍翠里"时隐时现。"苍翠"不仅为"秋岚"作铺垫，更重要的是为那"几丛沙棘"营造了一个极好的背景。傍晚，青烟袅袅，几丛火红的沙棘，点缀在苍翠之中，即明艳，又富生机。其诗如歌如画，颇富意境。

马犟（1969— ），女，山东郓城人。马犟的诗词纤巧灵动，清新婉转，深谙古人韵味。《宁夏新十景》明白晓畅，情景交融，俊逸隽永。

祁国平（1971— ），宁夏彭阳人。诗作辞浅意深，清正和雅，显现了对世事人生的达观心境。

这一时期继续坚持创作并成绩显著的新边塞诗人还有王祖旦、韩连成、段云、罗雪樵、赵庚、姚持、熊烈、邢思颢、孙寿名、计立人、张苏黎、姚以壮、马骏廷、高锐、王邦秀、王拾遗、杨玉杰、左宏阁、王福昌、石文远、吴国伟、肖宝航、许乐江、李劲松、李振儒、杨发第、周资生、杨克兴、柴啸峰、李满清、赵三柱、岳森、陈宝庆、常憬存、梁永恒、曾干、谢荣贵、霍庆华、罗保杰、叶钟华、黄国俊、谢文秀、杨昌周、元之楹、白芳泮、杨兆兴、张平、吴承爱、丁秉福、万宝琛、刘宽、刘绍智、刘绍元、关维、孙宏政、王殿枢、谈文英、于秀贞、卫班元、古志昂、薛九林、周原、胡玉景、叶光杰、刘绍元、赵前、马荣惠、吴再德、赵稳和、司汉新、刘秀兰、史瑛璠、姚国伟、俞安民、姜润境、刘天荣、王正华、刘德祥、闫建平、赵达真、李楚芬、赵宏文、钟仁寿、张树林、陈文举、李克昌、张鸿、马步勋、高鸿喜、杨玉杰、马自云、潘万虎、赵黎明、孟健、杨作枢、李克昌、杜伟、李宗武、刘德祥、那守范、严龙宁、赵黎明、俞学军、虎维屏等。同时还涌现出一批有创作潜力的中青年诗人，如杨建虎、马永罡、王武军、邹慧萍、高丽君、马凤鸣、惠国生、马海元、许东君、王义、王军、陈立平、强永清、王永华、王福祥、易荣球、单继馥、周志远、赵旭辉、姚海燕、寇天福、韩林森、天唐、佐红星、田兴福、贾志中、金鑫、丛培有、朱建设、刘钧、李怀定、张晓磊、孟健、张俊奎等。尤其是宁夏西吉县的回族诗人马建国，生活拮据，但钟爱诗词创作。他的诗作内容多反映农民生活的艰辛，劳动的不易或打工的辛酸，真实悲切，催人泪下。女诗人侯玉红的诗作充满生活情趣，深受古诗意境的影响，语言流畅，独具特色；女诗人许金萍是一位年轻有为的画家，诗词作品虽不多但如其画绚烂多姿，光彩闪动。

宁夏的新边塞诗词创作在继承祖国优秀传统诗词文化的基础上，扎根塞上沃土，紧跟时代步伐，敢于探索进取，不断推陈出新，已成为宁夏文艺百花园里一簇越来越鲜艳的花朵。

三、宁夏新边塞诗的艺术特色

宁夏新边塞诗既是对古代边塞诗的继承，又是一种超越。因为新边塞诗无论是缅怀历史风云，勾勒塞上景观，还是讴歌现实生活，抒发作者情怀，字里行间总是闪耀着壮丽的塞上风光，奔涌着潮水般的豪情，燃烧着理想的火焰，这与古代边塞诗判然有别，且有着较为明显的艺术特色。著名诗人杨牧曾说："我们以为，就美学特征而言，如果说古边塞诗主要是高古、苍劲、粗犷和沉雄，如果说 60 年代以前的新边塞诗主要是豪壮、健美、清新的话，那么 70 年代以后特别是 80 年代发展中的新边塞诗，在承续着上述美学特征的同时，还具有更多的积极和乐观、坚毅和顽韧、正派和簇新、诡奇和险峻、宏大和深邃、慷慨和淳厚。"（《我们在衔接中开拓上升——新边塞诗抒怀》，《诗探索》1985 年第 1 期）如果说"高岑之诗悲壮，读之使人感慨"（严羽），那么新边塞诗则雄浑壮丽，昂扬奋发，富有开拓精神和阳刚之美。

（一）雄丽交辉，意境深远。雄，指雄浑、雄伟，乃至壮美；丽，指壮丽、秀丽，乃至优美。雄和丽并非水火不相容。如果说，雄浑属于阳刚之美，那么壮丽就是一种阴柔之美。清代著名文学家姚鼐说："其得于阳与刚之美者，则其文如霆，如电，如长风之出谷，如崇山峻崖，如决大川，如奔骐骥；其得于阴与柔之美者，则其文如升初日，如清风，如云，如霞，如烟，如幽林曲涧，如沦，如漾，如珠玉之光辉，如鸿鹄之鸣而入寥廓。"（《复鲁非书》）这段形象的文字，虽针对散文而言，但完全适应于诗词。雄浑属豪放派，壮丽属婉约派。由于美的范畴存在着刚柔之别，故而作为具体的特定的壮丽风格，就喜欢与雄浑的风格相处，刚柔相济，阴阳和谐，浑然一体，具有一种浩瀚磅礴的气度。文学是现实生活的一种反映，在某种意义上讲，塞上浩浩无垠、自然流转的环境造成了新边塞诗雄浑而又壮丽的风格。如项宗西的《春到六盘山》："立马陇山第一峰，曾挥椽笔写苍穹。犹闻鼓角长城疾，欣看山花塞上红。林蔽莽原襟翠幛，笛鸣峡隧驭银龙。无边春色萧关道，千里乘风溯雁踪。"作者到了六盘山，遥想当年毛泽东同志勒马陇山第一峰——六盘山山巅，望着"南飞雁"，浮想联翩，情不自禁地挥动着如椽巨笔，谱写出了大气磅礴的杰作《清平乐·六盘山》。项宗西开首这两句诗，虽是铺叙，但强调"物化"境界，很有气势。作者接着写道，就是现在，还能听到当年红军长征的"鼓角"，在长城边缭绕。而眼前山花烂漫，红遍塞上。一写声音，一写色彩，有声有色，一派欣欣向荣的春天景象；莽莽荒原上，树木茂盛，就像大山的衣襟上挽着一条绿色的翠幛。古峡隧道中，一条"银龙"长笛声声。中间这四句诗，一写看到的六盘山景色，主色调还是绿色。一写听到"银龙"火车的鸣笛声，有色有声，亦是一派生机蓬勃的春天景象。只是从"襟翠幛"这个"襟"字，名词活用为动词，拟人，以及"驭银龙"中"驭"这个动词，拟物，就可以看出当地广大干部群众，发扬"不到长城非好汉"的六盘山精神，改天换地所取得的伟大成就。作者从回顾过去红军长征经过六盘山入笔，既写出了自然的春天，又写出了人间的春天，面对这么一幅美妙的六盘山春景图，诗人情不自禁地歌吟道："无边春色萧关道，千里乘风溯雁踪。"在弥漫着无边春色的萧关古道，我乘着和风，一日千里，追寻着当年那群"南飞雁"的踪迹，目的只有一个，那就是"只把春来报"。作者没有叙述具体的细节，只是融人事于风景，意境豪放而阔大，情怀乐观而旷达，雄丽交辉，极耐人寻味，且浑厚致密又灵光四射，达到了作者主观的情思与作品所表现的生活具体化、生动化、纵深化和美学化。众所周知，诗歌艺术是人类情感的符号，情感是诗的生命，诗的本质在于抒情。作为一种精神现象，诗词其实就是现实生活的折光。在诗歌中恰如其分、恰到好处地表现出真切的情感，是古今中外诗人的共同追求。如吴淮生《夜宿六盘山顶》："拔地三千米，凌空二岱遥。苍穹连玉阁，星月挂崖梢。银汉峰前瀑，雁鸿云外桥。天风吹猎猎，相送入凌霄。"笔力劲健，泼墨如雨，酣畅淋漓，雄丽交辉，妙在虚虚实实，景有限而情无限；好在"近而不浮，远而不尽"，使人仿佛身入其境，感同身受。又如周毓峰长达九百言的古风《出塞行》，就是具有雄丽风格的代表性作品。"朔方三月春风来，吹绿平沙万里埃。黄沙百丈城陈迹，一带芳林秀色开"。广袤的塞上，天阔地远，不是"万里"，就是"百丈"。这是从有博大胸襟的诗人眼中所看见的塞上的气势。三月的春风，吹绿了沃野，滚滚黄沙几乎淹没了百丈城的"陈迹"。可一带碧绿的"芳林"又宛如花一样绽放，生命力是那样强劲。朔方之雄与丽融为一体，而交融的本质是诗人人格的外化。与其说朔方绿了，还不如说是诗人的心田绿了；与其说"一带芳林秀色开"，还不如说诗人心房的门打开了。归根结底，朔方图景的雄丽，来源于诗人的襟怀和气魄。这雄丽充分体现了诗人心中及笔下的朔方是一个大境界。诗人之所以能领略并传出大境界之神，其胸襟可想而知。在这里，诗人所抒之情似乎是一己之感情，其实传达出了许多读者的心声。一个诗人只有和时代同步，抒发人民之情，才能激起大家的强烈共鸣，从而产生巨大的美感力量。如秦中吟《兰山苍鹰》："耻在笼中锁，凌空上九天。风云双翅击，雷电一吟牵。旋转乾坤小，俯冲气势酣。可怜梁上燕，无志远飞难"。从诗中可以看出，这只苍鹰具有一往无前的蓬勃朝气和狂飙突进般的生命力。究其实，这只苍鹰实际上是秦中吟以内在生命为描写对象的豪情自白。如果说秦中吟的雄丽偏于纵横驰突，重于把自己的奔放和客体的壮阔融为一体，那么周毓峰的雄丽却大多偏于沉着凝练，重于在静中默察万物的运转。这是两位诗人的性格使然。尽管两位诗人的雄丽各有特点，但雄丽的诗歌美同这两位诗人因为有大胸襟而善于领略不可分，这一点是共同的，而且这不仅仅是领略问题，应该说朔方、苍鹰之美，就在于这里面饱和着两位诗人的胸襟的雄丽之美。这有点类似西方美学中所谓的"崇高"的范畴，但"雄"中有"丽"，却又是"崇高"所没有的。有博大的胸襟，有高雅的品位，就会有崇高的人生追求。唯其犷悍挺拔、气度不凡，所以能不期而然地展示出广阔的境界；唯其粗犷豪迈、格调高昂，所以能吸引读者为之神往，把视线和心情都凝聚在壮美上，而其却具备万物的遥远时间和广大空间，从而使雄丽的特征表现为作品意境的壮阔和作者精神风采的有机结合，增强了新边塞诗的艺术感染力。

（二）情景交融，豪情满怀。情和景是诗歌创作的两个关键要素。情因景生，景以情合，二者相互生发与渗透，便是情景交融。情景交融标志着中华民族基本的审美趣味与审美理想，是诗歌意境创造的基本途径之一。新边塞诗也不例外，只是所选题材和所抒之情与古代边塞诗略有不同。这也正如著名诗人秦中吟先生所说："如果说古代边塞诗的艺术视角主要集中于征人役夫的悲欢离合，那么新边塞诗人的艺术视角则是'广角镜头'，对准的是新生活的方方面面。"如项宗西《凤凰城新歌》："凤凰城里凤凰游，凤去城留岁月悠。沃野千湖波涌碧，骏山万壑松拂幽。广场绿苑舞华影，大道花灯映锦楼。塞上山河惊巨变，壮歌一曲动神州。"这首诗从凤凰城的历史着笔，描沃野，勾贺兰，画广场，写大道，一幅画接着一幅画，从历史到眼前，从白天到黑夜，既有工笔，又有写意。最后通过"塞上山河惊巨变，壮歌一曲动神州"点题，景色全活了，诗人的豪迈之情的溢于言表，与古人的苍凉悲壮迥然不同。"变化在产生美上具有极为重要的意义"（荷伽兹《美的分析》）。而诗人之所以能对"波涌碧""松拂幽""舞华影""映锦楼"的景色观察得如此细致，完全是贯穿其中的豪情在起作用。正因为如此，作者热情讴歌新时代的"主旋律"，就显得非常鲜明突出。情是景中之情，景是情中应有之景。景是属于境的，人可以离景，却不可离境。只有从造境的角度去写景，才能正确处理景与情的关系。事实上，景只有给人以境的感觉时，它才能充分发挥表情达意的作用。如任启兴《月下有感》："中秋孤影立船头，皓月当空照九州。金水潺潺思绪远，扁舟邈邈心迹留。逢时长恨时光短，别后才知长夜幽。何日兰山临绝顶，堪怜岁月意悠悠。"这首诗写于1968年，是一首怀人之作。从全诗来看，属于王国维所说的"有我之境"，即缘情造境。中秋佳节，作者由于思念亲人，故立在船头上仰望月亮。对月思人，是我国的传统，中秋节更不例外，但如何写却是另外一回事。明月"照九州"，这里主要是指月光既照着我，又照着远方的亲人，诗意丰沛，境界阔大。月光照在水面上，银光闪闪，故为"金水"。"潺潺"是状流水之声。小船在水中轻轻浮动，宛如作者不宁的心绪。聚欢时短，别后夜长，有了前面的一系列铺垫，此时的直抒胸臆，便显得自然而然，水到渠成。后两句虽有李商隐《夜雨寄北》的影子，但别开生面，极富时代特色。全诗从"船头"写到九州，由小到大；从"金水"之色彩写到水声"潺潺"，由视觉到听觉；从"扁舟"到"泛中流"，情景交融，作者调动了诸多艺术手段，创造了一个月下怀人的艺术境界，别有一番滋味。任启兴把景作为与情密切相关，与人物活动不可分离的特定环境来看待，因而他笔下的景，使你感到人在境中，情景交融。又如张嵩的《赠别同学》："几日贪欢不忍归，分离此刻陡生悲。乌唯无有惜别苦，树梢声声把客催。"诗的开头两句，直接抒发感情，但又不平铺直叙，而是曲径通幽，"言有尽意无穷"。"贪欢"出自李煜《浪淘沙》"一晌贪欢"，古为今用，写见面之高兴，友情之深，时间之快！"陡生悲"，指突然地悲从中来。刚见面，只顾高兴，不知不觉就到了分别之日，怎能不令人伤感？这就有了波澜，有了层次，有了张力。后两句"用写景之笔宕开，而情在景中"（施补华《岘佣说诗》），清空隽永，不尽之意，见于言外，表现出对同学的深情厚谊，浑然天成，清新隽永。张嵩《登卧龙山》："山似卧龙龙似山，物华天宝脉相连。登临高处向原野，满目尽是丰产田。"明朗热烈，深入雅致，作者借景抒发了自己的喜悦和自豪之情。该诗通过借景言情，寓情于景，使诗情画意高度融合，在艺术上表现为含蓄蕴藉，诗味浓郁，使人读之，悠然神远。闫云霞《踏莎行·思念》："华炬初然，银铃骤绽，娇音呼母声声暖。年年岁岁盼成人，梦中还要叮千遍。长笛藏身，古筝卧案，衣衫隐隐幽香染。儿行千里母担忧，掩门又洗朦胧眼。"上下阕，前一句都写景，中间一句直抒胸臆，最后一句又写形象。上阕"华炬初然，银铃骤绽"，是

写景。无论是灯火亮了，抑或是铃声阵阵，都会听到娇儿呼唤着母亲的声音，母亲的心里是那么温暖。接下来，"年年岁岁盼成人"，是直接抒情，希望孩子早点长大成人，后一句"梦中还要叮千遍"，为下阕作了一个铺垫，又回到意象抒情。下阕也一样，"长笛藏身，古筝卧案"，是写景。长笛带在身上，古筝放在桌子上，孩子们的衣衫隐隐透露出幽香，即孩子的体香。"儿行千里母担忧"，是直接抒发感情，写孩子赴加拿大留学，做母亲的牵肠挂肚，放心不下，呼应上阕的铺垫。而末一句"掩门又洗朦胧眼"，又回到用形象抒发感情。上阕勾勒孩子们小的时候的故事，下阕描写孩子们长大后的事情，处处脱不了一个"情景交融"。又如秦中吟《贺兰山秋色》："拔地群峰立朔漠，一身锦绣对黄河。茫茫瑞雪垂天幕，淡淡烟云挂地罗。秋色原如春色好，颂歌常与牧歌和。登临朗诵岳飞句，何惧雄关险阻多。"这首诗前两联写贺兰之深秋景色，后两联抒情，情景分写，各有侧重，又融为一体。全诗气势磅礴，流转自然，用意曲折，感慨深沉。诗人面对拔地而起，又"一身锦绣"面对黄河的贺兰山，以及"茫茫瑞雪垂天幕，淡淡烟云挂地罗"之景，情不自禁地引吭高歌。"登临朗诵岳飞句，何惧雄关险阻多"。笔力遒练，精力弥漫，此真乃壮怀激烈，慷慨激昂，给人以极大的美感震撼。诗人将前四句景物描写所显露出的贺兰精神，转化为攻坚克难的动力，跌宕有致，浑然一体。纵观全诗，通过相应的气势、笔触、基调和节奏显示，情景融洽，了无痕迹。以上这些诗词同是情景交融之作，但不同的诗人在写法和风格方面，各不相同，各呈异彩。其实诗词之情景交融就是所写之景，不只是对诗人所抒之情起着规范的作用，还显示着诗人思想感情的趋向，使这个"客观对应物"，"寓情于景而情愈深"，更增强了诗词的豪

情，而耐人寻味。

（三）动静交错，诗意盎然。动和静，是物质运动的基本存在方式和表现形态。我国西部广袤，视野开阔，给人的感觉是静多动少。众所周知，人的意识反映客观世界的动静，而以诗歌为代表的文学艺术则着重表现人对客观世界的感受和体验。不只反映客体，还反映主体，都处于运动之中。例如绘画，所用的物质手段是静止不动的，可高明的画家，却能暗示出对象的动态，给人以动感。边塞诗人大胆借鉴这种艺术手法，使得诗人对西部阔远雄浑、人迹罕至、静止不动的感受和体验复杂多变，又可使作品诗意盎然，妙趣横生。事实上，文学语言创造艺术形象，比起绘画等其他艺术来，有更自由的表现力，写景状物，静中见动，动中见静，动静交错，会产生不同的体验，形成不同的意境。如马启智《云南迪庆香格里拉》："雪岭牵白马，神鹰冲九天。高原堆紫气，山舞野歌甜。"这首诗，一句一个画面，环环相扣，绵绵不绝，委婉曲折地把真挚的情感淋漓尽致地表达出来。山岭被雪覆盖着，既像白马，又像巨人，互相牵着；一只"神鹰"在"九天"翱翔；远方的高原，紫气缭绕；山在舞动，此"山舞"与毛泽东《沁园春·雪》中的诗句"山舞银蛇"类同。而"山舞野歌甜"是指嘹亮的山歌声响遏行云，是那样的甜美，也使读者不由自主地想起英国著名诗人华兹华斯《孤独的割麦女》。诗人运用不同的画面，巧妙地烘染"层次"，有动有静，使人耳目一新。诗作从岭上写到天上，从高原写到山上，从视觉写到听觉，乃至通感手法的应用，使诗人内在的情感外化，加强了诗歌的形象性、生动性。而几个动词如"牵""冲""舞"的灵活应用，动静交错，又使人仿佛身临其境，感同身受。更为重要的是形象地表达了热爱祖国大好河山的思想感情，且"寓情于景而情愈深"，更

增加了诗歌的美感。德国著名文艺理论家莱辛曾说："动作是诗所特有的对象。"（《拉奥孔》）这虽说的是欧洲的长篇史诗，但用来说明边塞诗的特点，也是合适的。其实新边塞诗的动态性，只是一种艺术手段，而描写和表现塞上的精美境界，才是新边塞诗的主旨所在。如沈华维《晨景》："无边旷野雾朦胧，山道弯弯脚步匆。眼下庄稼流翠浪，远方几处有禽鸣。"早晨无边的旷野，烟雾缭绕。弯弯的山道上，传来一阵阵急匆匆的脚步声，静中见动；眼前的庄稼，油绿油绿的一片，生机勃勃，随风起伏，动中见静。远方好几个地方，都有鸟儿在叫，以动衬静，使人越发感到早晨的清静。这后一句也使人联想到王籍《入若耶溪》中最有名的两句诗："蝉噪林愈静，鸟鸣山更幽。"诗人蓦然听到蝉在叫，鸟在鸣，使人越发感到林中寂静，山涧清幽。于是，勾起来诗人的怀乡之情。而作者一句"远方几处有禽鸣"，静中有动，以动衬静，以动托静，更显出清晨之静，给人一种悠远、静穆之感，可谓异曲同工。这种静的客体，给人一种动的感受，而文学艺术就表现诗人这种真实而又复杂的感受。新边塞诗动静相衬造成的意境美，是其在艺术上有别于诸如田园诗等其他诗词的最突出特点之一。王国维曾说："无我之境，人唯于静中得之。有我之境，于由动之静时得之，故一优美，一宏壮也。"（《人间词话》）如贾朴堂《秋》："一夜秋风起，萧萧叩耳旁。砧鸣千户月，雁叫一天霜。潦水时看尽，疏林叶堕黄。行人惊岁晚，坐起独彷徨。"这首诗颇有唐人风韵，一叶落而知天下秋。诗中的"叩""鸣""叫""堕"等动词的灵活应用，动静结合，把无生命的静止的秋写成有生命的活动，似乎都是有情之物。其实是诗人把人的思想感情、人格品性移到景物，使无情者变得有情，懂得人意，使人感到余音袅袅，不绝于耳。又如熊秀英

《黄昏漫步》："雨后黄昏满目青，芳香惹起故人情。黄昏漫步谁为伴，枝上黄莺一二声。"雨后，触目都是"青"，一阵"芳香"袭来，让人想起"故人"。通感手法的应用，给人以身临其境之感。而此时漫步"谁为伴"，"枝上黄莺一二声"，看来只有黄莺了。黄莺的叫声不仅打破了园林的寂静，也叩动了诗人的心。有动有静，诗作表现了诗人黄昏散步时的真实感受，令人无限遐思，给人以丰富的美学享受。其实同一景物，在不同的情景去看它，会产生不同的感受，这正好反映了诗人和景物之间变化的关系。譬如动的客体，有时候又让人产生静态。如果说熊秀英的诗优美，即丽；那么，贾朴堂的诗则宏壮，即雄。又如熊品莲《黄河游》："沉沉两岸柳林深，风弄青枝迎客临。岛上蓬蒿疏密影，洲头水鸟脆清音。激流滚滚英雄气，细浪柔柔慈母心。天际茫茫附一叶，金波荡漾伴豪吟。"诗人在船上游黄河，两岸柳林深深，看不见岸上的景物。而河边的"青枝"似乎被谁举着，欢迎客人光临。由远及近，动中有静。河中的小岛上，"蓬蒿"有疏有密，影子晃动；附近沙洲上，水鸟的鸣叫声分外清脆。尤其是黄河一会儿"滚滚"，颇有"英雄气"；一会儿"柔柔"，似有"慈母心"。后两句"天际茫茫附一叶，金波荡漾伴豪吟"，"一叶"所乘之船，极言小，与"天地茫茫"相对；金色的水波荡漾，宛如在为"豪吟"伴奏。虽小，仅"一叶"，但是面对茫茫天地，且有"金波"伴奏，为何不高歌一曲。诗人写出了客体之不同，亦透出了主体的不同感受，这一切有赖于动静交错，创造出一种特有的意境，情思婉转，极有风致。如果说王维之诗是"以动衬静"，境界较小，凸显幽静；那么新边塞诗的一个重要特点就是"以动写静"，境界较大，凸显寂静。而境之大小并不代表作品之优劣，只与诗人当时的境遇有关。大诗人

既能写大境，又能写小境。如段庆林《春游苏峪口》："野餐留影乱，长啸回声缭。练白黄河套，茵绿左旗草。"这几节诗，其诱人之处，就在于"白""绿"这种色彩词语的使动用法，由线到面，向着无垠的空间延伸，画面动中有静，富有鲜明的立体节奏感，给诗作带来了浓郁的诗意和美感。"美是具体可感的。因为凡是感受不到的东西，对美来说就不存在"。（车尔尼雪夫斯基《生活于美学》）在这里，明丽的色彩组合，正绘出了诗人舒展开阔的心境，婉而有味，欲露还藏，而情感又是何等真挚、深切。新边塞诗由于具有其他艺术门类，如绘画、音乐，乃至电影所用的一些物质材料的性质，但又不像其他艺术那样受时间和空间的限制，仍然保持着语言艺术自身的特点，这样就使得诗中的艺术形象，达到了尽可能完美的境界。

毋庸讳言，新时期以来，宁夏的新边塞诗的探索和发展取得了很大的成绩，积累了不少经验，诗词创作群体也已经基本形成，但和全国省份相比，距时代的要求，仍有较大差距，无论数量还是质量都远远不够。尤其是我们的大多数诗人退休以后，生活圈于狭小，视野不够开阔，以致作品缺乏应有的时代感和新诗的创新精神，对重大题材和新人新事反映不及时或者开掘欠深。另外，虽说热爱传统诗词并尝试写作的人很多，但真正熟练掌握诗词技巧与格律的人并不多，甚至一些填写诗词多年的作者对诗词格律也不甚了了。抑或只就诗词学诗词，简单地图解概念，不注重艺术创新。加之，诗词创作骨干力量不足、理论水平有限，能够创作出高质量作品的作者委实不多，况且大部分作者年龄偏大，创作日趋衰竭，故而发现和培养新人已成为当务之急。

目前，党中央号召弘扬传统文化，这就为发展"新边塞诗"提供了大好机遇。宁夏

的诗人必须树立小省区也能出作品出人才的信心，发扬"不到长城非好汉"的宁夏精神，解放思想，勇于探索，大胆创新，坚持走自己的路，推动宁夏"新边塞诗"大发展。由于我们的新边塞诗人大多是老同志，故而首先要克服无所作为的思想，既要看到宁夏文化底子薄，更要看到宁夏也有诗的肥沃土壤，增强信心，虚心学习，甘于寂寞，积极进取。尤其是要走出高楼大厦，深入观察民情，体验感受生活，关注现实民生，不断积累生活经验，厚积而薄发；发扬贾岛的"苦吟"精神，开拓新边塞诗的境界，在炼意、炼句、炼字上下工夫，只有炼出具体生动的富于美学内容和启示性的字、句，才能使"意"具有感染人的力量；学习诗词理论知识，提高美学修养，克服眼高手低或者眼低手也低的倾向；积极参与全国各种诗词赛事，贵在参与，重在提高，不要太在乎获奖；勤写，勤改，熟能生巧，数量出质量，切不要以自己的惰性嫉妒别人的勤奋，更不要以自己的长处嘲笑别人的不足之处。对老诗人来说，不但要学会养生，更要像吴淮生老先生那样经常学习，坚持创作，生命不息，奋斗不止。何况学习，开动脑筋，更有益于延年益寿。

总之，盛世才出边塞诗，历史需要新边塞诗的创作者要紧紧把握时代脉搏，从丰富多彩的现实生活中进行主体选择和审美升华，整合时代风貌，树立责任意识、精品意识，打破藩篱界限，形成独特风格，多方面地体现时代精神，让诗词为实现中华民族伟大复兴的"中国梦"作出应有的贡献。

参考文献：

[1] 秦中吟主编：《当代诗人咏宁夏》，宁夏人民出版社，1994 年。

[2] 《重振边塞诗风》（全国第八届中华诗词研讨会文集），宁夏人民出版社，1996 年。

[3] 张铎：《塞上潮音》，宁夏人民出版社，2007 年。

[4] 秦中吟：《诗论新篇》，中国文化出版社，2008 年。

[5] 宁夏诗词学会编：《宁夏诗词学会二十年》，中国文化出版社，2008 年。

[6] 《中华诗词文库·宁夏诗词卷》，中国文联出版社 2009 年。

[7] 杨梓主编：《宁夏诗歌史》，阳光出版社，2015 年。

当代回族美术发展中五个问题的研究

杨新林

　　当代回族美术研究严格地说始于 20 世纪 80 年代。回族美术的产生并不是伊斯兰文化、回族文化、中国传统文化、西方文化的简单相加，而是回族地区的画家长期以来为寻找适合地域性的美术语言而选择的"适我所需，为我所用"的结果。这是对当代回族美术的坚守和对汉文化接受的一种创造性的有机结合。现从"回族美术"概念的界定范围、"回族美术史稿"、"全国回族书画展"、回族美术家、回族民间美术五个方面阐述。

　　回族文学从 1980 年就开始有组织、有计划收集整理，并且在《宁夏日报》就范围等问题进行深入讨论，经过 30 年的理论研究，取得可喜的成就。特别是"回族书画作品展"于 1987 年在西安首次展出和"宁夏回族民间工艺美术展"于 2015 年 7 月 31 日在福建泉州展出后，经过 28 年来的发展，出版了《回族书画作品集》《回族雕刻艺术》《回族服饰文化》《回族民间剪纸与回族民俗文化》《回族服饰》《当代回族美术》《当代回族建筑文化》等等，这些书籍的问世说明对回族美术关注的人越来越多，进入理论研究的层面。

　　作为一种美术现象，回族美术是一个客观事实，它早就存在着、发展着。从收集到的文献资料、美术作品来看，回族画家从事回族题材美术创作的人数有限，也就是说回族画家从事传统书画形式的较多。而回族题材美术作品绝大部分来源于宁夏、甘肃、青海、新疆、陕西等西北回族群众集中居住的地区，这部分作品有回族画家创作的也有汉族画家创作的；回族民间工艺美术作品基本上是回族工艺美术家的杰作，创作队伍比较庞大，主要代表人物也是非物质文化遗产的传承人。回族美术出现目前这种现象，主要有两个原因：一是地域说。回族居住的方式"大分散，小聚居"，将汉语作为回族群体的交流语言，他们又生活在汉族的群体之中，特别是在城市中，这种现象比较普遍，这种地域环境造成回族美术家、回族工艺美术家创作出来的美术作品，从形式到内容都是变迁中多元文化融合的结晶。二是宗教说。"不允许偶像崇拜"。在这种宗教观点的影响下，回族美术的形式在古代、近代时期，主要有清真寺、拱北、服饰、阿拉伯文、工艺美术等形式，可以说回族美术处于单调的尴尬状态。随着社会的进步，经济的发展，宗教也在改革，从"不允许偶像崇拜"变为"两世吉庆"，回族美术在近 20 多年中也将涉及绘画、雕塑、设计等美术的方方面面，这种变化推动回族美术的繁荣、发展。

我们再来观察回族文学的发展历程，由于它的界限、范围划分的较宽泛，发展、繁荣了回族文学。所以，要借鉴回族文学的研究经验，加强回族美术的评论、探讨、研究。回族美术研究的薄弱，也让我们欣喜地看到，回族美术研究的空间非常大。本文试图对 1949 年以来的回族美术现状、作品研究作一简要陈述，介于回族美术变迁中的多元文化融合的现象，形成本文的理论依据：一是文化功能理论。马林诺夫斯基对文化的定义："所有文化因素，最终都被视为满足个人的'生理上的基本需求'以及'整合上的需求'（如宗教艺术等）。"回族美术的产生是与回族群体的日常生活紧密相连。因此，本文在写作过程中采用文化功能理论，运用整体的观点考察回族群体所处的社会环境、解释文化现象产生的原因，以文化的功能来

解释文化事实。二是文化变迁理论。"文化变迁"指技术和社会结构的巨大变化，导致政治经济组织及其上层建筑观念形态和行为准则的改变。随着社会的变迁，宗教上的文化在理解方面也在变化之中。所以，回族与汉族的画家因宗教信仰、家庭环境的不同，造成两者观察和表现回族的日常生活的心理素养与思维方式不同。三是多元文化重构理论。"多元文化"指回族文化、伊斯兰文化、中国传统文化、西方文化，这些文化影响着回族美术的发展。回族画家更关注宗教文化对美术的影响，汉族画家关注多元文化对美术的审美性。在这些理论的影响下，产生"现代观念下的当代回族美术重构"，围绕着这一观点形成本文的框架结构，以供专家学者、同仁和读者提出宝贵的意见和建议。

一、关于"回族美术"概念的认同

一般认为"美术"是指用一定的物质材料，通过透视、解剖、明暗、色彩、构图、材料等艺术语言，在平面中塑造可视的立体形象或平面形象。它是反映社会生活和表达美术家思想感情的一种美术形式。美术家离不开视觉感触来描绘形象，形象性、主体性、审美性就成为美术的特点，认识功能、教育功能、审美功能就成为美术的社会功能。这个概念在美术界的同仁中普遍认可，但关于"回族美术"概念的问题意见分歧较大，主要有两种意见：一是认为凡回族美术工作者、回族民间工艺美术家创作的美术作品就是回族美术。二是认为不管回族美术工作者、回族民间工艺美术家创作的美术作品，还是汉族美术工作者、汉族民间工艺美术家创作的美术作品，只要在内容上反映回族历史、回族日常生活、礼仪及宗教信仰、故事、传说、歌谣等各种形式美术创作的作品，这就是"回族美术"。就此问题，我在

回族群体与汉族群体中进行调研，查阅先后发表的有关文章以及在研究生课堂上展开讨论。经过讨论、研究，基本上达成共识。认为"回族美术"这个概念是多元的、复杂的、宽泛的，既包括回族族群，也包括反映回族日常生活的内容。"回族美术"这个概念的认同，首先，宁夏文物考古研究所馆员高晓敏下了一个定义，"凡回族文艺工作者创作的作品都是回族艺术"的观点，笔者不能赞同，因为文艺作品是现实生活的反映，其内容和表现形式代表着一个地区、一个民族文化的长期积淀。本民族的文化工作者从事其他民族的文化艺术研究和创作的成果，必然具有其他民族的特色。从思想内涵到艺术形式都带有其他民族的印记，怎能因作者的族属而界定为回族艺术呢？反之，一个汉族文艺工作者深入研究回族文化，了解回族的心理素质，熟悉回族的民俗，创作出为回族群众认可的艺术品，却应该承认其为"回族艺术"（高晓敏《回族艺术浅论》，《回族研究》1998年第2期）。高晓敏对"回族艺术"概念的界定，明显符合艺术规律——内容决定形式，这种观点在业内较认可。其次，宁夏银川市群众艺术馆马炳元又说："按照我国学术界对'民族文献'的通常界定，所谓'回族艺术类文献'当有三种含义，一是其文献（艺术文本）的创作主体是回族人，一是文献的内容反映或记录了回族艺术生活、艺术成就的某个侧面，一是文献（艺术文本）表征的艺术样式、类型具有较为突出的回族民族特征。"（马炳元《唐宋元时期回族艺术经典文献述略》，《图书馆理论与实践》2003年第4期）马炳元对"回族艺术"概念的认同较宽泛，回族艺术家创作反映回族人的日常生活的作品或反映其他民族的日常生活的作品都是"回族艺术"，汉族创作出反映回族日常生活的美术作品也是"回族美术"，这样的界定范围，可以推动回

族美术的繁荣。回族文学研究所取得的成就，就是范围界定的宽泛推动回族文学的发展，这已是不争的事实。另外，著名美术史论家王伯敏先生就民族特点与美术特点的论述提出观点："民族美术的特点，离不开民族本身的特点。民族特点，有时又要以民族美术的特点作为形象的反映。""民族美术特点，在历史上客观地存在着。""民族美术具有民族的特点，是在民族特定的生活环境里自然地形成。"（王伯敏《中国少数民族美术史·绪论》，《新美术》1992年第1期）王伯敏先生对这个概念的认同，是从艺术规律的角度来下的定义。以上三位专家都认同回族美术作品要有民族特点，才可以归属为"回族美术"，这就把汉族创作的回族题材的美术作品归入其中。同时将回族美术家创作反映其他民族的日常生活的美术作品也归入其中。由此可见，回族美术，包含美术家表现回族人日常生活中形成本民族特点内容的美术作品，也包含反映回族的社会结构、经济生活、自然环境、风俗习惯、美术传统，以及共同的心理状态、审美观点等诸种因素所构成内容的美术作品，就是"回族美术"。换言之，"回族美术"的形成与宗教、居住方式、语言有着直接关系，研究的范围较宽泛，一是具有回族特点的美术作品，不管是回族画家还是汉族画家创作的美术作品都在研究的范围之内；二是回族画家创作的反映任何民族的美术作品也在研究的范围之内，这些美术作品都应该在"回族美术"的研究范围之内。

二、关于"回族美术史稿"的研究

关于当代回族美术理论研究，只有凌明、世愉、杨林在1992年2期《新美术》发表《回族美术史稿》，写得比较全面。它是6万多字的文章，时间写到1990年的回

族美术现状上，之后 24 年中出现的回族美术现象需要填补，我们有责任补充这段资料，所以研究当代回族美术具有一定现实意义。

回族美术史稿全文共分三部分，概述、古代美术、近现代美术。在这篇史稿中有四个特点，首先，三位作者进行田野调查，资料丰富、内容翔实，把回族美术的方方面面概括得比较全面。其次，在古代美术和近代美术中，用大量篇幅谈建筑中的清真寺、拱北、道堂、民居等建筑，并概括出各地建筑的不同点，"清初西北的回族中出现了门宦制度，各门宦之间为了争夺权势，区别门庭，建筑亦都不尽相同，互相争奇斗异，风格多样。如甘肃临潭一带寺院，讲求大门的宏伟壮观，却不建邦克楼；临夏的清真寺则强调邦克楼建筑，有的高四五层，峻伟挺拔；青海湟中的清真寺注重大小木作的精雕细刻和砖雕装饰，追求邦克楼层次的不同变化，以及寺院的秀巧精丽"。"建筑风格也纷呈异彩，因地制宜，形成中国古典式、阿拉伯式、中阿混合式、中西混合式、川滇式、西藏式等多种建筑美术风格"。（凌明、世愉、杨林：《回族美术史稿》，《新美术》1992 年第 2 期）从这些描述中可以看到建筑从宋代一直写到当代，时间跨度大，种类全，概括准确，风格突出。从 2007—2012 年收集的资料看，清真寺、拱北、道堂的建筑形式变化不大，还是那些样式，但数量急剧增加，仅仅一个临夏的拱北，大大小小 66 座，宁夏地区的清真寺 3000 多座。民居与公用建筑变化巨大，在风格上除了保持伊斯兰建筑的特征外，更多的是加了许多时尚元素。再次，近现代美术中的工艺美术。目前只有王伯敏先生主编的《中国少数民族美术史》中凌明、世愉、杨林著的《回族美术史稿》有工艺美术部分，其他中国美术史的相关著作中，均很少能见到有关回族工艺美术的内容。关于回族工艺美术的研究虽然在

某些方面已经取得一些成就，但相比其他民族工艺美术类，回族工艺美术的研究还很欠缺。回族美术史稿中的工艺美术有服饰、剪纸、砖雕、木雕、葫芦雕、染织、柳条编织、皮革、金属工艺、灯彩及里画壶等等。在史稿中这部分写的种类较多，用大篇幅介绍工艺美术作品中的砖雕、木雕、服饰、刺绣、剪纸、皮革等工艺品，把传统工艺美术挖掘得较到位。总之，工艺美术的种类发展到今天又增加了许多，工艺制作也在进步，用途也在变化，这部分需要充实。同时还要详细介绍工艺制作过程，从理论上论述、概括、总结。另外，在做到深入研究回族工艺美术制作之外，还需要充分了解回族的民族信仰、生活习俗、审美情感等等，把回族工艺美术的历史传承、发展、变化进行深描。最后，书、画类画家、书法家生平介绍。一是史稿在阿拉伯文书法中有这样的描述，随着伊斯兰的传播，回族在宗教等活动中，仍有书写阿拉伯文的习惯。这些曲线连绵、从右向左书写的阿拉伯文通常用作书写清真言、"太思迷"、《古兰经》、赞词等，在清真寺大殿的四壁墙上、拱门顶上进行张贴，显得分外肃穆、庄严、神圣。不少回族家庭中也张挂阿拉伯文书法，令人感到清新、喜庆，呈现浓厚的宗教气氛，起到宣传与装饰作用，俗称为"经字画"。（凌明、世愉、杨林：《回族美术史稿》，《新美术》1992 年第 2 期）经字画的特点"把每句话的各个单词所占比例之大小、长短之不同、笔画之粗细、连接之弥合，进行美术地安排，夸张和变形，而又不失原文字的基本形体，富有立体感，形同美术字"。（凌明、世愉、杨林：《回族美术史稿》，《新美术》1992 年第 2 期）这些文字中阐述阿拉伯文书法的种类、风格，同时还介绍了阿拉伯文、汉文回族书法家。所以，阿拉伯文在回族人的生活中应用较广，既有实用性又有装饰性。史稿在这部

分描述得详细、特点明确，同时国内主要的阿拉伯文、汉字书法家都有记载。二是绘画。"绘画是近现代回族美术中的又一强项，回族画家不仅在国画，而且在油画、版画、水彩画等画种中都取得了卓越的成就；尤其是当代回族画家，人才辈出，遍及全国"。（凌明、世愉、杨林：《回族美术史稿》，《新美术》1992年第2期）在绘画这一块，集中介绍全国著名的回族美术家，这些美术家从事的行业较全，每个画种都涉及，并且他们在各自领域中都作出贡献。总而言之，回族美术史稿填补了回族美术史的一块空白，史稿中对建筑（清真寺、拱北、道堂、民居）、阿拉伯文及服饰等介绍得较全面，并且概括出它的特点，有一定借鉴意义。在工艺美术方面也介绍的多、全。也就是说，回族美术在古代、近代受到宗教的影响，它的美术形式是为宗教服务，而产生清真寺、拱北、服饰、阿拉伯文、工艺美术等美术形式，装饰花纹停留在植物纹样和几何纹样等方面。但随着社会的变革，经济、文化的发展，宗教也在变化改革之中，由"不允许偶像崇拜"变为"两世吉庆"。在这种宗教的变革之中，回族美术从古代、近代的清真寺、拱北、服饰、阿拉伯文、工艺美术发展为绘画、雕塑、设计等美术的方方面面。史稿的内容将重点放在清真寺、拱北、服饰、阿拉伯文、工艺美术的研究上，而绘画、雕塑、设计等种类是本书需要进一步深入研究的对象，特别是在1990年以后，民族政策的加强、非物质遗产的保护，回族美术已经渗入美术的方方面面，并且发展非常迅速，尤其回族题材美术作品在国际、国内的一些重要大型美术展览中获得大奖，这些研究还需进一步补充，才能较全面概述回族美术。另外，研究一个民族的美术，需要对这个民族的社会结构、经济生活、自然环境、风俗习惯以及共同的心理状态、审美观点等诸种因素进行研究，美术作品才会赋予回族特点，换言之，研究回族美术，在范围方面应该扩大。

三、关于"回族书画展"的研究

按照我国学术界对回族书画展的通常界定，所谓回族书画展当有两种含义，一是美术作品的创作主体是回族人；二是美术作品的内容反映或记录回族人的日常生活，美术作品表征的样式、类型具有较为突出的回族特点。以下据此对全国回族书画展作一简要的梳理。

1987年5月28日，在西安市东大街美协美术家画廊举办西安市穆斯林书画展。过了7年，1994年9月23日，由宁夏文史馆牵头举办的全国回族书画展在宁夏展览馆隆重开幕。1999年6月22日，在陕西美术馆举办西安回族画展，共展出11位回族画家近70幅山水、花鸟、人物作品，代表了西安市回族美术作品的最高水平，是一次回族美术的检阅和广泛交流。2006年11月20日，甘肃穆斯林书画摄影协会成立大会暨首届穆斯林书画摄影展在甘肃省老干部活动中心隆重举行。2007年4月2日，辽宁省回族书画协会经过三年多的筹备在沈阳市大剧院成立。2009年10月，在银川还召开了"庆祝新中国成立60周年宁夏少数民族文学创作座谈会"，对宁夏的少数民族文学创作进行了梳理，引起了全国文坛的关注。在庆祝宁夏回族自治区成立50周年的时候，组织了"美术、书法、摄影、民间工艺美术作品展览"、第一届中国宁夏国际文化美术旅游博览会"美术、书法、摄影展"和第二届中国宁夏国际文化美术旅游博览会"中国城市巡礼"（99+1）摄影展，包括后来的"全国摄影名家看宁夏"和"六盘山杯美丽宁夏全国摄影大赛暨宁夏摄影美术节"等作品展，通过展览促进回族地区的美术繁荣、发展。2010年9月19日至21日，在河北省沧州市举办的全国回族书画展，展出来自全国20多个省市近200位回族书画家的300多幅书画作品。2011年为了庆祝中国共产党成立90周年，由中国回族学会和甘肃省诗文书画院联合举办"全国穆斯林书画作品展"。这次展览以"团结、进步、和谐"为主题，集中展出书画摄影作品200余幅，记录了四川、甘肃灾区一线的抗震救灾动人情景以及敦煌、嘉峪关、省城奥运火炬传递的精彩画面，反映出回族人民高涨的爱国热情和民族精神。随后又在临夏、张家川、天水、兰州、平凉、甘南等地进行巡回展出。2013年10月25日，在宁夏回族自治区成立55周年之际，中央文史研究馆和自治区人民政府共同主办了以"民族团结·和谐家园"为主题的第四届全国回族书画展，在银川市文化艺术中心拉开了帷幕。展览收到我国著名书画家韩美林、欧阳中石、冯远等美术书画家860幅书画作品，经评审选出300多幅作品展现在银川观众面前。通过以上回族书画展的梳理，全国回族人较集中的城市，都相应举办过各种形式的书画活动，这儿就不一一列举，下面就以宁夏举办"全国回族书画展"为个案，分析画展的情况。

1994年由宁夏文史馆牵头举办全国回族书画展后，又在1998年、2008年、2009年、2013年相继举办五次画展的基础上发展而来的。做回族书画展的目的，是通过回族书画展的形式，沟通与其他省份回族画家的书画交流。因为宁夏是回族自治区，宁夏的画家与陕西、甘肃、青海等地的画家联系较多，并且宁夏的有些画家也到西安、兰州、西宁去做艺术交流展。随着改革开放的进程加快，东南沿海经济和文化快速发展，西部省份人才外流。许多画家向北京、上海、广东等地流动，西部各省份的文化艺术

交流的机会变得越来越少。所以，宁夏通过举办全国回族书画展，增加西部各省份民族文化交流的机会，把经济相对封闭落后这一劣势，通过回族文化交流转化为优势在一起做探讨。回族美术方面是完全有可能作出突破的，这不仅是回族文化史上的空前盛事，而且必将对我国少数民族书画艺术创作起到推波助澜的作用。特别是2013年举办全国回族书画展，参展作品中的国画、书法占了很大比重，国画注重笔墨，意境幽远，成为当下回族画家普遍关注的焦点。回族题材的作品逐年增多，创作水平有了显著提高，基本能够反映出近几年来全国回族画家的整体风貌。作品内容丰富，主题突出，风格多样，时代特征鲜明，地域气息浓厚，从不同的角度展现出信息时代发展中的社会现象，表现了回族画家不同的感受，同时也聚焦时代共同关心的话语，起到美术教育的社会功能，为实现思想性、民族性和审美性的一致，达到创新与传承的统一。为增进民族团结，构建和谐社会，让回族书画展更好地发挥民族优势，使我们的回族书画在继承民族精神的同时又紧跟时代，并傲然屹立于中国文化艺术之林。

宁夏做了四届展览，出版四本画册，办展五次，在五次展览中参展人数1857人，作品的种类有国画、油画、版画、水彩、雕塑、书法等，但90%的作品是由国画和书法构成。另外，参展人员各行各业都有。有汉族也有回族，有专业人员（专业团体、美术学院、综合大学中的美术教师，画院的画家等），也有非专业人员（不在专业岗位工作人员，如中学美术教师及其他单位从事宣传工作的专业院校毕业人员），相应保留下的文献资料较少，而美术作品较多。从现有的美术作品中可以归纳出四个方面来研究：一是四次展览作品资料情况；二是作品集中的内容情况；三是回族美术家情况；四是回族

书法家情况。所以，从西安发起全国回族书画展，到宁夏文史馆五次展览的画展，将此项活动推向高潮，最终为各民族的群众所接受，成为全人类共同的文化财富。这些活动不仅全面展示了宁夏经济社会发展的丰硕成果，也成为我们彰显宁夏民族风情、弘扬与保护民族文化的有效方式。总而言之，宁夏全国回族书画展5次展览中的作品来自全国27个省、市、自治区的回汉书画家，尤其是西北地区的回族书画家多于其他省市。在每一届展览中都存在以老画家及中年画家为主的现象，以后的全国回族书画展是否可以邀请一些青年画家参与进来，这样展览才能真正体现出全国回族书画展的整体创作面貌。其次，五次展览中除第一届展览回汉书画家没有分开外，后四届都是以回族书画家为主，体现出族属问题，也就是说全国回族书画展是以回族画家为主的展览，符合我国学术界对回族书画展的通常界定，美术作品的创作主体是回族人。再次，1987年陕西回族书画展的掀起——宁夏四次大规模的办展形式——2011年甘肃的巡回展览，把回族书画展推向高潮，画展水平越来越高，回族、汉族专业画家在国内一些重要的展览中，回族题材的美术作品暂露头角，具有视觉冲击力。画家们普遍关注回族题材中美术语言的探索并对当代文化问题和社会现实意识流等问题进行积极思考。最后，全国回族书画展的水平在逐年提高，举办全国回族书画展，既是对回族美术的保护与发展，也是对民族优秀传统文化的继承与发扬。

四、关于回族美术家的研究

改革开放以来，中国回族美术事业得到了长足发展，尤其是书画创作队伍取得了令人瞩目的成绩，涌现出一批颇有建树的美术人才，创作了大量优秀的美术作品，赢得了

同行、评论家和社会的好评。目前从各地美协收集回族书画家大约499位的个人资料及从期刊网上收集评述书画家的论文45篇，这说明越来越多的专业画家进入回族美术的研究队伍之中。

回族美术家大多受过高等教育，人数不多，但在美术界影响很大，有的是高等学府美术学院的教授，有的是专业团体画院、美术研究院的专业画家，他们在国内外已是著名的书画家。可以把他们归纳为四类，一类是入室弟子，土生土长的国画家，后来聘为美专的教授或知名的画家。二类是先后进入美专学习绘画，是我国自己培养的早期大学生。三类是新中国成立后美术院校及综合大学培养的美术工作者，这部分人占有相当大的比例，活跃在中国教育、文化等各个领域。四类是民间工艺美术师，这部分人群的文化程度不高，大部分小学毕业，有的目不识丁，但天赋很好，有的是家传，有的是地域传。

回族美术家在社会中占有一定地位，生活方式、服饰、语言、爱好及审美情趣等基本与汉族一样，只是礼俗、饮食方面还保持着自己本民族的生活习惯，有自己本民族的性格特点。在美术创作方面，是根据自己的喜好选择专业，国画有马骀、哈少甫、马西园等七十多位专业画家，油画有沙白、冯玉琪、马常利等二十多位专业画家，版画有马基光、伍必端、广军等十多位专业画家，粉画张菊、王双成、哈定等，漫画有常铁钧、王树忱、哈琼文等，宣传画有马乐群、沙璘等画家；书法家薛夫彬、曹柏昆、陈进惠、米广江等。他们各有专长，各有成就，各有风格，但作品的内容不一定是表现回族题材，体现回族风格特点，而是与汉族画家的作品内容一样，表现的题材种类有人物画、山水画（风景）、花鸟画（静物），以美术语言表现中国文化及丰富多彩的生活题材，这

是回族画家族群中的一个普遍现象。尤其是1999年6月22日在陕西美术馆举办了11位回族画家近70幅山水、花鸟、人物作品展，是一次回族画家的展示，专业水准较高。另外宁夏大学美术学院开设民族学中国少数民族艺术（美术）的二级学科硕士点，回族美术研究是其中之一，从此回族美术进入高校的专业研究之中，后继力量得到稳定持续的发展。另外，民间美术家。以本民族的传统文化为基础，表现回族的日常生活。这些民间美术家，文化程度不高，但由于天天描画相同的图式，实践经验很丰富。常年坚持为清真寺、拱北、道堂、民居、公共建筑等做砖雕、木雕的工艺美术师。还有的在工艺行业做刺绣、剪纸、农民画、葫芦雕、蛋雕、服饰、石雕、烙画、麦秆画、纸织画、面花、地毯、贺兰石雕、工艺制镜等等，其中有些艺人从事工艺美术的创作，有些还在中学、小学任教，有的则在乡村文化站工作。将回族的日常生活、生产情景和各具特色的建筑、服饰、人物形象等表现出来。总之，80年代以来，对回族美术家研究和评价，较以前有所突破，更加客观公允。从整体把握和了解在新的时代背景下回族的历史文化和新的精神风貌，也可以作为回族题材美术创作队伍的参考资料，进一步发掘和弘扬优秀的民间文化。全国回族书画展作为回族文化的延续，是一个持续时间最久、影响力最大的展览，其为推介中青年回族美术人才提供了一个巨大且坚实的平台，是塑造宁夏回族自治区形象的问题。每一个回族画家和从事回族题材的汉族画家都能感受到信息时代的变化，这种变化不但是我们日常生活的变化，还是穆斯林精神面貌的改变，更是我们国家形象的变化，回族画家拥有更为敏感的心灵，作品内容理应反映这种来自于民族地区穆斯林生活和精神面貌的变化，反映这种变化所蕴含的民族团结的国家

形象的变化。回族地区的画家要面对西北地域特点，关注现实，努力创作出反映时代发展变化的地域风格精品力作。这些回族画家笔下的工笔画，更多人在寻找西北地域特有的审美语言，又不脱离开中国画基本的形式法则；写意画中的笔墨创新融入了新的样式和材料，体现了美术发展的规律——传承与创新。当今回族书画家的发展是稳健的，没有脱离中国传统文化以及人类美好的价值观这一原则。中国画在绘画语言上从经历坚守传统，到致力创造新形式，再到如今在坚守与创新中寻求更从容的契合实际的演变过程，体现了中国画对民族艺术作出的贡献。我们应该肯定今天取得的成就，也应该更加努力，使回族画家在继承中国传统文化的基础上，表现本民族的生活素材，使回族画家向着更美好的未来前进。

五、关于回族民间美术的研究

回族民间美术是回族文化中一颗耀眼的明珠，是回族民俗活动不可缺少的组成部分，与美术发生的地理环境、风土人情、人们的精神面貌和价值观等因素都有密切的关系，这恰好是民间美术本质的具体体现，它与北方民族的原始美术有着千丝万缕的关系。2008年到2013年，我们在国家博物馆、首都博物馆、上海博物馆、陕西博物馆、甘肃博物馆、青岛博物馆、宁夏博物馆、固原博物馆、盐池博物馆、同心纪念馆、隆德民俗馆、临夏（东宫馆和民俗馆）、宁夏银川国际会展中心、东方明珠塔陈列室、新月广场等，观看青花瓷、景泰蓝、圆雕、浮雕、服饰、家具、剪纸、刺绣、麦秆画等民间艺术的展览，并拍下图片资料5000余张，然后进行实地调研，还原作品的出处。以研究一个相对完整的生态文化圈区域——重点放在西北地区（宁夏、青海、

甘肃、陕西）为调查、研究对象。西北是全国回族人口最为集中、回族民风民俗最为浓郁的地区，文化底蕴深厚，民风民俗独特。课题组成员曾多次深入青海、甘肃（兰州、临夏回族自治州）、宁夏（固原市、海原县、西吉县、泾源县、隆德县、同心县、贺兰县）等地，同时还去云南（沙甸、纳家营）、海南（羊栏镇）展开画家与民间访谈与田野调查。具体调查其中具有代表性的民间美术家33位与民族村寨22座，并展开传统生态文化回族民间美术的变迁、流传、消亡等历史与现状关系研究。在深入固原回族聚居区进行民间访谈时，二十里铺拱北的马阿訇、砖雕艺人田义仁与我们交流了许多有趣的话题，亲眼目睹砖雕画面上奇怪的事物，深切地感受到回族的独特、有趣而神秘的礼仪、生活习俗。在宁夏同心参加回族婚礼、葬礼；在宁夏贺兰立岗镇清水堡体验"古尔邦节"的整个过程（按照传统的规矩，回族在"古尔邦节"这天清晨沐浴更衣，到清真寺做礼拜、上坟缅怀先人。便回到家里杀牛宰羊，煮肉做饭，施舍穷人，招待来宾。开展各种庆祝活动，节日期间洋溢着欢乐的气氛）；在李旺、曹洼、九彩、李俊、杨河、奠安、董沟、沙塘、预旺等地的回族农家观赏刺绣作品；在县城和乡村农贸市场体验到了回族群众风俗场景，获取了许多有画意的回族素材。总之，回族民间美术来自民间，又是民俗活动的美术载体，往往与民俗活动紧密相连。所以，研究回族民间美术可以采用两种不同的方法：其一，可以将回族民间美术从民俗活动的主体和发生情境中剔除出来，将回族民间美术简化为一种图式进行研究，即研究作品中的形式语言，这是目前大家常用的，也是比较认可的研究方法。其

二，将民间美术与民俗活动主体和发生情境紧密结合，从民族学的角度，在特定文化语境下全方位动态研究回族民间美术，揭示回族民间美术与其他文化因子之间的互动关系，突显回族民间美术研究的整体性，这是今后改进的部分。

综上所述，当代回族美术研究严格地说始于20世纪80年代。1987年5月28日在西安东大街美协美术家画廊举办西安市穆斯林书画展为开端，接着是凌明、世愉、杨林在1992年《新美术》发表《回族美术史稿》的理论研究。后来穆孝天写了《元明清时代三十四名回族画家和书法家》，目前有研究清代著名画家改琦、高克恭等不同时代的学术文章45篇，反映了回族美术研究取得了可喜的进展。需要指出的是，回族美术的产生并不是伊斯兰文化、回族文化、中国传统文化、西方文化的简单相加，而是回族地区的画家长期以来为寻找适合地域性的美术语言而选择的"适我所需，为我所用"的结果。这是对回族美术的坚守和对汉文化接受的一种创造性的有机结合，其中既含有主动的因素，也含有被动的成分。因此，我们在认识和评价回族美术时，特别要注意在汉文化影响下回族群体所特有的心理素质与思维方式，充分理解他们对汉文化的接受与排斥的双重趋向，这种差异乃至冲突常常会在宗教信仰、生活习俗等方面显现出来。

[基金项目：本论文为宁夏大学211项目"西部地区回族文化经济社会发展"子项目"当代回族文化研究与软实力"课题组支撑项目1项.当代回族美术阶段性成果之一.宁夏艺术科学规划科学研究基金资助项目"宁夏回族题材美术创作研究"（项目编号：11NXYBCF06）阶段性成果之一]

试论回族舞蹈艺术与回民生活及文化的关系

熊贤君

宁夏是我国最大的回民聚居地，它集中承载着回民祖祖辈辈悲欢离合甜酸苦辣生生不息的奋斗历程。在这一历程中，与回民相伴而生如影相随的生活酿造了回族特色独异的文化和舞蹈艺术。回民生活经过流徙、加工、提炼和酿造，形成别具回族风情的回族舞蹈元素、舞蹈话语、舞蹈题材和舞蹈主题与意蕴，是回族舞蹈艺术的泉源，回族舞蹈艺术在传承过程中经不断创新，形成中华民族文化大观园中独树一帜的回族舞蹈文化。蓬勃兴盛积极向上体现回族核心价值的回族舞蹈文化一经形成，又将以其强大的正能量和牵引力引领、改造和提升回民生活品质和回族文化艺术。

回族舞蹈艺术的追求与特质

艺术有艺术的独特规律，舞蹈艺术有舞蹈艺术独特的个性，回族舞蹈艺术更是与其他民族舞蹈艺术相区分的独特"这一个"。黑格尔曾指出："绝对精神是艺术的内容，但它需要通过个别的具体感性的形象显现出来，而在文艺作品中，就是通过一定的人物性格来表现。"（黑格尔：《美学·第一卷》，人民文学出版社，1979年，第142页）文学作品中成功的人物形象亦即"这一个"。如果是回族舞蹈艺术作品呢？"这一个"就应当是由回族精神、价值观和语言等元素组成的舞蹈艺术作品。

"艺术"一词，东西方对其认识有着很大的不同。

柏拉图认为"艺术即模仿"，亚里士多德以为"艺术即认识"，康德则将艺术看作是"可传递的快感"，等等。此外，还有将艺术理解为是"展现"（叔本华），是"理想"（黑格尔），是"救赎"（尼采）的。作家列夫·托尔斯泰以为"艺术即情感交流"，哲学家、教育家约翰·杜威则认定"艺术即经验"。智者与哲人从不同的角度阐述了对艺术本质的认识，尽管大相径庭，相去甚远，但均不无道理。艺术既有对生活的模仿，亦离不开对生活的认识与理解；既有对生活的展现，也离不开表演者的愉悦和快感的传递；既承载着艺术家的改造社会的理想，也担负着鞭挞黑暗和腐败的责任。

"艺术"在汉语的话语体系中，"艺"包括有两种意义，一是指才能和技艺；一是标准和准则。今之舞蹈艺术，与才能和技艺的关系较为密切，与标准和准则关联度不大。舞蹈本是舞动、飞舞之意，手舞足蹈即是。根据中国古代关于舞蹈的记载可知，舞蹈以肢体动作为主要表现手段，表达的是思想感情，反映的是社会生活。基本元素是动作姿态、节奏和表情。

东西方对艺术和舞蹈的诠释，对加深对舞蹈艺术特质的认识与把握，都有着促进作用。

回族舞蹈是以回民特有的动作体态为主要表现手段，表达回民有别于其他民族的思想感情和传情达意的方式，其基本元素是回民作为我国56个民族中"这一个"的动作姿态和思想感情。第四届回族舞蹈展演中的女子群舞作品《念想》，从作品的思想内涵、整体结构的驾驭和艺术形象塑造和舞蹈语言的准确表达上来看，编导应该是阅读了大量回族文献，包括地方志书、回民生活史料和回族文化研究论著等，从中抽绎出回族主要的经济作物——麻，精心设计了回族妇女搓麻的劳动场面。通过拔麻、搓麻的劳动场面，呈现了回族妇女负载的回族热情向上、

坚忍不拔、吃苦耐劳的"马兰花"精神，洋溢着回族妇女务实达观、乐于奉献的正能量，表达了回族妇女对未来生活的憧憬，描绘了回族妇女的理想与追求，寄托着她们一丝一缕的念想……而展演中有一节目，描写的是回族青年恋爱生活，展示的是回族青年强烈的情感释放，这显然不是回族人的动作姿态和情感表露方式，对回民生活方式缺乏总体上的把握。婚恋是两个家庭或家族之间的事情，青年的择偶包含着太多的婚恋以外的内容，具有宗教、实际、理性和慎重的特点。他们正式缔结婚姻关系前，不可能那样的热恋和强烈奔放，甚至风流浪漫的追求。

之所以出现这两种截然不同现象，是因为两个舞蹈的编导遵循的是截然不同的创作路向。前者正如李毓珊所言："深入回族人的现实生活中，用艺术家的眼光去挖掘、捕捉、感受和发现，去了解回族人的生活状态和民情风俗，感受他们的民族情感和宗教信仰，体味他们的内心世界和审美习惯，全方位、多角度、立体式地去表现回族人的生活和精神风貌，使回族舞蹈系着土风升华。"（李毓珊：《回族舞蹈在系着土风升华》，《说舞——回族舞蹈艺术论文集》，宁夏人民出版社，2013年，第8页）而后者则不熟悉回族人的话语，不熟悉回民的思想感情，不熟悉回民情感表达方式，不了解回族赋予婚恋的社会内容，将其他民族的生活和话语移花接木一般搬到回民身上，使回族舞成了不回不汉、不中不西的无源之水、无本之木。

毋庸讳言，回族舞蹈作品取得成功的衡量尺度就是看是不是与其他民族"和而不同"的"这一个"，看它是否暗合着回族舞蹈的特质。什么是回族舞蹈的特质呢？《易·系辞上》云："形而上者谓之道，形而下者谓之器。"（《十三经注疏》上册，中华书局1981年影印版，第83页）"形而上"的"道"，就是事物内部的规定性。就回族舞蹈

而言，"道"就是回族舞蹈的特质和发展演变的规律，即"形而上"的，看不见摸不着的。"形而下"的"器"，也就是回族舞蹈发展演变的外在手段和内容。两者是相互依存、水乳交融的。"道"失去了"器"就不成其为"道"，"器"离开了"道"，也就成了无目标什么也不是的怪东西。

"道"应如何把握？这就要回族舞蹈编导和舞者深入田野，深入回民生活，从回族的典章文物、文化艺术发展演变的具体而生动的情态中、过程中，将回族零碎的弥撒的生活化的舞蹈元素，经过编导者和舞者的消化、吸收、梳理和感悟，予以提炼、归纳和阐发，探求到回族舞蹈之"器"。然而，"道"离"器"不立，"器"离"道"不名，"道""器"探索是不分先后、无分轩轾的。这"器"就是承载回民风土人情、民风习俗、生活习惯、情感念想和审美情趣、核心价值观等具体回族舞蹈的元素。

马兰花与回族核心价值观

凡回民聚居地大多生长着茂盛的马兰花。宁夏是我国回族最为集中之地，也是久负盛名的马兰花在长期优胜劣汰适者生存的自然法则下选择的合适生长环境。在艰苦卓绝的选择过程中，马兰花选择了山坡、荒地、盐碱地等生长条件十分恶劣之地作为生长发展之处所，它们以极强的生命力在严寒和干旱的环境中顽强地生活着，形成了马兰花性格特征。

第一，耐盐碱。马兰花在沙质盐碱板结的土壤中，仍能保持旺盛的生命力。盐碱板结之地能够为马兰花提供的营养很少，然而它生命力顽强，将对环境的需求降到最低限度，将对外界的索取降到最低限度。

第二，耐践踏。回民在山坡荒地放牧，牛羊在马兰花枝叶花茎上随意践踏，踩得花折叶烂，然而它在被践踏后无须人工修复，很快就能自我完善。

第三，根系发达，因为具备与恶劣生存环境作斗争的"生理"条件，因而马兰花向自然界索取甚少，对环境适应性强，任凭高寒干旱，仍然长势旺盛。

第四，管理粗放，毋庸过多打理，毋庸整枝除草，不要浇水施肥，习惯了逆来顺受逆流而上，反倒不习惯过于呵护疼爱、娇生惯养的生活。

第五，易于满足。马兰花从大自然中摄取很少，给它一缕阳光，就会妖媚灿烂；给一滴琼浆玉露，就会茁壮成长。

尽管如此，马兰花却有着极大的自身存在价值和社会价值。发达的根系可用于水土保持和改良土壤，是水土保持和固土护坡的理想植物；它有节水耐寒、抗杂草、抗病害和鼠害的天性；由于它擅长于贮水保土，能够发挥调节空气湿度、净化环境作用；它泛绿期极长，叶片翠绿柔软，蓝紫色的花淡雅美丽，花蜜清香，花期长达月余，可形成美丽的园林景观；它的叶子在冬季可做牛、羊、骆驼的饲料，并可供造纸及编织之用；根坚韧而细长，可制成各式刷子；花和种子中含有马蔺子甲素，可以制作口服避孕药……马兰花可谓周身是宝，不求获取，但求奉献，盈溢着正能量。

这些就是最宝贵的马兰花性格和精神。马兰花的成长历程就是回民的生活史、艺术发展史的缩影，就是一部回民与恶劣的自然环境适应史和改造史。回民性格就是马兰花性格，马兰花精神就是回民精神。今日之回族，"有身处碧波荡漾、鱼虾满菱之所的，有身处风调雨顺、土地肥沃之乡的，但更多是世世代代生活在宁夏、甘肃、新疆等地。这些地方的大自然条件中一方面有丰饶物产，另一方面也常常显露出严酷形象"。（冯双白：《舞思翩翩，身心洁净》，见《说舞——回族舞蹈艺术论文集》，宁夏人民出版社 2013 年）新中国成立之前，摆在回民面前的生活环境，还是十分严酷的。虽然"大分散，小聚居"的回民，大多无地、少地，或只占有山地、盐碱地、沙滩地，农民破产和逃亡现象比较普遍。广大回族贫苦农民缺吃少穿，生活极苦。以农为主兼营商业、畜牧业或兼营运输、屠宰及制革、榨油等副业，是农村回族人民较为突出的特点。西北回族聚居地区封建生产关系广泛存在，良田沃壤多为官僚、地主等所占有。国民党回族军阀马鸿逵、马步芳等统治下的宁夏、青海地区，沉重的军政费用都压在当地回、汉等农牧民头上。尽管回民生活已经发生了天翻地覆的变化，艰辛苦涩严酷的发展历史虽然已经过去，但对回族文化艺术的影响却挥之不去。这些促使回族形成自力更生、艰苦奋斗、忍辱负重、憨厚务实、克己耐劳、达观生活、易于满足、团结互助、爱教爱国的典型性格和主体精神。马兰花为回族舞蹈提供了主题和无尽的元素。

回族的生活史和演变历程，是回族舞蹈取之不尽用之不竭的源泉。"马兰花"为回族舞蹈提供了历久弥新丰富的主题，"马兰花"——回民典型性格和主体精神，铸塑了回族舞蹈的"风骨"，提供了需要回族舞蹈传承和弘扬的回族精神；"马兰花"生活的历程为回族舞蹈提供了永远挖掘而不会枯竭的题材和元素。诚然，"马兰花"生长与发展的一部分已经成为历史，但不同的历史时期都有时代的解读，都可以从中抽绎出与时俱进的回族舞蹈的主题。毫无疑问，回族的生活史和演变历程，为回族舞蹈和回族文化艺术定下了基调，涂上了底色。

回族舞蹈艺术发展的终极目标是回族舞蹈文化

第四届回族舞蹈展演落幕已有时日了，它对回族舞蹈艺术发展的影响却不会因为展演落幕而终止。许多可圈可点的举措中，最值得点赞的是放弃了过去的"以评奖促发展"的思路，只评出回族舞蹈作品等次，并不评名次。只评出马兰花奖和沙枣花奖两等次，没有名次之分。其用意何在？全在希冀通过展演推动回族舞蹈艺术发展，使回族舞蹈编导和舞者静下心来，平息躁动的情绪，下到田野，来到民间，全身心体验，沉下心来钻研回族文化典籍，冷静思考回族舞蹈的"道"与"器"，出精品，出流芳百世的好作品，最终达到营建回族舞蹈文化的愿景。

第四届回族舞蹈展演组委会的目光是深邃的。其发展回族舞蹈艺术的目标直逼回族舞蹈文化。学者陈序经曾指出："文化固是人类所独有的东西，但是文化的发生与发展，必赖于人类的努力去创造。假使人类专靠着天然的生产以维持其生活，不愿努力去改造环境，则文化绝不会发生与发展。所以，文化的产生与其发展的程度如何，是与人类能否努力及其努力的程度如何成为正比例。人类之所以要努力去创造文化的主因，大概是要适应时代环境，以满足其生活。"（陈序经：《文化学概观》，中国人民大学出版社 2005 年，第 269 页）为什么要努力营建民族文化呢？这是因为文化一经形成，对社会对个人就有一种"文化迫力"。这种"迫力"，就是文化的约束力和推动力。犹如推独轮车，起步时需要较大的发动力，一旦走动后，只需扶住它，无须再使用较大的外力而独轮车仍然前行。这发动之时的力量便是文化建设，走动后即文化建设大功告成。其后独轮车不施外力照样前行，就是文化的后劲。正如马林诺夫斯基所言："文化迫力只能从整个文化中加以说明。这种迫力就是一切社会团结、文化绵续和社区生存所必须满足的条件。个人的动机乃是社区分子所自觉的直接而有意识的行为上冲动。这种冲动也总是为外力所模塑，它一面以本能的冲动为基础，一面又完整化而织成团体的调协行为。就是这种团体的调协行为或制度的作用，满足了文化的迫力。"（马林诺夫斯基：《文化论》，费孝通等译，中国民间文艺出版社 1997 年，第 96–97 页）回族舞蹈文化一经形成，也就会产生"回族舞蹈文化迫力"。由于有了这种"迫力"，回族舞蹈艺术就会产生内力与文化外力合成的合力，同时会产生回族舞蹈艺术的自我修复能力和免疫力。假使他们觉得回族舞蹈艺术有了优点，他们可以保存和传承它；假如回族舞蹈有了问题，那其完全可以像马兰花一样自我修复这些问题；假使他们觉得别人的舞蹈艺术高过了自己的，他们可以模仿借鉴。

回族舞蹈文化虽然具有强大的"迫力"，然而其发展却须臾不能停止。如果回族舞蹈文化建设止步不前，甚至方向出现了偏差，必须及时加大建设的力度，必须予以纠正。譬如，第四届回族舞蹈展演，暴露出一些问题，有些节目只是大拼盘，大组合；有的只是追求场面热热闹闹，喧嚣不止，花里胡哨，却新意无多，这就必须及时指出并纠正。对创新和探索，有追求的作品，应给予充分的肯定，以树立起行业标杆。

文化是靠累积的，回族舞蹈文化发展也是靠累积的。回族舞蹈文化的累积不只是数量的增实加厚，而且是种类的加多拓宽。荀子云："水之积也不厚，则其负大舟也无力。"[《庄子·逍遥游》，见《诸子集成》(3)，中华书局 1986 年] 只有厚实宽广的回族舞蹈文化形成了，才能载负起时代的使命。要使回族舞蹈文化厚实宽广起来，就要做回族舞蹈文化的累积功夫，不停地努力，不辍地创新，不断地累积。人类是文化的创造者、改变者、保存者及模仿者，回族舞蹈编导和舞者也应当是回族舞蹈文化的创造者、改变者、保存者和模仿者。

文化的发展是从为欲望的满足而趋于有目的的要求。人们需要高品位的回族舞蹈艺术，这是回族舞蹈文化创新的强大动力。这一欲望是无穷的，是继续的，所以回族舞蹈文化创新也是永不止步的，累积也是不会停辍的。

回族舞蹈文化成熟的标志是回族舞蹈语言符号系统的建立。"回族舞蹈的再发展，再进步，必须要建立本民族舞蹈的语言符号，这是一个民族舞蹈发展之根本。"（李毓珊：《回族舞蹈在系着土风升华》，见《说舞——回族舞蹈艺术论文集》，宁夏人民出版社 2013 年）但是建立回族舞蹈语言符号系统的基础十分薄弱，回族原生态舞蹈不太丰富，样本不太多，这给回族舞蹈文化建构带来极大的困难。既然直接的、原生态的路子走不通，那就要改变思路，"旁敲侧击"，从外围文化上寻找突破，譬如从回族武术、回族戏曲、回族民间娱乐、宗教礼仪、回民风俗、回民家谱和族谱、回族名人传记、回族作家作品中去寻找回族舞蹈元素，梳理回族舞蹈语言符号，然后将其科学化、系统化和规范化。

这一工程耗时良久，费工浩繁，要几代人甚至十几代人才能完成。经过舞蹈艺术家和舞者前赴后继的努力，相信具有浓郁的回族风格、鲜明的回族特色、强烈的时代气息的高品位回族舞蹈文化，在不远的将来将对回族舞蹈艺术和回族文化，乃至回民的生活产生不可估量的影响。

回族诗歌：一个民族的独特合唱

杨 梓

　　回族诗人是中国诗坛独具一格的重要力量，在中国诗歌史上占有不可或缺的重要地位，其作品是中国诗歌多样化的重要组成部分，具有显著的宗教情怀、浓郁的民族风格、鲜明的地域特色和传统的审美情趣。

　　回族诗歌在中国历史上出现相对较晚。中国回族起源于隋唐时期，亚洲中部和西部地区的商人通过海上香料之路和陆上丝绸之路来华，从事商贸往来。胡商、大食人、色目人、蕃客、回回等，是不同时期对来华回族先民或回族的不同称谓。

　　这其中就有李珣的先祖，祖籍波斯，隋时来华。李珣是有史记载的中国第一位穆斯林诗人，字德润，唐初随国姓改姓为李，安史之乱时入蜀定居梓州。唐昭宗乾宁中前后在世，他受到中华文化和伊斯兰文化的双重影响，现存诗五十四首。李珣之妹李舜弦为蜀主王衍的昭仪，公元910年前后在世，是唐代所见第一位穆斯林女诗人，存诗仅有三首。

　　之后的穆斯林诗人或回族诗人成就斐然。蒲寿宬、马九皋、萨都剌、马祖常、廼贤、丁鹤年、李贽、丁澎、马世俊、丁炜、萨玉衡、沙琛、马世焘等，或继承优秀传统，力追唐宋诸家；或反映民众疾苦，抒写边塞风光；或内容丰富，豪放诙谐；或文辞雄健，流丽清婉。

　　新中国成立后，回族诗歌有了长足的发展。尤其是改革开放以来，涌现出一批诗人和优秀作品。沙蕾、马瑞麟、王世兴、木斧、高深、马乐群、冯福宽、杨少青、摩萨、何克俭、孙谦、马钰、贾羽、杨云才等，创作了大量的优秀作品。新世纪以来，一代青年诗人李继宗、敏彦文、单永珍、易州米、马占祥、沈沉、泾河、刘阳鹤、洪天翔、海翔等逐渐从地方走向全国。尤其是女性诗人马丽芳、从容、沙戈、陈晓燕、沙丽娜、讴阳北方、燕子、宋雨、查文瑾、马雁等，为中国诗歌提供了敏锐、细腻、柔美的诗歌文本。

一个真正的诗人与性别、民族、城乡、身份、时代等都关系不大，关键是其呈现出来的诗作文本，从文本透露出来的诗的韵味、思想和意义，诗人的个性、人格与境界。但便于评论起见，鉴于比较而区别，需要以"回族诗人"的称谓来有别于其他民族的诗人，以提取他们诗歌创作的普遍性与个别性，也就是回族诗歌较为趋同的创作倾向和异于其他民族的诗歌特点。现针对回族诗人的创作从以下四个方面略加阐述。

一、显著的宗教情怀

回族是在中国本土发展起来的民族，中国是回回民族独一无二的祖国。他们热爱祖国，保卫祖国，在历次反侵略战争中作出了巨大的贡献；他们坚守信仰，团结互助，擅长商贸，走向世界。他们使用汉语进行创作，但与汉族诗人显著的不同在于信仰，以及信仰伊斯兰教而具有的宗教情怀。

古今中外的一些大诗人普遍具有宗教意识，他们在诗歌创作的道路上，坚韧不拔，锲而不舍，痴心不改。如杜甫"为人性僻耽佳句，语不惊人死不休"、贾岛"二句三年得，一吟双泪流"等。他们表现出了虔诚信徒一般的献身精神。如藏民对佛的至诚，他们把牛羊换成黄金，一路等身长头磕向圣地拉萨。这是用任何物质都无法衡量、任何科技都无法测试、任何语言都无法说清的灵魂

皈依。

世俗的宗教意识，就是人对自己命运的关注。当人遇到无法化解的痛苦便寻求于宗教，痛苦会得到缓解，心灵会得到安慰。而真正的宗教意识是一种大爱大善的精神，是进入人心并温暖人心的另一种阳光。表现在诗歌作品中便是生命意识的彰显、人生苦难的超越和终极关怀的涉及，敢于直言苦难的真实、生命的善良和救赎的美好，从而引导读者向真、向善、向美。

"他是猎户和耕耘者的后代／长一双抓住命运的大手／长一双扑捉野兽的眼睛／是位苦恋黑土地的农民／是黑土地上的一棵黑松"。（高深：《黑松》，《民族文学》1990年第10期）"黑松"的祖父是神枪手，父亲是个庄稼汉，他的日子过得艰难，温饱都成问题。别人离开山乡，他却守黑土地，因为黑土地埋着他的祖宗。孝敬是中华民族的传统美德，百善孝为先。把他喻为"黑松"，显然是不能离开黑土地，放弃改变命运的机会便是自然而然对苦难的面对、克服和超越。

"时间不会衰老／当一道道门锁被打开／我们的孩子也要上学／也要学习饥饿、痛苦和死亡／学习做一片乡土／将自己泡在碱水里／然后等待夏日的炼火／将自己变成会飞的鸟"。（尹乔：《乡土》，《朔方》1999年第1期）生活在西海固，为了"变成会飞的鸟"，孩子们学习的不仅仅是知识，还有"饥饿、痛苦和死亡"。这是一颗灵魂的如泣如诉——诉说着对土地、家乡、民族的挚爱之情，倾吐着对贫瘠、干旱和缺水的生存大地的不尽忧伤。

"在饭桌上，父亲掰新麦的馒头泡牛奶／仔细而小心，不放过一点屑末／他的佐菜是酸白菜丝"；而"我突然说起我吃过的东西／鲍翅之类，或者已忘掉名字的稀罕之物"；"'你吃那么多干啥？'父亲问我／世上的东西你吃不完／世上的东西你要留些给

别人"。(李春俊:《世上的东西》,《西北诗篇或者深圳歌谣》,内蒙古人民出版社,2002年)以事抒情,理从情出——"世上的东西你要留些给别人"。这只有诗人,只有把信仰、悲悯、众人放在心上的诗人才能写出。

同样,姚欣则写给母亲的《那座坟茔》(《朔方》1993年第1期):"我竟有点相信/在尘寰受尽磨难的灵魂/到后世必然得到安宁/如今母亲该是幸福的吧/她把残破的梦带入黄土/把爱交给素洁的野花/把坎坷的一生/堆砌成一个荒寂的驿站/在自焚将尽的夕阳下/结构为沉郁悲壮的风景"。母亲带走没有实现的梦,却把爱给了野花,这是超越生命的大爱。

平原是作家,写诗属于偶然为之。"最后,就该把我放进泥土里去了/你们一定不要哭泣/其实就像种子/冬天里埋下,春天里发芽/请你们相信,我还能在夏天里/开出花朵,并且/在寒冬里也不会凋落"。(《末日》,《朔方》2007年第3期)尽管其诗有着明显的小说手法,但坦然面对死亡、把身体种到大地而开成花朵、让花朵一直美丽这个世界,确是献身精神的具体写照。"我只能像紫云英那样/一不留神就满山遍野/就像我的一生/总是不留神/总是不小心"。这是《末日》结尾的一段,也是最为诗意的部分——就在"一不留神"和"总是不留神"之间。是的,人生在世就是要切断生与死的二元对立,生时随心而生,不与死亡相比,只要生的这一段;死时坦然面对,不忆生命甘苦,只是含笑九泉。

回族诗人以宗教生活为题材,写出与众不同的诗篇,仅写斋月的就有马德俊、马乐群、杨峰、白林中、马国语、陈晓燕等。他们把宗教生活纳入诗的视野,以否弃世俗的、庸常的和经验的东西,追求心灵的纯净、自由和独立。

"哦 随历史一道行进着/回回送葬的队伍没有哭声 没有喧哗/争先恐后地换肩急匆匆地迈步/哦 黑压压的人流扛着亡人去 奔土"。(师歌:《奔土》,《新中国成立60周年少数民族文学作品选·诗歌册》,作家出版社,2009年)

"你默默地朝西面壁/拱着肩,袖着手/不见你铅云垂挂的天庭/只见你的双肩抽搐着颤抖//你终于在追悔中发现了自己的良知/一汪痛苦的泪水顺势地往下流"。(张杏莲:《讨白》,《星月下的穆斯林》,甘肃人民出版社,1997年)

"穿过云的国度/在山峰的头颅上行走/我的母亲心怀虔诚/悬空而飞 翅膀都是真实的梦境"。(陈晓燕:《朝觐》,《朔方》2011年第3期)

同时,回族诗人取材广泛,万事万物无不涉及,并有显著的宗教情怀。如"我点亮自己,我燃烧着我的生命。/虽然,我的光亮很弱,很弱,/但我竭尽了对事业的全部忠诚!(马立彦:《萤火虫》,《山东文学》1983年第10期)"为了民歌最初的音色,/他们竟唱着走完了艰难的一生。"(白冰:《民歌喂养大的孩子》,《绿风》1996年第1期)

丹麦宗教哲学心理学家、存在主义哲学的创始人克尔凯郭尔认为:"一个人活在世界上有三种境界。一是感性境界,二是道德境界,三是宗教境界。"处于感性境界的人只关注现实,关注自己;达到道德境界的人则把过去、现在、未来联系起来,具有社会责任感;达到宗教境界的人不管是为信念、为信仰,还是为他人、为社会,都能心甘情愿地去做好事、做善事。而宗教境界的最高层次应是无私奉献的精神,并且默如黄金,绝不言说,更不能张扬或炫耀。

二、浓郁的民族风格

诗歌作品的民族风格是一个民族的诗人

在长期的创作中所形成的与其他民族相异的艺术特征，往往表现了本民族的民众生活、思想感情、艺术素养和审美倾向，呈现出同一性、地域性、民族性和时代性的特点。民族风格的关键在于诗人的创作个性，在于这个民族诗人所形成的勇于独创又重视传统、独树一帜又多元并存、共性突出又相互差异的创作共性。而回族诗人创作的民族性，离不开他们的宗教信仰、文化积淀、生活习惯和审美情趣。

"我们的祖先在黄土里拾到两片绿叶 / 一片铺到清真寺的拱顶 / 一片盖在少女的头上 / 他们含着泪耕耘，含着泪膜拜 / 含着泪歌唱"。（马乐群：《绿色的启示》，《新月·朝霞》，宁夏人民出版社，1995年）

"白帽上映着新月的光辉，/ 盖头上飘着大草原的绿色风采。/ 我们聆听着祖先的丝路传说，/ 我们的心底里燃烧着对祖国的爱"。（冯福宽：《回回的歌》，《中国穆斯林》2010年第3期）

"我的向日葵在干裂的土地顽强生长 / 比我的心更累的族人在你簇拥的家园里 / 那喃喃诵经之声漫上我的心头 / 缠裹我的四周 / 这时便有母亲的笑意 / 映照着灰蒙蒙的心房"。（马钰：《向日葵》，《朔方》2000年第10期）

"熟悉的人日渐减少 / 陌生的狗日渐增多 / 最后，我将被陌生的日子带走 / 在地下收藏"。（冯连才：《陌生》，《诗刊》2007年第11期下半月刊）

"从远方归来的我们将要离去 / 父亲半夜起来和羊喃喃低语 / 当阳光灿烂 / 羊肉已淹没在父亲的泪水里 / 亲爱的父亲啊 / 羊咩咩之声 在我们和你耳际 / 都要回响一生"。（李明《父亲和羊》，《博格达的时间》，新疆美术摄影出版社，2015年）

"梆子声代替了时钟，诵经声代替了语言 / 他，活在自己全美的世界里 / 现在，回到亲人中间 / 他，显得那么孤单"。（雪舟：《回到亲人中间》，《朔方》2011年第5-6期）

由绿叶、拱顶、白帽、盖头、向日葵、羊等具体意象，引出耕耘与歌唱、聆听与燃烧、簇拥与映照、低语与回响等动作意象，而隐藏在语言之后的诗意，则是孤独，是能让读者感到的一个民族心灵共具而相对稳定的孤独。

孤独是一种状态，是一种拒绝，也是一种境界。处在孤独之时，便有了思考的时间，有了反省的机会，有了感悟的可能；从更高的层次上来说，人格独立之时，思想方能自由，方能感受到灵魂的力量。

正因为回族诗人在中国诗坛相对孤独的状态，才使他们具有独行的状态、不屈的硬骨和执着的梦想。

"山里的枯柏，即使在磐石下，/ 也无畏地指向蓝天；/ 山里的花儿，哪怕只有一把土，/ 也依然绽放妩媚的笑颜"。（何克俭：《西海固的群山》，《朔方》1982年第11期）

"若干年后走出饥饿岁月的母亲 / 常常把生活看得是那么幸福 / 常常把日子看得是那么充盈 / 因为，饥饿的岁月 / 已让母亲把艰难看穿 / 从此，母亲永远乐观地面对未来的一切"。（马克：《饥饿岁月中的母亲》，《民族文学》2013年第8期）

"过去　现在　未来 / 顽强在天地间自由飘荡的小伞 / 带着生命奔向大地的怀抱"。（冯国华：《蒲公英》，《生如夏花》，作家出版社，2004年）

"一行大雁牵动秋风，夕阳缓照 / 村庄以外的苹果园弥漫浓香 / 一株倔强的红柳，多像我 / 弯着腰，在风中奔跑"。（杨春礼：《田野上》，《朔方》2011年第5-6期）

"掘进的深层恍若等待父与子交替的时光 / 抡起的大锤啊，如风般地歌唱 / 沉重的生活就应该扛在肩上"。（张毅：《大锤落在钢钎上》，《回族文学》2002年第6期）

"左手抓风 右手捏雨／西北的一群汉子／雷电抽不烂的那是胸膛"。（保剑君：《高粱》，《朔方》2006 年第 2 期）

"或者停止流淌，保持十万吨水的深沉／或者明亮，在深夜里成为深埋大地的脉搏／正是水的血脉滋养着／青海湖安居北方的根根硬骨"。（马占祥：《青海湖：大地上的灯盏》，《诗刊》2012 年第 12 期）

不管是写枯柏、沙枣树、蒲公英、红柳，还是写母亲、汉子、父亲，甚至是青海湖，实质都是在写人，写人的坚忍顽强、勇于担当、积极乐观的精神世界，这是回族民众共性的品格，也是中华民族的优良传统。

三、鲜明的地域特色

鲁迅曾说："现在的文学也一样，有地方色彩的，倒容易成为世界的，即为别国所注意。"（《鲁迅全集》第 12 卷，人民文学出版社 1981 年）鲁迅所言的地方色彩，应该是表现了某一地区所特有的自然风貌、乡土人情、风俗习惯、社会生活等，乡土气息较浓、艺术感染力较强的文学作品。这样地方色彩较浓、艺术手法独到的作品只产生于这个区域，是为特产，"倒容易成为世界的"。比如《阿诗玛》原是流传于云南石林一带彝族撒尼人间的民间传说，具有地域性和民族性的双重特点，历经口头、文本，戏剧、影视等传播而走向世界。

回族民众在地域分布上具有"大分散，小聚居"的鲜明特点，早在蕃客东来便已显露，到了元明清时，随着军事屯垦、贸易往来、学者宦游、传教活动等，使这种状态更加明显。具体表现为"围寺而居"的小集中，使处于大分散状态的回民可以开展正常的宗教活动，能够保持紧密的社会联系，历经风霜雨雪而不屈不挠，生生不息，发展壮大，成为中华民族的一支重要力量。

正是回民这种"大分散，小聚居"的生活状态，他们对籍贯、出生地、居住地、经过地都非常重视，表现在诗人的作品中便有了地域文化的色彩。

"啊，我的米目镇／你是嵌在川西平原上的一块翡翠／也许是真主的偏爱／把所有的绿都集中在这里"。（马德俊：《啊，我的弥牟镇》，《民族文学》1992 年第 10 期）弥牟镇在成都平原，是川西回族的聚居区。

"羊娃滩是草原的前哨／马群载着帐篷到这里安家／羊娃滩是山沟里的一面望远镜／浓缩着一个辽阔的大草原……哈萨克阿肯的头上闪着金光／回族阿肯的头上闪着银光／在金光和银光交替辉映下／奇台草原的阿肯弹唱会开始了"。（木斧：《羊娃滩的早晨》，《民族文学》1986 年第 5 期）羊娃滩应是新疆奇台县江布拉克羊娃滩草原，因为羊多，人们叫它羊娃滩；因为阳光多，人们还叫它阳洼滩。这首诗便是诗人亲历而为。

"麻绳提出来一只铁筒／清凉的笑靥，晃动的波纹／滋润着发黏的热血／谁也不会嫌弃漂浮着的柴棍和草屑／一捧泛黄的水／足以冲去所有的迟疑和怯懦"。（马乐群：《水窖》，《民族文学》1998 年第 9 期）这首诗写的是宁夏西海固的水窖，是生命的水窖。

"在世界最低的地方／我看到一排高高的白杨／抚摸了一个村庄／一位老人指着脚下说／'这里过去是湖'／我凝视着老人的眼／仿佛看到了另一个湖"。（马康健：《艾丁湖》，《绿风》2015 年第 2 期）过去的湖与另一个湖之间有多少时间、多少距离、多少人物、多少故事？谁也无法说清，正因为说不清楚，才使艾丁湖有了令人神往的诗意。

同样，马汉良《最后一盘水磨》（《回族文学》2010 年第 6 期）："谁也说不清小河上／最后一盘水磨，是从什么时候／停止了它厚重的步履"。与其说具有地方特色的水磨不再转动，倒不如说在城镇化的大潮中，不再转动或正在消逝的是农耕文明，还有天人合一的梦想。

"这些反光的事物／被夜空磨碎的岩石／黑夜 还揉碎了／一颗孤寂的心／我不敢再往深处走了／那些隐藏的闪电／星星与星星炽热的爱／让我却步"。（沙戈：《甘南的星星》，《中国诗歌》2014 年第 7 期）康德在《实践理性批判》的结尾说："有两种东西，我们越是经常、越是执着地思考它们，心中越是充满永远新鲜、有增无减的赞叹和敬畏——我们头顶的灿烂星空，我们心中的道德法则。"仰望星空，可见宇宙无边，星光永在，深感自身渺小，生命短暂。"今人不见古时月，今月曾经照古人"，月是人非。而在甘南看星星，沙戈写道："我不敢再看星星的眼睛／那眼神太像牛的 羊的以及／陡壁上那只蹲着的／鹰的。"若在北京，能否看见这样的星星？为什么？问题终究会落到人的追求上。

对此，马占祥直言："我要在湾段头村建一个花园／远离身患哮喘、高血压、糖尿病、心血管／和骨质疏松的城市／给槐树和懒散的葡萄树／留下可以被风吹过的间隙"（《我要在湾段头村建一个花园》，《诗刊》2012 年第 12 期）

还有沈沉的《晒场》（《边疆文学》2010 年第 4 期）："在那条东去的小河边／曾经是村庄之外一个巨大的舞台／成群的麻雀的乐园，蚂蚁辽阔的家／鸡鸭和牛羊在上面散步／祖母打谷的连杆，风中扬麦的簸箕／阳光下新收的水稻，雨水中的草垛／儿时的一场场游戏，露天的黑白电影／大锅饭，群众会，热闹的婚宴、丧礼／滚动的铁环，永久牌的自行车／这些都被岁月不动声色的流淌带走了／甚至还有那个沉重如铅的碾子……"这是一代人的集体记忆，是一幅地方生活的素描，更是一曲村庄渐逝的挽歌。

茅盾认为，"地方的个性通常称之曰：'地方色彩'。"（《小说研究 ABC》，上海书店，1990 年）反过来说地方色彩的关键在于地方的个性。那么什么样的地方才有个性？应是某一地区的自然风貌、乡土人情、风俗习惯、社会生活等具有独特性，并形成独具一格的地方文化。比如宁夏有农耕、游牧、丝路、边塞、黄河等文化，但就其独特性而言只有西夏文化和回族文化，因为宁夏才是这两种文化的中心。

地方传统文化对诗人影响很大，屈原的作品与《诗经》明显不同，是缘于长江流域的民风异于黄河流域。而茅盾的农村三部曲、沈从文之于湘西、张贤亮之于宁夏等，都源于对地方创作资源的深入开掘。

长河浩荡，潮起潮落，冲击着地方个性，诗人无力影响潮流哪怕是最小的一朵浪花，只是身处这一进程，以诗的形式记录某一地域已经消失或正在消失之事物的美好部分。

四、传统的审美情趣

《诗经》是我国的诗歌源头，历经楚辞、汉乐府、五言诗、魏晋南北朝民歌、唐代古风等古体诗的发展，到隋唐以讲究音韵格律为主的近体诗，使中国诗歌艺术成就达到巅峰。诗人深知突破屡举不第、怀才不遇、离别愁绪等内容和韵律、对仗、平仄等形式非常困难，便在诗句上用力，写出了大量过目难忘的绝妙佳句。想想"念天地之悠悠，独怆然而涕下"（陈子昂）、"长风破浪会有时，直挂云帆济沧海"（李白）、"无边落木萧萧下，不尽长江滚滚来"（杜甫）这些诗句，我们不能解释，只能默默吟诵。在默诵中，既让人感到气吞山河、心怀悲悯、铮铮铁骨的个性，也让人听见一个民族的声音。宋元明清时期，除了延续律诗和绝句外，逐渐以词、曲、戏曲唱词为主流，趋向于通俗和自由，一路走来有些江河日下。但以借景抒情或情景交融为主的"情景结构"还在继承，正如王国维所言"一切景语皆情语"。如"山重水复疑无路，柳暗花明又一村"（陆游）、"枝间新绿一重重，小蕾深藏数点红"（元好问）、"黄河水绕汉宫墙，河上秋风雁几行"（李梦阳）、"落红不是无情物，化作春泥更护花"（龚自珍）等。

而白话文运动的"全盘西化"直接颠覆了中国诗歌的传统结构，由此开始的新诗或白话诗或现代诗，大多以"情事结构"为主，主要是借事抒情。即使写景的现代诗，也在其中贯穿着细节、情节、故事等，逐渐走上了散文化、小说化、戏剧化的叙事之道。所以现代诗与中国古典诗词出现了断裂，加之后现代思潮的影响和网络的推波助澜，诗人获得了普通人的平凡性和现实性，失去的却是神性、灵气和个性；诗人成了写作者，创作成了写作。不管是翻译体的故作高深，还是口语诗的日常生活唠叨，叙述已成为中国现代诗主流手法，与重视抒情的古典诗词相比，诗歌的意境、汉字的魅力、诗人的品格和中国的味道正被逐渐消解。

中国回族诗人尽管也受到现代诗潮的影响，但在继承古典诗词传统方面值得首肯。

"那搏击长空的羽翼，/垂下了，在牢笼里，/你一双锐眼，微睁着，/冷峻地蔑视着芸芸众生"。（马立彦:《鹰》,《山东文学》1986年第5期）

"山青青　水青青/野花纷飞　落满山间小径/松鸣岩在青烟中/山吐情　水吐情/林中有歌声　哪家尕妹吐芳韵/半川溪水半川风"。（海鹏彦:《松鸣岩写生》,《民族文学》1988年第1期）

"在乡村的土地上、山坡上/沟坎渠沿上/只要有一小块土地就开放/每年二月它悄悄走进人们的视野/乡下没有人把它当回事/有时被人踩在脚下/有时被牛羊啃食/它都不计较/风雨过后开得更鲜艳"。（冯连才:《二月蓝》,《诗潮》2011年第9期）

"三月　小草从地下探出头来/纤细的手指捅破春天/它不敢张扬　只是/羞涩而怯生生地/喊出三月的绿"。（杨志广:《故乡的春天》,《辽河》2010年第7期）

这些诗作都在写景，也在抒情，营造了意境，弘扬了优秀传统。中国传统诗词正像王昌龄所言，诗有三境，即物境、情境和意境。而意境融合了物境和情境的精华，是主观情思即意的具象化与客观世界即境的心灵化的融合，是情与景、虚与实、神与形的完美结合，具有隐秘性、联想性、多义性、非确定性等特点。意境是诗的灵魂。所以，在诗歌创作中，不管是语言、意象、抒情、结构等，都是为了意境的描述、营造或者独创，为了这个灵魂而进行的一番情思活动。灵魂无法言说，但可以通过诗的其他元素感知灵魂的存在——闭上眼睛默读诗句时出现在眼底的那个场景。

回族诗人除了研习中国古典诗词而外，还从民歌中汲取营养，创作了大量的民歌体现代诗。

迁居于中亚哈萨克斯坦、吉尔吉斯斯坦、乌兹别克斯坦三国的回族已有十万余人，汉字失传后，他们创造了拼音文字——东干文；在口传文学传承的同时，他们又创造了书面文学。十娃子是中国回族的后裔，是吉尔吉斯斯坦的著名诗人。他用保留了中国西北方言土语的东干口语写诗。比如："还在天上飞的呢，一过天山/我闻见哩:韭菜味，我奶的蒜。/稻地田子，就像海。我爷的汗/我闻惯哩。营盘呢我肯闻见"。（十娃子:《在伊犁》）1957年4月底，十娃子随哈萨克族、塔吉克族、乌孜别克族和东干族作家组成的苏联代表团来到中国，先到新疆，后去北京。在代表团到达第一站伊犁时，诗人写下这首诗篇。这里的营盘，代表中亚所有的东干乡庄。而结尾"两个旋风转得来，不高，可快，／哈巴，我爷看来哩，领的我奶"，"我爷"领着"我奶"像旋风一样来迎接"我"，则是神来之笔。在诗歌形式上，十娃子创造了"七四体"，即第一行七字句，第二行四字句；有时七字句是两个短语，有时七字句与四字句连接。他还写过民歌体、楼梯体的诗，但七四体是其诗歌创作的最主要的形式，并对后来的东干诗人产生了较大影响，也是对世界华语诗歌形式的一大贡献。（常文昌、常立霓：《世界华语诗苑的奇葩——中亚东干诗人十娃子与十四儿的诗》，阳光出版社，2014年）

"白花花溪水舞银练，／锁万顷翡翠的波澜；蓝莹莹天幕挂彩盘，／射千里暖人的金线／／半山桃花半山绿，半山是盛开的马兰；半山雨丝半山歌，／半山是红破的'牡丹'。"（杨少青：《春度六盘》，《大西北放歌》，宁夏人民出版社，2006年）

"脊背上背着个锅／奶头上吊着个儿／树叶儿般的光阴啊／压弯了她翠柏样的身材"。（张杏莲：《守候的云》，《星月下的穆斯林》，甘肃人民出版社1997年）

"给我一群羊　请再给我一头牛／一块块白云快来苫住／几道道沟来几道道梁／娶一朵苦子蔓花儿做新娘"。（马永珍：《麦子》，《民族文学》2015年第2期）

杨少青以"花儿"的形式创作了叙事长诗《阿依舍》《预海英杰》，集抒情诗和叙事诗于一体的《大西北放歌》等。"花儿"是民歌，植根于民众生活之中；"花儿"也是一种诗歌，流传于西北大地。杨少青的"花儿"既有继承又有创新，在诗坛独树一帜。张杏莲和马永珍的诗民歌特色浓郁，亲切感人。

在此，值得肯定的还有女性诗人。她们的诗作擅长叙述，在叙述中抒发敏锐、细腻、柔美的情感，语言跳脱，颇有新意。

"我在另一个光圈下对你说　想和你待在老家／每时每刻都是彼此的／折皱的身体被坚实的土地展开／我们不需要认识别人／只要认识植物　动物　宇宙和自己"。（从容：《那片田野》，《诗选刊》2011年第10期）

"一座巨大的废墟／有多么安静就有多么沸腾／时间　沉没着沧桑／我在这里独坐／犹如时间的一个小小逗号"。（沙戈：《独坐交河故城》，见《尘埃里》，甘肃文化出版社，2009年）

"我需要走回去，走回一朵油菜花的内心／走回一座土窑，需要父亲用一把土，两铲煤，三桶水／为我淬火"。（沙丽娜：《伏下身去》，《三月》2009年第2期）

"送别的站台上／一片落叶刚好从我十年前的额前飘过／刚好飘到你的脚下／十年后，我为什么又站在月台上／等那片树叶落下／等那只拾取它的手"。（讴阳北方：《相遇》，《诗歌月刊》2004年第1期）

还有海澄·郭和郑春华，在女性诗人中独具特色，是中国诗坛的重要诗人。一个写回族史诗，举办过"中国第一部回族史诗，一个民族生生不息的历史画卷——《回族史诗》新书发布会"；一个写童话诗，多次荣获全国性奖项。

回族诗人在内容上尚有抒写人生际遇、日常工作、异域风情等，在形式上有口语化、叙事化、后现代化等倾向。尤其是年轻诗人的诗作，本民族的特点已不明显，甚至已经很难找到。这应引起年轻诗人的警惕，不再赘述。

总之，中国回族诗人胸怀信仰，心存善念，静观潮流，注重民族特点、地方特色和优秀传统，行进在汉诗主流的发展历程之中，为中国诗歌的繁荣作出了独特的贡献。

［本文系作者为《中国回族文学大系·诗歌卷》所写的编后评论］

回族文学中的意象阐释

田媛媛

　　"以虚为蕴，实以为期。若不经虚，实亦有疵。譬如男女，其欲也饥。半推半就，情调方滋，虚实变换，乃出奇姿，翼以想象，可大兴之。"《新二十四诗品》（许自强著，文化艺术出版社 1990 年）中的这段话，强调文学作品的虚与实、意与象的关系。中国传统文学说重视虚实，以"意""事""细节"为三要素，而回族作家作品中的意象也有此含义，通过一种意象的寄托，来阐释一种根性的东西。在《新二十四诗品》"写意"中又说："壶殇独酌，素琴自挥。白云由态，水绕翠微。佳人调笑，青春胜衣。与物俯仰，情畅神归。每一刹那，转瞬已非。大匠之作，随处见机。"此处"见机"定位意象的寻见。每一部优秀的作品，都有"见机"的巧妙之处，无论是石舒清《清水里的刀子》借牛这一意象来表达亲人对逝去亡人的哀思，还是李进祥在小说《换水》中借水来表达马清和杨洁在大城市中对于信仰的坚守，也都是一种"见机"。

　　把一种无形的东西写成有形的东西，那就是一种境界。但是无形的意象成就写作的灵感，是离不开环境对人的影响。美丽的凤凰、独特的湘西，成就了沈从文；偏僻的海原、贫瘠甲天下的西海固，成就了张承志和石舒清；贫穷的同心、承载着回族同胞们的命运的清水河，成就了李进祥。他们都有一颗敏感而多情的心，他们把自己想要表达的东西，都通过自己心中的意象，表达了出来，无论是信仰，还是对自己家乡那片风起云涌土地的热爱。

回族文学作品中的意象是作者写作的一种寄托，也是作者写作表达的一种方式。随着回族文学的发展，越来越多的作家通过一种意象的寄托，来表达自己的感情，意象已经是作家心目中的一轮圆月。也就是这轮圆月，才让张承志在小说《残月》（《中国作家》1985 年第 2 期）中把杨三老汉的生活比做一弯残月，"记得那天透过坍塌的顶棚，他看见了那个锈斑累累的，残了一块的镰月。那牙铁月亮漆黑地立到上面，承重而神圣。"首先，"残月"是清真寺的一部分，紧接着就写到清真寺，然后过渡到残月的残缺是一种遗憾，也是人心的一种遗憾，所以就通过残月的意象，来表达杨三老汉的一种深深遗憾。

当杨三老汉看到了新修的清真寺的瓷砖闪烁着点点光斑，文章就完成了由残月到新月的过渡，"清真寺上，浑圆的尖高高地举着镰月"，作者想要表达的旨意，就已经升华了。而通过意象的升华来达到文章主旨的升华，李进祥的《换水》是做到了淋漓尽致。小说中，马清为了让自己的年轻的媳妇子过上城里的生活，就把刚结婚三个月的媳妇子杨洁带到了城里。他们走之前换了一次水，虽说这是出门前必须要做到的，但是杨洁却把这次"换水"看作是一种到城里一种不变的"标志"，也是一种坚强的"标志"。在城里无论再怎么变，只要有一壶洁净的水，一切的困难都能过去；只要一壶洁净的水，好像一切丑陋都能被洗净。小说再提到他们换水的时候，是在马清的一条胳膊摔残了的时候，他们在租住的新家里的最后一次换水，杨洁提出了想回家，可是马清果断地拒绝了，马清是个要面子的人，他不想让村里的人说，一个男人在城里没有干出一番成绩，就回家来了，他硬是坚持着。小说中第三次提到换水是马清主动提出来的，而且还

跟杨洁说着，要回家，这次的说出是在半年后。"半年里，他们都换了十几份工作，而且，因为工作的原因，他们每次下班回家，都要在澡堂子洗个澡，认认真真的，不敢错过身体的每个地方，马清觉得清水河里的水，咸水，有股冲劲儿，洗到哪里，哪里能干净，而城里的水甜，水也软，没有劲道，总感觉哪里都洗不干净。"而杨洁也是每次回家之前都要洗澡，又一次，水是他们身体洁净的标志了。但是后来，杨洁在一次发高烧中，被马清带到了医院，查出来得了性病。这一次，两个人都同时达成了共识，想要回家。小说的最后，第四次提到了换水，"他们在城里租的房子里，烧了一壶水，他们换水准备回家。马清还说，清水河的水好，啥病都能治好。"两个人将希望寄托到清水河的水上了，他们觉得清水河的水是生命质朴的根源，也是自己生命的根源。

小说的主人公把生命的意义寄托到了家乡的清水河上，而作者李进祥通过换水这一习俗，来表达农村人进了城里的无奈。小说最后，马清说："走，咱们回家，清水河的水好，啥病都能洗好！"这句话很好地诠释出回族的清洁精神，也给人一种生活下去的希望。

一、同一种意象的对比阐释

石舒清的小说渗透着浓郁的回族文化色彩，也透露着西海固地域文化的特色。他的作品的选择的意象都是简单的，但由于他独特的细节描写和表达方式，小说表达的主题鲜明而深刻。在《清水里的刀子》这篇小说中，他通过牛这一意象，传达出自己对生与死等终极命题的思考。牛在不同时期不同的文化中的形象具有不同的意义。在佛教文化中，牛是神圣的；在道教文化中，牛是二十八星宿之一；而民间传统中，牛则是十二生肖之一。在回族文化背景下，牛是高贵的生

命，石舒清抓住了汪洋大海中的一根浮木，用细腻的笔调写出一段关于生命的传奇。

《清水里的刀子》中写道，"自从和自己床上滚蛋蛋滚了十几年的老婆子走了之后，马子善老人站在坟院门口，引发了生与死的思考"，而儿子耶尔古拜主动提出要为"亡人"宰一头牛来搭救，在耶尔古拜的眼里，宰一头品质卓越的牛实在是能免除一份很大的罪过，因为与宰一只鸡相比，"牛可以凭着它不可改的忠厚和善良堂而皇之地走进一切巨大的宫殿之门"。耶尔古拜是这样想的，再加上家里养的这头牛一直是家里的命根子，所以把家里最重要的东西，若是虔诚举意了，把牛用到了好路上了，那会搭救亡人的。马子善老人"心猛地一紧，什么话都说不出来了"。而在宰牛的当天，马子善老人借故走开了，并且"拿出一块很白很厚的毛巾来，说，宰的时候用这个把牛的眼睛蒙上。"在宰牛这么简单与普通的事情上，马子善老人作出这样的举动，不难看出，他觉得牛已经是自己身体的一部分了，也是自己生命与生活的一部分了，虽说与黄土相伴，但是也是一种对于生命的敬畏，以及对于亡人的一种哀思。

死亡，是一切生命形式的共同命运，具有绝对权威的否定性。作为人类，关于文学，死亡也是一个永恒的话题。当代文坛上，张贤亮《习惯死亡》、毕淑敏《预约死亡》、余华《活着》等作品都能从个体对生与死的刻骨体悟，缓解生存与现实、生命与死亡的紧张关系。牛在被宰之前，耶尔古拜给牛吃的是干净的青草，喝的是清水，而且还会给牛刷洗身上的牛毛，他是如此的敬畏这只牛，因为他觉得敬畏这只牛，好像就是敬畏亡人与敬畏生命一样。这只牛在小说的高潮，已经有了生死敬畏的意义。而在宰的前几天，牛已经不吃不喝了，为了洁净自己。小说中写道"牛好像看到了清水中的那

把刀子，那把宰自己的刀子"，所以才不吃不喝的。小说中的这头牛，是通过自己的不吃不喝来洁净自己，而马子善老人也是从牛的身上理解了生与死的意义。

但是李进祥的小说《宰牛》和《屠户》中的牛却有了别样的意义。在小说《宰牛》中，李进祥写道，因为伊哈牙挣了大钱回来了，在宰牲节上宰了一头牛，无论是父亲不同的对待还是弟媳妇的态度变化，都让易卜拉欣心头很不是滋味，他看到了因为金钱的驱动，让人们有了不一样的看法，连在大殿里礼拜都有了高低贵贱之分。小说中写到"现在弟弟有了钱了，被乡老让到了前排了，村里的人都又把弟弟捧在人前，乡老一让，弟弟也没有推辞，就到第一排跪下了，父亲也紧挨着伊哈牙跪下了，父因子贵哪！让到最后，没有人对易卜拉欣问候一声，易卜拉欣心里有些不是滋味，但是他自我安慰："经上讲，进寺的人都是主的臣民，一律平等，在哪里都是一样的。"因为这样的待遇差距，才有了小说后面的易卜拉欣想要请阿訇到家里念经，但是乡老说了句："谁也拜节呢，就你们家拜节呢？你宰个鸡娃子算啥呢？"易卜拉欣分辩说，经上讲宰牲是随心的，宰啥都一样。乡老就说："咋能一样呢？一个牛算七个牲呢，一个羊算一个牲，鸡娃子宰七个才算一个牲呢，咋能一样呢？你有本事也学你兄弟宰上一头牛，阿訇第一个到你家里。"因为乡老这句话的刺激，易卜拉欣回到家里和妻子有了争执，然后他就出来了，几经辗转，就去了母亲家，母亲要给易卜拉欣包一疙瘩肉呢，正好碰见了父亲，父亲看到易卜拉欣，就指着母亲说着："你咋给这个狗东西给肉呢？他没有了就不要吃了！"然后转向骂易卜拉欣，说："你兄弟给我给了这么多肉，你呢？你兄弟宰了一头牛，给我和你妈一人算了一个牲，你呢？"父亲的话再一次刺激了易卜拉欣，"易卜拉欣回到家里，就

一叠声地喊着说要宰牛呢……"小说的最后，易卜拉欣的那一棒落到了儿子的身上。整篇小说，写牛的笔墨不是很多，但是通过一个虔诚举义宰牛过"尔麦里"到主人公开始觉得宰牛，成了人与人之间比金钱、比富有的一种工具时，那宰牲的味道也就变了。在《宰牛》小说中，通过村里人和父亲对待宰鸡的易卜拉欣和宰牛的弟弟伊哈牙的态度的对比，引发我们的思考和担忧，金钱对农村社会道德伦理和文化信仰的侵蚀多么严重！与石舒清的《清水里的刀子》中宰牛的意义相比，李进祥的《宰牛》就有些批判的意味。

对牛这一意象，李进祥在小说《屠户》中，又给出了不同的诠释，又给了人们不同的思考角度。马万山来到城里卖牛肉，是为了婆姨和儿子能过得好。他一直都想让儿子成为城里人，可是小说的最后，自己的儿子却被自己养的黑犍牛戳死了。这一切是因为马万山为了多挣钱，就在牛吃的饲料里加了牛血，没想到悲剧上演了。"他一直想着把儿子供养成城里人，但是没想到培养成一个城里的坟堆。不幸发生后，他要宰掉肇事的牛，动刀之前，他的手还是有些软，他没顾上蒙黑犍牛的眼睛，就看到黑犍牛的眼泪，那眼泪让马万山的心肠突然硬了起来，手起刀落，一个硕大的牛头几乎被截断了，牛喉管里的血冒得很欢畅。他突然觉得，他宰的是自己的儿子，是自己的根……他一刀一刀地把黑犍牛的肉割着卖给了城里的人，他从心里给每个到他的肉架子前割肉的人说，我把儿子割给你们吃了，我该有扎站之地了吧？"小说的最后，这句话很令人思考，马万山宰了黑犍牛，而且是自己宰的，他不是一个阿訇而是一个屠户，这看似与信仰习俗有了很大的冲突，但是就是这种与信仰习俗的正面冲突，才更加让人触目惊心。而且李进祥也写道"用东西蒙住牛的眼睛"，这里

与石舒清《清水里的刀子》表达的共同点是：不想让牛看到那把刀子，那把生命之刀，而不同点是：石舒清笔下的牛是有端庄举义的，是为了搭救亡人的举义为主之物；但是李进祥笔下的牛，已经有了淡淡的"报仇"之味，通过此来换得自己在城里的一席之地。这样苟延残喘的求得，不禁让人有些齿寒，也不禁让人有些遗憾，为马万山遗憾，也为马万山的思想遗憾。

石舒清和李进祥笔下的牛，不同的境地，不同笔调，被赋予了不同的意义，引发了人们不同的思考，对生与死的思考，对于名与利的思考，对于富贵与虚荣的思考。这也是我们通过回族文学中意象所引发的思考与重新的审视。

二、不同意象在不同环境下的阐释

回族作家的小说中，往往以一种平常的物为背景，但是将这种物赋予不同的生命与文化意义时，这个看似简单的物就有了不同凡响的作用。石舒清、李进祥等作家选物的独特视角，是令人钦佩的，不光有牛、羊，有树木、花草，还有清水河，借助物的承托，他们的文字背后又隐藏着盛大的人情"狂欢"，有伟大，有丑陋，有正面，有负面。

每个作家所选择承托的意象，都是离不开他所生活的环境，因为环境才有了意象背后深刻的含义。作家贾平凹这样说他的故乡："我恨这个地方，我爱这个地方。"正因为有如此矛盾复杂的心理，贾平凹创作了《小月前本》《秦腔》《高兴》等大量反映农民与"农村—城市"的小说。莫言在《红高粱家族》也说："我曾经对高密东北乡极端热爱，曾经对高密东北乡极端仇恨，长大后努力学习马克思主义，我终于悟到：高密东北乡无疑是地球上最美丽最丑陋、最超脱最世俗、最圣洁最龌龊、最英雄好汉最王八蛋、

最能喝酒最能爱的地方。"而李进祥说："当我更深地触及这块地方、这群人时，我更感受到一种博大和悲壮，像清水河也会发洪水一样，这块土地上也曾无数次风起云涌，展现出人生应有的刚烈。我想，一条清水河，够我写上一辈子了。"不同的作家因为不同的环境，而有了不同的写作灵感与写作方式。

马梅萍说，李进祥很善于写被挤压的处境以及人性中被挤压的东西，也善于写女人，在他特具关怀的笔触下，女人的故事被演绎得或忧伤、苦涩，或婉转、凄美，读之令人感慨，思绪万千。所以，这样干净纯洁的心才有了他《女人的河》这样的作品。他也说走不出清水河，像走不出一段爱情；走不出清水河，像走不出一种宿命。小说中的阿依舍，一个羞答答的女人，守着一片土地，守着一条命运之河，心里的埋怨早已经在等待男人回来的日子中消磨殆尽，剩下的是无尽的期盼与等待，与婆婆一起守着家。"男人漂泊到哪里，女人的心就跟随到哪里。究竟是漂泊的人苦还是跟着漂泊的心苦呢？阿依舍也不知道。"小说通过一条流向远方的河，一条有形的河，就把西海固女人无形的苦难的命运表现了出来。相比阿依舍，婆婆的命运之河就狭小寂静很多。"阿依舍一直觉得婆婆的心肠太硬，这会儿才认识到，婆婆是把情感都收拢到一口窖里，藏成了一窖清水。窖里的水看上去是死水，但沉静的表面下，有比一条流淌的河更宽的内容。"无论是阿依舍，还是婆婆，西海固的女人与河已经同命运了。而李进祥也就是借助绵延的河，把女人苦难的命运演绎得质朴而温润，苦涩而凄美。在李进祥的小说《害口》中，人生和理想各异的桃花和杏花，不同的理想让她们有了不同的命运，小说朴实的语言叙述给了我们一份真实感，塑造了两个活生生的农村女孩形象。小说戏剧化的结尾，

却让我们大吃一惊，也有些惋惜，也有些打抱不平。因为桃花以一个大部分女人思想的代表，为自己的命运做了选择，"她觉得凭苦挣来的钱还是踏实些，她也觉得还是乡里人踏实些"，所以选择了老实的李子。而杏花嫁的是餐厅的哈老板，她觉得哈老板能给他想要的生活。她们选择的不同，生活便有了很大的差距，小说也才有了那样戏剧性的结局。一切看似是情理之中，但是又觉得有很大的不合理之处，这不禁要让我们思考，一个女人，一个农村的女人，真正适合的生活方式是什么？李进祥以看不见的"理想"为意象，把两个女人的命运进行了对比，细心地描摹着她们心里的悸动与酸楚，而小说的结局，不得不让我们不停地追问和深思。郎伟在（《悲悯的注视——读李进祥的小说》）中说："也许，对于耽于沉思的李进祥而言，关注女性命运，刻写动人的女性形象，只是他探寻生活与人性奥秘的一个特殊的视角。李进祥喜欢描写美好的女性，一方面，显示他对女性命运深切关注的人道主义的情怀；另一方面，他也是想借女性这一文化符码，赞扬与呼唤千百年来人类社会曾经拥有的那些美好的生存信念和价值情怀。"李进祥对意象的恰到好处的选择，使他的小说有一种以小见大的力量，通过很小的一个故事传达出深刻的思想意蕴。他的许多小说，都有《麦琪的礼物》那样的艺术效果。

小说的意象就是小说的精髓，也是小说的升华，更是小说的灵魂。好的作品，就是情、理、象三者高度和谐完美统一。情，是作者独特的感受和强烈的感情；理，是作者对于生活理解性的哲学的思考和评价；象，是经过作者艺术典型化了的那些具体的、生动的、个别的意象，而后者是最能构成一篇小说的核心，而意象的核心构建，更是一篇小说思想的升华。

专家座谈：
回族舞蹈创作的内涵表达与语言建构

姜郑嘉梓

2016 年 6 月 23 日，由宁夏文联和宁夏舞蹈家协会组织召开的中国·宁夏"第四届回族舞蹈展演"创作座谈会在银川举行。中国舞蹈家协会名誉主席白淑湘，中国舞蹈家协会分党组书记罗斌，中央民族歌舞团团长丁伟，北京舞蹈学院编导系主任兼现代舞研究室主任张守和，著名舞蹈演员、国家一级编导余大鸣，广东歌舞剧院原院长、国家一级编导文祯亚，北京舞蹈学院继续教育学院舞蹈考级中心支部书记兼继续教育学院副院长满运喜，中国少数民族舞蹈学会专家委员会委员马文静，宁夏舞蹈家协会副主席庞玉瑛等，组成专家团队，同本届回族舞蹈创作展演参演作品的编导及领队共同探讨关于回族舞蹈文化、回族舞蹈创作及回族舞蹈发展的问题。本文以座谈会专家及作品推送委员的交流内容为基础，从命名变更的意义及舞蹈创作的表达、回族舞蹈创作的语言本体、在创作过程中编导主体的作用和能力，以及展望回族舞蹈创作发展的未来愿景四个方面入手，就此次回族舞蹈展演及创作座谈会的交流精髓予以阐释。

一、从"大赛"到"展演"的转变

随着国家文艺政策的直接导向和影响，各界文艺工作者积极响应国家政策的号召，正是对文艺的存在和发展有了更加明确的定位和要求，因此才会在发展变化中进行符合现实需求的改革。此次"舞蹈大赛"也正是在这样的文艺政策改革引导下，发生了根本性的变化，即将第四届全国回族舞蹈大赛更名为"第四届全国回族舞蹈展演"，虽然是名称上从"比赛"到"展演"的变化，却体现出从政策导向层、学术研究层、创作教学实践层，多方面的对于中国舞蹈艺术创作发展的新的认知和定位，对于舞台创作舞蹈未来的发展，应当是一个全新的价值体系和根本性的转变和影响。

（一）更名定位在奖项设置及专家评审职能的改变。在确立了"展演"这一平台后，本次展演推送的各个新创作的回族舞蹈作品，将被授予"马兰花"奖、"沙枣花"奖、优秀作品奖的荣誉称号，以表示对作品艺术水准的认定及未来发展的肯定和支持。历届舞蹈赛事中的评委职能，在展演中，也做了相应的改革，成为"推委"，即"舞蹈作品的推送委员"，因此，作为推委主席的罗斌研究员及来自教学、编创、理论研究等各个层面的专家共同组成了第四届全国回族舞蹈展演的推委组，对最终进入展演环节的32个作品进行了全面点评。

（二）更名定位的作用及重要意义。将"比赛"更名为"展演"，虽然是名称上的变化，但从本质上，却是具有巨大意义的，这意味着舞蹈界的发展从观念到方式将全面形成一种变革。罗斌书记坦言："转变是非常有必要的，并且是适应形势，符合艺术发展规律的，虽然刚开始肯定会有一些困难，但是必须进行这样的转变。"罗斌书记在座谈会上首先肯定了此次展演的成功举办，肯定了展演的社会影响力："此次展演参展节目较之以往，数量上持续增长，我们都知道回族舞蹈的创作难度很大，因为本身语言体系的匮乏，通常是在积累素材的同时进行创作，而有时可参照的动作有限，又可能呈现'模式化倾向'，我们顺应国家文艺政策的导向，将'比赛'更名为'展演'，就是希望

淡化竞技，强化表现。艺术的存在与发展不以竞技为目标的、界定的变化，尊重艺术的发展规律，也要让我们清醒地认识到，尊重艺术，尊重民族文化，重视艺术品质，强调艺术创作规律的重要意义！"罗斌书记开门见山的交流，深刻地指出艺术的本质和艺术的真正价值，在当下这个迅速发展的时代，"快节奏"文化带来了太多发展弊端，既然要发展回族舞蹈，必须沉静下来认真审视"回族舞蹈的文化属性"。

（三）更名定位对于舞蹈艺术本质的再认识。"艺术家是要用作品说话的，而并非奖项"，因此此次展演的更名是符合艺术属性的创作活动，是以艺术标准至上的。在审美取向上，强调正能量精神的创作。明确"回族舞蹈文化"的概念，提升"回族舞蹈文化"的地位，着重关注回族舞蹈文化属性的挖掘，这些都可以从动作、语言、形象等方面来探究回族属性的表达。所以各位推送委员及专家一再强调参加展演的作品，必须"文对题"。对于每一个舞蹈创作者而言，无论是经验丰富的编导，还是初次尝试的新手，都应深深思考艺术创作的真正目的，而作为编导本身的终极追求是什么？作品如何体现"独立品格"，要求创作实践必须经过锻炼而得到提升，即"在多样性中生成对某一具体样式的深度认识"的能力。所以说，虽然展演更名，从表面看，淡化了技艺竞技的角逐，看似弱化了评判；但是事实上，却是对艺术创作提出了更高要求，这需要每一位真正愿意进行创作的编导，沉静下来，用更多时间去努力思考的。

二、民族舞蹈艺术创作中的语言属性和风格定位

（一）民族舞蹈艺术创作语言属性的重要性。本次展演属于民族舞蹈展演，在创作

的风格属性以及创作的内容上有一定的标准和要求。无论是历史题材，还是现实题材，无论是表现型，还是再现型……参加本次展演的舞蹈舞台作品创作，必须是回族舞蹈。对于民族民间舞蹈而言，最为重要的核心关键即是语言属性的风格性、符号性。秉持民族舞蹈语言属性是对民族文化的尊重与传承，秉持民族舞蹈语言属性是对民族艺术发展应坚持的基本的原则。因为，民族舞蹈具有强烈的民族性和地域性，特色的艺术形式和文化形态深深地透露着民族的生活方式、行为习惯、民族心态以及生命状态，而对于舞蹈本体而言，这种强烈的民族性和地域性又突出体现在具有直接深刻表达的符号性身体语言上，因此，对于民族舞蹈的创作，无论表现的是什么题材，表现着什么情感，表达了怎样的思想以及精神、审美追求，核心关键就是风格性、符号化语言的建立和创作。

（二）民族舞蹈艺术创作的风格性语言定位。长久以来，由于"回族"这一民族在某些方面的独特性，很多专家学者在研究过程中，都比较倾向于"回族没有音乐、舞蹈"或者说"回族音乐、舞蹈元素匮乏，并不提倡音乐、舞蹈"等观点，但是事实上也许并非如此极端。经过几十年的努力，宁夏地区的舞蹈文艺工作者们，已经通过不懈的努力，创造出一系列具有回族风格韵味的体态动律，并初步形成专业的、有步骤、有体系的回族舞蹈训练教材，虽然是创造，但却是从生活中而来的身体体悟，经过舞蹈工作者们的努力希望能得到实际生活的更多验证和接纳。所以说，目前回族舞蹈的创作，并非完全没有参照，编创应当先有所学习，以已经形成的回族舞蹈风格身体语言为基准，有凭有据地进行合理创作，有节有度地进行适当创新，就是为了保证回族舞蹈的风格性语言，并保障一种文化在传播、传承过程中的纯正性。

（三）关于民族舞蹈语言的属性及定位问题的专家解读。就这一问题，在此次展演编创座谈会上，作品的推送委员一致认同，并强调这一问题的重要性，必须给予严谨而认真的重视。丁伟老师坦言："要深入生活，没有生活就不知道回族怎么跳舞，静静地品尝民族文化，能够做出一个真正安静的舞蹈的确很难，考验的是编导对这个文化的深度理解。此次展演的多数作品，很华丽，但是却感觉太浮躁，少数民族文化需要传承和发展，但是应当记住首先'传承'，尤其是作为混居状态的回族，民族自身的东西要确定，民族的个性、特点、属性。我们应当尊重本民族的审美观，尊重这个民族内心的纯净！"就这一问题，文桢亚老师认为："地域间民族的差异性，是这个民族能够保持自我风格、个性，更是民族间具有相互吸引力的关键，那么如何正确和清楚地认识'个性'就显得尤为重要。"不难理解，作为以身体语言为核心表达载体的舞蹈艺术，在表情达意的过程中，必须有效借助于具有民族个性和民族独特表达的身体语言，这些动作语言直接来源于这个民族人民的生产生活、劳动方式、行为习惯、精神追求以及审美喜好等，因此，也就是独属于这个民族的。满运喜老师就这个问题强调说："回族舞蹈的动律、音律、节奏、质感是什么？我们所创作和研究出来的东西，是不是具有'不可替代性'，任何舞台上运用的手段都是辅助的，核心关键还是舞蹈本体语言的表达，是舞蹈本体语言的'不可替代性'。"

三、舞蹈创作中编导的观念意识及综合能力

第四届全国回族舞蹈展演编创座谈会的立足点，从宏观的舞蹈艺术创作点位、目标，民族舞蹈艺术创作的标准，谈到微观具体的创作手法问题，具有深厚舞蹈创作实践经验的编导，给予了很多中肯且实际的点评和建议。众所周知，一个舞蹈作品的编创过程，主要经过选材、立意、结构、编舞四个阶段，而前三个部分作为编创工作的重中之重，是决定了一个作品高度和价值的关键，"我们经过大量的艺术实践和学术研究，对上述观念做出本质修订，即把精神创作阶段中的选材、立意和结构提升到70%，而舞蹈语言的编创能力相对降低到30%。这是一个重大的观念上的改变"。（肖苏华：《当代编舞理论与技法》，中央民族大学出版社，2012年，第138页）但是具体到结构手段、编舞方式的层面，则是能够决定这个作品的高度和价值能够有效呈现的问题，进一步讲，舞蹈艺术创作对作为创作主体的人——编导提出了更高的要求。

（一）作为编创主体的编导阅历及人文素养的沉淀。就这一问题，张守和老师在肯定这次回族舞蹈展演为回族舞蹈创作搭建了一个良好的平台的前提下坦言："展演作品在创演上都显得急躁，艺术创作的重要阶段是创作的文献积累，选材构思的初始阶段，技术的进入其实是很快的，但是创作首先需要一个年月时间的沉淀和积累。因为创作是个人的表达，是编导生活阅历的展示，所以对编导提出更高的要求，一定要静下心来，寻找自我的生活，有了创作的冲动，再慢慢排。"所以说，作为创作主体的编导，其生活阅历的丰富程度，对生活、人性，对这个世界的认知广度深度，编导自身人文情怀和人文素养的沉淀程度，都决定着一个舞蹈作品的创作基础是否深厚，其立意是否高远具有一定的艺术价值，甚至社会价值。

（二）作为编创主体的编导运用舞蹈逻辑进行叙事、进行结构的能力。文桢亚老师在交流中指出："一位年轻的编导，有想表达的东西，最终能够实现，一定需要学习技法，在练习的过程中需要大量地运用技法，

而最终的目的并不是熟练运用技法，最终极的境界在于无技法！"从学习技法到大量运用技法到无技法，这看似前后矛盾的发展顺序，实则包含了深刻的哲学逻辑和观点。文桢亚老师还提到："我们通常用五个标准来衡量作品：①形象；②抽象；③逻辑；④美学；⑤理性。而这每一个标准中又从不同的层面透露出编导的思维方式。"因此，编导能力的第二个层面就从准确形象的捕捉，到艺术抽象的提炼，到逻辑思维的结构，再到美学标准的规范，最后到理性表达的思考……这一整体环节均是编导技法在实际运用中的体现。

（三）作为编创主体的编导把握舞蹈艺术创作的综合能力。张守和老师首先提出："编导在创作中，需要对灯光、舞美、音乐、服装等方面进行综合的考量"，在具体的舞蹈艺术作品创作中，编导已经不仅仅是舞蹈的编创者，更是灯光师、舞美设计师、相当程度的作曲以及服装设计，任何一个元素都决定着作品的细节，而作品的各个细节几乎可以决定作品的水准。就这一问题，余大鸣老师坦言："编导需要用独特的语言为作品的形象服务，形象要鲜明生动，就要求舞蹈动作的准确性，这直接来源于舞蹈动机的提炼和发展。而当我们用身体语言去表现时，所有的调度、画面、造型串联在一起，完成一个完整的作品创作。"另外，就展演作品中出现的具体问题，余大鸣老师也给予了中肯的评价："舞蹈作品，应当有音乐形象的准确性"，这个问题主要是因为有些舞蹈作品几乎是舞蹈、音乐两张皮，音乐元素随便拿来用，不知道编导的初衷是什么，总之给观众、听众的感觉是，只要是"诵经"就可以随便剪接进作品音乐，就能凸显回族风格或者说穆斯林风格了，其实这个问题是需要严谨对待的，对于一个民族文化的传承和传播，贵在尊重的基础上，而如果不了解"文

化的禁忌"，以一种随便或是滥用的方式，对其本体而言是不尊重的行为。余大鸣老师还就服装的问题提出意见："一些作品的服装太晚会化了，服装没有起到突出表现舞蹈所塑造的形象，都是粉饰的，多元素可以融合，但是本体不能被同化，一定要守住'这一个'。"什么是"这一个"？就是唯一，是由文化修养、音乐修养沉淀影响下，对历史、文化、民族甚至政治关系理解后的，舞蹈语言的形象符号，不仅仅体现在动作上，更体现在音乐、服装等一切舞台表现中。

同时，作为前三届回族舞蹈大赛的参赛编导以及评委，和本届舞蹈展演推送委员的马文静老师，以其回族的本体身份，言简意赅地提出了自己对此次展演的中肯点评和希望："虽然历史上回族有过禁歌禁舞的史实，但是我们可以创作我们自己的舞蹈，创作自己的舞蹈语言。目前所创作的回族舞蹈语汇基本够用，回族舞蹈作品的关键还是结构问题、个性问题，以及形式大于内容的问题。"看似简单的三个"问题"，即很有针对性地对编导的选材、立意、结构以及创作个性提出了更高的要求。

四、新时期回族舞蹈创作与发展的可持续性

第四届全国回族舞蹈展演，早已落下帷幕，"马兰花""沙枣花"以及"优秀作品"，按照严格的要求和一定的评判标准予以归类，正如推送委员会的委员们一直认同的那样，展演的目的是为了给更多关注舞蹈创作、致力于舞蹈创作的编导提供实践平台，而更大程度上，是希望给青年编导提供机会，鼓励青年编导敢想、敢创，"不经过100个的'烂'作品，哪来那第101个精品？"这也是座谈会上，推送委员给予青年编导最具包容的支持和鼓励。

其实，此次展演活动，让各位推送委员感到高兴的是，参加展演的作品多数是青年编导的作品，并且甚至有些编导均是第一次尝试编创、第一次参加全国性的舞蹈创作展演活动，尽管他们的表达尚显浅薄，他们的技法尚显幼稚，甚至综合运用各种手段来整合和结构舞蹈的能力有限，但是青年编导们还是努力地迈出了回族舞蹈创作的第一步，借助于全国回族舞蹈展演这一平台，而从某种意义上说这一平台的搭建既是"放低了参与舞蹈创作的门槛儿"，但却又是"提高了编导舞蹈创作能力的要求"，是主办方以及更多关注回族舞蹈发展的人，对回族舞蹈可持续发展这一美好愿景的具体实现，犹如一种"培青计划"，在秉持回族文化，回族风格性身体语言以及提炼出的符号化体语表达的标准上，突出创作的个性和强烈的观念表达，带动一批或者更多的青年编导参与其中，学习、传承和创新、发展回族舞蹈，"用艺术作品守护、传承好民族文化之根！用独特的民族舞蹈语言，准确的表情达意，这也是'寻根'的一种方式。"

在舞台之外，更多的需要进一步促进每一个投身于回族舞蹈教学、创作、研究者的思考。满运喜老师说："做活动最大的意义，在于放眼未来发展，其实'艺术的终极'是一种理想化，我们一直在思考我们从哪里来，到哪里去？以艺术创作为先导带动相关领域的系统发展，也是做活动的目的之一，发展是最重要的。学会汲取成功经验，其实舞蹈创作所展示的就是现代人的生存状态，说的再简单一些，艺术创作表现的就是'七情六欲，悲欢离合'"。这一点深深地让我们感受到，正是这样的"七情六欲"所带来的人间"悲欢离合"，才让承载着生命、生活、人生的舞蹈艺术，焕发出勃勃生机和无尽活力。

麻纤维肌理组织的视觉语言研究

柴　岩

纤维艺术的材料肌理、色彩变化、形态模式都要与空间以及人文环境和谐统一，才能创造出舒适的视觉享受。麻纤维所创作的作品以那份亲切与生命力，体现人与自然联系的符号语言，构成了其他艺术无与伦比的审美特征。这种美经视觉传达由人的审美心理感应来完成，它们之间既相对独立，又相互渗透，是相互交融统一的审美整体。

一、天然材料的艺术情感

麻纤维这种天然材料对人们而言，早已渐渐从单纯的材料上升为无可取代的一种怀旧元素。其概念也从不断地深化中转为人们形容一些抽象感受的惯用词，从最基本的结构升华为"温暖、舒适、朴素"等视觉感受所带来的抽象审美。在艺术家的创作初衷、情感表达、实际效果方面所体现的是一种新的社会文化现象。

在材料的处理上，麻纤维都有着本身的基本形态、色彩、质感、纹理，同时向我们暗示着构成织物雏形的意象，会直接启发我们产生一系列联想，用材料的特性去思考。以本质为主的形态，在艺术表现上以不改变材质的特性为界限，当然这种"不改变"不是让材质以自然原始的状态存在，而是经过艺术家提纯、加强的过程产生出效果与再创造的结果，从而赋予纤维材料更抽象的概念。以材质对比为主的形态，在突出材质特征时，可以做单向的强化，也可以是多向的对比，使之产生鲜明的肌理个性与美感。创作者一方面通过用麻纤维创作，以此为手段表达作者个人的情感和思想观念，另一方面是关注纤维艺术与空间关系、空间秩序、空间意识、空间视觉美感与人的关系。作品存在于公共空间中，除却公共艺术本身的属性之外，也作为空间环境的参与者甚至以主角身份出现。

创作中的"线性"或给人以"线性感"的麻纤维材料，许多艺术家深受吸引并执着探索于此。这些区别于其他材料的麻纤维更容易唤起观者的记忆和生活的体验，从而形成具有指向性内涵的艺术创作。就像在现代建筑中，到处是冷硬的刚性材料，以及灰暗、无个性特征的空间秩序，显得有些冰冷和非自然化。人与建筑的关系变得对立生疏，人也显得淡化而冷漠，对打破这种冷硬的空间秩序有了更高的要求。而具有质朴、温暖、柔软、可塑、自然亲和以及流线肌理特性的麻纤维，无疑是弥补这一缺陷的绝佳媒介。它具有保暖、隔声、防潮、绿色环保等实用价值，是受广大消费者欢迎的室内艺术品。麻纤维将潜在元素物化为艺术品，通过将一切生活的挪用、塑形、装饰成为可用性的人情味艺术媒介，传达了强烈的艺术思想，是艺术中重要的一种表现形式。

二、肌理组织的艺术形式

在绘画中，都会用不同的笔触表现塑造对象以及空间的关系。而在纤维艺术中，用线制造肌理的变化来表现不同的艺术形式，营造空间的层次。利用材料本身的色彩，展示材质的天然美感，仿佛是对自然的一种重新诠释。多种形式的肌理组织可变幻出丰富的色调，给"人性化空间"平添了几分味道。现代人在快节奏、高频率、超负荷的生活中，渴望得到一个放松、安静、转换精神的空间来调节。所以艺术形式的多样化使静态、冷漠的空间变得充满情趣和人文关怀，设计更能得到观者的认可，符合现代人的审美需求。现在纤维艺术构成形式也呈现出了多元化的风貌，大胆地突破了传统形式的观念束缚，促使纤维艺术独特的材料语言进行广泛的探索，这无疑给古老的工艺增添了几分新意。利用麻纤维的特性，改变材料外部形式特征并赋予新的意念和内涵。利用多样的技法表达观念和思想，而不是简单地运用材料，使材料产生新的视觉冲击力，这样的设计作品是截然不同的，当然也决定了其审美和实用价值。

组成肌理形式的自然线形，在纤维造型中一方面呈现着其单纯、朴素的简易性劳作，同时也以其千回百折、"垂"性创造着难以描述的视觉幻想，往往形成线性肌理造型中最纯粹的语言。它的通透、遮非遮、掩非掩，越是密集的线条肌理，或越是多层的叠加，效果便越迷幻、强烈。构成的属性多样，组织的方法多样，质感也会有丰富的变化，同时，质感又是包括触觉与视觉共同感知材料的特性。他们之间互为表里，显示纤维材料的独特个性，也可称为纤维的"可塑性"，这就是与其他艺术类别的不同之处，是无法比拟的。在创作过程中的变化组织、复合组织、多重组织的复杂形式都可以通过不同的设计形式使其本身的形态发生改变。设计图案的纹样、疏密对比、纤维粗细的搭配，通过调整麻纤维的密度，使它的外观性能产生变化，从而获得了所需要的外观形式和形态性能。

除了以线性的原始状态呈现之外，一般都是通过编织的手段来完成。这种创作形式扩展了纤维肌理的造型，大致有盘绕、钩针和经纬线编织。盘绕的视觉特点在于其成型的外表少有交叉的线，线条或是隐藏，或被其他黏合剂所代替，当然也有特意将固定的线作为一种艺术表现手段加以利用。盘绕的表面肌理清晰，可用其他材料进行复加，丰富造型的视觉与触觉肌理，呈现出一种秩序的韵律感。钩针、棒针的针法可谓变化万千，紧密的针法可以制造出丰富的肌理。相对而言，收放不均的变换织法制造疏密无常的有机肌理，富有活力和弹性。钩织结构不只是大致视觉上的粗与细、体积与平面的对比，更多怪异夸张的形态勾连和神经质的线、饱满的形体，展现多变的肌理体感。经纬线编织让材料直接与作者对话，使视线转向维系结构、材料质感、肌理组织到作品形式、立体结构等。无论是编法的转换，还是纬线的粗细变化，都精彩地演绎了塑造过程中呈现的自由性，加上麻纤维材质的天然属性，更增添作品的粗犷与自然气息。

三、视觉语言的创新设计

麻纤维不断地以区别于其他艺术门类的材料语言去解读自然、社会和人，它的天然逐渐变成某种视觉语言和情感倾向。造型中的种种变化和可能性，有其多样化创作和可塑的实验性空间，粗糙的麻纤维在使用中给人带来柔软、凉爽的舒适体验，已达成不言而喻的共识。创作者越来越注重纤维材料本身的表现力，使艺术形式呈现出开放、多元化的风貌，视觉语言的感受从给予一段绳编开始。无论是平面性、立体性、装置性的软雕塑还是环境与艺术结合而成互动、放置于大型空间里的装置艺术，都会给观众以不一样的视觉感受。

在创新设计上，麻纤维的制作手段不再仅仅局限于编织，而是逐渐出现了大量的多方面表现形式，艺术形态也向着更深层次拓展。通过抽象的手法建立图案、点彩画、混合肌理的排列效果，富有表现力且醒目，给

人视觉上的惬意与自然，演绎出艺术与时尚的完美结合。视觉混合和多层次抽象组合的效果，戏剧化结构布局和创想情调的关系组合，这些看似不相关的元素混合在一起，也可创造出全新的视觉印象。摒弃以往刻板的形式，让人们感受到"高端"的艺术新潮流。在实际的创作中，我借用了许多现代工艺的制作方法，尝试过缝、绣、贴、塑、缠绕、悬挂等手法，将新的理念融入创作中，超越传统的范围，显得工艺手段与麻纤维材料更加相配。同时在观念上更靠近现代时尚的新意，在传统意义强调的视觉、触觉前提下，增添了几分新的行为方式。

麻纤维材料本身就是一种独特的艺术语言，在创作中具有特殊的不可替代的表现力。我用麻编织拼接的平面形态造型，密集的绳线、盘绕的大麻绳……亲和朴素、软性且低碳环保、可重复使用，利用纤维材料的特性发挥形式多样化及形态的可变性。表现多种肌理效果，通过剪碎、拆组、叠加等多道软雕工艺制成。由线条切割而成的图式，形成有序与无序，控制与失控的冲突，一种似是而非的显现，像一层层不同厚度的灰尘和过往的淳朴。把岁月感、朴素感、时尚感、未定感等充满想象的设计理念同时传达出来。充分发挥了材料的特性，凸显材料的本质美，使材料成为一种积极交流情感的媒介，让设计呈现出更为强烈的感染力和创造力。

参考文献：

[1] 姜丽伟：《现代纤维艺术》，哈尔滨工程大学出版社，2011年。

[2] 陈玲：《纤维艺术设计与制作》，中国轻工业出版社，2015年。

[3] 张怡庄、蓝素明：《纤维艺术史》，清华大学出版社，2005年。

[4] 龚建培：《纤维艺术的创意与表现》，西南师范大学出版社，2008年。

微电影选题的重要性分析

马武军

互联网技术的快速发展，以及信息时代的到来，使得人们对现代化信息的追求亦朝着更为快速化、更为便捷化的方向前进，在此背景下，微电影作为创新型影视展示平台逐渐发展起来。微电影的出现促使越来越多的电影制作爱好者、影视专业在校学生等，进行符合市场需求、自身需求的电影创作。然而，微电影的创作过程具有一定的复杂性与流程性，且选题思路、选题方法、选题方向直接影响一部作品的最终效果。为此，现以微电影与选题之间的内在联系为出发点，研究了选题所体现的关键性，以及选题风格、作品内涵、当下社会之间的内在联系，从而为促进微电影行业的健康发展奠定基础。

近年来，在互联网的支撑下，微电影得到了广泛的播放，使其以一种新型的影视存在模式进入了视频观赏者的生活。由于多数微电影采用独特个性化的叙事方式，反映当今社会所存在的现实问题。（陶勇、范晶：《浅论微电影的美学特征和叙事艺术》，《影视制作》，2015年第2期，第77–81页；杨朦：《新媒体环境下微电影美学特征的再思考》，《新闻研究导刊》2015年第14期，第90页）例如《带爱回家》《百年婚纱店》《老男孩》等，因此，人们通过欣赏微电影，不仅能够认识到微电影所具有的艺术魅力，还能够从中体会到当今社会某一领域的现实状况。（高红樱：《从微电影之"微"看"微美"的兴起》，《河北工业大学学报》2013年第3期，第36页、42页）受此影响，一部分从业于影视专业的学生趋向于选用微电影作为毕业设计作品，并使其作品成为展现潜在能力的平台，且通过引导观众发现作品内涵，起到呼吁社会、引起社会关注的效果。

一、选题好坏的关键性

《中国产业调研网》发布的一篇关于"中国微电影市场发展前景与趋势"的文章指出：一部效果与预想相近的微电影依赖于创作前期的相关工作，即选题的好坏直接关乎整部影片的最终成效。这是因为，从根本属性分析微电影的实质，不难发现微电影具有制作周期短、制作成本低的显著特点，因此，创作选题往往来源于生活中出现的、与人们所处社会环境息息相关的事件。换言之，微电影所涉及的情节与人物关系相对简单直接，无过多的篇幅描述冲突、矛盾等经常出现于大电影中的细节铺垫。（杨潇：《名人微电影美学特征及微电影发展之路》，《青年文学家》2015年第21期，第113页）这就表明，随着微电影创作技术与整个行业的发展，无论是观众还是创作人都将对选题提出更高的要求，其中，选题所反射的社会现实、选题与立意的高低、选题与创作角度的设定是考验创作者艺术修养的关键因素。（周蔡敏：《浅议数字传播的发展趋势：由微电影盛行引发的思考》，《湖南大众传媒职业技术学院学报》2012年第4期，第16-18页）

以具体案例来展示选题好坏所起到的关键性作用：于第八届中国大学生DV文化艺术节获得优秀奖项的《告别夏天》，由云南大学旅游文化学院的学生所拍摄，该部微电影主要讲述了生活于广西东部一个小县城中的三个少年，这三位少年一起走过了高中三年的酸甜苦辣，在遭遇了在生活、学习、社会中发生的一些事情之后，由最初放荡不羁、挥霍青春，到毕业之后为前程各奔东

西，就像是一颗石子落入水中会激起水花，但不久之后水面又将归于平静。这部作品通过讲述普通人的青春经历，来引导观赏者一起祭奠逝去的美好青春。《告别夏天》之所以能够获得评委与观众的认可，其关键因素在于选题的成功，演员为生活在平凡世界中的普通人，尽管没有专业的演技，但却更能通过真情流露引起"80后""70后"的共鸣。同时，该选题也能够真切反应当今社会对新生代接班人所给予的厚望，呼吁年轻人能够珍惜青春带来的价值，通过努力、拼搏成为对社会、国家有奉献的杰出代表。同样，在该文化艺术节获得特等奖的《天堂午餐》，主要讲述了一位母亲因病去世后，她的儿子为她亲自做了一顿"天堂午餐"，这个简单的故事表达了深深的母子之情，该选题的根本用意在于呼吁人们善待自己的父母，充分体现了当今社会普遍关注的亲情话题。

上述成功的微电影案例的选题均来自于朴实的生活，同时，正是因为该类作品能够在短时间内，以最佳的角度将社会关心的问题、关心的事件整合并升华，才能够起到以小见大的良好效果。（高一然《新潮影像："微电影命名与形态"学术研讨会综述》，《电影艺术》2012年第4期，第158-159页）这就表明，提高选题的质量，使之与社会热点相连接，既反应当今社会的发展趋势，又有助于发挥微电影在精神领域内的重要作用。反之微电影制作团队在选题环节出现误差，则将无法保障最终作品能够引起观众的共鸣。

二、选题与风格的关系

拍摄时间短、制作成本低为微电影的显著特征，而该特征也决定了微电影制作团队需在有限的时间里找到与自己所要表达的情感相符合的题材，且易于拍摄。因此，为了

与微电影画风相吻合，制作团队应充分重视选题与风格之间的内在联系，并在成品中彰显选题与风格互相衬托、相辅相成的作用。（罗森：《媒介饱和语境下对数字电影美学的思考》，黄望莉、张净雨译，《当代电影》2012年第11期，第95-97页；刘景福：《微电影：媒介演化语境中的新媒体艺术》，《福建论坛》2015第12期，第134-138页）例如，在微电影《多米诺效应》中，主要讲述了四类故事情节——悲情、动作、狐媚与悬疑，观赏该作品之后可了解到，在拍摄过程中，制作团队根据不同类型的故事情节拍摄相应风格的画面，在此阶段，摄制组依托不同风格的音乐、道具来烘托画面。同时，《多米诺效应》影片充分借助了钻戒、香烟、啤酒、眼镜、手表等物质，使之在不同情节中表达出了男、女主人公不同的生活状态与精神状态，并以此为代表展现当今社会人士在不同环境中需扮演不同角色的现实状况。即倡导无论是谁都需建立正确的人生观与价值观，正视社会精神发展方向。再如，作品《一路走来》主要讲述了年轻的大学生们在经历追求、爱情、青春之后，通过积累自己在校园生活中的点点滴滴，感悟大学生活。该部微电影的题材以大学生日常生活为背景，主要表现大学生所拥有的青春、正能量，因此在拍摄的过程中，摄制组选用了与主题想贴近的画面，并运用构图、光线、色彩来渲染富含时代气息的整体风格，正如在幕起的瞬间，通过激昂、飘逸、轻快的基调反映当今大学生本质上的积极向上。

通过上述两个成功例子可以看出，一般情况下，微电影的选题可为悬疑剧、悲剧、喜剧、青春剧等，为表现不同选题的内在含义，制作团队需用镜头语言来区分不同画面的风格、色调所传达的社会影响力。此外，微电影摄制组根据每个故事题材的真实需求，需要选取多样的拍摄技巧与拍摄手段。

例如：选用移动焦距、镜头虚化、设置机位、规划场景、特定镜头等特殊的拍摄手法，即从拍摄手法、拍摄角度、镜头取向等多个层次使得故事选题与风格相互贴近，并呈现给观众具有不同风格、画面的成品。

三、选题要体现作品内涵

微电影独有的创作特点与特性，决定了制作团队属于"戴着镣铐完成一项活动"，即微电影爱好者们在专业经验缺乏、时间短、资金少等现实状态下，致力于保障所制作完成的作品能够打动观众，在表达创作者意图的基础上，引起观众，乃至整个社会的共鸣。（刘慧、陈尚荣：《"微传播"语境下的"微电影"》，《湖南大众传媒职业技术学院学报》2012第6期，第49-52页）由于对于初次尝试微电影创作的学生、爱好者等而言，能够完成整套拍摄工作很不易，这也充分表明，微电影创作团队注重选题环节的重要性，并使得选题能够与作品内涵紧密结合，可起到"磨刀不误砍柴工"的效果。选择题材与创作角度为完成微电影创作的重要组成部分，因此，提炼主题的方式决定了微电影的结果与表达方式。例如作品《父亲》，通过讲述小温情、小故事、小家庭，既让作品饱含怀旧元素，又在黑色幽默的基础上以充满悬念的开头，引发观赏者的猜想，其内在含义就是用最平民化的讲述方式，表达当今社会中存在的最为真实、发生在观众身边的亲情故事。再如《万万》讲述了一位生活富足的少爷所经历的惊叹人生，该作品以幽默、夸张的方式描述了男主人公遇到的各种离奇故事，包括历史经典与当今社会的热门话题，故事既涵盖时间穿越、情感、职场，又包括时事热点。具体而言，《万万》的分集剧目《我要当歌手》《最强选秀王》等对当今社会中商业电视一味追求收视率存在的不良竞争方式进行了讽刺。同时，为使得选题能够体现作品的内涵，制作团队对自身存在的劣势进行巧妙设计，使之成为了剧集的主要内容，这种自黑的选题，与当今社会中的互联网娱乐精神相呼应，快速吸引观众的注意力，使得选题与互联网现状契合，具备了独特的视角与社会关注度。

适用于微电影的题材较为宽泛，可包含电视剧、电影所能涉及的所有内容，然而传统电视剧、电影中的内容不可被直接引用到微电影中，这是因为微电影时间短、故事节奏快的特点决定了微电影的基本形式。这就表明，对于微电影成品效果而言，创作选题起了至关重要的作用，一个优秀的角度与选题能够全方位体现微电影作品所要传达的精神及作品的内涵。尽管部分微电影所选用的素材相似或相近，但只要创作团队富有善于发现、善于创新的精神，则亦可凭借带有真实情感的选题走进观赏者的心中，引起观赏者的共鸣，并能够充分发挥微电影作品在当今社会的魅力，使得微电影具有更为广阔的发展空间。

四、结束语

在一个移动的、快速消费的时代，网络技术发展、4G 网络的覆盖，表明影视作品能够随着移动设备的发展实现随时随地播放。尽管移动设备的更新为微电影的创作与传播提供了丰富多样的平台，但是微电影如果要凭借自身优势脱颖而出，需首先考虑如何使作品吸引观众的兴趣，并引导观众愿意将作品传播出去，从而更好地表达作品所包含的内在含义与社会关注。同时，直接影响微电影作品最终成效的关键因素为选题的好坏，即微电影的选题是否与风格相统一、是否与当今社会热点话题相关联、是否与内含相呼应。因此，微电影制作团队应充分重视选题的重要性，以及选题与当今社会的内在联系。

《高嵩文艺评论选》:
话语的学术维度与美学锋芒

荆　竹

一

转眼间，高嵩离开我们已经三年多了。

高嵩是我的同事与学术前辈，我与他相识近四十年，共事二十余年。几十年来，我从他身上学到了不少读书、做人做事、做学问之理。他谦和、亲切，温暖、诚恳的学术人格，尤其是他精深纵博的治学理念与方式，让我受益良多。几十年来，我与他亦师亦友，无话不谈。无论我们在街上遇见，还是在办公室里，说话三句不离本行，话题总是离不开学术。因此我感到，在他身上有一种非常强烈的学术担当意识与人类文化使命意识。此已永驻我心，挥之不去，促我不断思索。所以在我心里，他一直都是我的学术榜样。

高嵩的学术方向，主要体现在两个领域：一是史学领域，一是文学艺术领域。史学方面的学术成果主要有《回回族源考论》一书，以及部分论文；文艺学学术成果主要有《敦煌唐人诗集残卷考释》《张贤亮小说论》等专著和大量论文，以及长篇小说《马嵬驿》等。高嵩是一位集文学、艺术学、美学与史学等于一身的著名学者。他既是作家型学者，也是学者型作家，除此，他还是一位非常知名的书法艺术家和诗人。他陆续写作的一系列有关历史、文化和个人精神历程的古诗词、楹联，以及叙述性、抒情性文字和创作的大量书法作品，均十分引人瞩目，以至声名大振。我曾经陆续地读过高嵩大量的学术论著，读了他全部的文艺理论与文艺批评的文字，也包括长篇小说《马嵬驿》和众多学术随笔及散文、诗词等。无论是他对个人往事的抚今追昔，还是对重大历史事件人物的庄重凝望，或重新演绎旧时代的风云变幻，或洞烛幽微的当代生活的鳞爪细节，均显示出他作为一个学者型作家令人敬畏的才华。就是说，在他的学思历程中，即创作与理论批评这两种叙述模态里，我渐渐地体会、感受到，高嵩对文学艺术的理解、研究与创作实践所蕴含的丰沛的内在激情，以及他对中国现当代文学批评所构成的重要价值和意义。令我叹服的是，像这样一位在文艺理论与批评建构中有颇多建树的学者，还能写得一手文笔优美、意味隽永、引人深思的好散文（实为学术札记类）与古诗词等。而且，高嵩还是文艺界与社会各界众所皆知的知名书法家。据我观察，即使他与一些著名书法高手一起创作书法，他的笔致拓展笔墨意趣的多种境界，笔法进入自觉悟性，完全突破了语言符号的工艺美范畴；透彻地融通主体的精神境界，让"笔墨以字形为依托，通过线性的态与势的抽象，将人的生命活力中的性情或气格，泄露于点画与使转，如同春光泄露于柳条"。（《高嵩文艺评论选》，第16页，以下凡引本书文，只注页码）诚然，重要的是，对于高嵩来说，并非在于书法的优劣，而是他在书法创作中获得了作为"人"的品格与深邃的哲学启示。如此看来，高嵩的才华、才能是多方面的，一个具有充沛理论思考勇气的学者，在任何有关精神和思想的事物上，都会有非凡的建树。他的理论文字，正如他的书艺与文学创作的叙述一样，洒脱从容，既有强大的结构力、厚重沉实；又灵动机智，深入浅出，气度超然。以此，我一直在思忖与揣度，高嵩在进行理论思考、文学创作的叙述和书艺当中的多重感受是什么样的？对于他而言，在

这三者之间，或者说，在他悉心探索的多重精神视域里，他是怎样辗转腾挪、洒脱地向事物的纵深处发掘的？理论与创作之间，是否存在着难以摆脱的精神上的互文关系？我也在猜想，在他若干次踌躇满志的、稳操胜券的学思体系中，是否也隐藏着挥之不去的美学锋芒？无疑，若想梳理高嵩的文艺理论研究与文学批评体系的脉络，既需要仔细发掘其理论建构中出色的精神内涵，也需要用心体悟他的文本细读中那种文学艺术阐释的雄心与力量，并对他的美学思想与学术体系作出切实的判断。无疑，那是需要具有"举重运动员"般的"能量"方能为之。本文主要对已离开我们三年多的高嵩——"塞上文艺名家书系"第三辑之一的《高嵩文艺评论选》（宁夏人民出版社2016年）一书写点读后感，借此，对高嵩关于文艺理论与批评意义探寻的价值，略作评述。

二

《高嵩文艺评论选》共分文艺理论、文学批评、艺术评论和古典文学研究四卷凡30万字。概略地说，这四卷内容大体就是文艺理论与文艺批评两大类。如果将高嵩的理论与批评这两类文字进行比较的话，就会清晰地发现，高嵩的文艺理论与批评的思辨性、发散性、抒情性，以及深邃、宽阔的内在精神气质，构成了他与众不同、独树一帜的叙述话语方式和理论选择向度。两者构成了富有意味、独具魅力的巨大的互文性，仿佛作者兵分两路，或逻辑性强悍的纵论，或抒情隽永的舒展叙述，或"快"或"慢"，语气、节奏跌宕起伏，妙语连珠，生机、玄机处处，殊途同归而相得益彰，这些，浑然天成地构成了高嵩文艺理论与批评世界的独特体系与风景。

我曾经将高嵩的这篇著名批评散论《绿

原诗断议》和一篇理论《艺术分类论·诗论》放在一起进行阅读与比较。我首先从感情上大致理解了高嵩的文学选择和理论气度，我意识到作为文艺理论家的高嵩，如何在理性的思维场域，张扬阐释主体的内在精神和思考力量。在前者的叙述中，高嵩表现出对擅长"诗世界"的无以复加的偏爱。他认为"诗在感觉世界的美，也有说不完的话题"。他知道"绿原也是一个敢于把散文套在车辕上，让它给自己的诗拉车的诗人"。（第72页）绿原曾认为他自己的446行诗《高速夜行车》是"分行散文"，而高嵩认为绿原的诗，"像卡拉扬处理音乐一样处理它，让它的语言，携带着清流和意流，在指挥棒的会晤中有节律地奔涌，让它的音流从密密层层的意象造型中一路冲刷过去，最后，疲劳地陷进绵绵不尽的沉思——关于人！"（第72-73页）这其中隐含了绿原对诗歌境界的独特追求——诗格即人格。绿原的诗风诗艺，究竟为何会深得高嵩的喜爱呢？看得出来，在《绿原诗断议》这篇批评文字中，高嵩不遗余力地表现出对绿原这位著名诗人，从精湛诗艺到人格精神的敬仰之情。他崇敬绿原"天马行空"的诗歌建构，欣赏绿原那种"诗格即人格"的总体构想，甚至欣赏绿原的开朗性格与人格魅力。高嵩仔细地研究了绿原与同时代其他一流诗人的实质性区别，发现绿原的诗歌魅力在于他的"反叛"陈规与传统的勇气，在这种蕴藉着高度智慧、诗艺与人格角力于一体的博弈中，绿原除了具有"真即美"的"诗美学原则"外，他的"诗世界"充满了批判与浪漫的双重情韵，遍布着诗性的情怀，使诗歌包含了一种神采飞扬的内涵与无穷变化的生机和可能。在《艺术分类论·诗论》中，高嵩从诗歌创作实践与理论阐释两个层面，论述了诗歌所理应具有的挑战精神，文学理论与批评，对既定文学形态与长期以来形成的传统模式的

再创。他强调，在理论与批评中，我们应该明白"诗是各种艺术的灵魂"，如艾青所言是"文学中的文学"，"它还是艺术中的艺术。当人类用最直接的思维形式（即语言形式），不仅能够捕捉感叹、表达感叹，而且还能够在心理上复制感叹的时候，诗就诞生了。人的审美活动导源于人在心理上对感叹对象的复制；而复制感叹对象的目的，是复制感叹自身。当人世的感叹一旦变成可以在心理上复制的东西，它在性质上就转化为审美感叹。""那么是不是审美感叹加语言媒体就等于诗呢？从逻辑上说，的确如此。但是从发生学的角度说，从历史上说，又不是如此。"（第19页）由此，我们可以看到，高嵩的理论激情，正是致力于破解"感叹"与审美的再创性阐释，在于对既有秩序的颠覆性重构。这也是高嵩的文艺理论与批评之魅力所在。

那么，在高嵩看来，文学及其理论，当然不是一种可以计算的定式，理论与创作一样，异曲同工，理应具有丰沛的诗性与诗意，更应该充满诗情，应该破解与阐释一切可能性，甚至"二律背反"或者无数充满玄机之悖论。我明白了高嵩在自己钟爱的文艺理论与批评中，孜孜以求与兢兢业业的文化志趣与美学兴味究竟在哪里。所以，高嵩更是一位具有深邃的诗人情怀的文艺理论家，如果界定他的理论疆界，那么，在一个无限开阔的文化视域中，凝聚其间的应该既是话语的美学维度，也牢固地嵌入了极其深邃的思想密度。从这个角度讲，高嵩的文艺理论与批评，又是诗性的理论与诗学的批评，也应该是建立在具有相当的美学维度与思想密度之上的、有精神能量的理论与批评。我看到，他在解读、阐释一系列现当代作家，如丁玲、贺敬之、绿原、鲁藜、牛汉、罗飞、路展、吴淮生、张贤亮等的时候，面对这些现当代很富有创造活力和激情的作家，他不

仅涉及了诸如作家写作中革命与美学的关系，现实主义及其美学谱系，而且，他还深入考察了思想、理性、理论与文学风格论之间微妙的关系，从而阐释出革命时代的诗意。在这些论述里，我们体悟到了高嵩以激情触摸激情，以深邃碰撞深邃，他的美学思想呈车辐形展开，不断在阐释中重建、恢复文学应有的抒情与诗意。

高嵩之于文艺理论与批评，一直以来就具有极强的在文学动态发展中重视与发现结构的强烈愿望，并且，他还在更为宽广的文化，甚至艺术哲学（美学）范畴里进一步张扬自己浓厚的"解构"兴趣和意识。因此，我们非常清楚，高嵩对于他自己钟爱的文艺理论与批评，更注重在文学艺术生长于发展的本质中，在发掘其中的文化志趣和美学兴味的同时，坚实地选择在一个更宽阔、更本色的美学维度，充分地认识文学艺术的本色与力量。如果从这个视角来认识、把握高嵩文艺理论与批评的基本格局，那么，我们就会发现，"本质与结构"才是高嵩最为用力探索的具有方法论意义的问题。发现事物的内在结构，是有效地运用话语把握、处理事物关系，最终进行审美判断的关键所在。我注意到，高嵩在《论美》《艺术分类论》《诗歌简论九题》《关于"微型诗学"的札记》，以及《论宁夏文学批评——在"宁夏文学十年"讨论会上的发言》《探李杜诗歌的创作论问题——纪念李白逝世 1220 年、杜甫诞生 1270 年》《风骨论——中国古典现实主义文学的典型论》与系列论张贤亮小说等篇章中，反复地重申、探究这些理论焦点问题，在对文学艺术美的"本质主义"的强调中，考察处于文化艺术哲学关系网络中文学艺术美的种种特征，确认文学艺术美的"本质主义"很可能就是一种既是"宽泛的，又是确定的；是模糊的，又是明晰的；是鲁钝的，又是精锐的；是游移的，又是稳定的；是偶然的，又是必然的；是相对的，又是绝对的。"他强调说："它作为客体，其所以对主体来说是美的，首先取决于它自身的尺度；其次才取决于它和主体的对象关系"（第 8 页）。说到底，文学艺术美就是各种文化艺术哲学关系的产物，若想厘清文学艺术美自身的问题，就应该寻找出与之息息相关的"内视角"与"外视角"。因此，高嵩特别注重描绘了共时的文化艺术美的关系网络，他认为，特定历史时期一批相对固定的文化艺术关系形成了结构，如果说，结构主义通常想象一个超历史的固定结构，那么，文化艺术关系的描述，必须充分考虑诸多关系的历史演变，考虑历时与共时之间复杂的转换形式。有意味的是，高嵩有意将思考这个问题的落脚点，最后放置在了创作主体的一种"情绪冲动"，或来了"一种感兴、性灵"（第 11 页）的创作欲望，最终的作品美必须落实到"表情性与造型性的统一"（第 13 页）这个最为实质性的层面上，聚焦于结构性美的变化中，文学艺术美所应该建立起的秩序："艺术美是社会美、自然美、社会化自然美的再生形态。它是一种意识形态，是人审美地把握世界的结果。在艺术中，社会美永远是内容的主角，其他是边缘的和附带的。在不同的艺术门类中，艺术表现为不同生态。""艺术美除了联结着社会、自然和人的精神世界，还联结着审美意识的诸多范畴。每一种范畴，都联结着艺术美的特定方面，联结着气、境、功、格的特定内容。"（第 9、10 页）显然，高嵩相信，文学艺术自身所具有的美的力量，这一定是作家、艺术家、意识形态、艺术形式、历史、社会、人与艺术哲学等多种因素或成分或范畴之间，构成的一种和谐的平衡。在他看来，既然文艺必须再现生活领域的全部重要因素，那么，文艺家就要在如此一个复杂的社会文化关系中，具有对"总体的艺术美不能无误判断"，他说文学艺术史已经告诉我们，决不能把"真与善的统一在社会生活中的直观显现"当作是文艺创作的"公分母"或"平均值"，"正如决不能用各条河流的基本指向代替千差万别的具体路径，在它全程的基本指向上是被扬弃了的。这种扬弃对理论来说是必要的，而对文学创作和艺术创作来说却是片面的和有害的。"他进一步强调："如果美学不想背弃哲学，如果文学论和艺术论不想背弃美学，它们就应当清楚：对文学和艺术来说，至关重要的还不是实现上述的扬弃，而是让上述的扬弃返回生活的母体，让充满感性内容和心理内容的、充满生活血肉的性格与事件成为文学艺术中的再生形态，同时成为内涵深广的人对世界的理性知觉。这是对上述扬弃的扬弃。"（第6页）进而，高嵩从文艺的创造活动、主体性的差异与对立、人与世界的对象关系等方面，描述出了文艺与历史、社会和语言多重的展开图景，深入考察与梳理了文艺美的形式地位所发生的戏剧性变化。实质上，高嵩在此的文艺美学思考与研究，已经铺展开一条绵密而悠长的思想隧道，而且，呈现出毋庸置疑的广度与厚度。

高嵩的文艺理论与批评话语的美学维度，就是在这样的一种文学、艺术、文化的审美历史关系中，在意识到的诸多历史因素的互动中，才确立了文学艺术成为诸多因素的交汇点，影响和决定了他审美判断的美学思想、逻辑性与描述的深邃。因为在一定意义上，文艺理论与批评就是一项宏大的注释活动，这种活动的意义，就在于它在更宽广的艺术美学范畴内，考察文学艺术进入社会生活的种种方式，破除大量的自然而然的幻象，揭示复杂的关系背后存在的叙述话语的可能性。细思之，任何事物，无不处于动态的、复杂的、各种力量之间关系的重组当中，处于位置、关系的变动和重构的过程之中。文学艺术力量发展、变化、"转折"或者"断裂"，也无不是从文学艺术这个场域的内部与外部结构分析上来把握文学艺术的事实。其实，长期以来，高嵩一直在寻找一个能够将众多文学艺术事实有机联系起来的整体性框架，并且，在这个框架内建立属于自己的阐释与论证的独特语境，而这个语境，既是共时性的也是历时性的，既是理论的也是诗性的，既是考证也是体验，既是文本形态的也是多结构交叉互文的，既是秩序的又是冲突与运动的，其中蕴藏着丰富的理论矿藏和文艺美学经验，总之，已经在无限地进入文艺美学的本性。

在这里，我还是联想到高嵩对诗哲交融的迷恋。像我这样一个对诗哲浅尝辄止、懒于思考的人，多年来对诗哲粗浅的理解，可能很难洞悉或体悟其中无尽的奥秘与智慧，但我还是能够感受到在诗哲交融的学术文本中费尽心机所博弈和思量的就是无时不在、无处没有的所谓"关系"或"结构"。而高嵩对文学艺术、美学以及相关重要问题的思考，都具有强烈的整体感、关系感与结构感，特别是考虑到在事物间的相互关系中，建立自己对文学艺术历史和现实的真切的体察与把握。

三

我认为，在高嵩的文艺理论与文学批评的谱系中，他所从事的是两项重要工作，一是始终没有忽略对文艺理论与文学批评最基本概念的梳理与整饬，尤其对文学史上的一些众说纷纭的"重量级"概念，或者置于特定历史语境中进行"还原"，或者在文学艺术与社会 - 文化哲学 - 美学的"关系结构"中，重新确定其不断衍变的内涵；二是他从一些最基本的概念与范畴出发，让理论与批评深刻地"介入"无限芜杂的叙述中，踏勘艺术文本与生活和人性之间妙不可言的内在关联。而这两个方面，却往往不为更多的理论家、批评家们所注意。

高嵩认为，艾青在他的《诗论》中引录了达·芬奇的一句话："单纯、简洁、明白——荷马艺术的要素。"经过对艾青作品的长时期诵读与体会，高嵩注意到，达·芬奇这句话的精神，被艾青当做一条重要的美学原则信守终生。所谓"荷马艺术"，自然是指诗（第27页）。随着时间的进展，一个词的原意常常会发生难以预料的变化。因此，考察某一个概念的发展历史，现今已经成为一种重要的学术方法。在高嵩的文艺理论与批评中，他力图阐释一批活跃在中国文学批评史上的关键性概念。这在很大程度上完全可以纳入福柯所说的"知识考古学"。从高嵩所从事的这项学术研究，我们可以看出，高嵩对基本理论与概念的重视。他早已自觉地意识到，一个时代或一个历史时期，文艺批评以及文艺理论的成熟与否，一个重要的原因就是文艺批评基本概念的诞生于丰富。是的，这是一切文学艺术阐释的基石。因为，学科内部的种种命题与推论，通常围绕这些概念展开，阐释这些概念也就是展示一个学科模式及其关注的基本问题。当然，阐释所有的文艺理论与批评概念是不可能的，也没有必要，只能挑选那些关键性的概念范畴予以梳理。那么，什么是关键性的标准呢？重要的是这些概念范畴在特定文化网络中的核心位置。所以，在高嵩的文艺理论学术文本中，他选择的关键性概念范畴，既有我们耳熟能详，但又很容易被意识形态影响与遮蔽其内在蕴含的"老概念"，如"人民性""马克思主义美学""美的规律""异化"等，也有中国古代文论中的"神""妙""能""风""骨""道""气""格""雅"等，也有我们惯常使用的"神""情""境""象""妙""逸""类"

"自律""他律"等，以及"志、诗、词、辞"在训诂学不同的语音形态，等等。对这些概念范畴的"再阐释"，让我们感受到，高嵩试图从理论的根基开始"正本清源"的雄心。他在新的历史语境和文化语境中，对一些文艺理论与批评概念的修正、对其内涵的重新阐释，就是摆脱当代文坛思潮的种种影响的焦虑。避免"误读"，显示出他在复杂文化学语境中重聚理论学术能量的气魄。其实，只要我们稍加回顾一下高嵩长久以来的批评文本，就会明白他如此细致地诠释这些基本概念的良苦用心，他最终是想通过对概念的准确把握，能够更合理地深入文本世界。

从一定意义上来说，文艺理论与批评，或者说美学，就是物质世界和精神世界之间架起的一座桥梁，是沟通一个由非凡的力量与庞大物组成的世界与一个理念组成的世界的尝试。文学艺术文本，是作家、艺术家将作用于感官的形式与精神、思想的内涵融为一体来实现把物质和精神结合在一起的可能性。我想，文艺理论与批评，就是要阐释出作家讲故事的激情与如何激发情感的特点，也包括对文学艺术自身功能的反思。如此说来，怎样沟通与树立形象世界和理念表述的种种可能，以及理论与批评的学术基础与逻辑起点，就成为此种研究的基础与前提。所以，高嵩非常清楚理论的意义在何处，清楚概念的价值与理论性阐释可能延伸的尺度。由此，他更喜欢将文本作为自己研究的起点。文本是语言的产物，也是这个世界的产物，他强调文本的"自律和他律"的关系，"它的主要内涵"，是"内容（审美感叹）"对文本"自律的统御"，换言之，是文本"媒体等于审美感叹自身的规律"，"研究这种规律"，是文本"美学的核心课题"。（第12页）实际上，高嵩的文艺理论与批评，正是在一个最基本也最深邃的层面，在对基本文艺美学概念与范畴的修正、调整中，智慧地寻找并建立各种文本、形式、美学风格与意识形态之间的对应关系，在阐释中权衡感觉经验和艺术理念之间的丰富文化内涵密码。无疑，这种研究与批评实践，也是高嵩对中国当代文艺理论与批评的一个独特贡献。

高嵩在如何处理文学艺术与主体叙述之间的关系问题上，也提出了自己的审美判断。他强调："在对象关系中，主体的确定，就是标准的确定。在确定的主体面前，真的、善的、美的对象，即是和谐的关系对象；伪的、恶的忽然产生了一种情绪冲动，或来了一种感兴、性灵，创作欲望非常强烈。彼时，如果受到外界某种干扰，或是漫不经意，没能及时地把它落在纸上，结果坐失良机，使其归于熄灭。就是说在灵感闪射之顷，未能逮住，让其倏然而逝，令人懊恼不已，追悔莫及。"（第11页）他遂列举了叶圣陶、峻青等名作家如何"千方百计，不失时机地在灵感倏然而至的刹那间，疾放'灵手'去抓它，并牢牢地按在纸上"的创作经验，来阐释他的这个意思。与众不同的是，我们从他的"论张贤亮小说"系列和其他"作家论"的篇章中看到，作为理论家、批评家和文史学者的高嵩，不仅仅意识到文学艺术和叙述之间的纠缠、琐碎的矛盾性，而且，他在强调文学艺术形式功能的同时，能够撩开各种纷乱的表象，凝聚起日常叙述深处的主体性因素与时代性因素，继续探索文学艺术自身的修辞、故事、叙述以及文类的构成。也就是说，高嵩既要将文学艺术的理想植根于一个极为开阔的文化视界，又要耐心地潜入时代生活、社会世俗之中，冲破禁忌与限度，以思辨和智慧打开幽闭的暗室之门，感知事物的核心与边缘"轴距"，使自己的思索向人的灵魂广泛地敞开。可以这样说，重视与强调文学艺术之于叙述及其伦理的价值、意义，能够充分地体现出一个理论家，放下自己的身段，清醒地认识到文学艺术转向日常叙述是"现代性"的产物之一，认识到个人的日常叙述在这个时代，如何取代神话、历史与传说，发现"文学话语的波长"正在于，文学艺术的分析单位是日常"人生"，"为人生"是文学艺术不再依附于历史话语的标志。

总之，对于高嵩而言，他在充满思想密度、思考张力与美学锋芒的理论与批评研究当中，热情而冷静，从容而洒脱。他不仅触摸、感知思想与文献、语境与文本之间的缝隙，而且精通理论且不削弱才情，即便是逼仄、艰涩的理论，也会在他隽永、畅达、思辨、诗哲交融与富于节奏感的文字里生出熠熠的光泽，显示出一个将自己永远置身于发现与创造中的理论家的气魄与胸襟。

《张贤亮诗词选》：先生本色是诗人

吴淮生

"塞上文艺名家书系"第二辑中，有一本《张贤亮诗词选》（以下简称《诗词选》，宁夏人民出版社，2015年）。贤亮的文学创作历程，却是和诗相始终的。1957年，张贤亮带着《大风歌》登上中国诗坛，唱响了其文学创作的开始曲，并因此获咎；2015年，出版了遗作《诗词选》，这是他的最后一部作品，也是作者文学生涯的谢幕辞。

那么这始末两头的中间呢？主要是小说。贤亮是以诗人的气质来写小说的。他的成名作短篇小说《灵与肉》被誉为爱国主义赞歌，也可以说是一首格调高昂的诗。作家在中篇小说《绿化树》中塑造的感人的女性形象马缨花不就是诗的化身吗？中篇小说《土牢情话》是暗淡中的光明诗篇。长篇小说《习惯死亡》、短篇小说《吉普赛人》也都充溢着诗意。其他体裁如《人比青山更妩媚》可以说是诗性散文。他后半生经营的镇北堡西部影视城，出卖荒凉，创造了将一处废墟建成国家5A级景点的奇迹，谱写了一首化腐朽为神奇的立体诗。正如冯剑华女士在本书的《跋：江南塞北留诗魂》中所说："张贤亮本质上其实一直是一个诗人。"

是的，先生本色是诗人啊！

《诗词选》中，新诗仅录了一首《大风歌》，证见其时21岁的张贤亮已经是一个很有才气的诗人，只这一首诗也就够了。《大风歌》是一首浪漫主义的政治抒情长诗。全诗共分两部分，"大风"是长诗的中心意象。在

第一部分中，诗人用第一人称将本来是审美客体的"大风"变位为叙述主体"我"，抒情主人公隐于后台，通过"我"把激情寄托给"大风"。这当然不是诗人的个人感情，而是"大我"的激情。它来自"被开垦的原野""巨大的鼓风炉""地下的矿穴""西北高原的油田"，总括起来，就是来自所有"创造物质和文化的人"。他们以无比的热情，雄伟的力量，创造了新的时代，汇合成神州大地上浩浩荡荡的革命潮流，"澎湃潮流沸海江"（柳亚子诗句）。这就是这一部分中"大风"意象所隐喻的全部含义。

长诗的第二部分，表述和状写换了一个角度："大风"退出第一人称"我"，变位为第二人称"你"，"我"则由抒情主人公替代，这是人称的第三次变位。抒情主人公走到前台，大大张开七窍迎接大风，大声呼唤着"一个新的时代已经来临"："你来了！你终于来了！""我这样才被你吹得舒畅"，由衷地接受新时代的洗礼。这里抒的也是人民群众欢呼新时代的共有之情。

这种人称变位的写法并非自张贤亮始，艾青于抗日战争年代创作的著名诗篇《黎明的通知》，就是将"我"作为审美客体的"黎明"的表述符号，通篇用"我"的口气呼唤着黎明的必将到来。《大风歌》对前辈诗人的诗艺有所继承。但艾诗整首单纯以"我"（黎明）贯之，《大风歌》却将审美客体、表述主体、抒情主人公的称谓多次变位，这不能不说是张诗的独特性的发展。至于《大风歌》的创作方法及其精神，则和五四诗歌的狂飙突进精神（如郭沫若的诗）一脉相承而又有自己的发展，充溢着新中国成立后朝气蓬勃的时代感。因而，此诗遂成为一首浪漫主义的佳作。

前已说过，《诗词选》录有古体诗词七十余首，数量不算多，但也不算少了，这是写小说之余创作的啊。坦直地说，开初，我

以为贤亮不擅古体诗词格律，多年前，我看到过他的几首古体诗词，很有诗意，却未谐格律，属于当下在诗坛上占有一席之地的新古体诗。这一派人主张，写古体诗只要字、行相符，大体押韵，有诗意就行，不须遵守平仄、粘对、对仗、韵部等格律。我觉得，古体诗词格律应当改革，一是放宽韵脚，允许邻韵通叶，在词韵的基础上再放宽一些，"真""文"和"侵"通叶，"先""元""寒""删"和"覃""盐""咸"通叶。二是逐步以现代汉语声韵替代平水韵，留一段过渡时间，新韵和旧韵双轨并行，但在一首诗词内不能新旧韵混用。至于平仄、粘对、对仗，是古体诗词经过长期磨炼淘洗而形成的声韵美和形式美，以保留为宜，否则就不是古体诗词了。

这次读《诗词选》，笔者发现，书中绝大多数诗词作品，平仄、粘对、对偶均符合格律规范；叶韵则诗遵"平水"，词循《正韵》，读来谐和铿锵。当今诗坛差不多一致认同旧体诗邻韵可以通叶（词韵本来就规定可通叶），不少名家也有通叶之作。而张贤亮在一首诗中，则注意尽可能用同一韵目的字叶韵。例如《赠友人》（之一）用的是"侵"韵，此韵目字甚少，可称"窄韵"。张诗选用了"侵"韵中的"吟""心""霖"，并未寻求和"真""文"等韵通叶。《诗词选》中也有通叶的诗，但为数不多；有的诗如《吟牛》，首句入韵，用了邻韵"村"字，即使严格按旧的诗律衡量，也是允许的，不为失律。我尤爱读书中《七十生日感怀》一词，此词调寄《满江红》，步岳飞的韵。平仄对偶，悉符词律，流利自然。上半阕回顾诗人自己的人生历程，下半阕突然放飞了遐想，将词的境界扩大和升华到期盼祖国统一的高度："问何时、携手看神舟，冲霄阙。"可谓妙笔。《满江红》有平、仄两种韵体，仄韵体为正体，平韵体为变体。仄韵体惯例叶

入声韵。此首步岳飞韵，通首叶入声原韵，无一疏失。音调清促激越，大有助于词中壮怀的抒发。从上述几个方面可以看出，贤亮晚年对古体诗词格律进行过深研，并且颇有所得。

《诗词选》中的古体诗都是七言绝句。绝句又称截句，是古体诗中最短小的体式，五绝仅20字，七绝也只有28字。因此，有人认为这种诗好做，好歹也能凑成四句。但正因为体式短小，平庸之作往往流于单薄。要写出好的绝句，首先必须合律，品位高尚，感情浓郁。从艺术层面看，优秀绝句或浓缩意象，或放飞遐想，或精心营造意境和境界，或有所寄托……凡此种种，不一而足。这些艺术诉求，在《诗词选》里，大抵都有迹可寻。前已说过，《七十生日感怀》就以放飞遐想扩大和提升了境界。书中还有《遐想》，更是将遐想放飞于太空了。再看下面这首《古木赞》："看星看月看如梭，赏尽红桃与碧荷。恰此深秋多媚态，风前枯木也婆娑。"

此诗从空间到时间、季节，从星月到花木，在短短的四行字中，浓缩了众多诗性意象，构成极为广阔的境界和诗境的深厚度；用映衬的方法以红桃与碧荷衬托出枯木（古木）的婆娑，寄托了抒情主人公的"老骥伏枥，壮心不已"之志。这种交集多种艺术方法于一首小诗之中的写法，《诗词选》中不止一首，如《春光》《题竹》等都是，也是文本的一个艺术特征。

张贤亮不止一次说过：诗要写得朦胧一点。他的《大风歌》并不朦胧，只是用了一些隐喻和象征的方法，在当时的语境下遭到曲解。但他后期创作的古体诗词，有些篇什却朦胧起来了。古体诗语意朦胧，并非自当代始，唐代李贺、李商隐的作品就被人称之为"古代的朦胧诗"；现代著名学术大师陈寅恪的诗也隐晦难懂。但张贤亮的"朦胧"，却是有意将现代主义创作方法和现代意识引入古体诗词的创作，他的小说中的这类创作方法和意识，可以为此作一个旁证。例如《男人的一半是女人》里主人公和大青马的对话，以及《习惯死亡》的整体创作都是。《狂龙》一诗，用的也是整体隐喻的方法，或许有自喻之意。"一入汪洋犹恨小，终飞星海御天波"，隐然自许。而前述放飞的《遐想》就很难解读了："欲挽雕弓向九天，荒原不见旧狼烟。夜风飒飒痴心动，遥想残星比月圆。"

第一句也许可诠释为诗人自我明志，在方法上也可能是借用某个典故来表达。第二句是首句的延伸，似有生逢盛世的意思。第三句看来比较易解。末句中的"残星"和"月"何指？读者也只有放飞遐想了。然全首诗意盎然，读来有深沉悠远之感。这类诗书中还有，不再详述。《诗词选》的古体诗词，也有明白晓畅之作，如《宁夏颂》《贺宁夏回族自治区成立五十周年》《市场经济》，等等。"现代"与"现实"并举。大致说来，文本中的古体诗，前一部分迹近现代，后一部分切合现实。

本书的附录，收录了多篇评论《诗词选》的文章，大都阐论精微，颇多卓见。笔者读后受益匪浅，在这里，就不做鹦鹉了。

任何一个诗人的作品，不可能首首都是精品。《诗词选》中的古体诗，也有平平之作，也有失律的作品，从数量观，居于次要位置。瑜中有瑕，方显真玉之珍贵；瑕嵌玉璧，不掩玉的光辉。平心而论，《诗词选》中，《大风歌》无论就当时新诗发展的水准，抑或从今天的角度来看，都可以说是好诗；古体诗词也佳作联翩，颇见精彩，彰显了诗人的诗才和功力，但从诗味、神韵、典雅等方面看，较之现当代一些前辈大师的诗词作品，尚稍欠几分火候，这也是毋庸讳言的。

张铎《三地书》：
自然地理与人文地理的美学个性

吴淮生

1933 年，鲁迅和许广平在上海青光书局出版了他们的书信集——《两地书》。我现在正读的一本书是张铎著，它有一个相似的名字——《三地书》（阳光出版社 2014 年）。显然，后者是由前者引发的联想而取的；但不是仿造，而是创造。第一，《三地书》不是二人的合集，而是一人的作品集。第二，它不是书信集，而是诗集。"书"之为词，固具多义：儒家经典称之为"书"，如《尚书》、"四书"；古代史籍也是"书"，《汉书》《后汉书》《唐书》《新唐书》是也；名词"书法"，动词"书写"都是"书"。现在，张铎延伸"书"义，又以"书"名"诗"，新颖恰切，颇有创意。

这种由联想引出的书名，我国文学史上不乏先例，班固《两都》、张衡《二京》、左思《三都》前后辉映，都是赋的名篇；后者且博得"洛下纸贵"之美誉。再举一个近一点的例证：1920 年，创造社酝酿时期，郭沫若、田汉、宗白华出版了三人的书信集《三叶集》；61 年后即 1981 年，九位著名诗人出版了一本诗歌合集，题名《九叶集》。

《三地书》共分三辑，录诗 150 多首。通览以后，深深感受于从作品中显现出来的自然地理和人文地理的艺术个性。兹择其数端，试解读诠释之——诗贵精短。《三地书》里的诗全是短章，长诗不过二三十行，短的一首只有两行或三行。请看下面的这首三行的《贺兰雪》："冷对人间 / 大伙儿都说 / 白上了天堂。"

全诗只有十四个字。第一句四字，藏了一个"雪"字；第三句五字，将海拔三千五百米的贺兰山峰巅上的雪景雕塑般地凸现出来了，真是琼楼玉阁，五城十二楼呀。三行精彩的短句，融会成一首精彩的山峰雪景诗。

诗人写短诗，很合笔者的拙见。窃以为小说叙事，可制长篇；诗歌主情，重宣泄，讲巧思，一般以精短为宜。古今中外，固然不乏优秀的长诗，但好的短诗则如满天星斗，难以数计。美国意象派诗人庞德的代表作之一《在一个地铁车站》，初稿三十行，后改为十五行，最后面世的定稿只有两行。我国唐朝诗人王之涣的《登鹳雀楼》为公认的经典作品，是短小的五绝。现代诗人卞之琳的名篇《断章》，全诗共四行，驰誉海内外。其他如徐志摩、臧克家、戴望舒、艾青也都有许多短诗名作。

我们再来看张铎的另一首九行短诗《黄河》："艳阳下／汉延渠是银川／唐徕渠是银川／爱伊河也是　也是一条／　闪闪发光的银色河流／唯有母亲河——黄河／不是银川／她和稻穗一个颜色／是一条黄灿灿的金川。"实际上，本诗正面写黄河的，只有两行。前面写银川，将它与黄河紧密联系在一起，"银川"相对于"金川"（黄河），用的是映衬法；说"唯有母亲河——黄河／不是银川"是反跌法。最后两句"她和稻穗一个颜色／是一条黄灿灿的金川"，画龙点睛，用了我国诗歌传统的"卒章显其志"的表现方法。以鲜明独特的意象状写出了黄河对塞上江南自然、人文态势构成的重大的决定性作用。笔者从来没有见过这样独特地写黄河的，诗是短诗精品，"金川"的意象是诗人张铎的一个创造。

自然地理和人文地理相融合。张铎在《跋》中对本书的题名做了阐释，所谓"三地"，是指三条河流和三座高山：清水河、泾河、黄河，须弥山、六盘山、贺兰山。一河一山为一地。它们构成了诗人人生旅程的背景和成长的生活环境。他生长于宁南山区，后因工作调动到了川区，都是宁夏，张铎是地道的宁夏人。美国女诗人狄金森毕生没有离开过她的居住之地，却写出了传世之作。宁夏地方虽然也不大，但自然地理、人文地理各自内部的反差却极为悬殊而鲜明：干旱贫瘠和流水丰盈紧密相邻，山民的原生态和黄河金岸文明比肩并立，这就为诗人提供了丰厚的创作土壤。张铎自身还有两个条件，因职务所系，走遍神州大地，因个性爱好，手不释卷，这两者大大开阔了眼界，提高了思想境界。反过来更高瞻远瞩地系之于诗，散发出对故土的热爱之情，用一本《三地书》"以示感恩"。

本书的第一辑"乡情辑"，以39首诗集中地倾注了作者深厚而浓烈的故山之情。在诗人笔下，山乡是"土天土地／培育了我一个土人"，是《西山上的云》，是"像一群粗犷的男子汉"的《塞上榆》……用具体意象展现了黄土高原自然地理的典型景观。张铎心目中，"大山的声音""黄土的声音"的"六盘山花儿"是"生活多姿多彩的歌吟／是生命原汁原味的呐喊"，这些抒写则又是大山深处人文地理的诗化。在《三地书》里，二者就这样融合到了一起，关于小村的四首更是如此。而《啊，我的父老乡亲》《山里人》《山民》《父亲的眼光》等诸章，则是乡情和亲情水乳交融的糅合，也是人文地理的一种显现。

诗人的故山之情，不仅灌注于第一辑中，而是贯穿整部诗集。"青春季"一辑（第二辑）录有四十多首诗，主调是诉诸青春的情感，但也紧系着作者的大山情结。有些诗章，如《故乡的田野》《山村少女》，一看标题便知，无须再加诠释。连那个被人"众星捧月"的漂亮月月，也生长自"大山腹地"的小镇。

那么，第三辑"山水记"呢，那是放大了的乡情，七十多首诗中，绝大部分篇章全方位地描绘了宁夏山水、地域、历史、现实之面貌，仅以银川为标题或题材的就有十几首之多。这些篇什将黄土高原、塞上江南的自然景观、人文态势和诗人的深情融合至恰到好处。

诗歌话语的复归。诗歌是话语（语言）的艺术，它源自生活中的人们的口头话语，将之艺术化为"雅言"，再进一步发展，必然在更高层次上复归于民间的口头话语，使艺术语言为大众所接受。唐宣宗悼白居易的诗有句云："童子解吟长恨曲，胡儿争唱琵琶歌。"写出了白诗拥有众多读者的状况。宋朝俗传有井水处，就有唱柳永词的，可见柳词以其语言明白而流传面之广。现代诗人提炼口语入诗的也不乏其人，甚至当代的先锋派诗人也在提倡口语诗化。张铎的诗明白晓畅，用的都是宁夏人乃至宁南山区人的话语。通读《三地书》，没有一句普通百姓听不懂的话；然而仔细阅读后，便发觉并不是"假语村言"，而是经过诗人精心提炼了的诗歌话语。随手举一个例证："车在流动／人在流动／黄河在流动／白云在流动／银川——／也在运动／跑步前进。"（《银川晨景》）都属平平常常的话，并无"妙语"，而句句是妙语，用排比的句式，卒彰显其志的方法，画出了飞跃发展中的银川朝气蓬勃的晨景。这就是诗歌话语的复归。

张铎表达他的乡土之恋，没有大唱大吟，敞抒胸臆，而是以普通的诗歌话语平实而流利地一一道来，创作主体尽可能退出诗行，让审美客体凝成意象演示诗情画意。前文的举例都是如此，书中所有的作品也大多如此，例子不胜枚举。这就是《三地书》不同于他人乡土诗的美学个性。是张铎诗歌

艺术的"这一个"。

传统和现代并举。就艺术层面而言，前面已提及诗人采用了映衬、反跌、卒彰显其志、排比等多种我国诗文的传统表现方法，现在再看现代主义手法在本书中也有迹可寻。试看《山城春色》，这首诗只有两行："小姑娘的脸色／有点苍白。"如果将标题盖住，你能知道是写山城春色吗？恐怕不能。此诗用的是传统和现代相结合的方法。将山城比作小姑娘，显示了诗人偏爱山城的感情倾向。从传统的角度来说，将城比作人，是拟人；按现代的视角观察，用人状写城，则是隐喻。这不能不说是一种妙笔。山城地处高寒偏僻之区，春天来得晚，姹紫嫣红也较逊色。既然将城拟人，以人喻城，那么"脸色／有点苍白"就很贴切了。前已说过，庞德的《在一个地铁车站》也只有两行："黑暗中幽灵一个一个地涌现／湿漉漉的黑色枝条上的白色花瓣。"此诗重在营造意象，也有隐喻。盖住标题，不知所云，与标题相合，遂成佳作。《山城春色》与之可谓异曲而同工。

《贺兰雪》用的是现代派的另一种表现方法，主要是暗示。"冷对人间"暗示"雪"；"白上了天堂"暗示山顶积雪，"天堂"则隐喻峰巅之高。

传统和现代并举，酿造出《三地书》优美的诗的情境。《三地书》里可圈可点之作俯拾皆是，笔者的感言只解析了其中不多的几首，例证总归只能是少数，而我的解读所述的几点，在张铎的这本诗集里却是普泛的，只是笔者说的不全，也未必准确罢了。

诗人在本书的《跋》里说，诗集还收了部分散文诗。翻读时发现，作者在编集时，似乎将散文诗也分行排列了。我很赞同诗人的说法，散文诗和诗"本质是相同的"，因此也就不单论了。

《马知遥文画选》:"大杂烩"的可贵与不易

石舒清

《马知遥文画选》("塞上文艺名家书系"第三辑,宁夏人民出版社 2016 年)出版了。

那天去马老师家,就因为这本书,马老师家里久久洋溢着一派喜庆气氛。我听到马老师自语道:"这辈子没有白活。"这话给了我很深的印象,不知为什么,我觉到一种难言的辛酸和疼惜。就好像一个人走了千里万里的路,从少年走成了老人,终于把信送达那样。

马老师在书的后记里说:"这本书是一个大杂烩。"确实是一个大杂烩,随手统计了一下,共收入小说 2 篇、散文 2 篇、杂感 21 篇、篆刻 32 方、油画 44 幅。这样的大杂烩令人感慨和心折:中国作协九千多会员,有资格出如此一本大杂烩的,能有多少?能数出五十来个吗?

我觉得这本书的价值正在其大杂烩里。我们要和马老师学习的,也正在这大杂烩里。

马老师以其小说家的身份,当了多年的专业作家,小说四次获得省级文学奖,一次获得全国奖,但在这本带有总结意味的集子里,小说仅仅选了两篇,一篇是写自己的第二故乡宁夏的,一篇是写自己的湖北老家生活的,细细端详这两篇小说,可见选录之严苛,选目之精准。其实马老师所有的创作,无论文学还是绘画,就其所面对的地域看,无外乎两个,宁夏、湖北,大而言之,也即北方、南方。这使得马老师在为人为文之际,和其他创作者比较,有着更为深广的视野和更为富杂的情愫。我有时候揣摩他的作品，觉得他既用情又超然，既深得其中滋味又绝不溺陷于此，既能大刀阔斧又能捕捞微细情节，既挥洒暴烈的阳光又刻画浓重的阴影，既混同于日常生活又极具艺术气质。总之，一句话，无论在生活方面还是创作领域，这都是一个能拿得起放得下的人。这一点让我深为服膺，正所谓虽不能至，心向往之。好在他是我的老师，我可以以此为骄傲的。和小说的只有两篇相比，杂感和油画的入选率就可观多了。马老师是真正退而不休的人，退休后，马老师似乎步入了又一个创作勃盛期，创作的主要形式，油画而外，就是杂感。马老师画油画，本系科班出身，和一般野路子来的不可同日而语。马老师在文学创作方面，态度恭谨，大话一句也不说，但是在油画创作方面，老人家是有自信的。他的油画，就我这个外行来看，首先我特别喜欢看，觉得感染力强，有共鸣，能激动我，使我有享受感。我觉得，达到这一点是相当不容易的。不少画家的作品给我的印象木呆呆死寂寂的，就像虽然是个炉子却从来未曾生过火那样。和马老师的画作一比较，一伪一真，一死一活，在感觉上是很容易作出判断和选择的。我的一个朋友，在美术欣赏方面眼光不俗，这些年着意收藏马老师的油画，陆续已经收有五十幅左右。朋友有一个宏愿，想以个人力量开设一个"马知遥先生油画馆"。对他的动议和宏愿，我是竖大拇指赞成的。作画同时，鉴于实践出真知，马老师因此多有思索感悟，捉笔写来，即成杂感。如果说马老师的绝大部分小说不在这本集子里，那么也可以肯定地说，他的绝大部分杂感，都收容在这本书里了。以此可见马老师对其杂感的态度。孙犁先生说，他的主要经历和人生见解，基本都在《风云初记》

和《芸斋小说》两本书里，同理，马老师主要的创作经验和艺术觉悟，也散布在他的一篇篇杂感里。在我的印象里，马老师写一篇千把字的杂感，比画一幅油画可真是辛苦多了，又是查资料读作品，又是日继一日地劳心写作，说句不当说的话，马老师一幅油画数千元近万元，一篇杂感得稿酬不超过二百元，给会算账的算算，案牍劳形，查章寻句，真是何苦来哉！马老师却好似责任在肩，不写出来心不能安。马老师近年又重读鲁迅，尤其对鲁迅先生的杂感称颂有加，想来也多少有点求其友声、夫子自道的意思吧。

我则在与马老师的闲聊琐谈中，获益不少。比如他的一些见解，像"速写成就大师""不仅要经得起时代的检验，更要经得起历史的检验""选模特也是创作的一部分""每当有人要提倡孔孟之道时，你就该多想想"等等，真可谓深话浅说，言近旨远。

古话说："转益多师是汝师"，这自然是好话，是强调不耻下问，能者为师的。但我觉得仅在马老师一个人身上，就有多个值得我学习的方面，比如油画篆刻，我认识马老师快三十年了，本博连读，八年为期，我要是跟着马老师画油画、练篆刻，就算资质鲁钝，只要旦暮勤练不辍，现在有个大致的模样也未可知。

多少好时光变成了空袋子。

这篇短文虽属受命写来，却也是我自己极乐意为之的，感到意犹未尽，感到很多话还未能说出来。留待以后吧，情谊不是一口能说尽的。

文章结末，忽然跳出几个字来："家国情怀，艺术人生。"对照马老师的为人为文，很有些相仿佛。录存于此，算是我给马老师的一幅满怀敬意的速写吧。

《曾杏绯国画选》：只留清气满乾坤

云 薇

一

收到一部《曾杏绯国画选》（"塞上文艺名家书系"第三辑，宁夏人民出版社，2016年），选编了曾老国画286幅、评介文章4篇、怀念文章9篇，马建军先生写了后记，他写道："宁夏文联编辑的这本画选，涵盖了母亲艺术生涯的方方面面，增添了新的内容，全面地展示了母亲艺术风格和文化内涵，既有艺术含量，又有史料价值。" 这部收入曾老作品最全的画选，的确是对曾老逝世三周年的深切缅怀。连日来，我在不断地翻阅、欣赏、揣摩、思索，面对我所崇敬的先生，只有仰望，不知从何写起。但已受命，不能不为，暂且算是读后感吧。

一阕清绝，一抹心痕，一缕青丝，一场隔空相对的重逢。点起一盏绢灯，俯瞰一幅幅画卷，刹那间，在心底涌动起深切的感动和敬仰。

她沉静、优雅，翰墨濡染着书香女子的艺术追求，升华着一个艺术家的灵魂；她用自己的百年经历，见证着中华民族传统文化的繁荣和复兴。她就是著名画家曾杏绯。

曾杏绯是一位回族女画家，是民族杰出美术家，也是国宝级艺术家。她出生在文化底蕴深厚的文人家庭，她天资颖悟，勤奋好学，自幼受传统文化熏陶。她走过了抗战颠沛流离的岁月，走过了人生的春夏秋冬，历经生活的坎坷与磨难，依然对生活充满希望，从未放弃对艺术的执着追求，辛勤耕耘在笔墨馨香的画卷里。她脸上常常带着平和的微笑，眼眸中总是流露出风轻云淡的自信与从容，自身散发着阳光般和蔼可亲的魅力。

一汪清浅的水波，随着内心指引的光亮，无畏悲喜，无惧生死，丰盈荡漾，寂静之时也能开出朵朵莲花。曾老感受人生的由繁至简，用心珍惜身边的风景，认真绘画每一幅作品，是一种修为，也是一种境界。她心怀感恩，即使面对苦难也从不埋怨什么，就像一棵绽放在风中的梅花树，没有悲伤的情绪，没有哀叹枯萎的宿命，在沉默中层层叠叠，迎着朝阳；在凋零之时凝固了时间，站成了永恒。她感恩大自然的博大神秘，感恩坎坎坷坷的生活，感恩她的老师与朋友。她在自己的回忆文章中写道："共产党救了我的丈夫，也救了我的一家！我的一家，是从解放这天得到新生的"。

曾老是一位真正的艺术家，怀着一种质朴无华的心态，对艺术不懈钻研，学海无涯。新中国成立后，她手中的画笔再次迎来了艺术生涯的春天，像是一株雨后的牡丹，凝香玉露，迎风盛开，即使遭遇电闪雷鸣的洗礼，依然浓情重意地舒展着每一瓣花，每一片叶。古稀之年的她，在艺术人生的道路上达到了巅峰，焕发出生命的活力。

花开并非唯一的惊艳，花落也并非所有的感伤。有多少梦在她的眼里，有多少情在她的心里，缓缓沉淀，似月光缥缈，漫出红尘的牵挂。她年复一年，日复一日地赞美这个温馨满满的社会，描绘朝绽暮谢的世间万物。她自幼喜爱读书，更喜欢绘画，喜欢描摹万物的一颦一笑，以花为伴，以花为魂，花的精髓与爱恋，在她的纤纤手指中一次次丰饶多姿地绽放。或许是命中注定，大自然的博大神秘，抚慰了她幼年丧母的感伤，并治愈了她的重病，成就了一位百岁女画家的奇迹。

二

王昱《东庄论画》言："学画所以养性情，且可涤烦襟，破孤闷，释躁心，迎静气，昔人谓山水画家多寿，盖烟云供养，眼前无非生机，古来享大耋者居多，良有以也。"满树的落花，幽幽岁月，似来自天籁的箫音，牵动着每一次的蓦然回首。在灯火阑珊时，我仿佛看见曾老摊开画纸，皓腕轻扬，妙笔生花，诉说着对大千世界的挚爱之情，她长期坚持用笔墨来滋养心灵与如花的容颜。

几十年的光阴，她都在默默地书画花卉，侍奉着花卉，修葺裁剪，朝夕相伴，吸收了花之气息、花之魂魄，尤为喜爱牡丹。20世纪80年代，每当花开时节，银川中山公园里牡丹花卉"天香园"里，经常浮现曾老凝神望花的身影，时而观察，时而写生，流连在花香馥郁的牡丹花丛中，描绘深受大众喜爱的各种花卉人物。她重视写生，睹花思人，是一种与花的对视，情感的交流。她不仅绘画雍容华贵的牡丹，冰清玉洁的玉兰，傲骨铮铮的寒梅，还绘画老百姓喜闻乐见的生活情景。

《塞上七月枸杞红》表现宁夏地域的劳动人民采摘枸杞的丰收场面。《放鸭图》湖波荡漾，放鸭人神态生动，凝神安宁，嘴角含笑。水鸭活泼灵动，或嬉戏水间，或你追我赶。她用一颗纯洁无瑕孩子般的心灵，天真烂漫地看待世间万物，绘画各种花鸟虫鱼，莺歌燕舞，使人物活动朴实自然。她描摹生活，热爱生活，赞美生活，一派喜气洋洋、生机勃勃的万千景象。

曾老，在早期牡丹画中，既有恽南田派的功底，又有宋元明清各家的韵味。嫣香盈袖随风落，让人想起篱墙里盛开的牡丹。《万紫千红花争艳》《洛阳春色满人间》《牡丹玉兰》繁花似锦，令人目不暇接。牡丹素有"花中之王""国色天香"等美誉，中国人视为富贵吉祥、繁荣昌盛的象征。曾老在《唯有牡丹真国色》中题写刘禹锡的名句："唯有牡丹真国色，花开时节动京城。"牡丹，年年花开，古时明月，树影幽暗婆娑。十里长亭，十里藤木落古香，一夜辗转，一夜轻叹，一夜微雨滴梧桐，不觉令人宛然一笑。多年以前，是否有过一个身披彩裳的女子，悠悠然然，将那长长的裙摆拖过青阶古道。

一纸烟霞，馨幽妙曼。她以工笔没骨花卉见长，尤擅画牡丹。在中国绘画史上，"没骨"一词最初见于宋代。沈括的《梦溪笔谈》曾记载徐熙的后代描绘花卉"没骨"法，用不同于勾线染色的工笔"勾染法"，不用墨勾线而以色彩点染而成，既可以谨严工致，也可以能工能写，亦写亦工。谨严者如工笔，点染自如若写意之笔墨淋漓，可以收放自如地去表现为之感动的自然。文人画即有"水墨为上"的观念，亦可说"以色为上"，也可以说"用色如用墨"，高妙之处在于把色处理得高雅、隽逸、虚灵。

对花相望花不语，眷恋自在手腕间，琵琶弦上，纤指轻挑，不知沉醉了多少如梦如歌的岁月。腹有诗书气自华，绘画中有文学的修养与沉淀，画家绘画才能见真性情、真境界。《明花映日》是以石榴为题材的花卉作品，此画为绢本设色，竖幅的画面，构图严谨，用色讲究，创作于1961年。曾老以石榴为题材，寓意很有内涵，笔法潇洒有力。她在画中题道："风举高枝露色干，明花映日倍增妍。百子千孙红不尽，神州榴火已燎原。"花叶墨色深浅相宜，细画花蕊，勾勒叶筋，明净简洁。笔情墨意间，石榴花内在的活力展现得淋漓尽致。朵朵石榴花千姿百态、红艳似火，花头饱满，花瓣层层分明，错落有致，金黄的花蕊，摇摇欲坠的俏

模样似乎伸手可摘。你看，在那葱绿的树叶中挂着一串串迷人的花朵，半开半掩，似一个害羞的少女，惹人怜爱。盛开的花，像一团火，更像是待嫁的新娘，使人心醉。它们个个生趣盎然，在姿态各异的新枝老叶的映衬下焕发着喜气洋洋的活力，寓意着生命的延续与继承。正如杜牧的《山石榴》："似火石榴映小山，繁中能薄艳中闲。一朵佳人玉钗上，只疑烧却翠云环。"

曾老在画上题写的词句和名目丰富多彩，有一部分是她颇具文采的丈夫题写的。《不随黄叶舞西风》是创作于20世纪60年代的一幅菊花图，题词为"宁可傲霜枝头老，不随黄叶舞西风"，表达了她无畏的不随波逐流的独立人格。后来，她曾以一个长者的祝福作了一幅《向阳花》，"花儿朵朵向太阳，给孩子们。时间是春天，给孩子们"，寄托了她对年轻一代的殷切期望。那幅画上，向阳花的色调深沉，笔底功夫显出老到，意境亦幽雅。花与人一样，与生俱来，无须忧伤，唯于花开之日，让绽放得热烈，斑斓每一天，才是人生的舞台上最优雅的转身，最华美的谢幕。"得笔法易，得墨法难，得墨法易，得水法难。"恽南田说："俗人论画皆以设色为易，岂知渲染极难，画至着色，如入炉钩重加锻炼，火候稍差，前功尽弃，三折肱知为良医，画道亦如是也。"曾老不断地临摹宋明清时的名画，不断钻研揣摩，画艺上千锤百炼，逐渐形成了她的没骨花卉，严谨传统用色"粉"，"粉"之浓、淡、厚、薄与精妙的水色相交融，其味妙不可言，形成独特的"曾氏没骨技法"，吸取民间花卉中的红绿搭配，化俗为雅，巧妙构图着色，春风拂面，喜气洋洋，既艳丽而又不失淡雅的气韵。

《工笔牡丹蝴蝶》是曾老1967年创作的，是宁夏书画市场上难得一见的精品、珍品。画作风格纯正，笔法细腻，设色典雅，

代表了曾杏绯先生继承并弘扬的晚清画家恽南田派工笔没骨花鸟画的极高水平。

《前程似锦》描绘了多种花卉，组成了一个象征吉祥的"如意"图案，以如意之形比照汉字"心"字，称"如意，心之表也"，一端以松枝结合灵芝造型，另一端以牡丹、玉兰、木槿为云形，中间以向日葵、牡丹、芙蓉，点缀幽幽兰花栩栩如生。老子言："涤除玄鉴，能不庇乎。"画家对自然的体悟，要涤除俗尘杂念，有我之见，使本心清明，虚心观照，内省自性，方能以无我之见，体道自然的玄妙之境。这也是画家体道自然的不二法门。曾老倾情于一花一草，感悟于人生万象的艺术表达。她赋予了花卉鲜活的生命：有的百花争艳，款款笑颜，含苞待放；有的顾盼生姿，前后呼应；还有的摇曳风中，意蕴深情婉约。

曾老对墨法的深入研究，将墨色自然流淌于笔端，赋予没骨画艺的趣味与生机。她小心翼翼地将开春时节工人们在公园里修剪下来的松树枝，收集晾干，焚烧松枝灰烬掺入墨中，用来色墨自然地绘制蝴蝶、蜜蜂等，水墨中有了一份松香，添了一份灵性，惟妙惟肖地表现出活泼可爱的小昆虫的动态，引人惊叹，被画界誉为"曾氏绝活"。

曾老中年画牡丹常常配上山水坡石、蝴蝶、蜜蜂，或翩翩起舞，或跳跃灵动，姿态各异，别有一番情趣。小小的蜜蜂，她精心刻画，传神到那扇动着薄而透明的双翅，仿佛听到嗡嗡的叫声，真切地画出花卉与飞虫间的喃喃私语，美轮美奂，令人神往。她在《蜂蝶图》《山花蝴蝶》《百蝶图》中的花、叶的形态，蝴蝶的质感，飘舞的动态，使人感到微风拂面，蝴蝶被吹得翅膀展开的神态跃然纸上，极其微妙逼真。这种追求真实的画风，源于严谨的创作态度，其中包括对生活的严谨观察，用心用情，每一个小生灵，在她的笔下充满生命的力量。她与花诉说，与蝶相伴，构图工整灵动，用色更是清新雅致。数不尽的蝴蝶仙子，朦胧间流浪，栖落水草间，滚落成露珠，晶莹剔透。在山坡，在草丛，在摇曳生姿的花蕊上，翩翩起舞，引人遐想。倘若我在，饮一叶花上的露水，青阶品花香。做个重情重义的诗人，邀清风，赏明月，玉佩玲珑，不绝于耳。

"落花人独立，微雨燕双飞"（晏几道《临江仙》），心中的一盏不灭的灯，时时引领我寻找曾老美丽身影。70岁以后，她的画境宁静而高远，有些是小写意的画法，笔法洒脱自如，彰显出老人超凡的笔力。77岁的曾老创作了一幅颇为独特的作品《国色天香》，打破了传统中国画的模式，甚至加入了设计的元素。这幅作品还悬挂在曾老家中，儿女们一致认为这是代表曾老艺术创作最高成就的作品之一，是"镇家之宝"。

三

曾老德高望重，名声显赫，但她一直保持着俭朴的生活习惯。改革开放后，曾老已近古稀之年，她迎来了人生真正的巅峰。她要将心中的花卉再绽芳华，她要寻回失去的时间，在笔尖，在水色，在起落间，目光所及，如痴如醉。曾经，她住的房间只有10平方米，但她依然苦中作乐，方寸之间见天地。这里既是她的柴米油盐的家，也是她对绘画技艺精益求精的殿堂。她的这间小屋完成了许多大小尺幅的精品。80年代后，国家落实知识分子政策，她搬进了稍大一些的住房，但画室仅有三四平方米。社会在发展，人们的生活水平在逐渐提高，她从不向社会索取什么，即使属于她的也会放弃，她满足于心，一箪食，一瓢饮，乐在其中。一间绘画的小屋，她夜以继日地精雕细琢，对每一幅画都要做到尽善尽美。在花香四溢的心灵世界中，她忘记了疲劳，忘记了烦恼，眼里笔下，都是纯粹的美，持久一生的美。这一时期，她的绘画技艺已经炉火纯青，却经常自谦地说："我画得不好，请多多指教。"宁静淡泊是她的气度，谦虚谨慎是她的品格。绘画对曾老来说，是天籁的旋律，是旋转的舞蹈，是虔诚的敬畏。一墨天成，一水兼葭，一帘幽梦，一份灿然如月光的感念，久久地萦绕在我的心间。

曾老于1979年任宁夏美协主席后，积极组织各种培训班和创作活动。虽然年届古稀，但精神矍铄，为了宁夏美术的发展积极奉献着自己的光和热。她不仅自己创作了大量的精品力作，在她的艺术熏陶下，儿子马建军已成为宁夏书画院院长、中国百杰画家；小女儿马以慰也是美术专业出身；孙子马骅和孙女马丽茵都成为大学里的美术教师，一家老少常聚在一起开"作品观摩会"，其乐融融。挚爱艺术的一家人，他们聆听百鸟的歌唱，用欣赏繁花的绽放，迎接春风的问候，用心灵体味拔节的枝条、斑驳的山岩、游动的小鱼、清澈的河流、阳光的明媚……并一一记住世间的美。

曾老善良真诚，真心对待每一个上门求教的人。青年画家李东星回忆起自己20年前慕名找曾老求教的一幕：当时的曾老虽然声名远播，但见到还是毛头小子的他却非常耐心，给了他许多宝贵的建议和鼓励，还叮嘱曾老的儿子马建军抽空辅导他。正是这种鼓励，让李东星至今难忘。当年曾老在文联工作时，每逢春节，就把家在外地不能回去的同事请到家中，一起吃团圆饭。还把年轻人积攒的脏衣服抱回家给洗干净，连他们的袜子也给补好。从家人回忆曾老的文章中得知，有一位下肢瘫痪的年轻人叫侯小平，家境不好，全家人就靠父亲的抚恤金生活，但他喜欢绘画。曾老就去他家上绘画课，一教就是三年，分文未取。画画让小平重新燃起了生活的希望，绘画进步很快，后来他的作品还参加了自治区画展。曾老为人真诚厚道，无论对谁，她宁愿自己吃亏，也要设法帮助和成全别人，包括别人的事业、成长。她永远是那样谦和、温蔼、宽厚，她追求和珍惜的是一种熠熠生辉的人生品格。

塞缪尔·斯迈尔斯说："有比快乐、艺术、财富、权势、知识、天才更宝贵的东西值得我们去追求，这极为宝贵的东西就是优秀而纯洁的品德。"当我走进曾老的绘画世界，被她异常绚丽的绘画作品所感动；当我了解了曾老的人生历程，为她高洁谦虚、素朴大度、淳朴善良的人格魅力所倾倒。是的，曾老超群的绘画技艺为我们树立了学习的榜样，而曾老无私奉献的精神更令人敬仰。

一缕墨香，融化在深深的眼眸，时光更迭，世事变迁，我仰望繁宇苍穹，那翻阅不尽的人生百味，于尘世中我愿掬一捧怀念的星斗，洒落点点憧憬，放飞心中的祈愿。花开，不再随波逐流；花落，不再黯然神伤。一任花谢花又飞，共掬花香醉一回。

李生滨、田燕《当代宁夏文学论稿》：坚守与创新

武淑莲

《审美批评与个案研究：当代宁夏文学论稿》(阳光出版社，2016年) 是李生滨教授从研究中国现当代文学转而研究宁夏文学的最新成果，也是与田燕、田鑫等年轻学子共同研讨宁夏作家诗人创作十多年的心血之作。此煌煌近50万字的文论专著隆重推出。比起前几部鲁迅、郭沫若、沈从文等创作领域的论著，这一部是更加切近自己性情的专门性论著，是个人学术研究道路上不断拓展、不断创新的又一力作。

此论著结构分为总论、小说研究、诗歌研究、杂文研究四部分。总论部分是宁夏文学研究的理论梳理，主要论述后乡土时代，宁夏文学在创作上乡土诗意倾向与现代性的冲突。论著中的小说研究以宁夏文学最大的名片——张贤亮的小说为始，涉及80年代、90年代及至当下极具影响力的小说作家李进祥、马金莲等；诗歌研究着重代际相传，突出更有影响的新生代；杂文研究也是宁夏文学的灿烂一支、独放异彩。论著以史为线，以作家作品为重点，将史论与个案研究结合，是集文学史、文本细读、审美批评于一体的有独特审美经验的著作。虽然是整体考量宁夏文学，但眼光是中国现当代文学的视阈；虽然是文学作品的审美批评，但也是哲学的、社会学的、心理学的、语言学的跨学科研究；虽然是个案研究，但不局限一隅，能够以贯通的思路，将研究对象放置在大背景中。在宽阔中见细致，在细节中显真情，他的批评语言既是细读的客观的评述，又是投入

情感的欣赏与遗憾；是发自内心的激赞，也有恨不能尽力表现的遗憾。尤其对文本的阅读，对一些作者熟悉，对作品的品味充满人文、人性、人情的深度关怀。投入了情感、深入的细读、客观的评论，是一部充满诗性与人文关怀的李健吾式的批评论著。

这是一部"知人论世"的新批评论著。李生滨教授对作家作品的批评建立在对作者的熟悉和作品的审美细读上。他把每一时期的代表作家作品放在一定坐标上，文学史的脉络清晰，对坐标点上的作品深入研读，或收集全面的资料。所以如果忽略文学史的叙述，作品的研读细致而饱满，从而使整部著作从章节到个案的解读有很强的可读性、审美性。这对几十万字、涉及近百位作家的著作，对每一位作家作品的品评，确实难能可贵。当然这得益于他的教学成果，可以说这是将教学成果转化成学术成果的自然成就。这无疑是这部论著最可贵也最吸引人的地方。

尤其是作者将宁夏文学的女作家群体作为独立的章节介绍，既突出了宁夏文学中女性文学独特的精神面貌，又显示了作者在研究中平等的人文关怀视野。女性文学独有的文学情怀、文学传承、文学精神等在论著中也似一种文学风景，不可忽视。

这是一部"由外到内"的论著。李生滨教授是外地人，只是因为工作关系，融入了宁夏的地域文化建设。现在已经是宁夏作家群体中的重要一员，是宁夏文学评论界知名的教授与学者。这是"由外到内"的转变之一。其次，他本来是研究中国现当代文学的博士（后），有着宽厚的文学视野，深厚的文学理论素养以及有全局的视野，在转而研究宁夏文学时，是以一种高远的眼光、异常的热情、独特的见解，考量每个作家。他是把宁夏文学放在中国当代文学、西部文学的背景中去考察，写出了自己的"这一个"。在研究方法上，将开放的眼光与低头的审美

阅读相结合。因此既大气又精致，拿得起，放得下。把宁夏文学独特的品质：在冲突中坚守，在滞后中创新，在乡土情怀与现代性突围的冲突中抉择并前行揭示得清晰而理性。这种由外到内、由远及近的研究方法，值得宁夏的学人从中汲取宝贵的经验。

这是一部对宁夏的文学事业有独特贡献的论著。宁夏文学评论界的理论引领素有"北郎南钟"之誉。宁夏大学博士生导师郎伟教授和宁夏师范学院钟正平教授的鼓与呼，宁夏大学、宁夏师范学院两所高校文学院的广大教师及一群中国现当代文学、宁夏文学研究者的助力，使宁夏文学的研究由高校辐射到整个社会。宁夏社科院的牛学智、宁夏党校的赵炳鑫两位学者在哲学层面、理论层面上的反思与批评，也在理论指导上促进着宁夏的文学创作事业。宁夏有了首个"文学之乡"，有了"鲁迅文学奖""冰心散文奖""少数民族骏马奖"等诸多获得者，与宁夏的文学评论家、研究者切实的研究、批评和理论指导是分不开的。李生滨教授对宁夏文学乡土诗意与现代性冲突的理论阐释，指出了宁夏文学的审美倾向，坚守乡土，是现代性的滞后，但坚守乡土，在后乡土时代，则恰恰是另一种现代与创新。宁夏文学似乎缺少理论上的大启蒙，在创作上忽略城市，钟情于乡土，感恩于乡土的滋养，坚守乡土，谨慎于城市题材，在苦难的表达之后，超越苦难，以乐观的精神在细密的叙述中咀嚼出生活中悲苦而诗意的滋味。而这一点：在坚守中创新、在诗意叙述中与现代性冲突，则恰恰是宁夏文学在后乡土时代的品质与魅力。这是宁夏文学创作者的生存环境和独特的创作群体与创作心态决定的。这种高远的学术眼光，使他对宁夏文学的定位做了准确把握。

这是一部接地气的著作。进入论著视野的作家作品涉及宁夏高校、文联、作协、出

版、政府、企业等各个领域。论著也有与自己学生的密切合作。同时听取朋友的意见，亲自组织采访、交流。对宁夏文学的概貌和发展走向表达出了真知灼见。宁夏地方不大，文学生态环境良好。李生滨教授在高校从教，专心致志，亦教亦研。一部部有分量的著作在学校领导、同事、朋友的帮助下，接连出版，这在宁夏文学界是极其可喜的。

这也是一部有缺憾的著作。既然是"当代宁夏文学论稿"，却对宁夏文学的戏剧题材没有专章研究，这在文学史的研究上是不完整的。在一定程度上可以看出宁夏文学创作题材的发展是不平衡的，但作为以史为线的研究，忽略毕竟是一种较大的遗憾。同时，在宁夏文学发展趋势中，对宁夏文学的理论引导有些欠缺。比如，如果将宁夏文学放在中国当代文学乃至世界文学的背景下来看，当下的宁夏文学需要更深的学养积淀、更宽广的人类普世情怀、更加不重复自己的创新与突围。

李生滨教授十多年来，在宁夏高校文学专业中的发展，是宁夏文学生态良好发展的最好证明。他写评论、组织研讨会、举办文学沙龙、参加文学采风，在课堂教学上，在作品研究中，在学术报告中，在会议研讨发言中，总能听到他独特的审美批评之声。他与宁夏文学界的融入、互动，后来成为发声者、研究者，是宁夏文学生态环境影响了他，也成就了他，他也从中获得了读书、做学问、交友的乐趣。"坚守与创新"既是这部论著中宁夏文学的品质，也是作者个人在学术研究道路上的真实写照。应该说李生滨教授是乐教、乐研、乐活的一位知名学者吧。若非此，如何有热情、有动力关注宁夏文学的创作态势？

虎西山《远处的山》:有"味道"的诗

武淑莲

拿到虎西山的诗集《远处的山》(宁夏诗歌学会"诗塞上云集"第一辑,宁夏人民出版社,2014年),一读,再读,还想读,放不下了。两个感觉:一是能读懂,句子、意思、比喻,都很正常,有跳跃,也是正常的跳跃,符合审美规范和语法运用。二是有"味道",诗里诗外,表面深层,有值得让人捉摸的味道。仔细品味,这点"味道"恰是诗作的灵魂,是要表达的意思。含蓄、有韵味、有味道。这"味道",是生活的味道,是哲理的味道,是书香的味道,是记忆的味道,也有无法言说的味道,是一种有讲究的诗的味道。诗之"兴味",诗的韵味,都在这独有的"味道"之中。

诗歌的最高境界在于"言有尽而意无穷",或"言外有意"。诗不能是弯弯绕,也不能直白得一览无余。诗不能像哲学一样讲道理,然而诗的不可言说的妙处,就在于含蓄的韵味。

老虎的诗是有"味"之诗,是生活的味道。是诗人生活的积淀。老虎是读书人,年轻时代,诗的激情勃发,有过冲动写诗的生活积淀。到现在,当然也是年龄的积淀、文化的积淀。诗人的生活状态、内心感受都在变,但骨子里的一颗"诗心"并没有变。老虎是一位老诗人了。从20世纪80年代至今,诗的产量不是很多,但这些诗放在一起,却能很完整地看出他的诗歌创作历程。

第一卷"老歌无眠"是过去的诗。是一些过去年代的诗，在今天读来依然是有滋有味的诗。比如那些爱情诗，爱情的伤感，含蓄蕴藉，令人回味。如《在冬季的一个早晨》：如今我／一边写诗一边打发着日子／过往的爱情／有时会在笔下流泪／但我已学会忍耐／在离春天不远的季节里／我不再忧郁／遥远山坡上的那一点积雪。"忧郁"最终化作了这山上的一点"积雪"。将爱情的伤痛、内心的感觉与一点"积雪"，运用感觉与视觉的"通感"手法，含蓄、飘逸、哀而不伤，散发着一种释然的平静力量。在《我或许应该说些什么》中写"远去的人带走了忧伤／她留下的地址被我烧毁／桌上的竹笛／隐约的泪痕斑斑驳驳。"无言的伤痛，无奈的现实，尽现笔端。

写哲理的小诗如《假话》《面子》《门神》《野狗》《小道消息》《远处的山》等，有点杂文的味道，或批评或感慨，写世相人心，有人生的杂味与感慨。而《先秦长城》《固原城》《曹操》《山关口》等写地域历史、文化、自然的诗，也是难能可贵的对过去记忆的记录。如《固原城》写道："固原城曾经是一座砖色的城／巍峨的城门／为汉家天子／抵挡南下的胡马"。既再现了固原城的原貌，也悲叹历史在战争中的毁灭坍塌。历史情怀、悲悯情感可见一斑。"老歌"是对过去的怀念，沧桑之味，颇多感慨。

第二卷是"远处的山"，大部分是写故乡、故园。一点一滴，细碎平常。为远处的山和远处的家园、四季、风物，描摹寄情。每一个人的故乡，都是心灵的慰藉和独特的"这一个"。故乡是作家们的普世情怀。对老虎来说，故乡就是些山、川、云、林、风、草、地、古道、毛驴、荒原、阳光、残雪、季节、老堡……平淡的日子，平常的事物，但在诗人眼里，"过一种平淡的日子／不用太多的勇气／只需要足够的耐心／以及时不时关心一下／柴米油盐／正是那些该愁的事

情／使日子的内涵不再简单"。乡间的生活，不是轰轰烈烈的，平常人的艰辛，更多的只是些该愁的事情。故乡的风物变成了景，故乡的情变成了诗。一个诗人眼里的故乡是"远处的山"，就是离开了，仍然在心底在心头，无法再近，却也无法远离的地方。很平凡，像几片云彩，有时浓有时淡。但最可贵的是这远处的山，"还能长出些精神，不卑不亢"，这是故乡给予诗人的精神力量。想一想，我们过去贫瘠的故乡山川，除了父母无尽的操劳和艰辛的日子，还能有多少诗意呢！故乡是越来越遥远了，但从故乡汲取的"不卑不亢"的远山精神依然在诗人的心中。中国文人的"乡土情结"大抵如此。故乡是心灵的栖息地，是无意识的成长记忆，也是老虎诗歌里最多的情感意象。

第三卷"人间烟火"，记事情，写人物。写纳袜垫的女人，写一棵树，唱祖先的歌，写出嫁的新娘，写六盘山下的村庄与牛羊，山野中的妹妹，故园云天，小城的天空，拿着风轮的孩子，穿街而过的和尚，拉犁的牛，看家的狗，劳作的农民，以及对闲花闲草的留意。这些诗名与内容，充满了人间烟火气，是俗世的生活，一股浓浓的生活的味道。读来有"生活的画面感"。细碎和日常的生活因平淡更能显出诗人对诗性的锤炼。是诗性点燃了生活，日常的生活也因诗性而变得有滋有味。

三卷诗，过去的诗，故乡的诗，人间烟火气的诗，都是有"味道"的诗。诗的言外之意，韵外之旨，使这些诗显得传统而精致。"传统"是说老虎的诗没有让人匪夷所思的内容，没有把人引到沟里上不来的感觉。"精细"是指老虎的诗有语言的锤炼，诗韵的讲究，节奏的和谐，意蕴深长，耐人寻味，值得品读。

老虎，除了是位诗人，更重要的是位画家。他的诗可能得益于此，他的诗很有画面

感，可谓"诗中有画"。《红辣椒挂在屋檐下》《拿着风轮的孩子》《纳袜垫的女人》《穿街而过的和尚》《娶亲》《穿红衣服的女人》等等，诗中既有鲜亮的颜色，也有鲜明的人物形象，诗的意境明丽而美好。诗歌大都简略精炼，高度浓缩与概括，他的诗像是速写或素描，或简笔画，或精致的小品画。形式短小，内容精悍，是传统诗歌的形式。内容在概括中又不失细节，诗意含蓄蕴藉。因此把诗的韵味、诗的哲理味、诗的审美趣味，都用高度概括的诗的语言表达出来，更显出诗的"言有尽而意无穷"的本质意味。在审美风格上"尚淡""尚雅"，情感质朴、节制，没有让诗的激情以非理性的形式泛滥，而是在深沉的思考过滤后有选择的表达情感，于平凡之中见"味道"。因此这种"味道"是生活的味道、文化的味道、沉淀的味道。

老虎的诗值得品读。

导夫《山河之侧》:俯视山河苍茫

安 奇

夜间，收到校长发来的《山河之侧》(宁夏诗歌学会"诗塞上云集"第二辑，宁夏人民出版社，2016年) 的电子版，正是读诗歌的好时间，尤其是导夫老师的作品，读起来更是有一种欣喜若狂的感觉。作为导夫老师的学生，我实在是不才，没有达到老师的期望值；作为老师的诗友，自己的水平还是很差，需要仰视；作为老师的酒友，只是能够叨陪末座，浅酌即可。在我心目当中，导夫老师对我而言，正如《离骚》所言"乘骐骥以驰骋兮，来吾导夫先路"，是人生道路上的、诗歌中的前辈和引领者。

读导夫老师的诗歌，应该有一个高度，这个高度需要两层解释，一层解释是他是俯视苍茫大地的人，所以从笔端流下融入诗行的是对大地的一种关爱，来自于切肤之爱，来自于内心之痛。

"该怎样　该怎样向你叙述呢／一个从黎明到黄昏从黄昏到黎明的传说／已掠过夕阳掠过风暴　像／失宠的女人　死亡般留给了永远／历史的残流从贝化石上悲惨地淌过／梦境　浑浊　星云　辉煌／多少飘零的季节多少幻灭的奇迹／像深深流淌的过去　把我／带入一条充满痛苦和不幸的支流"。(《西部变奏曲·释放哲学的化石》)

诗歌中呈现出来的是西部的莽苍，时间和空间的雄浑变化，跨越的效果，有着堂皇迷离的文风，在这样的诗风中有着强烈的自我感受，有着聂鲁达式的飘逸与奔放。世界的游离破碎，痛苦和不幸所带来的一种对生命意义的探求和渴望。这组来自于1984年的作品，至今读起来依然让人血脉贲张，在同组诗歌《乌鸦轰炸着我们的高原》中"从高原到高原仿佛一张为捕物的网"，诗人借助这样的表述，让飞翔的意义从乌鸦的翅膀上散开，飘向世界各地，豪情中的想象，自然而然带来空旷之美。

一层解释是读者必须以容纳的心怀接受，并随着他的目光一起游历，从而懂得他所经历的一切，从而明白诗人的内心情怀。看着草原的伸展，羊群，牧民们在群山之下的生活，从西部的生活中撷取美好的一面，展开对生活的把握，对美好的向往。二十多年后读起，恍若一场梦境，忠诚、微笑、寂寞与快乐等都是真实的人生。我想对美好事物的想象，每个人心目中都会有一个平和的境界。

"你过多的现实　支配草与草／羊群与羊群　牧游者与牧游者／有幸的存在和幸福／而你的伙伴　那四周褐色的山冈／都欠下身流动着忠诚的微笑／在你的微波之四边／刻画着起伏的山河／因为有四周黎明的弟兄／你才永没有寂寞"。(《高原协奏曲·湖》)

诗人在《古道》一诗中写道："这里／并不是／延续的过去／并不安于／一个固定的角度／你和黄昏一样静美／我的视觉／和高原一样宽广。"目光所及掠过原野，秋风吹过，季节变化，每一个人，其实永远都是旅行者，需要在道路上看到有着家园气息的地方，从而让飘零的身体，无法皈依的灵魂找到一个安歇的地方。古人的情怀就逐渐在导夫老师的诗歌中呈现了出来。这样的情怀正是现实世界当中比较欠缺的一种情怀——悲悯情怀。

俯视大地者必以容纳者的心怀来接受事物——莽苍大地，古道，岛屿，山川以及茂密的森林，各类飞禽走兽，生活在这个世界上的人民。因此欣赏人生，品味山河，也是导夫老师诗歌当中的主要写作对象，并借助这些意象来营造自己心目中的那个世界，在诗句中这个世界有着它们自己的味道。

"因为你黛色的微笑／和冬日冷峻的安详／暮鼓　敲打古庙的孤独"(《贺兰石》)；"当一个农夫在劳作之余　对着长城的烽火台瞭望／唤起的　已不再是古阶石养育苔藓的浮尘　以及迷惘／因而　所有走向北方的人　都可朝着／成熟的森林　同国徽　齿轮以及镰刀／向着没有开垦的土地起航"(《北方：我的森林》)。

无论是冬日暮色中的贺兰石，在清幽的古境中流露出一抹黛色的微笑，还是在北方辛勤劳作的农夫，当这一切都能够入诗，并造出不同的语境，获得不同的语言氛围，让诗歌的范围拓展，从而将不同的题材从不同的角度入手探索，并以真诚的笔触，触摸每一首诗歌的细节之处，例如境的营造，在《贺兰石》一诗中呈现古典诗歌的境界，无声的微笑，黛色的远山，古庙的钟鼓声辽远地飘散开去，"因而／那充满信仰的／那醒悟感知的／都和你打着坚定的招呼"，一如古典诗歌中的味道，有着王维《过香积寺》"薄暮空潭曲，安禅制毒龙"的境界。例如氛围的把握，以农夫劳作之余的目光所及看到的世界从中升起的英雄情怀，从四面八方向北方走去，一个拓展的世纪正在展开一幅壮阔的画卷。

当这幅画卷展开就是诗人的另一种情怀，时空超越感的蔓延，从1987年3月初稿，1989年3月改定的《黄河交响曲》，包含《第一乐章　D大调　奏鸣曲式　天使》《第二乐章　G大调　变奏曲式　热情》《第三乐章　g小调　复三段式　瞬间》《第四乐章　D大调　回旋曲式　永恒》，与1985年6月初稿，1998年初改定的《世纪情绪》，包含《第一乐章　D大调　奏鸣曲

式　临界》《第二乐章　G大调　变奏曲式　再生》《第三乐章　g小调　复三段式　守护》《第四乐章　D大调　回旋曲式　永恒》，当中可以看到一种旋律在产生，两组大节奏，大旋律的诗歌大致出现在同一时代，从命题上也能够看到导夫老师对西方音乐的一种缠绵绯恻式的喜爱，以至诗风和音乐的旋律有着极为类似的律动。两组诗歌相较，《世纪情绪》一组，显得单纯清澈，力度感比较明显，所使用的意象，如：山、水、风、烟、国家、长城等意象重复叠沓，句式单纯，透明感强，思维过程清晰，指向性比较明确，有着早期诗歌的单纯特质。我们来看诗歌结尾的一段"有风有雨的日子／太阳／从喜马拉雅探下身／为我背负的花朵／打上一个中国结"，时代的烙印非常明显，强烈的精神气质，有着一种透明的直指目标的明确性。《黄河交响曲》的成诗时间较晚，音乐感更加强烈，而且内涵性质的意象增大，力量增强，更加汹涌澎湃。

"如是妩媚　如是恒久　如是辽远／超尘于群峰之上　超尘于黄土之上／超临于地球之上　超临于太阳之上／两岸明亮的肤色　两岸的男人和女人／无力以贝多芬之手扼住你天使的奔流"。（《黄河交响曲·第一乐章　D大调　奏鸣曲式　天使》）

从诗歌的本身来看，诗人选取的角度即是超凡脱俗，超离尘世，以绝高的角度来看世界，群峰之上，黄土之上，地球之上，太阳之上，可以归纳为时间和空间之上，历史与现实之间，奔流的想象与时间之河都容纳在黄河两岸，看到永恒，看到辽远，看到妩媚。种种姿态，尽皆入眼，旋律的涌起，天使观世界，人生知未来，悲伤潇洒，失败成功，一切都是"你证明但也被证明着　你征服但也被征服着"，这首诗歌里面有许多预见性的句子，充分地呈现了诗人的预见性与警觉性。

"无法以你的浩大来证明世界的狭小／无法根深蒂固地惋惜陨石的衰落　因而／没有谁比我更亲近你更关注你更理解你／你不是地球的标本　地球不是宇宙的标本／你不是中国的标本　中国不是你的标本／在你的面前思想失去了所有的模式／顽强的超现实的感觉引来和煦的形象"。（《黄河交响曲·第二乐章　G大调　变奏曲式　热情》）

这段以排比句的方式呈现出来的诗句，无意或是有意用强烈的感慨呈现一种人生命运的状态，在人生道路的选择上以拒绝的方式显现选择的可能性。直白的强烈的呼告的方式表明在未来的探索中找寻不到最切实的道路，道路只有在前行的道路中摸索探寻，这种摸索带有对未知世界的寻找，所以一切已有的模式都失去它已有的意义。"历史开始理解一次最不愉快的意义／一个英雄的主题经受着灾难性的考验／云烟／落叶／残流／以至寂灭／在你的萧索之上／堆积起十年的风尘"。末路英雄就是探索失败的英雄，而这样的人物形象也正是作者试图寻找的一种带有理想性质的有追求价值的范本。历史的前行、推进，几乎每一次都是在对峙、崩溃中前行，诗人准确地把握住了这种精神品质，把这种意义放在现实之中，放在未来的道路上来看，已经准确地验证了诗人当年提出的某些现象。这种形象的塑造也印证了诗人对自我形象的认知。

当某种力量持续过久，就会陷入一种沮丧或者失落。于是我们在导夫老师的诗歌作品当中看到一种宁静和淡然，有着《空谷临风》的气质。《空谷临风》"在永隔的幽兰与野玫瑰底下／舒心欣赏着无人追逐的美丽／风儿吹过来／无语的暗淡／默默的深情／在周遭丁香的愁苦中／同声叹息／以手指丈量阴柔／以嶙峋的山石和夏日云朵的窥视……／没有什么比遥遥相对的重逢更广阔／没有什么比失魂落魄的守望／更能塑造凄风苦雨中的自己"，在宁静的张望中，诗人巡视着幽兰、野玫瑰，在丁香的愁苦中探索阴柔的命运。一种舒缓、淡然，流露出的宁静，但是又饱含着失落和难以割舍的情怀。无论是熟睡的《渔港》，还是《爱的忏悔》，《昨夜的梦》中还有"那玫瑰枝臂飘垂的头巾"，宁静中的寂寞或者是悲伤地回忆起的往事，总有一些事刻入内心，不能遗忘，在不同时代、不同年龄的追求中呈现出不同的面目。

当内心的一切都能平和的时候，就有一些东西是能够献给内心的，献给现实中生活的。当现实照入内心，所看到的就是静穆无边，就是永恒弥漫，失去的生命，失去的爱人，失去的青春，在这一切都还没有失去的时候，在年轻的诗句中一早就呈现出对未来的探讨。

"我们无须以山岩和树木的支持／信仰那条失血的小路／那片缺氧的平原／那段有色的回忆"。（《永恒》）

正如诗人所说，在艰难险阻之中，在信仰缺失的时代，在一系列语言的暗喻之中，一切不明说的事物之中，有一些安定和剧烈的反衬，造成思想的波澜，而且越是向前流去就越是宽广，一如生命的河流，到最后一定是两岸浩浩荡荡，不辨马牛。当诗人在《跋：诗歌当反映思想发展的历史》中说："正如我在《四顾无岸》中所描述的那样：'我们无所谓确认行于水中还是泪中／因而我们不可能不这样／抗拒难耐的孤独'。"孤独无所排遣，正如忧伤蓄积于心，有些时候和老师坐在一起小酌几杯的时候，被他的幽默和风趣打动，后来我想所谓的幽默和风趣其实就是建立在对生活真实的认知上，有了切实的现实认知，有了超越现实的预判，有了失去的伤痛，有了不可挽回的失落遗憾，就能够读懂在跋里出现的这个句子，深刻现实、真切，所以不妨拿这个句子做个结尾，献给大家。

"我深刻地体认，每一条路都伸向远方，每一扇门都为人顿开。

我们走惯了路，知道鞋里的砂为谁哭泣。"

刘中《贺兰山的草帽》:将物象浸染于情感

瓦楞草

刘中生于 60 年代，他 17 岁开始发表作品，20 世纪八九十年代在宁夏诗坛比较活跃，诗歌见于《星星》《飞天》《诗歌报月刊》《当代诗歌》等文学刊物，是一位颇有实力的诗人。谈论刘中诗歌，不能绕开他最近出版的诗集《贺兰山的草帽》(宁夏诗歌学会"诗塞上云集"第二辑，宁夏人民出版社 2016 年)，这是刘中写诗以来出版的第一部诗集。该诗集由三部分组成，精选了诗人多年来发表过的 90 首诗歌。从诗集文本整体来看，质量很高，诗人在创作中运用的艺术修辞手段，与诗歌中具体可感的形象以及指代的某种内涵或表达的事物、概念达到很好的契合，从而形成臻于成熟的文本之美，构成了富于象征寓意和心灵思辨的诗风。

概括来说，作为八九十年代在宁夏诗坛就比较显山露水的诗人，刘中在其同时代诗人当中是比较出众的，他的诗歌在文化和思想方面都达到了一定的高度，并具有特色。从题材上来说，这部诗集诗歌的数量虽然不多，但涉猎了抒情、叙事和写理。诗人透过托物言志、写景叙事、怀古咏史、行旅纪实等方面在读者眼前铺开充满诗性、诗意和诗情的表达和抒怀。以下，我们通过阅读《贺兰山的草帽》注意到刘中诗歌中的独创性，并将这些优点作为衡量其诗歌成就的基本尺度，就此浅谈两点。

一、想象与现实的完美结合

宁夏诗人、评论家张铎在《贺兰山的草帽》的序中说："刘中诗歌的朴素的情感，自然的诗句，如歌的旋律，加之从日常生活中提炼出来的奇特感受和神奇想象力，使平淡无奇的细小事物焕发出了强大的生命力。"我们认为，张铎在这段话中指出了刘中诗歌的优点，对其给予了高度评价，同时切中了要点。通过阅读可以看到，《冬日的羊群》《纷纷乱跳的石头》《冬日的蝴蝶》《羊群》《山，使人疲倦》《山民》等诗歌题材来自于现实生活，诗人在创作中注重想象与现实紧密结合，凸显某些源自生活经验的细节，但不拘泥于现实，而是发挥想象的扩展作用，其间常有玄思妙语，使读者得到启迪。我们以《冬日的羊群》《纷纷乱跳的石头》《戈壁牧羊人》为例。

在《纷纷乱跳的石头》一诗中，刘中通过意象上承下转，构成一幅社会生活斑驳的图画。这首诗里，一群乡下孩子见到考察团的汽车围着看，而"他们的父亲／像沉默不语的石头／从南山脚的阳光里走过来／眺望山坡上刚整好的麦垛／高兴地拍拍孩子的秃脑袋／汽车走了／走的山石纷纷乱跳／一群孩子纷纷乱跳／他们一直跟出了山口／那山口他们的父亲也很少走出"。在《冬日的羊群》一诗中，诗人由羊找草吃，想象"红刺满坡枯萎地蔓延／划破它们的嘴角""它们在秃顶的山坡疲惫／和牧者勒紧肠胃睡觉／在流泻的阳光沐浴下／梦着另一个季节的青草"。在《戈壁牧羊人》一诗中，"羊群四处寻草／牧羊人躺在那里　太阳在头顶／没有动／一条小河在远方流着／他干裂的手掌里汗水在淌／他睡着了／嘴边长出大块青草／羊群哗地涌过来"。

刘中诗歌的美学建立在对平凡事物与生活气息的挖掘之上，他善于捕捉普通物象与日常生活的诗性和美感，并将此付诸诗歌美学。以上三首诗，由于想象与现实达到完美结合，让读者感受到诗人想表达现实与理想的差距，如果《纷纷乱跳的石头》一诗流露的是由现实思考引发的新的渴望；《冬日的羊群》一诗表现出追求理想与现实产生的心理矛盾；那么《戈壁牧羊人》就充分体现出人对理想孜孜不倦的追求。这三首诗采用超越现实的想象来满足创作的需要，将构想建立在唯心主义之上，诗中想象的空间衍生的事物意欲达到一种理想和不懈追求的模式，诗人运用的语言文字超出它已给我们的确切意义，指向更广阔的意义领域，而美便寓于其中。在《贺兰山的草帽》中，刘中的很大部分这样的诗放射着睿智的光芒，他将想象融入诗歌描抒的物象，隐藏在抒情的整体构造里使智与情达到更高层次的超越，为阅读中的体悟找到了附着的智体。他似乎更善于表达事物的矛盾性和两面性，诗歌所营造的意象组合不仅构成了一种强劲的艺术张力，还使读者看到一种对立，这种对立象征着理想的丰盈与现实的干瘪，呈现了诗人内心的挣扎以及对于人的命运的思索。

二、富于包孕性的意象空间

诗人可以用语言创造一个超越现实之上的虚幻世界，这标志着诗歌的语言是其他文本的语言难以企及的，而创作这种超越离不开诗歌意象，并且，诗歌意象最能体现出诗人的风格。在《贺兰山的草帽》中，可以发现很多关于山、草原、动物、酒、女人、土地等的描述，这些带有原型意味与充满生活气息的基本意象，揭示的平凡而普通的事理，构筑了刘中诗歌的基本骨架与抒情展开的隐秘线索。围绕这些描述，诗人开拓的意象天地是非常广阔的，饱含的情感也十分丰富，从而形成一股力量和激情。此外，他将诗歌不同程度地赋予了哲学意味，凸显出独特的艺术格调和美学品位，这种对美与艺术的追求，也反映出他的人生态度。在刘中诗歌中，俯首皆是这样的诗句。

关于山："那些好兄弟／祁连和昆仑们／一样地静若处子"（《积雪山顶》）；"众多传说在狼山奔跑／惊吓着羊群只在阳坡吃草"（《狼山》）；"它们也似馒头／在温饱攸关的年代／引诱人的舌头"（《奶头山》）。

关于草："羊群唱过的地方／如今没有青草羊"（《羊群唱过的地方》）；"汲水的女人／身后低矮稀疏的野草"（《汲水的女人》）。

关于动物："一只只羊在山峰上／跳去跳来／如瓣瓣桃花／盛开"（《贺兰山》）；"鹰被阳光赞颂着／巨翅逼向牧犬"（《高蹈之舞》）。

关于酒："一杯浓烈的大夏贡酒／灌进脸静心热的爱伊河"（《深秋：贺兰山以东》）。

关于人："最漂亮的西夏女在舞蹈／脚步轻盈气息如兰"（《岩画·西夏女》）。

关于土地："沙漠在西北偏北汇合／大地在天空中飘摇"（《风卷额济纳》）；"驮着一片片坡地／于初春的早晨／让儿子们耕种"（《黄土高坡》）。

众所周知，诗写得情感深厚，意象鲜明又独特才能吸引人，这是刘中诗歌艺术表现的主要途径。我们在其诗歌中看到他对物象的理解，对情感的把握都显示出非同一般的审美，他的很多诗句既理性，又非理性，语言经过深化，意象的特征已被勾勒和表现得非常突出，意象及意象经营的模式令诗歌的运思生成深度结构，富于个性，充满情感，使我们清晰体会到他对世界的关注。

刘中大多数诗歌贯穿着西部地域风貌的主题，他通过山、动物、大地等描写以及拟人的艺术方法，渲染想要表达的情愫，让人读之难以忘怀。诗句中可见，他将山和昆仑山拟人化处理，称它们是"好兄弟""静若处子"；将羊群在山峰上跳动的样子虚拟成盛开的"瓣瓣桃花"；将坡地放置于虚拟中的父亲的背上"驮着一片片坡地／于初春的早晨／让儿子们耕种"。这里，诗人有意抽离了长期以来我们脑海中形成的惯性的对于事物的认识和想象，使他描抒的情景和物象不止于经验，而是不断拓展和延伸成无数可能，造成一种审美对人的视觉、感觉的冲击。

刘中在《贺兰山的草帽·跋》中说："诗人应有大爱大悲，对万物产生强烈的关怀和关照。"这是他写诗的主张，从如上的诗句中我们也看到了这种主张。他通过客观的对应物表现情感，表明关爱。在这里，所谓客观对应物就是能唤起读者同感的客观情绪载体，刘中通过客观的描抒传递感情信息，表达他对世界的关注以及心中的悲喜，构成一幅幅图景。值得关注的是，他在诗歌中将抽象的概念和官能的概念融合，让思想知觉化，打破了诗歌对一般性形象思维的把握，把可感的具体形象与意味中的抽象交织在一起，强化了内心情绪抒发的独特方式。

当然，刘中诗歌不仅仅是我们表述的这些元素，比如《贺兰山的草帽》里出现另外一些关于岩石、气象、时间、色彩、植物等意象不可能一一列举，但在如上举例中已经看出刘中在意象的选择和运用上，有着不同凡响的艺术效果。在诗歌创作中，他擅长丰富并把握审美体验，按照自己的思维方式和情感逻辑去阐释和抒写着熟悉的物象，尤其可贵的是，他知道将这些物象浸染于情感之中，饱含着深情。

马金莲《马兰花开》：生活泥土绽放的花朵

解怀福

在西北荒凉的戈壁滩上，干旱的山原上，枯寂的沙漠里，坚毅地生长着一丛丛茂盛而朴实的马兰草。那修长、青绿、柔韧的叶子和蓝紫色的花儿轻轻地摇曳着，通过风向人们讲述着一位回族女性精神长成的故事。

扎根于贫瘠之地的马兰草生命力极强，坚毅耐旱，不畏艰苦，无怨无悔，更加郁郁葱葱，蓝紫色的花儿绽放得更是娇艳无比。这正是马兰性格、品质和精神的写照，是一种美好的诗意化的文学意象。

马金莲把自己的第一部长篇小说命名为《马兰花开》（宁夏教育出版社出版 2014 年），不言而喻地向读者昭示了作品主人公的生存环境和性格特质。

"主人公马兰是一名当代回族女性，她接受过一定程度的教育，对生活、人生有自己的理解和追求，但是命运严酷，当她面对着生活的种种考验，她没有畏缩，而是以一种隐忍而持久的耐力默默地撑起了生活的重担，她就像一株生长于山间路畔的马兰花，饱经风雨而不倒，开出了一朵娇美的女人花……"（引自网络王平花语）

与《父亲的雪》《碎媳妇》《1987 年的浆水和酸菜》等中短篇类似，马金莲的长篇小说创作，依然关照着西海固的人情地理、回族的生活状态，以巧妙的构思、细腻的笔触，热情地描绘那些生长于斯的女人、男人、老者和儿童。她叙写着贫困、闭塞的乡村，着眼于人物家务、农事等家庭柴米油盐的俗世生活，落笔于底层与文学的深处，刻写民族的心理和情怀。同时，又通过故事情节和人物的行动，让人伴着一种隐隐伤感的情调，与人物一同体味苦涩、磨难以及成长的记忆与隐痛；作家和读者也一同思考，在现代社会气息的吹拂和冲撞下，那些缺少正面文化精神积淀和沉潜的人们人性弱点的暴露及人性的迷失沉沦——好不困惑啊，在既定的生存环境里坚毅地拼搏呢，还是到外面的"精彩世界"去创造全新的生活呢？

然而，开化、隐忍、孝顺、善良、勤劳、坚强的马兰，带给我们的是一片阳光和希望。

《马兰花开》的内容是丰厚的，下面就其艺术特色谈点自己的阅读感受。

一、日常生活的文学性描述

众所周知，在中国古典文学里面，我们经常可以发现艺术诗意与日常生活的整合很出色的实例。四大名著之一的《红楼梦》实属另类，实现了从写离奇情节到写日常生活，从写传奇性的人物到写普通人物的转变，真正把作品的重心转到写人，进入人物性格的展示阶段，是第一部"人书"。（刘再复《性格组合论》，上海人民出版社，1986年）那些社会的、政治的、经济的、伦理的内容被溶解在日常生活的叙事中，人心的体悟就是建基在家庭闺阁中一饮一食之间。

中国现代文学以来所开启的两大叙事传统，即启蒙叙事传统和日常生活叙事传统一直并行着，即使前者竭力扩大和强劲时，或者受到作家们深层意识中二元对立的思维定式的遮蔽时，日常生活叙述传统仍然没有中断过。鲁迅、郁达夫、废名、沈从文、萧红、孙犁、茹志鹃、汪曾祺、铁凝、余华、毕飞宇等作家的文学实践和成绩，为当今的许多青年作家仿效和尊崇，一些优秀作家同

样将日常叙事作为文学起点的自觉。

近年来中国当代小说的创作，尽管风貌和形态多种多样，但叙事的主流还是日常生活。正如列斐弗尔所认为的："日常生活是一切活动的汇聚处、纽带和共同的根基。也只有在日常生活中，造成人类和每一个人存在的社会关系的综合，才能以完整的形态与方式体现出来。在现实中发挥出整体作用的这些联系，也只有在日常生活中才能实现与体现出来。"换言之，日常生活的完整性在其根柢处接通的正是人类身心一体化的完整性。从这个意义上说，马金莲倾注于山区回乡农民日常劳动和家庭生活的书写是明智的选择。

阅读《马兰花开》的文本，我们感到其所描写的生活图景，充满了真实的人间烟火和朴实的生命气息，所显现的依然是作家以往的写作风格。作家近乎非虚构地老老实实地展示了自己最熟悉、感受最深刻的生活，诗意地叙述着那些生长在山区农村最底层的农民的日常生活，细致描摹了马兰、婆婆、二嫂、李子良等普通人物的性格和心理。同时，又带有显著的地域、民族、宗教的特色，隐含着社会变革带来的阵痛与时代发展的律动。

通篇的叙述描写近乎真实、纪实。写了农民家庭的细碎日子，似乎庸常、重复的吃饭、睡觉、种地、结婚、生孩子、赶集，写了经济拮据的难堪、家庭成员因小事的口舌之争，写了养蜂、养鸡、到外地打工，大事就是李子良的不靠谱的行动及产生的恶果。这仿佛是西部农村农民生活的风俗画。

作品写了小媳妇马兰的精神成长历程。一个将要高考的女高中生，因为家庭经济困窘失学，无奈嫁人，为人妻为人母，尤其是作为"碎媳妇"的经历，艰难地在几个女人之间周旋，最终坚毅地做着自己想做的事儿，成熟地挑起了生活的重担。她是西部乡

村回族女性的缩影。

作品写了马家奶奶和公公婆婆的善良、豁达和顽强，以及生老病死，展现了对农民尤其是农村妇女命运深入冷峻的思考和温婉的情怀。

作品还写了打工人在外面世界的负面影响，以及"另类人物"李子梁和舍木（李子华）——马兰渴望通过读书要走入的外面世界和现代新生活，绝不是这个样子的。这反映了作家思考的悖论与困惑。

的确，《马兰花开》写得有生活，写得丰满厚重，这源于作家丰厚坚实的生活经历和人生体验；能够把细碎的故事和小人物写得有滋有味，源于作家的天赋、勤奋，还有超乎寻常的审美感知力和想象力。故此，我们对马金莲是欣赏、感佩的。

我们还知道，人与日常生活的关系是复杂的。两个生活在同样日常生活中的人，由于观念和认知不一样，他们所体悟的生活也是不同的两种。日常生活能够使不同时代的作家和同时代的作家显现出很大的差别来。再者，作家所经验的日常原始生活和其所创作的文学作品中的日常生活的叙述，又有很大的不同，主要在于主体（作家）意识和情感的介入。

所以，李长之先生在分析《红楼梦》时指出："在材料的采取上……并不在你如何选择那奇异的，或者太理想化的资料，却在你如何把平常的生活的活泼经验拿住。"

那么，马金莲是如何将现实的日常生活和自己的人生体验整合、发酵成作品中的有意味的日常生活呢？

我以为，一是作家感到个人经验是有限的，便深入生活再调查、再体验。为收集生活素材，马金莲先后辗转于西吉县什字乡、兴隆镇单家集、泾源县以及固原市原州区炭山乡等地，考察采访了百余个回族家庭，并与一些回族妇女同吃同住，详细了解了当地回族的生活、生产、婚嫁风俗、随时代变迁的观念，做了大量采访笔记。

二是运用文学手段艺术化。作品构思精巧灵活，主要叙写了李万山一家人聚在一起过日子的故事，以一个回族女性从女孩到女人，最后变成家里的顶梁柱这一漫长的过程为主线，塑造性格鲜明的人物形象。为了丰富内容并进行对比、陪衬，还设置了另一条辅线及隔壁一家人的婚丧嫁娶、喜怒哀乐，还延伸到对两家亲戚关系包括主人公马兰娘家在内的一干人酸甜苦辣的叙述。但两条线并没有平均用力，前31章中两条线是并列的，之后的辅线断断续续的，只在34章、42章、39章、62章里写了马家的事情。我想，作者可能考虑文字量不能太多，再者如果没有异质的内容和新的信息量，就不必再多用笔墨了。

作者依照生活和人物性格的逻辑，于大的结构框架里，编制了一连串的微小情节和细碎故事，加之绵密生动的细节描写，使作品血肉丰满。在人物及关系的设计上，尽量少而精，并通过在家的女人和到外面闯荡的男人们的联系，将间接叙写的笔触伸向了遥远的他处，拓展了作品的审美空间。

三是发现日常生活的意义并赋予人物以意义。

二、散文化的笔调和诗意的叙述

其实，多数情况下文学的创作是离不开日常生活叙述的，而要写好以日常生活叙述为主的小说也是有难度的。譬如新写实文学的作家，无法回避的问题是：知识精英一面想写大世界，作"宏大的叙事"；另一方面，在市场经济和意识形态的双重压力下变得支离破碎，成为"一地鸡毛"的生存重负。

故此，日常生活叙事面临着悖论和困境：其一，置身于日常生活中，加以切近的体悟，避免日常生活遭遇理念、规划的左右，但当人们的视线迷失在浩如烟海的"物"和"形而下"的方阵时，它就走向了反面。其二，一方面是以丰富的人生经历为自豪，津津有味地炫耀着自身的日常经验，另一方面又竭力抵制日常生活的无聊和平庸。其三，日常生活并不简单等同于个人生活或者"私生活"，对于文学创作而言，这一点尤其值得注意，等等。（金理：《日常生活的文学呈现及意义》，《小说评论》2007年4期）

而我们的出路就是：散文时代的诗意叙述。

记得别林斯基评价莎士比亚时说："现实诗歌的任务，就是从生活的散文中抽出生活的诗，用这生活的忠实描绘来震撼灵魂。"他还认为："内容越是平淡无奇，就越显出作者才能过人。"

马金莲在多年的中短篇小说的创作中，对日常的生活场面、平凡的散文的生活场面的描写，对普通人物的情感体悟和形象塑造，已经驾轻就熟，她是非常有才华的女性作家之一。一如既往，在长篇小说的创作中，作家没有从意志、观念出发，而是从生活中的世态人情出发——因为世态人情是生活中最稳定、最常态的东西，正如人的行走是常态而奔跑是非常态，江河的流动是常态而结冰凝滞是非常态——马金莲对日常生活的细节保持着一种拥抱的心态，完成了对于庸常世俗生活的把握。

作品中摹写的春夏秋冬四季的景致我们都见过，叙述的飘散着柴草味的日子我们也经历过。人物不多，关系简单，平凡的故事似乎也没有什么奇异之处，初看好像没什么，像细细品茗一样慢慢地就看到了人情世故，看到了传统与现实之间的碰撞，看到了与生俱来的生存理念，看到了人物内心深处的善良和亲情，还有对信仰的虔诚，当然，更多的是生活的艰辛和无奈。（李建学：《〈马兰花开〉札记》）

作家对日常生活的人生感悟思考中，发现了朴素生活里诗意的美；在对笔下血肉鲜活的人物的心理和情感透心彻骨的感知中，揭示了生活的秘密、人心和人性的秘密；在氤氲着感伤的情调中，借着主人公马兰的眼睛和心灵，关照、体察和想象生活的味道和意义并细致地描写出来，使作品包含了浓郁的诗意。

作家不仅发现日常生活的意义，还赋予人物以意义。譬如女主人公马兰，年轻、胆怯、隐忍、宽容、又有些羞涩的"媳妇儿"，在她的内心世界里，贮藏着走出山沟沟的梦和干一番事儿争取全新的生活梦，可遭遇了两次的"破碎"；她单纯、善良、孝顺、勤劳、坚强，有着睿智顽强的人生信念、丰富的思想和情感，她是偏僻山区千千万万农村妇女的形象，反映了当下农村青年妇女真实的生存状态。

马兰作为一名普通农家媳妇真实的人生，被作者不平常的眼睛和一颗火热的心照亮了，经过细致入微的叙述，这个小媳妇从青涩到开花以至结果，一天天成长为一个坚强的女人，成长为一个宽厚的妻子，终将会积淀为一位慈祥的母亲，如千千万万善良厚道的农家妇女一样，以自己的勤劳和智慧，特别是以母性的无怨无悔和自我牺牲，悄无声息地跻身于中国当代文学人物之林。这是马金莲对当代文学的又一贡献。（李建学：《〈马兰花开〉札记》）

值得注意的是，马金莲对日常生活的叙述是平和的、从容的，又有恰当的分寸感。例如婆婆和二嫂的性格是多面而复杂的，尤其是婆婆的形象很值得人琢磨。

马金莲的写作是成功的，她的文学实践给我们以智慧的启迪，正如里尔克所说："如果你觉得你的日常生活很贫乏，你不要抱怨它；还是怨你自己吧，怨你还不够做一个诗人来呼唤生活的宝藏；因为对于创造者没有贫乏，也没有贫瘠不关痛痒的地方。"

三、绵密的细节描写和诗意浓厚的语言

我以为欣赏马金莲的小说，就是要读细节，而更美好、精彩的审美愉悦就在于无声的阅读之中，用心体味细节描写的内容和艺术。

例如，填炕、切洋芋种和小媳妇"害口"猛嚼酸杏子这些土得掉渣的乡村生活元素，被马金莲工笔画一般地描写出来，使西部农村和农民生活的质感纤毫毕现。

在哈尔媳妇假装怀孕的行为中，藏匿着好吃懒做、暂得优宠的极为短视的心机；舍木领回来的媳妇婵婵的洋气和现代与马兰对比，既让马兰隐隐羡慕又让马兰恐慌；二嫂为李家生了三个男孩子因子得贵，在有身孕的马兰的心里激起了微微的歆羡、妒忌、自卑、压力和伤痛；马兰因经济困顿而失学，成为她永久的失落和疼痛，她憎恶愚昧的父亲，触景生情地怨艾着，也时时怜惜并伤感着洁白美丽的雪。

静心地阅读着，我们被一个个含蓄、隽永的细节的魅力所感染，心灵受到一粒粒隐秘的东西有力地震撼。

再例如，第33章中描写家里人吃鸡蛋的细节的六小段文字，反映了生活贫困下，不懂事的孩子对大人渴望得到食物的威胁，伦理亲情的温暖与难堪。

"婆婆一共打了四枚荷包蛋，舀在一个瓷碗里端上来，清凌凌的汤里飘着一层油花，淡黄色的葱花，白白的鸡蛋，看着怪香的……阿旦进来了，径直扑到桌子跟前，一双眼睛瞪得大大的……"

马金莲是用汉语普通话写作的，但又是带着突出的个人特色说着自己的话语，不是被规范的书面语，不是被意识形态化的媒体语，不是被其他作家训练过的语言，是夹杂着山区方言和回族语言的汉语小说语言，个人风格基本形成。

例如，作家用这样的文字描写马兰看到自己的学习条件不如其他同学，即将失学时的失落、苦闷和无奈的情绪：

"马兰傻坐着，感觉眼前一片模糊，看不见希望了。她伸出手，向着眼前摸，摸不到方向，她甚至不知道挣扎，该怎么挣扎，向谁挣扎。"

作品中细腻、生动、富有诗意的段落和句子，随处可见，例如：

"日子就像是一张网，一个人一旦被套入其中，就再也难以挣脱，被它缠着、绕着，为它悲着、喜着。"

这是小说家笔下的优美的散文语言和诗句啊！

曹雪芹在《红楼梦》中构造的让全世界省悟、感动的精神空间，就在现世闲静和宇宙悠久之间弥漫，浮动，它的起点就是平常生活的活泼经验。所以林林总总的鸟兽草木，凡俗人世的闾巷琐细，莫不寄寓着高尚情志。文学在日常生活的呈现中开掘，预留着通往精神价值的通道，此岸彼岸，一体两面，彼岸的意义就在此岸中实现。

马金莲直追古代、现当代文学经典的日常生活叙事的传统，在多年的文学实践中，深知三昧，颇受其益，自得其乐。

我们希望马金莲在今后的文学创作中，应当主动承担起哲学、人类、社会、未来等方面的任务，并且要将这种意识融入日常生活叙事的血肉之中，用世态人情来突出表现，争取将宏大叙事的元素融入其中，写出更加上乘的作品。

张玉秋《家事》:过去故事的叙述

张福华

在文学史上，家庭一直是作家辛勤耕耘的园地，也是作家灵魂的休憩地。

近读张玉秋的《家事》（宁夏人民出版社 2008年），收获颇多。这是一部家族史。在最初的阅读中，我甚至没有搞懂那些复杂的人物关系，在之后的细细研读里，才感受到小说叙述的深意。

作为一个家族观念深厚又发达的国家，在中国两千多年的封建社会里，整个国家都是模仿家长制的秩序建立起来的。国与家有着千丝万缕又密不可分的关系：国家兴，则家族兴；国家亡，则家族亡；家族兴，则我兴；家族亡，则我亡。而组成强大之国的细胞——家庭，既是社会发展的基础，又是危机和问题的指示器。

张玉秋的故事叙述是放在中国西部社会的大背景下的。它没有贵族家庭的妻妾成群，没有父子、兄弟、妯娌及复杂人物间的尔虞我诈，他记述的是平民家族在各个历史时期所遭遇的日常生活的琐碎之事。既显现于历史之中，又游离于历史之外，读之亲切、自然、真实。

小说《家事》以作者本家族几代人艰苦跋涉的日常生活为素材，以真实的记述、第一人称的视角，对遥远的历史时空和当今的现实进行文化想象回望与阐述，生动地展现了家族中人的爱情婚姻和艰难的生活历程。

小说作家具有两重生活，一重是现实中的直面当下的普通生活，一重是文学中的生活、在故事中的作家生活。张玉秋无疑是将这两重生活有机地融合为一体的作家。从清末民初到现今"我"的时代，这百年间会发生多少事？怎么样来表述这些事件？

《家事》记述了父系、母系及叙述者"我"的现实经历和感受。这三方成线成面相互映衬，交叉进行，层层叠叠，繁而不乱，使现实的空间获得了历史的深邃，也使历史的溯源，有了现实的底座。

叔本华言：小说家的任务，不是叙述重大事件，而是把小小事情变得兴趣盎然，把原来肯定无聊的东西变得妙趣横生。

《家事》将那一个个或平凡或神奇的故事讲述得生动而又富有浓郁的地域色彩。

爱情和婚姻是小说永恒的主题。《家事》中，太爷、三爷、舅舅、"我"及姐姐的爱情婚姻，几乎无一例外的都是一些落入俗套的故事，但叙述者根据不同的时代背景，不同的人物性格而写得各有特色，每个人都写出了"这一个"的形象，不雷同也没有重复。

太爷，一个浪迹天涯的游医，生活无着，孤身一人。当他在河边救了被家人抛下水的女子时，当女子恳求他要跟他走时，他的表现是"愣了一下"，指指自己的胸口说："我，你跟我走?!"这里有着长期流浪被人欺侮和在富家女子面前的自卑，也有着他善良本性的体现，救人是出于本能，而不是趁火打劫。

三爷，在经历了父辈苦挣苦做而富足一方时，他对戏子的爱就有着一种居高临下的优势心理。他认为得到戏子不过是探囊取物，轻而易举。他对班主的态度是满不在乎的，"笑着说：'看你说的，我们就是认识一下么，有个啥哩。我也喜欢唱两嗓子，请她指教指教。你把她叫出来，跟我认识一下。'"他说的是跟我认识一下，而不是我跟她认识一下，将自己放在了主位，似乎不是他有求于人，而是人有求于他。这样就将一个公子哥的形象逼真地显现于纸上，也为他后来的表现埋下了伏笔。他爱情的结局注定是始乱终离。

舅舅的爱情，是写得最出彩的。

舅舅读过书，见过世面，又在县政府任警察局秘书，是一个走在街上都能成为风景的人物。他对一见钟情的女子，就有着一种胸有成竹的霸气。他还不知那女子姓甚名谁时，就先对父亲说要娶亲，只管请媒人去提亲就是了。而后媒人提亲受挫，他问明情况，将一块光洋放在炕桌上。再之后，他就是依仗手中的枪和人，直接去抢亲了。在日后的漫长岁月里，他是妻子的主宰，妻子是他手中的面团。在这场爱情的角逐中，他始终都是以胜利者的面目出现的。

每个人都有属于自己的时代，抢亲就是那个时代特有的产物。舅舅的爱情虽然是在暴力中实施的，却又不失浪漫。

每个人也都在时代这个大舞台上，上演着一幕幕人生的喜怒哀乐。

"我"的爱情，在 20 世纪 70 年代末，在思想还未曾完全开放时，在叙述者理性的记述中，温馨浪漫却又沉静如水，它演绎的是一个有情人终成眷属的故事。

姐姐的爱情，则是一个有始无终的凄美故事……

"家族、历史、性"是组成家族小说的情节母题。在男权社会里都是以男性为中心的，女性的生存生活无不受到男权的制约。《家事》小说记述的事件也都是发生在以男权为中心的时代。其中的女性几乎都是作为男人的陪衬出现的。舅妈的盲从痴迷衬托出舅舅的霸气；太奶奶的无奈大度衬托出太爷爷的善良倔强；戏子白月的被动衬托出三爷的纨绔浮躁；星星的美丽沉静衬托出"我"的执着坚韧……对这些着墨不多的女性们，作为叙述者的作者"我"给予了她们深厚的同情和关爱。

在众多的女性记述中，母系家族中的外奶奶是"我"投入情感与笔墨最多最沉的一位女性。

在最初的章节里，外奶奶的出现，只是一个"拿着小笤帚出屋，扫去大伯子肩上积雪"的一个不言语的女子。她显山露水地出现在读者眼中，是她在操办外大爷爷的丧事中表现出来的与众不同的才干。在家中的男人死去躺倒后，她镇定地站了出来。非但如此，在外大爷爷下葬时，她领着儿女们在荒天野地在众目睽睽之下，唱起了外大爷爷爱唱的曲子，这在当时是绝无仅有的。

其后，在为外大爷爷的申冤的过程中，她表现的就是悲壮了。这个偏僻乡村的女子，做事有理有节，先是找王有禄搞清事情的真相，然后去找乡长说理，再往后就是上县衙告状，直闹到开棺验尸，引来一片纷纷扬扬的毒言恶语。她的干练坚决成为她失败的动力，那是一个注定打不赢的官司。展读整个打官司的过程，让人不由想起民国初年轰动一时的"杨三姐告状"一案。在男权社会里，女子抛头露面地去告男人，是要付出代价的，那代价不仅仅是失去声誉，甚至还威胁到生命。

外奶奶是"我"倾注心血最多的一位女性。发生在外奶奶身上的所有事件都写得有声有色，记述清晰、自然、流畅，以详写略记的手法，将外奶奶的性格心理写得传神而真实。

在记述外奶奶这个人物事件过程中，"我"始终遵循着特有的叙述方式，多线交叉进行，繁而不乱。其间穿插着太爷的死亡、三爷婚姻的终了和外大爷爷的死亡真相。

小说讲的是故事，强调的是情节的生动性和连贯性。《家事》中，许多看似不相关的事件人物都有着内在的联系。春水伯就像一根连接家族的纽带，将张氏父系家族从头穿至尾。线的那一端系着父系祖辈太爷太奶（他是太奶的外孙），线的末端牵着"我"的妻子（妻子的父亲），父系家族由太爷爷太奶奶的组合到发家乃至毁灭无不与这个看似微不足道的人有关。叙述者"我"在讲述春水伯的故事时，赋予了这个人物传奇色彩。从他的出场，到他的死亡，几乎都是大起大落的事件。同时也流露出对一个家族兴亡衰败人物命运的探求及无奈的心理。

在"我"的叙述中，叙述者的激情充分体现在外大爷爷身上。从外大爷爷推下巨石、割肉饮酒镇住土匪到生命的终结，"我"用一个个富有神奇色彩的事件来描述衬托这个人物的神奇。

在《家事》的讲述中，始终有着一股粗犷坚韧的气流在字里行间涌动，对人的生命生存的感叹力透纸背。你可以从阅读的文字中，读到一个家族艰难蹒跚的步履，也可以读到家族中每一个人在命运掌控下的挣扎和扭曲。多重人物命运的咏叹合奏出了一首感喟心曲的"时代哀音"，铸就了作品内在的灵魂。

叙述者"我"有着他的无奈和迷惘，就像他在引言中写道："我无法面对过去，无法用现在的思维方式去理解过去的一切。"叙述者在讲述家事时，无时无刻不在思考着这样的问题：人从哪里来？到哪里去？人为什么活着？人之命运的归属……

在以第一人称的一个个故事的讲述中，叙事者的表述真实自然，叙事写人如数家珍，起承转合不温不躁。在这里，叙述人"我"与作者等同。从一开始，身兼作家、叙事者、主人公于一身的"我"，就以真挚的情感，记述着父母及"我"家族的故事。

解读《家事》，就是解读一个平民家族不息与无奈的奋斗史。

崔永庆《蝉鸣集》: 居高声自远

张 嵩

崔永庆先生古稀之年，仍然笔耕不辍，三年间成诗300 余首，佳作迭出，令人感慕。他在后记中说：以"居高声自远，端不籍秋风"的蝉鸣来作为本集的命名。我想，一是体现了诗人高洁清远的品行志趣和崇高的人生理想，二是表现了诗人的作品高处发声清丽响亮，而并非借助秋风的力量的超俗境界，物我两释，寓意深沉，我认为十分贴切，所以也就在此借用一下作为题目，真是何乐而不为呢？

崔永庆先生是我的前辈诗人，诗词创作已逾 50 年，出版诗词文集 6 部，内容涉及社会生活的多个层面，丰厚而多彩，足见诗人的见识与阅历。我世纪初年有幸与崔永庆先生相识，同赴泾源县参加宁夏诗词学会组织的采风活动。先生留给我的印象是慈眉善眼、精神矍铄，一副长者的彬彬风度。经了解，他不仅是一个热爱生活、勤于创作的诗人，更是一位曾经在全区农业战线担负重要职责的专家型领导干部。他对农业的深情、对农村的痴情、对农民的感情，后来在读他的诗集《绿野春秋》《秋悦平畴》中我都有着深刻的体会。他倾情土地、歌唱祖国、赞美故乡、感悟人生，始终高唱的是主旋律，这是他诗歌的主基调，在《蝉鸣集》(宁夏人民出版社 2015 年) 中也延续了他这一高昂而朴实的诗风。同时，因为他有着丰富的经历和对现实问题的敏锐观察、细致思考，他的诗作关注的社会问题较多，有对社会痼疾的无情抨击，有对贪官污吏的辛辣讽刺，有对下层民众的深深同情，在这里，他的诗风又为之一变，嬉笑怒骂、针砭时弊，语言犀利，让人感佩。他的作品没有丝毫的消极颓废之感，始终传播的是正能量。因而，我要说崔永庆先生更具有一般诗人所没有的高尚品格和社会责任。诗如其人，此言不虚。就让我们仔细品味一下他的诗作。

热爱生活、赞美家乡、歌唱祖国，一腔情怀始终谱写的是主旋律。任何诗歌都有一个载体，诗人所吟诵的对象、所融入的感情都要有一个侧重点。在崔永庆先生的笔下，他所钟情所吟诵所歌唱的一个侧重点就是美好生活的不断变化、家乡的发展繁荣与祖国的强大昌盛。如"晴光一带朔天明，塞上江南焕玉容。大漠疏烟笼宝藏，长河丽日抱连城"。

"新浇山麓葡萄紫，还润水滨枸杞红。古道情丝今又系，国门此启向中东。"（《天下黄河富宁夏》）丽日朔天，塞上美景；葡萄紫圆，枸杞红润。好一幅天然图画，这全得益于黄河水的滋育，但是美好的生活才掀起了它的一角。它的全景式的画面还在于立足古丝路，面向全世界，续写丝路新篇章的中阿合作，改革开放开启国门的大视野等等。着墨不多，寥寥数笔就把宁夏近几年深化改革带来的新变化、新成就尽入诗中。有情景、有议论，大气、饱满，极有豪迈气势。再看在宁夏新十景的评选过程中，崔永庆先生更是不遗余力撰文写诗，大力宣传，得佳作十六首，把自己心目中的美好景观一一诗化，更是淋漓尽致地彰显了一位老诗人挚爱家乡的情怀。他写沙湖"湖里浮荷恣意艳，渚洲落雁不思还"。（《沙湖毓秀》）荷色艳丽，雁不思还，何况人乎？留下的是无限的遐思。写水洞沟"刀耕埋下几多梦，火种燃烧世代情。"（《水洞隧光》）薪火相传，生生不息，人类的文明进步离不开先民们的刀耕火种，旧石器时期的"梦"与现代生活的"情"密不可分，一脉相连，唯有如此，人

类才能不断前行。写六盘山"豪壮雄文恒励志，长征万里不歇鞍"。（《六盘雄风》）六盘山的雄美就在于它是一座胜利之山，毛泽东一首《清平乐·六盘山》使它饮誉天下，而"不到长城非好汉"的长征精神永远激励着人们在革命和建设的道路上永不停歇。高亢激扬的诗句，表露了诗人锲而不舍、上下追索的人生态度，雄文励志，任何时候都不能歇鞍！写中华回乡文化园"盖碗浓茶香四溢，回街流恋品风情"。（《回乡情园》）一句"盖碗浓茶香四溢"道出了多少深情，既包含着回族特色，又洋溢着幸福吉祥，韵味深长。民族团结、社会和谐是宁夏的一张亮丽名片，诗人紧扣主题，深化了题材的文化内涵，意义自然不同一般。诗人长期生活在宁夏，熟知家乡的一草一木，对景物的描写细致入微，十分投入，通过对家乡变化的赞美与抒发，情感得到了极大升华。诗人对伟大祖国的繁荣发展，对中华民族早日实现伟大复兴的中国梦同样也给予了无限深情。诗人在《十八大花絮之悉心聆听》中对总书记报告期间响起38次掌声欢呼道："三十八次春雷动，十亿人民心沸腾。句句都将期待应，心声难抑掌声隆。"诗人从中看到的是希望，是信心，激情满怀，难以自抑，此情此景，没有对党和国家的忠诚与热爱是写不出这样的诗句的，这也是一个老共产党员的心声！再看"银鹰拉彩傲长空，气势磅礴举世惊。长安街上雄师过，腾起东方一巨龙。"（《"九三"胜利日纪念活动短章检阅》）为祖国的强大而由衷地歌唱，中国不再是任人宰割的"东亚病夫"，已是腾空而起的一条巨龙，是保卫世界和平的主要力量。诗人的喜悦之情溢于言表，也为我们表达出了共同的赞美之声，诗句铿锵豪放，充溢着强烈的感情色彩。这一类的作品还有《眺望南海》《大国风范》《一带一路》《贺亚投行成立》《"神舟"与"蛟龙"穿越海天对话》等等。发出的都

是雄迈有力的声音，唱出的都是激越高昂的旋律。

关注现实、感悟人生、重视友情，满腹经纶始终传播的正能量。诗词不是闭门造车，不是凭空想象，是从现实中撷取的情感花朵。崔永庆先生始终关注现实生活中发生的每一个重大事件和热点问题，从中选取创作的题材，寄托自己的喜怒哀乐，借以表达思想感情。如《抗震救灾短章》，诗人情系地震灾区，心怀忧虑，体现了一位饱经风霜的老诗人"先天下之忧而忧"的高尚情愫。"汶川未愈患芦山，悲壮交集凝笔端。一首小诗和血涌，寒冬挺过是春天。"（《遥寄》）寄语灾区，战胜困难，挺过严酷的"寒冬"就是温暖的"春天"。希望与慰藉、关心与呵护交织在一起，唯有崇高社会责任感的人才会有如此博大的胸襟。"心血一滴情万里，翻山越岭到岷江。"（《献血》）"捐款箱前慨解囊，江南塞北共匡襄。"（《募捐》）既写出了一方有难八方支援的感人情景，也呈现出了诗人的一颗爱心。家国一体，小中见大，大爱尽在其中。《反腐倡廉组诗》六首，一气呵成，诗人毫不留情地对贪腐进行了鞭挞并一针见血指出了贪腐者的下场："日寒难冻冰三尺，点墨焉能染九寰？""一朝败露东窗事，五毒俱全阶下囚"。同时也对国家廉政肃贪寄予了厚望："明镜高悬三尺剑，倡廉反腐可期春""清风扑面可期许，荡尽尘埃处处芳"。腐败是国家和社会的毒瘤，善良的人们对此恨之入骨，"毒瘤"一日不除，国家就难以健康发展。诗人忧心，"后天下之乐而乐"，虽其远思，但不因此而悲观，对国家的光明前景抱有十足的信心。"莫忧'虎患'玷污党，百姓心中旗更红！"（《闻徐才厚落马》）如果说诗人对地震灾区怀有一种人间大爱的话，那么对世上贪官污吏则是一种憎恨，两相分明，显示了诗人的道德和风范。在感悟人生的诗作中，总是洋溢着乐观的情绪。诗人大半生从政为民，阅历丰富，退出领导岗位后，多年来又以政府参事的身份经常深入农村，做一些调查研究，献计献策，发挥余热。同时笔耕不辍，积极参与诗词采风活动，饱蘸笔墨，抒发豪情。"老眼昏花休怨艾，从容淡定悟今生"（《视力检查》）；"枝到秋来逐日垂，累累硕果不张扬"（《院堂春》）；"不叹秋风夕照晚，流霞作彩润诗章"（《退休感怀》）；"罐贮豪情千万丈，塔抒壮志凌穹苍。管中流淌一腔血，互为祖国献热光"（《宁夏石化采风之厂区一瞥》）。这些诗句都是他积极乐观精神的真实写照，年逾古稀却激情不减，壮心不老又充满活力，顺应规律、谈定人生，用情诗章，高歌生活，相对"人生一世，草木一秋"的悲鸣，这是何等的境界！我们再看诗人关于友情的诗作，说到友情，这是诗人人生感情生活中主要的组成部分，在诗集中有着集中的展现。一是对同事、专家的敬重与友谊。如"历练风云出大山，担当塞外到中原。一腔热血化春水，滋润民心亿万田"（《读李成玉同志〈边疆行〉有感》）；"扶伤救死悬壶济，敬业崇德众口夸"（《致陈树兰大夫》）等。二是对诗友、同好的祝福与期许。如"立业修身德乃本，清风两袖对红尘。当知今日我还我，多少氃坛鬼作神"（《读张怀武〈今日方知我是我〉》）；"高格处事谦融睿，低调做人刚济柔。心路迢遥甘苦注，学涯无尽毕生求"（《读〈愚翁笔记〉致张全美先生》）；"秉笔作犁不辍耕，抒情言志寄心灵。年年都获累累果，《满目青山》夕照明"（《读〈满目青山〉致诸诗友》）等。三是对亡友、逝去故人的哀思与怀念。"萧瑟秋风掠影城，文坛悲恸殒魁星。""贤哲已乘鹤西去，玉宇依然唱大风"（《悼念张贤亮先生》）；"塞上骚坛一盏灯，唐风宋韵伴时明。殚精竭虑身心瘁，诗花遍地慰仙翁"（《悼念秦中吟先生》）等等。诗人重情重义，各行各业都有他的朋友，他对朋友真情难忘，甚至牵肠挂肚，思念之时，总不忘添上动情的一笔，以寄托广博的情感。我们从崔永庆先生的咏怀诗中感受到的是一种向上、奋发的精神，一种正能量的传递，这与诗人博大开怀的胸襟不无关系，也与诗人"行万里路，读万卷书"的满腹经纶，亦即人生修养、感悟密切相关，这不是任何一个人都能做得到的，尤其是那些以"悲国忧民"自居的众多诗人们。

总之，读崔永庆先生的诗作，感觉最深的是对人心灵的冲击，是一种力量，语言铿锵，正气浩然，有阳刚之美。当然任何事物都具有两面性，放怀之处，浪漫的色彩则弱了一些，如果豪放与婉约兼具，现实与浪漫交融，则更会增加艺术的鉴赏性。

朱敏《青铜铸造》:不可复制的还原

王武军

朱敏是 21 世纪以来在宁夏诗坛崭露头角的 "70 后"诗人。她的诗重视生活取材,强调结构之美和内心体验,借助于意象构建倾听语言与敞开生命的形式。在她的诗歌中,意境的创造从来都是追求无限时空、形而上的超越,而不是仅仅停留于语象的表层。她以女性独特的视角,借助隐喻巧妙托出想要表达的一切,彰显出诗歌语言潜在的魅力。

在她的《青铜铸造》(宁夏诗歌学会 "诗塞上云集"第二辑,宁夏人民出版社 2016 年) 诗集中,从女性书写者的角度出发,用温和、含蓄、细腻、内敛的表达方式,表现出诗人对生活、生命、现实、记忆、传统、世界等的一种独特的理解,对爱的理性呼唤,具有强烈的生命意识。

在通读了《青铜铸造》之后,无论是卷一 "九月独白"、卷二 "只有回忆",还是卷三 "一树花开"、卷四 "半湖月光",在季节的变换和时光的轮回中,诗人用含蓄、温婉的笔触,表达出情感体验之美、生活体验之美、内心体验之美和生命体验之美,彰显出诗歌语境下不可复制的 "还原"。

朱敏诗歌的情感体验之美。情感体验是诗歌创作的永恒主题,这一点在朱敏的诗歌中表现得尤为突出。诗人无论是写亲情体验还是爱情体验,都能够把最温情、最柔软、最温暖的一面呈现给读者。在《九月独白》中诗人写道:"请不要轻易地揽我入怀 / 我的心经不起你暖暖的爱／请不要对我许诺幸福／我眼中的泪至今还记得悲伤的滋味／你的笑是我最温柔的依靠／你的拥抱成全我最优美的舞蹈／你的亲吻让我忘了曾经爱的风暴／我爱你，只想用我的一生来回报／哪管天荒／哪管地老。"在这首诗里，诗人用"揽我入怀""暖暖的爱""拥抱""亲吻""回报"等词语，表达出诗人对爱的理解，既是亲情，又是爱情；这种用生命体验表达出来的情感，是永恒的，是生命意蕴和亲情感悟的真实流露。还有"如果有一天我将死去／在小小的异域的海岸／在不知名的冬天／身体在虚无中被炸成碎片／灵魂无处安放还没有着落的整个梦想／亲爱的，你会在哪里／青春最后的回响又会在哪里悄悄绽放"。（《一树花开》）"记忆里，总有一片湖／明晃晃地亮在落满烟草灰的心上／我曾鼓起十万分的勇气，约一个男孩／在月光下散步。我们什么也不说／一步步踩在月光上，如张满风的白帆／在浪花巨大力量的推动下，奔赴湖边／最终，我们也只是看到一半的湖面／一座桥，将湖水分割两半／我们在这边，矜持在那边"。（《半湖月光》）爱情是中国自古以来诗歌创作的主题之一，朱敏也不例外，她把自己不断泯灭和不断认可的私心痛楚与爱的经验，用"一树花开"和"半湖月光"表达出来，超越了现实本真和情爱之后的端庄与美丽，指向能够使人反思、体验的过程和对爱情至上的终极目标，创作出了属于自己的"爱情标本"。

朱敏诗歌的生活体验之美。无论是从中卫到西安，还是从西安到北京，抑或是从北京再回到银川，在朱敏的笔下，一再展现了生活的体验之美。这种美，是一个诗人的生活阅历，也是一个诗人的心路历程。在她的诗里，字里行间喷涌着情感的流动和深沉的思索。诗人在《戈壁断章》中写道："盐白的大地孤立冉冉的炊烟／手持长鞭挥舞散乱的羊蹄／我早已离去留下夕阳孤独的败笔／马车驶过的时候没人注意／奔驰的骏马引领春天盛开的思绪／让我独自走吧／一个人的背影更能与大地贴近／更能倾听黄土地逐渐清晰的呻吟。"这里，诗人把生活的体验和内心的感悟结合起来，她想绕开纷繁的世界，独自一个人行走，因为只有这样，她才能更贴近大地，才能更清晰地倾听黄土地的呻吟。还有《今夜，我不想晒麦子》一诗："今夜，我不想晒麦子，月亮也不想／我用麦秆梳理心事，一撇白晃晃的月光探到心底／一根根扎成垛，开放成丰收的花骨朵／花骨朵也盼望花期，一捆捆束在月光下／等待晒干夏末的露水，也可能是初秋的凉雾／今夜，麦子很沉默，我也沉默／麦子在念叨月亮，我连念叨都不敢／只好缩在麦堆里，数着星星算你的归期。"这首诗揭示了当下社会生活中存在的一个共性问题，那就是留守妇女问题。在当下农村，有多少青壮男劳力外出打工，而作为他们的父母妻女却留守在乡村，尤其是已婚妇女，长年在家耕田种地、操持家务，那种艰辛和难熬，是常人难以忍受的。诗人在这里借助丰收之夜，写出了一位留守妇女的思念之苦："今夜，麦子很沉默，我也沉默／麦子在念叨月亮，我连念叨都不敢／只好缩在麦堆里，数着星星算你的归期。"再如《低矮的窑洞》："一组低矮的窑洞／掩映在急促呼吸的参差树木中／他们谁也没有说话／湛蓝的大地，早就用另一种燃烧的绝望／告诉他们谁将留下，谁将被时光无情地带走／那些低矮的窑洞逐渐成为消失的遗迹……"写出了岁月的无情、生活的变迁和即将消失的村庄。所有这些，表现出一个诗人对现实生活的关注和思考，既是向内的，又是向外的，把内在的情感蕴含在外在的现实生活之中，表达出诗人既依附现实又不向现实妥协的积极向上的思想和高远的境界。

朱敏诗歌的内心体验之美。一个人的内心有多强大，其精神就有多强大；一个人的内心有多细腻，其诗歌也就有多细腻。朱敏就是一个内心强大而情感细腻的诗人，她的诗多是内心情感体验之作。比如《家》："我一直幻想有这样的家／白色的茅舍／树木葱葱／阳光明媚的午后／和你坐在门前的树下／说说你侍弄的庄稼／聊聊我最近又写了些什么／或者什么也不说／一个看天／一个抽烟／当生活归隐在人间／当爱情消融在炊烟里／我不过是你在世界唯一的依恋／而你也给予了我／所有的温暖。"诗人用内心的体验，构建出了一个既普通，又和谐而温暖的"家"，这个"家"既是现实中的"家"，也是理想中的"家"。再如《旧信》："总有一些什么／在牵动我的心／我用猎人般的目光寻找／在时光的角落／发现是你在若干年前／写给我的信／早已发黄／早已淡忘／甚至信的结尾／亲昵的署名／都变得陌生／我不敢哭泣／怕惊醒十七岁时／做的那个美丽的梦。"随着时代的发展，过去很重要的联络方式——书信，已经慢慢地淡出了人们的生活。诗人在这里以一封旧信，重新把我们拉回到过去的年代，在怀旧中，把一份封存多年的真挚的情感，用细腻的笔触呈现在人们面前，让人感到亲切而美好。

当然，像这样的内心独白还有许多，比如《挽歌》："我知道我不会成为划破你心脏／疼痛的闪电。大雨如注／浇透了秋冬春。送走忧郁的灰太阳／我也只能在你的窗前／盛开一季。多么短暂／如果是这样，我愿用整个花期／换一条河流。绵长且久远／从你隐忍的心上流过／从相遇到告别。"还有《在低处》《车过西安》《秘密》等诗，都表现出诗人内心的河流在人世间如何涌动、怎样流淌，正如诗人安琪所言："只是我认为，当我经过杂糅包容状态后，所有我经历

过的一切都能进入诗中，那么，当我经历的事件巨大时，我的诗也将是巨大的。"

朱敏诗歌的生命体验之美。虽然有人说，现在是一个物欲时代，不是诗歌的时代，但是我认为诗歌能够为人们提供一些想象与创造的空间，为人们留下一些人性的温暖与激情，为生活增添一丝浪漫与美感，为生命呈现一片亮丽的天空。朱敏是爱诗的，只有诗歌，才能完整而贴切地表达她自己，那是灵魂与生活经历剧痛磨砺而出的珠贝，是她思想与感情的生命体验。朱敏在她的诗里，通过对雏菊、荷花、薰衣草、蜻蜓、湖水、月光、麦子、窑洞、春光、冬雪等意象的描写，表现出她对生命无限的真纯与热爱，流露出属于她自己的心灵感动。她在《雏菊》一诗中写道："整个世界都明亮了／白色的花瓣如剪开的云朵／把蓝天的高远和寂寞低声说给大地倾听／沉睡的土壤被一粒种子叫醒……只有真诚爱过的人才能心领神会／世间所有的喜欢都是前定／你唯一爱过谁，他就是你永生不能放下的沉重。"准确地表达出了诗人对自然生命的细腻体悟，以及在追求爱的过程中的忧伤、沉重而甜美的体验。她对生命热爱和对自然的亲近是由心底生发的，无论是眼中所见、心中所想，还是亲身经历，她都拿来和大自然相照一番。"是一支烟将寂寞缭绕到我无法企及的高度／白天黑夜或黑夜白天似钟摆来回循环／我腾空所有的过往还是不能描述葡萄泛紫色的未来／想象暂时忙碌了灵魂收工之后是加倍的心痛／一个人一盏灯一双手一颗心一杯酒一段记忆／一种生活是独自行走一声叹息是无法挽留／一种完美是接受残缺一声呼唤是爱你永久"。(《一个人行走》)是人在行走之间，把自己与自然融为一体、与社会融为一体、与时间融为一体，表现出强烈的生命意识。而这种生命意识在她的《青铜铸造》一诗中表现得尤为突出："滚

烫的铜水流进木质的模子／雕刻出的纹络把悲伤情绪用另一种恒久掩埋／青铜的面容经过千万年风雨侵袭丝毫不改／多世轮回，来到金戈铁马流年征战的地方／山静默，水无声，芦苇丛生却不见你的身影／这青铜铸造的时代终锻造出青铜铸造的爱情／这渴望永恒的岁月亦雕刻下渴望永恒的恋人／我留守在苍老斑驳的时光中不愿染一丝尘埃／船行湖上惊起的涟漪最终是惊动了谁的心事／骒车上吼出的一曲山花儿在天空中越飘越远／我留下／只等一个青铜铸造的你。"正如她自己在后记中所言："当我无意中写下这首《青铜铸造》，那一刻，我觉得我把自己完整地交给了这首诗，它在某种意义上代表着我对自己的理解和表达。"

是的，诗人朱敏在用内心的情感体验，还原生命的本真。这种"还原"不是生活的复制，也不是现实的照搬，而是来自内心深处的火焰，她要把"灰烬还原成火焰，让遗忘还原成夜不能眠……"让生命经得起烈火的淬炼，也经得起时光的淘洗，"滚烫的铜水流进木质的模子／雕刻出的纹络把悲伤情绪用另一种恒久掩埋"，这是她的诗从情感体验到生命体验的飞跃。

当然，她的诗应该向更加宽泛的空间延伸，不应该局限在"女性意识"中，就应该像她写《青铜铸造》这首诗一样，让人丝毫看不出来这首诗是出自一位女诗人之手。在诗的取材上，应该脱离女性诗歌写作中惯用的小事物、小意象，目光由宁夏向西北和全国延伸，跳出"女性意识"的局限，不断丰富自己的诗歌创作题材和内涵，把内心深处的理性与感性泯化为深沉、悠远的诗意，让生命具有立体的质感，才能不断增加诗歌作品的厚度，使自己的诗歌创作走向更高、更深的精神境界。

常越《风缘》：轻轻流淌的芬芳

李 亮

读一本诗集，我常有这样的感受：跟着诗人的思绪，忽而天涯，忽而海角，脑海中已渐渐形成模糊的阅读体验。我读《风缘》（宁夏诗歌学会"诗塞上云集"第二辑，宁夏人民出版社，2016年）也是如此，看到"轻轻流淌的芬芳"这一诗句，我的阅读感受明朗起来。

诗歌之"意"和"象"是通过语言来传达的，题材、语言与意象三者之间的相互作用，组成一个复杂的语义场，可以有同一个"家园"，却不一定有完全相同的感受和认知。而我在阅读中形成一些认识，去发现常越诗歌的题材之善、语言之真与意象之美。

一、题材内容

常越的诗情固然不能一击突破"零度情感"的坚冰，却可以化作"一泓轻轻流淌的芬芳"，包围你，融化你，温暖你。这一股芬芳充满了生活的味道，甘甜也有，苦涩也有，可以慢慢地回味。如在《三道茶》中，表现了诗人常越对生活的体味："唇齿相依的三道茶／有点苦，有点甜／还有一些回味。"

用不着女权主义的论调就可以看出，常越的诗是女性的诗，《风缘》卷一"一花一世界"，绽放的是"女孩子的花"，构筑的是女性的世界，这里面"芬芳阵阵"：花开的芬芳（《点亮天地》）、流淌的芬芳（《水与火》）、茶宴的芬芳（《金花》）、心里满是芬芳（《向我跑来的马》）、芬芳将我笼罩（《轻风为伴》）、生命的芬芳（《万亩玫瑰》）……让我们感受到各种"芬芳一阵阵袭来"（《芬芳阵阵》），这一场嗅觉的盛宴，流淌着生活的甜美。常越在《风与幻想》中呼唤，"让花成为我的梦"；在《草尖上的露珠》里声称，"我从不怀疑春天"。

我一直在思考，为什么是"风缘"，在《风与幻想》一诗中，诗人"想到风，我就长出无形的翅翼"，这里应该还有一些其他的深意。

组诗《独处一隅》《吹不散的幻想》《细碎的生活》多记录自己的生活和对自我的思考，组诗《一草一木》《多彩的羽毛》《月朦胧》多是在思索自身与自然界的关系，《有过心动》《永远的痛》《心怀感恩》则主要表现了一名女性细腻真切的情感，是在处理自身与他人的关系。当然，这些思考不是截然分开的，而是交织在一起。一部分生活内在于自己的心灵，另一部分生活在路上。多数诗人有流浪情结，是一种自我放逐的倾向，追求精神上的流浪，另一半生活的脚步永远在路上。常越"天南地北"都留下了自己的足迹，"行走一万里"：到过"七彩云南"，路过"星海湖畔"，实现了"青藏梦想"。这几组诗就像一篇篇不同的游记，是心灵的旅行，也是生活的记录。

二、语言风格

散文化是常越诗歌最基本的语言风格，"因为我写诗实际上是写日记，就是一段人生历程的文字记录"。这种话语带有强烈的个性化特征，语言风格也趋于散文化。组诗《细碎生活》的语言最具散文化的特征，如同记述诗人生病前后的《一段经历》："我将头发剪短了一些 / 保持衣着整洁的笑容 / 继续散步买菜，晾晒被褥 / 只是比同龄女人多了一份沉静。"这一份来自日常生活的沉静，也决定了常越对诗歌的态度——只是喜欢诗歌，在对诗歌的情感上是一种节制，不是炽热如火，也不是寒冷如冰。常越诗歌的语言是有节制的，诗的情感凝练，不事张扬。组诗《有过心动》是对一段感情经历的记录，这七首诗仿佛七组镜头，构成了一部致青春式的电影。最后一首《默读水岸》的结尾营造了一种凄美的古典意境："泪花如莲，盛开在我的眼眸 / 冰封那些刻骨铭心的月光 / 端坐镜前，青丝镀上如银的脆响。"

诗歌语言表达含蓄而隐秘，欲言又止的羞涩可以传达出"犹抱琵琶半遮面"的风韵，非常契合中华传统女性的含蓄之美。所以说，诗歌语言散文化并不等同于直白、浅显，可以唯美，像《默读水岸》，也可隐喻。如《古镇的夜晚》："纸样的灰色屋顶 / 残缺的一角 / 把这个渐暗的夜晚 / 装订成册。"还有《芍药花》《马兰花》《野菊花》《百合花》和《雨荷》，时光仿佛停留在十六岁的花季，"一个十六七岁的女孩打着油纸伞 / 蹦蹦跳跳走在雨中"。（《好像》）常越时而会"想起我的青春"，就像"远处的风吹过了 / 缄默不语的草地"。

青藏高原是地球上最接近天堂的地方，组诗《青藏梦想》（十八首）在诗集的各组诗中篇目最多，诗歌体式也发生较大的变化。十八首诗歌基本上整齐划一，每首诗四小节，每节诗四行，句式也多为长句，语义容量较前面的诗歌有了一定的扩大。诗歌的语言成为通向神性的桥梁，"洁白的哈达献给大地匍匐的信仰 / 铺天盖地的长跪，从转经筒里跳出九个太阳 / 天葬时的沉默，山鹰的锋芒毕露 / 擦亮了白昼里的点点磷光"。（《距天最近的泪水》）

组诗《走向贺兰山》的体式也是统一的，每首诗五小节，每节诗三行，是很有分量的作品。

三、意象世界

《风缘》分为三卷，"一花一世界""聚散皆为缘"和"心在山水间"，即便不认识常越，我们也可以大致判断出诗人的性情。《风缘》一共二十组诗，从"一草一木"一直到"走向贺兰山"，每一组诗都构建成一个意象世界。在开篇《种子》，常越种一颗诗的"种子"在心间，长成一草一木，寄情一山一水，最终还是要挥手告别，"眼里有了光明，四面望去都是光明／心里有了山泉，滋润的不仅是草木／并于泉水一道流回大海"。（最末一首诗《挥别》）

常越在《跋：只是喜欢诗歌》中说道："喜欢静坐一角，就着一杯清茶，把苇花雪白、湖水荡漾、星光璀璨、路灯明亮，还有记忆深处的一情一景都写进诗里。"在《风在我身边》这首诗中，"一朵花，一株草，或是一颗石子／我把它们当成亲人，写进诗里"，常越喜欢大自然，感受着大自然赐予她的力量。在我看来，常越诗歌是对人生历程的记录，这些记录可以大体上分为生活与自然两部分。常越的生活方式带有自然主义倾向，是生活的自然化；诗中的自然景观带有人间烟火气息，是自然的生活化。因此，常越诗歌的意象世界的充满生活美（组诗《细碎的生活》《心怀感恩》）和自然美（组诗《一草一木》《月朦胧》），"一泓流淌的芬芳"是可以感知的审美体验，仿佛看到"花的绽放"，听到"雨的敲打"，嗅到"雪的纯洁"，触摸到"风的灵气"，风花雪月构成了单纯清澈的意象世界，是一种温柔美好的自然景色，也带有充满日常温情的生活属性。

生活美在诗歌的题材内容上已有所体现，比如《心怀感恩》这组诗。常越通过回忆过去（《我的童年》《小村庄》）和描述现状（《静夜思》《小城生活》），也有现实与记忆的交织（《一盏灯》），诗人察觉"回不到从前"，认识上发生了"改变"——"于是，我看淡了生活的繁琐"，"感谢"生命里出现过的每一个人。这里面村庄与小城、童年与现状，美好与痛苦通过场景变换，构建了一个以感恩为基调的情感意象空间。

组诗《七彩云南》是常越的云南印象，这里有暮色中的石桥如月，唇齿相依的三道茶，古镇的夜晚被装订成册，金花一般的大理，向我跑来的马仿佛前世相识，不知名的湖，遥望洱海的人，曼妮泰寨的芒果树，纳西族的女人和殉情的圣山，此情此景，怎么忍心道一声珍重。

常越有着古典情怀，她的诗里渗透着古典意境美的况味。这缘于常越深受中国古代山水田园诗、宋词、元曲小令的影响，比如《樱花醉》一诗："倘若一个古典女子／步履轻盈，在樱树下／在一架古琴前／一簇簇的粉，一瓣瓣地落／／柔软的夜，无声的雨／琴弦的悲欢跳跃于指间／我走过木桥，站在不远处／收拢江南的伞"。这是一首"如梦令"，也是一幅水墨山水，用画面和声音描绘江南雨季樱花树下的古典爱情，令人心醉，令人惆怅。常越喜欢大自然，也喜欢古典诗词，在她的现代诗里可以看出她受古典诗词的影响。比如 "真想醉眠于芍药花旁"（《芍药花》）、"溪边浣纱女"（《一本书》）、"转身走向灯火阑珊处"（《有风经过》）、"没有长亭，不见古道，也无瘦马"等。常越就是这样一个有着古典情怀并心怀感恩的诗人。

西野《青鱼点灯》：泥土之上的现代

王晓静

依傍六盘山和泾河水的浑然天成，西海固拥有了富产文学艺术的优质土壤，西野就土生土长在这有限的自然条件与丰厚文化底蕴的"大原"上——"这个安放着我们的口粮／骨殖和风水的地方"。(《雨天经过平原》)这些潜在优势造就了他热爱艺术的本性，以诗抒怀切中胸臆，所以，他追随西海固文学团队的脚步，走在诗人成长的道路上，历经十年磨砺，出版了第一部诗集《青鱼点灯》(宁夏诗歌学会"诗塞上云集"第二辑，宁夏人民出版社2016年)。

这本诗集共由四个篇章组成，各有重心，又体现出几个鲜明的特色。

首先，诗歌创作的方向很明确，一路向西，行走在心灵诗意的旅途上。

"这词语向西，星群璀璨的命运啊／注定将耗尽我一生的心血"(《西行》)，对诗歌的心仪已昭然若揭。

"这是又一个清晨／唯美而空洞，缓慢而抒情／我有幸目击了这些略显纷乱的幻象"(《在西行的列车上》)，一颗充满诗意的心，随着火车轰隆隆的响声，被四围的景色烘托出来，孤寂与疲惫常常带着忧伤之感。

"小镇里最后离开的人／他正在擦拭那只受伤的果实"(《一个西部小镇里发生的事》)，在故乡经历的阵痛，使他心理上对故乡的爱与无奈更显矛盾重重。

西野穿越层层迷雾，从故乡到远方，目光所及之地，草场与牛群点缀着广阔的原野；从黑夜到白天，诗人在自己的暗处思考和探索着未知的世界。"百鸟一再压低的孤单的飞翔／正转达着一个春天"(《西野的春天》)。天地间的灵动和诗人心中的春天，都在鸟的羽毛上闪闪发光。

西野心中的诗和远方是一致的，并且执着而诗意地宣称："你一定要宽恕我这枚钉在人间的钉子。"(《乌鸦》)

其次，诗中塑造的意象独具个性，"青鱼点灯"的几重寓意也别有趣味。

青鱼之寓，原始意象可能初生于庄子《逍遥游》"北冥有鱼"，继有鲲鹏展翅之向往，渴望走出西海固，走向更远的前方，喻生活理想，更指诗歌追求。

近处可以想象：西野从故乡西吉出发，如一条未曾见过世面的青鱼，在西行的路上，把沿途风景不断收纳进自己的诗行。用脚步丈量过旱塬上丛生的荆棘，也在童话世界里看到过大西洋海底，头顶"灯笼"和尾部"点灯"的鱼儿，还有尘世里所现的各种"鱼相"，他都试图通过感知和理解，而后以诗意的表达，完成自我与世界直面的交流——我们大多生活在茫茫长夜，所幸还有文学艺术，像灯笼一样，照亮前行的道路。

有两首诗明确了这个意象。其一，"青鱼点灯，照我夜行"(《如梦之梦》)，除却白天的繁杂事务，只愿披着诗的锦衣独自沐浴月光；其二，"在天地间养一尾时光青鱼"(《春日里做一个捕快》)，于尘俗生活的羁绊中，敬慕魏晋名士的洒脱与自得。

另有与"青鱼点灯"互补的几个意象，如"青衣""青鸟""鱼"等等，以此求证诗之不可说，或已说尽。

再有风光变化的四时之景，花草树木的摇曳多姿，蝴蝶与乌鸦引起的多情与想念，都是整个诗集厚实的底蕴。是故乡的风土人情，也是诗人自己的人生阅历，这一切既是生活，又是诗。

"让一只瘦小的麻雀永远地困在了／教室里的故乡"(《小学时代》)。这是西野从西吉出发的起点，当他行走在蜿蜒的乡村土路上，走到固原这个"大原"的圆心，走在成长的道路上，对未来的走向是明确的，又难免心生疑惑："那些我看见的，和看见我的／将越来越远，越来越模糊不清。"(《我是陈列室傀儡或样品间哑巴》)矛盾也成了灵感生发的酒酿。

西野写诗，尽管步履蹒跚，但始终跟随前面的师友，学着马占祥去春天里，被张联推销诗意的热情所感染，因单永珍的敦促和鼓励，受益于杨梓的指导和引领，脚步不停地写下《灵洲行》《新疆印象》《在腾格里》等诗篇。一路向西走来，以"黄土的面孔，瓷实地写着"(《西野印象》)，诗行里散发着西海固泥土淳朴祥和的芬芳，还将在春山外渐行渐远。

文学的"个人主义"与社会学的"个体化"

牛学智

一

世界很神奇,也很怪诞。冥冥当中,"我们"被告知,必须读书;阴差阳错,"我们"又被宣布,纸质书本的末日即将来临,人们必须登上自媒体及其资讯的晚班车,否则,就落伍了,就迟了。而落伍与迟到,可不像小学生没赶上上课铃那样,低头认个罪,就能进教室。赶不上迅速翻页的微信,你就被踢出局了。这时候,读书还是刷屏,真成了问题。

前不久与朋友小聚,不知谁冷不丁说王宝强离婚其实是个阴谋。紧接着大伙儿如数家珍,各陈己见,关于王宝强及其妻的出轨引起的一系列财产分割,一应被搬上餐桌,好像王宝强本来就是自家邻居的一个小兄弟。讨论的热烈程度不亚于决策一项重大经济项目。夹了两筷子土豆丝,借服务员斟酒倒水遮掩的当儿,包包一拎,三十六计走为上,还是逃吧。一出门,见有小雨淅淅沥沥,终于松了口气,好悬哪。又不日,有外地某科研部门同仁前来调研,欲了解地方文化产业进展情况。见领导尚未到位,彩铃此起彼伏之后,原不认识的一帮人似乎被神力驱使一般,自动分成观点相向的双方,列阵以待,菲律宾、南海、钓鱼岛、G20峰会、水上舞蹈、崛起、GDP、爱国等等,那场聚会仿佛瞬间变成了国际争端。

我不能确切判断,这些信息到底有多少是真实的,有多少是被标题党猜中而有意蛊惑的，总之，感觉世界很复杂，局势很混乱。更要命的是，这些"知识"，根本不需要读书，只要上线，小小屏幕明明灭灭闪烁之间就能搞定。非但如此，坐下来静思一本书的思想，反而会使人觉得自己更迟钝更无知，乃至于因跟不上时代节拍而懊恼不已。

孰轻孰重，真是不好掂量。一段时间，我甚至陷入深深的自责之中，觉得自己无助到了极点。

这时候，你要说读书，不啻是一件滑稽的事。而为了克服这滑稽，当然还是得读书。不过，再四平八稳像当年梁启超所尖锐批评的那样，读死书、读书死、死读书，恐怕真的不行了。那么，什么是"死书"呢？在下认为就是只关风月、不关现实的书，这种书的生产量比别的书要多得多，因而从整体上衬托了好书不多的事实。不能贸然断定《红楼梦》是"死书"，但像《红楼梦》那样不断深嵌在传统文化深层结构里的书，如果没有更高的思想来审视，读着读着也就更容易被同质化——这是《红楼梦》的不同寻常之处，亦是它最有害的地方。通过目前零星的或成规模谈《红楼梦》的文章不难发现，《红楼梦》并没有被有效激活，它也就成了名副其实的"死书"。每一本名副其实的为数不多的好书，都是一个方法论，沉陷其中的读法，就是读书死。比如《红楼梦》。我不知道有多少小说家枕边放着《红楼梦》，但我从他们小说编织的纹理走向及思想旨归，感觉到他们一定喜欢《红楼梦》。这不玄乎，仅仅因为那些小说差不多都由截然不同的两半截组成。前半截激情饱满、语言新鲜，凝聚了此时生活的侧面，有超越抽象"人性"的主动性；后半截激情衰减、语言陈旧，当下现实也就越来越显得苍白和无力，原是扛锄头的角儿，这回却成了贾宝玉式潜意识发现者。这倒不是《红楼梦》死，

而是读《红楼梦》的人死。《红楼梦》中有效的情节与细节——能打通儒释道森严壁垒的情节与细节，反而成了此时小说安置人物的美学依据。显而易见，如此读《红楼梦》，如此使用《红楼梦》，乃至于把自己变成《红楼梦》文化的传播者、执行者、认同者的人，便是死读书。

板凳要坐十年冷，文章不写一句空。表示做学问的人要耐下心来坐十年冷板凳，毫无怨言；文章确写得实在，没有半句浮华的空话。今天再琢磨这句古训，好像应该有所反思吧！我见过一些读书人，他们的确在冷板凳上坐了不止十年，板凳是坐热了，但自己的内心世界却日显苍白，进而恐怕是冷了。这些人，经常会做些起承转合、大框架没有任何明显问题的大学问，但因心是冷的，读起这样的东西，就觉得顿时恍然隔世，似乎是前世遗老所为。毋庸讳言，时人指望时人的作品"经典化"，是个活脱脱的伪命题。一则真经典是漫长时间的铸造，面对历史，才成为经典，正在运行的当下生活尚未定论，反映当下生活的作品岂能被时人历史化？二则真经典是就某学科原理来说的一个相对概念，某学科正在接受来自正面的或侧面的时代潮汐的挑战，而这挑战又同时伴随着全面颠覆或部分再造的任务，原理在变，经典岂能一成不变？三则真经典是对彼时强烈而突出、尖锐而普遍现实问题和精神疑难的深刻铭写，本不是冲着流世而生，只因关注对象的属性而成为重要拐点才被历代人们反复借鉴和传颂，时人单纯为经典而经典的奔赴，情节与细节完全处于僵死的模仿层面，又岂能经典化？

如此想来，于我而言，为了澄清某些基本事实而读书，倒成了我不时阅读的一个功利性选择。就仿佛置身喧闹的娱乐场所，为了听清楚对方的说话，你只能提高嗓门，而不是逃离噪声源一样。既然如此，我的阅读

就多少变得有些痛苦和煎熬，的确很少感受到"阅读是一种人生享受""阅读是陶冶性情"，以及读书竟然与下午茶、与咖啡屋等等相连的诸多妙事，更不要说读书会把一个本来的粗人莽夫、庸人俗人，变得有君子气、有知识分子气了。恰恰相反，我的阅读一定程度上，实则为着抵制那种内心毛毛糙糙外貌却显得周正平和，精神生活浮皮潦草世俗生活却看上去无比高雅精致，灵魂深处藏污纳垢言行举止却仿佛文质彬彬而来。其所以如此，只是觉得经常性的人格分裂或一直扮演二皮脸，实在太煎熬。

闲话休说，言归正传，下面我要谈三本书。

二

有选择地功利性阅读与为着澄清某些基本事实而阅读，实际是一码事，都因具体语境而起。前一段日子本来想抽空细细读读解玺璋撰写的《梁启超传》(上下册)，不料，郭敬明及其团队打造的电影《小时代》风靡了。面对网上网下如此热议的情景，梁启超的事只好暂时放放。

知道在"小时代"硬着头皮读"大时代"的知识人，驴头不对马嘴，徒增烦恼。为着不落伍，也为着不至于被人家讥笑是老土，连续地浏览了一些相关影视，比如《致青春》等。有了真切的第一感受，回过头再研究那些热捧的文章、跟帖，就觉得郭敬明及其团队也罢，"郭粉"也罢，还是其他既不是什么"粉"又难以被《小时代》预期为同路人的各色小青年，实在有些幼稚得可笑。另外，也是最近吧，有一两个小报记者不知从哪里找到了我的电话，软硬兼施，非要我谈谈房地产开发商以洋名命名小区的事。说什么冯小刚说了，这是中国商人文化不自信的表现。当然，碍于情面，我还是勉为其难谈了点自己严肃的思考。不过，当时心里的真实想法是，现在我们这个时代的文化方向难道真轮到戏子指导的时候了吗？一个皮匠，对怎么勾兑芒硝可能有秘籍，但他未必熟知同样的兽皮若要搬上餐桌的处理方式吧！如此不一而足，类似现象还很多。比如，你只要对这个社会现实说一点不同看法，即便是在几个臭味相同者的餐桌，总有人跟你急，说什么只有内心黑暗者才不会感觉到幸福和快乐，等等。还比如每年三月学习雷锋日，也总有小报记者温柔甜美的声音通过无线电波传到你耳朵里，说什么据权威数据统计，大学生知道雷锋的有多少多少，小学生知道的有多少，市民知道的又占多少比例，其结果显示，人们知道雷锋的比例在逐年下降，应该怎么看待这一严重现象？我的回答是"很正常"。因为即便出现一百个一千个活雷锋郭明义，教育上实际的不平等、医保实际被医院套走的局面，不会因为多一个助人为乐的人而从根本上改观。可能的情况倒是，人们因为期待"好人"而越来越被现实所麻痹，乃至于只知道凡事求人，连起码的监督意识也都一并丧失殆尽。

小区起洋名与不怎么严肃的影视界名人的文化阐释权被绑在一起，在当前中国实在是一种时髦，这时髦自然也绝非冯小刚一例，被"微信"转载次数很多的"四大恶心女人"事迹也特有典型性。关于杨澜，网民总结说"凡是挂着慈善招牌的都是骗子，凡是有骗子的地方都有杨澜"，前半句话显然不够严谨，但后半句话还是有一定依据，比如红十字会、达·芬奇家具和"中非希望工程"等等，已是著名例子；而于丹经常挂在嘴上的一句话"当你遇到挫折，请不要埋怨社会，你要询问自己的内心，你会寻找到完美的答案"，机智的网民也发话了，于丹的荒诞就在于自相矛盾——"当城管要强拆你家房子的时候，你不要怪政府，要问自己的内心，从自己的内心找答案"，这可能吗？

邓亚萍和倪萍就不再多说了，实质情况和这两位是一样的，即都以"外国人"的身份来替中国老百姓表"民意"，而且应者云集，这实在可以说是当前中国大众文化的一种突出风景。

有了就近的一些意识遭遇，我想的最多的倒不是责怪不同意见者，而是深感，之所以在语言共同体、地域共同体、生活共同体中，还有如此之大的分歧，主要原因恐怕在于我们对我们所置身的社会认知不清所致。

这时候，想到了几年前我读过的一本书，叫《消费社会》。

该著的作者是法国哲学思想家让·鲍德里亚，有些译者的介绍中，可能还会加上"后现代""社会学家"，或者"当代世界最著名的后现代社会学家"等名目。总之吧，《消费社会》完成于1970年，距今已40多年，当然也是鲍德里亚青年时的一部重要论著。关于作者，用鲍氏自己的话说，"20岁是荒诞玄学家——30岁是情境主义者——40岁是乌托邦主义者——50岁是横跨各界面——60岁搞病毒和转喻。"所谓搞病毒和转喻，大概指的是1993年完成的《罪恶的透明》。至于其他各阶段的著述，最早的有《物体系》(1968)、《符号政治经济学批判》(1972)、《象征交换与死亡》(1976)，还有《不可能的交换》(1999)等数十部。我只读过《消费社会》《象征交换与死亡》和别人专门研究他本人及其哲学思想成就的著作。

关于《消费社会》，其思想来源于列斐伏尔和德波。或者说他是把列斐伏尔"消费被控制的官僚社会"，和德波"以景观控制为显性社会结构的消费社会"，进行了更细致、更细腻、更彻底的展开论述。为此，鲍氏甚至断言，"我们处在'消费'控制着整个生活的境地"，消费控制当代人的全部生活，这既是他对消费社会最重要的初始定义。

消费者与物的关系竟然不再是人与物品的使用功能之间的关系，它已经转变为人与作为"全套的物"的有序消费对象的被强暴关系了。换言之，就是人们今天在消费中更受吸引的不是物品本身的功能，而是某种被制造出来的象征性符码意义。这意思是说，即便你是活脱脱的"泥腿子"、是地道的弱势者和边缘人，但为了表明你在这个现实及该现实所硬塞给你的"文化"中显得有"成就"，你就必须变得像掌握了幸福的手段和腔调——明明活得充满焦虑，追求一点蝇头小利却经常得不到，但每个人都会摆出身段，装出幸福，说大众想听的话。按照"消费社会"的定义，这其实正是唯"消费"是举、不"消费"都不行，乃至于不在"消费"中就不能证明是切切实实生活在当下的一种"概念强迫症"。把幻境变得像真生活，把真生活变得像幻境，然后反过来理直气壮地唾弃活生生的现实，久而久之终于成为"高大上"这个符号的实际奴隶，这便是或者至少是今天社会占主导的大众文化趣味。紧接着，在这个大众文化逻辑框架中，一而再再而三地生产物质并且当作"成功"，人被深刻物化的消费主义意识形态便形成了。

如果有了这些概念，再来看《小时代》、人们对冯小刚言论的转引、不谈幸福总有人替你着急，以及类似"四大恶心女人"几乎一刻也不离地在荧屏或媒体叫嚣等等，其实问题很简单。《小时代》只不过是在消费你的那么一点有了钱就是成功人士的虚荣心；文化自信与否，不是冯小刚说了什么，而是你知道冯小刚说了什么；不谈幸福、快乐，听者为什么不乐意，是因为谈这些东西，才标志你进入了这个社会的某些高端领域；你不理解那几个女人的"优雅"生活，你不就是个彻头彻尾的土老帽而与"高端大气上档次"绝缘了吗？

说穿了，认知社会的渠道不外乎这样几个方面，切身经验（感性）、媒体话语（故事）、知识分子论述（理性）和红头文件（主导意识形态）。当这些话语比较集中地讲述一个问题时，《消费社会》大概能给你一个比较理性的观察视角，这是我推荐这本书的主要理由，即便它绝不能算是新书。

三

私人、个人、个体、个体化，以及与此紧密相关的另一组词语，私人经验、个人主义、主体性，无疑也是最近几年使用率最高的一些概念。

最初遭遇这些词语及其相关概念，当推文学及其理论批评。先锋文学是一个标志。余华的短篇小说《十八岁出门远行》，因入选中学语文教材，影响经久不息。小说无非写了一个"辍学"少年，身无分文，一路狂奔，在路途中的所见所闻和所遇。主旨是说，生活是没有逻辑规律的，个人的命运也是不可把握的，喻指历史毫无可信之处，唯个人体验为实。你体验到了，它就是历史，你经验过了，它就是现实。否则，塞给你、围绕在你周身的那些知识、信仰、价值，统统都值得存疑。你看，在这里，私人、个人、个体乃至个体化，被这么一个涉世不深的少年的莽撞经历——其实也是有意为之，给画上了等号。我们的教科书一度咬牙切齿教我们的东西，比如规律、历史、人民大众、现实社会等等，几乎失去了它们原来权威的和唯一的内涵，也可以说，我们的唯一经验来源被锁定在私人为中心的个人、个体、个体化身上了，社会经验、社会性、社会意义、社会价值、社会走势，一夜之间成了无效的代名词。因文学的表达，我们同时也接受了生活是荒诞的，历史是诡异的，现实是不可捉摸的一系列判断软件。也就是说，我们只能相信自己，其余别无他法。

当然，余华等先锋作家，也没那么简单。个体化历史观、个体化生活观、个体化人生价值观，也是这批文学作品携带而来的一个观念形态。一言以蔽之，往好了说，它们革集体主义、权威主义命的终极诉求在于，让个人最终确认个人意义。毫无含糊，这样的一个文学思想意义，如果能被更多的人所接受、认同，人的现代化程度就会大大推进一步，文化现代性水平就会上一个台阶，紧接着，现代性主体就会得到基本构建。

不幸的是，20世纪90年代至今，这样的思想诉求却被打断了。各种原因这里无法详细勾勒，需要强调的一点是，从80年代先锋文学思想继承来的一个有用观念不是别的，它叫"个人主义"。个人主义最为深远的支持者还不是文学艺术本身。联产承包制第一次有力地填充了无数个人的物质世界，在优裕自足的个体作业区，个人找到了个人主义，也尝到了个人主义的甜头。当然，当市场经济有一天终于未如人愿地变异成市场主义，面对随之而来的几乎所有不确定性，都不由分说由个人买单时，人们才恍然大悟，个人主义原来是把双刃剑。这把锋利的双刃剑，一面深插在个人物质欲望的深槽里，不停地锯往深处和痛处，直到耗干生命为止；一面毅然决然伸向无限匮乏下去的精神空间，致使个体能量无力解决精神疑难的永久性赤字。在这里，个人主义成了看起来美观自由、承诺多多的思想保障，实际用起来却相当困难。对于一些诗人作家来说，长期训练的个人主义文艺观教导他们，好像盯住一个具体个体追问才绝对正当而深入。否则，就很不人性、很不文艺，也就意味着文艺不是在发现真相。个体为个体买单，个体为个体负责，个体确认个体，就是这样被深深镂刻在我们文艺神经的结构中去的。

我们听到的最多的声音，即是如此个人主义声音，是以屏蔽他者为旨归的个人主义声音。

毋庸讳言，与以往相比，这里的个人主义似乎要比先前任何主义更有拥戴者，也就更加符合艺术规律。正是这个很文艺也很审美的声音，支持着我们所见的大多数文学艺术骨架，我们也多数时候在该骨架的起承转合中，貌似主动地、积极地安排着我们的卑微人生。经济学把这样的一个下放分包，叫增加绝对利润；社会学把这样的一个分解，叫社会分层；文化上，这样的一个级别最小化过程，叫自我确认。当前的中国个体，之所以不同于古代中国社会宗法宗族秩序下的集体主义个体，也不同于现代中国特别是五四时期的个性主义个体，而是 90 年代以来尤其是 21 世纪至今天的经济主义个体。我们所期许的内在性个体，并非建立在精神自足的基础上，而是被市场所重新打扮。正是在这个时候，经济学上无数次下放分包、社会学上无限分层和文化上接近原子化的自我确认所构筑的实际社会运行法则，吞噬了"国学"或"传统文化"中本有的道德理想主义，留下了权谋和人事，包括阴阳八卦、奇门遁甲一类具有麻醉性和欺骗性的"心学"与"心术"（一段时间网上网下热衷的翟鸿燊、刘一秒等的"成功国学"，玩的就是这一套技法）；瓦解了现代文化特别是鲁迅思想传统中的怀疑精神和求真意志，留下了"鸳蝴派"或金庸等新武侠小说极力张扬的小市民趣味。思考性影视票房萧条，但宫闱秘闻特别是打着情爱幌子的《甄嬛传》《芈月传》《琅琊榜》等却火到了烧焦的程度，不就是明证吗？说到底，我们今天所谓的主流文艺批评，就其价值选择而言，实际上就摇摆在以上二者之间。是对分包、分层和自我确认的求证，而非质疑分包、分层乃至自我确认，并带领个体走出如此语境的思想言说。本质上说，这样的文艺批评只是事实描述，绝非价值叙事。

而价值叙事，一定意义上需要对流行的

个人主义的审视和反思。但审视与反思需要苦痛的体验和总体性视野，这显然不如干脆变成一个乐呵呵、随物赋形的庸人主义者省事。

正是这个时候，孙隆基的《中国文化的深层结构》（中信出版社 2015 年）和阎云翔的《中国社会的个体化》（陆洋译，上海译文出版社，2016 年）进入了我的阅读流程，并成为枕边书。一定意义说，它们是我阅读史上的一个必要衔接。上迄麦克卢汉、波兹曼、鲍德里亚、吉登斯、卡林内斯库、鲍曼、伯曼等，下接黄宗智、孙立平、李强、贺雪峰等人。中国社会的个体化处境、个体化之所以不能发展的社会机制问题才算构成一个较完成知识谱系。

这当然还得从个体化说起，因为个体化程度差不多是决定现代性主体的唯一条件。而现代性主体，正是 80 年代中后期余华等一批先锋作家，希望通过文学叙事来撬动中国当代主流意识形态大厦，并使之靠近个体并兼容私人经验的一个思想企图。

现代性主体，是相对于政治组织型集体主义个体和经济利益集结型经济主义个体而言的一个概念。就当代中国社会而言，政治组织型集体主义个体产生于计划经济时代并被塑造，经济利益集结型经济主义个体产生于市场经济时代并被塑造，而现代性主体理应产生于文化城镇化时代并被塑造。在这大致的三个阶段，分别贯穿着文化传统主义、新自由主义（经济自由主义）和现代主义文化，个体化也就被相应的文化所影响和制约，因此，要看今天中国的现代性主体水平，一定程度取决于今天中国社会的个体化程度。

前者属于向内看中国个体化形成的文化心理及其制约因素，也就多注重分析中国个体的文化心理构成结构；后者属于向外看中国个体形成的制约因素，也就多注重中国社会变迁及其相应的国家力量。

向内看的个体形成文化心理结构，或用

该著称呼"深层结构",研究者可能受"用结构观念"研究历史的法国年鉴学派代表人物布罗代尔"时段"说的影响。一个世纪可以是一个"时段",中国上下三千年也可以当作一个"长时段"。所以他说"深层结构"显然并非历史时序,但也不属于普遍适用于任何时空的因果关系范畴,确切一点,该说是一种针对特定范围——中国——的共时性(synchronicty)设定。故这个概念并非指中国历史从无出现变化,而是辨认中国历史上由古至今比较稳定的某些规律,它们是使"中国"在历经变化后仍保持它自身特殊认同的因素。也可以看出研究者仍受"已经失败"的列维-斯特劳斯人类心灵基本文法规则的启发,用语言的文法结构去比喻文化的深层结构,并试图罗列这个结构的"内在的关联性、其可能性的扩散以及扩散的形态"。当然,更重要的恐怕是作者扎实的中西方生活经验和实例分析,这使他的结论建立在了坚实的实证基础上。

简而言之,关于中国社会的"个体化"问题,该书研究发现,中国社会是"社会"对"个人"的权威主义笼罩,自我压缩的人格,"个人"的不发展,乃至于不发展的"个人"对别人的伤害。"社会"对"个人"的权威主义笼罩,产生了"人"被当做生育的工具的后果,"天理"不是"个体化"的超越意向,是"二人"或男女之间的生殖原理。所以,这种"身体化"的"人伦"关系,作为主要的宗教经验,强调的是"不孝有三,无后为大",而个体整个的心灵结构不一定要成熟,个人也无需全面成长。这就导致了普遍"非性化",即中国私人状态的不发达,包括不发达的私人生活和不发达的私人意识。中国人个体的私人状态,"正因为莫可名状,反倒像集体主义经济下的'自留地',维持着一种非全面合法化也很少具尊严的存在,而且,因其缺乏自觉性,私与公的界限亦无从明朗化,前者也就对后者产生侵蚀作用"。自我压缩的人格,主要通过"让"外必先"按"内的行为表现出来,概括说就是没有原则,怕惹事。"只同情加害者而不同情受害者的心理,最终是使自己作为'受害者'的地位永恒化"。这一点,可谓上接"存天理,灭人欲",下迄"不敢为天下先"。如此,对世界只能采取"静"的态度,致使生存状态像"一潭死水"。不过,貌似"弱者之道",其内里却是先造成"无私"形象,再去拐弯抹角"谋利",虚伪人格恐怕也是自我压缩的一个产物。放到当下更不难解释了,一边咬牙切齿骂美国,一边挤破脑袋移民美国,就是明证。

至于"个人"的不发展,突出表现为没有"个性"。中国人喜欢冒充十亿人的代表,也力求"保持团结""不脱离群众""不掉队"和"正常",因此多有"小丑化""儿童化"倾向,也多依赖感,推卸责任、人格的不完整性,甚至与马克思阶级论结合后化合生成的好与坏等简单类型化道德评价倾向,是其衡量社会及其他外部人事关系的主要话语方式和价值标准。如此不发展的"个人",正像鲁迅曾经说过的,没有"个人的自大"而只有"合群的爱国的自大"。(《热风》,人民文学出版社,1973年)其对别人的伤害,特别是对于思想异见者的伤害,就是产生自后者的搞"党同伐异";对于利益,没有开诚布公的"逐利"行为,也没有开诚布公的"逐利"方式。长期以来,中国的文化行为倾向于把"人"变成工具,而不是当作目的的意识形态就形成了。即便是"现代化"的今天,对绝大部分的中国人来说,"良知"是既不对自己负责,也不导向一个超越世俗的符号,而是以"自己人"的小圈子为归属。因此,"人类"的思想、公德心,即使像日本式的大团体的凝聚,等等,都不会很发达,"发达的倒是对具体个人的效忠"。研究者把这种个体化行为与中国人之生男育女的"养儿防老"构想，都归结为是中国人将人"工具化"的最原初的模型，它决定了其后的一切人际关系的模式。

如此等等，这些"稳定"的文化认同和自我认同，一般不受政治、经济及其他外部因素的影响，它是中国文化的深层结构。

向外看的中国个体化形成之路，研究者显然已经不满足于涂尔干和韦伯的社会分层理论，更多受科兹莫·霍华德作为话语场域的个体化理论，和鲍曼、贝克、吉登斯以及贝克－克恩斯海姆等人的个体化命题影响。所以，该著一般从社会的个体化开始，即研究者所说的"新型社会性"开始分析问题。所谓新型社会性，是指作为个体的个人之间的社会互动，而不是作为家庭或其他社会群体的代表参与互动。即是说，个人即使结婚后还认为自己是个体并像个体那样行动。这种新型社会性的出现，打破了约束个体的集体界限，开始把个体当作社会生活的独立单元来看待。值得说明的一点是，无论社会的个体化还是新型社会性，都指贝克提出的"第二现代性"，即解放、丧失稳定性与重新整合。具体说，包括个体从历史限定的、在支配和支持的传统语境意义上的社会形式与义务中撤出（解放的维度）；与实践知识、信仰和指导规则相关的传统安全感的丧失（去魅的维度）；以及再嵌入——其含义在此已转向与个体化的字面意义完全相反的一面——即一种新形式的社会义务（控制或重新整合的维度）。

基于以上理论和视角，研究者把中国当代社会个体化发展特征，分为20世纪五六十年代部分的个体化和70年代以来的个体化两个阶段。

在五六十年代，中国社会的分层是通过国家主导的四种机制完成。第一，成分制度将人划分为从"革命干部""工人""贫农""中农"到"富农""地主""资本家"乃至"反革命"的不同类型。第二，户籍制度将中国人口划分为城镇居民与农村居民，唯有享有城镇居民身份的人才能享受就业保障、免费医疗、退休金等国家提供的各项社会福利。第三是农村的公社制度和城乡的单位制度塑造的"组织性依附"。即个人在社会经济上依附于单位，在政治上依附于国家管理，在人身上依附于党员干部。第四是政治档案制度，单位保存着雇员的个人历史与行为的详细记录。所以毛泽东时代的个体，因置身于高度集体主义社会，一般没有自由与自主性，有的只是"小我"与"大我"之分，并且"小我"是第二位的。

20世纪70年代以来的个体化，途经1983年的取消人民公社，1984年的企业改革，1998至2003年开始大中专毕业生与市场并轨、国企改革，2006年取消农业税，等等。私营经济的兴起与国企改革，使得工人由主人变成了多余人，农民也由就地务农到大量外出打工。流动促成了脱嵌，使个人得以摆脱各种形式的集体之荫，因而在社会转型中发挥了重要作用，这正是农村劳动力转移的直接社会影响。工人却不同，他们为转向市场经济作出了牺牲。然而正是在这里，个体化变成了党和国家采取的发展策略，并不可避免地转变成为一个充满竞争的过程——即产生成功者，也产生失败者。在国家的推动下，尽管少数人可以通过认同政治和爱国主义来抵制这一趋势，但多数人却不得不内化个体化的负面影响，担负起更多的责任、更卖力地工作。特别在住房、教育和医疗的市场化这个国家发起的体制改革中，个人不但要承担更多风险，同时也变得更加具有自反性，皆因为这种体制和政策的转变卸除了国家的大部分责任，使地方政府陷入发展主义模式并经常会与民争利。在这个社会大流动过程中，不难看出，真正受惠的个体其实是经济主义个体，即前面所说的新自由主义（经济自由主义）思想所塑造的个体。由于从政治型集体主义那里继承了丰厚经济资源，占有了足够的社会资本，顺理成章成了市场的宠儿并开始领导市场风潮，乃至到今天的"赢家通吃"为止，作为既得利益集团，他们所崇尚的个人主义个体化，以物质攫取为目标，以消费时尚为人生最大乐趣，以炫富与感官刺激为身体审美旨归，引领着 GDP 分析指数，从而构成了今天时代中国最耀眼最具吸引力的个体化。

然而，绝大多数底层个体，依旧是被规划被掌控的对象，以复数形式支撑着国家的基本走向，而不是能动于社会并推动社会变革。如果把发展主义看作是国家现代化的需要，在由国家掌控的个体化中，那么，无疑的，为了实现民族国家的富强，或者说为了实现国家的现代化，个人依然是实现现代化的手段。"这与关于个人的传统定义相吻合，即个人总是服从于更大的集体，不论那个集体是指家庭、祖先还是民族国家。其结果是，中国个体化的核心是个体与国家之间关系的变迁，而不是西欧那样的个人与社会关系的范畴转型"。很清楚，中国的社会所展现的绝非西欧那样的第二现代性，而是混杂了前现代、现代和晚期现代的情形，中国的个人也就必须同时应对所有这些情形。这是由中国的个体化、是由国家掌控的这个现实所决定的，其内里缺乏文化民主、福利国家、古典个人主义和政治自由主义这些西欧个体化的前提条件。也就是说，中国的个体化进程依然停留在第一现代性的解放政治的阶段。当然，这不影响中国的个人同样生活在由市场经济的全球化和消费主义的意识形态所打造的高度流动的劳动力市场、灵活的职业选择、上升的风险、亲密和自我表达的文化，以及强调个人责任和自我依赖的世界中。这可以通过与西欧第二现代性的对比看

得更明白。

首先，在西欧，脱嵌主要是指由于社会群体不再界定个人身份而发生的转变，个体从以前的社会范畴中脱离出来，通过各种制度机制，例如教育、职业或生活方式，重塑自我。中国模式中的脱嵌主要表现在解放政治领域，即生活机会和社会地位的日常政治，个体努力实现自我的首要目标是提高生活水平和社会地位。在中国模式里，作为认同政治的核心，个体身份认同更多地与要求个人权利和重新界定个人 – 群体 – 制度之关系相关，而不是与寻求自我相关。其次，文化民主和福利国家的存在或缺失构成的差异。在西欧，个体化进程依赖"文化民主"，并且作为一种日常生活和社会关系的准则而得到长期的实践，以至于它已经成为西欧文化的一部分，而不仅仅是政治体制。"个体化也离不开教育系统、社会安全、医疗保健、就业和失业津贴的支持，但这些都是福利国家提供的公共产品"。在中国，这些社会条件并不完全存在（少数农村贫困户的"低保"、60 岁及以上人员的老年生活补贴和少数城镇贫困人口自己所购买的最低生活保障）。国家所推动的主要体制变革是给个体、国有企业和地方政府松绑，这样可以从底层激发工作热情、创造力和效率。更为攸关的还在于，国家还从以前的社会主义福利体系中抽身而出，用许多方式摆脱提供公共产品的责任，以达到减轻财政负担的目的。换句话说，中国的个体化进程确实给个体公民带来了更多的流动、选择和自由，但国家却没有给予相应的制度保障与支持。"中国的个体为了寻求一个新的安全网，或者为了再嵌入，被迫回到家庭和私人关系网络中寻求保障，等于又回到他们脱嵌伊始的地方。"第三，西欧目前的个体化浪潮具有第二现代性或自反现代性的特点，它既是与工业化、城市化和自由主义化（第一现代性）相联系

的早期个体化趋势的发展，又是对早期个体化的反应。中国的个体化引进的西欧个人主义，仅是西欧第一现代性中的功利个人主义或简单的自私自利。第四，同样是国家推动个体化，但中国有至少三个层面的"软性管理"，而西欧没有。

这三个软性管理是，一是国家在推动和支持个体在经济生活、私人生活和一些有选择的公共生活中崛起的同时，做出各种努力防止个体对政治权力的诉求；二是当来自社会各阶层的个体在维权运动或寻求自我发展机会方面向国家提出公开诉求时，国家会根据这些个体所处社会群体的等级不同而给予不同的回答；三是国家更倾向于接受孤立个体的维权行动和自我利益诉求，但是不能容忍由个体组织起来的群体性行为。

这样，政府就成功地控制了一个独立的市民社会的发展，使得个体无法自然地再嵌入和维护自主身份。

四

话说到这里，文学圈里的读者，可能多少有点犯糊涂。心想，不就个体化吗？怎么又是第一现代性、第二现代性的？又怎么还把文学里的个人与社会学扯上关系了？简单解释一下，这个不扯还真不行。原因很直白，如果不引进社会学发现，文学里那个闭着眼睛繁殖到今天的个人、个体、个体化，中国古人就有了，那叫个人性情或有个性的文人风格，与现代社会，与现代社会机制，与公民意识即文化现代性没有一点关系。只因它仅仅是个人的经验，没有牵一发而动全局的思想能量。真正的个体化，之所以不同于个性及其私人经验，重要的一点是，它能与社会产生积极互动，并最终成为现代社会结构的一部分而存在。

所以，工业化、城市化和自由主义化，

是第一现代性的一般物质症候，也是现代化最显著的属性，这是世界通行的标准。而第二现代性，它是第一现代性的高级阶段，关键区别是，第二现代性需要发展的个体化，并由这个发展的个体化来重新组织社会，实现意义的自我确认。毫无含糊，平均来说，中国基本处于第一现代性前期甚至前现代阶段，而中国西部则一般还停留在第一现代性前期甚至传统与现代化而不是现代性交织重叠的阶段。

如此来看，"现代性"与"现代化"就不难区分了。首先，从因果关系上说，"现代性"属原因，而"现代化"则是其结果，是科学技术、经济生活、社会转型等这些现代化过程的推动，才产生了作为现代社会的"属性"的现代性。其次，现代化与现代性本质上分属"实证的"与"规范的"两种不同范畴。现代化问题归入"是"的范畴，属于事实性的、可用量化指标来衡量的实证问题；而现代性则属于价值的问题，即它的目的取向、内在原则、行为方式等的合理性如何的问题。(陈嘉明：《现代性与后现代性十五讲》，北京大学出版社，2006年)

至于现代化标准，1960年欧美和日本学者在日本箱根举行的"现代日本"国际研讨会上首次确定的八项标准，成为了国际上第一次认真而又系统讨论现代化问题的成果。(1)人口相对高度集中于城市中，城市日益成为社会生活的中心；(2)较高程度地使用非生物能源，商品流通和服务设施的增长；(3)社会成员大幅度地互相交流，以及这些成员对经济和政治事务的广泛参与；(4)公社性和世袭性集团的普遍瓦解，通过这种瓦解在社会中造成更大的个人社会流动性和更加多样化的个人活动领域；(5)通过个人对其环境的世俗性和日益科学化的选择，广泛普及文化知识；(6)一个不断扩展并充满渗透性的大众传播系统；(7)大规模的制度的存在，如政府、商业和工业等，在这些制度中科层管理组织不断成长；（8）在一个单元（如国家）控制之下的大量人口不断趋向统一，在一些单元（如国际关系）控制之下的日益增长的互相影响。（陈嘉明：《现代性与后现代性十五讲》，北京大学出版社，2006年）

当然，中国学者罗荣渠曾根据中国国情，归纳并整理欧美和日本现代化理论，出示了有关社会主义现代化的具体界说，其开放性，给中国现代性研究留足了空间。其一，现代化指在近代资本主义兴起后的特定国际关系格局下，经济上落后国家通过大搞技术革命，在经济和技术上赶上世界先进水平的历史过程。其二，把现代化视为工业化，是经济落后国家实现工业化的进程。其三，现代化是自科学革命以来人类急剧变动的过程的统称。意思是人类社会在现阶段发生的史无前例的变化，不仅限于工业领域或经济领域，同时也发生在知识增长、政治发展、社会动员、心理适应等各个方面。其四，现代化主要是一种心理态度、价值观和生活方式的改变过程，换句话说，现代化可以看作是代表我们这个历史时代的一种"文明的形式"，这主要是从社会学、文化人类学、心理学的角度考察现代化的。（陈嘉明：《现代性与后现代性十五讲》，北京大学出版社，2006年）

到此为止，通常所界定的现代性主要内涵与特征，便是世俗化过程、理性化程度和把自由视为其根本价值等，就有了现实理据。它其实是在对另一僵化、陈旧、落后、非人化理论及观念的革命背景上而兴起的。

五

我曾一再申明，我的阅读充满了语境性色彩，也好像总是伴随着自己的困惑而展开。目前，最为困惑的便是自媒体，特别是手机微信带来的茫然。当然，首当其冲，是"微信型个体化"到底能给我们提供什么或使我们变成什么的问题。当人人在虚拟世界里施展身手，并自以为是地执行个性行为时，是否混淆了现实这一道切实的门槛？也就是说，把激情都交给匿名世界后，如何疏解现实的困境？是不是反而在真实生活中变成一个激情褪尽的庸人？另外，当我们以文艺的名义撰写关于个体化的传说，以至一直推到第二现代性时，我们该怎样反身审视实际生活的传统化和重新封建化，这不但矛盾，而且可能还会导致人的二度异化。总之，今天的社会语境已经完全与20世纪80年代与90年代不同了，赖以打通八九十年代那种一纸统天下的基础彻底动摇了，附着其上的阅读共同体也早已瓦解，知识分子声嘶力竭的呐喊，谁来听？谁能听见？

这个时候，如果没有真实的声音出现，无论推得快还是反应慢，都将是对现实社会的误导。而现实社会真相，肯定地说，恐怕不在义愤填膺的言辞中，也不在漫天飞舞的资讯和信息中，它坚硬地存在于我们此时此刻存身的社会结构中。事实证明，个体化以及围绕个体化展开的差不多所有议题已经被严重误解，这对读书人来说，罪莫大焉。

如何于浩如烟海的书山中发现为数不多的好书，衡量标准因人而异。本人的阅读经验来说，是否直击现实，是一个选择捷径。《消费社会》《中国文化的深层结构》《中国社会的个体化》，就是如此。《消费社会》让我认识了我所存身的现实，后两者说清了我们真正受用的文化来历。

当然，这仅是我的一家之言，按照今天的个性主义价值观来看，人人几乎都是王者，也都是话语输出者，最苦恼的莫过于没人点赞和粉丝太少，这是另一自信。既如此，我所读与我所谈，权当是世上本无事，庸人自扰之。

90年代宁夏诗歌书写的日常化趋向

薛青峰

20世纪90年代中国社会文化开始转型，是社会乱象丛生最为复杂的年代。在社会处于急剧变化的时代，市场经济给人们带来与传统社会的断裂感，"活在当下"本能地成为一种自我保护意识。反映在文学上就是书写生存之焦虑，文学的审美观发生裂变，文学的载道功能与传统伦理价值顿然流逝，诗歌成为一种高贵的"游戏"。宁夏的诗歌书写受中国诗坛的影响，躲开了变革，走向日常化趋向，保持着一片洁净，关注乡村的沉寂和苦难，但缺乏大境界、大视野的日常生活的书写，缺乏在日常生活中发现真正问题的书写，更缺乏的是用自己的声音说话的诗歌。

2016年初，我得到了杨梓主编的《宁夏诗歌史》及《宁夏诗歌选》（上下）两部书。连日捧读，第一次集中而系统地阅读了不同时期宁夏的代表诗人的作品。尤其感兴趣在20世纪90年代全国诗坛走向去政治化的大背景下宁夏诗歌书写的日常化趋向。

世纪之交的90年代初，邓小平的南方谈话是社会转型的标志，市场经济意识开始觉醒，逐渐渗透社会的各个角落。老百姓的嗅觉投向金钱和物质生活，政治意识开始淡化，消费主义、利益主义为核心的金钱观念、商业大潮覆盖了人们的生活，民众的价值观念发生危机，以娱乐为导向的大众文化兴起，文化走向多元化。文学脱离政治的捆绑，现实主义的主流文学创作开始滑坡，文学价值发生巨大裂变，由关注社会集体转向了看重个人自身的生存处境。文学的世纪末情绪露出端倪，于是，新写实、新历史、新市民、私人叙事、身体写作等文学现象出现。在此之前的 1985 年，以格非、残雪、余华、苏童等作家为代表，扯起"先锋小说"的旗帜，以反叛性、先导性、流动性、悲剧性的凌厉笔势领导了 20 世纪 90 年代的文学。林贤治说："90 年代的中国诗坛是一座空山。"（林贤治《中国新诗五十年》，漓江出版社 2011 年，第 296 页）为什么是"一座空山"？要评说一个时代的诗歌，必须了解这个时代。90 年代是中国社会乱象丛生最为复杂的年代。这是因为 80 年代积累的许多社会问题还没有得到及时解决，商品大潮就席卷而来，80 年代遗留的社会问题就在物质主义的渗透下逐渐恶化。"官倒"现象日益严重起来，隐性的腐败开始集团化，公开化。金钱与权利结盟，社会公正与平等失去平衡；贫富差距、城乡差距剧增，国有企业改制，资产流进个人口袋；"下岗"、弱势群体是 90 年代的流行语；环境污染、矿难频发，吸毒、艾滋病蔓延。加之互联网迅速发展，大众文化兴起，知识分子出现群体精神失落，漠视社会底层，追逐利益，学术腐败，回避自由、民主、正义等公共话题。作为时代先声、社会重器的文学，在 90 年代却保持奇怪的沉默，尤其是诗歌无动于衷，出现"知识分子写作""民间写作"和"下半身诗歌"，取消责任、取消批判，更不要历史担当，诗歌成为一种高贵的"游戏"。诗人们不是看不到、听不到乱象与杂声，而是刻意回避了这些社会问题。当然，这不能责怪诗人们，在 90 年代，中国社会的整体精神发生剧变，社会道德发生巨大滑坡，冷漠、苟且、琐屑、奢侈体现了的社会病态，也是这个时期的诗歌衰退的反映。

在宁夏，活跃在 90 年代的诗人有刘国尧、屈文焜、杨梓、梦也、葛林、马钰、尹乔、邱新荣、导夫、陆占洪、虎西山、薛刚、贾羽、李春俊、马春林、杨森君、张记、殷实、陈继明、马乐群、张嵩、戴凌云、牛红旗、刘敬东、潘春生、冯雄、刘中、白军胜、丁学明、杨云才、陈晓燕、王怀凌、陈晓东、莲子、刘鹏凯、尹农、刘向忠、杨建虎、刘学军、阿尔、胡琴、张九鹏等等。必须说明的是相对于沈浩波、李红旗、尹丽川等人提倡的"下半身诗歌"，宁夏 90 年代的诗歌书写仍然是一片洁净，仍然关注的是乡村沉寂而苦难的圣土。

日常化书写的另一种说法是"个体化叙事"。我们从乌尔里希·贝克的著作《个体化》里可以知晓他的"风险社会"和"个体化主题"的理论。我的理解是在社会转型期，市场经济给人们带来与传统社会的断裂感。"活在当下"本能地成为一种自我保护意识。反映在文学上就是书写生存之焦虑，文学的审美观发生裂变，文学的载道功能与传统伦理价值顿然流逝。在全国诗坛，诗歌书写平民化呈现出来，即书写日常琐碎的生存状态。吴思敬说："诗人们以平民化的眼睛透视民间生活的方方面面，以平常心去体悟琐屑遮蔽下的温馨，揭示平凡覆盖下的生命价值，从中发掘被人们忽视的人生况味与文化意义。"（吴思敬《转型期的中国社会与当代诗歌主潮》，《江苏行政学院学报》2001 年第 2 期）那么，20 世纪 90 年代宁夏诗歌书写的日常化趋向如何呢？这个时期的宁夏诗人"一般都是在 90 年代后陆续活跃在诗坛上的，他们注重诗歌的性灵、旁观与超然之表达，对时代政治之表现则相对较为淡漠，显示出来的则主要是一种超然型人格"。这是评论家荆竹为《宁夏诗歌选》写的题为《宁夏诗人人格类型摭论》的序言中的一段话。"超然型人格"倒也是对这个时期的宁夏诗人的一种新评价。在社会转型期，躲开"宏大叙事"，宁夏诗歌注重书写的日常生活，关注人的命运，关注人的生存状态这是必然的。

所谓日常生活，就是出门七件事。"载着家庭的重负，拉着事业的长纤"。宁夏著名诗人肖川发表在 1983 年第 6 期《诗刊》上的《中年的船，没有港湾》一诗预告了宁夏诗歌书写的日常化趋向。但老一代作家书写日常生活，呈现的诗意更多的是反思情怀。如高深在《父亲的崇拜》一首短诗里书写了农民父亲的每日劳作，"老实巴交的父亲／把土地看成生命／一个虔诚的农民／播种一辈子五谷杂粮／耕耘他那份土里刨食的命运"。在任何年代的社会转型期，农民的日常生活场景依然如旧，这是一个多么漫长的命运转型。岁月变迁，美丽消失，遗忘成为常态。张涧在《我记不起你的姓名》里感慨"昨天骤然相遇在街头，／窈窕的腰身竟会如此龙钟！／只有秋水般的双目／还存在着当年的生动，／你看了看我，／我照出了自己！／我，我不愿记起你的姓名，／愿你和我一样，／把我忘得干净"。诗人让日常岁月的磨损给人心里留下无限的沧桑。马乐群的《水窖》诗意地呈现西海固地区水贵如油的困苦的日常生活状态，"雨水在这里集结／四壁中间积蓄着欣慰／想不到点燃黄土地血性的／竟是这融化了的冰雪／肯定不会忘记干裂的疼痛／连沉沉的睡梦里／都有水滴／在轰鸣在呜咽"。

《年轻的太阳谷》是葛林的诗集选本，写于 20 世纪 90 年代的诗歌，流溢着饱满的生活热情，诗意化的生活情节使他的诗耐读、生动，如《好鸟》《一口井和一个农场的诞生》《采莲》《种树的人》。说到乡土书写，陈晓东的《山里人》《补衣的母亲》《老农》是生活底蕴很厚重的诗作。冯雄的《铁匠铺》书写了在乡村慢慢消逝的农具，杨建虎的《一头牛的孤独及其他》书写了乡村衰落的忧伤。乡土在尹乔的笔下是"被屠刀切割下来的一块瘦肉"，于是他的书写就有了诗意的疼痛——"时间不会衰老／当一道道门锁被打开／我们的孩子也要上学／也要学习饥饿 痛苦和死亡／学习做一片乡土／将自己泡在碱水里／然后等待夏日的炼火／将自己变成会飞的鸟"。(《乡土》) 日常劳作的艰辛，都是为了后代，让孩子们乘着鸟的翅膀飞离乡土，这是前辈对后代的希望。

为什么写诗？是需要倾诉，还是因为稿酬；是因为良知，还是需要功名；是需要道义，还是因为自娱；是因为宿命，还是需要爱情；是需要记录，还是因为自由；是因为尊严，还是因为心灵……陆占洪的一首短诗《出书》能解答写诗的日常化心灵与世俗荣誉的关系："名字站在书脊上／左邻右舍都是大文豪／一个瘦弱的名字／竟与泰戈尔挤在一个书架里／我不敢抬头仰望巨人／尽管是同样型号的铅字／还是觉得自己渺小／一次次低头／我发现一个秘密／泰戈尔站在书上／而我还走在大地上"。乡情、乡土、乡恋、乡愁成为诗歌书写的日常化题材，几乎每个诗人都在这个题材里漂流过自己的感情。虎西山的诗歌创作是佼佼者，他在《山地》一诗里说："兄弟们 都没有离开山地／他们不写诗／他们娶妻生子／延续了山地的香火"；在《那个春天》一诗里，诗人说："爹和娘很忙／那个春天 我学会的歌谣／比背会的生字还多"。这些诗句清新，意味悠长，幽默诙谐。陈继明的《在异乡》则写出了怀念故乡的寂寞感："雷声从熟悉的地方滚来／眉上落下儿时的雨／然而不 不回去／让心被异乡充满 充得更满"。薛刚的《羊皮筏子》《二牛抬杠》都是这个时期诗歌日常化书写的典型。王跃英的《你就是那个梅》、莲子的《单人牢房》、伊农的《三月的桃花树》是这个时期优秀的爱情诗歌，给人温馨、凄然和青涩的感觉。必须提到的是黄河流经宁夏，在日常生活中，面对黄河，宁夏诗人抒发对母亲河的情怀，是再自然不过了，贾羽的《九曲黄河》，气势磅礴，诗情画意，可谓上乘之作。"北方，噘起小嘴就是一阵风暴"。（《北方》）宁夏风沙多，自然环境粗糙，而沙枣树是这粗糙的自然环境中最常见的树木，马春林的《沙枣树》写出了这块土地上人们的情致与情怀："让江南爱她高雅的茉莉吧 / 让中原爱她名贵的牡丹吧 / 我是高原之子 / 我爱雄浑、坦荡 / 我敬仰的沙枣树。"宁夏又是盛产煤炭的地方，煤炭诗人张记的一首《煤炭树》记录了一个时代的情感。

描摹自然风物，借景抒情，托物言志。张嵩的《飞翔的鸟》写环境污染，自然生态遭受破坏，鸟儿失去家园的怅然；冯雄的《青草谣》书写土地荒芜的景象；戴凌云在《鸟的家园》里说鸟返回家园，看到的是"巢已被它们占领"，这种强烈的失落感令人震撼。他们的日常化书写透露出人与自然关系的悲悯情怀，这是一种超越。在诗人刘中这里，贺兰山如塞北大地上的一顶草帽（《草帽之歌——献给贺兰山》。写自然风物，诗人安奇的诗性审美十分独特，诗人有着强烈的主体意识，以抒情主人公"我"的游历视野，审视大地上的事物，书写人格化的山川江河，如在《野园集》（十二首）里对人与自然同呼吸共命运的倾诉。诗人赋予生活经历中的山脊、星辰、胡杨、古寺、林涛、秋蝉、啄木鸟、灰鹤、野鸭、蜻蜓、山鹰、雪莲、庙宇、湖泊、荒漠、旷野等自然景象以人的情怀，反复吟诵，诗境不断在眼前涌动，因为这些意象象征生命的自由精神。

生命叹息，岁月流逝，诗意的日常生活需要发现，孟虎在《感怀岁月》里写道："偶尔有空对着镜子看一眼自己 / 发现胡子越来越密 头发越来越稀 / 才知道我人生的道路已经从春到秋 / 而成熟的果子在哪里 / 我始终没有找到。"值得注意的是，在20世

纪90年代宁夏诗歌书写呈现日常化趋向时，杨梓的诗歌创作是一个特例，他另辟蹊径，走出自己独特的诗歌创作之路。杨梓从20世纪90年代开始《西夏史诗》的创作，历经十年完成了西夏王朝和党项民族的史记，成为宁夏诗坛上独特的诗歌现象，很有研究价值。以上选析的这些诗歌还多多少少与世道人心有关，但多数诗作脱离现实生活，给人以凌空蹈虚之感。

所以，今天来看诗歌的日常化书写，除抒情之外，没有更深层的思想，而诗歌仅仅抒情是不够的，向生活要诗意，是向诗歌要深刻的思想内涵，显然，故乡抒情、乡土眷恋、童年记忆、旅游感怀、母爱亲情、伤感爱情、自然风物等书写除给人轻和浮的情绪之外，没有思想上的震撼。当然，诗歌最重要的任务是表达感情和感受，但是没有思想内涵的感情和感受总是空中的云朵。让人遗憾的是有的诗人为了追求诗歌的高深与神性，故意写让人读不懂的诗，为写诗而排列诗句，诗歌书写成为诗人圈子里作坊，写自我，那些自我是说不清道不明的虚妄呓语，自我情绪与这个激荡的时代无关，与普众的生活无关。这样故意脱离生活、脱离时代、故弄玄虚、无病呻吟的诗到现在还在大行其道，在各类刊物上竞相发表。许多青年诗人在模仿，用诗歌的桂冠吓唬读者，可见诗风的堕落。唐朝诗人白居易写诗明白如话，常常要听听老妪的意见。时下，许多诗人自命不凡，哪有这样的心胸啊。

20世纪90年代，是中国社会文化现代性转型时期，在社会处于急剧变化的时代，宁夏的诗歌书写受中国诗坛的影响，没有热情呼应，而是躲开了变革，钻进了日常化的狭窄胡同。我同意林贤治的观点，他说："是时代创造了文学，同时，文学也创作了时代。然而，令人纳闷的是，中国的现代化进程已经有了长达一个世纪的时间，一个人

才辈出的诗歌时代并没有到来；尤其是现在，不但没有产生大诗，诗坛反之更显散漫、空洞和颓靡了，这是怎么回事？"究其原因，是中国诗歌缺少人文精神，更缺少独立自由精神，形成一种僵化的赞语诗风，宁夏诗歌也不例外。长期以来，诗人们"把社会与政府混为一谈"。（托马斯·潘恩：《常识》，民主与建设出版社 2015 年，第 3 页）在中国，尤其突出。"个人是从属于集体的，权力意志代表个人意志，权力就是真理。"诗人带着镣铐创作，没有自由精神的勇气和胆识反映广阔的社会生活。到了90年代社会转型，商业主义、拜金主义和大众文化占据了社会生活，老百姓终于可以睁开眼睛聚敛财富，诗人们只好在日常化的小视镜里浅吟个人情怀，诗歌书写自然成为一种文字排列、玩弄辞藻的技术活儿，词不达意、内容空洞、精神萎靡、思想飘忽的诗风成为必然。由此，诗歌缺失灵魂，缺失对社会道德的普遍关怀，无病呻吟，无法给读者提供精神上的慰藉。毕竟，日常生活只是自己脚尖前的那点尘埃，诗人没有悲悯情怀和改造社会的价值观，就不会写出关怀人类命运的诗作，也不会诞生气贯长虹的大诗人。"诗歌的话语是具有延续性的，它也始终在回避套话和重复。没有套话和重复，这正是艺术的推进器，是艺术有别于生活的主要特征，而生活的主要修辞方式，如果可以这样说的话，恰恰就是套话和重复，因为生活永远是从零开始的。"（约瑟夫·布罗茨基：《悲伤与理智》，上海译文出版社，2015 年，第 218 页）这样来理解诗歌书写的日常化趋向，就明白了诗歌话语迎合了一种世俗娱乐，无法深入诗的本质，丧失了诗歌对社会反思和批判的能力。到这里，我可以做出一个结论，日常生活不是写得太多，而是写得太烂、写得不够，而缺乏大境界、大视野的日常生活的书写，缺乏在日常生活中发现真正问题的书写，更缺乏的是用自己的声音说话的诗歌。还有，宁夏的小说在全国很有影响，但诗歌没有突出表现，这主要是宁夏诗人应该彻底改变感觉良好的写作状态，建立自我反思、自我反省、自我批判意识，才有在创作上突破前行的可能。"因为当一个人写诗时，他最直接的读者并非他的同辈，更不是其后代，而是其先驱。是那些给了他语言的人，是那些给了他形式的人。"（约瑟夫·布罗茨基：《悲伤与理智》，上海译文出版社，2015 年，第 503 页）伟大诗人就是这样诞生的，我对此深信不疑。

[本文系宁夏高等学校科学技术研究项目资助"现代性视野下的宁夏文学研究"的阶段性成果，项目编号：NGY2014159]

文艺美学：问题焦虑与自我突破

张富宝

张富宝，1976 年出生于宁夏彭阳。现为宁夏大学人文学院副教授，中文系文艺理论教研室主任。从事文艺美学、当代审美文化与宁夏文学研究，论文和文学作品发表于《中国美学年鉴》《美与时代》《宁夏社会科学》《宁夏大学学报》《山花》《名作欣赏》《朔方》等，入选《西部散文选刊》《宁夏诗歌选》《文学固原丛书》等。主持或参与国家社科基金项目（含西部项目）、宁夏哲学社会科学规划项目等 7 项。宁夏作家协会会员。

作为一种新的学科，文艺美学在中国的诞生，是一个具有特别意味的历史"事件"，是多种力量内外合力作用的产物。经过四十多年的发展，文艺美学已获得了全新的学科内涵，充分显示了其价值和魅力。然而，与文艺美学伴生的各种问题并没有得到真正的梳理和探究，而却成了其现代性建构的困惑与焦虑之源。现试从文艺美学诞生在"中国"（而不是西方）这一历史事实出发，具体考察分析文艺美学生成的历史条件和学术背景，在此基础上，对其现代性建构中所遭遇的问题提出了一些新的看法。

一、文艺美学诞生在中国

1971 年，台湾学者王梦鸥的《文艺美学》一书出版，这是中国学界所出版的第一部以文艺美学命名的学术论著。而文艺美学作为一门学科的首次提出，是在 1980 年春天昆明召开的全国首届美学学会上。北京大学的胡经之教授提出，应该开拓和发展文艺美学，得到了朱光潜、宗白华等前辈学者的支持。1981 年，胡经之建议北京大学研究生处在文艺学专业的硕士研究生的培养方案中设立文艺美学方向，并随后招收了文艺美学的硕士生。1982 年胡经之发表了《文艺美学及其他》《"文艺美学"是什么》两篇论文，对文艺美学的学科性质和研究对象等进行了初步的探讨。此后，文艺美学研究便生气勃勃地开展起来。自1980年代以来，文艺美学在其诞生的近三十年的时间里发表了大量的研究论文，出版了大量的学术著作，多次举办了全国性的学术交流会议，并且取得了丰硕的成果，产生了广泛的影响，吸引了越来越多的学者加入到这一学术阵营之中。而且，文艺美学还取得了体制上的接纳与认可。在教育部制定的学科专业目录中，文艺美学被设置为文艺学的下属分支学科。国家社会科学基金项目评审也包含了文艺美学的类别。（谭好哲、程相占主编：《现代视野中的文艺美学基本问题研究》，齐鲁书社2003年）2000年12月，教育部还批准在山东大学建立文艺美学重点研究基地。

文艺美学的诞生及其短暂的发展史表明：第一，文艺美学是以一种新颖别致的姿态登上历史舞台的，它充满了生气与活力，发展态势良好，具有广阔的学术前景。经过几代学者的努力，在学科形态、理论构架等方面已具雏形，形成了自己的特色。无论是对材料的梳理与挖掘，还是对学理的思辨与推进，无论是宏观的体系构建，还是问题意识的自觉，都达到了一定的水准。第二，文艺美学的研究体现出跨学科性、综合性与多样性的特点，形成多元化研究的新格局。随着研究观念的不断突围、领域的不断延伸、方法的不断创新，文艺美学正在成为一种崭新的现代知识形态。有学者认为文艺美学是中国学者对世界学术的一种特殊贡献，（杜书瀛：《文艺美学诞生在中国》，曾繁仁、谭好哲主编：《学科定位与理论建构——文艺美学论文选》，齐鲁书社，2004年，第16页）也有学者论证了文艺美学再度成为"显学"的可能性。（张华：《论文艺美学再度成为显学的可能性》，曾繁仁、谭好哲主编《学科定位与理论建构——文艺美学论文选》，齐鲁书社，2004年，第75-88页）第三，文艺美学的发展始终伴随着各种各样的问题和

论争，其中最为突出的问题如：文艺美学的学科性质和学科定位问题；其研究对象、研究范围、研究方法、逻辑起点、体系构建问题等。

二、文艺美学的生成依据

在中国历史发展进程中，20世纪80年代是一个充满理想与憧憬的时代，是一个政治、文化、经济逐渐复苏的时代。在这样的历史境遇中，文艺美学的诞生和兴起，绝非一种偶然的、心血来潮的产物，而无疑是一个意味深长的、"洋溢着激情与希望的学理事件"。（王德胜：《定位的困难及其问题》，《文艺研究》2000年第2期）因此，我们有必要考察文艺美学诞生的社会文化环境、学术背景及其知识学谱系，以便能更清楚地说明问题。

首先，文艺美学是对我国新中国成立之后的美学、文艺学研究的反驳与纠偏，是一次学术观念和方法上的突围。新中国成立之后相当长的一段时间内，中国美学的研究主要受到苏联美学界的影响，盛行哲学美学的研究。事实上，这种美学研究的方法采用的是一种主客二元对立的僵化模式，"本质主义""普遍主义"的封闭，独断的思维方式。人们关注的主要是美的本质、美的形态或范畴等抽象的形而上学问题，人们热心于对亘古不变的"固有本质"和终极的"普遍规律"的追寻，结果美学研究渐渐远离了其生动、感性、丰富的现实根基，变得高高在上，仿佛不食人间烟火，从而失去了它的血肉活力与价值效应。20世纪五六十年代的"美学大讨论"之所以没有取得重大的理论创新与突破，正是因为它以一种哲学本体论和认识论的方法来展开，多集中在美的本质、美的主观性、客观性、社会性等抽象理论问题的探究上。这种对具体艺术审美问题

关注的薄弱与不足，正是文艺美学需要加以反思和重新认识的开始。20世纪80年代初，人们重新燃起对美学的热情。于是，美学作为"人的主体性的化身"，成了消解政治权威的武器，成了思想解放的突破口，甚至成为全民心灵狂欢的"当代仪式"。正如有学者指出的那样："当思想解放以美学热的方式表征出来的时候，美学实际上成为当代新生命意识存在的浪漫化的诗意表达——对人自身感性存在意义的空前珍视和浪漫化想象。人的理性化和感性诗意化整合，人的主体无情膨胀和主体精神的高度伸张，这一切铸成了当代中国美学的精神内核。"（王岳川：《中国镜像——90年代文化研究》，中央编译出版社，2001年，第30页）事实证明，这种美学热潮的再度兴起，正是催生文艺美学的重要因素之一。胡经之在一篇文章中谈到他创构的文艺美学正是立足于这样的背景之中，他主张文艺美学区别于其他美学，它是"从我自己的经验出发"，突破美学"只停留在争论美是客观的还是主观的这种抽象的水平上"，而应系统地研究艺术活动的审美本质和审美规律，进而去"解决艺术实践中的复杂问题"。（胡经之：《文艺美学反思》，《江苏社会科学》1999年第5期）

与此同时，中国现代文艺学的发展也与文艺美学的诞生与兴起密切相关。中国现代文艺学研究从开始的时候就伴生有泛政治化色彩，革命、阶级、政治等成了理论的重心，更多地关注艺术反映生活、思想倾向性、阶级性、思想政治教化功能等，而对艺术的审美特性、创造性、愉悦性等关注严重不足。20世纪70年代末开始，中国文艺学开始了向审美思维的转向。而胡经之在设计文艺美学时就充分地认识到了这一点。他认为，文艺美学是"当代美学、诗学在人生意义的寻求上在人的感性审美生成上达到的全新的统一。""以追求艺术意义和艺术存在

本体为己任的文艺美学，力求将被遮蔽的艺术本体重新推出场，从而去肯定人的活生生的感性生命，去解答人自身灵肉的焦虑。因此，文艺美学将从本体论高度，将艺术看作人把握现实的方式、人的生存方式和灵魂栖息方式"。（胡经之：《文艺美学》，北京大学出版社，1999年）

其次，文艺美学在中国的诞生与美学学科自身的发展趋向与当代延伸息息相关。西方美学自古希腊开始就基本形成了两大传统形态，一种是以柏拉图为代表的哲学美学，一种是以亚里士多德《诗学》为代表的艺术美学研究传统。即使以柏拉图为代表的哲学美学研究，也都涉及了具体的艺术审美问题，如音乐、文学等。文艺复兴、古典主义、启蒙主义的美学也都以对具体审美的问题的探讨为其主要内容。自鲍姆嘉通开创现代美学时，也把美学作为"自由艺术的理论"来看（尽管他把美学定义为感性认识的科学）。到了德国古典哲学时期，黑格尔将美学研究的范围界定为"美的艺术"，称其名为"艺术哲学"或"美的艺术"的哲学；谢林则直接以《艺术哲学》为书名。到19世纪中叶以来，在实证主义、现象学、分析哲学等的影响与冲击下，美学研究已逐渐远离或抛弃了抽象的形而上学而转向对具体艺术审美活动和审美问题的探讨，美学变成了一种经验科学和描述科学，美学的传统研究对象逐渐被"艺术"所取代，不再从抽象的假设与信仰出发，而是从人类的现实生活和实际的审美经验出发。美学家费舍尔更是推行一种"自下而上"的研究方法以对抗传统的"自上而下"的研究方法。现代美学的发展趋向是以艺术研究为中心内容的。朱狄在《当代西方艺术哲学》中指出"作为一种当代倾向，艺术哲学的地位显得愈来愈重要了，和过去相比，艺术哲学与美学的重要性正在被颠倒过来。今天，几乎任何一本西方

的美学著作都把艺术问题放在首位，即使美学家仍以美学的名义写书，但所写的往往是一种艺术哲学或近于艺术哲学的东西。"（朱狄：《当代西方艺术哲学》，人民出版社，1994年，第1页）李泽厚也指出："当代美学很少研究'美的本质'这种形而上学问题，主要集中在对艺术和审美的研究上。审美的研究也主要通过（艺术品、艺术史）来验证和进行。"（李泽厚：《美学三书》，安徽文艺出版社，1999年，第547页）文艺美学在中国的诞生和发展正是对这一趋势的契合与顺应。

以上的分析表明：文艺美学从创建到发展和繁荣，既有历史境遇的催生，又有逻辑发展的推动；既有现实利益的需要，又有学术发展的内在根据和理路；既是外因的产物又是内因的结果，它是多种因素多种力量共同合力所形成的。正如有的学者所指出的，文艺美学是"以艺术作为审美活动和审美对象的基本属性为现实基础，以美学学科的艺术哲学转向为学术史参照背景，以中国现代文艺学发展的偏颇与失误为历史殷鉴，其产生是有学理依据和历史动因，是必然的，也是自然的"。（谭好哲：《文艺美学的学科生成与理论推进》，曾繁仁、谭好哲主编：《学科定位与理论建构——文艺美学论文选》，齐鲁书社，2004年，第53页）。"文艺美学作为一个新学科之所以能够在20世纪七八十年代的中国应运而生，除了外在'运'即外在条件，还有内在的'因'即内在根据"。（杜书瀛：《文艺美学诞生在中国》，曾繁仁、谭好哲主编《学科定位与理论建构——文艺美学论文选》，齐鲁书社，2004年，第28页）

三、文艺美学何为

在对文艺美学的历史进程及其生成背景进行一番考察和梳理之后，我们所要面临的就是文艺美学的现代性建构问题。所谓的"现代性建构"指的是一个动态的、开放的历史发展的过程，是一个需要不断自我反思和自我批判的过程，是一个需要不断解构与建构的过程，它不是一蹴而就就可以完成的学科宏图，也不是一成不变的理论大厦。在这一构建过程中，应该充分凸现问题意识，张扬反思与批判的精神，采取多元开放的姿态来进行。对此，我们当前需要思考的是：

其一，文艺美学作为一门现代学科应该如何有效地整合其思想资源？从海德格尔、维特根斯坦、福柯、德里达到利奥塔、詹姆逊、波德里亚等，这些思想的精英们给我们带来的是什么？他们用不同的视角和立场，用不同理论形态和方法对西方传统文化中的理性主义至上、逻各斯中心主义、本质主义、普遍主义、主客二元对立思维等进行了质疑、解构和颠覆，笛卡儿那个"我思故我在"的根基已变得岌岌可危。海德格尔对存在整体的追问与运思，维特根斯坦的"家族相似"理论，福柯的"知识考古学"，德里达的解构主义，哈贝马斯的"主体间性"，可以说是殊途同归。文艺美学在现代性建构的过程中，应该以这种思想观念、思维方式上的总体性的变革为指导。这意味着要对原来的思维模式、方法论进行调整、反思和批判，突破主客二元对立的僵化思维；要对已有的学术资源进行重新整理和挖掘，实现古今中外的融合与贯通，从而做到真正的多层次、多维度、多元化。比如近年来对审美本质主义的反思：从对"原理"的崇尚转向对"基本问题"的重视与梳理，对艺术审美的"价值限度"等问题的思考。然而在这一点上我们做得远远不够，这在很大程度上影响和制约了文艺美学的全面创新与发展。突破必须从这里开始。

其二，文艺美学作为一种知识形态是如何历史地构建起来的？这的确是一个有意味的话题。从文艺美学的创生与它的发展史中，我们可以得到的启示是：第一，文艺美学研究以独特的问题意识、问题集或问题域，为我们提供了广阔的思维和思想空间。第二，文艺美学追求"全新"的品格和传统应该得到进一步的继承和发扬。曾繁仁以五个"新"来概括它的特征，即新的视角、新的方法、新的资源、新的体系和新的精神。（曾繁仁：《中国文艺美学学科的产生及其发展》，曾繁仁、谭好哲主编《学科定位与理论建构——文艺美学论文选》，齐鲁书社，2004年，第13-14页）第三，文艺美学与"中国现实语境"的紧密关联，使得它具有特殊的魅力与诱惑力。第四，文艺美学的跨学科形态，使它具有更大的灵活性、兼容性和开放性。同时，在这一历史的构建过程中还遮蔽和隐藏着其他一些重要的话题，比如学科建构与政治文化的关系，文艺美学与当代审美文化的关系等问题。

其三，如何面对文艺美学作为一门学科本身所存在的困惑？面对集中在学科性质、学科定位等问题上的争论，我们主张，不要热衷于构建一个"完善自足"的宏大体系，构建一个美丽而又脆弱的"水晶宫"，不要沉醉在抽象理论的设计梦想中，不要迷离于求新的奢望中，而应该脚踏实地地去进行学术的探索、创新与积累。事实上，在学科的建构过程中，重要的不是"可不可以做"的问题，也不是"该如何做"的问题，而是"做成了什么"的问题。近代以来的人类知识体系发展表现为两种基本的趋向，一方面是知识的日益分化，越来越细致和精微，一方面是知识的不断整合和重组，形成全面"扩张"的势态。而其共同作用的结果是自然科学、人文科学、社会科学之间的界限变得模糊。19世纪以来，越来越多的新学科宣告成立，而其中许多则在相邻学科的边际地带生成，跨学科的发展已成为基本的形式

和途径。随着各门学科之间的不断交叉、渗透与融合，已经很难把某一对象局限在某一学科之内，否则就可能是作茧自缚，画地为牢。将文艺美学纳入这一视界之中，便会给我们带来新的活力和思路。因此，我们并不主张对文艺美学这一学科本身进行非常明确清晰的界定。且不说这界定与宏观的理论设计在理论和实践上困难重重，这种膨胀的热情和它背后所隐藏的观念和方法本身就值得怀疑。随着西方经典科学观的解体，那种建立在此基础之上的学科观念、学科理性也应该得到深入的反思与清理。正如怀特海所指出的那样，体系化是通过源于科学专业化的方法而进行的普遍性的批判，它预设了一个原初的观念的封闭集合，因而造成了"所有有限系统中固有的狭隘性"。

其四，文艺美学如何直面"问题"，深化其现实性品格，注重把握"特殊的中国经验"？在这样一个信息爆炸的时代，在这样一个身体狂欢的时代，在这样一个消费享乐的时代，在这样一个机械复制的时代，在这样一个数字化生存的时代，在这样一个流行时尚的时代，在这样一个全球化、大众化、技术化的时代，在这样一个生态恶化、环境污染、能源枯竭、战乱频发的时代，一切都在发生着翻天覆地、日新月异的变化。有人说"上帝死了""作者死了""读者死了"乃至"人死了"，也有人说"艺术终结了""意识形态终结了""历史终结了"。上述的每一个话题都与文艺美学息息相关。面对如此复杂多变的现实，文艺美学应如何寻找和把握自己的脉搏？该如何面对中国经验中的种种现象与课题，而不是以笼统的"西方""现代"或"后现代"等概念术语和理论体系的移植和嫁接来获得虚幻的满足？在我看来，中国当代的审美文化研究为我们提供了一种可能的形态和方式。

其五，文艺美学如何处理与当代艺术和

艺术审美观念变革的互动关系？当前的文艺美学研究主要侧重于传统艺术审美研究，而对现代主义、后现代主义艺术审美的把握还远远不够，而对当代艺术审美现实的关照则更加薄弱。事实上，文艺美学不仅要在艺术审美领域里，而且还要在诸如日常生活、政治、伦理、经济、科学、生态等领域里来寻找今日的审美方式。正如学者杜书瀛所说："文艺美学绝不仅仅是'知识追求'或'理性把握'，也绝不是仅仅局限于以往纯文学、纯艺术的'神圣领地'，而应该到审美和艺术所能达到的一切地方去，谋求新意义、新发展、新突破。"（杜书瀛：《文艺美学诞生在中国》，曾繁仁、谭好哲主编：《学科定位与理论建构——文艺美学论文选》，齐鲁书社，2004年，第28页）文艺美学应该如何面对"日常生活的审美化"？该如何把握新的艺术形式和形态？该如何应对技术和媒介对艺术的全面冲击？这既是文艺美学理论增生点之所在，又是其价值意义的寄寓地。

［本文为"十三五"宁夏回族自治区重点专业"汉语言文学"子项目"'理论之后'的'美学'与'文学理论'"课教学改革研究阶段性成果］

文学语言:特征、观念与书写

张富宝

　　谈到文学我们就会想到语言，或者说谈到语言我们就会想到文学，文学与语言之间似乎具有一种天然的联系。人们普遍认为，文学是一种语言艺术，语言是文学的第一要素，因为语言既是文学作品存在的显现，又是文学作品审美价值生成的重要条件，因此语言在文学活动中占据着非常重要的地位。高尔基说："文学就是用语言来创造形象、典型和性格，用语言来反映现实事件、自然景象和思维过程。"(高尔基:《和青年作家谈话·论文学》，人民文学出版社，1978年，第332页) 法国当代结构主义文学理论家罗兰·巴尔特说："语言是文学的生命 (Being)，是文学生存的世界:文学的全部内容都包括在书写活动之中，再也不是在什么'思考''描写''叙述''感觉'之类的活动之中了。"(安纳·杰弗森、戴维·罗比等:《西方现代文学理论概述与比较》，湖南文艺出版社，1986年，第99页) 语言不仅是作家认识世界、掌握世界、拥有世界的方式，更是作家沟通文学与现实世界审美关系的方式，是作家创造世界的方式。当作家运用语言构筑他的文学世界的时候，他尤其注重对自己的语言的个性化、独创性的追求，从而使他的文学文本呈现出鲜明的语言风格。事实上，在我们阅读文学作品的时候，首先触动我们的往往是作品独特的语言;在我们谈论作家的时候，也总是从他别具一格的语言谈起。比如提起鲁迅，我们首先会想到其语言的冷峻与犀利;提起老舍，就会想到其语言的俗白与生动；提起贾平凹，就会想到其语言的空灵与质朴。

那么，文学和语言之间到底是什么关系呢？文学语言有什么样的特性呢？文学语言又有什么样的美学效应呢？这些问题其实相当复杂，很值得深入去研究，因为它与文学的生存面貌和生存命运息息相关，尤其是进入当前的"读图时代"，以文字为主的印刷文化遭遇到以影像为主的视觉文化的巨大冲击，文学的处境面临着危机的状况下，文学与语言的问题更加凸显出来。一直以来，对文学语言的研究是文学研究中的一项重要内容，但到目前为止，这项研究还远未达到令人满意的程度，除了对作家作品语言的具体个案的研究长盛不衰之外，对文学语言作为一种整体性的命题的研究还有待深入。近年来，中国学界的一些学者把文学语言和现代文学的发展进程联系起来进行研究，取得了让人耳目一新的成果。随着网络文学的发展，网络文学语言也得到了关注和研究，它将更有助于人们对"文学本身"的思考。

一、文学语言、科学语言与生活语言

显然，文学语言是一种特殊的语言状态，它与日常语言、科学语言有很大的区别，从某种意义上来说，以一种综合性的视野把这几种语言放在一起进行对比研究，就更加能凸显文学语言的特性。一般来说，日常语言以突出语言的种种实用目的为其主要特性，它是随意性的、习惯性的、生活化的和口语化的，没有严格的语法规范，注重表达的便捷性与灵活性。比如"你吃饭了吗"，也可以说成是"饭你吃了吗"或者是"吃饭了吗你"，可以视不同的语境而定；科学语言以突出语言的描述事实、阐述思想的意指功能为其主要特性，它强调语言的准确性、逻辑性与说理性。比如月亮，用科学语言来

解释就叫月球（古称太阴），是环绕地球运行的一颗卫星，它是地球唯一的一颗天然卫星，也是离地球最近的天体。这种语言尽可能地去除了情感和想象的成分，直指客观事实本身；而文学语言则以突出语言的审美效果为其主要特性，它常常要经过作家和诗人独具个性的创造加工，从而与日常语言和科学语言鲜明地区分开来。如著名的"雨巷诗人"戴望舒在《雨巷》中这样描述一个姑娘，她有"丁香一样的颜色／丁香一样的芬芳／丁香一样的忧愁"，这就是典型的文学语言，这样一个姑娘到底是怎样的一个姑娘呢？不明确，不清晰，甚至是模糊的，但却是可感可触的，可以充分调动人的想象空间。也就是说，在日常生活或在科学研究的表达当中，语言更多的是作为交际的工具和手段来使用，人们要求语言的意义比较明确、单一，只要能将意义准确地表达出来就行了，不允许存在歧义与含混不清的现象，并采取一系列的措施消除语言的多义性。而文学语言则除了满足表意功能之外，还要追求表情功能，而表达上的陌生化、情感化以及多义性等恰恰是文学语言追求的目标。

同时，还应当注意的是，文学语言与日常语言、科学语言之间也有很多相通之处，它们之间的边界也经常会出现相互渗透、相互交错的情况。韦勒克就认为，把文学的、日常的和科学的几种语体在用法上严格区分开来是非常困难的。"因为文学与其他艺术门类不同，它没有专门隶属于自己的媒介，在语言用法上无疑地存在着许多混合的形式和微妙的转折变化。"最后，他得出结论说："我们还必须认识到艺术与非艺术、文学与非文学的语言用法之间的区别是流动性的，没有绝对的界限。"（韦勒克、沃伦：《文学理论》，三联书店，1984年，第10页）这样看来，所谓的文学语言并没有严格的边界，它其实就是文学作品中的语言，举凡书

面语、口语、俗语、方言、古语、外来语等都可以成为文学语言，它们因为文学作品独特的语境张力，摆脱了日常状态而进入一种审美情境之中，从而具有一种"文学性"。也就是说，日常语言与科学语言等非文学语言，经过作家的加工改造也完全可以成为文学语言，关键就看作家如何运用它了。例如作家王朔在小说《顽主》中写一个少妇在家对着暂时"扮演"她丈夫的"三 T"公司雇员马青大骂道："你说你是什么鸟变的？人家有酒瘾棋瘾大烟瘾，什么瘾都说得过去，没听说像你这样有'砍'瘾的，往哪儿一坐就屁股发沉眼儿发光，抽水马桶似的一拉就哗哗喷水，也不管认识不认识听过没听过，早知道有这特长，中苏谈判请你去得了。外头跟个八哥似的，回家见我就没词儿，跟你多说一句话就烦。"这段话具有很强的口语化色彩，粗鄙、俗白、随意，但却很好地营造了一种表达上的"狂欢化"的效果，准确传神地再现了"顽主们"的生活情景。再比如《红楼梦》中出现的药单和账单，单独看没有任何"文学性"可言，但把它放在整部作品中来看，它对塑造人物形象，烘托艺术氛围，推动情节发展等都具有不可替代的作用，是作品不可或缺的细节。因此在读小说的时候，我们不会觉得它们是药单或账单，而就是鲜活的充满韵味的文学作品。

二、文学语言的特征

显然，文学语言具有鲜明的特征，但直到现在为止，人们对文学语言的特征的理解还存在很多争议，这一话题还有进一步深入研究的必要。一般来说，人们普遍认为文学语言具有形象性、情感性、私人性（个性化）、陌生性、审美性和多义性等特征。无论如何，谈论文学语言的前提是不能剥离其具体的文学作品的语言环境，不能像医生解剖尸体一样去孤立地作研究分析，而应该把它当作一个活的"生命体"，像巴赫金在研究陀思妥耶夫斯基问题上说过的那样，去研究"活生生的具体的言语整体，而不是语言学专门研究的对象的语言"。（巴赫金：《陀思妥耶夫斯基诗学问题》，白春仁译，三联书店，1992 年，第 250 页）巴赫金把这种研究定义为"超语言学"。这种语言学是双声语的，对话关系是其研究对象（包括说话人和自己的话语的对话关系）。概而言之，文学语言具有以下一些特征：

第一，文学语言具有"私人性"（个性化）的特征，从而形成作家鲜明而独特的语言风格，如朴素与华丽，含蓄与明快，豪放与柔婉，简约与繁丰等等。瑞士语言学家索绪尔在其代表性著作《普通语言学教程》中把人的言语活动分为语言（langue）和言语（parole）两个部分，他认为语言是言语活动中社会性的和系统的部分，言语则是个人在语言符号系统内的言语行为。这两者的区别犹如象棋抽象的规则和惯例与真实世界中人们所玩的一盘盘棋局之间的不同，象棋的规则可以高于并超越每一局单独的棋赛而存在，但它也只有在每一盘比赛的各棋子之间的相互关系中才取得具体的形式。由此可见，文学语言正是作家具体而个性化的言语行为，它是作家独特的审美创造的产物。每个成熟的作家都有自己的"私人性"语言，都有重铸和更新语言使之形成新的样式的力量。

第二，文学语言具有"情境化"特征（包含内指性的特征，即文学语言始终指向作家所创造的"文本世界"而非现实生活世界），它的生成离不开作家所创设的各种特定的语境，这种语境既包含上下文的语言环境，也包含其背后的社会环境和文化环境。比如说"你好"一词，在日常生活中只是普通的问候，没有深层的含义。但在《红楼梦》中，当林黛玉临终之前说出"宝玉！宝玉！你好……"一句话时，它却包含了非常复杂的内涵。一边是香销魂散的凄清与孤独，一边是宝黛成婚的欢闹与繁华，两相对比，林黛玉的千言万语、万般思绪都包容在这"你好"之中了，它既是对宝玉的责怨、痛悔、怜惜、眷恋和祝福，也是对炎凉世态、人生无奈的悲情控诉。这就是情境的作用，它能让一句普通的话产生惊人的深度和能量。

第三，文学语言具有"陌生化"（或"反常化"）的特征，这是相对于日常语言的"自动化"、"惯习性"而言的。最先提出"反常化"这一概念的是俄国形式主义者什克洛夫斯基，他认为，艺术中的"反常化"语言与日常生活中的"自动化"语言的不同就在于，"反常化"语言可以增加感觉的难度与范围，是创造和体验新事物的方式。"那种被称为艺术的东西的存在，正是为了唤回人对生活的感受，使人感受到事物，使石头更成其为石头。艺术的目的是使你对事物的感受如同你所见的视像那样，而不是如同你所认知的那样；艺术的程序是事物的'反常化'程序，是复杂化形式的程序，它增加了感受的难度和时延，既然艺术中的接受过程是以自身为目的的，所以它理应延长；艺术是一种体验事物之创造的方式，而被创造物在艺术中已无足轻重。"（胡经之主编：《西方文艺理论名著教程·下卷》，北京大学出版社，2003年，第173页）"自动化"语言容易让人产生"审美疲劳"，让人在习以为常的"程式"中变得麻木迟钝；而"反常化"的语言则常常运用夸张变形、嫁接组合的方式甚至是突破语法规范的方式使语言产生新奇陌生的表达效果。比如诗人海子《亚洲铜》一诗中的"亚洲铜"就具有"陌生化"的特征，新颖而独特，给人以无穷的想象空间。"亚洲"是一个地理性的、

文化性的、抽象性的名词，与较为具体的有质感的"铜"组合在一起，形成了一个意味深长的审美意象。铜的重量、光泽、金属质地等为亚洲注入了质感，而亚洲的开阔、厚重让铜具有了深远的文化意味。我们突然发现，铜的历史与亚洲大地一样古老；铜的颜色与亚洲人黄色的皮肤天然相似；铜的光亮不如黄金般耀眼，却更符合亚洲民族的纯朴厚重；作为文化想象的"亚洲"，只有在铜的物质形态中，才能获得生命。

第四，文学语言具有多义性（或复义）的特征。文学语言的多义性指文学作品所使用的词语除了它们本身的字面义或词典义之外，还具有双关义、暗示义、反讽义、比喻义、象征义、言外义等等。"新批评"的著名人物燕卜逊在其《复义七型》一书中，专门研究了诗语中的复义现象。他指出："'复义'本身可以意味着有意说几种意义，意味着可能指二者之一或二者皆指，意味着一项陈述有多种意义。"他认为，复义现象在诗歌中是普遍存在的，正是各种含义的混合和交织赋予诗歌以美感，而"复义的作用"也就构成了"诗歌的基本要素之一"。（威廉·燕卜逊：《复义七型》，《"新批评"文集》，中国社会科学出版社，1988年，第306页）中国古典文论中所说的"言近旨远""言在此意在彼""言有尽而意无穷"等正是指文学语言的这一特点。上文中的"亚洲铜"就具有非常丰富的含义，它既是我们的"身体"，又是我们生存的"土地"，最后也构成了我们的一种品质与灵魂。

第五，文学语言具有审美化的特点（包括形象性、情感性、模糊性、音乐性等，均是构成文学语言审美特征的重要内容），能给人以丰富的审美想象空间。"同理论的语言相反，文学的语言用形象性来标志自己。它不提供对于问题的意见和讨论，它在事实的充实中把世界描写出来。"（凯塞尔：《语言的

艺术作品》，上海译文出版社 1984 年版，第 150 页）英美"新批评派"的代表性人物之一瑞恰兹把文学语言由于自指作用而造成的审美效果概括为语言的"情感用法"。（艾·阿·瑞恰兹：《语言的两种用法》，《西方文艺理论名著选编（下）》，北京大学出版社，1986 年，第 67 页）瑞恰兹在这里说的"情感用法"，不是指运用语言表达或宣泄情感，而是指设法使语言陈述本身产生审美效果或唤起审美情感。文学语言的模糊性和音乐性与文学作品表现对象的特性密切相关，也与作家所表现的情绪、情感有关，其中蕴含着极为丰富的审美性。譬如白居易《琵琶行》中的"嘈嘈切切错杂弹，大珠小珠落玉盘"，通过听觉形象和视觉形象的融通形容错落有致的乐声，形成一种真实可感的形象，加上诗人深切的情感和悦耳的音乐性，让人回味无穷。

三、文学语言观念：从工具论到本体论

大体而言，中外古典文论中的文学语言观念，基本都是"工具论"的语言观。譬如孔子的"辞达而已"，庄子的"得鱼忘筌，得意忘言"，魏晋时代"言义之辨"对语言能否表达意义的怀疑，至佛教禅宗"不立文字"的极致状态，大都把语言看作表达意义的手段和工具，人们更关心的是意义，甚至为意义可以舍弃一切外在的形式。而进入 20 世纪以来，受到哲学和美学的"语言学转向"的影响，越来越多的人接受了本体论的语言观，开始重新思考文学与语言的诸种问题。譬如海德格尔说"语言是存在的家"，伽达默尔宣称"能够理解的存在就是语言"，维特根斯坦也认为"想象一种语言意味着想象一种生活方式"，"我的语言的界限意谓我的世界的界限"。这些思想带来了哲学观念的革命，也成了理解文学和存在的一种新

的视角。

工具论语言观认为，文学语言是一种"工具""载体""中介"或"形式"，语言文字的形式与语言文字所要表达的内容、情感和意义是彼此可以分开的东西，前者是内在的、本质的、第一位的存在，而后者则是外在的、表象的、第二位的存在，前者具有决定性的支配性作用。这种语言观把语言当作对象性的"身外之物"，让人凌驾于语言文字之上成为权威和主宰，赋予人任意改造和驱遣语言文字的权力。它对文学创作的最大影响是，作家们不再把语言文字作为文学的生命所系，不再把语言文字的涵养当作文学的根基，而是把语言视作一种符号形式的游戏。在这种情形之下，语言与文化、语言与现实、语言与存在是隔膜的、断裂的，它遗忘了"存在"。

而本体论语言观则认为，语言是世界的本体、人类的本体和文学的本体，把语言从"器"的层次上升到"道"的层次，确立了语言在文学中的根本地位，同时带来了语言与文学观念的全面变化。（李荣启：《文学语言学》，人民出版社，2005 年，第 38 页）这样，语言不再是工具、载体和中介，而是创造意义的东西，就是存在本身。在写作中，作家的这种本体论的"语言之体验"，"注重语言的自主存在与自然生长性，注重语言变革中历史的延续性，注重语言超乎人的主观意志的自在性，注重语言和人的关系对于人之为人的根本意味，强调人的自我规定，比如人的'种姓'、'民族性'、生活方式、思维方式乃至文学创作中最细密幽深的情致想象，都隐藏于他的语言，随语言一同'生展'（朱光潜语），也随语言一同消歇。总之，人的精神活动，人的思想情感，一切形式的文学创作，都必须基于语言的根本。"（郜元宝：《汉语别史——现代中国的语言体验》，山东教育出版社，2010 年，第 71 页）

时至今日，海德格尔的语言观对我们依然具有巨大的启发性意义。海德格尔的语言观是一种"诗化语言观"，是对西方传统语言观的重大突破。海德格尔认为，存在、人与语言构成了本源一体性关系，语言既是存在的自然涌现，也是人的基本在世方式，而非静止的、封闭的、单纯指称的"符号系统"。人生在世即是生存在语言中，即是生存在世界中。从本质论看，语言作为"诗意世界(天、地、神、人四重整体世界)"显现的场所，注定是诗化的；从认识论上说，作为语言在世形态的"言谈（Rede）"与"道说（Sage）"，无论从其与"因缘整体""闲谈""时间"的关系，还是从其本身"既澄明又遮蔽"的"二重化"运作方式来说，都带有浓重的诗化意味，它是对传统逻辑语言观的解构和一种诗化语言观的建构；从方法论上看，要想进入语言的诗化本性，将诗意世界显现出来，人首先必须学会"诗意栖居"，以一种诗性精神和态度生存于世。其次，诗歌是语言诗化本性、诗性精神最好的展示场所，人应当学会在诗歌中触摸语言的诗性。（任华东：《海德格尔诗化语言观研究》，http://chinese.fudan.edu.cn/zhongwenx-i/xuekejianshe/disView.asp？id=1160&l_id=34）海氏启发我们转变一种生存态度，用一种超越于己、超越于人类的"诗性生存"面对人类主体性过度膨胀的现代技术世界。从这种意义上来说，语言即是存在的家园，显然文学语言在其中扮演着极为重要的角色。

四、文学书写：在普通话写作与方言写作之间

语言是文化的蓄水库，它以一种独特的方式滋养着人们的生活世界和情感世界。对于一个作家的写作而言，语言既是其作品的最直接的艺术表现媒介，更是一种生存之源、文化之根，是一个作家安身立命的家园。"我们只能在语言中进行思维，我们的思维只能寓于语言之中。"（伽达默尔：《哲学解释学》，夏镇平译，上海译文出版社1994年，第62页）显然，文学的思维与想象都离不开其所依托的语言。甚至可以毫不夸张地说，选择什么样的语言就意味着选择什么样的文学，因为语言不仅影响着文学的声音与腔调，影响着作家感知和表达世界的方式，也影响着作家的写作立场（选择谁的语言、代表谁去说话、说什么样的话）。因此，对于汉语写作而言，越来越多的作家意识到，用普通话写作还是用方言写作成了一个让人困扰的问题。马林诺夫斯基说得好："语言是文化整体的一部分，但它并不是一个工具的体系，而是一套发音的风俗及精神文化的一部分。"（马林诺夫斯基：《文化论》，中国民间文艺出版社，1987年，第7页）尤其是在文化全球化的背景下，作为一种艺术形式的文学语言更能彰显民族的思维方式、文化观念与美学趣味，因此，语言的选择成为作家无法摆脱的"焦虑症"。

一方面，普通话是我们的民族共同语，普通话写作具有不可替代的传播优势和"政治"优势；另一方面，普通话写作也有其不足之处，它无法充分挖掘和表现新奇而独特的地方生活神韵，限制了作家的想象力和"自由命名的能力"，造成了一些作家"生活语言"与"写作语言"的难以弥合的矛盾与冲突状态，更有甚者，"写作语言"极端自负地把写作完全变成了"写作语言"的自说自话，对"生活世界"视而不见，或者对它进行随意删改、戏弄、强暴以致遗忘了"存在之真"（张新颖在其《行将失传的方言和它的世界——从这个角度看〈丑行或浪漫〉》一文中对此问题作了极富启发性的思考，见《现代困境中的文学语言和文化形式》，山东教育出版社2010年）。作家余华曾经说，对于他这在南方小城镇长大的人来说，用普通

话写作，差不多就好像是用一门外语写作。学者王鸿生在对一个年轻作家的批评中指出，其作品的语言是"瘫痪的语言，无根的语言，没有故乡的语言。它无法脱离情节要素而自立，也没有生命的质感和自然气息，更不会焕发某种经由地域文化长期浸润而形成的韵致和光泽。"（王鸿生：《小说之死》，林建法、徐连源主编《中国当代作家面面观·寻找文学的灵魂》，春风文艺出版社，2003年，第497页）这种现象正是当代文学写作的普遍病症之一，它与长期使用规范化的、同一性的普通话不无关系。

在这种情形之下，方言写作成为中国当代作家语言自觉的一种表征。方言总是跟特定的地域联系在一起，具有特殊的审美价值和文化价值，其丰富性、独特性和差异性让它能够对普通话写作的"陈词滥调"提出挑战。人们发现，方言写作不仅大大丰富了语言的表现力和生活气息，形成一种独特的语言风格；而且在传达地域风情和乡土情调的同时，还能深入当地人的精神和灵魂，写出他们丰富而隐微的日常生活、精神结构和心理世界。从某种意义上来说，对那些执着于本色化方言写作的作家，他们笔下的方言绝非被简单挪用的语汇，而是一种妙趣横生的"文学思维"；绝非一种外在的身份标识或单纯的文学技巧，而是一种美学趣味的表达与一种文学精神的呈现。这样看来，方言写作不仅增添了汉语叙事的一种新的可能性，也拓展了中国文学多元化的表现空间，为我们带来了一道独特的文学景观。事实上，在

20世纪以来的新文学史中，方言写作一直是一种重要的写作传统，当代文学更是对此进行了发扬光大。譬如从韩少功的马桥"词典"、莫言的"猫腔"到张炜《丑行或浪漫》中的登州方言、刘震云《手机》中的四川方言和河南方言、阎连科《受活》中的豫西方言、贾平凹《秦腔》中陕南方言等，方言写作蔚为壮观。从某种程度上来说，这些小说"真正的独创性，是运用民间方言颠覆了人们的日常语言，从而揭示出一个在日常生活中不被人们意识到的民间世界"（陈思和语）。这些作家对"普通话"创作似乎都有一种怀疑与抵触，他们的汉语写作更注重"地方声音"的传达与表现，这种近乎执着的选择和坚守与汉语写作传统性和本土性的自觉意识的形成，与全球化时代的冲击密切相关（如果说，全球化是一种"同质性的文化"的话，那么以方言写作的文学就是一种"异质性"文化）。

但是方言写作并非是唯一的出路，它也有天生的不足，容易受到区域文化的限制而影响作品的更广泛的传播和接受。事实上，无论是选择普通话写作还是选择方言写作，都不能以一种简单的二元对立的方式谈论孰是孰非，这其中最为重要的问题是，要不断思考汉语的特性，重新建立起生活（现实与文化）、语言与文学写作之间的通道，让语言在自由的言说中照亮和守护我们的存在。

[本文为"十三五"宁夏回族自治区重点专业"汉语言文学"子项目"理论之后的美学与文学理论"课教学改革研究阶段性成果]

读张学东小说《小幻想曲》《裸夜》

张富宝

每每读张学东的小说，我总是充满着期待，这种期待源自于他卓尔不群的丰富性、可能性与创造性。他是一个典型的狐狸型的作家，具有百变的面孔，能在不同的题材领域中自由穿梭，不断推陈出新、变换和超越。最重要的是，他的小说总是在饱满的细节与奇谲的想象中带给你洞穿真相的快感。我始终觉得，这种快感，可能是好小说最根本的东西。不仅如此，在我的脑海中，还常常会闪过手术刀的寒光，犀利、精准，带着些许血丝，让人心生畏惧。大多数时候，张学东都是一个冷峻的旁观者，他善于把写作的对象层层剥开，展现出其隐蔽而复杂的"内在肌理"；但他并非一个无情者，而是在对历史与现实的关切中，在对人性幽微的洞察中，倾注着异乎常人的悲悯与深情。正因为如此，在他近乎残酷的笔墨背后，还有一束温暖的人性之光，照耀着黑暗的生存深渊。这些极具个性特征的美学风格与艺术特质的形成，也意味着，张学东的创作正在走向饱满和成熟，正在迈入一个新的层次和境界。而其近作《小幻想曲》(《天涯》2014 年第 6 期)与《裸夜》(《山花》2014年第11 期)，便充分证明了这一点。

近些年来，张学东的创作兴趣较多地集中在长篇小说的领域中，自《西北往事》之后，他已经先后发表了《妙音鸟》《遥望白银湖》《人脉》《超低空滑翔》《尾》等多部长篇小说，成为宁夏文学创作的佼佼者，广受文学界的关注。尽管如此，张学东也从未放弃中短篇小说的写作，事实上，中短篇小说在其整个创作中占据着很重的份量。在这样一个功利至上的消费与娱乐时代，这一点显得尤为难能可贵。因为中短篇小说的写作，既难成名又难谋利，已经悄然沦为充满难度并且吃力不讨好的"边缘化"写作，它更多考量的是一个作家的孤独与耐心，一个作家最为纯粹的艺术理想与艺术能力。这有点像电影界，如果长篇小说是商业大片的话，那么中短篇小说就是艺术片；前者面向大众，犹如消费品，更关注社会效应与经济效应，而后者只能抛给小众，获取专业圈子的认同。这可能是"文学已死"时代的怪状之一。长期以来，精于中短篇小说的写作已成为"宁夏文学"的标识与品牌，张学东无疑是其中的佼佼者。也可能是个人的阅读习性使然，我更偏爱张学东那些充满灵气和活力的中短篇小说。至今，我还能记起初读张学东早期作品《生铁》《喷雾器》《送一个人上路》《跪乳时期的羊》《坚硬的夏麦》等时的那种震撼与冲击。无疑，《小幻想曲》与《裸夜》这两篇小说，让我重新体验到那种美好的感觉。前者偏重于重构历史记忆，后者偏重于透视现实生存，这正是张学东小说的"双向维度"，在历史与现实的交错与张力中，丝丝入扣地揭开历史之重与现实之痛。所以，读他的小说不会是一种消遣的轻松，不会是一种猎奇的快慰，而是一种有切身之感的"穿越"。借用吴炫在《新时期文学热点作品演讲录》中提出的"穿越"这一概念，他认为，文学的"穿越"不同于超越和超脱，它的根本点在于强调有勇气面对承担现实中的黑暗与矛盾，主张以一种客观、理智的态度介入现实。张学东不仅要"穿越"现实，还要"穿越"历史。

在我看来，好的短篇小说应该具备这样几个特征：其一，要近于诗，有诗的语言、诗的结构、诗的节奏和诗的意境，符合诗的标准。作家刘庆邦说："短篇小说的生长粗枝大叶不行，一定要细致。细到连花托上的茸毛都清晰可见，细到每句话、每个字、每个标点都不放过，都要精心推敲。"（http://blog.163.com/lanma168%40188/blog/static/32746784200701894831386/）这的确是精当之论。由此看来，短篇小说是一种苛刻而艰难的文体，它本质上是一种渴求完美和逼向极致的艺术，好的短篇小说甚至是可遇而不可求的，它需要有心之人"在自己心里培育、生发，然后拿心血滋养它，浇灌它，使它生根，发芽，开花结果，最后长成一种独立的东西。"（刘庆邦：《生长的短篇小说》，《北京文学》2001年第7期）其二，要有非常好的故事"内核"，无论是写物写人还是写事，这个故事"内核"往往新异而独特，具有极强的吸引力和感染力，能给人以"统一的印象"。"统一印象"的说法来自于马修斯，在其《短篇小说的哲学》中马修斯说："真实的短篇小说是小说中特殊的一种，并不是篇幅较短者，便可以称之为短篇小说，真正的短篇小说往往含有印象的统一，而这在长篇小说却是缺乏的，这一点便是长篇与短篇之间根本不同的地方。"（周芬伶：《短篇小说的艺术特征》，《艳异——张爱玲与中国文学》，中国华侨出版社，2003年，第205页）其三，要有饱满的细节和充满张力的表意空间，具有多种向度的哲学意味与存在之思。短篇小说是细微的艺术而不是琐碎的艺术，无论是现实性的书写还是荒诞性的书写，都要建立在鲜活而生动的细节之上，这样才能确保艺术真实感的获得。譬如卡夫卡的小说，看似荒诞不经，但却有纤毫毕现的细节呈现，这使得他的小说具有了一种别样的魅力。

以上述这三个特征来看，张学东的《小幻想曲》和《裸夜》（虽为中篇，但我倾向于把它看做短篇）都符合好的短篇小说的要求。这两篇作品的语言都极为用心讲究，准确、从容、克制，剔除了过度抒情与过度叙事造成的矫饰感和拖沓感，非常切合故事本身与人物本身。作品的结构单纯、明晰，富有张力，叙事节奏快慢有致、收放自如，故事"内核"蕴含着丰富的表征意味。《小幻想曲》写的是20世纪那个特殊的时代里发生在羊角村的"饥饿故事"，以"苤蓝头"为代表的孩子们在天灾人祸的苦难童年期的"饥饿体验"和"饥饿心理"，在得到一只公鸡之后要把它变成香喷喷的美食的全部幻想。《裸夜》实际上写的是一个黑夜里的"裸奔故事"。小报记者沈越为了拍到裸奔者的照片，拿到抓人眼球的惊爆性新闻，甚至被误以为是小偷而抓进派出所，报社的工作岌岌可危，女朋友也因为不理解他而离他远去。但等凌越完全了解裸奔者的生活真相之后，他未曾泯灭的良心与道德让他做出了新的选择。在一个漆黑的夜晚，他终于卸去伪装，成了另一个裸奔者。

卡尔维诺在《未来千年文学备忘录》中谈到自己的写作方法是"一直涉及减少沉重"，他的秘诀是塑造"轻逸（Lightness）"的形象与风格，他认为，"轻逸"会让我们摆脱现实的、事物的沉重，启发我们用一种不同的逻辑，用一种面目一新的认知和检验方式，从一个不同的角度看待世界。在我看来，张学东也深谙这种"轻逸"的秘密。《小幻想曲》显然写的是特殊年代里人的生存困境与晦暗人性，这几乎是一种无法承受的"历史之重"，但在孩子们饥饿本能的驱动下，一只公鸡居然变成了温馨美妙的美食幻想曲。还不仅如此，小说在写孩子们生理饥饿的同时，也写出了他们心理与精神的饥饿。即便在这样的境地之中，他们对拉大粪劳改的女老师李桃也给予了不离不弃的帮助。于是，一个沉重的历史故事就变成了一个轻逸的想象，闪耀着温情的人性之光。而

对孩子们来说，这何尝不是一种最可贵的人性滋养？在《裸夜》中，刚刚大学毕业不久的报社记者凌越，住在廉价的出租房内，生活、事业、爱情等都一筹莫展。在一个晚归的夜晚，他无意中发现了一个裸奔者，出于职业的敏感，他"像馋猫嗅到鱼腥味，第一时间扑上去"，从此他的生活发生了翻天覆地的变化。小说对我们日益麻木、冷漠、无情的社会现实进行了鞭辟入里地剖析，对媒体社会的猎奇本能与伦理失序进行了无情嘲讽（报社主任的一句话道破了"天机"："我们搞新闻报道的，不能人家给了你面粉，你就只能烙张死面饼，对不对？你还得学会把面发起来，最好是做成一块人人都爱吃的大蛋糕"），对小人物（如沈越）贫乏破败、气喘吁吁的生活处境与生存命运进行了深切地关注。小说要告诉我们的是，那些敢于在黑夜里放下一切而裸奔的人，并非离经叛道的异类，而恰恰是"自由的灵魂斗士"，是没有"被生活的汗水活活淹死"的追梦者，是敢于挑战异化与平庸世界的抗争者。这样，一个关于现实之痛的颓败故事，因为奔跑而变成了一个轻逸的故事，一个变形的故事，一个胜利的故事，让生活在都市"城堡"里的我们重新回归到真实的自我，重新体会到"光着身体奔跑的美妙感觉"。

卡夫卡说："假如人们眼力好，可以不停地，在一定意义上可以是眼睛一眨也不眨地注视着那些事物，那么人们就可以看见许多许多；但是一旦人们放松注意，合上了眼睛，眼前立刻便变成漆黑一团。"我经常在张学东的小说中看见那双"一眨也不眨"的眼睛，它犀利、深邃、睿智，充满警惕、怀疑与焦虑，它没有让历史与现实"漆黑一片"，而是以轻逸而迷人的想象穿越了层层迷雾，带领我们看到了许多许多。

［本文为"十三五"宁夏回族自治区重点专业"汉语言文学"项目研究成果］

读许艺小说《逃离的鸡群》《游园》

张富宝

一、生存的困境与弱的突围

荒诞的梦境，迷幻的情节，离奇的意象，真的让人有些猝不及防。我几乎一直是带着一种惊异感把它读完的，我想这种惊异感是一篇好小说应该具备的力量。小说充满了悬疑，似乎不可操控，像一匹野马一样，让我们的理性捉摸不定、束手无策。刚一看到《逃亡的鸡群》这个题目的时候，我就想起了动画片《小鸡快跑》里的镜头，接着想起的是金瓯的《鸡蛋的眼泪》……接着就慢慢地读了下去，接着就想起了卡夫卡的《乡村医生》，想起了钱钟书的《围城》……我这样说并不是为了拔高这篇小说的内涵，而是说它所传达出来的那种似真似幻的氛围，那种扑朔迷离的意象，那种晦暗不明的风格，与上述这些作品之间有着某种隐秘的"亲缘"关系。或许，这种"亲缘"关系的存在，可以拓展这篇小说的阐释空间。

"我"病了，因此被送到乡下的一个远房亲戚那里疗养，结果坠入梦境，做了很多荒唐的梦：譬如公鸡一夜之间就冲天飞起，逃离了栅栏；譬如学校的学生要翻越层层的围墙上厕所或去水房……事实上，这篇小说本身就源自作者的一场梦境，而非一种意匠营构，一种深思竭虑的产物。小说几乎是在一种"原生态"的情境之下，在一种懵懂虚幻的思绪中写成的，因而没有加以过多的润饰，几乎是原汁原味地呈现。没有预设的表达理念，也缺乏精雕的小说技巧，而这恰恰使得作者能够直面自己的心灵感受，切入文学想象本身，写出那些隐遁变形、缓缓流动的心理现实，这或许正是这篇小说的独特之处。在我看来，这种"天然"化的处理方式，并没有减弱小说的意蕴，反倒使其显得更加精纯，更加具有个性和延伸的可能性。对于一个初写小说的人，能够有这样敏锐细腻的艺术感觉和从容平静的故事驾驭能力，的确是让人感到欣喜的。

梦境本身就有极强的隐喻意味，它常常是人的潜意识的隐秘流露。这是一篇"逃离"主题的小说，但在这种逃离背后似乎又潜藏着"救赎"的渴望，潜藏着一种无形的苦难与莫名的困境，这正是一种真切的、内在的心理现实。事实上，这种苦难与困境不仅制约着人的现实生活，而且也主宰着梦境的景象。以梦境的方式来写现实的困顿，又以现实的清醒来写梦境的紊乱，这种精巧的对比结构使得小说获得了一种出人意料的张力。"我"对自己现在的处境极不满意，以至于染"病"在身；同时，"我"又怀抱着对另一种生活的憧憬和渴望，那是一条"成功"之路，但又似乎遥不可及。小说这样写道：

"我终于懦弱地感叹起来。如果不是这场疾病，我一定在那所著名的研究所读博士，而现在，我在一个与我原本的生命轨迹毫无关系的村子里吃饭、睡觉，经历种种与我原本的生活无关的事件并且不得不从零开始积累目前这种生活方式所需要的经验和智慧，这个重新积累的过程是那样的漫长，它的零起点无情地否定着我在此之前备受崇敬的成功。漫长的一生将要面对多少这样的零起点呢？"

这种感伤的心绪不是来自对生活的自信，而是来自于对生活的迷惘、畏惧和失落，来自于对前途和未来的忧心忡忡和不可预测。于是，当"我"在病中的时候，看见的是模糊的各行其是的人影，体会到的是人与人之间甚至亲人之间的冷漠与隔阂。小说中的"我"莫名其妙地得了病，莫名其妙地被送到乡下，显得郁郁寡欢异常孤独，几乎患上了失语症。在"爷爷"的威严面前，"我"噤若寒蝉，让"话们"僵死在喉咙之中；在医生和母亲的面前，"我"学会了说谎，因为他们根本不理解"我"，也不知道疾病的真相，还要用针不断地把"我"扎痛。小说以一种"卡夫卡式"的方式，深刻地写出了这一荒诞而可怕的情境：

"它们（指'话们'——引注）是太讨厌了，我早早地就盼望着它们死，不过这些尸体现在毫无规律地堆积在我的嗓子里，鲠得很难受。从那天中午开始我连续喝了五天的水都没有把它们冲走。如果遇到高个子医生，问完把我送到乡下养病的事，一定还要再问问除了外科手术还有什么办法能把我喉咙里那些尸体弄出来，它们堵得太久，可能不利于我的恢复。但如果我一直说不出话来，那么医生们就很难知道我的喉咙那里还有一处病变，当然更难知道造成这一病变的原因。在这一切真相都不被揭示的情况下，医生们从众多检查器械中选择喉镜的可能性几乎是零。面对疾病，只有我一个人知道部分的真相，医生和家属都成为盲目的蠢货，而他们却常常呵斥或同情你。"

在我看来，"鸡群飞升"的意象同"层层围墙"的意象形成了一种悖论性的存在，给整篇小说带来了一种奇异的艺术效果。如果说"围墙"喻示着困境、磨难、封闭，那么"飞升"也即"逃离"，则喻示着突围、叛逆。这几乎是每一个"西海固"人心理的真实写照。长期苦难压抑的生活，常常会形成自卑封闭的性格；对外面世界的无限向往，又常常会形成一种对"成功"的极度憧憬。这种深刻的内心冲突成为打在"我"身上的烙印，也是"我"得病的根由。虽然"我"

可能一直在城市里生活，但其实并没有远离乡村，因为"我"与乡村有着千丝万缕的联系，甚至在我"病"了的时候还要回到乡村进行疗养。所以"我"也是乡村社会的一部分，只不过是想凭着知识来改变命运的那一部分。不幸的是，"我"也似乎是个失败者，因为这种沉重的心理重压给"我"带来了毁灭性的疾病。

其实，病着的何止是"我"一个人，还有那个满脸生气表情的爷爷，还有那个充满忧伤的婶婶，还有那些符号一样的人群。"爷爷"一定程度上是乡村伦理秩序的象征，他似乎冷峻乖戾，让人恐惧（比如有一次"我"把手放在喉咙那里，感觉有很多话在吵架，因为嗓子太细它们没法顺利地出来。"这时有两条腿在我的面前停住了，是爷爷的腿，他看着我一鼓一鼓的嗓子，像生气了一样大喊一声：'不要吵了！'话们吓坏了，突然停止了争吵。爷爷的两条腿这才走了，话们还没有从嘴里出来就被吓死在喉咙里。"作者用极其生动的语言描写了"爷爷"对"我"的话语权的扼杀；他的权威性似乎无可置疑，他不仅是家里的主宰者，而且是整个村子的"领头羊"。当他发现公鸡们逃离之后，就决定分批屠杀那些"胸无大志"的母鸡们，得到了全村人的积极响应。我一直非常感兴趣的是，为什么是"公鸡"叛逃了，而不是"母鸡"？为什么剩下的"母鸡"要被屠杀？耐人寻味的是，婶婶的侄女也选择了像公鸡一样的逃离。也许，小说从来不需要这样的逻辑论证，但我想它一定留有一些可以进入的缝隙。在这个意义上来说，小说深藏在这些情节里的性别意味是明显的。小说不仅写出了乡村女性的贫弱困窘的苦难命运（她们毫无生活的自主权，甘于忍受，甘于沉默；而婶婶的侄女显然是为了抗拒农村生活的命运，毅然选择了逃离），也隐隐触及了乡村社会的尴尬而让人辛酸的生存图景：青壮年男性劳力基本上都出外打工了（像"公鸡"们一样逃离了"栅栏"），剩下的大都是老人、妇女和儿童，他们只能留守在重重围墙里维持生计。

我想，一个真正优秀的写作者，常常会透过自己的语言文字，深入细致却又不动声色地写出自己所处的地域环境的独特文化氛围，写出那里的人们特有的心理感觉、精神气质以及生存处境，这正是写作者的"根"。作为"西海固"的一员，作者显然潜入了这片大地的深处。小说的结尾也是意味深长的，在那个有着层层围墙的学校，那些活泼灿烂的孩子们该如何突围呢？

这是一个让人疼痛的梦，是一种"弱的文学"。也许，它的微弱的光芒会将我们照亮，我们期待着作者写出更好的作品！

二、一个女性生存的现实"标本"

许艺是那种一开始就出手不凡的写作者，2008 年她的短篇小说处女作《逃亡的鸡群》在《上海文学》刚一发表，就引来了一片赞许之声。作为她最早的读者之一，我至今依然清晰地记得初读那篇小说时的震惊与感动。小说充满了悬疑，似乎不可操控，像一匹野马一样，让我们的理性捉摸不定、束手无策。荒诞的梦境，迷幻的情节，离奇的意象，沉着而老练的笔法，带有某种卡夫卡式的意味，真的让人有些猝不及防。它所传达出来的那种似真似幻的氛围，那种扑朔迷离的思绪，那种晦暗不明的风格，写出了女性生存的那些隐遁变形的、缓缓流动的、真切的、内在的心理现实，也写出了畸变的乡村世界的那种混乱荒诞与迷惘无序。此后，许艺便一发而不可收，佳作频传，诸如《男人们》《后湾》《罐子里的童年》《纸货》《女诗人的榆树》等这些作品，更是引起了众多作家的关注和好评。

在我看来，许艺的小说与广为外界所称道的"宁夏文学"相比，具有很大的异质性和疏离感，虽然她身居宁夏"西海固"这片苦甲之地，却很少乡土性的拘囿，而是更具有现代性与书卷气。我最看重的是，她的小说所具有的那种天马行空般的想象力，那种成熟而理性的艺术技巧，那种清醒的女性视角与洞见，以及那种思想上的敏锐性与深切度。这些年来，许艺的作品虽然不是很多，但每一篇都写得扎实、认真，而且也有了长足的进步，对此我深感欣慰，我觉得她没有辜负自己的才华。

《游园》是许艺的一篇极力贴近现实的短篇新作，写的是一个并不鲜见的婚恋主题。老实讲，这样的作品很难出新，作者也曾说，这不是她真正想写的小说。我理解她的意思，这可能是一篇不得已而为之的文本，是一篇想要揭开现实的"疮疤"寻找呼吸的小说。甚至它也许不只是一篇小说，而更像是一个女性生存的现实"标本"，是作者对当前女性诸多生活困境的深度审视与剖析。小说从女主人公古秀的噩梦开始，写她在遭遇爱情、婚姻、癌病等这些人生经历时候的无奈与孤独、焦虑与恐惧以及绝望与伤痛。当爱情与婚姻经历背叛与遗弃之后，当乳腺癌夺取她的一个"公主"（乳房）之后，古秀的身体与生活面临着双重的残缺，这无疑是一个女性最大的悲剧。她需要重新"补血"，开始另一种不可知的生活，然而美好的东西（尤其是那种所谓的"你已不要人间，我亦不堪烟火"的纯粹的爱情）破碎和消散之后，她已经不再是原来的她，她已经失去生活的主动权和选择权，像是跌入了一个深不可测的黑暗的泥潭，似乎只有"残缺"才能与"残缺"相配。小说中写古秀想跟另一个男人胡峰开始交往的时候，"她想过，跟了他，她就是从30岁一步跨到了40岁，十年的时间都被砍去了。可不这样又能

怎样呢？这一具陌生的身体里装着多少她所不知道的人世呢？她所知道的不过是他露在外面的几根汗毛而已"。还写道："一些时候人很容易就死了，比如胡峰的妻子和女儿。一些时候，人却怎么也不肯死掉。刀割都不会死，缝住了还是活下去。心死死的了，人却还是那么活着，一直活下去。"小说中的这些段落，写得冰冷而决绝，甚至带有张爱玲式的残酷与无情，把一个女人无限恐慌的命运感写得入木三分，她对爱的坚守与执着，以及她在生活面前遭受的妥协与屈辱形成了一个巨大的黑洞与漩涡，仿佛时时刻刻都要把她吞噬和毁灭。

总体上来说，《游园》并不是许艺最好的作品，在我看来，它的节奏感不是很好（尤其是前半部分，后半部分就好多了），人物也缺乏应该有的丰富性与鲜活性，整体的安排上似乎有点杂乱与局促，仿佛被过多的生活激流所裹挟、所淹没，而少了一点"距离感"的穿越。从私心来讲，我更喜欢许艺的《逃离的鸡群》《女诗人的榆树》等这些兼具"荒诞性"与"诗性"、"绝望"与"纯真"作品，我觉得这些作品最能显示她的独特性。不过，我还是很佩服许艺的才情与勇气，即使在有限的文字之中，面对司空见惯的主题，她依然能推陈出新，拓展出新的小说表意空间。小说的标题《游园》与小说中的"游园"桥段显然都是刻意而为之，与中国古典爱情悲剧《牡丹亭》中杜丽娘的"游园惊梦"一脉相连，显得别有意味，这难道不是对千百年来的女性命运的一种深刻洞悉吗？从某种意义上来说，"游园"是一个难以实现的艳梦，是一个美好的诱惑，也是一种想象性的情感释放与慰藉。当小说中男主人公胡峰为那对"夫妻鸟"转身去扎好栅栏门的绳子时，古秀说："那就当它们是你的旧相识吧，尾随着你搬家了"。这时候"古秀的心被攥了一把"。这是着实让人有些不

寒而栗的一笔，古秀将来的生活几乎是可以预见的，我忽然觉得古秀和张爱玲笔下的那些女性一样，"她不是笼子里的鸟。笼子里的鸟，开了笼，还会飞出来。她是绣在屏风上的鸟——悒郁的紫色缎子屏风上，织金云朵里的一只白鸟。年深日久了，羽毛暗了，霉了，给虫蛀了，死也还死在屏风上"（《茉莉香片》）。古秀作为"自己的典狱长"，"连一个旁观者都没有"，而更多像古秀一样在黑暗中摸索的女性呢？虽然我们貌似生活在一个热闹繁华的当下世界，然而女性的生存命运似乎并没有得到根本性的改观，尤其是在宁城这样的残酷现实中，想到这里，我不禁悲从心来。

纪实摄影的几点思考

吴 忠

纪实摄影由于贴近生活、关注民生，越来越多地走入人们的视线。在众多视觉媒介中，纪实摄影作品对社会的影响更直接、更强烈，并将随着时间的推移日益显示出其珍贵的价值。目前在摄影界，如何评价纪实摄影与风光摄影的关系，如何把握纪实摄影的导向，如何恪守纪实摄影的职业道德，是一个热衷不已的话题。笔者在此就自己在纪实摄影中的实践与思考写点文字，以就教于有识同仁。

一、记录社会现实、为时代写真是摄影文化者的职责所在

摄影是一门独特的艺术。摄影最独特最神奇的功能就是精确地再现客观世界，记录事物变化的瞬间，因此又把摄影称之为"写真"。在摄影艺术的发展过程中出现了两种流派，一种是以表现自然景观为主要内容的风光摄影，一种是直面社会现实、刻画人生百态的纪实摄影。这两种流派的产生是有其客观原因的，它们都是无数摄影人长期实践的产物，因为地球上本来就存在着自然环境和人类社会两个世界。风光摄影用形式美的手法再现了我们赖以生存的自然背景，纪实摄影则聚焦人们的各种活动，真实地记录了我们的生存状态。一百多年来，这两种流派的摄影家伴随着不知疲倦的脚步，一次次地按下快门，给我们留下了许多弥足珍贵的摄影作品，构成了一幅延续近代、现代和当代各个时代的社会

吴忠，1954 年出生于银川，银川市艺术研究室研究员。从事摄影、文学创作及艺术理论研究，在报刊发表论文、文章和图片，纪实摄影作品参加各类影展，荣获多个奖项。曾参与完成国家社会科学重大项目、国家艺术科学重点项目《中国曲艺志·宁夏卷》的编纂工作，并荣获全国"编纂成果个人二等奖"。

画卷。应该说，纪实摄影和风光摄影都是我们人类所需要的，缺一不可。但现在的问题是，由于受唯美思潮的影响，在国内摄影界还相当程度地存在着重风光、轻纪实的倾向，造成了在众多摄影赛事和摄影作品展中，映入人们眼帘的几乎都是千幅一面的关山晓月，或大漠落日，或残荷断藕等等，静止的自然的没有人类气息的画面。不能说这些东西不好，但摄影作为一种文化现象，它更多地应该去关注人类本身。

与风光作品表现的无始无终的自然界相比，纪实作品反映的是只有五千年文明史的人类社会，前者永恒久远，后者瞬息万变。一千年前的泰山红日或黄山奇石与今天的相比，恐无二致，但人类社会的发展变化，却是百年沧桑，十年巨变，一年一个样，更无论千年了。因此纪实摄影由于它对社会所具有的新闻价值和文献价值，正在被越来越多的摄影人所认识。客观地讲，拍摄静态的风光作品显然要比动态的社会纪实作品，在技术层面上更好把握一些。纪实摄影除了可遇不可求的不确定因素外，还需要拍摄者具备一定的文化素养乃至社会责任感，因为他拍摄出来的纪实作品将鲜明地表达其本人的审美情趣、价值取向甚至是非观点。我们无意在此对风光摄影和纪实摄影两种流派作一番褒贬，也不便干预摄影人在这两者之间的喜好选择，但作为一名摄影文化工作者，他还是应该把拍摄的重点从风光转向纪实，这是他的职责所在。时下流行看老照片，当我们看到一百多年以前清朝时期的照片，上面记录着当时北京市民过春节的情景，菜市口犯人被斩首的场面，以及天安门前的车马行人，我们深切感受到摄影技术问世以来，对我们直观忠实地记录社会生活所起到的前所未有的无可替代的作用。但那些照片是当时西方列强的传教士和外交官甚至是八国联军的侵略者拍摄的。那时国家积贫积弱，经济文化落后，国民尚不知摄影为何物。今天就不同了，不论摄影文化工作者还是摄影爱好者都拥有了可观的摄影器材，特别是"数码时代"的到来，现代科学技术使摄影的门槛大大降低了，照相机、手机、电脑已经成为每个家庭的必备物品。同时网络的出现催生了各种类型的摄影网站和微信群，使喜爱摄影的人们有了展示自己并与外部世界交流的平台。而且我们国家正处在大众创业、万众创新的历史巨变中，如果我们还不与时俱进，跟上历史的节拍，不去快速捕捉现实生活中的精彩瞬间，不去真实记录社会发展的时代步伐，仍沉溺于风花雪月的"唯美胡同"里出不来，那将愧对于我们所处的伟大时代，也愧对于我们胸前的照相机。

二、纪实摄影应聚焦百姓常态、为人民造像

当我们在拍摄社会生活时，镜头该如何指向呢？有人会说，镜头应该去捕捉重大事件、重大活动，去拍摄高端显要、名流大家，这样的影像才有价值。不错，重大事件、重大活动是社会生活链条中的重要一环，这些事件、活动中的高端显要、名流大家自然是社会中有代表性的杰出人物。把这些拍摄下来无疑也是纪实摄影中不可缺少的一部分。但是，任何重大事件，在历史的长河中都只是一朵跃起的浪花，任何杰出人物在亿万人民群众中也只是沧海一粟。千百年来，千百万人民群众才是社会历史的真正创造者，是社会活动的主体。正是这些普通人上演着人世间一幕幕悲欢离合的史剧，他们的日常生活代表着人类最真实最本质最具人文价值的部分。因此，拍摄普通人的日常生活状态，用镜头讲述老百姓自己的故事，表达他们的喜怒哀乐，塑造他们的历史群像，就是纪实摄影的应有之义、重头之戏，也是摄影文化工作者义不容辞的社会历史责任。

在这方面，已经有了值得称道的楷模，如解海龙的《希望工程》、侯登科的《麦客》、王征的《西海固》、线云强的《战友》等。看着这些摄影作品，我们就能更真切地感受生活，体味人生，触摸社会的脉搏。纪实摄影从社会学的角度看，它真实地展示了现阶段人们的生存环境和生活方式；从历史学的角度说，它又给后世留存了可资借鉴的珍贵史料。从这个意义上说，纪实摄影是摄影艺术的主体，是真正意义上的摄影文化现象。

笔者从事摄影工作十多年来，始终注意把镜头对准社会底层，关注百姓生存状况，先后拍摄了《阿语学校里的回族女孩》《外来工希望小学》和《茶馆里的戏班》等纪实摄影组照，尝试着从不同侧面讲述发生在我们周围的凡人小事，再现他们的生活场景，以此来描绘出这些寻常百姓的众生相。这几组作品经媒体发表后引起了反响，一些单位和个人还对有困难的学校和戏班给予了关心和捐助，收到了良好的社会效果。这使我深深感到纪实摄影是摄影文化工作者的使命之路，今后我将继续沿着这条路走下去。

三、纪实摄影必须摈弃"纪而不实"

纪实摄影强调的是现场抓拍，即以现实生活中的真人、真事、真景作为现场拍摄对象，抓住面前真实的、正在发生的具有典型意义和最富生活感的瞬间，一次性地完成拍摄行为而产生的作品。真实性是纪实摄影的起码要求和职业道德。遗憾的是，我们时不时会看到一些"摆拍"出来的照片，如为迎合某种形势的需要，由摄影师导演，让人们围坐在一起读书看报，摆拍出一张"努力学习"的照片。还有的摄影师没有赶上一起突发事件的拍摄，事后又把当事人请到现场重新"表演"一次，直到摄影师满意为止。这些作假的照片败坏了纪实摄影的声誉，削弱了读者的信任度。

随着数码摄影技术的出现，一些人利用新的科技手段把造假推向了极致，他们通过电脑剪裁合成的制作方式，造出新的虚假照片。这种情况，国外有，国内也有。如几个西方摄影师把他们在中东战场拍摄的照片造假，结果东窗事发被他们所供职的图片社除名，还受到国际舆论的一致谴责。国内个别摄影人受名利驱使也涉嫌造假，有的甚至摘取了国家级大奖的桂冠，在摄影界激起了汹涌澎湃的打假申讨，造假者最终落了个身败名裂的下场。所有这些都告诫我们，维护纪实摄影的真实性、纯洁性是每一个摄影人都必须恪守的道德底线。

摄影创作中的"三只眼睛"

吴　忠

美国摄影家 L.米索内将照相机的镜头、人的眼睛和人的独创性的想象力，形象地比喻为摄影创作中的"三只眼睛"，并阐述了这三者在摄影中的位置和作用。"三只眼睛"的观点在摄影界有着广泛的影响，并为业内人士所认同。笔者思考与践行"三只眼睛"观点的摄影经历，认为具象的"第一只眼睛"（镜头）和"第二只眼睛"（肉眼），都是在抽象的"第三只眼睛"（独创性的想象力）的掌控操纵下工作，并最终按照"第三只眼睛"的意志完成了拍摄。独创性的想象力是摄影人在长期的实践中形成的一种较为稳定的审美个性和美学理想，又称之为心理知觉定势，它决定着摄影创作的成功概率和迥然不同的作品风格。

摄影的基本工作状态，是大脑指挥眼睛通过照相机镜头来观察、选择并拍摄客观对象。镜头、肉眼、大脑这三者各有其责，它们相互依存、相互作用又互为递进关系。对此，美国摄影家 L.米索内曾有一段形象的描述："相机只有一只眼睛——镜头，它能记录可见世界的一角。摄影者有第二只眼睛，它能进行选择。艺术家则有第三只眼睛，它富有独创性的想象力。只有这第三只眼睛才能透视人们的内心世界。"（《国际摄影》1983 年第 6 期，第 5 页）"三只眼睛"的观点在摄影界有着广泛的影响，并为业内人士所认同。作为"三只眼睛"观点的践行者，笔者在此谈谈自己的体会。

一、用"第一只眼睛"寻找"原生美"

"第一只眼睛"——照相机上的镜头，它是由光学玻璃构成的近似人眼的"仿生眼"。它具有物理属性方面的几个特点：

（一）直观性。透过镜头可以本然地看到一个真实的物的世界，它纤毫毕现，对万事万物既不增加也不减少，也不受人的理智、经验、习惯的干扰，是对客观世界的"近似复写"，呈现出自然的质感。

（二）局限性。镜头的取景器是一个长方体的框形的视觉空间，人们透过镜头看到的世界仅仅是局限在这方框以内的景物，是客观世界的一角。镜头可以随心所欲移动，但是最终定格的依然是方框以内的景物。方框是摄影人的创作平台，摄影人只能在这方寸之间施展自己的身手。

学会使用"第一只眼睛"是摄影创作的第一步。我们用镜头观察、审视客观世界时，要充分利用镜头的直观性，了解并规避其局限性，善于从"司空见惯的日常生活中发现事物深藏的'原生美'，发人之所未发，才有可能创造出唯我独有的艺术典型。"（《摄影艺术的美学特征》，中国摄影出版社1987年，第102页）寻找"原生美"是"第一只眼睛"的职责和使命，因为能否发现事物的"原生美"，是摄影创作取得艺术突破的必不可少的先决条件。

需要特别提出的是，我们面对的大千世界，是由眼花缭乱的色彩、纵横曲折的线条、明暗高低的影调、疾缓抑扬的节奏构成的。但作为摄影人，首要的是要学会透过镜头鉴赏光线。因为摄影是用光作画，是光的艺术，这也是它区别于其他艺术形式的本质特征。摄影人在用"第一只眼睛"寻找"原生美"时，要把寻找最佳光线作为首选目标，"因为正是最佳的光线，造就了一幅照片"。（米索内：《你会看吗？》，《国际摄影》

1985年第1期，第31页）

二、用"第二只眼睛"选择拍摄对象

如前所述，当我们用"第一只眼睛"寻找到了"原生美"时，这并不是观察世界的结束，而是整个摄影过程的一个重要起点，紧接着便进入第二阶段，摄影人用自己的眼睛，即"第二只眼睛"对"第一只眼睛"（镜头）中的世界做出选择，如选择角度、选择景深、选择曝光组合等。并且这种选择是"第一只眼睛"即物理视觉和"第二只眼睛"即生理视觉在无间契合中反复多次不停地调整中获得的。这种选择已进入摄影技术层面，是承上启下的重要阶段。每一个有摄影经历的人对它都会有自己的切身体会。再通俗一点地说，当"第一只眼睛"寻找发现了"原生美"时，"第二只眼睛"便依据自己的审美需求对"原生美"做出取舍，这为下一步"激活自己新颖的艺术构想，按下快门蓄积了势能，这是决定创作成败的关键。"（《摄影艺术的美学特征》，中国摄影出版社1987年，第104页）

三、用"第三只眼睛"创造艺术形象

米索内所谓的"第三只眼睛"，指的是艺术家的"富有独创性的想象力"。这是西方人的说法。国内一些摄影理论书籍中则称它为摄影过程中人的"审美个性和美学理想"，或"心理知觉定势""视觉中心""趣味中心"等不同的名词。它不是一个具象的东西，而是一个文化的集合体，是一个精神的沉淀物。这其中汇聚了摄影者本人的学识、观念、经验、想象、禀赋、情感等，是一个更高层次的艺术心理活动。如前所述，当镜头寻找到了"原生美"，通过肉眼又获得了"取舍美"后，摄影者就会本能地调动自己的"第三只眼睛",即储藏在自己心理格局中特有的审美意识和具有独创性的想象思维能力,将经过"原生美"和"取舍美"加工过的影像产品,重新"塑造"成前所未见、唯我独有的能透视和表达人们内心世界的典型艺术形象。"它不再是客观存在物,而异变为艺术家主观心理的富有个性特征的'那一个'。"(《摄影艺术的美学特征》,中国摄影出版社 1987 年,第 108 页)至此,"三只眼睛"完成了摄影创作中三个阶段的使命,单位摄影作品的拍摄过程便告结束。

"第三只眼睛"潜伏在人的心灵里、大脑里,它是摄影人在长期的实践中慢慢形成的一种较为稳定的"审美个性和美学理想",因此人们更习惯称它为"心理知觉定势"。

这种心理知觉定势规定着主体审美的指向性,"任何一个摄影家都是自觉不自觉的由这种心理知觉定势引导,向着一个既定的方向运动,去观察、选择和把握要表现的对象"。(《摄影艺术的美学特征》,中国摄影出版社 1987 年,第 111 页)心理知觉定势是一种较为复杂的心理现象,它凝聚着人的禀赋与气质、情感与意志、行为与习惯、品格与风貌等精神要素。它是不同的文化修养(包括文化背景和专业知识)、生活积累(包括生活经历和摄影经验)相融合的结果,具有鲜明的个性特征,在表现形式上带有强烈的主观性、情感性和独异性。它基本上决定着摄影创作的成功概率,决定着作品风格的分野高下。我们要想创作出优秀的摄影作品,前提是要拥有敏锐的"第三只眼睛",这就要从加强文化修养、勤于摄影实践入手,注重建立具有良好品格的心理知觉定势,这或许是摄影人终生求索的课题。

四、"三只眼睛"是摄影创作的路标和阶梯

在剖析"三只眼睛"的运作过程时,联系我们的实践经验就会发现,具象的"第一只眼睛"(镜头)和"第二只眼睛"(肉眼),其实从一开始就是在抽象的"第三只眼睛"(即心理知觉定势或称审美个性和美学理想)的掌控和操纵下进行工作的,并且最终按照"第三只眼睛"的意志完成了拍摄。这"三只眼睛"自始至终都处于无间契合不断调整又不断上升的状态之中。"第三只眼睛"是"第一只眼睛"和"第二只眼睛"的统帅、灵魂,在整个摄影创作活动中不见痕迹地起着作用。"三只眼睛"是摄影创作的路标和阶梯,也是每个摄影人走向成熟必经的心理路程。

米索内"三只眼睛"的观点,简洁而新颖,在摄影理论界独树一帜。涵盖了艺术观察、艺术想象、艺术创作的全过程,对摄影人有着启迪思维、指导创作的现实意义。从实践中看,对"三只眼睛"观点的理解和运用,直接反映了摄影人的专业熟练程度和艺术创作能力,也是向艺术创作的自由王国迈进的必由之路。我们常常看到这样一种现象,从发现"原生美"到获得"取舍美"再到艺术作品的产生,这在有的摄影大家只是几分钟、几秒钟的事情,而有些人却要花费几个小时、几天、几个月甚至几年的时间都未必能如愿以偿。这并不是说这其中存在不可逾越的鸿沟,而恰恰说明摄影同其他艺术形式,如书法、绘画、音乐、舞蹈一样,都有其内在的创作规律,需要经过长期的反复的艰苦细致的实践摸索和理论修养,才能一步一步走上成熟的创作道路。

影像艺术中的文化品格

吴　忠

　　当今世界已进入了一个图像的时代，摄影、电影、电视、广告、动漫、多媒体、互联网等各种媒介正在激荡汇流，潮水般的影像符号充斥着我们的生活空间。影像传播日趋成为人类媒介传播中占主导地位的传播方式，而以影像为主的视觉艺术已成为当今艺术的主流。正如美国学者丹尼尔所指出："当代文化正在变成一种视觉文化，而不是一种印刷文化。"（丹尼尔：《资本主义的文化矛盾》，三联书店，1989 年，第 156 页）所以学者们惊呼，继 20 世纪哲学界"语言转向"之后，又发生了"视觉转向"。视觉转向乃是由通过语言把握世界到通过图像把握世界，其实质是从语言范式向图像范式的转变，其核心是视觉化。当我们置身于影像艺术的洪流之中时，如何正确认识和看待影像艺术，坚持高端的文化品格和正确的价值取向，把握影像艺术的鉴赏规律，是一个值得关注的话题。

　　以影像为主要范式的当代视觉艺术是一种全新的艺术形态，它有着自己特有的文化品格，即品行和品貌。概括起来主要有以下几点。

　　一是大众性。这首先是指影像艺术是以图像的形式传播信息，排除了书面文字对大众的限制。它无需将经验、体验加以翻译，无需借助于任何中介，而是以直观的方式呈现于人类面前。而人的"看"的能力是天生具备的，只要智力和视力正常，人们凭借生活经验和简单的教育，就能看懂影像。影像的通俗易懂使人们在影像出现的"短短的二十年内，就懂得了画面的纵深、隐喻和象征。"（巴拉兹：《电影美学》，中国电影出版社，1986年，第20页）

其次，影像的可批量复制为影像艺术的大众化、普泛化提供了物质技术条件。伴随着科学技术的发展，影像的生成由静态的摄影术发展到连续的电影摄像和电视摄像。商业化的推波助澜使得我们生活的世界充斥着各种技术工具生成的影像。由于传统艺术品囿于其时间和空间的限制，以及原作存在的独一无二性，其传播受到许多限制。而以光电信道传送的影像可轻而易举地对母体进行批量生产。影像的批量复制使影像传播的范围广阔而成本低廉，人们可不受特定的时空限制，随时可欣赏到大量的影像艺术作品。

二是综合性。传统视觉艺术形态的主要功能是在二维（书画）与三维（雕塑）空间里来完成物像的造型与展示，它的一个基本特征是信息简单单一。而在新型的影像艺术中，由于对多种艺术媒介的综合运用，造型与展示能力得以大大拓展和丰富。媒介符号的多元化使视觉影像可将造型最基本的六个元素——人、光、声、色、景、物有机结合，可以兼容音乐、舞蹈、戏剧、文学、绘画、摄影等艺术形态。可见，多媒体技术造就的新型影像艺术，已经消弭艺术门类间的界限，使影像的传播与保存发生了质的变化。同时多媒体艺术把人的文化体验的个性化因素降到最低点，从而使影像的大众化成为一种潮流。

三是互动性。影像艺术与传统艺术的区别还体现在有无互动性上。参与者通过与影像作品连接，使其身临其境，融入其中，从而与系统和他人产生互动。"如果说影视艺术对绘画艺术的突破在于利用其动态的影像突破了传统绘画的静态画面，那么，互动艺术则用多变的视觉语言突破了传统绘画影像单一的影像内容，用多变的视觉语言突破了

传统绘画的固定空间。可以说，处处思'变'，是互动艺术语言鲜明的特征之一。"（权英卓、王迟：《互动艺术新视听》中国轻工业出版社，2007年，第24页）

四是虚拟性。虚拟现实技术作为一项科技成果，它目前已大量应用于当代各类艺术包括影视艺术的创作之中。诸如由网络游戏构建的"仿真世界"，其逼真性、生动性、冲击性令许多青少年着迷。健康、益智的网络游戏能够开阔受众的文化视野，使受众在娱乐中获得美的享受。但是一些包含低俗、负面内容的不健康游戏对青少年甚至成年人所引发的社会问题也不少。

综上所述，大众性、综合性、互动性和虚拟性是影视艺术的四大鲜明特征和内在的文化品格。在发展影像艺术过程中，我们应该怎样坚持正确的价值取向和高端的文化品格呢？

（一）提高文化自觉，树立民族文化自信心。近年来，以经济和科技为依托的影像艺术和数字技术风靡全球。随着我国"一带一路"发展战略的快速拓展和国际文化交流的日益广泛，境外大量的影像产品也随之涌入国内，他们在丰富我国文化市场的同时，也给我们带来深深的忧虑，因为这其中有不少充斥着色情和暴力，甚至还有政治上反动的东西。如果任凭这些视觉垃圾充斥我们的视野，那么就个人而言，我们本该有的审美敏感度将会钝化；就国家而言，我们整个民族的审美意识将会造成致命的缺陷，从而丧失尊严。所以，面对大量涌入的影像产品，我们一方面要提高"文化自觉"，不能一味盲目地崇洋媚外，坚持正确的鉴赏标准，另一方面要树立民族文化自信心，认同民族文化之根，在民族文化的基石上，创造出富有中国特色的影像艺术作品。

"文化自觉"是费孝通先生曾多次提到的一个概念，"是指生活在一定文化中的人

对其文化有'自知之明'，明白它的来历、形成过程、所具有的特色和它发展的趋向，不带任何'文化回归'的意思，不是要复旧，同时也不主张'全盘西化'或'坚守传统'。自知之明是为了增强对文化转型的自主能力，取得为适应新环境、新时代而进行文化选择的自主地位。"(费孝通：《重建社会学与人类学的回顾和体会》,《中国社会科学》2000年第1期)

有没有文化自觉，对于回应全球化至关重要。纵观当今世界，经济一体化已成为不可抵挡的潮流。全球文化在整合与冲突中出现了同质化和异质化趋向。文化自觉的要义是民族意识，即任何民族都应该有一个清醒的"自我"。一旦丧失这种"自我"，其结果必然是被异族同化，最后走向文化殖民。

（二）发展影像艺术要与培育人文精神相统一。人文精神是指在一定时代科学认识水平的制约下，人根据自己的需要，为了维系社会群体更好的生存与发展，由一定道德规范、伦理原则、习俗习惯、审美理想和文学艺术等共同体现出来的文化追求及对一种全面发展的理想人格的肯定和塑造。人文精神是当代人类社会的精神支柱。

如何实现发展影像艺术与培育人文精神相统一，是艺术家应该承担起来的神圣职责。影像产品是面对大众的公共文化艺术，了解受众，明确他们的特殊需求，进行准确的受众定位，以保证有效地实现影像作品接受面的最大化，这是艺术创作者应该重视的问题。但是，迎合受众，不能简单地投其所好。我们必须明白，在大众文化背景中，受众的需求和趣味常常带有庸俗的成分，如何将受众引导到积极、健康的方向上，是每位艺术家进行创作时应理性加以思考的问题。我们只能迎合受众积极的、健康的审美趣味和娱乐需求，要把受众定位与正确引导结合起来，创作出更多的内容健康美好、形式新鲜生动的影像艺术作品，通过其画面和细节把真善美广泛传播给民众。

现今我们生活在一个由海量视觉符号所充斥的世界。面对大千影像特别是网络化影像极富魅力的视觉冲击，广大受众如何从中获取健康有益的东西，并有效抵制视觉垃圾和精神污染，是新时期美学教育中面临的一个重大课题。我们要通过多种有效的手段和途径，引导民众正确地认识和把握影像艺术的文化品格，树立健康的审美标准、审美情趣和审美理想，在感受、鉴赏影像艺术作品中获得真正的审美享受和艺术美的陶冶。

拍出地域特色

吴　忠

我从影十几年了，一直守着宁夏这块狭小而又相对僻静的地方。早几年看到一些摄影人背着高档相机，奔走于全国各地甚至世界各地的名胜大川之间，煞是羡慕，心想啥时候能像他们一样就好了，说不定也能带回令同行眼前一亮的佳作呢！后来慢慢有了一些出差的机会，所到之处，我都兴奋地拿着相机，不停地喀嚓喀嚓，一饱眼福，二过快门瘾，但带回家的大都是些各地风景的复制翻版而已。记得一次在云南石林，我拿着相机却不知拍什么。翻阅当地出售的几本有关石林风景的画册，其中一本据作者说是他历经四十余年的拍摄结果，这令我吃惊，想想我在石林才短短几个小时，能奢望拍到什么呢？

摄影人每去一地，初来乍到，由于新鲜视觉的刺激，也许能拍到一些有意思的照片，但要拍到有深度、有意境、有特色的照片，就不那么容易了，原因在于时间短、心静不下来，不能从容地去观察、去揣摩。况且又没有当地人的天时地利之便，还不熟悉那里的人文历史和风土人情，我们这些外来"和尚"是念不好当地的"经"。宁夏地处西北一隅，与其他大省相比，虽然没有叫得响的名胜大川，也没有永垂青史的大家名流，但它是根植于黄土高原上的回族自治区，历史悠久的黄河文化积淀，独特鲜明的民族区域色彩，构成了不同于其他省份的地域特征和社会风貌。这本身就是现成的挖掘不尽的拍摄题材，何必好高骛远长途跋涉到外地去"打鸟"、"撞大运"呢？这样一分析，我的心安静了许多，于是背起入门级的佳能 300D 相机，开始了我的"本土摄影生涯"。几年来，我走乡村、进社区，在茶馆里同老头老太们就着火炉，喝着盖碗茶，听着秦腔老调；在阿拉伯女子语言学校，我默默地坐在一旁，看着那些从贫困山区来的回族女孩是怎样度过在校生活的一天：上课、礼拜、就餐、自习、小净……

地域特色是由自然风光和社会生活构成的。在这两者之中，我更倾向于拍摄后者，我认为摄影作为一种文化现象，应该以人为主体，更多地去关注人类的活动和社会的发展。风光摄影不可缺少，但如果映入人们眼帘的都是千幅一面的关山晓月或大漠落日，或残荷断藕等等，静止的、自然的、没有人类气息的画面，以此来表现地域特色是没有意义的，至少是不完整的。因此，我把拍摄百姓生活、记录社会现实作为表现宁夏地域特色的主要内容。在拍摄过程中，我潜心揣摩纪实风格的表现，力求拍出生活的原汁原味。每到现场，我先掖着相机悄没声息融入拍摄对象之中，不干扰对方的正常活动和情绪，在窥探好角度后快速出手，然后打一枪换一个地方，不在同一角度多次拍摄。尽量不使用闪光灯，也不依赖后期制作，在充分利用现场摄影元素、保持现场气氛不变的前提下，争取一次拍摄成功。

几年过去了，我先后拍摄了《茶馆里的戏班》《阿语学校里的回族女孩》《外来工希望小学》和《老外来到咱社区》等纪实组照，用平实的摄影语言讲述发生在我们周围的凡人小事，描绘这些寻常百姓的众生相，再现他们的生活场景和生存环境，试图构成一幅宁夏城乡之间各个民族各个阶层群众生生不息和谐共融的社会画卷。我这样坚持做了五六年，陆续有了回报，这几组照片先后在国内影展获得等次奖，并入选国际影展。特别是经媒体刊登后引起了反响，社会各界对有困难的学校、戏班给予了关心和捐助。我常遐想，如果全国各地的摄影人都能出色地拍出当地的自然风光和人文风貌，然后拼接起来，不就是一幅 960 万平方公里美轮美奂的共和国地图吗？

书法欣赏漫谈

杨卫星

书法欣赏从来就是见仁见智的艺术活动，且不说一般的书家，就连王羲之、颜真卿、苏、黄、米、蔡这些中国书法史上顶尖级大家们，书法作品也时常遭人诟病。比如颜真卿的楷书就被许多人称为"墨猪"，甚至北宋的书法大家米芾还指责颜真卿的书法"为后世丑怪恶札之祖"，意思是说：颜真卿的书法开创了后世丑恶怪乱书法现象的先河。（米芾《书史》）可见书法创作和书法欣赏从来就是"公说公有理，婆说婆有理"的口水之争。

那么书法欣赏为什么会呈现出这样一种状况呢？不外乎两个原因。

第一，书法艺术的多样性和复杂性，使得欣赏者面对琳琅满目的书法作品一时难以定夺，说不清具体作品的好与坏，因此只能凭感觉说话。

中国书法可以分为碑刻（以刀为笔）和毛笔书写两种大的笔法；刀刻有单刻和双刻两种形式。单刻是刻出痕迹即可，主要用于记事（实用），双刻是一个笔画刻两刀，使刀锋形成沟槽状，具有立体感，更具艺术性。毛笔可以分为软毫、硬毫、兼毫；毫质又可分为长锋、中锋、短锋等。用刀刻出来的字和用毛笔写出来的字是大不相同的。同样，毛笔的笔锋——软毫、硬毫、兼毫，长锋、中锋、短峰等写出来的字也各有趣味。从书体上讲，在漫长的历史长河中，中国的汉字又形成了甲骨文、篆书、隶书、楷书、行书、草书等不同书体，其中篆书包括大、小篆，金文，籀文，鸟虫文等，草书又可分为章草、今草、大草（也称狂草）等。这些不同的书体给欣赏者带来的审美感受是各不相同的。

第二，欣赏者各自的艺术偏好也是书法欣赏呈现多样性、差异性的重要原因。

艺术欣赏有其相对的独立性，虽然表面上看，欣赏总是针对具体的艺术作品而言，是客观的，但在艺术欣赏过程中始终是伴随着欣赏者的主观兴趣在其中，因此艺术欣赏实质上是主客观统一的过程。书法欣赏就更是如此了。由于每个人的年龄、性格、职业、喜好等主客观因素不同，人们对书法艺术的欣赏习惯也各不相同。比如，搞篆刻的人自然喜爱甲骨、隶、篆、金、石碑刻等一类的书体；从事绘画（中国画）、书画兼修的书画爱好者可能更青睐于行、草书创作和欣赏；做事严谨、按部就班的职业人或普通百姓，或许对楷书、隶书更是情有独钟，等等。总之，书法欣赏常常体现出一种主观的意味，于是在书法欣赏过程中就形成了"一人一把号，各吹各的调"这样一种差异性。

如此说来，书法艺术就没有共同规律可循了吗？也不是的，如果书法创作和书法欣赏真的没有规律可循的话，那么书法也就无"法"可依，我们今天写书法，探究用书法形式展现中国传统文化，表达中国人的精神世界等所有关于书法、书学的研究都将失去意义，书法也就不成其为艺术了。总之，书法作为中国所特有的艺术形式，还是有规律可循。这个规律就来自于艺术欣赏的一般规律。

众所周知，艺术创作是有共同规律可循的。比如，塑造形象、抒发情感、再现生活、表现自我等。书法作为一种艺术门类，除了具备上述艺术规律而外，还有其自身的规律。如对于汉字结构的把握；毛笔笔锋的变化；行、草书中汉字笔画的省略、字与字之间的连接、萦带等都是书法艺术的内在本

质。但是书法艺术的多样性和主观性又决定了书法欣赏的复杂性。例如甲骨、篆书的字体形象、流美（流畅、通达）；隶书、魏碑古朴、厚重；楷书端庄整齐；行书潇洒自如；草书自由奔放等等，都是不同书体所具有的不同的艺术魅力，所以书法欣赏也是有规律可循的。不过书法欣赏也要视具体作品而论，不能囫囵吞枣、整齐划一，如果不分书体，一味地讲"书法之美"，那也是不得要领。所以，这里我们只就一些具体情况谈一些书法艺术欣赏的体会，以便和喜欢书法艺术的朋友们共勉。

一、欣赏书法的方法

书法欣赏有一个方法问题，找到了方法，也就找到了打开书法欣赏之门的钥匙。书法欣赏的方法包括：

一要懂得一些"书学"知识。

懂得书学知识，才便于选择、欣赏，就好像只有懂得京剧的人，听起京剧来才有滋味，不懂京剧的人就耐不下性子听戏一样，欣赏书法也要懂得一些书学知识。比如，什么是"中锋"、"藏锋"、"露锋"、"侧锋"，什么是"中锋行笔"、"侧锋行笔"；这些笔锋的变化各自具有什么样的艺术效果，等等。不懂得这些笔锋的变化，就难以欣赏书法作品了。

那么什么是"笔锋"呢？所谓"锋"，就是毛笔的笔尖，"中锋"就是笔尖始终在笔道的正中行驶。古人讲，写字坐姿要正，挺胸抬头，笔管始终对着鼻子的准头等，目的就是为了更好地保持中锋行笔。写字时的中锋行笔和侧锋行笔各有不同的艺术效果。尤其是对欣赏楷书、隶书来讲，一定要知道，中锋行笔是什么效果，侧锋行笔是什么效果。

再比如：讲书法功夫。"功夫"是什么？有人讲功夫就是"力度"，就是写字要

有力，所谓"力透纸背"，说的就是书法功夫。下笔有力，写出来的字才有精神、有气质；没有力度，写字就"软"，给人一种有气无力、病病殃殃的感觉。但是不懂得用笔，用蛮力写出来的字，同样也不好看。北京大学金开成教授曾打过一个比喻，他说：写书法的用力过程就好像打乒乓球，训练有素的运动员无论是推挡、抽球、拉弧线球等都很用力，而且都能打在球台上，所以就有欣赏价值。不会打乒乓球的人虽然也在用力打球，但大多数都打出球台，或者是不过网，这就是不会用力。书法的用力与否也和打乒乓球一样，既有力量，又能打在台面上，这就是"功夫"。对于写书法的人来讲，所谓书法"功夫"，其实就是用笔得心应手，想写出什么样的效果，就可以达到什么效果（如隶书、楷书中的藏锋、露锋、中锋、侧锋；行草书中的省略、萦带、连接等）；临摹谁的作品，就像谁的风格等，这就是书法"功夫"。

二要根据志趣爱好选择个人喜爱的书法作品。

中国有五千年的文明史（有文字的历史），在这五千年历史长河中，汉字经历了甲骨文，钟鼎文（商、周时期铸在青铜器上的铭文），大、小篆（包括石鼓文，秦、汉时期刻在石头上的文字），隶书，楷书，行书，草书等几个大的演变过程。另外还有一种"鸟虫文"，也叫"鱼虫文"，其特点是每个字的主笔起笔处都带有一个鸟头或蛇头的形象。据说这是秦始皇统一文字前的战国文字。

由于每个人的脾气、性格、艺术修养、志趣爱好、审美情趣、社会风尚、个人偏见，以及对艺术的理解不同，人们对不同书体的爱好也不尽相同。比如：有的人喜欢整齐划一、循规蹈矩，相比之下可能就更喜欢隶书、楷书等笔画规范、结构齐整的书体；有的人风流倜傥、潇洒浪漫，也许就更喜欢

行书、草书等能够体现、张扬个性的书法作品。不同书体的书法作品其欣赏的路数也不尽相同：欣赏楷书主要从笔法和字的结体着手；欣赏隶书则主要看它的沉稳和厚重之气；欣赏行、草书就要看它的章法布局、精神气势、墨韵节奏等。也有人爱屋及乌，因为喜欢某一个书家，就喜欢谁的书作。比如，因为崇拜毛泽东而喜欢毛泽东的书法；因为喜欢李苦禅的画（老鹰）就喜欢李苦禅的字等，这些都是因为欣赏者个人的志趣爱好不同而导致的欣赏上的差异。

总之，书法欣赏带有很强烈的主观色彩，所以在许多情况下都是以个人的喜好来定夺的。

三要在比较中欣赏书法作品。

有比较才有鉴别，唱歌、表演、跳舞、手工技艺的好与坏、水平的高与低，都是从比较中得来的。书法艺术的好坏也有一个比较问题。面对一幅书法作品，你可能无法说清好坏美丑，但是把几幅同类书体的书作放到一起比较看，就自然可以看出作品的真假美丑了。有的书法爱好者不懂得这一点，往往花几百、几千元，甚至上万元钱把某某名家的作品（据传，一些有抛头露面机会的主持人、演艺名家等写的书作可卖几万、十几万元一幅）买回家，挂在墙上后，经人指点才知道作品的瑕疵，如整幅字的书体风格不协调；临摹他人的书作出入太大，临得不伦不类；行、草书的结字、笔画、萦带、连接、省略不符合书法规范等等。结果花了钱、欠了人情不说，还给别人留下了笑柄，这实在是一种"出力不讨好"的欣赏方法。

当然，欠缺书法知识的人也可以请懂书法的朋友帮助选择、鉴别书法作品，因为现在假的书画作品太多了，有的人会忽悠、敢卖弄，本来是很一般的字，却敢说成是书法"绝品"。所以在今天的书画市场上，常常是假的书法家把真的书法艺术搞到了。因此通

过比较来鉴赏书法作品的优劣好坏，也不失为一条好的路子。

二、书法欣赏的内容

欣赏书法作品不能只是对字的好坏、美丑做出评判，而是要对一幅书作中的全部内容做综合考评，其中包括：

（一）笔墨情趣：笔墨情趣是一幅书法作品的基本内容，包括用笔的疾涩、快慢、缓急，笔画的大小、长短、轻重、粗细，用墨的浓淡、燥润，印钤的有无等等，这些内容对一副书法作品的艺术效果都会产生很大的影响。

比如：一幅书法作品中如果枯墨用得好，就会产生"飞白"的艺术效果，给欣赏者一种老辣、苍劲的感觉。中国书画中的墨分五色，有浓、淡、湿、燥、润等五种不同墨色，一幅书法作品中如果没有这样的墨色变化，而是"一"色到底，就难以产生强烈的视觉效果。再比如：按照中国文化传统，一幅完整的书法作品（包括绘画作品）一定要盖有书家的印钤（红色），印钤的颜色、位置都是有讲究的。有些书法爱好者不注意这一点，往往就会求到一幅"半成品"，其艺术价值就会大打折扣。所以欣赏书法作品一定要懂得书画作品中的笔墨情趣。

（二）装裱工艺：书画界有一句俗话，叫"三分功夫七分裱"，意思是说一幅书画作品中，字写得好坏只占三成，装裱工艺的好坏才是最主要的内容。比如：写"寿"字、"喜"字，如果用浅色（白色、灰色等）的彩绫装裱，就不如用红色或深色彩绫装裱显得喜庆。

军旅书法家胡世浩（原宁夏军区原司令员）善于用大笔写"虎"字，字幅多在七八十厘米以上（胡世浩也以写"虎"字而闻名）。从装裱工艺上讲，把胡世浩写的"虎"字装裱成"中堂"挂在客厅的正中央，就会显得豪迈、大气；如果小小气气，不留天头、地尾，装裱成中堂不是中堂、斗方不是斗方的幅式，那就难看了。所以一幅好的书法作品，也应该包括书画装裱工艺在其中。

（三）书写内容：无论书法家们把字写得怎样龙飞凤舞、行云流水，装裱工艺如何讲究，但是如果书写的内容不吉祥、不喜庆，恐怕就少有人问津了。正像鲁迅先生所说：画家们"画蛇、画鳄鱼、画龟、画果子壳、画字纸篓、画垃圾堆，但没有人画毛毛虫、画癞头疮、画鼻涕、画大便"一样。书法作品中书写的内容也相当重要，没有积极、健康、向上的书写内容，即便再漂亮的书法作品，恐怕也难以有人问津。

三、把握书法艺术规律

任何一门艺术都有其规律可循，比如：音乐艺术最主要的元素就是节奏和旋律，听音乐感受不到节奏，就兴奋不起来；对音乐旋律听而不闻，就是五音不全。相声、小品作为艺术形式，主要就是引人发笑，让人笑得流眼泪，笑得直不起腰来、这才见出相声、小品的功力；如果听相声、看小品，没有感觉，或者让人哭笑不得，就说明这个段子写得有问题，或者演出不成功，没有达到应有的艺术效果。舞蹈、武术、杂技、模特（如服装表演）等表演艺术，就是要展现人体自身的美——柔性、韧性、线条美、力量美、心灵美等等，如果不能让人感觉到来自人类自身的这种美的元素，那么这类艺术表演就算失败了。

如同所有的艺术形式一样，书法艺术也有其规律性可循，这就是：

第一是书法的基本功。书法艺术的基本功包括两个主要方面：一个是运笔（毛笔的运用），一个是汉字的结体构造。

运笔：就是要充分显示毛笔写字的特点，体现出毛笔笔锋的效果来。比如，楷书中的主笔，起笔要藏锋（裹锋），收笔要回锋；行笔过程多用中锋等；隶书的主笔要写出蚕头燕尾、刚毅波折的动势，以显示出隶书的厚重之气。所谓"蚕不二设，燕不双飞"，说的就是这个意思。行、草书创作，要注意字与字之间的"游丝""萦带"关系，要笔断意不断，写出浑然一体的效果来。可以说，书法的基本功主要体现在运笔上，没有运笔的功夫，就显示不出毛笔书法的特点。

结构：指汉字的间架结构，这在隶书、楷书中显得尤为重要。一幅书法作品，即便是笔法再好，但是字的结构安排不恰当、不符合汉字的基本结体规范，看上去就会觉得不顺眼。在书法欣赏中也常常会遇到这样的情况：如欣赏一幅书法作品，有时候总感觉有点不舒服，好像缺点什么，又说不清楚原委，究其原因，多数问题是出在字的间架结构上。比如："百"字，最上面的一横是主笔，要写得舒展、大气才好，如果写得很短，覆盖不住下面的笔画，那肯定不好看。"申"字的中间一竖是主笔，书写时一定要居中、挺拔，写偏了就不行。再比如：楷书作品一般都要求"横平竖直"、端庄整齐，如果写得七扭八歪，横不平、竖不直，行不是行、列不是列，那就不好看了。这类毛病，也是书法创作中经常出现的问题，即便是一些书法大家、名家的作品，也会有这种情况。

总之，面对一幅书法作品，要学会从运笔方法、字的结体等基本功方面来欣赏。

第二是章法布局。如果说书法创作中的行笔、结构是书法家基本功的话，那么书法作品中的章法布局就是书法家个人才情、胆识的直接体现。

章法有"小"章法和"大"章法之说，"小"章法是单字的结体布局，这是欣赏榜书（大字）作品所要考虑的内容。"大"章法是指整幅作品的结构布局，书法创作及欣赏中所说的章法，主要是指"大"章法。因为书法中只有黑、白两种颜色，所以书法中的章法又叫"布白"，意思是一幅书法作品中的墨色要布置巧妙、美观，让人看后能产生强烈的视觉效果。好的章法布局常常能显示出书法的节奏感，给人以一种音乐享受。我们也把书法中的这种节奏称为"墨韵"。

中国书法习惯上是从右往左竖着写字，竖着排列叫"行"，横着排列称做"列"。一般楷书、隶书、篆书的章法比较简单，行列整齐，"布白"也较自然、均匀，字与字、行与行、列与列之间没有太大的起伏错落关系，不需要特别安排章法布局，倒是在行书、草书中，章法布局就显得尤为重要了。

从技术层面上讲，行书、草书的章法布局或者是以"线"，即以一个字（这个字在一行中或者起到引领的作用，或者居中有突显的地位）的中轴线为基准，扩展至每一行的中轴线，以分析中轴线的曲直来评判章法的优劣得失；或者是以"面"，即把一幅书作当做画面来看，以墨色的浓淡、疏密、大小（书作中某一团画面墨色密集程度面积大小）等来评说一幅字的"形象"特征。这是从书法技巧上来说的，比较拗口，只可神领，难以言传。从欣赏的角度讲，行书、草书的章法大体上可以分为两种，一种是分行不分列，比如王羲之、苏轼、黄庭坚的行书、草书多是这种章法结构；另一种是既不分行也不分列，全篇浑然一体、一气呵成。这是草书章法中的高境界，书法中所谓的"大草""狂草"指的就是这种章法结体。唐代张旭、怀素的草书；现代书法家中毛泽东的许多草书作品，如《沁园春·长沙》（1961年10月书写）、《忆秦娥·娄山关》（1962年书写）、《清平乐·六盘山》、《西江月·井冈山》等都属于这类"狂草"之作。（毛泽东私人信件就更是"狂草"之极了）这类"狂草"书法可以给人一种浑然大气的审美享受，可以把欣赏者带到一种神秘奇妙艺术境界之中。

另外，在甲骨文、金文创作中也多有一些不分行、不分列的作品，其作用是为了显示甲骨、金文本身所具有的那种自然错落的古朴之气。这类作品也被称为"金文中的草书"。

总之，书法作品的章法布局讲究"计白当黑"，最忌平分秋色，要"疏可跑马，密不透风"。因此怎样把黑白两种颜色排布得美观、新奇、吸引眼球，其实也是书法家个人才情、胆识、审美观、价值观的综合体现。

第三是艺术情感。书法作品以抒情为主，这在艺术分类上叫做"情态艺术"，因此书法欣赏的最高境界是从书法作品笔迹中窥视出书家个人精神层面的东西。从用笔的流畅、生动、粗细、厚重、瘦硬、涩滞；从章法的奇幻、沉稳、或行云流水、或龙飞凤舞、或枯涩飞白、或浓墨重彩等方面读出书家个人的精神、气质、理想、情怀等主观精神的内容。当然达到这样的境界也很难，不仅要求欣赏者要有很高的书学修养，而且还要对书法家个人的生活背景、艺术经历有所了解。

比如：从师承关系上讲，柳公权的字源于颜真卿，并且柳体字给人的感觉更显刚劲有力，颜体字则显得厚实沉稳，书法史上所谓的"颜筋柳骨"，说的就是颜、柳两个人书法风格的不同。但是由于颜真卿这个人在历史上确实有着非同寻常的忠肝义胆的壮举（安史之乱后，颜真卿第一个起兵抗击安禄山，因此，他的家人多被叛军所杀，最后颜真卿以一个七十多岁的老人代表唐王朝到叛军营中谈判未果，遭扣留，终被叛军所杀），所以书法史上多以颜真卿的楷书为堂堂正正、刚正不阿的象征，不是没有缘由的。实

际上颜体字本身也沉稳厚重、端庄大气，与人们对他书法特征的评价也是相吻合的。

从精神层面来讲，欣赏者有时候也会因为欣赏某一幅书法作品而引发个人情绪上的波动，比如突发联想、激发情怀、产生某种理想抱负等思想层面的活动。比如，颜真卿是以楷书蜚声书坛的书法大家，但是他的行（草）书《祭侄文稿》在书史上的地位似乎更显突出，被称为"天下三大行书之一"。究其原因，是因为欣赏者不仅可以从这幅书稿中，读出书家内心深处那种大义凛然的思想情怀，而且还可以激发出欣赏者内心情绪的波动，产生一种义愤填膺的悲悯之情。诸如，从文稿中多处涂抹、勾画的内容中体会出颜老爷子（颜真卿写《祭侄文稿》时已经75岁了）书写文稿时的那种慷慨悲凉的心境；欣赏者如果对安史之乱的背景有所了解的话，还可从该书作凝重迟滞的行文中，对书家产生一种悲悯同情之举。（草书就是一种率性的表露，书家在动真情时会情不自禁地流露出不同的思绪，或文笔流畅，如行云流水；或思绪凝重，行文迟滞等不一而论。毛泽东手书《蝶恋花·答李淑一》中也流露出类似的情感）因此书法作品是能够带给人以一定的精神启迪的，这也是好的艺术作品所应有的潜在的艺术功能。

其实不只是书法作品，欣赏任何优秀的艺术之作，都能程度不同地感受到这种精神的力量。比如听音乐，参观美展，看影视剧，阅读诗歌、小说等，都可以使欣赏者产生亢奋情绪。这就是艺术作品所能够带给人们的一种精神上的愉悦。

第四是艺术个性问题。艺术的生命在于创新。艺术创新有两个重要条件：其一是源于传统，离开了传统就无所谓创新。其二是要有个性，没有个性的艺术作品是传之不远的。"个性"是一个艺术家区别于另一个艺术家的重要标志，在所有的艺术创作中，恐怕

书法创作是最讲究"个性"的艺术门类。一幅书作，如果没有"个性"就算不上好作品，一个练习书法的人，写不出具有"个性"的书法品性，也算不上好的书法家。历史上的"馆阁体"就是突出一例。

"馆阁体"，也叫"台阁体"，主要是明清时期用小楷抄写经书的一种字体。这种字写得漂亮、规整，绝少能找出缺陷，但是却不被时人所待见，更为后人所唾弃，甚至连辛辛苦苦抄写经书的书家们的名字，也一个都没能流传下来。究其原因，就是因为"馆阁体"书法写得太漂亮、太规整、太没有毛病了，因此也就太呆板，没有新意、没有生气，说到底，就是太没有个性了，因此也就太没有人喜欢了。于是明清之际就出现了徐渭（徐文长）、金农、郑板桥、邓石如等众多颇有"个性"的书画大家。当然并不是所有有个性的书家都能成为大家，书法个性是有条件的，这个条件就是在继承传统书法艺术的基础上，创造符合时代审美需求的书法艺术。

如此看来，所谓"个性"，也是书法家们最高的艺术追求了，但是怎么样来彰显"个性"呢？当前书坛上至少有两种错误倾向是应该注意的。

其一是不注重书法基本功训练，仅凭主观臆想就任意"挥洒"的书法"创作"。这种书法的重要标志就是当前的行书、草书创作。尽管有一种理论认为：行书、草书创作只是章法问题，可以不必以楷书做"基础"等等，但是书法创作最起码的基本功，诸如汉字的间架结构，书法的基本笔法、章法等，总是应该学一学、练一练的，而对这些书法基本功的把握和熟练运用，只有通过楷书（正书）临摹才好做到。但是现在的许多"书家"，为了彰显"个性"，没写几天书法就急于搞行书、草书创作，还美其名曰"某某书体"。甚至前些年还有所谓"气功书法"，一个没有练过一天字的人（甚至是不识字的人），通过"运气"，就可以写出上好的行书、草书作品，岂不怪哉？

其实，鉴别行书、草书作品好坏的一个最简单的办法，就是看一看"创作"行书、草书的人其正书写得如何，如果正书写的成形，看上去还说得过去，那么他的行书、草书作品也许还有点欣赏价值，如果其正书写得让人看不下去，笔法没有笔法，结字没有规矩，行文中任意加减笔画、萦带、连接等，则他的所谓行书、草书"创作"就不是书法，更谈不上艺术，只能是"涂鸦"而已。

其二不是从审美的角度，而是反其道而用之，故意把字写得丑不堪言，以彰显个性，还美其名曰"童趣""天成"等等。这也是一种不健康的书法创作倾向。

关于"以丑为美"的书法创作，古代就已有之，徐文长（徐渭）的草书创作就是一例。他的许多行书、草书创作字形忽大忽小、笔画忽轻忽重、墨色忽燥忽润、笔法或有或无；篇章结构也是竖无行、横无列，大大小小、斑斑点点、密密麻麻的"墨点"拥挤在一起，既让人认不得，又缺乏审美意识，即使今天看来也算不得上乘之作。一代才子何以要写出如此"不入流"的书法作品呢？这恐怕和他的人生经历有关。

徐文长是明代中期著名的大才子，他才华出众，尤其擅长书画艺术，是中国绘画大写意画风的奠基人之一。但是他却一生坎坷、多灾多难，艺术才能得不到认可，正像他晚年一首诗中所描绘的那样："半生磨难已成翁，独立书斋啸晚风。手底明珠（指徐渭自己画的葡萄）无处卖，闲抛闲置野藤中"。作为一个极富才情的大艺术家，却长期处于穷困潦倒、食不果腹的境遇中，必然对社会不满、产生叛逆心理，而这种叛逆心理就是通过他的书法创作表现出来的。当然，由于历史的原因，历史的局限，这种"以丑为美"的书法创作尚还有情可原，但在今天，如果仅仅为了追求"个性"而违反大众审美心理需求，有意创作一些以丑为美的作品，误导欣赏者的审美趋向，这也是一种不健康的创作倾向，是不值得提倡的。

总之，欣赏书法艺术，要把握住两个层面。

第一是从审美的角度来把握书法艺术欣赏尺度。艺术是创造美的，书法之所以成为艺术，就是因为它可以创造美，为人们的生活、工作、学习提供美的养分、美的理想、美的境界。因此要用审美的眼光来看待书法艺术，即从美观、漂亮、适宜的角度来欣赏书法作品。当然，这里有一个选择的问题。选择书法作品，挂出来让人看，使大家都觉得满意、漂亮，给家人、朋友都能带来某种审美愉悦，这说明你的审美眼光不错，有一定的鉴赏水平。如果你选择的书法作品不能给别人带来美感，你个人又说不清作品的好坏美丑，别人就会怀疑你的审美水平，甚至嗤之以鼻。所以选择什么样的书法作品，也是个人的修为问题，是一个人精神、气质、修养的直接体现，书法爱好者一定要慎重对待。

第二是从精神层面来理解书法艺术。书法作品最先是以形式美的诱惑力进入欣赏者的视野中，因此当代书家，更多的是为了创作而创作，更加追求书法作品的形式美，不太关注书法作品精神层面的内容。这是书法创作上的问题，我们管不了，但是作为书法爱好者，应该明白：书法欣赏并不仅仅是盯着书法作品的形式美，而是要通过作品来和书法家对话、交流，要从字里行间读出书法家的思想、性格、涵养、气质等精神层面的内涵。不仅要能读懂书法家的内心世界，而且还能被书法家灌注在作品中的喜怒哀乐之情所感染、所打动，以求得与书法家在思想感情上的默契与共鸣，从而达到一种艺术的升华。这才是书法欣赏的最高境界，这一点，古人比我们观察得仔细、理解得深刻。

比如，杜甫在《饮中八仙歌》中就是这样描绘草圣张旭的"张旭三杯草圣传，脱帽露顶王公前，挥毫落纸如云烟"，是说张旭写书法时，简直目中无人，就是在王公国戚面前也毫无拘束之感。书家的这种精神状况自然会感染他的创作过程，其书写过程中的起始、停顿、行笔、落笔势必会融书家的思想感情在其中。正如唐代的大文豪韩愈分析张旭草书时所说的那样"喜怒、困穷、忧患、愉快、怨恨、思慕、酣醉、无聊、不平，有动于心，必于草书焉发之……可喜可愕，一寓一书。故旭之书，变动犹鬼神，不可端倪，以此终其身而名后世"。（《送高闲上人序》）中国古代先贤对书法的这种深刻的认识对我们今天的书法爱好者应该是有所启迪吧！人们之所以苦苦追寻古人的书法风貌，道理也在于此。

另外，书法欣赏也是一个见仁见智的艺术活动，喜欢哪位书法家的作品，喜欢什么样的书体（甲骨文，大、小篆，真草隶篆等）完全由欣赏者个人的审美需求所定，不能一概而论，也不能强求一律。比如，有人喜欢毛泽东的字，因为毛泽东的字无拘无束、大刀阔斧，体现了一个哲学家、革命家、政治家、军事家的胆识和气魄，特别是用毛泽东的字体书写毛泽东的诗词，简直就是天衣无缝的艺术绝品，因而喜爱毛泽东的书法。而其他的人喜欢郭沫若、胡公石、沈鹏等现、当代书法家的作品，或者喜欢古代书法家的书作等等，这完全是个人爱好所致，他人不能强求。所以要把书法欣赏问题讲得很具体、很详细也是很难的事儿，但是艺术欣赏毕竟有着客观依据，除了个人主观因素以外，还有大家所公认的一些原理和信条，这就是书法艺术的普遍规律。我们相信书法艺术中的这些普遍规律对于书法欣赏活动还是有一定的指导意义的。

宁夏隆德民间"祭山"调查报告

钟亚军

宁夏回族自治区隆德县山河乡王庄村祭山活动是当地民间信仰系统的组成部分。它以忏悔、禳灾与祈福为内涵，以祭山仪式为形式，将祭山与村落，与村庙，与村落民间社团组织整合在一起，形成了较为完备的民间信仰系统。主持祭山的阴阳师张忠智作为本村落的成员，在整个祭山活动中，他的社会功能是通过祭山过程中的选择吉日、请神、祭山、送神等环节发挥着作用。祭山仪式的正面价值，以民间信仰为载体，疏导人的焦虑和不安，慰藉人的心灵期盼，延续民间文化传统。

宁夏回族自治区（以下简称宁夏）位于中国西北地区，黄河穿越境内，故有"天下黄河富宁夏"的美誉，与富庶的宁夏相媲美的还有当地非富多彩的非物质文化遗产，尤其是位于宁夏南部的隆德县的非物质文化遗产涵盖了方言、民间文学、民间音乐、民间美术、民间舞蹈、民间手工艺等 14 大类。其中，隆德县的祭山是当地最重要的民间信仰活动之一，主要分布在山河乡的王庄村、崇安村、小北山村，温堡乡的北山村、桃山村，陈靳乡高阳村，好水乡庙湾村，观庄乡阳洼村、大庄村等。一般情况下，每年农历四月初，各村落根据主持祭山活动的阴阳师选定的吉日，由村落的祭山会筹备祭祀事宜。吉日时，举行祭山活动。据隆德县山河乡王庄村祭山活动的主持人张忠智介绍，每年农历四月至九月，是当地雹灾、洪灾、虫灾、雾霾等自然灾害发生最为频繁的时期。每年的农历四月初，当地许多村落都要举行祭山活动。目的是"忏悔罪恶，禳灾祈福，保佑五谷丰登"。2013 年 8 月至 10 月，笔者先后两次到隆德县山河乡王庄村对主持祭山活动的阴阳师张忠智进行采访与调查。本文将从隆德县山河乡王庄村民间信仰与村落、村落社团组织与祭山、与阴阳师张忠智的对话三方面展开讨论。

一、民间信仰与村落

中国现代乡村组织形态是以自然村落为基础，以国家行政区域规划，按照一定的地域范围建立起基层行政组织，一般称之为村小组。与传统社会相比较，行政村小组既保留了以个体的家庭为核心的传统农耕生产形式，还保留了传统的村落文化形态。所以，村小组不仅是国家行政组织中最基层的组织构成，也是村落成员展开民俗生活与民俗事项活动的最重要场所。

宁夏隆德县位于黄土高原的南部边缘，东为六盘山南北脊柱，地势东高西低，海拔 1500～2200 米。地理位置为东经 105°48′～103°15′，北纬 35°21′～35°47′。由于六盘山自北向南横穿隆德县境内，当地多是丘陵和山地，其气候属半湿润向半干旱过渡性气候，其气候特征是春低温少雨，夏短暂多雹，秋阴涝霜旱，冬严寒绵长，素有"溽暑有风还透骨，芳春积雪不开花"之说。尤其是六盘山主峰以南地势起伏较大，山高沟深，自然灾害频发。根据 1998 年宁夏人民出版社出版的《隆德县志》记载：宋至明清时期，有记载的霜冻、旱、冰雹、洪涝、虫害等自然灾害有上百次之多，尤其是冰雹、虫害、干旱尤为突出。直至现在，如 1988 年春季，隆德县有 15 个乡镇遭受到 10 次冰雹打击，一万多亩庄稼绝产。冰雹、干旱等自然灾害严重地侵害了当地民众的生产与生活。同时，当地民众为了应对自然气候

对农业生产和生活的破坏，除了采取一些相应的预防、自救、祭祀等措施，其中，祭山也是当地民众应对自然灾害的一种自发的活动。

据中国政府公布数据显示，隆德县山河乡现有人口 5952 人，家庭户总数为 1478。（2008 年全国第五次人口普查公布数据）山河乡的王庄村由四个村小组构成，现有家庭户近 200 户，约 1000 人。（20 世纪 90 年代前，该村有三百多户，近 2000 人。但近十年，随着宁夏实施移民搬迁工程，以及年轻人不断外出工作，现村落人口急剧减少。村落原有的花会、行会等面临后继乏人的窘境）以农耕为主，种植冬小麦、糜子和油料作物。王庄村四面环山，依山而居，加上当地没有水源，村民完全要靠天吃饭，而且抵御自然灾害的能力很差。同周边村落一样，一年一度的"祭山"是王庄村村民最重要的民俗活动，村民对于危害农业生产的冰雹、虫灾、雾霾和干旱等灾害进行忏悔、祛灾，祈求上苍的护佑。据当地民众介绍，这一活动持续了上百年，已是该村落村民生活的重要组成部分之一。（进入 21 世纪后，随着人类科技的进步，当地政府对冰雹、蝗虫、干旱等自然灾害采取了相应的措施，极大地降低了自然灾害发生频率。但是作为民间传统民俗文化，王庄村的祭山活动被当地政府保护起来。）

王庄村建有关公、黑虎灵官神、三星娘娘和土地等村落庙宇群（简称村庙）。其中，关公庙居于中央，东西两厢分别是黑虎灵官神庙和三霄娘娘庙。土地庙建在主庙群大门外的东侧。在当地人的观念里，土地聚合了包括土地神、山神和牛王马神等，是一个复合型神祇。村庙是人们从事宗教活动的场所，在村庙的对面建有戏台。每逢重大节日，王庄村都要举办一定规模的庙会活动。届时，祭神、戏剧表演、社火等活动纷纷登

台。此外，每逢农历的初一、十五，村民也会到庙里敬香祷告，祈求神祇的庇佑。

据主持祭山的阴阳师张忠智介绍，奉祀关公是村落由来已久的传统，村民还把关公称之为"当方神"，也就是村落的主神。关公庙坐北朝南，庙内建有关公像，左右两侧分立着周仓和关平。东厢的黑虎灵官神庙里供奉着黑虎灵官的神龛和神像，每逢农历四月初举行"祭山"时，村民都要抬着黑虎灵官的神龛登山祭祀。据说，黑虎灵官能震住冰雹、蝗虫、雾霾等自然灾害。西厢是三霄娘娘庙，供奉有碧霄娘娘、琼霄娘娘和云霄娘娘。村民多在此供奉香火、鞋子，祈求绵延子嗣。鞋子，当地方言称"haizi"，与"孩子"谐音。

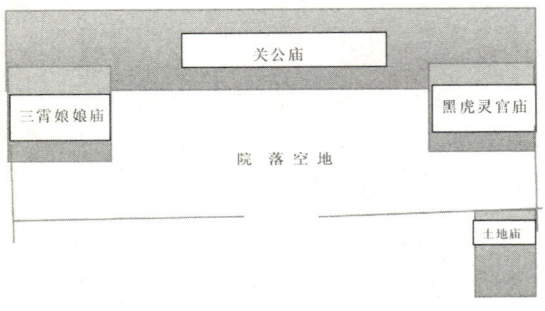

据笔者调查，王庄村的民间信仰系统保留的比较完整。它的民间信仰体系包括了庙宇、村落神和祭山仪式等。通常情况下，村庙既是村民进行祭祀的场所，也是处理村落事物，联络家与家、人与人之间关系的纽带，还是维系村落秩序的场域。而且，从王庄村民间信仰的功能来看，村民祭拜的目的，首要是保障村落的农耕生产、农耕收获。它是村落最原始的目的，也是整个村落的共同愿望。尽管王庄村的农耕生产是以一家一户单位，但是祭山是全体村民共同的事务。祭山活动所体现的不仅仅是村落集体意志，也是强化村民之间集体协作的需要。其次，绵延子嗣也是王庄村村民祭祀的另一重要目的。在民间信仰体系中，送子娘娘可以

是佛教的观音菩萨，可以是道教的三霄娘娘，甚至可以是中华民族的始祖神女娲等。王庄村的三霄娘娘庙奉祀有云霄、琼霄和碧霄三个姐妹神，还塑造了十二个童子模样的生肖像。据当地妇女讲，三霄娘娘是女性神，她掌管着子嗣，只要供奉她，就能如愿生子。重视子嗣的繁衍是传统乡村社会的特点。"人丁兴旺"意味着家庭有充足的劳动力，在村落中也有一定的地位。所以，每个家族的子嗣繁衍与村落社会集合在一起，借助民间信仰，实现了生存、保护和繁衍等功能。

二、村落社团组织与祭山活动

祭山，宁夏隆德县民间又称乍山、砟山、炸山、闸山。闸、乍、砟、炸，是当地方言，意思是使用武力强行堵截、阻止。祭山活动的主要目的有二：一是向山神忏悔罪恶；二是祝祷风雨、雷电、冰雹、雾霾、洪水和病虫等自然灾害远离农作物，保佑一方水土平安。祭山是农耕文明的产物，体现了农耕文化特有的社会属性。当地的村民把农业生产、村落社团组织与民间信仰密切连接在一起，使"祭山"活动成为民间社会传达自然信息，指导民生大计，促进社会上下沟通、互动的具有多重内涵的民俗活动。不仅如此，隆德县山河乡王庄村的民间信仰与村落的马社火花会、祭山会组织紧密地联系在一起，使之成为当地最重要的民俗活动之一。

据王庄村祭山会会长王有仓介绍，村落至今保留着两个社团组织。一是马社火会。会长梁尔敦，也是祭山会的会长。马社火会的成员有王有仓、王维清、梁尔平、陈晓红、张忠瑜等。他们分别负责花会的表演编排、道具制作和表演等。另一个是祭山会。设总会长二人，分别是梁尔敦、王有仓；分会长二人，分别是卜润德、王长生。祭山会

兼管理村落的庙宇的财产，包括庙宇房产、信众们捐助或进献金钱、财物等，平时还要清扫庙宇，购买香、纸等必需的祭品和物品等。

王庄村祭山会设有祭山主持人，由王庄村的阴阳师张忠智担任。据张忠智本人介绍，1975年前，村里没有阴阳师，每年祭山时只有从外村请阴阳师或道士来主持。从1975年以后，张忠智开始参与主持祭山活动，至今有近40年了。王庄村的祭山活动通常在农历四月初一至二十之间进行，具体时间由阴阳师选定，然后通知祭山会总会长，总会长再与分会长开始组织全村村民筹备祭祀的资金和祭品。总会长和分会长各设二人。据祭山会总会长王有仓介绍，祭山活动的经费过去主要是向村民按户征收，近几年改由从村庙的经费中支出，每次祭山的花费约500元。主要用于购买公鸡、碗、药材、纸张和布匹等。祭山活动的所有开支都会有记录，然后向村民公布。

2013年的祭山活动选择在农历四月初七。据主持祭山仪式的张忠智介绍，王庄村的祭山活动一般分三个阶段进行：祭山日，第一阶段，阴阳师先在村庙设坛、诵经、请神，并将准备好的公鸡、纸质的小旗、五个白色的祭碗和一个装满五谷杂粮的祭坛等各种祭品，摆放在祭台上。由阴阳主持者做踏罡步斗后诵经超度，村民自发来到村庙上香，并配合阴阳师跪香、叩拜、诵经请神、超度、发祭文（又叫下文）。第二阶段由会长和年长者端神位（一般分三组，把十二个神位写在纸上），年壮者抬本村庙神主塑像轿子和各种祭品在前，后随旗幡队、鼓乐队、阴阳道士队和群众队，50～100多人的祭祀长队，在唢呐和鼓乐声中缓慢登上祭山山顶。隆德县许多村落都选择在本村的最高山举行祭山仪式，并称之闸山，这些山的海拔都在1700～2900米之间。第三阶段，在阴阳师的率领下山上开坛祭祀。祭祀前先将公鸡杀死，把鸡血泼洒在纸质小旗上。将鸡头插在祭祀台中央的旗杆上，代表鸡嘴雷震子神。因为当地人认为，该神是掌管雷部的大神，以它为象征祭山最能震住雷神。然后，阴阳师要诵读祭文、诵经、送神。祭山会的会长以及村民行叩拜礼，并奏乐、放鞭炮。祭山仪式结束时，村民把洒有鸡血的小旗拿回家插在自己的田地里，以此告慰上天：今年已经举行祭山活动了，祈求能祛灾辟害，五谷丰登。

据张忠智介绍，祭山的祭文分疏文、诰文、牒文三种。所谓疏文是在文祭时采用的祭文，文祭与武祭不同，它不用强力、阻止的方式，不用杀鸡、放鞭炮，而用比较温和、安静的方式来祭山。诰文和牒文是采取强力的方式祭山所采用的文书。牒文就是快的意思，要用信封封上。王庄乡祭山是文祭和武祭相结合，一般是先用文祭，然后用武祭。用五只白碗分别装五色石、蜈蚣、海马、石燕等各一个，按照东南西北中五个方位，将之埋在地下。中央还埋有装着五谷杂粮，以及十二药精（神精茯神、松精茯苓、木精杜仲、月精官桂、日精乌头、人精人参、地精芍药、天精巴戟、鬼精鬼见草、道精远老、山精桔梗、兽精狼毒）和七种香（檀香、松香、丁香、藿香、木香、乳香、沉香）的瓦罐，用来镇冰雹、虫害和雾霾等。此外，在祭祀供台上，还要放置三个石碾上的碾维架子的轴木，称天转地雷木。因为石碾子转动时，碾维架子的轴木会发出咯吱咯吱的声响，可以震慑雷神。（石碾子由石磙子、碾维架子和碾盘三部分组成，使用时由人或毛驴牵引绕轴转圈。石碾子转动时碾维架子摩擦发出咯吱咯吱的声响。）蒜棒子是祭山时所使用的最重要的器具，一般选用树木棒，用毛笔写上"雷令预祭五方蛮雷，侍者止定五方恶风暴雨，大吉"，然后插在神杆的最上方，告示天地。

据笔者观察了解，王庄村的祭山会由村民自发组织。它的组成和职责比较单一，主要负责村落的祭山活动和村庙的管理。每年祭山时，总会长与分会长各有明确的分工。总会长统筹全部祭山事宜，分会长负责协调各村工作，并参与所有的祭山活动。祭山结束后，祭山会会自动解散。这种相对固定而又比较松散的民间社团组织，在特定的时候凝聚力是比较强的。它可以调动全村的人力、财力和物力等，使村落能步调一致地完成祭山的仪式。这说明，村落的社团组织在乡村社会有非常重要的引导作用和协调能力。社团会长必须是在村落中有威望，且年岁较长，很有号召力的人。他们的职责是领导、组织和协调各类活动大小事宜，并在活动中承担最重要的工作。而主持祭祀的阴阳师是身份特殊的人。他们主持祭祀，但不参与村落的社团组织活动。平时，阴阳师还会主持本村或其他地区的丧葬、盖房、商铺开业等活动，甚至还会从事一些卜卦、祛病等活动。

从王庄村祭山活动来看，村落是民间信仰得以生存的载体，缺少了村落这一载体，民间信仰也就没有生存的根基。当然，村民生活的村落空间要靠什么来填充？也就是村民的生活场域不仅仅是物质的，还有精神的。王庄村的祭山仪式、神庙、神像和神龛、村落宗教场域既保存了民间信仰的外在形式，也承载着民间信仰的内在意义。尤其村落中的祭山会组织凝聚了村民的精神需求，其表现为村民面对现实境遇的焦虑和期盼：劳作与收获、家族与子嗣、灾难与苦痛、饥饿与死亡等交织在一起，侵蚀人的心灵，使人处在困顿、不安和期待之中。村民只有借助民间信仰这一形式，慰藉人的情感，沉淀、抚平人的焦虑与不安。

不仅如此，王庄村的祭山活动期间，有时还在村庙的广场上举行民间社火、戏剧、器乐和手工艺技艺的表演，以及集市贸易。这种规模较大的庙会活动，吸引了周边村落的社火队、祭山会等社团的参与，由此促进村与村之间的往来交流。如果说，本村落的祭山活动是联络本村落之间，家与家、人之间的情感、往来的纽带，而庙会则是联系村与村、村与外面的世界的桥梁。庙会将各村落的民间社团组织与民间信仰整合在一起。由此，村落的民间社团组织依托村庙代代传承，村庙又借助村落社团会不断被强化。村庙与民间社团相生相伴，相辅相成，它们共生、共存，丰富、填充了民俗文化的空间。

三、与阴阳师张忠智的对话

阴阳师是中国民间社会比较特殊的人，俗称"阴阳"。据说阴阳师不但懂得阴阳五行、观星宿，还能测方位、知灾异、画符念咒等，及预知人的命运、灵魂、鬼怪等，还深知其原委，并具有支配这些事物的能力。在中国北方地区，阴阳师是主持民间信仰祭祀活动人，也是当地比较有影响的人。王庄村阴阳师张忠智就属于这一类人。他是当地祭山活动的主持人，2010 年宁夏非物质非遗产文化遗产项目——"祭山"活动的传承人。2013 年 10 月 14 日在张忠智家，笔者与他展开一场对话。

钟亚军问（以下简称钟）：你什么时候学习阴阳的？

张忠智答（以下简称张）：我是 1973 年高中毕业后，1972 年开始学习阴阳。那时候没有老师，我是自学的。1973 年，我在镇上开拖拉机买了台湾孙振声的《周易入门》。我的老师是甘肃庄浪卧龙乡人，叫李荣贵。因为我开拖拉机总到那儿，他把他的书全部都给我看，我自己就用手抄。那时没有复印机，只能手抄。还有祭山的东西，都是跟他学习的。

钟：过去你们村里有没有主持祭山活动的人？

张：没有，1975 年以前都是请别处的人来主持祭山。1975 年我就接管了。

钟：你是会长吗？你以什么身份主持祭山呢？

张：我不是会长，我是主持这个事情，全盘由我安排。我是总祭祀人，我们这儿叫阴阳。

钟：阴阳的身份是不是要大家来认同？

张：要有普遍的人认开（承认）了。

钟：你自己怎么看待你的身份？村里人怎么称呼你？

张：我们这里就叫阴阳，没有什么。我年轻时在外面开过车，现在就在家里种地。村里人习惯了，也不叫我阴阳，有时就叫我的名字，没有两样。

"阴阳"在乡村社会中的身份是极其特殊的，村里人把他们既看作普通的人，又把他们视为有特殊能力的人。所以，他们的身份往往也是比较隐晦的。只有在特定的时间、场域，他们才能公开身份。而对于阴阳师自己来说，"阴阳"不是他们公开的身份和职业，他们公开的身份和职业还是乡村的农民、乡民，只有在特定的时间，特定的场域，他们才以阴阳师的面貌出现。2010 年，张忠智被列为宁夏非物质文化遗产项目——祭山活动的传承人，国家给予他们公开的身份只是某种文化事项的传承者，而阴阳师的身份还是被隐蔽起来，所以，阴阳师在民间的某些活动还是不能完全公开的。也就在笔者与张忠智交谈的时候，外面村落的人到张忠智家，为自己有病的母亲来求符帖。也许是为了回避我，张忠智把求符的人领到另外一间屋里，两人交谈的声音也不大。那人走后，我询问张忠智，这个人来做什么？他也是回避的。

钟：你们祭山的日子是由谁决定的？

张：是由我决定的，谁祭山，谁决定。日子一决定了，提前七八天通知会长。会长要预备各种东西。我说几时祭，就几时祭。基本就在四月初一到二十之间选日子。

钟：你选择什么样的日子？什么样的地方？

张：我选的日子，按照我们这儿说，就是天德日、月德日，总而言之，就是选择最吉利的日子。一般在我们村里最高的山上来祭山，我们把这个山叫闸山。

钟：你们祭山时用公鸡怎么祭山？

张：祭山的公鸡要在山上宰了，鸡血要用，鸡头也要用。鸡头在封神上叫鸡嘴雷震子，他是管雷部的大神，下遣来管雷神。鸡头要挂在旗杆上的，鸡血就洒到小旗旗上，一个队（村小组）发一沓子，大家拿回家插到地里。意味着我们祭了山了，这是个标号。每家每户发七八个。

钟：你们要祭哪些神？

张：祭山时，我们要先请神。关公是我们的当方神，其他的神都要列出来，把我们村没有的神用纸写上，祭完山，把它烧掉。比如雷雨神、虫蝗神、蚍蜡螟蛉神、雾霾神等十八个神的牌位。

钟：你们祭山时用哪些祭文？准备哪些祭品，怎么安排？

张：我们祭山是用疏文、牒文和诰文。疏文是我们在纯粹祭山，不是闸山的时候用，就是不用鸡嘴雷震子，不用武力、强力的时候，用它来祭山。牒文就像公文，要用信封封上。牒，就是快的意思。诰文，就是诰书。我们村是祭山与闸山相结合的。祭山准备的祭碗、祭坛都要埋在山上。（以上录音内容，笔者做了必要的删减、整理。）

与狩猎民族的祭山不同，王庄村的祭山属于农耕社会的产物。祭山不过是以"山"为平台，达成向天地忏悔、禳灾和祈福的目的。当然，王庄村四面环山，在村民的观念里，山是最能通天达地的，选择靠近村落最高的山作为祭祀的场所，就是将山视为最接近神灵的地方，登山祭祀也最能体现祭山者的诚意。此外，当地人将祭山称之为"炸山"或"闸山"，有终止、堵截之意，也有期望能够在接近上天的地方阻止、堵截住天灾之意，所以祭山仪式所传达的寓意是多层面的。

在王官庄的祭山仪式中，主祭人张忠智的作用是其他人无法取代的。祭山仪式各个环节的安排、祭品的种类和祭山时间等都由他来决定。而且张忠智还使用血祭、祭文、神牌、瘗埋、道符等方式来祭山。这些方式都是一种法术，也是一种巫术。据说精通法术是阴阳必须具有的能力。因为在王官庄村民的观念仪式里，只有在祭祀活动中施展法术，才可以将他们的意愿上达天庭，同时也

能将天意传达下来。每次完成祭山仪式后，村民们将一些道符插在自家的田地里，将祭品带回家里给小孩、老人食用，据说可祛灾、祈福，保佑风调雨顺、五谷丰登。

总而言之，隆德县王官庄祭山仪式带有鲜明的农耕社会特征，它与该村落村庙一同构成了乡村社会的民间信仰体系，并成为凝聚村落文化传统的基础。但是近些年随着城镇化进程的快速推进，隆德县王官庄的人口不断向城市转移，尤其是中青年人口的流逝已经造成村落文化传承的断裂，祭山仪式也日渐衰微。因此如何保护乡村社会中的文化传统也是值得探讨的问题。

参考文献：

宁夏隆德县地方志编撰委员会主编：《隆德县志》，宁夏人民出版社，1998年，第49-53页。

戈悟觉 80 年代创作：
时代追踪者及其乐观主义

许 峰 孙 爽

1979 年，戈悟觉发表了他新时期的第一篇作品，参与了时代的"共鸣"。1979—1982 年戈悟觉进入小说创作的高产期，以短篇小说为主要体裁，凭借近二十年记者工作经验的积累多侧面地呈现出时代面貌和时代精神。1983 年后，短篇小说数量有所回落，中篇小说更为厚实耐读。20 世纪 80 年代初，戈悟觉与大多数人共享了改革开放初期那蕴含着革命乐观主义传统的乐观精神，又由于对 50 年代文学的继承和新闻化写作的习惯，他的作品被骆宾基命名为"当代的革命现实主义"。（骆宾基：《从前去过的地方·序》，上海文艺出版社 1982 年，第 1–6 页）1985 年前后表现在作品中的观念发生了转变，蛰伏于作家个性中的某些因子为新时代新思想引燃。本文意在梳理戈悟觉 20 世纪 80 年代创作的基本情况，在此基础上阐明作品中所凸显的道德标准和人格理想，并进一步解释乐观主义的自我更新。

一、走出"极左政治"，走进新时期

戈悟觉赋予自己的创作以明确的"职责"，他要记述并描绘他所处的时代。为此，20 世纪 50 年代他放弃留京机会奔赴西北，然而时代没有给他自由创作的空间。"文化大革命"结束后，他致力于用作品回答"什么是我们社会主义祖国的 80 年代，我们的人民是怎样从废墟中站了起来，抖擞精神，迈开双腿……"（戈悟

觉：《文学的职责》，《朔方》1983 年第 4 期，第 73-74 页）

（一）"拨乱反正"与"团结一致向前看"

"断而后续"的历史状况倾向于在文学作品中选择封闭式的结构。（黄子平：《同是天涯沦落人——一个"叙事模式"的抽样分析》，《沉思的老树的精灵》，华东师范大学出版社 2014 年，第 243 页）作家将现实整合在"拨乱反正"和"团结一致向前看"的框架内。"正"是对现实的肯定，"前"是对外来的积极预判，作家提供了与官方话语和大众需要相吻合的"伤痕""反思"之作。

在"拨乱反正"的模式下，作家创作了一类以人民群众、干部、知识分子由受"四人帮"之迫害到与其斗争的作品，主要集中在 1978—1980 年，随着人物由迷茫而觉醒，由压抑而斗争，叙述的语调由沉郁凝重走向乐观昂扬。这类觉醒者、行动者是《雨夜钟声》中的农民和基层干部，也是《客人》中的编辑和他的客人。同时，他在另一类作品中更为痛切地展现了"左"的创伤和遗毒，思想解放重新启蒙刻不容缓，《记者和她的故事》中朴实的铁姑娘被改造得教条僵化便是此类作品的代表。对精神戕害的表现开始于 70 年代末，80 年代中后期也常常在剖析人物心理时在回忆和插叙中出现。在"团结一致向前看"模式中，这一观点被表述为与同一篇小说先后用过的两个题目中，即"缔造友谊吧，人们"与"遗忘的权利"。这篇作品中有作家笔下罕见的血淋淋的伤痕，而当结尾处人物实现了从渴望报仇到被感化的翻转，伤痕实现了为遗忘造势的功能。

80 年代初作家反复申说遗忘的意义，当然反思与铭记历史的意识一直伴随着对遗忘的呼唤，个别作品中的反思深入文化心理层面，《春夜》中坚持"虔诚信奉"的回民哈学理被卷入荒唐政策，憨厚朴实的本性使他成了兴风作浪者的替罪羊，从中不难看到

国民性批判的传统。而铭记历史的观念在 80 年代后期才被作家着力突出，但其时极"左"政治已经不是创作的重心所在，铭记历史作为一种观念略显突兀地出现在议论处，并未充分地化为形象化进作品的血肉。

（二）"现代化"与"心灵美"

由"拨乱反正"而改革开放，"现代化"成为时代的要求。相应的，作家将表现对"四化"建设中劳动者，歌颂他们的"真善美"作为 80 年代初期创作的重心。由于对历史的批判大致止步于政治层面，止步于主流化的结论止步于道德判断，对新时期的歌颂也由于其止步而略显浮泛。

记者的特质在这一时期表现得十分突出，作家涉足的题材十分广泛，遍及各行各业的劳动者。在农村，生产责任制改革的推进得益于基层干部对党的忠诚和为人民服务的意识，《独臂队长》终于战胜了情感和私心，决定顺应人心推行改革。农民在生产责任制改革后精神振奋，《宴席》中关玉梅性情三变，生产积极性与社会主义美德同步回归。由于社会步入正轨，知识分子与老干部的形象也不再由于身处斗争中心而头顶光环，回归常态化的生活，他们的美德表现为恪尽职守与自知之明。正如同《小河日夜流》《遥远》中的水文观测员和教师，"知识分子"作为脑力劳动者利用自己的知识在岗位上尽职尽责。赶超世界先进水平的理想令人斗志昂扬，激动着科研工作者（《一生中的四天》），也激动着体育运动员（《蔚蓝的池水》）。老干部响应中央"年轻化、知识化"的号召，提携后进主动让贤（《儿女未婚》《秋天的经历》）。

这类作品在艺术上同样体现了记者的写作习惯与 50 年代的文学传统。戈悟觉是写报告文学的能手，将其表现心灵美的作品与其报告文学集《金色的小鹿》两相参照便能够看到，作家不仅从"采访本"中撷取素

材，也同样注意塑造有榜样模范作用的人物，指出现实中不合理现象并给予艺术化的解决，从歌颂与暴露两面走向对社会主义价值观的确认。当然，作家也将在新闻中隐去的呈现于小说中，在报告文学止步的地方继续思考，对现实矛盾的揭示，对人物内心的冲突的刻画，对情感世界的开凿都更进了一步。

（三）指陈不足，暴露乱象

作家多是在现象层面呈现问题，关注的也多是市场经济与现行体制下的问题。80年代前期，在呼吁进一步改革和衬托理想人物的目标下，作家也表现了尚不理想的现状，如《她和她的女友》中写到凡俗生活中精神的颓唐，形式主义对人的消耗和人们对"先进"的复杂心态，然而总的来说开掘不深。"由于对美的钟爱和痴迷，作者无力（或者说不愿意）将丑淋漓尽致地暴露，因而也就造成了美的单薄和瘦弱……自然也就直接影响了作品主题向更深层意义开拓和突进。"（郎伟《普通人心灵美的追求者——戈悟觉作品讨论会侧记》，《朔方》1985年第10期，第72-74页）作家将理想人物置于前景，则背景的纷乱均服务于突出主要人物，作者的立场随着人物得以凸显。

80年代中后期，随着价值观的分化，一味塑造模范标榜理想显得不合时宜，作家需要体察并理解不同形态的人生。局限不只是环境的问题，也不再只是背景人物的问题，更多时候表现为主要人物的心理矛盾和痛苦。发表于1986年的《一生中的四天》通过写大学生在填写志愿时每个人按照自己的逻辑进行抉择，凡俗与理想并存，表现和解释耐心压过了评判和说教的冲动。

此后的作品中，环境对人同化和改造表现得越发压抑，作家仍然以理想为参照，赋予了他们以对抗现实的倾向，哪怕这种倾向只表现为茫然的逃离和对于真话欲言又止。《墙上有玻璃窗》中本要为调动工作送礼的主人公逃离了上司的客厅，《请你谅解》中运动员遵从了潜规则默默咽下了对已病亡的前任教练的感激之情。在《表妹的婚礼》中，当老革命也不能不为现实折腰加入了崇洋的行列，叙述人的默认中透着无可奈何的苦涩。无可奈何的出现正是由于作家迈出理想主义的空中花园，承认世俗生活的合理性，承认人的复杂性和缺陷，因此不得不重新寻找叙述的立场，而这种无可奈何恰恰是转型的契机。

80年代末，当东部崛起而西部尚缺乏活力，当对世界有了更为充分的了解，作家此前基于道德判断对农民的歌颂转而成为在"现代化"视角下对农民陈腐观念的揭露，对现象也有了深一层的分析。

二、两性关系：政治与伦理的陷阱

政治的伦理化与伦理的政治化是中国传统社会一个重要特点，两性关系自古便是政治的演练场。"极左政治"与专制传统有千丝万缕的联系，传统伦理中某些对人、对个体的压抑在革命的名义下被不光荣地继承了，因此有了片面强调阶级性、忽视个性、否定欲望等问题。戈悟觉既以两性之爱写时代的风云流转，也常常在并不以爱情为主线的故事中添入令人哀伤怅惘的情感经历，通过分析作家对两性关系的书写，能看到其反思的不足以及观念和艺术上的局限，也能看到其谨慎的试探和突破。

（一）受戒与顺应

"极左政治"下的精神自戕在两性关系领域表现为情感的自我阉割。80年代初作家笔下的"伤痕"在于情感所受到的蔑视和压制，《沙漠里的寂静》便着力展现了人们在高压环境中对情感的放逐。80年代中后期，作家书写了情感的错位，纺织女工在大学生眼中充满诗意，工程师为能与三代贫下中农联姻而浑身战栗，挖掘了意识形态对情感的驯化与塑形。

作家处理两性关系时借助表现公共领域之时代变迁的两条核心情节线，个人情感紧紧追随着政治动向，以致可以看作私人空间的斗争和团结。《人和岁月》中李雯与信念坚定的理想主义者莫刚、与政治投机者白云生的分合紧贴政治路线斗争。"团结一致向前看"的逻辑在《遗忘的权力》中现身，表现为对立的人物之间发展出爱情。

正如上文所说，创作初期作家急切地进入新的历史阶段，对"极左政治"的反思大体只停留在政治层面，作家也无意于探讨关于两性关系的伦理观念，这本也属于作家创作个性，无可非议。然而由于深深浸淫在传统伦理之中，这种疏漏使得作家在表现新时期的婚姻时有着不能忽视的局限。

（二）温情中的伦理陷阱

伦理观念具有强大的稳定性，许多作家在批判与反思"文化大革命"时，依然"把忠贞不贰的传统伦理规范和坚定不移的政治正义感统一在共同的审美理想中。"（季红真：《文明与愚昧的冲突——论新时期小说的基本主题》，《文明与愚昧的冲突》，华东师范大学出版社，2014年，第171页）戈悟觉的作品中同样表现出了这种对应关系，并且延伸到对新时期两性关系的判断中。由于知识分子地位的变化，为"极左"年代的意识形态所黏合的婚姻出现裂痕，作家在为其辩护时，传统伦理观念中与现代文明不相容的因素暗中蠢动。

在《妻子》《银幕有故事》里，身为工人的妻子在丈夫落魄的岁月中不离不弃，在新时期为其排除后顾之忧取得事业上的成就。这种温情脉脉的家庭依然以传统伦理观念为内核，家庭是一个社会功能单位，婚姻的价值在于稳定并确保"生产力"。男性以主体的姿态直接面向社会，妻子的价值则托于家庭通过丈夫得以实现。传统社会中，婚姻要服务于家族，新社会则要求婚姻服务于集体和国家。

传统伦理又以家庭为突破口渗透社会生活和政治生活，《女作家》中夫妻地位翻转，当传统家庭结构受到冲击，省委书记出面，以物质文明、精神文明两手抓的政治方针成功调节夫妻关系。传统戏文里"大团圆"的实现需要借助君权为情赋予合法性，当代文学中两性的结合以革命或社会主义建设的理想为依据，不难看到《女作家》的结构带着专制传统的印痕。与这篇作品同时期的中篇小说大多收入了《来过西部》，作家之所以排除了这篇在刻画描写和对人物心理的剖析都十分细致的作品，想必是看到了这种局限。

（三）慎重的突破

新时期，两性关系同样面对阻碍和歧路。当经济建设为中心，"看不见的手"所执行的管控与改造丝毫不逊于那已缩回袖筒中的"看得见的手"。《一生中的四天》中女大学生想要在分配时留在城市，于是在婚姻对象上做了打算，《表妹的婚礼》中女孩子们以嫁给外籍华人为荣耀。同时，相对自由的环境反而暴露了社会人的不自由，社会身份圈定了自由行动的边界，言不由衷、身不由己在任何文明社会都无法避免。《漂流》中妻子早逝的莫刚面对年轻下属的主动示爱，"无论是拒绝或答应，都不是出于爱或不爱"。

由于有了对现实之不合理现象的体察和理解，也由于对人类处境形而上的思索，作家对伦理观念也有了质疑并进行着试探。突破的努力始于相对年轻的一代，《今日来古渡口》中年轻的记者高举个人权利，为此他要两面作战，一边是农村强大的传统势力，一边是代表社会主义传统的前辈知识分子。而这位前辈正是由于强烈的道德意识和畏缩的人格而放弃了曾经唾手可得的幸福。中年人的突破更为谨慎，当个人权利越发得到承认，当时代伦理观念整体发生变迁，那份责任感中的欺骗性不能不被质疑。《那种奇怪的感觉》中，米亚明的声音基本能代表叙述者的立场，当米亚明质疑自己曾经面对异性时的谨慎，叙述者至少是同样持怀疑的态度。而在《地球通行证》中能看到作家对溢出婚姻，也独立于"情"的欲望有了更为客观的态度，然而借助于其人物，作家表现了慎重，表现了一个社会人在历史与现实面前的责任感。

三、道德理想与个体的地位

个体、个性、个人价值曾是敏感的话题，个体追求利益、财富、名誉的合法性也曾长期被否定，作家本人也曾被指斥为有"名利思想"而深受其苦。新时期，对个体、对财富的承认是一个缓慢而渐进的过程，在曾为个性和独立思考而受迫害的知识分子身上，在小农意识与平均思想均十分强烈的农民身上，都有十分复杂的表现形态。

（一）标准化的个体

知识分子在"极左政治"中忍辱负重，又积极承担社会责任与"四人帮"进行斗争。农民代表着"人民群众"预示了社会发展的方向，他们簇拥着知识分子或基层干部，完成了对"四人帮"的斗争。知识分子的身份和经历千差万别，但同样具有理想主义的精神气质、集体主义的道德观，将党、国家、人民放在心上，可以认为道德表白是作家为他们博得承认的重要手段。农民所表现出的人心向背，同样也是一种道德判断。同时如同当代革命历史题材作品的叙述，他们对党的情感是在历次战争中血肉凝成的，因而格外深切。

道德上的标准化在时代色彩浓厚的具体观念和言行中更为突出。他们一丝不苟地区别"资"与"社"，警惕个人主义，工作和生活中带着禁欲苦行色彩。《客人》中编辑近乎"专门利人毫不利己"，不顾惜身体超负荷改稿。《我是爸爸的儿子》中莫刚始终不同意母亲从美国寄来东西。作家将《从前去过的地方》收录在《来过西部》时做了较大的删改。（戈悟觉：《来过西部·后记》，作家出版社 2013 年，第 53—64 页）在删去的部分，主人公说"他是和人民同命运，人民从来没有歧视和亏待过他"，并将这种信念作为治愈心中创伤的"特效药"。将个性收敛道德标准之内，以个人利益服从于集体利益，在"向前看"的年代里，道德标准和对个人权利与个性的态度都体现出某种"向后看"的倾向。

（二）尊重规范内的权利

时代提出了新的要求，相应的道德理想以及对个体的态度也发生了一定的调整。从国家层面来看，"四项基本原则"与"改革开放"并列为"两个基本点"；对于个人来说，集体主义道德观依然被大力提倡，同时劳动、赚钱被囊括在社会主义现代化事业的宏大目标下而具有了精神意义。时代要求行动的人生，要求人们将道德观转化为生产力，也要求个体从为国家做贡献的角度看待劳动。如同莫刚既要保证治沙效果、铁路通畅，又要将铁路看作是"我和大家一起写下献给我们国家的论文"。

戈悟觉将关于社会道德更替和精神传承的理想形象化为《我是爸爸的儿子》中的父子关系，"儿子"成长于精神贫瘠的年代，沾染了游手好闲的习气，其生父为"极左政治"下的投机者，通过写"儿子"对养父莫刚的认同暗示了这样一种观点，与 50 年代的革命理想主义建立联系。这种观点同样表现在农民的身上，《窦家人》中三代人一脉相承的是西北汉子吃苦耐劳的精神，第三代在包产到户后自觉服从国家利益放弃一心滩，从这种结构可以看到 50 年代小生产者融入民族国家的文学传统的影响，能看到对共产主义理想的强调。

个体的权利得到一定程度的重视，在《她和她的女友》中，作家所不平的是劳模为被新闻报道所歪曲，一个美丽活跃的女孩子被写成刻板的机器，以致连恋爱婚姻都受到影响。总的来说，对个体的尊重大致在具体权利层面，尊重人基本的生存权、发展权和情感需要。

（三）选择的自由

发表于1988年的《漂流》，续写莫刚的人生，面对形式主义和层级制度的消耗令人无奈，然而结尾依然是昂扬的，不过其心理依据发生了微妙的转变。莫刚在与自然的直接对话中，精神上脱离促狭的现实，体验到个体的独立和价值。《今日来古渡口》中工程师面对无休无止涌起又消逝的浪头，感到将个体放在人类的历史中生命便有了不朽的意义。作家引入了"雅皮士"这一张扬权利和个性带有浓郁中产色彩的身份概念，又将三要素中的"金钱"替换为"信念"。这里的"信念"淡化了政治和集体色彩，更多指向主宰人生的生活态度，个体生命层面的权利和责任得到统一。主宰人生的欲望越发强烈，个体与秩序的冲撞便越发难以避免。《那种奇怪的感觉》中，米亚明面对疾病威胁张扬个性和权利的要求反弹式出现。他获得了足以保障其权利的社会地位，然而当他以自由和自我实现为标准重估一生，他不禁为个性和自由的丧失而心情沉痛，于是决心走出心理舒适区、走出既定的行动范围，重新选择直面未知。

将马健（《地球通行证》）放在这一人物谱系中，可以看到一种新的理想主义和新的英雄人物呼之欲出。他带着主宰人生的强烈信念参与现实，作为厂长，他肩负改革者和启蒙者的双重重担。在私生活中，强大的意志逼退了欲望。作家竭力避免的是将自由变为纯粹肉体欲望的遮羞布，不断的自我搏斗与意志的胜利凸显了人的尊严。

借马健的视角，西北偏远的农村和小镇中人们的精神面貌得以呈现，不思进取，言谈粗俗，性的观念近乎蒙昧，女性走不出传统道德伦理的圈子……值得关注的是，这时作家在评价农民时有了新的参照，不甘贫穷落后的中国人探索着种种致富之道，虽然不免泥沙俱下，但浑浊中酝酿着生机，温州商人便是时代催生的典型。在作家眼中，这种道德上难免有瑕疵和缺陷却极富行动力的商人令在惰性和愚昧中作茧自缚的农民相形见绌。"描绘中国的嬗变，民营企业家和知识分子是两块主色板。"（戈悟觉：《温州虚构——〈状态〉后记》，《时光有声》，中国青年出版社，2011年，第149页）他们在各自的领域开疆拓土，在新的人格理想下参差互现。

四、结语：乐观主义的演进

当代叙述强化了一种时间观，乐观向上的"进化论"取代"治乱交替"的历史循环观（程光炜：《"重返"80年代文学的若干问题》，《山花》2005年第11期，第121–132页）张炯看到"他有一种被共和国初期的生活所培养起来的正直、乐观……"（张炯：《来过西部·序》，作家出版社2013年，第1–6页）这种主流化的乐观主义正是建立在一种"进化论"的时间观之上，主导了其1979—1984的创作。这种乐观主义表现为以符合主流话语和普遍期待的模式表现"文革"批判和"四化"建设这两大中心命题；表现为集体主义道德观的回归，体现在对社会精神面貌改善的评价和预估之中；体现在实现了社会功能的婚姻关系之中。

之所以用了较大篇幅分析其思想观念上的局限，是为了更充分地理解作家观念转型的内在逻辑。一方面，面对渐显纷乱的现实，"进化论"的时间观失去了说服力，乐观主义无法支撑作家整合现实，随之而来的无可奈何迫使不愿沉沦的人去开发内在于个体的能量。另一方面，随着个性、人性反弹式复归，本能和情感的需要触发对传统伦理道德的质疑。

乐观主义由此而得到更新，即作家所说的"一个人的自我是一个一个选择的过程，是一天一天的设计和完成。"（程光炜：《"重返"80年代文学的若干问题》，《山花》2005年第11期，第121-132页）这种观念在1985年以后的作品中有越来越清晰的表述，传统伦理观念不能再作为限制主体性张扬的刻板条例。未来不再是一个"流着奶与蜜之地"的许诺却更值得探索。"存在先于本质"的信念赋予这种乐观精神以现实意义。

转型是在环境的倒逼下形成的，然而转型的因子一直潜伏在其个性中，或者说正是因为这种因子的存在，戈悟觉才如此敏感于时代，并要求紧跟时代参与时代。通观戈悟觉的创作，无法忽视一类男性人物，张捷生、白莽、莫刚、米亚明、马健……他们承载了作家不同时期的观念，但一以贯之的特点是富有男性魅力的身体，以及对体育运动或交谊舞的擅长。体育运动的出现尤其频繁，以至可以看作戈悟觉的专用符号。身体的健美与对运动的擅长使人保持对自我的欣赏，保持对自身力量的确信。体育与舞蹈又是精神享受，是文明和"现代化"的象征。早在《银幕有故事》中，张捷生的潇洒舞姿如同一条不经意间出口的谶语，预示了"他"将迎接一次次的重新选择的机会，拥抱无数种可能性，预示了有朝一日错失了青春岁月的"他"将会在时代的漫游后重获饱满充盈的生命。

［本文系宁夏哲学规划课题青年项目《新时期宁夏小说史》(16NXCZW03) 阶段性成果]

冯剑华散文:构建精神高地的价值与追求

瓦楞草

散文是人类精神审美的体现，它饱含散文作家的生命感悟与灵魂的探求，也记录其向着精神高度攀援的坚实足迹。当我们梳理宁夏散文的历史时可以看到，冯剑华的散文独抒性灵，以真诚素朴的抒怀展现了蓬勃豪健的生命伟力，成为宁夏文坛一个时期女性散文的一处闪光的坐标。

一、对于散文创作的洞察与认知

冯剑华生于20世纪50年代，文学创作以散文为主，著有散文集《冯剑华文选》(阳光出版社，2014年)。其散文《遥远的泸沽湖》《西北二题》《鹊雀为邻》分别收录于《宁夏文学作品精选散文卷》《宁夏文学精品丛书散文卷》；散文《煤城树》荣获宁夏第一次文艺评奖二等奖；《情在名山中》在宁夏第四次文艺评奖中获奖(不分名次)；《鹊雀为邻》荣获宁夏第五次文艺评奖一等奖；《西北二题》荣获宁夏第七次文艺评奖一等奖。

我们知道，文学表现为一种生命的渴望，作家自我内倾化、私人化的文学观必然对作品内容和主体的形成起着促进与催化的作用。说起冯剑华的散文创作，首先要谈到她对于散文创作的洞察和认知。众所周知，作家对于创作的认识和见解，对其作品艺术风格的形成有着重要的意义。一定程度上说，作家的文学观承载了个人思想和情绪，对于写作者来说，我们认为在思想层面上，作品的语言与思想具有一致性，因此作家的文学观是其作品中始终涌动着的一股暗流，而我们对于冯剑华散文创作观点的考察为了解其创作状态的全貌提供了启发。

例如20世纪90年代，冯剑华在《宁夏散文创作八人谈》（《朔方》1996年第5期）一文中阐述自己散文创作理念的精神旨归时这样说："写散文有虚构的，但绝大多数是写自己的亲身经历，所见所感，别人看起来就感到亲切，容易进入。我看散文最好不要虚构。"这段话表现了她的文学观，事实上她的散文创作也是在这样的观念之下铺开的。翻阅《冯剑华文选》可以看到，几乎所有的篇章都和其人生的经历有关，无论写人和事，景和物以及思和感都取材于真实的内心世界和现实生活，应和了她的散文注重写实的观点，同时，其散文也形象地表明了当时人的精神风貌和社会文化背景以及对于自然万物的敏锐洞察。基于这种观点，冯剑华的创作有独到的写法，正确的思辨能力使其笔下的散文更易于叙抒生存现实，包容日常生活经验以及对于事件、人物、山水风情、生活点滴的深入挖掘。她的散文倾向于日常生活场景的捕捉和微妙心理阐述的叙事，善于运用文学叙事的综合要素，更大程度地发掘散文叙事的多种可能性，并融入个人思考，从而形成独具特色的散文叙事风格和美学。她将写作作为一种精神寄托，书写家园，展现心灵史，面对文坛纷繁复杂的现状始终坚守精神高地，秉承自身的创作准则，构建精神的家园，为宁夏文坛带来一股清新的气息。冯剑华20世纪90年代发表了大量的散文作品，在宁夏文坛乃至国内文坛产生了一定的影响，如：

在《朔方》1991年第1期发表的散文《爱情故事》被《散文选刊》转载，这篇文章之后被《语文与教学》杂志转载并配发了评论。

发表在《朔方》1992年第1期的散文《故乡人物》被《散文选刊》1993年第5期转载。同年，发表于《文艺报》1993年9月期刊的《散文二题》被《散文·海外版》1994年1月期刊转载，被《散文选刊》1994年第6期转载。

发表于《人民文学》1996年第9期的《遥远的泸沽湖》收入《中国散文精品》和冰心文学奖《千花集》；发表于《人民日报》1996年7月26日副刊的《喊叫水》同年被《文艺报》9月20日转载；发表于《中国作家》1996年第2期的《散文六题》，被《散文选刊》1996年第9期转载。

此外，冯剑华发表于《人民文学》1994年第12期的《王村》，发表于《九州诗文》1996年第1期的《戒与开戒》，发表于《十月》1996年第2期的《女人与自行车》，发表于《美文》1996年第9期的《走出花季》，发表于《宁夏日报》1997年6月29日副刊的《海原二题》，发表于《文艺报》1997年8月刊的《到胡同去》等作品，同样具有鲜明的艺术特色，在表现手法、语言特色和审美风格上都给人以耳目一新的感觉，都是以现实生活体验为基础，以独特的笔触呈现了自然环境、地域文化和社会环境下人物内心的启迪和感悟。从文本出发我们去看冯剑华的散文会发现，透过语言描述简单表层彰显的是其背后的精神力量，这也使我们意识到现实的东西更有力量。

除了执着于以写实为本的散文创作，我们还可以透过冯剑华的一些发言看到其对于文学写作者的批评立场，如她在《精神写作的难度——马吉福作品研讨会摘要》（《黄河文学》2009年第7期）一文中指出："中国文学写作之所以出现大家很少，我觉得一个根本性的原因，就是没有进入到哲学思想，没有进入到精神层面，大家都沉溺于前两年的人体写作、欲望写作了，种种文学界的诟病，也是出现这种问题的所在。"综上可见，冯剑华对于散文写作的关注先由个人开始，之后到了对于中国文学的担忧，这体现了一个作家耽于求真、勇于切近、敢于直面的品质与品味，也使我们看到作家对于文学承担的责任与肩负的使命。

二、饱含人性的关怀与体察

文学作品无论以何种形式、何种内容出现，其重要的意义是对人性的叩问与关怀。一个优秀的作家多能把底层人物内心和生命意义的体现作为写作的理想和追求，也能够对凡俗甚至被人忽略的人生图景进行生命本质与真相的探索，冯剑华对文学自身精神内涵和独特审美特质有着与众不同的理解和认识，她认识到散文作品不是简单的抒怀，是以关注人的命运和情感为主旨，是以人性关怀和人性感悟为要意，文学表现的手法和方式都服务于人性的关怀和体悟。冯剑华就是这样一位作家，她以饱含人性关怀的思想体察社会，将目光投向底层生活，关注底层人们的生存状态，从自身的生命体验出发书写篇章、拓展话题。我们可以联想到中国古代很多优秀的文学作品都具有人性尊重和人性关怀的文学观念，如《聊斋志异》《红楼梦》《窦娥冤》等耳熟能详的名著都关注底层人物的生存状态，这表明文学一直不缺乏对人性的洞悉和体悟，不缺少对人性的关切和悯怀，也正是这种文学作品中可贵的对于生命的尊重和怜悯形成了衡量作品价值的关键所在。

在《冯剑华文选》中，我们看到一部分作品对底层人物的关注和描写，对他们的遭遇和思想或赞美或揭露，无不渗透出人性关怀。如冯剑华在《花儿为什么这样红》一文中对于环境的描写：一是自然环境，它包括人物活动的地点、地理风貌等。如："滔滔黄河，雄浑、浩荡"，"茫茫沙海，丘壑起伏，一匹强壮的骆驼，背搭红毡，在沙海里漫游。驼背上，一位戴眼镜的回族女同志，在引吭高歌"。这些对表现人物身份，对渲染气氛抒发感情、衬托人物心境、刻画人物性格、推动故事情节发展有积极作用。二是反映社会环境和人物关系时，揭示人物命运的必然趋势，对人物性格起到了强化作用，对主题起到了暗示作用。如："一场春寒袭来，她被扣上了'地方民主主义'的帽子"，"抄家，把她的衣服扔了满地，把她当年在歌舞剧院时的剧照也翻走了，作为'三名三高'的典型材料展览批判"等等。这些描写赋予文学浓厚的政治性价值，由此使人联想社会变革对于人物命运的改变，也彰显了作家隐逸在文本深层的抗争，正如茅盾所指出的，一个时代的文学是一个时代缺陷与腐败的抗议或纠正。三是凸显人物命运的起伏。在此文中，冯剑华以传奇般的笔触赋予文章中人物安妮以神秘的色彩，勾画了一幅细致生动的时代人物奋斗的图景，她从独特的社会视角出发，记录对于一个时代的体察与感受，而这些体察与感受所达到的深度是许多作家所不能及的。

在《冯剑华文选》中，我们看到一些文章旨在揭示某个时期社会现象的扭曲、摧残和变异，以求刺痛读者麻木的心灵，唤醒觉悟，包含着作家的人性关怀和体察。如在《走过花季》一文中，冯剑华以亲身经历描写的"文化大革命"那个特殊年代，她"失学"的孤独和忧伤，给人淡淡的惆怅："狂风暴雨的'文化大革命'在这里刚刚泛起涟漪。我们原以为那是遥远的事情，现在却切切实实走到我们生活中来了。从那天起，我们便停下了功课"；"我等待着。没有等来复课的消息，却等来了'上山下乡'的伟大号召"；"当我离开学校那一刻，回头望一眼校门，心中充满了巨大的失落与眷恋"。这篇文章像是一段历史的微小切片，记录了一个普通人发现的巨大历史创伤和深刻的感受。它以抒情为主，又把叙述、议论熔为一炉，从细节处落笔，小中见大，行文自由，结构灵活，又以冷峻和追忆的笔调展示了人的生命价值被剥夺和损害，揭示了时代生活背景下的悲剧，也使我们看到无论命运如何波折，人总是对生活饱含着希望。冯剑华以此呼唤对人的生命价值体验的尊重与关注，肯定了人对理想的追求，由此传达出她对社会的观察。她是个有深度的作家，在她眼中，小人物身上表现出来的淳朴、善良、真挚更值得关注，在人物性格塑造上，不同的人物有独特的写法，因此人物的形象就显得十分突出，既具有独特而鲜明的个性，又能反映社会的某些本质。

冯剑华在《山花朵朵——献给边疆的女战士》中这样描写放映员："披一身风尘，映满脸霞光。肩头扛负着放映机箱"，"边疆部队的女放映员，你像沙漠上的红柳，沐朝阳，郁郁葱葱"；守机员"机台旁，年轻的守机员，头戴耳机，手握线绳，从日到夜，从黑到明，接通千万次电话"；卫生员"清晨，东方欲晓，朝霞似锦。你在起床号前起身，打扫病房，拖地板，送药片，量体温"等。

冯剑华在《故乡人物》中这样描写大嘴爷爷："不记得他的嘴如何的大或大到什么程度。只记得一张黝黑倔强的老脸，密集的皱纹却又笑出一脸慈祥来"；乞学者"却时常看见他穿着破单裤，光着双脚走过满是泥雪的校园。一只胳膊窝下夹着书本笔墨，另一只胳膊窝下夹着双不知谁个送给他的单鞋——那鞋是进入教室才穿上的"；三姑娘"'三姑娘'其实不是姑娘，是个男孩子的外号。叫他'姑娘'是因为他圆圆的脸蛋，大大的眼睛，长长的睫毛，还有那圆圆脸蛋上圆圆的酒窝，更是因为他比姑娘家还灵巧的双手"。

上述人物描写无不展现鲜明的时代特征，在散文中他们没名没姓，呈现出当年人物印象，冯剑华不着重刻画人物性格形成的历史，而是在较小的空间范畴之内展示人物的历史性格命运，由此使读者获得一种远远超过某些小说中典型人物所引起的美感。她的这类散文很大程度上呈现人的命运波折和磨难以及人的追求和斗志，可以看出其努力挖掘人性的和对人性之美之善的高歌。在冯剑华的散文里，不乏对一种美好人性的描摹与展示，自然，这样一种美好的人性一定是在作家所关注的底层民众身上体现出来的。她笔下的人物没有高高在上之态，没有操纵命运的优越，而是有着一种平等、理解与宽容，尽力写出人性的复杂并赋予人物及作品一种温情。读者通过阅读这些作品可以感受到，社会底层的人多是有着淳朴、善良的人格和向上的追求，他们虽然是卑微的却向往着美好的生活。由此也说明冯剑华的散文笔触真正地走向了民间，她的写作是关怀底层大众的写作，具有巨大的表现力和洞察力。

此外，冯剑华的散文对特定的时代背景下人物生活环境的描写也体现出充满人性的观察。在其散文《西北二题》和《喊叫水》中，她大篇幅抒写着恶劣环境给人们生活带来的苦难，文章中关于风沙的描写，关于干旱缺水的描写不是可有可无的，而是服务于文章的主题和这种环境背景下人们生活的刻画，重要的是，冯剑华注目于人的生存困境，揭示恶劣生存状态下人的抗争，从而表现出她对置身于困境中的人们给予的怜悯与关切。宁夏作家张学东在《赤子情怀与母性柔情——〈冯剑华文选〉读后》（《朔方》2014年第10期）一文中评价冯剑华的散文《西北二题》和《喊叫水》："相对于时下那类软绵绵、无病呻吟、毫无激情可言的旅游和帮闲散文，这两篇作品可谓用心良苦。作者巧妙地将风和水这西北腹地最寻常的事物，以几何倍数放大在我们眼前，戳刺现代人脆弱的神经。风沙弥漫，大地一片干涸，乱砍乱抓（发菜）几乎让家园毁灭。女作家在扼腕叹息之余，发出自己最强有力的呐喊和呼吁，那份浓浓的赤子情怀叫人由衷敬佩。难怪当年这篇作品一经《十月》刊出便洛阳纸贵，《新华文摘》《读者》等名刊竞相给予转载和推介，并在文学界引起很大反响。"

冯剑华的散文，清晰流露着她所具有的强烈生命感、现实感，她用思想和心灵去感受生活，对生活里的生命状态，人和现实、命运等进行思考和探索，发现其深层的价值和意义。在发掘生命、现实之间本质的意义时，始终歌咏着自己熟稔的土地，以及这片土地上人们内在的精神和品格。她的散文在理性疏导下自始至终随象附形地自然流泻，将意象的情化或情化的意象连缀成篇，因此作品具有独特的审美。

三、对于自然的描写与抒情

我们认为，冯剑华的一部分散文凸显自然万物强大的生命力以及生命存在的高贵和美丽，作品洋溢着人性的本真和精神生命的强大。她将生命的体验逐渐内化形成自觉意识，融入创作中，使其散文突出生命的真实与美感。通过阅读《冯剑华文选》，可见《情景六题》《遥远的泸沽湖》《海原二题》《鹊雀为邻》等散文呈现的美感与时代的审美要求达到一致，冯剑华无意于专注地叙事，而是着力于宁静、舒缓的节奏，着力于精神的张扬，为读者展开了一幅横向的当代生活画面。

《情景六题》是一组散文，包括《瀑布》《水鸟》《贝壳》《松树与牵牛》《蜀葵》《埙乐》六篇，文章托情于物，融情于景，在叙述、描写的字里行间渗透情感，注重情景交融、

相映生辉，应能有效地激起读者的共鸣，营造动人的艺术境界。这组散文有以下特点。

一是发挥表述的传情功能。如在《瀑布》中，冯剑华写瀑布采用拟人的手法直抒情感："'前面无路，前面危险！'两旁山峰以历史老人般的严峻警告你。你摇摇头，莞尔一笑，纵有千难，纵有万险，既前行，何复归。"

二是采用细节的描写，增添抒发情感的直接功效。如《水鸟》中，冯剑华这样写道："水中，有寸把长的小鱼游来游去，有美人长发般的水草袅袅娜娜微微飘漾，有黑色的小蝌蚪洒出满池雨点。"

三是凸显句式的表情特性，通过语气语调充分展示不同的情感，使表达逐层加深。如《贝壳》中的句子："是什么时候海水消失了？是什么时候大海变成了沙漠？仰首问天，几丝白云抹出淡淡微笑。"如《松树与牵牛》中的句子："如果说松树是宏幅巨作的清明上河图，牵牛便是白石老人笔下的一条小鱼。"如《埙乐》中的句子："埙便是他们演绎与延伸感情的最早的乐器。埙，伴随过山顶洞人的篝火吧？"

通过这组散文可见，冯剑华在写作中一方面突出修辞的寓情特色，有意识地运用比喻、拟人、夸张、反问等常用的修辞手法使文章生动形象，达到某种特殊的表达效果，有效传情达意，抒写感受；一方面直抒胸臆，在文中直接表明爱憎，袒露胸襟，感情浓烈炽热，获得了很强的感染力。

评论家荆竹在《艺术传达方式的心灵沟通——冯剑华散文论》（《朔方》1998年第8期）一文中对冯剑华的散文给予了高度评价，他认为：

"《遥远的泸沽湖》的艺术能量主要肆放在对于现实生活的沉思中。"冯剑华能够使一些丰满起来的画面以各种美的意象引导阅读者的感觉，包括视觉、听觉、触觉等物理

感觉以及由此引起的各种生理和心理的感觉，甚至包括幻觉。她在此文中对于各种感觉的描写，直到散文结束似乎都没有正面回应读者的期待，这是有意制造的空当，只要用心阅读，这些空档就会充实起来，泸沽湖神秘的面纱就会被撩开，那种纯洁无瑕的至亲至爱就会留在读者心中。她在这篇文章里对场面人物的原委做了虚化处理，采取了避实就虚的写法，这样节省了大量笔墨，她对各种感觉的描写不是随意的，可以说标出的那些点必须具有延展性和导意性——即引导读者的意念向某处拓展，由此调动读者的积极性，使读者自觉置身于那个空间的驰骋和想象。

《海原二题》中"作家就把自己在南华山看到的景象如诗一般画下来，也将自己的感受活脱脱地表现了出来。在绿的海洋中听见一两声鸟鸣，本是一种十分平凡的景象，但作家却打通感觉，移挪它们的位置，使客体主体化，自然的景象，就一下子鲜活起来，摇曳出生命的灵性、悟性、情性。"冯剑华这篇散文语言简洁、空灵、清澄、和谐、明朗和铺叙精致，每个句子的色彩、色调、气味和音乐性都十分讲究，如文章中"嫩嫩地茸茸地绿着""一嘟噜""黑黢黢的脸庞"之类的句子，看似平常的字词经她配置在一起就显得朴实而精美，流畅而清晰，显示出神奇的韵律和节奏，形成独特的语言风格。荆竹说，冯剑华熟悉宁夏一草一木，塞上南华山的峭劲和黄灌平原的旷达，以及超拔与坦荡赋予她艺术气质和情感，赋予她散文创作的动力。在写作过程中，她对熟悉的吟咏对象有较深的感知度，因而切入任何一个角度都能够如鱼得水，自由腾挪，并能借助散文语言表达探索的途径，描景画像，抒情写意，使得散文意境恢宏，漫溢浓郁的抒情色彩。

荆竹在这篇文章中还重点提到《鹊雀为邻》一文，他称此文是"一曲当下人类生活状态下的生命挽歌，浪漫而又伤感。读这篇散文有一种强烈的感觉，即现代生存的挤压使得大自然的生命受到了严重摧残，生命被钳制，生命在恐惧烦恼和焦灼中逃亡，这无疑已构成了该篇散文的显赫主题。从某种意义上讲，这篇散文是人类的生存本能，人性最基本层次出发来完成的纯粹个体化的生命显现，也是在大自然生命的漂流与分裂状态中进行的，带有瞬时展开的性质。这种性质，一方面展示了人类商业主义神话下的五色斑斓，另一方面也诉说着商业主义不仅对人性的异化和修改，也诉说着对大自然生命状态的恐惧与威逼。"荆竹还指出：《鹊雀为邻》在世纪末中国文化和人文传统异常飘浮不定的情况下，以它的思想感情的本根性和原生性，为读者提供了可以想象的生存的稳定感和在家感，她将文化和生存的假相遮盖下的东西异常清晰地显露出来，这个东西与每个人的存在血肉气脉相连；《鹊雀为邻》是作品形态的自然呼吸和召唤，在作品中读者会被自然的气息熏得酣然陶醉，看到了人在破坏自然以及其他生命的同时，人的心理也在变化，这种变化首先是人性的丧失。冯剑华笔下呈露的自然价值意象——鹊雀正是人类遗失的生存之根，正是现代生活需要回忆和拥抱的东西；《鹊雀为邻》用亲切温暖的家园记忆抒写本源性的德性，既是对自然的一种亲近和惜护，也是对自然之中人的栖居的最高肯定，自然不亡，生灵不灭，自然授予的尺度和德性就是冯剑华融化生存苦难的本源方式，就是有德性的自然的生存状态。

此外，作家张学东在《赤子情怀与母性柔情——〈冯剑华文选〉读后》(《朔方》2014年第10期)一文中对《鹊雀为邻》也给予了高度评价，他认为这篇散文"当属作者用情最深，而下笔最轻的优秀散文"，"在这里，鸟已不再单纯是鸟，而是家庭成员，一个个不可或缺的鲜活生命，人和鸟终日其乐融融。这样的生活才是真正的诗情画意，才是'采菊东篱下，悠然见南山'式的田园牧歌"。对于这篇文章，宁夏评论家牛学智在《动荡的文本——宁夏散文家散评》(《朔方》2005年第1期）一文中也认为："我倒以为《鹊雀为邻》的价值在于，它营造了一种罕见的气氛，它构建了一个博大的内部空间——恰在于它主题的不确定性。就我的阅读范围而言，近几年在散文界产生强烈反响且可谓上升到哲性诗学层面的散文，它无疑是最好的之一。"

透过上述作家、评论家对冯剑华几篇散文的评析我们看到，冯剑华在描写自然与人的一部分文章中客观地描写，真切地再现了景物的原形，通过写景来写情，即我们所说的借景抒情。她带着主观情感去写客观景物，自觉或不自觉地把主观感情融入景物之中。并且，对于人物活动场所及当地风土人情等描写也抓住重点，写得独具特色。写好自然环境，也就较为完美地烘托了人物，进而充分明确地表达散文的中心主题，带给我们独特的文本魅力。

四、女性柔情的多面性抒写

文章要有真情实感，才能久而弥香，缺乏真情实感的文章读来味同嚼蜡。白居易说，感人心者，莫先乎情。因此，作家不仅要有情感的体验，也要善于感情的抒写，文章方可情文并茂，冯剑华恰恰做到了这一点。她的散文能够用其丰富温暖的情思抓住读者的心，《冯剑华文选》中《儿子弹琴我唱歌》《爱情故事》《女为谁而容》《女人与自行车》等散文包含的众多形象实际上突出了她心目中那个理想的充满母性的人格，因此文章成为塑造理想人格血肉肌体的细胞与生命，这种颇具情感定向思维的聚合力决定了

她散文创作的统一性和连贯性，是艺术力量的所在。冯剑华此类散文基本凸显了三个方面。

一是写真实情感，母性尽现。如《儿子弹琴我唱歌》一文，冯剑华笔下呈现了母亲与儿子之间点点滴滴的情怀，文章被母亲这个形象附身，不由身心迸发出似水柔情，其中饱含冯剑华对人对事的包容、温和以及柔弱，带着极为显著的母性特征，让我们看到她以一颗关爱天下万物的心灵来展现眼前的世界，身心充盈着对未来美好的向往和对现实的满足，她的这篇散文充斥着女性视角，承载着柔情与爱。武汉作家玉儿在《情味·诗意·哲理——读冯剑华的〈儿子弹琴我唱歌〉》(《语文教学与研究》1990年第12期）一文中这样评价："发挥奇妙的想象来创造诗意"，"运用新颖的比喻来增强作品的诗意"，"善于选取富有诗意的细节"。玉儿强调，冯剑华在创作中将传统单一的抒情模式转化为多向度的抒情方式，增强了散文的表现力，并且在表现情味时很讲究技巧。《儿子弹琴我唱歌》一文中的情味表现出这样几个特点：其一是细节。比如中午写儿子弹琴的一段文字不多，但情味浓郁有层次感，细腻入微，真切感人。其二是含蓄。冯剑华把浓郁的情感藏在朴素而简洁的字里行间，不一抒胸臆一吐无余，因此作品情味就显得含蓄耐人寻味。文章从富有情味的浅唱到灵魂深处的低吟，整篇贯穿对于情的理解一定程度上超越了时空，她所关注的不再是人与人之间的阻隔，而是人性的爱和美，通过这种升华，完成了散文这一体裁平素难以企及的使命——即塑造了亲切感人，可望可及，充满爱的人物性格与形象。

二是拟相应情景，多细节描写。真情实感离不开生动的、典型的细节，细节的多少和真实与否反映出作家对生活的体验程度，通过阅读《冯剑华文选》可以发现《爱情故事》以一组散文的形式出现，突出了细

节的描写，作家笔下饱含了主人公从青年到中年的情，不是简单笼统的、概括的叙述，因此给人以真实的感觉。这组散文运用时间与空间的元素，让故事变得耐人寻味。故事主人公的女性形象是社会语境下的独特隐喻，她在过去与现实之间穿梭，想跳出环境与社会秩序追求心灵自由和爱情自由。冯剑华在这些散文布局谋篇上表现手法有一定规律，文章的抒情一般是以某种感情为线索来组织和安排材料，或借人抒怀，或托物言志，或借景抒情。有些作品文章开头采用了中心句或关键句，它们是理解散文主旨的钥匙，如《爱情故事》中《邮包》一篇的开端："在她如花的年龄时，她不知道什么是爱"；《月牙儿》一篇的开端："没有得到的，才是最美的"。都是以中心句直接点明主题，形成散文的"文眼"，整篇文章开头和结尾呼应，也不断抒发这个主题。

宁夏作家吴淮生在《除去巫山不是云——冯剑华〈爱情故事〉赏析》(《吴淮生诗文选》，宁夏人民出版社2015年) 一文评价："说是一组，总共不过五千来字，每篇却都包含了主人公从青年到中年二十几年的跨度。艺术概括力不能说不强，作者以女性细腻的感应神经，敏锐的心灵触角和中年作家的人生体验，传达出了爱情长链上各个环节的况味。《邮包》写误了的少女爱情；《月牙儿》是对没有成功之爱的回想；《潭》显示着花好月圆后的平静；《情殇》呢，则是好梦的悲剧惊寒。用一句眼下时髦的话来说，作家多侧面地对爱情进行了审美的观照"。吴淮生还称：正如《爱情故事》中说的那样，冯剑华在其创作的"豆蔻年华"时期，少的是色彩，多的是苍凉的西北高原，看到的却是大山腹地创造出的并不缺少美的世界，因此给读者以美的滋润。她的作品虽然并不算很多，美感却与日俱增，艺术境界也随着人生经历的积累而不断升华，少了稚嫩气，多了深沉感。

三是以女性意识介入，展开话题。在《冯剑华文选》中，《女为谁而容》《女人与自行车》等文章完全以女性意识介入，铺展话题进行叙述。在这些文章里，冯剑华不仅仅对女性个体的存在十分关注，更对女性主体精神进行探索。如《女为谁而容》中，我们看到强烈的女性意识，正如她在这篇文章里写道："她已经死过一次，她是涅槃的凤凰。她从此知道，此生价值，只在自身"。文中，冯剑华对女性特有的内心世界与性格特点进行深入挖掘，独具匠心地塑造独立的女性个体，与女性逆来顺受的传统形象形成鲜明的对比，从而完成了女性新形象的解构；再如《女人与自行车》中，冯剑华从女人与自行车这个交通工具之间的联系开始展开话题，内容涉及女人与家庭、与社会的关系，她强调："裹'三寸金莲'的上辈女人们无权骑自行车，因为她们无权外出做事，无权承担本该由她们承担的社会责任，因此她们便只能是别人的'糟糠''贱内'和'屋里的'"；"骑自行车，中国的女人们自己是自己的主人；骑自行车，中国的女性们完成自己自尊自强的平凡绚丽的人生"。

冯剑华散文中这些描写，无不暗含着男性话语霸权对女性的控制，女性被对象化、客体化，然而却保持着道德和精神上的高贵，她在散文中建构一种新女性形象，她具有丰富的女性生活经验，更具有怀疑的精神和强烈的使命感，她以透视心性的想象，审视女性在社会中所处的位置。在这里，冯剑华对女性意识的诠释显得温和而直接，她所展示的女性没有抱怨，没有愤怒，只有在奋斗中不断体会与思考，用隐忍、包容和大度的情怀接受一切，用智慧坚韧和善良让自己获得尊重，实现女性的自我。

侯凤章散文:山民的职守与文化人的担当

杨森翔

一

侯凤章的散文创作虽然开始于他的学生时代,但正式进入创作是在他走上工作岗位以后。也许是因为生活境遇的关系,他的散文对山区的人生和苦难有着特殊的情结。这可以理解为他理性的"载道"。其实,经历了"文化大革命"和新时期改革开放的历史阶段,尤其是改革开放时期中国社会经过政治、经济、文化等方面的历史转折,呈现了错综复杂的文化悖论现象,每个人都必须理性选择、理性面对身心裹挟其中的诸多人生问题。侯凤章作为生于斯、长于斯的山区职业教育工作者,既要无可规避地以"山民"和"人类灵魂工程师"的身份去完成职守,又要兼及知识精英的人文立场和文化担当,以先进的文化引领社会、引领大众。这种多重甚至自悖的社会角色及其自我调整,就产生了他散文的"载道"意识。他选择了散文,因为他觉得唯有散文,才可以更直接更自由地作为他应对人生的思想表达与生命表现,才可以让自己在不懈的人生追问中再认识、再发现。

阅读侯凤章,我以为最佳选择可以从《心中的光盘》切入。这篇先收入《火热的羡慕》、后又收入《闲心感悟》的作品,不但同时表现了作者对生命和生活的深切感悟,也是了解作者全部散文写作立场与身份认定的一把钥匙。作品里,他一如既往地坚持他的低调人生态度，非常平凡地感叹着"光阴似箭、人生如梦"，感叹着"在这快速流淌的岁月中，你经历了许许多多的事。这些事都因你而生，缠绕着你起伏升沉，但它很快都随风飘散了，飘散得无影无踪……"然而，作者的这种感叹并非只是"消极的呼喊"，他接着直接追问："天地留下这些事件的影子了吗？""文本留下这些事件的影子了吗？"没有。那么，怎么办呢？他的回答是："我们的身影就在我们的心中。"

显然，侯凤章在《心中的光盘》中想要告诉人们的一个道理是：个人是渺小的，但你无须悲观和自弃；人在做，天在看；要对得起自己的良心。

这是一个非常朴素的大道理。但，许多人却为这个大道至简的道理恐惑和焦虑。当侯凤章把这种困惑和焦虑上升到哲思，便铸成了理胜于辞的正能量。侯凤章相信，文学是长明的火炬，能照亮人类的昏冥。这也正是他选择散文表情达意的一个理由。新时期以降的散文创作，虽然出现了一大批不容忽视的佳作名篇，但很多或写人物琐事，或叙山川景物，或记历史事件，或说社会见闻等等，多流于泛泛记述和议论，缺盐缺钙，欠缺的是思想的深刻性。侯凤章的散文之所以能超越这类作品，达到自己的思想深度，靠的不是别的，正是其散文中哲理的颖悟与演绎。这个朴素、平凡的真理，在《扔向大海的石头》等篇章中一再地得到表现。在《扔向大海的石头》中，作者从人们在海边徜徉，随意地捡起石子扔向大海——"大海接纳了它，却是毫无反应地接纳"，这样一个司空见惯的动作和现象，悟到"人生中，悲哀无处不在"，并产生联想和演绎。

"我确实在生活的大海边捡石头，又向生活的大海扔石头。石头者，文章也……自然的海底有许多石头，生活的海底也有许多石头。别人扔向大海的石头，是精卫填海的

石头，我扔向大海的石头是无用无趣的石头。""但是我仍然想捡石头、扔石头，不过我不是在大自然广袤的土地上捡石头，而是在自己的心田上捡石头。"

生活会造成平庸，但我们可以主动寻找一些变数与挑战，从而突破平庸的羁绊，"在自己的心田上捡石头"，这就是作者颖悟到的哲理。

同样，在《诗意的徜徉》中，"心是你最安妥的田园。在心中的徜徉那是最有诗意的徜徉"的哲思，是来自"世俗的杂念摒弃之后，心的天地就会无边无际"的感悟；在《生命咏叹调》中，作者由生的"偶然"与死的"必然"，感悟到"'偶然'是多么伟大的奇迹啊"，并呼吁："偶然是个哲学命题，我们不能把偶然理解得那么庸俗"；在《网眼》中，由作者个人的一段经历和现实体验，作者先是把纵横交错的山梁与沟壑比喻为"网眼"，但最后他终于明白："网眼其实无处不在，而且每一个网眼都正在生长着一个奇怪的故事"。在《废墟遐思》《回望荒凉》以及其他几组对生活、历史、故人的感悟篇章中，作者对人生、历史、现实与理想……进行了哲理思考。这些哲思，都是侯凤章面对中国"后现代社会"文化悖论所产生的眩惑和眩惑后的理性思索，追问的内涵和外延都源于人的生存困境的忧戚体验。这些哲理性的颖悟，既是侯凤章个人的体验，而在某种意义上，它又是涵盖着当代人精神的一种群体感觉。

二

代言、言志与担当，既有同的一面，又有异的一面。侯凤章的散文把这几者有机地统一在一起，使其成为一枚铜钱的两面，相辅相成、互依互补。这就形成了他的"载道"。

侯凤章的身份是"山民"，所以，他的代言对象主要是山区和世世代代生活在那里的民众。很显然，本书"感悟家乡""感悟亲人"辑中的所有篇章都是他为家乡和家乡人民代言的作品。只要你打开书本，辑中那深沉的爱意和衷情的倾吐，扑面可感，对家乡、对亲人的情和爱充盈在每章每篇的字里行间。

但是，作为知识精英中的一份子，他还有一种言志和担当，那就是以知识份子的良心，评判社会和人生，鞭笞黑暗，讴歌光明，抒发士人的家国情怀和忧患意识。这就要求作者在自己的文章中，既有小我，又要力求跳出小我，获得大我的人类意识，或者更准确的说，是以一己的倾吐，表现出人类共同的情感与思考。这其实也就是侯凤章的文章哲学。读侯凤章的散文，你会感到他是一位激情燃烧、渴望把一腔热血全部倒尽给你的诗人。他的文章，触动、感兴于诸多文化悖论乱象，付诸纸笔写意陈情，写的都是他不能自已的家国情怀和忧患意识。侯凤章的思考与追问涉及方方面面。仅就"世道人心"而言，就让他念念耿耿。于是，这就形成了他散文中反复言说的"感悟史事""感悟生活""感悟学人""感悟史书""感悟佳作"……的母题。这也就是他写下那么多感悟的心理动因。

侯凤章言志散文的最大特点，就是"寓言志于叙事、记人、写景"，用作者的话说就是"语在此而意在彼"，曲尽其妙地表达作者的心意。他的这一类散文，不仅包括在《闲心感悟》中，其实也包括在此前出版的《火热的羡慕》《山高水长》中。这些叙写真我的作品，把一个多重社会角色的自我，透明地描画在读者面前：或者是求知若渴的山区少年，或者是命运多舛、与疾病抗争的杂病患者，或者是一校之长的"人类灵魂工程师"，或者是父母所疼爱并寄于希望的儿子，或者是思念爱恋孙子的爷爷……如从人格表现的视角，对侯凤章描画自己的作品进行分析，就会理解其精神境界的真实和透明——在退避浮躁喧嚣的白天之后，回到夜的静处守着表里如一的自我人格：既是对社会丑恶现象疾恶如雠、直白言志、予以批评的精神界战士，又是慈眉善目、孝长爱幼的传统山人。

除了直接抒写自我的散文外，在为那些历代英贤、知识精英和老一辈学者专家"树碑立传"的篇章里，也真真切切地表现了他对所向往的崇高人格精神的寻觅。在这一类人物散文中，侯凤章与他们的人格进行对话，在"人心"与"文心"交流的定势上，获得了他更为个性化的言说空间。从一片纯明"的南宋抗元志士李苨，到秉笔直书、以身殉国的民国报业巨子史量才；从貌美灵慧、才情充沛的明末叶氏一家到兰心蕙质、才学弘富的民国张氏四女；从帅哥才子郁达夫到一生充满神奇色彩的著名作家、学者、记者和杰出的爱国人士曹聚仁；从"一身诗意千寻瀑，万古人间四月天"的林徽因到"道超青牛，论高白马"的金岳霖；从清白爱国的文化学术热点人物蒋梦麟、张爱玲到"学人中的学人"、学术丰碑陈寅恪、冯友兰；从铁骨铮铮的梁漱溟到刚强率直、宁折不屈的熊十力等等，侯凤章倾注了一腔激情，把他们当作民族精英、人格大师来进行精神素描与特写。

"文化老人一个一个地逝去了，中国文化进入了大变革的当代，在中国当代文化中寻找中国近现代文化的影子，只能阅读这些文化老人的遗著，从中触摸他们的精神脉搏，达到大彻大悟是不可能的，但能塑造人的精神品格是毋庸置疑的"（《铁骨铮铮梁漱溟》）。

虽然有点苍凉，但文化的力量坚不可摧。作者用自己的激情在塑造这些民族精英、人格大师的"精神品格"的同时，也使自己的精神品格得到了塑造和升华！

三

侯凤章在文本上自觉地追求诗意，这在他的散文中表现的非常明显。但他追求的诗意不是华丽辞藻的堆砌，也不是让人读不懂的晦涩。在《文章千古事》中，他借"万寿哥"的口说："写文章不能堆砌辞藻"。并从读"万寿哥"的文章中进一步理解了"写文章不能堆砌辞藻"的含义。

在《朦胧的美丽》中，作者借肯定"志远的散文"中"蕴含着浓郁的诗意"，但这种诗意并不"絪缊缥缈，含义朦胧，让人不能懂，不可理解，而是清新明快，豁然畅朗"，表明了他反对佶屈聱牙、晦涩难懂的文学立场。

什么样的作品才能让人喜欢读，即"读起来觉得美，令人精神上得到新鲜的愉快"呢？侯凤章的回答是："能把读者带入一种境界，这种境界，攫取人心，感染人情，陶冶人的灵魂。我们再把它往小说一点吧，即这种境界能让人感到五脏六腑都像清风涮了一下，十分熨帖。这就是诗意，就是含而不露，味之无穷的诗意。"这就是说，诗意的要素是境界。

侯凤章的散文是很有境界的。他散文的境界就表现在充沛的激情、深刻的思想内涵和娴熟的表达技巧等方面。

关于激情和思想，已如前文所述，不再多言，只强调两点：一，激情既是一种生活状况与情感体验，又是一种创作冲动和文本主宰；二，思想不应是孤立和外露的简单说教，而应该是"寓论断于叙事"、隐藏在文章字里行间的带有一点神秘性的言外之意和弦外之音。

我们重点说说他营造境界时娴熟的表达技巧。写文章需要技巧，这是毋庸置疑的。所谓大巧若拙、最高的技巧是无技巧，其主旨不是否定技巧，而是对技巧的至高要求。侯凤章的表达技巧，首先是缜密精巧的构思。侯凤章的散文，结构精巧，布局合理，善于从叙述中将读者缓缓带入作者设计好的意境，行文缜密而严谨，精炼而流畅，活泼而巧妙。这是他作品散发诗意的一个特征。散文《火热的羡慕》就是这样的一个例子：

布局上面，开门见山——"当病魔摧垮了我的身体，羡慕就像火一样烧红了我的眼睛"。这样简明、畅朗的开头，只用短短的一句，就清清楚楚地交代了"什么时候""怎么样"两个读者最关切的问题，从而引起读者进一步阅读的兴趣。

结构上面，曲径通幽——在首句回答了"什么时候""怎么样"之后，读者当会急切地想知道"为什么"。但是，作者并没有匆匆忙忙地予以解释和回答，而是笔锋一转，由空间转入时间，沿时间的河流，溯源而上，以三个排比段落连写了此前他人生道路上三个不同时段的不同的"羡慕"："幼年时……""上大学……""工作后……"

每一段里，既有叙事、描写，又有抒情和议论，表现的是不同的时段不同的羡慕给他不同的动力。在这三个段落之后，作者又用了一个抒情句"羡慕啊，我时常觉得自己卑微，卑微的赶不上别人"和一小段"羡慕让我不停地奋斗"的议论，这样一而再，再而三地从侧面渲染他的羡慕，其作用在于逗起读者想急切了解"当病魔摧垮了我的身体"后，"我""火热的羡慕"究竟是什么的强烈愿望，为正面描写病后"火热的羡慕"做好了情绪上的充分准备。然后，作家调转生花妙笔，又从时间转向空间，移步换景，引出——"我不能忘记排球场上的刺激"；之后，又是一个过渡句和过渡段："小鸟从我的窗前飞过""我挂着双拐来到校园"引出——"透过窗玻璃，我看见老师的神采……我自知生命的潮水已在消退，但羡慕的壮心仍十分强烈，我羡慕老师的职业，羡慕正在讲台上神采飞扬讲课的老师，我羡慕学生对他们的夸赞，羡慕家长对他们的嘉许，人生的踌躇满志，不过于此。"

这一大段描写、叙事、抒情和议论，是作者被"病魔摧垮了身体"后，"火热的羡慕"的又一次升腾和飞跃。而接下来的过渡句和过渡段，以及所引出的"惊心动魄的一幕"，不仅呼应了前面"小鸟"的情境设置，而且使作者"火热的羡慕"达到高潮；也使读者的阅读达到至境——"小鸟仍在鸣叫，鸣叫出大自然赋予他们的自由……我又看到了惊心动魄的一幕……那一天一位老师搬家，他楼上楼下地跑，沉重的家具，被他轻松地从楼上搬下，装在车上，他的妻子娇矜地抱着零碎的东西，不时地递毛巾让他擦汗。"

读到这里，我们在为这惊心动魄的场面感动的同时，不得不佩服作者的匠心独运，独具慧笔，缜密构思，精心布置，引人入胜。

其次是文眼的设置。在《火热的羡慕》里，"我也羡慕别人，但我想，别人也会羡慕我的"。就是本文的文眼。这个文眼，在前面的表述中若隐若现、非常含蓄，一直到最后才引人入境。是的，"羡慕"是人的本能之一。但人之所以为人，不但会和能羡慕别人，而且也应该能和会被别人所羡慕，这样，他才是一个完全的人，因而也才是一个幸福的人。

第三是空灵而质朴的语言与行云流水般的表达。语言和修辞是表情达意最主要的手段。作者说过："再好的诗意也要用语言来表达。"那么，什么样的语言才是好的语言呢？作者在《文章千古事》中说："情境的美妙是诗意的升华，它靠的是空灵而质朴的语言描绘，靠的是行云流水般平缓轻松的表达。"在散文中，语言既是意符，又是音符。散文的语言，不光要精确达意，更要与全篇意境谐调，意蕴一致，巧妙地绘形传神，还要注意音节的精美。作者特别善于运用铺排、比喻、形容和对比等修辞手法。单讲对比，在《火热的羡慕》中，既有时间的对比，也有空间的对比；既有人与人的对比，也有人与动物的对比；既有质量的对比，也有速度的对比，还有情绪、心理的对比。之所以如此，是形象思维的必须。当然，他的表达手法还有很多，比如善于调节文章的节奏，就是他的特长。他调节文章节奏的主要方法就是在适当的时候和地方，使用过渡句和过渡段。

第四是对古典诗词名句，对中外名人名言名句的大量而合理的引用。在这一方面，作者显得很随意，随意得左右逢源、信手拈来、恰如其分。这不但增加了作品语言的儒雅气质与文化信息的储纳，而且也显示了作者的学养气质与内在的艺术个性。而这一方面的求索，正表现了他掌控语言的能力和做派。

一言以蔽之，侯凤章找到了很适合表达他自己作品风格的技巧与方式。他说过："那么就请你练硬自己的笔头吧。硬，不是深度的刻画，而是轻轻的涂抹。所谓'轻'，并不是轻飘、轻浮，而是举重若轻的硬功夫。"所以深度的刻画是直白，轻轻的涂抹是含蓄。直白是公文，含蓄是韵文。因而要写好文学作品，必须多读唐诗宋词，从中体味"惊人"之句凝练、含蓄、质朴、畅达之韵致，以提高自己修炼语言创设意境的能力和水平。

莲子散文：心灵之旅实录与觉者心语

李凝祥

莲子的《活着走着爱着》与《幸福心灵的乡宴》两本书虽然都可以归类为散文集，但是两本书迥然不同。《活着走着爱着》是莲子几十年心灵之旅的真实记录，书中有关乡野、流浪、高原、西域、寺院等的神奇故事起起落落，跌宕有致，有野性生命的不羁不绊，有奇遇的浪漫爱情，有如刀子剜肉般的自我剖析，有甘醇的生命自觉；《幸福心灵的乡宴》则是她居住北京北郊时，在"慢生活"状态中对小鸟、雨、花、草、天空等"一切和合事物"的人生体验。这本书以平静、安宁、淡定和充满诗意的文字，娓娓叙述着她对待周围人与事及各物的人生态度，犹如一位觉者在诉说心语。

一、心灵之旅实录

曾几何时，由河北教育出版社、汉霖作家小镇隆重推出的自传体散文集《活着走着爱着》悄无声息打破了图书界的宁静，刺激人们的阅读快感。《活着走着爱着》是莲子几十年人生经历和人生体验的真实记录，是她文学人生心灵之旅的真实记录。全书用"从村庄到都市，从胡同到旷野，从作文到做人和爱着活着"四个版块，述说着关于乡野、故土、叛逆、流浪、旅行、爱情和信仰的故事。

莲子，这位出生于腾格里沙漠边缘中卫市宣和镇一个小村庄的女子，出生以来，经历了幼年的梦幻、青春的饥渴、理想的破灭、爱情的洗礼以及转折、"放逐"、反省、顿悟、成熟的人生历程。具有野性、叛逆、无畏、浪漫不羁的莲子，面对着各种各样的精神艰窘，面对着十分匮乏的物质窘困，她在不停地追求大爱，探索着生命真谛这一严肃的人生智慧命题。

从上小学起，莲子叛逆的根子就萌芽了，看到老师课堂上骂人，她会勇敢站出来以下犯上地对老师进行批评，这样做的结果就是差一点被勒令退学，后来以记过处分和调换班级为代价才得以继续接受教育。

由于没有秉承深邃悠远的文化基因，接受的又是缺少文化含量的应试教育，她那少女空洞忧伤的心灵分辨不出爱情的底色。就这样，一个叛逆的青春女性，为了喂饱心中那只凶巴巴的饿狼，骑着爱情小马，满世界寻找"奶水"。在大学校园里，她匪气十足，张望心中的恋人——精神的家园；在故乡的土地上，遇到了流浪诗人，启开人性和诗歌的源泉。她与流浪诗人之间不是纯粹的爱情，正如书中所叙述的那样：莲子的"爱情小马几乎没有奔跑起来，就已经被拴在了槽篱之间"。就在莲子与麦子"诗歌加油菜"的困顿生活之中，一个具有十足男人味的沧桑男人——探险家余纯顺不合时宜地出现了。他的出现捕俘了挣扎在爱还是不爱之间的年轻女人的心。莲子这颗心马上为这个男人动了起来舞了起来。爱上了著名的探险家，给她疲惫的生命打开一扇清风之门。但是，三人之间畸形的性际关系，如一座摇摇欲坠的房屋，随时都有坍塌下来的危险。正是这样，莲子在麦子与余纯顺两个男人畸形性际关系之间，把自己砸得遍体鳞伤。探险家余纯顺最终却不肯为她留下。这个从小就叛逆的女人不甘心过着这种不死不活的日子。她捂着伤痛，先是扛着一杆猎枪去征服那个丢下她的男人，随后丢下了那个让人吃不饱也饿不死的"铁饭碗"——教师的工作，携带着一张民间小报，与她的流浪诗人一起来到北京，扛起"诗歌帝国"的大旗闯荡京城。他们策划了一个"拯救诗歌工程"。想让诗歌梦想填补生命的空缺，想以此拯救自己的生活。然而"工程"运作中的钱泡汤了，留下新的伤痛。但她没有倒下，生活中的磨难和艰辛，成了她思考人生和生命的出发点。莲子曾经说过："可以说余纯顺的死亡帮助了我，否则我达不到现在这样的生命体验。因为我是从他的死亡开始重新考察和体验生命的"。她开始了反省和"自我启蒙"——单纯地、真实地活着，能做多少就做多少地活着，尊重人的局限性，回归人的基础地。为此，她艰难地离开了启蒙者，独自一人面对生活面对生命。于是独身踏上西北漫漫的旅程，去敦煌去祁连山。在雄浑壮美的祁连山，她索性"三点式"了自己，接受阳光的洗浴；只身在荒山野岭中，一顶帐篷，一堆篝火，心惊胆战地度过漆黑的夜晚；在祁连山的皱褶中，她遇到纯白的小马驹——扎西多吉，领略了尧熬尔人的热情和大自然的清纯奇美。她不停地走，与天地岩石相亲相拥，让心灵自由地游牧。她感受了萋萋绿草、蹁跹蝴蝶。她倾听了猫头鹰的叫声、野狼的长嚎。在西域的土地上，她迷醉在老歌手卡德尔的音乐里。在青藏高原，莲子深深地扎下根，剃掉长发，光着头，生活在尼姑中间长达三年，她学习佛学，聆听佛音，领会佛门要义，与藏族人同吃住，打酥油，放羊，学习藏文，以此寻找生命的意义、幸福的源泉……这个酒做的女人，有着巨大的生命张力，在帕米尔高原的冰山下，她曾和一位欧洲女性赤身裸体地奔跑，飘扬着长发，嘶喊着狂奔，回归纯真的自然。在梦幻的丽江旁，她遇到了她的"小伙子"。

莲子淳朴善良，性格开朗，每到一处，就和当地人融为一体，成为他们的一分子。每到一个新的民族，那个民族德高望重的人，就会赐她一个吉祥的名字。她的蒙古族名字叫查苏纳（雪的意思），维吾尔族名字叫阿曼古丽（平安的花），藏族名字为央杰拉姆（妙音天女），纳西族名字是嫫丽达吉（彩虹），莲子没有家，但是到处都是她的家园。

她就是这样，一路逍遥而艰难地走来，一路遇到了很多神奇的经历，一路坦示着她爱的柔情，一路接受着大自然的洗礼和多重文化的熏陶，倾听着来自大自然和心灵深处的梵音。

莲子勇敢、坚定、执着，正是莲子摆脱迷茫、追求幸福的执著，支撑着她马不停蹄地走遍了大河山川的。她远离人群，是为了充实和修补生命，完善自我。在修炼大自然的功课期间，她坚持不懈地审问、反思、探索、自剖、自省……在痛苦的废墟上挣扎起来，实现自我救赎，自我成长。狼是心生的，只有心能让它消失。于是这个可怜的不得安宁的女人就向历史深处寻找修心的智慧。此时人类历史上的典籍，《圣经》《佛经》《道德经》《奥义书》等成了她心灵的伙伴。同时，莲子自我解剖的勇气也是令人佩服的。她说"我开始剥自己的皮，剖自己的肌肉，剔自己的骨头，探自己的心房"。她用刀子挖去腐肉，只留下鲜活灵魂和纯洁肉体以饲读者。敢于在众人面前血淋淋剖开自己心灵的人，应该有深刻的自我认同与自信，这种自信来自对生命的坦诚和敬重，对生命和众生的热爱。

莲子修炼完大自然的功课，带着丽江轻柔的春风，青藏高原一尘不染的阳光，祁连山圣洁的雪水，又回到人群。她的心灵之旅经历了从大漠到高原，由满足欲望的奔突、到回归心灵的自我审视；从荒原到城市，由小我到大我的理性飞跃；从认知生命神性到与大自然以及生命群体完全融会的过程。就是在这种漫长的艰难的行走过程中，莲子慢慢学习着以纯真朴实的爱，让自己恢复成一个鲜活的生命；就是在行走中追问、在追问中行走的过程中，让莲子渐渐明白：人活着原来就是一个无条件的"爱"字。

追寻她生命的历程，我们看到一个青涩的生命，如何一步步走向圆融，一个焦灼痛苦的灵魂，怎样回归明净与安宁，怎样从内到外、从外到内、从一个与现实人生相抵牾的逃离者、叛逆者，蜕变为一个安详、柔静、雅致、时刻享受着生命美好的成熟女性。蜕变后的她心里装着别人的念想，欣赏着身边的朋友，一心一意爱他的小伙子和福利院的孩子们，从内到外散发出成熟的人性之美。她把自己融入人群，融入其他生命，与之同呼吸、共感受。在广袤的柔美中，日益恬静。在《活着走着爱着》中，莲子如是写道：感到自己"终于找到了爱的能力，站在爱的基础地上，无论从哪个方向迈出一步，都是在阐释爱的真理，每一个眼神，都是爱的翅膀，每一个动作，都是爱的舞蹈，每一个声音，都是爱的音乐……"找回了爱的莲子变得十分豁达："正像多年前一样，没有一寸土地是我的，没有一个屋顶是我的，没有一个伴侣是我的，没有一个岗位是我的，没有一个存折是我的。然而，我觉得自己拥有了很多。我的眼睛潮乎乎地看着相遇的人们，我用温柔的声音问候着人们。贫穷的，富有的，幸福的，不幸福的，我都在默默地祝福……"

莲子就是以这样的情怀回到了都市，她祝福着每一个人，过着平凡而温暖的日子；她鲜美地活着，活在最重要的时刻——当下；她踏实地走着，做着最重要的事情——眼前碰到的事情；她本真地爱着，爱着最重要的人——身边的人……莲子《活着走着爱着》中的"爱"，当然不仅仅单指两性之间的恋爱。

《活着走着爱着》凝聚了西部女儿几十

年的命运起伏、情感跌宕、理想追寻和生命求索，构建了一个由浪漫铺就的并带有传奇色彩的心灵之旅，展示的是一个坚强生命从幼年走到成熟季节的全部心髓。这本书不是一本普通的自传体笔记，而是一本完全打开生命、用散文的笔触娓娓述说一位女性走向成熟的心理历程的书。

莲子把生命的启悟一步步解析给我们看，把灵魂的挣扎一缕缕呈现在我们面前，启迪众生的智慧，开悟幸福的泉源。也许这并不是她明晰的写作意图，但我深切感受到了这一点。

我想，这本书的意义在于：

一是真实的震撼力。因为"活着走着爱着"的是活生生、真实的存在，无论多么美好、多么浪漫、多么痛苦、多么曲折，它都实实在在发生过，而且造就了这样真切的人生。这里绝无虚构，绝无做作，绝无伪饰，是真实的裸露，是至理而非矫情，即使它表现的生命在这个时代是多么的特立独行，它也是真实的存在。这就是它的震撼力。莲子以真实人生展示心路历程，对于读者，阅读一次也如同经历一次人生修行。《活着走着爱着》这本书能帮助你找到本然的自己，让你抖落掉那些不必要的伪饰，从而变得更单纯、更透明、更清澈，你会发现，活在当下，活出真实的自己才是最重要的。

二是为人生而文。《活着走着爱着》这本书不是为文而文，也不是为艺术而艺术，而是为人生而文，但这"为人生"不是现实功利的人生，而是生命本质意义上的人生。作品从女性的真实需要出发，探索女性作为人的生活意义和幸福法门。从这个意义上审视，我们可以说：莲子是真正追求女性回归本质生活的女性作家。《活着走着爱着》对于学院派的女性文学研究者，是非常可贵的文学样本，对于文学界的创作，也是可贵的开拓。

二、党者心语

《幸福心灵的乡宴》（宁夏人民出版社2008年）是一本散文集，这本书写的是莲子对"慢生活"的人生体验。全书共分八辑，内容由奇妙的开放、自然的安详、生命之间、这样地呵护自己、泥土气息的小日子、温柔的情绪、鲜美的态度、幸福的本能组成。

书中抓写了生活中许多小物件、小细节，比如：和小鸟一起起床、对樱花儿说、雨声、与露珠的精神之旅、拥抱西北风、与蟑螂谈话、抚摸青草、温柔的泥土、体谅和尚、放生护生等。作者从一草一木的情感需求出发，通过对以上小鸟、花儿、土地、天空、雨、和尚、放生、儿童、玩具等物象的诗意抒写，阐述了她对人对事以及对待万物的人生态度，表达了这样的人生智慧：即世间本不缺少幸福，缺少的只是感受它的心灵。在书中，一山、一水、一叶、一草、一光、一鸟、一鱼都是她的朋友，她都懂得、都珍惜、都倍加爱护。她与晨练中结识的一对印度老夫妻一块儿享受人性之美；她欣赏苏东坡呵护生命的小诗"钩帘归乳燕，穴牖出痴蝇。爱鼠常留饭，怜蛾不点灯"，并感动赞美不已；她赞美和尚是"以超越头脑思维、直接生命体悟的方式"做"人类精神大餐"，倡导人们要体谅和尚；她自己并不富裕，却花钱买了甲鱼、泥鳅、青蛙，提到湖边去放生；她甚至要求自己不踩死一只蟑螂。她把世间万物都看作是她的朋友，她说："不管你是谁，我亲爱的朋友，我都愿意和你一起，将这些造化的精灵，邀请到我们心灵的大客厅里，以至诚的热情，款待它们。"（见35页）她要告诉人们：即使在没有阳光普照的日子里，也要学会温暖自己，使自己变得坚强，使自己的心灵充满希望。

以上显露着发人深省富有意味的禅机妙语和佛门弟子的智慧在这本书中随处可见。我想，这与莲子有着剃度入佛门修身修行的经历不无关系，与她热爱并钟情于佛学不无关系，与她的故乡中卫曾经是一个佛教盛行的地方，她的童年就曾受到佛门气息的浸染不无关系。特别是书中（《双倍的祝福》第42-43页）提到的一本智慧书籍《西藏生死之书》，作者是索甲仁波切。这本书从20世纪90年代开始在全世界流传，她十分喜爱这本书。《西藏生死书》对莲子影响尤其深远，这本书陪伴她"度过了许多时光，从西藏到云南，从西北到东部，从胡同到旷野"。她认为这是一个亲证过真理、完成了小我与大我结合的人写的书，有一种超越文字的力量，让你打开自己，让你把收缩的灵魂展开，放在灿烂的阳光下……当打开这本书的时候，一股温暖的慈悲的力量传遍全身。"这是一本关于心的书。"她热切地推荐给读者，说："愿与每一颗心灵分享这枚美妙的果子《西藏生死之书》。"

佛学是什么？究其里，佛学就是觉悟学。学佛和修炼使莲子逐渐觉悟，逐渐意识和领悟到超然一切、常葆空灵、宠辱不惊、得失不嗟的至理妙机，因此，她能在任何挫折和磨难的境遇中都能保持积极乐观、充实而和谐宁静的心态。可以说，关于人生智慧是解脱的智慧、无执的智慧，关于消解心灵上的偏执，破开自己的囚笼，直悟生命的本真等这些禅机要义牢牢镌刻在她的心中，潜移默化地渗透在她的血液中。莲子的《幸福心灵的乡宴》正是以一个觉悟者诗意而通俗的语言阐释着人生的智慧；正是用自己对生命的感受，唤醒人们发现幸福、享受生活；正是要告诉读者：要在生活中学会乐观和微笑，不要一味地去苛责人情冷暖，也不要抱怨命运多舛，天意弄人，关键是调整自己的心态，用心发现生活中的美与善。世间

并不缺少幸福，她说：只要"以一颗纯真的心，去拥抱正在扑面而来的，或者来自内心的因缘，你就会发现，幸福就像家中的宝藏，藏在你的心底。它是源源不断的祝福，受用不尽。"

佛说：相由心生。只有改变内心，才能改变面容。一颗阴暗的心托不起一张灿烂的脸。有爱心，必有和气；有和气，必有愉色；有愉色，必有婉容。莲子说："你心灵的僵硬度软化了一分，你的幸福感就增加一分。"是的，全书洋溢着这种心灵的柔软和宁静的幸福感，这是莲子在经历人生激流后，蜕变为一个安详、柔静、雅致、时刻享受着生命美好的成熟女性的直接的映现。昔日那曾经的冲动、叛逆和野性已经沉淀为淡定和闲适、淡泊与宁静、宽容与慈悲，沉淀为内心平静不乱的禅定。书中安静、恬淡的心灵叙述，不正是一位觉者心语的表白吗？看完这本散文集，我们的心也渐渐地被她平和宽容心态浸染，变得更加柔软起来。

三、自由不羁的创作个性

文如其人，莲子是一个特立独行的女子，她的文章一如她的为人——潇洒不羁。无论是《活着走着爱着》，还是《幸福心灵的乡宴》，都没有被任何一种文体所束缚，显现出自由不羁的创作个性。

主要表现在以下两个方面。

一是文本的叙述方式具有很强的包容性。它打破常规的叙述模式，将文学性和纪实性相结合，将诗歌、散文、小说、游记、日记、自传的笔法相融合，呈现出"四不像"的文本特征，使整篇文章既豁达优雅，又厚重复杂。这种没有做过刻意设计的随意写法，读来显得自由不羁，悠闲自得；这种"超文本"的写作，无疑也丰富了当下文学写作的艺术表现方式。

二是一脉天然的语言，淳朴、诗性、无做作。这两本书的文字具有清新，无拘无束，温婉细腻，如诗如歌，如行云流水的特点。莲子说过，"真诚地对待生活，就具有了艺术家的禀赋"。是的，只要真诚地对待生活，那么，写出来的语言就像被草地湿润过似的，就像被和煦阳光照耀过似的，就像被泥土营养过似的，是不需要技巧的，遵循造化足矣。

文学批评是一种充满责任感的创造性活动。对一个作家成长道路的梳理和描述，对一个作家创作成就、特点、风格的总结和鉴赏，对一个作家在知识储备、生活积累或创作实践等方面的不足予以分析和指出，都是文学批评必须承担的责任。研读作品，"辩情""绳理"，臧否篇目，自古有之。我国南北朝时期著名的文学批评家刘勰在《文心雕龙》中曾指出——辨正然否，论之以理，自不可缺。北齐时著名的思想家文学家刘昼在他的《刘子·正赏》篇中也曾指出："赏者，所以辩情也；评者，所以绳理也。赏而不正，则情乱于实；评而不均，则理失其真。"说的也是这个道理。因此，研读作品时，充满责任感的文学批评不能缺位。实话实说，莲子的这两本书还存在着一些需要改进的地方。比如一是内容有重复雷同之处，文字不够简约，有的地方略显拖沓。特别是《幸福心灵的乡宴》，尽管书中出现多种物象，但都在表达着同一个主题：世间不缺少幸福，要用纯真的心爱护生活中的一草、一叶、一鸟、一鱼。这样容易让读者产生阅读疲劳，也许这就是《幸福心灵的乡宴》投放市场遭受冷遇的主要原因吧；二是叙述人称的混乱，如35页："不管你是谁，我亲爱的朋友，我都愿意和你一起，将这些造化的精灵，邀请到我们心灵的大客厅里，以至诚的热情，款待它们。"前句人称是第二人称"你"，后句突然变成第三人称"它们"；前句是单数，后句突然变成复数；三是出现了不该有的错别字，结构助词"的、得、地"的不分等。比如26页倒数第1行"我打扮得漂漂亮亮，走了出去。""打扮得漂漂亮亮"是一个动补短语，补充动词"打扮"得怎么样——打扮得漂漂亮亮，"漂漂亮亮"是动词"打扮"的补语，应该使用的结构助词是"得"而不是"的"。

然而，瑕不掩瑜，以上只是书中一些小的瑕疵。这两本书自然天成、未加修饰，犹如没有经过琢磨的玉，没有经过提炼的金。因此，我依然可以用璞玉浑金这样的词来形容莲子的这两本散文集。相信莲子在不久的将来会奉献给读者题材更广泛、内容更精彩、打磨更精细的精神大餐。

最后祝福莲子，祝福我们所有人，活得精彩，走得稳健，爱得纯洁，发现幸福，感受幸福，享受生活。

张铎文学评论：诚实批评与敏锐鉴赏

王武军

　　《塞上涛声》(宁夏人民出版社 2016 年) 是《塞上潮音》(宁夏人民出版社 2007 年) 的姊妹篇。全书共分六辑，收录了作者近年来创作和发表的四十余篇评论文章，整体侧重于对宁夏诗人和宁夏诗歌的研究，尤其是对宁夏诗人创作的旧体诗词的研究。与第一部评论集《塞上潮音》相比，最明显的变化就是去"杂"就"简"，专注于文学评论，文学评论又侧重于诗歌评论，诗歌评论更注重诗词评论，这个逐渐缩小的过程，不仅体现了作者文学评论的艺术价值取向，而且在给自己的文学评论定位。

　　张铎，本名张树仁，宁夏固原市原州区人，从 20 世纪 80 年代初期开始文学创作。1987 年 1 月 4 日，他的第一篇短评《峨眉山的雨——评肖川的一首山水诗》在《宁夏日报》副刊发表，责任编辑是著名诗人秦克温，这对他无疑是一种鼓励。此后，一发而不可收，在文学评论领域一路潜行，撰写了一百余篇研究宁夏诗人、作家、艺术家的评论文章，结集出版了《塞上潮音》和《塞上涛声》两部文学评论集，成为宁夏文学评论界的中坚力量。

　　张铎的文学评论，从形式和内容上看，大致经历了"短评"、"杂评"和"专评"三个阶段。

　　第一阶段："短评"时期（1987—1996 年）。这一时期，作者初写文学评论，比较小心谨慎，主要以诗歌短评为主，间或写一些小说和散文评论。主要有：《清新质朴——读虎西山的诗》《长河里的浪花——读秦克温的〈黄河在召唤〉》《真挚凝重——读邱新荣的诗》《时代的折光——读肖川的西部诗》《新时代的花儿歌手——读高琨的花儿抒情诗》《爱的旋律——读刘国尧的诗》《山回路转不见君——读李云峰的诗》《大山，浓缩在你的眸子里——读王怀凌的诗》，以及《用环境表现主题——读南台的两部中篇小说》《黄土地上的情歌——读王漫曦的小说》《忠于生活、思考生活——读石舒清的小说》等作品。从题目中可以看出，作者基本上都用了"读"这个词，来解读自己喜欢的诗人、作家及其作品，通过"读"来呈现自己的心灵感悟和文学观点。行文短小精悍，深入文本、联系实际，立意突出、观点鲜明；表现出作者以"读"通"悟"，以"悟"品诗、评文的"短平快"风格。

第二阶段："杂评"时期（1997—2007年）。这一时期，作者由起初的小心翼翼，慢慢地渐入佳境；胆子也大了，步子也快了，范围也广了，诗歌、小说、散文、报告文学、书法、绘画等，什么评论都敢写，因而我将其概括为"杂评"时期。但从创作的作品数量上看，主要还是以诗歌评论为主，兼顾其他文艺评论。主要作品有《求索者的歌——读肖川的〈神游〉》《火的抒情——论罗飞的诗》《流过乡间的谣曲——读杨建虎的诗》《高琨其人其诗》《红沙枣的魅力——读王跃英的散文诗》《执着而热切的呼唤——评南台的长篇小说〈一朝县令〉》《在创作中探索、在探索中提高——评郭文斌、火会亮的小说创作》《谈尹文博先生的书法作品》等。单从评论的字眼上看，作者已经由原来的"读"，逐渐转换到了"谈""评""论"等专业的文艺评论术语上。而且在评论个体诗人、作家、艺术家的基础上，通过《浮躁与寂静——关于宁夏青年诗人的创作感想》《论上升的西海固文学——兼评1998年〈六盘山〉

同题散文专号》《阵痛与新生——西海固小说创作之我见》等文章，对宁夏诗歌和西海固文学进行了独到的、有见地的论述，凸显出作者的文学评论从个体走向群体，由特殊走向一般的渐变过程，表明作者的文学评论已趋于成熟。

第三阶段："专评"时期（2008—2016年）。这一时期，作者主要专注于旧体诗词和新诗评论。从刚刚出版的《塞上涛声》这部评论文集中可以看出，全书共六辑，旧体诗词和现代新诗评论就占了五辑，主要有《重读毛泽东同志〈清平乐·六盘山〉》，项宗西诗词专论《千里长空凝碧》《春色秋光》《一曲江南好，当歌塞上行》等，任启兴诗词专论《突破界限，超越具象》《襟怀超远，雄丽多姿》等，还有马启智、秦墨、秦克温、杜晓明、沈华维、张嵩、闫云霞、李玉民、熊品莲、熊秀英等人的诗词专论。现代新诗有对张贤亮《大风歌》的专论《新的时代，新的赞歌》，有对秦克温的综合评论《香飘天地外》，骆英诗歌专论《不仅仅是乡愁》，《塞上诗苑的领军者——读杨梓、杨森君诗作印象》，以及宁夏诗人虎西山、单永珍、雪舟、泾河、林一木、瓦楞草等人的诗歌专论。旧体诗词和现代新诗评论占了全书的六分之五；小说和散文评论只有一辑。正如作者在后记中所言："重新审视自己近年来写下的文章，我感觉自己在'选择'，选择评论对象和文本，尤其是比较重视研究对象的平生意气、人格精神。当然，这其中最明显的变化莫过于过去较'杂'，什么评论都敢写，诸如绘画、书法、摄影等艺术评论，而现在则专注于文学评论，文学评论又侧重于诗歌评论，诗歌评论又更重视诗词评论，这个逐渐缩小的过程，体现了自己目前的艺术价值取向。"从这段话中可以看出，作者的文学评论在专注于宁夏诗歌评论的同时，更加关注宁夏旧体诗词的创作和发展，彰显出作者的文学审美批评正在回归传统。尤其在《抒写地域而歌咏民族的宁夏诗歌》(《宁夏诗歌史·导论》，阳光出版社 2015 年) 中，作者全面、客观、公正地抒写和评价了宁夏旧体诗词和现代新诗创作者在宁夏诗歌产生、发展、形成过程中的重要作用和历史地位，旧体诗词和现代新诗犹如车之双轮、鸟之双翼，共同促进了宁夏诗歌的繁荣和发展。

从张铎文学评论的创作轨迹不难看出，从初期的"短评"，到中期的"杂评"，再到后期的"专评"，看似由"短"到"长"、由"杂"到"简"的量变过程，其实是作者的文学评论创作由表及里、由浅入深、自我定位、不断提升的质的飞跃。

当然，作为文学评论，本身就有它的使命和特点。目前，大学课本和网络词条对"文学评论"的概念是这样解释的："文学评论是一种以作家、作品、文学创作和文学思潮作为评论对象的理论文体。作者通过写作评论，表达自己对该作品美学价值的认识和评价，启发和帮助读者提高欣赏水平，对作品的作者提出正确而有益的批评和建议。"而张铎的文学评论，除了具备一般文学评论所持有的特性之外，还有他的独到之处。

一是注重作品赏析。一篇好的文学评论，首先要基于对作品的分析，没有分析何来评论？而分析本身自然离不开对作品的评价。从作者的创作经历和大量的评论文章中可以看出，他的文学评论无论是前期写的一些短评，还是中期大胆创作的一些"杂评"，抑或是后期撰写的一些"专评"，都是从创作者的作品入手，从内容、形式、语言等方面进行剖析，分析作者的创作意图，把作品最突出的特征和最本质的东西揭示出来，升华作品主题，提出批评和建议。例如，作者在 2012 年《中华诗词》第 10 期发表的一篇关于项宗西的七绝《雨中遐思》一诗的评论中写道："'翻墨跳珠势卷洪，水天一色浪排空。西湖借我三巡雨，塞上迎来一岁丰'(《雨中遐思》)。短短的一首七言绝句，28 个字，之所以令人印象深刻，就在于作者那股浓浓的宁夏情结。这首诗向人们展开了一幅有声有色的雨中西湖的卷轴，很有气势，仿佛电影的蒙太奇，一个镜头接着一个镜头，使人身临其境，感同身受。项宗西同志打小生活在西子湖畔，而长期工作在十年九旱、极度缺水的塞上宁夏。他的笔名宗西就透露出了诗人对故乡西湖和西部塞上第二故乡的赤子情怀。诗人在故乡游西湖遇雨，望着'翻墨跳珠势卷洪，水天一色浪排空'的浩浩汤汤'势卷洪''浪排空'的西湖，不禁感叹道：西湖啊，你若借我三场好雨，就定能迎来塞上一年的丰收。表达出他对第二故乡宁夏的感情，而这正是打动读者的真正原因。它超越了时空，具有永恒的价值。"

还有对秦中吟、张贤亮、高珺、刘国尧、肖川、李云峰、屈文焜、罗飞、张嵩、邱新荣、虎西山、杨梓、王怀凌、杨森君、杨建虎等诗人作品的评论，对南台、王漫曦、石舒清、漠月、郭文斌、火会亮、季栋梁、吴淮生、张怀武、张雪晴、邹慧萍、刘向忠等作家的小说、散文评论，都从作品本身入手，做到精准剖析、合理评价。

当然，文学评论要注重作品的赏析，就必须重视对作品的"解读"。"读"，贯穿了张铎文学评论的始终。从早期的"读"肖川、虎西山、邱新荣的诗，"读"南台、石舒清、王漫曦的小说；到中期"读"罗飞、屈文焜、杨建虎的诗，"读"吴淮生、郭文斌的散文；再到现在"读"项宗西、任启兴、杨梓的诗，"读"漠月、火会亮、季栋梁的小说……每一篇评论的副标题都是以"读"字起头。可见，评论时只有把作品读懂、读深、读透，才能对作品、对作家及其创作背景了如指掌，对作品艺术倾向作出自己的判断，评论时才会说到点子上，切中要害，避免片面性。基于此，张铎正是在"读"中"悟"，在"悟"中"评"，在"评"中"论"，从"读"入手，构建和完善自己的文学评论体系，形成自己的评论风格。

二是构建评论格局。张铎之评论，除了注重作品赏析之外，还重视构建自己的评论格局。宁夏文学评论，本身就比较薄弱，而诗歌评论的发展就更加滞后。笔者从《宁夏诗歌史》了解到，宁夏诗歌评论直到20世纪80年代才涌现出了高嵩、荆竹、刘绍智、白草等诗评家和吴淮生、秦中吟、贾长厚、张铎、白军胜等诗人评论家。由此可以看出，张铎涉猎宁夏诗歌评论是比较早的。从他2007年结集出版的《塞上潮音》评论集可以看出，这一时期他的文学评论比较"杂"，虽以诗歌评论为主，但还有一些对小说、散文、书法、绘画等的评论夹杂其中，没有形成格局。而从2008年之后，作者开始选择评论对象和文本，主要以宁夏现代新诗和旧体诗词创作者为评论对象，在注重诗歌评论的同时，更加侧重宁夏旧体诗词的评论，构建了他诗歌评论的两个支点：即现代新诗和旧体诗词评论，形成了宏大的诗歌评论气场，具有深度的艺术指向和独特的审美价值。

作为一名诗人，既精于现代新诗评论，又专于旧体诗词评论；这种现象，在宁夏恐怕只有张铎一人。诗人在长达30年的诗歌创作和诗歌评论中，逐渐意识到，要想构建宁夏诗歌发展和诗歌评论体系，就必须把现代新诗和旧体诗词的创作及其评论紧密结合起来，既不能"厚此"，也不能"薄彼"。回顾他的文学评论创作，2007年之前，他只写过三篇有关旧体诗词的评论文章，分别是《文章岂忍负苍生——读诗词集〈夏风〉》（1992年1月）、《心中唯有赤和诚——读秦中吟的旧体诗词》（1993年3月）和《直人直诗——论秦中吟的边塞诗》（1995年10

月）；而2008年之后，他创作了《重读毛泽东同志〈清平乐·六盘山〉》《一曲江南好，当歌塞上行》《突破界限，超越具象》等二十余篇旧体诗词评论，并在各大报刊公开发表；而新诗评论只有《新的时代，新的赞歌》《不仅仅是乡愁》《塞上诗苑的领军者》等十篇左右。单从所写评论的篇数上对比，旧体诗词的评论比新诗的评论就多了一倍，可见，作者是在对旧体诗词评论进行"补课"。只有这样，才能在新的历史背景下，驱动宁夏新诗和旧体诗词这"两驾马车"并驾齐驱，共同前进。

这一点，在作者近期创作的两篇评论中表现尤为突出。一篇是收录在《塞上涛声》第一辑中的《抒写地域而歌咏民族的宁夏诗歌——〈宁夏诗歌史〉导论》。在这篇2万多字的综合评论中，作者从古代到近代再到现代，对宁夏诗歌进行了全方位的综述和评价。他说，宁夏古代诗歌尤以边塞诗蔚为壮观，既带有浓厚的地域文化特征，又有古典传统的美学范式；而近代诗歌只是从传统的古典诗歌到现代诗歌的一种过渡，相对宁静和保守；到了现代，"新边塞诗"和现代新诗以西部和宁夏为背景，既有饱含深情的吟咏，又有直抒胸臆的豪迈，更有出其不意的洇染和意象万千的泼墨，表现出西部特有的苍凉和辽阔，既彰显出传统、古典之美，又蕴含着地域和民族特色。尤其在书写宁夏现代诗歌发展史时，分宁夏旧体诗词（新边塞诗）和现代新诗两部分去写，对主要诗歌节点、新旧体代表诗人、主要创作成果如数家珍，秉持了一个批评家"无私于轻重，不偏于憎爱"（刘勰语）的风尚和情怀。另一篇是他花费了一年多时间，前不久刚刚创作完成的对宁夏旧体诗词的专论，对宁夏新边塞诗的发展过程、各个时期的主要诗人、艺术特色等作了全面论述和评价。既有对塞上领军诗人秦中吟、项宗西的专论，也有对塞上知名诗人吴淮生、崔正陵、刘剑虹、王文华等人的专评，还有对自治区老领导马启智、任启兴、李增林等人的专论，更有对塞上回族诗人、女诗人、中间代诗人和新生代诗人的评论，资料之翔实，收录之全面，全国少有，宁夏就此一文，具有重要的诗歌研究价值。

三是把握境界升华。任何文艺作品，在阅读、评论的过程中，本身就是一种再创造、再升华的过程。评论家就是要挖掘作品本身作者没有意识到，或者没有被读者发现的隐含的审美情感和艺术价值。张铎在评论项宗西的《丁亥登杭州吴山城隍阁》一诗中写道："这首诗尤其是'绿胜红''千叠翠'，着一'胜'字，生机益然，境界全出；着一'叠'字，生机勃勃，层次分明。在这里，为了描摹景物的层次，作者运用电影的特写镜头，把远近交错的景色，连接在一起，给人以造型艺术的强烈立体感。"而作者在创作这首诗时，想到过用"电影的特写镜头"吗？恐怕没有，这都是评论家张铎在评论的过程中的再创造和再升华。还有，作者在对张贤亮的《大风歌》评论时说："这是一首充满激情而又富有哲理的政治抒情诗。全诗运用形象思维的规律，把诗人对生活的独到见解、饱满的革命激情，与鲜明的艺术形象有机地结合起来，抒发了在新时代思想光照之下的具有诗人自己的个性风采的真挚感情。由于诗人把自己对生活的认识和感受，熔铸进诗作的基本构思和艺术表现之中，从而达到了艺术构思上的丰富与单纯的统一，比仅仅一般描写劳动生活，更耐人寻味。"作者这样评论，将张贤亮的《大风歌》升华为"新的时代，新的赞歌"，既符合创作者初衷，又提高了阅读者的鉴赏水平。

文学评论要想把握境界、升华主题，就要深入了解、准确把握评论对象，挖掘出作品的思想意义和艺术特色，从而提出自己新颖、深刻、精辟的见解，坚持用自己的方式

说话，力求做到评论的独特性、创造性和前瞻性。30年前的1987年，张铎在《清新质朴》一文中谈虎西山的诗："我觉得这位青年作者对诗的追求和对于生活的执着态度一样，都是无法遏制的。他是学美术的，又长期扎根宁南山区，因而，故乡丰富多彩的生活，成为他取之不尽用之不竭的创作源泉，绘画的素养给了他莫大的帮助。他的诗，每首都有自己对生活独特的感知和反映，常带有浓郁的生活气息，清新的泥土韵味。他善于把主观之'意'藏于客观之'象'，形象地反映自己的感情。"而30年后的现在，张铎在《远处的山》一文中是这样评价虎西山诗歌的："虎西山的诗不以繁丽和丰富取胜，而是以单纯和简洁见长，并由此而构成了他素朴和冲淡的诗风。他的诗作之所以富有质朴、冲淡的诗风，这除了题材本身所致和作者的创作个性有关外，还与他能融汇传统诗词和民歌有很大关系。比如他在《大雪》一诗中写道：'心中想念的老酒／肯定在火炉上热着／妻啊／黄昏敲开家门／我用落满两鬓的苍老／感谢你的美丽'。诗人不仅在诗的语言和句法上，受了古诗和民歌中的那种音韵和谐、节奏自然的影响，而且也受到了古典诗作的恬淡静美意境的影响。故而他的诗，既有泥土的清香，又有唐诗宋词的韵致，质朴隽永，余味缭绕，凸显出'新诗旧读'的韵味，比以前更深更新了。"

正如他在新近出版的评论集《塞上涛声》一书后记中所言："众所周知，真正的批评乃是作品的一种延伸，亦是文本的有机构成部分。文学评论不仅仅是对文本的艺术解释，而是渗透着评论家主体意识对作品的一种审美把握。事实上，有主体意识的评论，才可能是有个人风格的评论。文学创作是艺术创造，文学评论也是一种艺术创造，是对文学作品的再创造，是审美创造。"

四是呼唤传统回归。从前文可以知晓，

作者近年来撰写了大量有关旧体诗词的评论文章，不是因为他对旧体诗词情有独钟，而是因为他在呼唤传统文化的回归。在当前诗坛，人们只看重现代新诗，而忽视了旧体诗词，殊不知，中国诗歌是由现代新诗和旧体诗词两个部分构建起来的。虽然现代新诗以废除旧体诗词形式上的束缚，主张白话俗语入诗，以表现诗人的真情实感为主要内容；但是，在新诗发展的过程中，我们不难看出，除了受到外国诗歌较大的影响之外，许多诗人在吸取中国古典诗歌、民歌有益营养的基础上，对新诗的表现方法和艺术形式进行了多方面的探索，使现代新诗逐渐走向成熟和多样化。而现代旧体诗词的发展，始终受中国传统诗词的影响，讲究格律、词牌、节奏、押韵、对仗、平仄等，具有节奏感、音乐美和韵律美。张铎在《读书札记（四）》中这样认为："我国古典诗词，既有'采菊东篱下，悠然见南山'的无我之境，又有'明月松间照，清泉石上流'的空灵之美；既有'大江东去'的奔腾豪壮，又有'寻寻觅觅'的含蓄委婉；既有'风萧萧兮易水寒，壮士一去兮不复还'的慷慨悲歌，又有'前不见古人，后不见来者'的深沉咏叹。这些作品可使我们的审美情感油然而生，受到美的感染和熏陶，从而激励我们热爱生活，去寻找美的灵感，发现美的真谛，创造美的生活，建立起健全美好的人性。"

这是他对古典诗词的真实理解和感受，也是他呼唤诗歌创作要回归传统的真正动因。他在《抒写地域而歌咏民族的宁夏诗歌——〈宁夏诗歌史〉导论》一文中，从《诗经》《小雅·六月》的"薄伐猃狁，至于大原"，"大原"指现今的宁夏固原一带；"来归自镐，我行永久"，"镐"指现今宁夏灵武一带。这种独特的塞上文化无疑为以后的宁夏社会和宁夏文化奠定了基本的精神底色，同时也为宁夏的文学艺术创作提供了深厚的精神资源。宁夏古代诗歌的发展是渐趋兴盛的，无论是在质量上还是在数量上都呈上升趋势，从秦汉时期寥寥几首到唐代的大量涌现，尤其是边塞诗蔚为壮观。宁夏近代的诗人为数不多，诗作传世的也较为稀少，但这一血脉并未断流，虽纤细却一直流到现在，从而为宁夏新边塞诗的发展奠定了一个扎实的基础。到现代，尤其是宁夏回族自治区成立以来，外来支宁人员、知青和宁夏本土诗人，新老交替，现代新诗和旧体诗词创作者，他们将塞上大地的地域特色和民族特点融合在一起，推崇高尚的诗歌理念，继承传统文化内涵，保存诗歌活跃的氛围，从而使宁夏诗歌在发展历程中，不为潮流所惑，不为名利所诱，始终坚守着传统古典诗歌的本质成分，始终行进在中国诗歌主流的发展历程之中，为西部和中国诗歌的繁荣作出了独特的贡献。而在《宁夏新边塞诗的流变及艺术特色》一文中，作者通过对宁夏新边塞诗艺术特色的分析，认为宁夏新边塞诗既是对古代边塞诗的继承，又是一种超越。因为，宁夏新边塞诗无论是缅怀历史风云、勾勒塞上景观，还是讴歌现实生活、抒发作者情怀，字里行间总是闪耀着壮丽的塞上风光，奔涌着潮水般的豪情，燃烧着理想的火焰，这与古代边塞诗判然有别，且有着较为明显的艺术特色，或雄丽交辉、意境深远，或情景交融、豪情满怀，或动静交错、诗意盎然，以开放、包容、广泛、多样的方式，构建起宁夏新边塞诗的殿堂；既是传统的回归，又是诗意的绽放。

五是挖掘推荐新人。文学评论，除了提高鉴赏水平、揭示审美价值、提出批评建议以外，还具有挖掘和推出文学新人的功能。一个成功的文学创作者，一般都会经历从初学，到成熟，到成名，到有名，到著名，到杰出的发展过程。有人一夜成名，是因为有人发现了他；有人一辈子也不会成名，是因为没有人发现他。而文学创作是一项艰辛的艺术再创造过程，每走一步，都需要评论家的正确批评和引导，更需要呵护和鼓励。作为中国文艺评论家协会会员、宁夏起步比较早的评论家张铎，从开始评论创作那天起，就注重对宁夏文学新人的挖掘和推荐。1991年后半年，他连续写了两篇文学新人的评论文章，一篇是写青年诗人王怀凌的，比较短，不足1000字，题目叫《大山，浓缩在你的眸子里》，他是这样评述的："在塞上诗苑，王怀凌已不是一个陌生的名字，自1986年在《固原报》发表《山里的妹妹》起，这几年，先后已在《六盘山》《中学生文学》《教师报》等区内外10余家刊物发表诗作，成为塞上诗苑的新秀。"他在文中指出："王怀凌早期的诗作艺术表现尚欠成熟，少了点灵气，但路子是对的。这表现在他没有沉溺在'小我'之中不能自拔，而是一开始歌吟就关注着父老乡亲，心中装着人民。"这是我见到的最早有关对王怀凌诗歌的评论，从评论中可以看出，王怀凌那时确实还这是个文学青年，没有在大刊上发表过一首诗歌。我想，也许正是因为这篇评论，激发了王怀凌的创作欲望和创作激情，点拨出了他的诗歌灵气，才使他从《六盘山》走向了《朔方》走向了《诗刊》，才有了现在的全国"十佳诗人"王怀凌。另一篇是评论石舒清小说的，不足3000字，题目叫《忠于生活，思考生活》。石舒清是1988年在大学期间开始小说创作的，张铎在写这篇评论时，可以说石舒清才刚刚"出道"。但是，张铎却给他很高的评价："石舒清是我区崭露头角的青年作家。纵观石舒清的小说题材似乎并不新鲜，但他在认识和评价复杂的社会生活上却有自己的独到之处，他不仅忠于现实生活，通过写生活凸现人物形象，而且他更注重对生活对象的审美本质的表现，使小说对生活的观照更近于自然状态。因而他的作品

比较真切，有一定的深度。"当然，他也对石舒清提出了希望："石舒清刚刚开始创作，他的路还很长，从已发表的这十来个中、短篇小说来看，他还在艺术上继续探索。但我觉得，更重要的不是在艺术形式上下工夫，而应该特别注意对生活的全方位把握。也就是说，亟须的是深化对人生、对艺术和对自己的认识。"今天，不知道已经获得第二届鲁迅文学奖、庄重文文学奖、少数民族"骏马奖"、十月文学奖、人民文学奖等重要奖项的著名作家石舒清再读此文时有何感想？当年，这篇最早对他小说创作进行评论的文章，是否深化了他对人生、对艺术和对自己的认识？提升了他对生活的全方位把握？面对如此辉煌的成就和荣誉，我想，答案是肯定，触及也许已经深入了他的灵魂。

当然，张铎对文学新人的关注和推荐是一贯的。除了已经成名的石舒清、王怀凌，还有宁夏诗坛冉冉升起的"80后"诗人刘岳、刘京等人。在《塞上诗坛两兄弟》中，他对刘岳是这样评论的："刘岳出生于1980年，西吉人。2006年春天，只有26岁的刘岳写出了自己的代表作《西海固的水》：'一碗水从天堂运来／渴死了祖父／父亲随手递给我／我递给妹妹／妹妹呀，洗净你尘土的脸／出嫁！'诗不长，就这么几句，但却得到了远在四川的著名诗人木斧先生的高度评价。先生不但把这首诗推荐到四川的刊物上发表，还托宁夏诗人屈文焜打听作者的情况。对于十年九旱的西海固，诗人刘岳的这碗水已经超越了人对水的生理、生存的本能需求，它是一个象征性形象，超越了实像的单层意蕴，将读者引向对民族过去和未来的深沉思考，水对生命的意义被充分挖掘出来，这是刘岳的代表作。"在谈到刘京时，他说："今年26岁的刘京，还没有写出自己的代表作。不过从《同桌》这首诗里，我

觉得他有写出代表作的潜质。这首诗选择将要分别尚未分别最能表现心理情绪的瞬间进行构思，富有包孕性和神秘感，读者尽可以从各自的人生体验中去联想、去填补诗句留下的大片空白。当然，情节对诗而言如果传达出某种既是特定的又是普遍的情感和经验，就实现了它自身的美学价值。"最后，他指出："两位'80后'青年诗人都很有才华，只是刘京是一个利用手机写诗的青年诗人，而刘岳则是一个感受着来自生命的寂寞和痛楚的诗人；一个生活条件相对较好，一个生活条件异常艰苦；一个有感而发，一个不得不发；一个用情写诗，一个用命写诗。尽管我相信刘京终究会写出自己的代表作，但他目前写不出，因为他没有刘岳那种'来自生命的寂寞和痛楚'!"这种带有比较性的评论，既有对两位'80后'诗人不同诗歌特质的肯定，又有对他们各自不足之处的批评和指正，同时，也有情深意长的关爱和鼓励。作为宁夏文学界资历比较深的一名诗人和评论家，张铎的文学评论不仅助推了宁夏青年诗人和青年作家的成长，也助推了宁夏文学事业的发展。

文学评论，只有回归到评论者的自我人格之中，才能体现文学评论的价值和使命；真正的文学评论能够体现出一个评论家人格的高下和学识水平的高低。从张铎众多的评论中可以看出，他不仅为人诚实、淳朴，而且具有深厚的文学功底和扎实的文学理论知识。每次和他谈论文学，他不但对中国古代各个时期的文学现象、流派、代表诗人、作家、作品倒背如流，而且对一些不知名的，甚至我从未听说过的诗人、作家也如数家珍，能准确地说出他们的作品。对现当代诗人、作家、评论家那就更不用说了。记得有一次，他随宁夏作家代表团到江苏、山东去参加文学交流活动，在座谈会上，他对江苏和山东两个文化大省的绝大部分诗人、作家和评论家耳熟能详、了如指掌，对他们的作品信手拈来、列举点评，以至在江苏有人误以为他是江苏人，在山东又有人误以为他是山东人。由此可见，真正的评论家，不仅要晓今知古、精通国外、打破局限，而且要有博大的胸襟和开阔的视野，只有这样，才能站在比诗人、作家更高的艺术层面上，以俯视的姿态作出更为宏阔而精准的评论。

这，是张铎对自我的定位，也是他对自己文学评论的定位！

漠月《草青草黄》:小草在诉说

陈法玉

人生如草，身处社会底层者更是如此。难怪千百年来，黎民百姓总是以"草民"自比，即便是在当下，大家对出身寒微而后又在某些方面有所建树的人，仍以"草根"来加以区别或者提示。然而，现在能说是草根的，毕竟已经不再是草根了，如电影演员王宝强早已是拥有资产过亿的明星，即使是家庭生活中出现点变化也是惹得万人热议。君不见，有更多的小草，还在荒原上、路道边、屋檐下、石缝里继续经受着风催霜打、日晒雨淋。小草是卑微的，小草是坚忍的，小草是顽强的，小草同样也是伟大的，正是因为有了这些无处不在、有土就能生根的小草，大地才有了植被，社会才有了最基础的根基。

宁夏作家漠月的中篇小说《草青草黄》（《十月》2015 年第 6 期），饱含深情地诉说着小草的辛酸悲苦、爱恨情仇，读来让人怦然心动、浮想联翩。是啊，我们应该怎样以同病相怜的心态去回望我们的青春，应该怎样以惺惺相惜的情感去看待那些如今还在社会底层和命运苦苦抗争的人们，应该怎样以客观理性的思维去审视我们过往的历史？小说《草青草黄》的篇幅虽然不足四万字，但是它以质朴简约的叙事表达、酣畅淋漓的人性揭示、真实生动的牧村生活、轮廓清晰的社会历史背景，给我们提供了丰富的文学欣赏美感和广阔的理论思考空间。透过这部小说，我们看到了一个有知、有志的高考落榜生困兽犹斗般的挣扎，看到了一个小小的牧村所折射出的复杂、丑陋的人性，看到了纯真的爱情在外力的干预下黄的比野草还要快，看到了伟大而崇高的亲情才是子女最终的救赎，也看到了20世纪70年代末、80年代初祖国边疆草原牧村的社会生活状况以及独有而奇特的自然风情。

一、牧村是主人公无法挣脱的人生炼狱

《草青草黄》的故事是从良子高考落榜回乡写起的。一向被村人看好、自己也踌躇满志的良子高考落第，只得背着铺盖卷从县城吉镇回到一百公里以外的牧村家乡。由此，他噩梦般的炼狱生活开始了。这种炼狱并非说是体力上要承受多少不堪的劳苦，而是精神上所受的种种打击远比吃苦受累更让人难以忍受。

良子的精神困顿首先来自于对父母的愧疚。父母得子甚晚，且是一根独苗，在家庭经济十分困难的情况下，依然满怀希望、节衣缩食地供他读书，实指望他一朝得中，出人头地，哪知道命运不济，梦想落空。三十多年前刚恢复高考时的竞争是何等的惨烈，百分之十不到的录取率让多少寒门学子断送了美好前程。良子高考名落孙山，夜晚回家怕见乡人，面对父母无言以对，上天无路入地无门，心有不甘又无可奈何，只得拿起父亲的羊鞭子去做一个老老实实的牧民。

家是游子的归宿，亲情是儿女的支柱，父母的宽慰终能够让良子慢慢消解精神上的郁闷，而来自乡邻们的冷嘲热讽却总是让他难以释怀。他们编排种种笑话嘲弄良子，什么良子不知道山羊、骆驼下羔的年份，什么良子一个高中生连算盘也不会打，什么良子怎么也数不清自己家的羊群有多少只，什么良子的爹是"花了大价钱，买了个臊巴眼"，甚至污蔑良子连他的爹也"日哄"。乡人像看耍猴一样地看着良子和良子一家，极尽揶揄、嘲弄之能事。

最让良子深恶痛绝的是那帮幼年时的几个所谓小伙伴。他们一个个过早中断了学业，安天知命地在村里娶妻生子、放牛牧羊，却对良子都心怀恶意、心怀妒意，看到良子高考不中、落魄回乡，心里就像娶媳妇、发大财一样高兴。如果仅仅是幸灾乐祸也就罢了，关键是他们总会设置一些陷阱让良子深受其害，最恶毒的是把良子的镰刀藏起来整整一个月，让他在湖道割草时一无所获，且在回来时编造种种流言，终致良子家一冬无草喂羊，更重要的是，还让良子因此失去了秀秀的爱情。

失去秀秀虽然有这帮小伙伴的作用，但究其根源还是来自于秀秀爹的顽固不化，这也是构成良子精神炼狱的最重要部分。秀秀爹"比狼狗还要气势汹汹，白天晚上不离屋门，死守着秀秀"，让良子始终无法和秀秀见面，他嫌良子不会正经地过日子，是个货真价实的"二杆子"，并对良子放出狠话："再敢走近我家的屋，敲折你的干腿棒子。"秀秀被她爹暴打一顿躺在炕上不能动，良子又被秀秀爹严加拒绝。饱受精神折磨的良子，思来想去，最后还是无奈地选择了离开牧村，离开了这个生养自己，又给自己带来几多精神创痛的伤心之地。

二、良子的梦想为什么总会被现实击得粉碎

在这个山高皇帝远的偏僻牧村，良子对美好生活向往的梦想总是一次次地被现实击得粉碎。从小说中我们看到，他的梦想起码有三个。

良子的第一个梦想是能考上大学。限于篇幅，我们虽然看不到良子在学校是怎样的用功苦读，但我们完全可以想象他用功苦读的情景。一个懂事的孩子，一个有理想、有抱负的孩子，一个知道自己家境是如此贫寒

父母仍客服一切困难供其读书的孩子，是不会把大好时光虚度的。但是，并不是所有的努力与付出都能够得到回报，山外有山、人外有人，不管是因为当初的高考录取率太低也好，因为良子的天资不佳也好，还是因为时运不济也好，良子落榜却是不争的事实。他夜晚归家后即蒙头大睡，第二天起来头重脚轻，"眼睛肿成了羊尿泡，模样极是骇人"，以致让母亲以为他走夜路吓着了丢了魂，翻箱倒柜地找出几张麻纸焚烧给他祷告。高考失利，是良子破碎的第一个梦想。

良子的第二个梦想是期望"家庭革命"能给自己的命运带来转机。良子擅自做主，几乎把家里一年的卖羊毛、羊绒的全部收入，都用于购买风力发电机和电视机，这对他的家庭来说，不啻是一场颠覆性的革命，是一场对封建的革命，对落后的革命，对愚昧的革命，对顽固的革命。父亲对良子大动干戈，骂他是败家子，还差点对良子下了狠招。发电机和电视机在牧村横空出世，虽然使良子家暂时赢得了很多乡邻的光顾，也让"村人觉得自己和那座叫吉镇的小城的距离一下子拉近了"，但是最终却没有引起那帮小伙伴们的任何反应，"他们对良子这番处心积虑的所谓家庭革命，保持了高度的沉默，好像是集体失语了"。更重要的是，心爱的人秀秀也始终没有来看过一次电视，"这让良子感觉很遗憾，以致五味杂陈。尤其是秀秀的无动于衷，更让良子心里凉沁沁的。一段时间过去，良子的自信心又一次受到了打击。其实，良子无时无刻不想着秀秀，盼着秀秀"。良子的梦想就是想让风力发电机和电视机这几样东西，给自己挽回点面子，从先前那种强烈的失落中起死回生，重新找回自我。同时也想证明知识的力量、文化的力量，"让他们彻底改变对他的看法，对他产生由衷的佩服，包括羡慕。当然，即便是有一些忌妒，也是好的。"然而，

小伙伴们的冷对和秀秀的缺失，却让他的这场"家庭革命"的价值大打折扣，甚至毫无意义可言。

良子的第三个梦想是自己谈恋爱、找媳妇。在小城吉镇读书生活了三年，良子知道了更多的外面世界。他神往谈恋爱的浪漫、有爱情的婚姻，不期而遇地真地和秀秀走到了一起。然而，他们没有走到最后，没有走到婚姻的殿堂。村人的污蔑诽谤，秀秀爹的偏听偏信、顽固不化，最终让良子眼睁睁地看着自己的爱情像小草一样变黄枯萎。那是一段怎样短暂而又令人心醉的爱情啊：他们一起吃沙枣子、胡萝卜干和锁阳干，谈论着为什么不能去看电视的事，想象着上海黄浦江边一对一对、挤挤挨挨的谈恋爱没人管的情形……湖道割草期间一个月的朝夕相处，我们真地希望他们之间能发生些什么，这样，也让两个相爱的人至死无憾！

三、丑陋的人性是无法抗拒的软暴力

良子所在的牧村是一个名副其实的小村落，人家十几户，人口五六十。俗话说"庙小妖风大"，就是这不丁点儿大的一个小牧村，却成了良子追逐梦想的精神桎梏。伴随着良子跌宕起伏的悲剧命运，牧村人复杂丑陋的人性得以尽情演绎。

《草青草黄》的作者以批判现实主义精神，暴露了牧村人在人性上的种种丑陋。首先，他们是一群愚昧无知的人。没有机会读书或者有了机会也放弃，导致他们目光短浅，愚昧无知，思想保守，不思进取，对新生事物持怀疑和否定的态度，特别是将自由恋爱视为人间之大邪恶，导致良子和秀秀的爱情无疾而终。其次，是均贫主义严重，不患贫而患不均，见不得人家有半点好，盼人穷，望人死，容不得别人比自己强。良子没考上大学，他们是弹冠相庆，幸灾乐祸，变

着花样编排奚落，极尽讽刺挖苦之能事，以期从别人的痛苦中寻求心理上的满足和平衡。再者，热衷围观看笑话，巴不得别人闹家包子起内讧。良子搞"家庭革命"买了风力发电机、电视机引起父亲强烈不满，父子俩吵得不可开交，看热闹的人就是坐山观虎斗，直至眼看着要闹出人命才出来连拉加拽好言劝几句，并且还跷着脚等着继续看更多的热闹。还有，造谣传谣，唯恐天下不乱。湖道割草期间，良子因镰刀被人藏起不能割草而被安排去和秀秀一起做饭，回来后就谣言四起，飞短流长。

如果说一般的中老年人愚昧无知还能让人多少能够理解和接受的话，那么，一帮年轻人即良子那些所谓的儿时小伙伴的所作所为就让人感到非常震惊和愤慨了。他们对良子没考上大学已经在心理上找到平衡点了，为什么还要那般阴险歹毒地把良子的镰刀藏起，让他家的牲畜一冬天没有草吃？故意给良子和秀秀单独在一起提供机会，为什么回家后又制造出那么多的是非？

善良的读者们看到他们起先把良子的镰刀藏起来让他和秀秀一起做饭时，还以为这伙人是有意成全他们。看到后面，看到良子回来后所遭受的一切，我们才知道这是他们一步一步实施的阴谋，良子才知道这是他们一步一步实施的阴谋。这些年轻人，本该是牧村的希望和未来，为什么他们比父辈还要阴毒？人性善良的一面，难道在他们身上已经完全消解殆尽？看到这些，我们不禁为牧村的未来感到揪心，感到疼痛。

也许，让这些小伙伴们意想不到的是，他们的阴招歪打正着，恰恰成就了良子和秀秀的爱情。秀秀之所以不像村里其他的姑娘一样早早地结婚成家，冥冥中可能就是在等良子这样的人。良子本来就和秀秀青梅竹马，多年后再遇到一见倾心，这一下有一个月的时间单独在一起，岂不也是一件绝好的

美事？虽然他们后来有来自秀秀爹水泼不透、针插不进的阻力，但他们终归在一起过了。这样看起来，他们这次设下的陷阱，良子掉下去也是值了。

四、良子命运的若干种可能性

小说《草青草黄》的结尾部分意蕴深厚，耐人寻味。

深秋。
沉寂的夜，清凉的夜，冷冰冰的夜。
一家三口彻夜未眠，一边包饺子，一边嘁嘁嚷嚷地说了许多话，还夹杂着娘断断续续的抽泣。
天快要亮了，良子也吃罢了饺子。
良子说，我该上路了。
屋门吱呀一声开了。
从屋里走出来了良子。屋门又吱呀一声关上了。良子没有回头。良子能够感觉出来，爹娘那沧桑的目光早已经穿透薄薄的陈年的墙壁，满含忧伤和悲戚地落在他的脊背上。爹娘的目光尽管沧桑，却也像刀子，柔软的刀子。良子身背他在城里上学时用过的一卷铺盖和一个书包。良子要去的地方，正是他上了十几年学的那个叫吉镇的小城，那个熟悉而陌生的小城。他要离开爹娘，离开秀秀，离开小小的牧村，到那个叫吉镇的小城打工去，用自己的汗水和血水一边养活自己，一边治疗情感的创伤。
良子经过寡妇许金花和光棍田大的坟头时，天际正好露出了鱼肚白。良子突然停下脚步，站在两座孤坟之间，默默地注视许久。坟头上枯草凄凄。此时此刻，看着这两座孤坟，良子究竟想了些什么，只有他自己知道……

这就是《草青草黄》的结尾部分。在这

段简短的文字中，我们可以了解这样几种信息：深秋的一个拂晓，良子被迫离开了牧村。他带着铺盖卷和书包，要去往吉镇。他此行的目的是去那里打工。他经过寡妇许金花和光棍田大的坟头时，在那里默默地注视了许久，想了些什么。

良子此次离家，是辛酸的、悲壮的。从高考落榜回来，不到百余日的时间，就发生了那么多让他心力交瘁的事情。"家庭革命"没有得到自己预期的反响，心爱的秀秀最终没能回到自己的身边，遭到小伙伴们肆无忌惮的暗算，花光了家里一年的积蓄买了那些没用的电视机，家里的羊群没有干草不知如何才能熬过这个冬天……他近乎绝望地要离开。恩慈的父母永远是儿子的支柱，他们是理解儿子的选择的，要不也不会一夜不眠包饺子给他送行。没文化的父亲虽然有时粗鲁甚至是来点暴力，但是爱子的心肠有目共睹。他们，又能给自己最心疼的儿子做些什么呢？

良子离开了。

小说至此虽然没有交代主人公良子的命运走向，甚至连良子在经过寡妇许金花和光棍田大的坟头时想了些什么也没有告诉我们，但是读者是能够理解其中的潜台词的：自己与秀秀之间，将来会不会也是这样，也是这样相对而立的两座孤坟？

小说给读者留下了足够的想象空间，让大家一起去为良子设计今后的命运。笔者认为，今后良子的命运有以下几种可能性：

其一，良子凭其厚道的为人和较好的学识修养，打工期间很快就得到了工头或者老板的认可，对其另眼相看。不几年后，良子手里有了钱，在牧村盖起了最高、最漂亮的楼房，买了更好的汽油发电机、彩色电视机，娶了心爱的秀秀当媳妇，村里人对良子一家再不是从前的态度，而是羡慕、敬重，甚至有点讨好。

其二，良子在吉镇边打工边学习，第二年再次参加高考金榜题名，实现了上大学的夙愿。上学前夕与秀秀订了婚，两地相守，不改旧情。

其三，良子大学毕业后在县（旗）里或者乡里当上了干部，衣锦还乡，受到了全村人的尊重。良子指导村里搞好生产，发展经济，使牧村有了一个更好的前景。还有其四、其五……

当然，设计小说结尾以及人物的命运走向是作者的事情，或许是作家另一个小说创作的题材。但是，随着读者对小说人物的逐步进入，他们就会自觉不自觉地主动越俎代庖起来。从这一点上看，这也是作品成功的一个表现。

五、边壤牧村的历史存照

漠月在《草青草黄》这部中篇小说中，不仅给我们塑造了一个忍辱负重而又自强不息的落榜青年形象，而且还给我们提供了一个认识草原牧村、一个在改革开放初期这样特定的社会历史环境下的草原牧村的文学文本。小说所描写的牧村社会生活以及地方风土人情，给我们留下了深刻的印象。

在小说中，我们了解了三十多年前边壤牧村的社会生产力发展状况，虽然还没有像内地农耕地区一样实行大包干，但其情景也类似于已经是实行大包干了。一家一户牧牛放羊，唯一的一块十多亩的耕地仅限于种植一些瓜果蔬菜。一年一次的湖道大割草，也是一家一个人多割多得。家庭经济收入的来源，主要靠养羊放牧，卖羊毛、卖羊绒。总体上处于比较贫困的状态，但生活还能过得去，因为"汉子们在秋天提着烧酒瓶子"还能挨家挨户地乱串，常常是到谁家吃谁家，醉了就睡谁家。肚子里有几滴墨水的不安分的年轻人，也开始外出打工了。

在小说中，我们看到了北疆草原不同寻常的自然风光。每逢夏天，"一道道沙梁上空气干燥，不断蒸腾的热浪将沙梁搅得起伏不定、摇摇晃晃，经常出现所谓的海市蜃楼"。秋天，贺兰山那边飘过来的云朵形成积雨云，就会给草原带来一场或大或小的雨，让这里草盛羊肥。这里有雁在天上飞，有鹰在空中旋。这里还有一种叫"霸王"的植物，介于草木之间，结的果实像铃铛一样响。秋天最美的，当然是沙漠湖道里的草了，那些芦苇"有点雨水就不遗余力地生长"，养活着牧村的牛羊，也养活着牧村的人们。

十几户人家、五六十口人在一个小牧村里生活，虽然平时很少来往，甚至互怀戒心或者敌意、不容别人过得比自己强，但也还是有一些乡俗民风是值得认可的。比如一到秋天，汉子们就走家串户地喝酒，喝醉了就睡在那里直至醒来。良子就是因为第一次这样喝酒醉倒在秀秀家而再次与其遇见的。

小说中关于山坡放羊、湖道割草等劳动场景的描写也非常生动、鲜活，让人有身临其境之感，这得益于作家深厚的生活积累和过硬的文学功力。比如山坡放羊："羊白，人黑，对比分明。到了草滩上，羊低头吃草，缓缓地蠕动，是一朵云；人端坐在草滩上，半天不动一下，是一颗石头。"再比如湖道割草："一旦开了镰，打草的人便保持着少有的冷静和沉默，心照不宣地展开了竞争。阳光下，十几把镰刀深深地扎进草丛，再张扬地挥舞起来，就刺眼地闪闪烁烁，星光垂落了一般。草被烫疼了那样纷纷躲避着镰刀，躲避不及的草只能俯首听命，就在滚烫的镰刀下沦陷了，倒伏了。像挨宰的羔羊一样，这就是草的命运，在这样的秋天里终其一生。"文学的美感扑面而来，目不暇接。

中国改革开放几十年来，广大农村、牧区已经发生了翻天覆地的变化。如果从社会学、伦理学意义上考察《草青草黄》这部小说，就是要提醒人们要注重社会公德、个人品德建设，在今天就是要用社会主义核心价值观来引导，不断提高人们的思想素质和道德水准。社会主义新农村建设在发展经济、提高生活水平的同时，更重要的还是要推进农村社会的文明和谐。《草青草黄》也以文学的形式，给我们提供了这方面的警示意义。

王西平诗歌：丰富与复杂的多重意象

赵炳鑫

　　染指文学批评是近两年的事情。出于对某些文章的偏爱和欣赏，写一些感性的文字。法国著名批评家阿尔贝·蒂博代把文学批评划分为三种视界，即自发的批评、职业的批评和大师的批评。自发的批评，也就是当日批评。当然，这样的批评与职业批评和大师批评本身就存在分野。蒂博代说的自发批评，也就是这种批评"可能由于来不及深入地思考而犯有某种偏颇和疏漏，但是他必有直接的，还不曾冷下来的感受，他也会有产生两个灵魂初次相遇的，但经受不住左顾右盼的考验的理解……他只需立足于现在，自由地，不怀成见的，满腔热情地关注当代人们的生活、劳动和斗争以及为他们写的书，而不必为了具有那个被人弄得莫名其妙的现代意识而失了个人的自我意识，因为，'现代的'并非嘴上挂着并且希望别人将其看做'现代的'那些人。"

　　正是出于"还不曾冷下来的感受"，以及"两个灵魂初次相遇的，但经受不住左顾右盼的考验的理解"，凭着自己的自我意识，写一些批评的文字，我以为这种自发的当日批评，可能更接近于批评的本质，能言及本意，说出一些真话。

　　为什么当今的文学批评屡屡遭人诟病？当然，在这个消费社会，文学批评无可避免地受到物质主义和功利主义的影响不无关系，但另一方面，是否与我们的批评家把文学批评当成"职业"有关。前几天我参加了一个小说研讨会，本地一所高校的硕士研究生导师带着十几个研究生参会。他的发言全是一些后现代批评术语的堆集，云遮雾罩，不知所云，大多与会者反映说是听不懂，而他们自我标榜的是"学院派批评"。有一位著名的批评家在一篇小文中感叹："自从我把读诗当成了'职业'，为了赶各种会议的发言，读诗在我这里逐渐变成了一件匆忙的'工作'，总是'草草'，正是不求甚解，为了节省时间，我总是'浅尝辄止'，舍不得花慢工夫，这是非常无奈的'职业病'。"这位批评家的话可以说是带有普遍性，也反映了普遍浮躁的社会，我们的批评家也未能幸免地被卷入其中。

在诸多的文学作品中，我以为诗是最难读的一种文体，当然，也是最耐读的，诗确实需要文本的细读，需要慢慢地品，品然后悟，悟然后得，这应该是读诗的态度。

自己一直保持着对现代诗的阅读习惯。案头总有一两本比较好的诗集，随手翻翻，特别是当你在工作之余的闲暇时间，读上那么两首清闲隽永的小诗，那种感觉很美好。但这几年出的一些诗，有些真的让人不忍卒读。究其原因有三，一是受物质和功利主义的影响，对诗歌语言怀有敬畏之心的严肃诗人少了。二是有一些诗人对诗歌话语的理解和运用，误入歧途，写出的诗要么白如开水，索然无味；要么云遮雾罩，不知所云。有些可能连作者自己都搞不明白写的什么，读者就更遑论明白了。三是在这个消费社会，有一些诗人以为写诗是最易的事，最易操作，最易出名，纷纷挤了进来，打开现在的网络文学博客，你就能感受得到，诗人的诗作几乎占了一半多。但有多少是真正意义上的诗，不好说。

遭遇王西平的诗，是今年二月份的事。有一天，我无意间点开了他的博客，看到了他发表于《青年文学》上的一组散文诗，让我眼前一亮，抑制不住地惊喜。随后我就拨通了他的电话，谈了自己的感受，我说：

"从你的这组散文诗中，我看到了你的潜质，踏实地走自己的路，你会有大的成就。"这些话犹在耳旁，就传来了他获第二十届柔刚诗歌奖年度新人奖的好消息，印证了我此前的看法。

在普遍的对诗歌取游戏态度的颓势中，读王西平的诗，让我看到了年轻一代诗人中一些人的坚守，对诗歌的诚意和孜孜不倦的追求，也同时让我看到了好诗依然存在。

在我的记忆中，作为"80后"的王西平，一直忙于办报工作，他的职业身份是敬业的报人，业余以写文学评论为主，写诗是近两年的事。但不管是办报、搞文学批评还是写诗，他在忙碌之余，一直坚持着自己的阅读积累，正因为如此，在他身上，我看到了较为深厚的人文修养，宽大的文学视野，以及对世事人生和文学的深透感知。特别是西方后现代主义文学对他的影响可谓深远，因此，他的诗风内敛，诗感细腻，语言简洁节制，呈现出一种内在的异质性和尖锐的场面化气质。

王西平的诗歌创作，是以他深刻的思想和敏锐的感觉为基点的。他的诗作立足于挖掘日常生活表象背后的存在，人的非理性状态，暧昧生存的荒谬，以及作为主体的人与世界的尖锐对立。他以一位旁观者冷静、从容之态，观照现实世界的纷纭驳杂，以变形、隐喻、转义等修辞幻象，构建起了自己的诗意世界。他的诗歌修辞因为与抽象、心灵意义上的主题相契合，形成了他独特的诗歌艺术世界。

人世驳杂，心灵隐秘，存在纠葛，生存荒谬，渴望诗意的生活……这一切都成为了他诗歌所涉及的重要题材。他有一颗敏锐的诗心，他面对日常生活，能从中超拔出来，去思考，去发现，用诗歌的方式，建立自己的精神彼岸。

他偏安于北方的这座小城，在繁忙的工

作之余，以一种"审视"的姿态，俯瞰着喧嚣的城市，坚执地抗拒着这个意义解构的时代。我们知道，在这个诗意消失的时代，指望诗人的创作对此有所改变并不现实，但对作者来说，因为创作，他的人生的走向会因此而发生潜在意义上的改变。我们看到，王西平的诗歌世界是饱满的，是具有生命力的艺术世界。

诗评家程光炜说："在现代社会，诗歌和哲学一样都是最接近于存在主义的状态，因为他们都直视现实和直视人的内心。这种诗化的精神状态一旦拥有，它们就一刻也不得安息，一刻也不愿意原谅自己的苟且处境。"于是我们看到了王西平以"他者"的名义写就的《零度抒情。或冷抒情》（组章），看到了他的大型系列组诗《所谓书》。

《零度抒情。或冷抒情》（组章）以散文诗刊发，其实我更倾向于诗的命名，因为它有诗的意象、诗的结构、诗的语言，更为重要的是它有诗的深刻。王西平以触目惊心的诗歌讲述方式，完全压灭了我过去的疏忽。《零度抒情。或冷抒情》（组章）所具有的现代性、自主性和现场感，在一幕幕蒙太奇式魔幻般的场景中，展示了现代人的存在真相，揭示了在这个物质主义泛滥，消费主义控制人的思维的当下，人被异化的命运和荒诞的存在，表现出了尖锐的问题意识和批判锋芒。这个组章共有十七节，每一节都是一幅场景，都是一个"貌似超现实世界的故事"，这些"熟悉而又陌生的生命，在场的现实零散片段"，具有强烈的荒诞意味，但却又是真实可信的。即"这些事情并不在现实的背后，而是在现实当中。"如《一场谋杀案》所展示的就是这样一个立体的现实图景：一个为了钱而被雇佣的冷血杀手、卧室、婴儿的哭声、死者搂着一个性别相反的人睡觉、肢解（割掉生殖器）。作者冷静地展示这个场面的意义何在？在这个故事的背后，隐藏着多少不为人知的阴谋，利益的掠夺，还是情仇？这个时代人性的暧昧，值得人们深思。《外省》一节中所描写的图景是由"白"变"黑"的图景。"我拆掉栅栏"进入外省，而外省是没有命名的，在没有命名的外省里，"闲散人渐渐登场"，包括马、骡子、牛、羊次第而来，"它们代表不同的耕地"，外省的"白"，将随着外省人的流逝，慢慢变"黑"。隐喻传统的农耕文明的丧失，外省就是一个逐渐被异化了的现实图景。"更远处，是外省的边缘"，我本来想逃离外省，然而，过了外省，还是外省。诗人把现代人精神囿于无处可逃的宿命，通过这样一个创设的独特场景，表达得恰到好处。再比如《与友人书》，有点穿越的味道。穿越与幻境，结构一幅生动的场景。这个场景里有茶、有武士、有仕女、有乐器、有筵席，这个场景让我想起了张艺谋执导的某个武侠电影的场面，想起了我国历史上最为昌隆的一个朝代，一段历史的斑驳阴影。这究竟是一本什么书？"书中一个人杀死了另一个人"，"诗人的天职是返乡"（海德格尔语）要回家了，家又在那里？

我们所处的这个时代，用批评家郑润良先生的话，从客观因素来说，这是一个在道德上令人无所适从的时代，这是时代的暧昧；从主观因素来说，"灵魂像斑驳的迷彩"，大多数人都有着种种阴暗自私不为人知的心灵暗流，这是心灵的暧昧，它们共同构成了这个时代的生存暧昧。文学的首要功能是如实描绘这种生存的暧昧之处。而王西平以敏锐的诗心领会了这个时代的暧昧之处，用诗歌这种特有的方式写出了这个时代的暧昧和人的生存暧昧，揭示了这个时代的核心秘密。

王西平的诗歌的主题主要在于观照人的存在、人的心灵、生命的价值及意义。他着眼于当下这个特殊的时代——消费时代，人的精神性存在被消解，偶像（上帝）的丧失，在物欲横流，自我膨胀的时代，人活着究竟有什么价值，意义何在？人是一个建构意义的动物，意义感的丧失让当代人感到活着的不确定与虚无。人如何在物欲的追逐中走向死亡，人如何在失去象征和意义的世界里安顿自己，以怎样的心胸来面对这个迷茫的世界，爱情会变成什么样？"良知的回声为想要回家者所闻见。"（海德格尔语）王西平以诗意美学来拯救失魂落魄的人们，因此，透过他的诗，让我们看到了一颗悲悯之心，也让我们想起了许多有成就的诗人的共同之处。

从王西平的组诗《所谓书》的命名来看，本身就构成了质疑与隐性批判的因素。正如给他的授奖词所说的那样："他把变化的时代场景通过密集混杂的修辞游戏重新组织成充满反讽、悖谬和歧义的多维语义场，在那些晦涩、尖新的隐喻以及参差错落的长短句之后，隐匿着的是诗人强大的控制力。"他敏锐地观察到了我们生存的这个世界，已经成为一个失去象征的日常世界，他的诗具备了把细节隐喻化的能力，在他独特的观察中，一个事物，一个场景，甚至一个细节，在他笔下，就会形成一个时代性隐喻，并通过这个隐喻，把某个事物、场景或细节主题化。诗人正是在这种去象征化的语境中，把自己对事物、场景、细节的观察，置于某种潜在的结构性之中，使这种事物、场景和细节具有了时代的寓意，从而使他的诗获得了后现代寓意的特质，从而在更深的意义上，表现诗的主题。例如，他的《所谓游山记》："你不能控制那些奔跑的山石／只能控制情绪，沿山梯而上／越往高处／越宽。如若登顶融入水墨／你与任何一种事物浓得化不开，每一种鸣叫／不留痕迹／草木快速流逝，不同颜色轮流装扮季节／四海游人重复观赏／牛伏山均抱病恭迎。还好／你

是诗人，并渐渐老去／词语愈加苍白，落笔即成流风／即使如此，你一路撞见鬼斧／或瞬息化为万物之魂，越牛伏山／望金秋千年栈道，满目银杏／旧商客废弃的盐味，更加浓郁四逸／山下人打牛归田／——这便是南阳／你看见的风景正在滋生／看不见的风景悄然烂去"。诗中的主要事物"鸟的鸣叫""草木的荣枯"等，在革命象征主义的语境里，曾经是自然主义者世界里的经验美学，人回归自然，进入诗意的自然境界，人在这样的环境里，就会回归"诗意的栖居"，就会幸福、自由、快乐。而在后工业或市场经济的时代，"鸟的鸣叫"已经无法唤醒人们那个被欲望磨钝了的感觉神经，这种寓意已经被去象征化了。王西平感到了这种寓意的消失，特别是在一些游客的审美世界里，这些已经不复存在。"当传统的象征主义衰退，象征主义的思维模式解体，事物之间的差异就会缩小甚至消失，而事物之间的寓意对比也在日益模糊，意义变得暧昧不清，这意味着人们赖以言说的语义基础在悄悄改变。在语言的意义层面上，这正是我们面临的虚无主义感受得以滋生的一个语言学的根据。"我们看下面的诗句："你一路撞见鬼斧／或瞬息化为万物之魂，越牛伏山／望金秋千年栈道，满目银杏／旧商客废弃的盐味，更加浓郁四逸／山下人打牛归田／——这便是南阳"。诗人借"鬼斧"穿越，欲回到那个"理想诗意"的世界，但终究是"你看见的风景正在滋生／看不见的风景悄然烂去"，"看见的风景"是人造的"风景"，在更深的层面上，何尝不是指涉这个异化的世界，而"看不见的风景"，何尝不是诗人怀恋的已经消失了的理想诗意的世界。在这个精神解构的时代，人造的假景观正在迅速泛滥，真正自然的风景却在消失，人心中的"风景"在烂去。

再如《所谓人的一生》，"终于，童声

抗议幕布太黑／天空退缩在镜中，许多人陆续散开／冰块攥在穷人的手心／星星，紧密而又多么耀目／记忆是一条什么样的绳子／白色的，穿越中叹息／一点一点，伸进苹果制作的弹簧深处／你触到了失散多年的甜／再退回枝头／一把摇曳中的玩具手枪，将一张稚嫩的脸／移交给肖像。陈年／四周散发出草药的黑白味道，木质的幼火／焊住了黄金门栓／你在黑暗的蜂箱里／拨转着循环之水……人的一生啊／充满了少量的玄机／和大多数的失败"。在这首诗里，诗人通过几个意象明确的词：童声、星星、玩具手枪、草药、黑暗的蜂箱等，构建了人的一生。"将一张稚嫩的脸""移交给肖像"，"充满少量的玄机""和大多数的失败"。人的一生，就此画上了句号。

《所谓书》的意象是丰盈的。在事物的自然秩序中呈现或者描写物，对于王西平同样重要。它物给诗人带来神秘的感受，不是它物自身的力量，而是它物的存在与出现所唤起的个人意识与它物之间的交流与呼应，正如王西平自己所说："如果你认为一首诗中，唯有'你''我''他'是主体，那么，其他事物呢，树，石子，马匹，流水……在它们的认知体系里，均有各自的主导世界存在。如果你没有进入到诗歌的语境，你永远不知道它们在思考什么。"比如《所谓出行》中，自然的事物与诗人的内在感受性之间形成一种对等的关系。诗人的语言表达完全被祛除了浪漫因素，感受主体在清醒的描述话语中，呈现变化的时代场景。从直接裸露诗歌现实的语词空间看，荒原风沙、蝴蝶的疾走、暴雨发作、蛙语混乱，"我欣赏那虎狼咬紧的关口"，花花男女，改乘骆驼行进。我们仿佛看到了来自城市的人群，进入了一个自然因素俱足的乡村，风雨禾田、草木鸟鸣，农人忙碌耕耘播种。此时出行的诗人要停下来，不为别的，只是为了"注视行人中的诗人成分"。表达了诗人对乡村诗意的眷恋和对诗意生存的向往，"出行"的主旨就此建立。

读王西平的诗，确实是对读者耐心的考验，他的诗具有西方后现代诗的显著特点，诗中那些晦涩、尖新的隐喻，特别是通过密集混杂的修辞游戏重新编织成的充满反讽、悖谬和歧义的多维语义场，如果不用心去品，去感受他诗中所呈现的意象和精神意义，你将会迷失其间，无所适从。

读王西平的诗，还让我思考这样一个问题，诗歌怎样进入当下，怎样确立一种现实感？即叶芝所说的："怎样抵达现实的荒野？"怎样进入存在更本质的层面？王西平的诗在更高的层面上具有哲学的意味，他是将哲思与诗意结合得比较好的一个诗人，因此，他的诗具有一种精神上的反思和形而上的向度，这是当代好多诗人所缺乏的。年轻的王西平，我们有理由期待他更加成熟的诗风和更深刻的思考。

陈勇《盛开的花朵》：爱与恨之间的苍凉风景

常惠琴

喜闻陈勇的小说《盛开的花朵》在《小说选刊》第二届全国小说笔会征文中荣获短篇小说二等奖，细细品读，慢慢体味，不由得有很多话要说。

《盛开的花朵》获全国大奖当之无愧。这是一篇抨击环境污染的小说。男人和女人恩爱有加，男人进城到丽云化工厂打工，女人在家种田并照顾瘫痪的婆婆。女人日思夜盼，盼望丈夫归来。盼到过年，男人没回来，要留下每天挣双份工资，说明年再干一年，家里的债就差不多还清了。婆婆病故，男人说立马就回来。可过了一夜又说不回来了，人都埋了，回去也见不上了，来回的路费加上耽搁的日子，钱就扔掉不少。年关又到了，总算把男人盼回家。可是，男人给母亲遗像磕了头烧了香，喝下一杯酒，吃了两口菜，就昏昏沉沉睡死了。男人变成了性无能，女人断定他在外有艳遇，一气之下跑回娘家。七天后回来，男人早已死亡。原来，丽云化工厂不顾厂内环境严重污染，让工人在有毒气体下超时工作，已死亡十余人。

作家陈勇在小说文本中娓娓道来的叙述与描写的铺设中，满怀深情地俯身向下，贴近百姓生活，贴近与世俗众生血肉相连的苍茫村野；又仰面向上，用崇敬的双眼，仰视女人的人格魅力，赞美男人的美好品德，向我们展示出爱与恨之间一道苍凉的风景，展示出一个优秀作家宁静、柔软、温暖而娴熟的叙述力量。这是他三十多年五百多万字文学创作的磨砺所创造的化蛹为蝶的艺术境界，这是用三十多年的宝贵生命炼就的厚实凝重的文学艺术功底。

贾平凹曾说："有了事实，事实就没有意义，有肉无骨，撑不起来。但是只有事实没有看法的作品是不好的。"陈勇是个思想者，他的小说《盛开的花朵》渗透着对人类、人性、命运、生存环境等方面的独特思考。他用现实批判主义手法，给我们揭示了一些企业一味地追求经济利益而摧残人的宝贵生命的重大现实问题。这些社会问题在新闻报道中屡见不鲜，但这样的社会现实怎样进入小说，如何成为艺术表现对象，是一个作家值得思考的问题。陈勇以敏锐的社会洞察力，深切地关注社会弱势群体，把悲天悯人的胸怀倾注于笔端，为我们塑造了一个淳朴善良、尽职尽责、勤勤恳恳、老实憨厚、不懂环保而惨死于有毒气体工作环境中的男人形象，令人同情，叫人心酸，催人泪下。男人的悲惨命运，正是对我们当今社会现实的强有力批判。而环境污染问题也就成为长在这个时代生活中的一颗毒瘤，向我们昭示着这个时代本身的荒谬、势利、无情、贪婪，甚至是罪恶。

是的，我们要推动工业化进程发展经济，目的是强国富民。但是，如果以环境污染为代价，那么工业化发展不但影响制约着经济的增长，而且变成了伤民害民的人为灾祸，国家能富强起来吗？改革开放以来，中国东南沿海地区电子、家电等轻工业的快速激增，促使内陆的重化工、能源等行业出现新一轮的发展。但是，与此同时，废气、废水、废渣"三废"的排放量也大大增加。环境保护投入的严重不足或者止步不前，导致了国内自然环境短短几年内急剧恶化。"三废"对环境的污染严重地损害着国民的健康，肺、胃、肝、胆等脏器的恶性肿瘤及血癌、乳腺癌等发病率、死亡率都在上升，而且年龄呈下降趋势；新生儿畸形、不孕不育症威胁着人口的质量和民族的繁衍。要命的是环保知识的盲点，使很多的老百姓对这些浑然不知，就像小说中的男人明知"气味熏人"，又坚信"熏也熏不死"，而女人面对男人变成一堆烂肉，也丝毫没有想到与熏人的气味有关，直到在电视里看到丽云化工厂老板关仁清被捕的报道时，才恍然大悟。倘若这颗污染环境的毒瘤不除，那么，我们这个社会将走向何方？会不会也像陈勇小说中这个男人一样变成一堆烂肉？也像陈勇小说中的女人一样神经错乱？陈勇的小说《盛开的花朵》中男人与女人的故事，很有象征意义，很耐人寻味。

而小说在"补记"中的叙述，在巧妙地交代男人真正死因的同时，又满怀希望地为我们甩出一个灿烂的亮点：丽云化工厂黑心老板关仁清，日前已被批准逮捕。巧妙地向我们昭示：我们这个社会不会变成一堆烂肉，因为我们正在治理环境污染，惩治邪恶，向社会毒瘤开刀手术，尽管这治理的确滞后。这又是作家在洞悉当今社会错误的同时，决意要以诚挚之心温暖人世，并且照亮大地的慈悲心肠。这不是一味地批判，这是批判中的讴歌。就像史铁生的《我与地坛》、石舒清的《清水里的刀子》，怀着一种对世界的乐观态度，对一切事物理解之后的超然。美国作家福克纳曾经说过："即使听到末日丧钟敲响，也要对生命心怀敬意并保持尊重，永远坚守希望。"我们的作家如果不能穿越被毒气污染的迷雾，看到人类清醒的头脑和改正错误的信心；我们的作家如果不能悲天悯人，用厚实的胸怀去抚慰因缺水而干裂的土地，用充满爱意的吟唱去鼓舞人心和呼唤曙光，而只是像某些作家那样去揭露社会阴暗面，怒发冲冠地去骂大街，写来写去，不但连作家自己也悲观厌世，而且还会使读者尤其是青少年对这个社会失去信心。那么，文学创作的价值何在？文学创作的前景岂不叫人担忧！

陈勇的短篇小说《盛开的花朵》构思的巧妙也令人折服，采用拉抽屉式，小说情节的发展即呈现"无、无、无—有"的态势，又呈现"有、有、有—无"的态势。

就男人回家的情节发展来说，是"无、无、无—有"的态势：男人外出打工，头一年过年没回来；母亲死了，没回来；又一年年关，终于回来了。这种结构应该是塑造人物的需要。男人女人非常相爱，这在开头二人的难舍难分中已做了铺垫，在女人受到春胜性骚扰、性诱惑时的拒绝情节中又一次做了铺垫。其实男人很想回家与女人团聚，在头一年过年前夕，婆婆病故后，男人都决定要回家。但为了挣钱省钱还债，迫不得已忍痛割爱。年关又到了，男人终于回来了，却永远地离开了心爱的女人。小说为我们塑造的男人形象是立体的、鲜活的、有血有肉的。这么一个淳朴善良、尽职尽责、勤勤恳恳、老实憨厚的人，却惨遭如此厄运。悲剧往往更能打动人，更有力量，男人这料想不到而又在情理之中的悲惨命运，怎能不唤起人们的幡然悔悟？

就女人对男人态度的转变来说，小说《盛开的花朵》其结构又呈现"有、有、有—无"的态势。男人头一年未归，女人相信是为了多挣钱；婆婆死了埋了，男人又未归，女人相信男人是为了省钱；又到过年，男人归来后的昏睡和性无能及化作烂肉，把女人对他的信任击得粉碎。一个女人善良、忠贞、温柔、贤惠、坚毅、敏感而又果决的形象就立在我们面前。而男人的命运岂止悲惨和不幸，可怜和可叹。

这怨谁？怨女人也不怨女人，怨春胜也不怨春胜。不错，收玉米时，春胜说过，男人进城后有俩钱就嫖女人，城里流行艾滋病，得病后会烂肉，直烂到死。那个时候，女人并不相信男人会变。可是当她面对男人

的性无能，面对那堆烂肉，她又不能不信。正是女人对男人的不信任，在狠心地把男人的尸体把房子烧成灰后，又无情地害惨了女人自己。

这怨谁？改革开放后，中国人在拼命挣钱奔小康的同时，也像疯了一样解放了一回自己。春胜的话并非空穴来风，女人的怀疑也不是无事生非。是什么东西冤枉了男人迫害了女人？女人的歪倒又象征着什么？都不言而喻。一对多么恩爱的夫妻，到头来落得如此下场，岂止悲惨和不幸。

陈勇的小说《盛开的花朵》中，女人对男人情感的变化，作家是否又把批判的矛头直指当今社会的人际关系变化？在当今社会，人与人之间的关系由相互信任、你帮我助，向着相互猜忌、你争我夺、明争暗斗转化。这种转化，在官场竞争中、在市场拼搏中比比皆是，已经让人非常心寒和悲哀。这种转化倘若延伸到亲人之间，尤其是夫妻之间，就不能不让人不寒而栗。君不见，为了争夺遗产继承权，兄弟、姐妹、父子、母子反目成仇对簿公堂，甚至雇凶杀人，或者就因为父母管束太紧无暇玩耍，竟丧心病狂地向父母举起屠刀。

小说结尾处，陈勇把女人心情的变化写得惟妙惟肖，入情入理——女人想起春胜的话，先开始怀疑男人嫖了风，后又怀疑得了艾滋病，由大吼大哭变为丢魂落魄，又变为吸口气定定神，再变为没有悲伤，只有痛恨，彻骨的恨。结尾还非常含蓄，这女人哎呀想哭叫一声却再没哭出声来，头一歪倒在沙发上。这给读者留下无尽的遐想空间：在读者与女人一起撕心裂肺地懊悔、惋惜、痛恨、愤慨的同时，还不由得不想：这女人晕过去了？能不能醒过来？这女人死了，是谁夺去了她宝贵的生命？

综上所述，一篇短篇小说，构思如此之巧妙空灵，内涵如此之深刻多元、如此之厚

重博大，堪称以小见大的上乘之作。不但足以见得陈勇写作功底的厚实与娴熟，而且也足以见得一个作家高尚的人文精神。陈勇把批判的矛头直接指向当代社会的毒瘤——环境的污染、婚外情的泛滥、人心的隔膜，对当代社会急功近利甚至利益至上的价值观提出强烈质疑。评论家谢有顺说："一切的写作者，都要清醒起来，重新找回自己的使命和精神立场。我们没有义务为粗俗而无关紧要的事物卖命。我们要放弃那些低俗的感受，颓废的经验，做作的文风，从而坚持为人类普遍的人性、心灵、正义、爱，由苦难而致的绝望、匮乏、拯救等永恒命题的思索，哪怕是不成熟的思索。"当我们被小说主人公男人的悲惨命运而震惊着、激愤着、悲哀着、反省着的时候，我们肯定也感受到了一个作家的社会责任感和担当意识。陈勇借这篇小说，在五千多字的记叙描写中，所表达的是作家对人类生命的深切同情和真挚的关怀，是唤醒人们的良知，尽快切除社会毒瘤的真切愿望和菩萨心肠，可以沿用鲁迅先生的论断——铁肩担道义。

白远志《在村街上》：
乡村众生善良本性的异变显现

赵金勇

　　白远志的小说《在村街上》(《朔方》2014年第12期)，以撼动人心的细节陈述力量，冷静的叙述，通过"我"的眼睛原生态地揭示了村民炼狱般的肉体到精神的种种灾难，使人进入一种罕见的历史现场感，勾画出时代氛围和普遍的乡村心理，为我们展示出乡村心灵扭曲的历史与现实。作者用一种自言自语、似癫似狂、时悲时喜、喋喋不休的发泄性语言，用大量的进入"我"眼中的时常发生却又显得怪异的场景细节，把一幅原生态的农民生活景象，偏执而郑重地端放在我们眼前，使人惊异，使人感动，使人痛苦，也使人沉睡于心灵深处的一些东西慢慢苏醒。同时，我们又真切地感受到，作家并非是报复性的愤懑宣泄，在他的内心深处，满怀着对美好生活的期待以及不能实现的愤激，他笔下的那些普普通通的乡民，其实在本质上都是朴实善良的，只是在对现实的疑惑和无法适应下，在生活的重压和挤兑下，人性的原质却以异变的怪异的形式显现出来。

　　小说《在村街上》，通过村民生活的琐碎描述，细心地把历史的碎片整合成小说的叙述语流，汇合成强大的叙事力量，以揭示出历史、现实的不公正和这种不公正的延续，以及人们对这种不公正理所当然的承受和司空见惯的漠视。而"我"却是这种不公正的决然反抗者，虽然遍体鳞伤，被旁人误会，被体制放逐，然而，人们也正是在"我"的身上才看到了暮气沉沉中的一缕光亮，为沉重的乡村抹上了些许诗意。对贫困落后、愚昧的抗议和逃离，也就成了"我"强大的意志力量。小说中的"我"是一个村街上的流浪者。"我"的人生进取充满了反抗与收编的双重矛盾和悲剧，显示出深层次的无奈。花丫一直是"我"暗暗恋着的人，"我"与花丫之间的爱情未果，暴露出"我"内心深处乡村心灵的虚弱。在极端的环境里，人离不开幻想，离开了幻想就很难活下去，但又离不开现实，幻想与现实常常折磨着"我"。在极其艰难的环境中，"我"依然对爱情、前途充满幻想，但这又往往会被人视为疯子、傻子、狂人。恰恰又是这种种幻想，使"我"获得了在贫困中生存的力量，有了坚守的挣扎、力量和勇气。"我"就是这样一个"狂人"，一个与世俗对抗的疯子，一个恣意妄为的激进反叛者，既有道德义愤，也有思想的自觉。对尊严的追求使"我"百折不挠，直面苦难、抵抗邪恶、追求真理的力量源泉。正是通过人生道路的艰难，"反映了人性的善良与伟大，同时，也衬托出随着发展进步必然带来的人性的自私、虚伪和丑陋，越发显示出农民心中的屈辱和隐痛，对乡土的矛盾心态、现实的出走与精神的还乡始终缠绕着他们。显示了农民对自己身份确认的艰难和暧昧态度。像花丫这样有一定文化程度的农村妇女，在骨子里已不再属于乡村，这是一种女性自我意识的复归。正是花丫与"我"的短暂且充满悲情的爱，打破了乡村原来的秩序，从此乡村不再古老与宁静。

白远志的创作始终都没有离开过自己的家乡，他时刻关注、审视、凝望着家乡父老的生存现状和各种疾苦，以饱含着强烈的忧患意识和正视现实人生的勇气表达着对家乡父老深切真挚的爱。他的创作永远是和家乡的农村、土地、农民紧密相连，同呼吸、共命运的。他的小说，总是以原始森林般奇幻凝重的自然生态为背景，以淳朴的人情美和善良的人性美为内涵，用鲜活质感、形象幽默的乡土语言栩栩如生地再现家乡农民生老病死、悲欢离合为宗旨，毫无夸饰地揭示农民的精神品性、直面农民贫困艰辛的现状、挖掘农民无法摆脱困境的根源。乡村小学撤并进城后上学的娃娃们的种种，花丫和花丫的公公婆婆，张紫阳和张紫阳的爹，三进和三进的爹妈，这些人的身上都有着表现自己人生态度的或良或劣，但他们都以自己认同的方式，在这样恶劣的氛围和环境中谱写着他们生命的歌谣，演绎着他们的人生价值，他们都曾为自己的梦想拼搏过，努力过，但最终还是没有改写自己悲剧性的命运。尤其是"我"对花丫无怨无悔的爱，"我"用生命的全部力量去抗争，去追求，试图改变悲怆无奈的命运，历尽无数磨难和坎坷后，又回到了起点，依然无法逃脱宿命的轮回，这是多么揪心的悲哀，多么撼人的悲壮！

隐喻的写作手法，是这篇小说的一个亮点，小说从一开始就充满了神秘的气息。《在村街上》中，两条狗都有自己颇具个性化的名字"混血小花"和"金毛狮子"，两条狗也有着各自截然不同的命运，一条被人捕杀吃肉了，一条最终也成了与"我"一模一样的整天流浪的孤魂野鬼。这里显然有种情感暗示，隐含着作家以独特的视角和叙述方式，思考着人性和人生的哲学命题。在人性与狗性参差对照中，在人狗世界的交叉错落中，埋下了暗合主题的独特的狗的意象，体现了生命的原始气息。当没有受到外界威胁，生命呈正常秩序前进时，狗所展示的是普通意义上的忠诚。当生命受到外界威胁、生存紧迫的时候，狗呈现出的是另一种姿态。狗的意象实际上是一个象征隐喻系统，一定主体的人与狗的关系传达不同的意识形态和道德立场，达到对正义性和崇高性的解构，张扬个性解放的精神，增强了小说的魔幻性。狗与"我"同病相怜，它与"我"都心有不甘，而面对现实，一个选择了孤注一掷地逃离，一个却在哈姆雷特式的追问中继续纠结着，衡量着得与失。进而提出：我们到底需要什么样的生活？什么是善，什么是恶？什么是好人，什么是坏人？在一个人身上有绝对的善，绝对的恶吗？狗的视角透视城镇化进程中，现代文明对乡村的吞噬与冲击，精神无所归依后的无奈与逃离。我们在体会生之艰辛、爱之甜蜜、病之痛苦、死之无奈的同时，也感受到作家为我们带来执着、坚韧、崇高、壮美的思想体验。同时，小说中"我"对锁阳与男人生殖器的联想、自家母鸡下的软蛋、臭气熏天的狗皮、为娃供奶的奶山羊、三进妈骑在墙上的死、花丫最后不声不响地离去、花丫儿子终于被爷爷认领带走等等，都极具隐喻性和暗示性，一系列有些不可思议的举动变得更加充满神秘性，让我们在阅读的过程中，时不时的精神为之一振，在心海扬起一朵一朵的浪花。这不是一种偶然，而是对于小说中人物命运的一种伏笔暗示，是对乡村未来生活走向的一个强烈暗示。小说中第一个出现的法慧和尚，我原本以为会对文本增色增重，但法慧和尚在文中没有太多的言行作为，总感觉是个空耗和遗憾。

白远志小说叙述语言的突出特点是整体风格上的乡土气息和民间日常生活气息浓厚，他的小说中很少有华丽的辞藻，叙述描写多用平实朴素的方言和口语娓娓道来，弥漫着浓厚的乡土气息和地方特色。那些"土"得掉渣的地方乡土语言土得富有情趣，土得诙谐幽默，土得劲道而有韵味，就像是农家的一道道风味美食，看似平淡无奇，细嚼则香醇淡雅，清新爽口。作家的叙述颇为圆润，语言干净利落，用鲜活的乡村群众语言讲述了在村街上发生的一系列故事，展现了乡土语言的独特魅力和无穷韵味。语言风趣幽默，粗犷放达，直露但不粗俗，清新但

不苍白，自然但不浅薄，给人以新鲜感、冲击力和感染力。这或许与作家本人的生活经验和个人经历有关。白远志生在农村长在农村，这些耳熟能详的自幼就耳濡目染的生活经历不经意间在作家的笔下流淌着，已经成为一种文学的自觉，形成他小说独特的语言风格。他对农村和农民父老的热爱就如同对自己的亲人，对自己的家一样满怀着感激和深情。他是真诚的，他用自己生命中最宝贵的黄金时光，只为写活家乡农民的生产生活和风俗习惯，热情地讴歌他们爱恨交织的朴实性格，直面他们悲怆艰辛的生活现状，赞扬他们纯朴直爽、厚道可爱、积极向上的生活智慧和勇气，他用寓庄于谐、通俗幽默的乡村方言让人们真切地感受到了家乡农民父老原生态的生活方式，他们或愚昧狭隘或坚韧执着或爽朗正直或卑微无奈的人性世界和精神世界。这与他的农村生活经验和他对家乡父老深厚真挚的情感密不可分。从农民的视角去表述，所有的修辞和语言的运用也都没有脱离特定环境下人物和景物的内涵。

《在村街上》中突出了人物的心理描写，表现了人物矛盾复杂的内心世界。如小说开头就写"我是个无人待见的家伙。我就像一缕孤魂，整天无所事事地瞎游逛"，让人一开始阅读就对主人公乡村底层弱势的身份有了了解。还有"我至今光棍一条，游狗似的游逛在某某少妇床下，想起她会情不自禁撒下一泡热尿""我痛恨酒厂把那个像男人生殖器的锁阳比作龙根，狗日的真有才，还满世界招摇""我窃笑不止，幸灾乐祸。实在熬不住这酸臭味，他们只能回家闭门塞窗，想在街上溜达，哼！休想""花丫你不能再无家可归，我的家虽然家徒四壁，但总还能安身立命，你就现身吧"等等，都将"我"内心的情感和矛盾的挣扎表现得淋漓尽致，都给读者留下了刻骨铭心的体验，使得故事情节在矛盾中推进，也有一种震撼的悲剧效

果。要想在小说文本中把人物心理活动描写好不是件容易的事情，而白远志这篇小说人物心理活动占用的篇幅之大，表现之自然流畅、生动鲜活、举重若轻，都凸显了作家深厚的文字功底，以及对小说结构和语言的过硬的驾驭能力。

小说中的"我"总是洋溢着一种近似宗教热情的冲动，如"我"去前旗寻找花丫，如"我"第一次搂着花丫呆若木鸡，把脸深埋在花丫双乳下哭了，最后在花丫的鼓励下终于做爱成功了，如"我"下跪求婶婶给花丫接生，如"我"带着花丫的娃满世界地苦苦找花丫等等，象征着只有经历了"大死"，才能进入"永生"，通篇都是心酸的，但在感念中又是美好温馨的。让我们感受到一种分外真实、刻骨铭心、强烈和持久的感染力。也让我们深刻地体会到当生存成为活生生的重压时，诗意的产生就成了奢侈。诗意是一份心情。它虽然需要苦难，但要是苦难像大山一样砸压下来时，诗意就没有了生存的时空。作家的写作却是不断地回到那个精神的原点，回到对一种乡土的眷恋，对一种诗意生存的肯定。这样的精神扎根，为人物的灵魂升华找到了方向。西部乡村独有的人文环境铸就了独有的心灵，独有的心灵铸就了独有的命运。"人之为人，既要足踏在现实的大地，又要飞翔于理想的幻空。"就像"我"的心中因为有爱有"盼头"，对人生有特殊的感悟，所以将扎心的痛诠释为一种独特的精神享受。虽然花丫的出走让"我"痛苦，觉得没盼头了，过后，毕竟还会有温馨，还有灿烂，因为"我"怀有花丫回来的盼头。海德格尔说："人的个体性存在，既在时间之内又在时间之外，因为时间的流动会导致人的变化，但唯一恒定的是人的自身的诗意的生存状态。"也就是说，人都应诗意地活着，生存的苦难永远不是人抛弃快乐的理由，白远志在作品中一直都试图做着这

方面的探讨。

白远志很擅长运用方言土语对自己所要表达的事物进行描摹，如"不会生养的扩骡子""乌沉沉的压天老云""傻求货""低眉鼠眼""骚情""骚胡""溜达溜达"等等，听起来像一个西部乡村农民在拉家常，真实、质朴，丝毫没有做作和虚伪的夸饰。即便是永远也走不出贫穷，但他们依然没有丧失爱的勇气和生活的信念，他们依然用血液和骨骼里流淌出来的"花儿"充实着、滋养着、支撑着他们的精神世界。所有这些令人感到荡气回肠的悲壮和震撼，如果没有作家切肤的体验和精细的观察、没有丰富的农村生活经历、没有对家乡农民父老饱含真情的爱，是根本写不出这样具有乡土气息的语言文字的。他的小说同时具有十分明显的幽默风格，他以幽默的叙述语言和人物语言来推进情节的发展，这些幽默的语言在使人发笑的同时也向人揭示某种荒谬的社会现象，使读者能更深刻地认识到现实社会中存在的种种现象。如："没见过嫖客还打白条，让人家捏着白条撵家里来要，羞先人呢！婊子脸厚，嫖客不要脸，干脆村街上干去。"真正的幽默是透过令人发笑的人物、情节和对话，对人性、人生和社会做出更为彻底的剖析和思考。"幽默与滑稽可以是含笑的，也可以是含泪的微笑，尤其是幽默的深层，每每与悲剧精神相通。"可以说，幽默语言在白远志的小说中俯拾皆是，他寓庄于谐，但他所撷取的可笑对象，无一不饱含着深沉严肃的悲剧意蕴，让人在会心一笑捧腹之时油然而生苦涩之感。他借助诙谐幽默的语言，以委婉曲折的方式，达到了对社会对生活和对人性的一种独特的理解。在他一些作品的片断中，往往通过幽默的语言来描绘人物的言行举止，传达令人捧腹的幽默效果，同时达到对人性扭曲的揭示和对某种荒谬的社会现象嘲讽的目的，在一定程度上使小说的含

义变得更为深刻。

一种基于浓浓乡土气息上的狂欢化的美学特征，也是白远志小说语言的一个重要特征。文学语言是体现人的内在生命意蕴最直接的工具。狂欢式的语言，是在打破语言常规的基础上，形成语言滔滔奔腾之势，是一种来自心底的畅快发泄。白远志极尽夸张之能事，他刻意追求怪诞与狂放的效果，创造了一种铺张扬厉而又诡谲怪异、瑕瑜互见的小说语言，颇有颠覆传统审美观的用意。如："是我第一个发现三进他妈挺死在院墙头上的。我想她会不会是升天了？或者老天可怜她，给她一次机会，墙头是她登天的梯子。"高雅与粗俗杂糅，鄙俗与崇高的界限模糊。这种混杂的语言形成了一种典型的狂欢化语言特征。通过这种语言描写的艺术手法，为我们创造并展现了一个另类的乡土文学世界。在许多作品如过眼烟云，渐渐被人遗忘的时候，白远志的小说却以其大气与厚实，引发了无数的共鸣与感动。

白远志一直追求的写作意义——只为慰藉灵魂。他领悟了生命的意义、活着的价值，所以他自始至终都在探索真理，弘扬真善美。他不愿随波逐流，他本着自己追求的生命意义，背负了一个作家的责任。坚持做现实主义的表现与探寻者，注重从人的弱点和人物命运出发思考日常人生，提供给当下整个社会严正的道德观与价值观。白远志就是这样一位有大爱和大善的作家，也是一位有良知的作家。

宁夏民族文学作品研讨会发言摘要

郎　伟　钟正平等

编者按：2016 年 10 月 28 日，为了认真贯彻落实习近平总书记在文艺座谈会上的讲话精神，进一步打造独具特色的宁夏文化名片，由宁夏政协主办，宁夏政协文史和学习委员会、宁夏民委、宁夏文史馆、宁夏社科院、宁夏文联、宁夏社科联等单位或部门承办的"宁夏民族文学作品研讨会"，在宁夏政协 9 楼会议室举行。宁夏党委常委、宣传部部长、宁夏政协副主席蔡国英出席会议并讲话，宁夏政协副主席洪洋主持研讨会。

宁夏政协原副主席李增林，宁夏政协秘书长刘卉等领导出席研讨会，宁夏政协文史和学习委员会、宁夏民委、宁夏文史馆、宁夏社科院、宁夏文联、宁夏作协、宁夏社科联等单位或部门负责人，部分政协委员、文史专员、作家、评论家及期刊主编参加了研讨会。

21 世纪以来，在宁夏党委、政府的正确领导下，宁夏文学事业得到空前发展，在全国产生了广泛的影响。继张贤亮之后，宁夏中青年作家群异军突起，石舒清的短篇小说《清水里的刀子》获第二届鲁迅文学奖，郭文斌的短篇小说《吉祥如意》获第四届鲁迅文学奖，季栋梁的《上庄记》、马金莲的《马兰花开》获全国精神文明建设"五个一工程"奖，还有众多作家作品分别获得全国庄重文文学奖、少数民族"骏马奖"、十月文学奖等重要奖项。党的十八大以来，全区广大文艺工作者认真贯彻中央精神和自治区党委决策部署，植根宁夏文化沃土，通过各种文艺样式讴歌人民、讴歌时代，凝聚力量、凝聚人心，宁夏文艺事业呈现出一派繁荣发展的生动景象。文艺界和广大文艺工作者为弘扬民族精神和时代精神、满足人民群众的精神文化需求、展示宁夏新形象作出了重要贡献，为全区经济社会发展营造了良好氛围。

研讨会上，宁夏党委常委、宣传部部长、宁夏政协副主席蔡国英对贯彻落实好习近平总书记在全国文艺工作座谈会上的讲话精神提出了希望和要求。他说，文学艺术是推动社会进步发展的重要动力。习近平总书记在文艺工作座谈会上强调：实现"两个一百年"奋斗目标、实现中华民族伟大复兴的中国梦，文艺的作用不可替代，文艺工作者大有可为。全区文艺界要把认真学习贯彻习近平总书记重要讲话精神作为重要政治任务，充分认识讲话的重大现实意义和深远历史意义，准确把握讲话提出的新思想、新观点、新要求，自觉把思想和行动统一到讲话精神上来。要准确把握社会主义文艺的创作导向，准确把握文艺繁荣发展的根本任务，准确把握文艺和文艺工作的地位和作用，坚持以人民为中心的创作，把满足人民精神文化需求作为文艺和文艺工作的出发点和落脚点，把人民作为文艺表现的主体，把人民作为文艺审美的鉴赏家和评判者，把为人民服务作为文艺工作者的天职，扎根人民，扎根生活，把最好的精神食粮奉献给人民。

蔡国英指出，每个时代有每个时代的精神，每个时代有每个时代的记忆。优秀的文学作品，总是先扎根自己的时代。希望大家在今后的创作中，勇于做时代最敏锐的发现者和感知者，将自己的文学活动同正在发生深刻变革的社会现实联系起来，多选择一些体现和弘扬时代精神，反映人民群众热爱祖国、热爱家乡、热爱生活，在改革创新中积极进取、攻坚克难，用辛勤劳动改变生活、改变命运的故事，立时代之潮头，发思想之

先声，创作更多无愧于我们这个伟大民族、伟大时代的优秀作品，打造独具特色的宁夏文化名片，凝聚全面建成小康社会、建设"四个宁夏"的正能量，鼓舞全区各族人民朝气蓬勃地迈向未来。

研讨会上，评论家郎伟对宁夏民族文学创作进行了综合论述，评论家钟正平、赵炳鑫、牛学智、白草、李生滨、杨森翔、吕颖、苏涛、王武军分别针对马金莲、李进祥、金瓯、石舒清、杨继国、查舜、杨少青、马知遥、高深文学作品进行了评论，现将研讨会发言摘要如下，以飨读者。

郎　伟（评论家，宁夏师范学院副院长）：宁夏的少数民族作家开始了他们执着而又不断开拓新路的文学审美之旅。他们要用手中的那支绚丽之笔，描绘出生活在这片神奇土地上的各族人民对美好生活的期待和向往；他们要用时代和生活所提供的澎湃激情，去寻找民族长久生存的奥秘，去寻求民族精神的纯美与刚健。回族老作家马知遥费时十余年，创作出长篇小说《亚瑟爷和他的家族》（获得第七届全国少数民族文学创作"骏马奖"）。小说以粗犷的笔触描写了西北边地一个回民家族的传奇人生，深入地挖掘了存在于回族人民身上的信仰坚定、坚忍不拔、崇尚自由、向往公平、敢于反抗强权压迫而又富于同情心和怜悯心等令人钦佩的优秀品德。回族中年作家查舜，十年来静心读书思索，潜心打造长篇小说。他的《青春绝版》和《月亮是夜晚的一点明白》两部长篇小说，所描摹的皆为回族人民的日常生活景观，以一种诗意的方式，用他那支饱蘸深情的彩笔点亮人间的万家温暖灯火。

"宁夏青年作家群"是近年来崛起于中国大陆文坛的最引人注目的创作团体之一。在这一团体当中，云集着石舒清、金瓯、马宇桢、拜学英、古原、单永珍、了一容、李进祥、平原、土豆、阿舍、马丽华、马金

莲、王正儒、泾河等少数民族作家。回族作家石舒清于 2001 年以短篇小说《清水里的刀子》而荣获第二届鲁迅文学奖。进入 21 世纪，石舒清精益求精，再开新路。他的短篇小说《红花绿叶》《果院》《黄昏》《父亲讲的故事》等作品，在对回族人民日常生活的精细而生动的描绘中，认真发现和揭示着回族人民独特的精神世界，并力图以坚定而执着的信念力量，来救治心浮气躁的“现代病”。回族作家李进祥创作的《屠户》《遍地毒蝎》《监控器》等作品，对当今的中国社会生活却有着惊人的透视和启人思索的发现，其思想水准一点也不输于发达地区的作家。金瓯是一位满族青年作家，他是宁夏青年作家群中不可多得的书写城市生活的少数民族作家。他的带有先锋意味的小说叙事，给宁夏的文学创作增添了别样的色彩。东乡族作家了一容早年曾经有过一段艰辛的流浪生活，当这一段不寻常的生活转化为他的文学生涯时，便构成了他的有别于其他作家的独特的审美世界——粗粝然而强劲的西部世界。平原、土豆、马丽华、阿舍是四位生活于都市当中的回族和维吾尔族的女作家。对于都市知识女性复杂而纷扰的内心世界的探索，对于自由而诗性的完美生活的梦想，构成了其创作的核心内涵。在宁夏的少数民族作家群中，还应该提及两位“80 后”作家——马金莲和王正儒。马金莲是一位回族女作家，一直生活和工作在“西海固”乡村。她的小说多写西北乡村中女性的生活和命运，于乡土风物和女性心理的细致刻画中，见出生活的情意和人性的变化。回族青年作家王正儒近几年主要写作散文。他的散文创作以思想随笔居多，有锐气和激情，也显现了读书的功夫。在宁夏青年作家群中，少数民族诗人相对少一些，但论及 21 世纪以来的宁夏诗歌创作，就要提及两位回族诗人单永珍和泾河。单永珍生性坦诚豪放，这些年又遍游西

部山川，其诗作感性、浓烈、风格强劲。泾河虽然也生活于宁夏的“西海固”地区，但泾河更愿意以一种低吟的方式，抒发他对生活的美丽感受。

在对 21 世纪以来的宁夏少数民族作家的创作状况做总体扫描时，我们将不能不提到两位对推动宁夏的文学事业作出了杰出贡献的回族评论家白草和郎伟。白草长期致力于回族文化及现当代回族文学的研究，出版于 2008 年的《文学大家笔下的回族》是其精心撰述的作品。郎伟是伴随着宁夏青年作家群一起成长的青年评论家。近二十年来，他花费大力气对宁夏青年作家群的创作进行跟踪式阅读和深度研究，是中国大陆评论界最熟悉宁夏青年作家群并对这一创作团体最有研究心得的评论家之一。他的研究著作《负重的文学》获得全国第八届少数民族文学创作“骏马奖”，表明他的寂寞而辛勤的劳作得到了文学界的认真肯定。

钟正平（评论家，宁夏师范学院副院长）：在马金莲的小说创作中，长篇小说《马兰花开》是一座高峰，较为丰沛地释放了她的生活积淀。这虽是作者的首部长篇小说，却是经过了多年的积淀和孕育，较为全面地展示了马金莲的文学才华，它集中体现了马金莲创作中的几个鲜明的特点。

一是自叙传的成分。作者此前的多篇中短篇小说创作，已表露出这一迹象，作者自己的那段农村小媳妇生活全部刻骨铭心的体验，都被融进了《马兰花开》的创作，这种经历和体验在西海固农村有一定的普遍性和代表性，所以这部小说的选材本身就具备了打动人心的因素。小说的主人公是一位还未步入青年的马兰，第一年辍学嫁人，第二年怀孕生女，第三年养鸡育女，过着十分原始而艰辛的农耕生活。一个因辍学而嫁入农家为人妻为人媳的女孩，一个不甘命运摆布又

无以反抗的弱女子，一个有一定文化知识却被迫嫁人、被迫为媳、被迫产子、被迫放弃人生美好追求的女人，在宁南山区农村太普遍了，它超越了民族的界限，具有更广泛而深厚的社会学意义，它表达的不仅是一个农家女子的心灵世界，更是"一群西部底层穷人的心灵写照"，一个群体的命运写真。

二是工笔细描式的红楼梦笔法。总体上说，《马兰花开》的叙述特点是不慌不忙且略显沉闷，它不属于情节跌宕起伏、故事百折千回、人物命运大起大落令人荡气回肠的作品，它的文脉在于"细"，如涓涓细流，润物于无声中，马兰内心世界是一条奔腾的大河，但在生活中她却如同水波不兴的细流，无声无息地消耗着有限的年华和生命；它的触点在于"实"，你看不到作为长篇小说可能必备的虚构成分，看不到刻意的虚饰或夸张，生活咋样小说就咋样，小说不过是把生活原汁原味地文字化了。这样的村庄，这样的家庭，这样的人物，这样的生存形态和群体特征，包括人性中的那些难免藏污纳垢的角角落落，在宁南山区太普遍、太常见、太古老、太传统，是亘古如一的常态化存在，这些都在作者笔下得到了原汁原味的呈现，不由让我们想起曹雪芹对大观园众生相入木三分的惊人再现。能把普遍和常见的东西写得耐读而又触痛灵魂，这就是作者的禀赋和本事，也源于作者的现代审美视角——对古老乡村的深情回望和现代思考。

三是安贫守道的精神麻醉剂。这是我想和作者讨论的地方，我看到对《马兰花开》以及作者其他许多作品的一些评论文字，都是赞赏有加，但我觉得这部小说整体上还是缺乏一种强大而持久的文学力量，这是一个很古老、很古典的农耕故事，是一幅很古老、很古典的乡村图景，它与时代仿佛没有关系，骨子里透出的是亘古如一的东西，这里有人性的温暖和质朴，但没有人性的力量和召唤；这里有寂静安详的春夏秋冬，却没有五彩缤纷的绚丽人生；这里有刀耕火种、生儿育女的安贫守道，却没有轰轰烈烈、惊天动地的大喜大悲。所以，它缺少路遥笔下那种震撼人心的悲剧力量、直击灵魂的人性光辉和经典现实主义文学作品所具有的大气魄、大悲怆。

对于马金莲来说，农村生活是一个富矿，素材源源不断，文思也是源源不断，她的全部创作似乎都在告诉我们一个难得的可能性：只要生活不停息，只要她愿意提笔，就有写不完的东西。许多作家的创作实践一再证明，如果缺乏深厚的生活积累和明智的艺术选择，那么作家到一定的时候就会发生生活枯竭、灵感滞涩的现象，艺术之路就会遇到难以逾越的坎儿，但马金莲似乎不会，因为她有感悟生活的独特禀赋和表达生活的个性追求，在马金莲的世界里，人生的经验全是古典的、老旧的，是过去进行时，她一再展现给我们的是现代社会里的古老日子，她为古老乡村留下了一纸现代人的沉思录。但事物总是一分为二的，我想说的是，希望作者不要平着往前走，而是要给自己设置一个逐渐向上的方向，坚守心中所想，沿着台阶，逐步向前，如此，以马金莲的积累、勤奋和文学智慧，她的文学视野一定会越来越高、越来越宽广，我们充满乐观的期待。

赵炳鑫（评论家，宁夏党校办公室副主任）：李进祥是宁夏比较独特的一位小说家，他持续地关注底层，并将为底层代言作为他小说创作义不容辞的责任。并且他的小说一直保持着持续深入的状态，可谓"韧性的战斗"。

在李进祥的小说中，书写城市中人性和欲望之恶的篇章俯拾皆是。作为生于斯长于斯的李进祥，敏锐地捕捉到了这种城乡转换之时农民的追求和挣扎，农民的无奈和不堪，当然，作为从这片土地上走出来的作家，他对这种挣扎、无奈，不堪和突围有着切肤的感受。

李进祥在写这些底层人物时，对人性和欲望的书写也达到了比较深刻的程度，如《挦脸》中的兰花，不惜以自我伤害来遏止内心复仇的冲动，最终，人性善的力量，驱使他完成了对自己的救赎。让受苦者反省是上帝最大的恶意。《遍地毒蝎》有寓言的特色，隐喻金钱的罪恶如毒蝎，摧毁的何止是人的生命，更摧毁的是人心，瘸尔利肯定要反省，但他已经没有了反省的机会。王尔德说，在这个世界上只有两种悲剧，一种是得不到你想得到的东西，另一种是能得到它，却无法拥有，后一种才是真正的悲剧。《宰牛》通过日常生活中丑恶人性的重新发现和批判，表达了对生命中温暖人性的渴望和企盼。

伴随着城市化浪潮的到来，乡村面临的现实是日益凋敝和不堪。李进祥是一位深得现代艺术变形荒诞手法真谛的小说家，他的《狗村长》正是呼应了这一乡村裂变和乡土伦理崩塌的现实，"狗村长"是一个隐喻，隐喻乡土文明的衰落和村人主体性的丧失，"村长"是作为乡土治理和权威的象征被"狗"瓦解了，从而隐喻乡村和乡村人的精神溃败和价值坍塌。

李进祥的小说创作开掘的面很宽。写现实，同样也在写历史。历史是现实的根源，历史是过去的现实，现实是过去的历史，而历史就是现实的映照。他的《换骨》《乏痨》和《黄鼠》等小说，写的大概是20世纪六七十年代的事情，距今已四十多年了。《换骨》写了一个木匠和一个地主女儿的故事，这个地主女儿得了一种名为"换骨病"的病。作为一个不受保护的贱民，最终通过"进教"仪式，"在一个有信仰的族群里获得了救助和保护"。小说有一个有意思的情节，就是治换骨病要通过村人极为特别的"骂街"方式，小说充满荒诞和反讽的意味，

有黑色幽默的味道。小说《乏痨》则是通过给患"乏痨"病的达吾嫂子喝"童子尿"治病，在充满民间智慧的"戏讽"中完成了作家的底层叙事，暗指在"妇女解放"意识形态主导下，女性所付出的沉重代价。"那种妇女的社会解放的代价，是要每个女性用自己的实际人生去偿付的，30多年双重角色异常紧张所造成的身心交瘁的人生感受，是历史上所有女人和当代男人从未体验过的难以承受的沉重！"小说《黄鼠》则是写了灾荒与禁忌之间的二难选择，写的是对人的生命价值的捍卫和珍视。这三篇看似无意为之的历史小说，同样写的是底层的日常生活的无奈与不堪，但透过小说文本，我们不难看到作家对那个荒诞时代的解构与反讽。小说指向大的时代风潮，写了"极左"年代人的"非理性存在"。

小说是一个民族的秘史。当下的中国，正在经历着时代的风云变幻。这是一个解构、重建的大变革时代，在这样的时代，人的现代化是当下最为紧迫的任务。如果没有人的现代化，我们努力的一切都将失去意义。小说正是呼应了这一时代人的启蒙和精神需要，进入读者视界的。李进祥的小说也正是切入这样的时代，写社会机制作用下人性的真实，以此来完成他为底层代言的使命。他是一位可以期待的作家，从他的创作我们有理由相信。

牛学智（青年评论家，宁夏社会科学院文化研究所副所长）：目前少数民族文学创作基本呈现为这么几个价值取向。一是铭记和撰写自己的民族知识，二是结构自己的民族信仰，三是叙述自己的民族身份。具体到金瓯的小说创作，他虽然是满族，但他的小说中没有多少满族的标签；他虽然在写都市年轻人的精神处境，甚至意识处境，但不是作为少数民族身份的处境；他也经常叙说个

体化的进展程度，但基本不是"文化自觉"名下的状态。这是他的小说创作与其他少数民族作家的根本区别。读他的小说，必须提到现代性，也必须在现代性的概念中去理解他笔下年轻人的集体无意识。有两点感受特别深，我只通过几篇小说来谈这个感受，而不是他创作的全部。

一、他格外重视"情感零度"。《一条鱼的战争》讲的就是一条鱼被杀死过程中如何挣扎、如何体验死亡的过程，不是人的体验与感知，是鱼的反应与抗争。金瓯写一条鱼的被杀死过程，是鱼在说鱼话，鱼在讲鱼事，鱼在行鱼的动作，鱼有鱼的思维。他几乎所有的叙事重心都在鱼身上，这样，鱼的一生，就成了人一生的镜子。人在鱼折腾的一生中，看出了门道，人的不自主、人的不自由，甚至人被无处不在的温和框架所制约、所规定的基本境遇，便最终成了小说的意图。

二、他特别倾心主体性个体。主体性个体就是行动、思考按自己的逻辑，而不是受外界形形色色的意识和价值的摆布来行事。《零度体温》《潮湿的火焰》等等，这些小说的主角由一群年轻人，而不是一两个所谓的主人公构成。所以，他的小说强调的是年轻人如果不在具体单位、具体家庭、具体行业，甚至具体伦理管束之下时，最可能出现的个体化状态。《潮湿的火焰》也类似。讲述的是一个叫阿文的年轻人差不多也是为一个莫名其妙的女孩莫名其妙跳楼去死的故事。告诉阿文家长阿文死讯的女孩，看起来无比紧张，其实内心也在开别的小差，至少没有老辈那样对待生命的负罪感。这些个体，他们琢磨最深的头等大事，是怎样找到自己的意义感，已经看不到其他物质匮乏和基本精神保障之类苦大仇深的负担了。也就是说，他们的世界里已经没有了社会学通常讲述的社会问题了。

现在看金瓯的小说，为什么必须与现代性有关的问题，为什么必须在现代性思想观念中活动的问题。

首先，现代性思想中的个体化，是讲究人对自己的主动规划的，也是在乎人本身的内在性生活和意义感的。金鸥笔下的人物，或者他感知到的人物，不具有这样的特征。或者说他们的不自觉、无主体性，总把现代社会机制不完善导致的普遍性焦虑，归结为没有信仰，因此觉得我们应该提早堤防"现代性危机"，警惕"过剩的现代性"，提倡"回归传统"就成了唯一途径，哪怕回到传统宗法社会也行，因为人在那里生活能感受到某种稳定性，这是其一。其次是把老庄哲学中的逍遥，或者把不管什么时候人都有的个性，放得很大，认为以人自然状态下的个性来反叛、嬉笑任何的文明规范，就是对个体性的实现，因而这样的生活就是文学人经常叨在嘴上的"内在性生活"。一定意义上看，金瓯的小说及其人物行动，折射的正是这种不成熟的现代性文化。第三，有了这个理念自觉，金瓯的小说便有意识突出了其创作的艺术性。《狗下午》就非常有代表性。我没细究过金瓯的阅读影响来自哪里，但大致感觉而言，好像受美国"极简主义"代表作家雷蒙德·卡佛的启发比较深。《狗下午》中的对话艺术，差不多都能在卡佛《阿拉加斯加有什么》《一件好事儿》等篇章中找到影子。

由此可见，金瓯的小说其实走得比较远。这些年轻人基本没有其他文学中常见的物质困苦，也没有其他文学中常见的身份焦虑，这只是表面现象。本质性支撑是，金瓯是站在第二现代性的前沿，来处理他小说中人物的个体化的。这个个体化，实际上就是社会机制已无可挑剔，人的可能性只取决于人本身。这样，他的小说就会遭遇一些现实困难。要么读者必须连着读到三篇以上，方可理解并喜欢他的意图；要么索性因语境的隔膜，望而生畏，远离他的小说。

白　草（评论家，宁夏社会科学院研究员）：2011年，石舒清发表了短篇小说《借人头》，作品取材现代历史文献资料，描写了"军统"纪律之严苛以及惩罚属下之酷虐性。有一位学者读后专门来询问我，文坛是不是又出现了一个同名的石舒清？《借人头》不像是他所认识的石舒清的风格。

石舒清本人也曾说过，他尝试着以20世纪五六十年代农业合作化时期资料为素材，创作一些带有系列性质的短篇小说。作品寄出后，他很尊敬的一位文学编辑复信劝告，希望他还是写写西海固的东西，像《清水里的刀子》就不错。

这两个例子颇有意味：作家总是寻求某种变化，可是读者、编辑的欣赏口味似乎反倒有点滞后。石舒清的变化从20世纪90年代后期即开始了，除继续写作西海固题材小说外，同期亦逐渐拓宽取材领域，如《列车上》（2002年），观察夜行车上一对青年男女隔床拉手，看一眼寻常，多看一眼则激起已逝的温情；《凉咖啡》（2003年）则是与往日同学叙旧，毕竟境过情迁，犹如半杯余剩咖啡，寂寞、淡然；《小米媳妇》（2013年）又将视角转向了初进城市的乡下媳妇，她努力融入城市生活，然而愈多费力，愈显尴尬。将目光转向城市，尤注意于自己目见耳闻的城市风情，试图从不同侧面表现此种生活，也是石舒清同期创作上表现出的一个趋向。

有计划地创作系列性质的短篇小说，是石舒清寻求变化的一个基本特点，比如"土匪系列"，他已经收集了很多资料，作了充分的准备；再如表现合作化时期农村生活的作品，已完成了数篇，与以往作品比较，风格自是大异——当然，这种风格非凭空而出，是对他已有风格的拓宽。

在艺术性或美学意蕴上，借用王蒙先生

现成说法，石舒清已由单纯、清新发展到深厚、丰富。杜甫诗句"篇终接混茫"所悬置的境界、标准，亦为石舒清所深深服膺。他近期发表的短篇小说，某种程度上实现着自己的艺术追求。《古今》（2013年）是一组短篇，它们将日常生活、民间传说、伦理观念、性禁忌等多个主题融合一处，读后令人生愉悦之感，可又难以说清。《公冶长》（2014年）描写民间文学家孙富生听木匠父子两代人讲述同一条雌性蟒蛇"出轨"的传说。政治运动干扰，使得这个故事被讲述的时间跨度达30年之久，由此造成结构上的包容性，大主题套着小主题：比起充满活力的、自成系统的民间精神，政治对人的伤害不过一瞬；夫妇一方出轨总要被外人发现，这是民间传说的一个基本类型，但木匠父子二人的"文本"显然并不相同，前者赞同揭发偷情者，后者则指为多事。政治运动、采风、民间传说、情色故事、伦理变迁等在包容性结构中，成就了一个具有层次感且极为丰富的文本。

写得要短，意味须长，这是目前石舒清短篇小说创作的一个追求。而此种深长意味则源自于其作品中的文化底蕴——有一位著名作家给石舒清的信中，谈到了阅读石舒清作品时所得印象，即从中可见出中国文化底蕴。其实，坦率地说，也就是汉文化的深厚底蕴。

这是一种启示。回族当代文学对汉语文学天然地有着一种向心力，甚至可以说，汉语文学就是回族文学的源头、母体。经过一个去标签化的过程之后，回族当代文学最终将汇入汉语文学。石舒清的创作实践便是一个例证。

李生滨（评论家，宁夏大学人文学院教授）：我本人研究宁夏当代文学是介入性的，这在《审美批评与个案研究：当代宁夏文学论稿》一书后记中有所交代。杨继国先生的著述具有高远的学术理性和开阔的文化眼光，又充满亲民虔敬的大地情怀和敏锐真挚的艺术情怀。

一、批评的文化视角。杨继国先生的批评之所以给我留下深刻的印象，首先是因为其回族文学批评是建立在文化批判的根本视角上。借用他自己的话说："少数民族文学创作，需要一个更恰当、更科学，据此可以窥见更广阔天地的审美视角，它应该是——文化角度。"在现代文学研究更多地融入世界批评话语的大背景下，新时期以来中国文学的多元发展与变化主要集中于地域文学的兴盛和各民族文化身份的觉醒。西部文学和回族文学自然成为我介入宁夏当代文学研究的主要视角，或者说路径。从当代回族文学研究和批评的滥觞来说，杨继国是比较早而最有成就的具有文化视野的学者。

二、当代回族文学批评的滥觞者。从专业来说，杨继国毕业于复旦大学中文系，回到家乡，敏锐地抓住了回族文学评论的这根学术主线，立足宁夏，观照新时期以来全国回族作家的创作，成为新时期最早自觉研讨当代回族文学的滥觞者。这方面杨继国最早的成果就是《回族文学创作论》，随后坚持回族文学的研究不放松。回族文学的创作和研究都是新时期以来数十年的积累和发展，而且首先是宁夏早期的一批学者，主要集中在宁夏大学，利用西北学术力量在拓荒耕耘。郎伟教授在评论《探秘三江源》的书评中高度肯定说："二十世纪八十年代至九十年代，他是宁夏文学理论和批评界的风云人物。他对回族文学的深入研究和对宁夏文学的宏观把握与精确描述，其思想的敏锐和文字的老到，常常会让人情不自禁地击节称赏。"

三、开阔的视野。在回族文学研究的领域，杨继国先生具有开阔的视野，与后来者郎伟教授的研究路径不一样。郎伟教授从宁夏"60后"作家创作的跟踪研究，逐步扩展到全国回族作家的文学创作，而杨继国最初的研究从民族文化的自觉批判入手，关注新中国成立以来，特别是新时期全国回族作家的创作动态，成为较早的专门研究回族文学而具有全国影响的专家。这种开阔的视野从三个方面表现，首先是对回族历史的熟悉，其次是对当代回族作家的熟悉，另外是对世界历史和文化的熟悉。正是在这样的历史和文化的批判视野里，杨继国对回族作家，特别是新中国成立后出现的回族作家的熟悉和阅读，造就了他一生的良好的学术基础。

四、理性的批评。总体阅读杨继国先生有关文学批评的文章著述，其情感真挚的热情观照里却不乏理性的深层思考。特别是从回族文化的自觉认识来谈回族文学的独特价值和意义，态度客观冷静，表述理性平实。如《论西部地区的回族文学》《回族民间文学与伊斯兰教》《民族情结与人类情结——由张承志的〈心灵史〉论起》《文学要给青年以理想》《为建设有中国特色的社会主义文化而努力》等，一系列文章，不论是从民族文化入手，还是文本细读的分析，就是文艺政策的解读，都是非常理性的思辨和论说。

五、学术的宏大建构。千帆过尽，杨继国先生很细心地梳理各种学术观点之后，斩钉截铁地给出了回族文学的概念范畴和具体内涵。进而指出回族文学这个概念的组属本质。从依据和范围两方面详细论述的这样界定的学理性。从大的历史断代和具体的当代分期，杨继国主编可以说胸有成竹，高屋建瓴。就在当下的宁夏文学研究的场域里，杨梓在勾画宁夏文学史，我最多只能奢求，在郎伟教授和张铎诗评家的帮助下，想完成一本较细致全面的"宁夏文学六十年"，也更希望大家帮助和指教。

杨森翔（评论家，吴忠市人大常委会原

副主任）：查舜作为当代回族作家的杰出代表，在我国当代回族文学史上占有不可替代的重要位置。当我们研究关注查舜作品的主题或是作品的风格时，便很快发现，时代和查舜的个人生活经历对他的文学创作有着非同一般的影响。

一、主题。查舜的一生就是一部一波三折、引人入胜的小说，在他近五十年的创作生涯中，有将近三十年是做过学生、农民、粮站搬运工人、中小学教师和业余作家，还干过校长，当过先进工作者，连续三次上大学，这其中的酸甜苦辣、艰难困苦可想而知。毕业后当上了专业作家，走上了专业创作之路……这样五彩斑斓、丰富多彩的生活经历为他的创作提供了独特而绝佳的素材，并因此创作了长篇小说《归真》《墓地与摇篮》《月亮是夜晚的一点明白》《青春绝版》《局》《穆斯林的儿女们》，而且思想深度和艺术质量都比前者有大幅度的超越。还出版了小说集《拯救羞涩》《月照梨花湾》《风流云散》以及散文集《我本是条汉子》《碎月万千》等，中篇小说集《风流云散》被翻译为阿拉伯文。其中，《月照梨花湾》《归真》《墓地与摇篮》《月亮是夜晚的一点明白》《穆斯林的儿女们》《风流云散》等作品，把人置身于20世纪80年代的中国西部一个回族乡村——梨花湾，从不同角度对人和人的生存环境进行观察。在他眼里看到的多是"现实的欢歌和飞扬"（郎伟《发现一个新的世界》）。

查舜有连续上过三次大学的经历，每一次的经历都使他深受其益。三次上大学的经历不但丰富了查舜的知识，开阔了查舜的眼界，而且还丰富了查舜的人生阅历，提高了查舜的人生境界。《月照梨花湾》和《月亮是夜晚的一点明白》中的主人公丁玉清及丁祥、李大阿訇、杜凌云、王满拉；不管是正面人物，还是反面形象，他们都在不停地思

考。这种"思考的形象"在查舜的作品里，构成了一道特别的风景。

二、写作风格。查舜的生活经历和个性不但影响着他的创作主题，而且也深刻影响着他的创作风格。查舜的写作风格也是多姿多彩。以《拯救羞涩》这部小说集为例，以郎伟教授的分析解读为证：《月照梨花湾》所流溢的是"单纯明朗的艺术情调"；《在淡淡的云纱那边》《金色和银色的梦》《绿管演奏会》《张长李短王自然》等作品是查舜受20世纪80年代中后期艺术之风变革影响写的一组"实验探索性"作品，在总体上呈现出写意性特征，是"大有深意的'寓言小说'"；而《风流云散》则是"一部具有浓厚的心理现实主义色彩的小说"；《客居故乡》则显示了作者"出色的叙事能力和他颇为擅长的心理分析能力在作品中能够非常和谐地融为一体"。在《风流云散》《客居故乡》《昨夜情仇》《孤旅》等作品中，查舜看待生活的视野开阔了，对人性的解剖锐利了，艺术上则将圆熟的叙事和深度心理分析融于一体，并特别注意语言的凝重、沉潜、思辨色彩。

到了《青春绝版》，查舜开始了"多线条""多声部"的写作。郎伟教授在《青春绝版》的序言中说：书中始终回荡着两种声部、两种旋律。而这两种声部和旋律分别对应着男女主人公的不同生活和命运。第一种旋律属于乐文村和整个男性世界。它急促、紧张、沉重，不时有暴戾之气、杀伐之声。第二种旋律则是属于女主人公林淑虹的。这一种旋律舒缓、温和、灵动，充满了似水的柔情。

作品艺术特色和写作风格的变化，映射了作者生活和阅读经历的变化。查舜在中后期的创作中，追求语言的绚烂多姿和艺术多元化，既喜欢使用复句、长句，也喜欢使用短句、排比，还喜欢自组词语。因为他上过大学，学过修辞语法，也当过中学语文教

师，教授过语法修辞，还在北京待过好多年，在鲁迅文学院和北大读过很多中外文学名著，接受过各种文学流派和文学新思潮的影响。查舜的个人生活经历造就了他作品异于他人的特殊品质。

吕　颖（评论家，北方民族大学文史学院教授）：杨少青的创作基本可以分为两个时期，一是前期的浪漫放歌，其中包括早期的作品集《阿依舍》（1984 年）、《豫海英杰》（1994 年）、《大西北放歌》（1994 年）三种，2006 年集结为全本《大西北放歌》，其中包括了三部作品收录的所有"花儿"抒情和叙事作品；杨少青前期通过文人对宁夏传统"花儿"和"花儿"叙事诗的贡献，以宁夏唯一的以诗歌获得骏马奖就是明证，杨继国先生的评价已经是不可超越的定论。二是后期的现实行走，主要作品有电视剧《请拨警号 110》（七集）、电视剧《喊叫水》、长篇纪实文学《大漠税魂》、长篇传记文学《汉子杨兴义》《永远的穆勒什德》。

从《大漠税魂》的写作来看，绝无功利可言，而是出于一个作家的良知，一个人大常委的道义，开始了长达两年多的采访与撰写，其中包括凤城扫描、石嘴山写真、情系腾格里、劳模的风采、群英在线五个部分，必须指出的是，这一系列的采访都是作者在 1998 年严重车祸之后，视力严重下降、体力也大打折扣的情况下，艰难完成的。——这是从公的角度写了人的社会责任感。

从《汉子杨兴义》的写作来看，写了我区著名的民营企业家和慈善家杨兴义，将人物年龄段分为思想转型期和事业发展期来写，融合了电视剧和"花儿"叙事诗的写作手法，不仅写作手法融汇创新，而且提倡了一种新的社会情怀，写了民营企业家杨兴义拼死拼活、艰苦创业的吃苦精神，写了致富不忘报效国家、乡梓父老，扶贫济困、捐资助学的慈善情怀。——这是从私的角度写了人的生存使命感。

《永远的穆勒什德》一书是本融散文、书评、纪实文学、电视剧本为一炉的混合文集。分为纪实文学、书评、散文随笔、电视剧四部分，其中也不乏精彩篇章，不赘述。

但是，由于杨少青先生自己对后期的作品也评价很谦虚低调，其他人也不够重视，所以至今尚未有人给予深入的中肯研究和评价。

在此，可与马金莲的创作批评进行比较。对马金莲的批评关注集中地体现在这么几个方面：一是女性尤其是回族女性关怀意识及女性视角，二是作品的现实性乡土性，三是"80 后"作家身份与作品主旨的不对称性，四是回族宗教精神的自觉流露。

乡土的马金莲目光投向的是乡土女性，她对乡土女性有着独特的关怀与表现，有着丰沛的情绪去关乎她们的喜怒哀乐与酸甜苦辣。她的作品绝大多数的主人公都是女性，作家致力于表现她们朴实的童年、慎微的生活、无奈的命运、饥饿的记忆、附庸的地位等。在马金莲的作品世界中，她们几乎全是弱者。

马金莲如果想成为思想含量非常大的作家，或者想成为划时代的作家，应该对她笔下的乡土文明、女性、弱者的命运和权力有一个反思或创造的路径，那样，可能会取得空前的成绩。这对西部乡土回族女性的她绝对是一个苛刻的要求，但也是更高的要求。

从杨少青和马金莲的比较来看，一是男性作家的宏阔视野和女性作家微观视角之思；二是原生态生活与当下生活的哲理思考；三是文学的非功利性、审美性与文学的现实性和现实使命感之思；四是生活与创作的凝视、观照与眺望之思；五是文学家的存在感和自我超越之思。

苏　涛（青年评论家，宁夏大学人文学院讲师）：石舒清在《马知遥老师印象》中说，"我觉得，在我周围的作家里，知遥老师就是最好看的人。"石舒清的这段话，提供了一个走进马知遥文学世界的很有意思的角度。文学有时候是讲究感觉的，我只见过马知遥老师一面，给我最大的感触是知遥老师的气质和他的文学太"般配"了。我与知遥老师年龄相差近50岁，那次见面带给我最多的就是他身上那种"不修边幅"的真诚，而这也是他的作品带给我的第一感受：真诚无伪的文字从来都是最打动人心的。

若论作为作家的马知遥，他的作品异于其他作家最显著的地方，我认为就是他粗犷刚烈的文风。尽管关于"回族文学"概念的讨论和梳理直到20世纪80年代才逐步展开，但实际上20世纪30年代马宗融就开始了关于现代回族文学的理论思考。在《抗战四年来的回教文艺》《我为什么要提倡研究回族文化》《理解回教人的必要》等文章中，他提出了许多极为重要的理论命题。在《理解回教人的必要》中，他敏锐地提到了回族民族精神中的"力"这一观点。反映到回族文学的创作中，对这种力量感的展现较为明显的作家就是马知遥。无论是中短篇小说，还是长篇小说《亚瑟爷和他的家族》，这其中他一以贯之的文风的关键词就是"力量""硬气"。（张承志是另一位"力"的作家，但两位作家的力量又有很大的不同）而正是因为他的这种力量，使得他的作品很少诗意感，而更多的是直面现实的锋利和真实，这种锋利感在我看来是当下回族文学创作中较为缺失的品质。

说到回族文学创作，马知遥的重要意义还在于他视角的独特性。当代回族文学作家按照地域大体上可分为两类，一类是聚居区作家，一类是散居区作家。而马知遥的独特性在于，他是出生、生长于散居区，而文学创作却是在聚居区进行的、具有强烈民族意识的作家。这使得他在表达本民族时，同时兼具散居区与聚居区的双重视角。他这种双重视角下的文化眼光，让他的作品既有着对本民族深深的爱恋，又有着从较为发达的散居区透射聚居区后所感受到的一些悲凉。这就使得他的作品带上了某种忧患色彩、悲悯情怀和反思意识，如作品《静静的月亮山》最后的结尾写的那样，"我哭笑不得，如坠入无底深渊。我敢说，在这种环境里，任何意志刚强的人也不会有任何的冲动和憧憬。我彻底地泄气了，望着静静的月亮山发愣"。同样的情感表达也出现在《亚瑟爷和他的家族》的后记中。可以说，马知遥对本民族文化心理的深度挖掘，以及精神层面上的焦虑感和孤独感是极为深刻的。

马知遥的文学意义还在于，他的作品十分敏锐地展现了时代变革下的回回民族的生活和心理状态。长篇力作《亚瑟爷和他的家族》可谓是他这方面集大成之作，他早期的中短篇小说也无不把焦点放置在特定、特殊的历史时期。（如《古尔邦节》《搭伙》《老烈》《最后一次忆苦思甜》《"业余社员"轶事》等作品就与主流的反思文学保持了同步）可以说，马知遥是历史感与时代感都极为强烈的作家，他一方面对那段特殊的历史时期保持着思索，一方面又关照着他所生活的这个时代。此外，马知遥的文学语言简练、质朴、有速度，因而很耐读，在老一辈作家中属于语言修养很高的作家。

王武军（评论家，宁夏政协文史资料编辑）：高深是回族诗人的领军人物，两次荣获全国少数民族文学奖"骏马奖"。对高深诗歌作品的研讨，现从三个方面进行探讨。

一是文学定位。高深是宁夏现代诗歌的先行者。宁夏现代诗歌伴随着中国现代诗歌的发展，经历了一个几乎从无到有的发展过程。1958年，伴随着宁夏回族自治区的成立，从全国各地陆续来了一批支宁知识分子，他们在从事文学编辑、新闻、文化、教育工作的同时，进行诗歌创作，一度推动了宁夏现代诗歌的发展；同时，也带动了宁夏本土诗人的创作。从1958年到1979年，宁夏现代诗歌处于探索期，主要有朱红兵、姚以壮、李震杰、吴淮生、肖川、秦中吟、刘国尧等人，而高深、王世兴、杨少青、沙新等少数民族诗人，他们以工农业生产和农村生活为题材，以高昂而明快的政治抒情诗和"花儿"抒情诗为主，把叙事与抒情相结合，表现出一个民族诗人坚忍顽强的性格和正气凛然的风骨，充满了浓郁的乡土气息和民族特色。到了20世纪80年代至90年代末期，伴随着马钰、何克俭、贾羽、丁学明等少数民族诗人的崛起，使宁夏民族诗歌创作逐渐走向成熟，形成了一个民族诗歌创作群体。他们主要以西部和宁夏为背景，着力描写人的生存环境、生命体验与人生感悟等，既有饱含深情的咏唱，又有直抒胸襟的豪迈，更有出其不意、气象万千的泅染，具有北方辽阔、西部苍凉和鲜明的民族情结，表达出强烈的民族意识和独特的审美情感。进入21世纪以来，涌现出了单永珍、马占祥、泾河、雪舟等一批优秀少数民族青年诗人，他们多次受到全国有影响的诗歌刊物关注，成为宁夏乃至全国诗坛一支不可忽视的创作力量，促进了宁夏现代诗歌的发展和繁荣。可以说，是朱红兵、李震杰、高深等人开创了宁夏现代诗歌的先河。

二是文学造诣。高昂、凝练、豁达的风格。高深初期诗歌高昂而明快。20世纪50年代初期，诗人怀着建设新生活的无比激情和对新中国狂热的爱恋走上文学创作的道路。新社会的一切，在年轻诗人的眼里都是那么美好。他热情歌唱解放后新的生活、新的风貌、新的爱情。例如《羊皮筏飞在黄河上》，抓住在黄河上飞渡的"羊皮筏上坐着四个回族姑娘，她们带着乡亲父老的嘱托，去大学做首批牧民子弟的学员"这一典型事例，歌颂了回族人民生活的巨大变化。中期诗歌凝练而深邃。高深经历了一段坎坷人生和创作探索之后，丰富的人生阅历和生命体验，使他的诗歌创作开始走向更高的境地。他开始把人生的哲理和一些重大的社会问题熔铸到自己诗的形象之中，明显地表现出一种深邃、凝练的新风格。后期诗歌豁达而宁静。1983年以来，高深的诗歌创作更加稳健和成熟，诗人在对过去生命历程回顾时，表现出一种不埋怨、不悔恨，反而很富有的宁静豁达的人生态度，诗句里蕴含着羽化人心的人生哲思。在《诗歌》一诗中写道："诗歌是自由的儿子 人民的儿子 是精神支柱 / 是人类的呼吸命运的呐喊 民族的旗鼓…… / 诗歌是生活的慈母 / 诗歌是人生的严父"。这首诗，可以看做是诗人对自己诗歌创作的高度总结，也标志着高深诗歌创作的成熟。

三是文学影响。开创、引领了宁夏诗歌发展。其一，"在地性"诗歌创作。他的诗从一开始就突出地域性，无论是写辽宁还是写宁夏，从地理环境和民族特色上都有具体体现。比如《布尔哈通河畔》《贺兰山上气象哨》《春满六盘山》等。其二，民族性诗歌创作。作为回族诗人，高深不仅具有坚韧、顽强的性格，也具有刚正不阿、正气凛然的气质。他始终在努力表现中华民族所具有的美德，把共性融于个性之中加以歌颂。比如《回族女社长》《我默立在海瑞墓前》等。其三，叙事与抒情的结合。纵观高深的诗歌创作，有一个共同的特点，就是叙事与抒情的结合，外界客观的事与诗人主观的情有机统一。在他的诗歌里，我们感受到一颗真诚火热的赤子之心在跳动、在呼唤、在憧憬，时代感、现实感和激情的交织融合所喷发出的感染力，是时代的回音壁，也是心灵的反光镜。

总之，高深的诗主要以西部为背景，基调昂奋而明快，感情真挚而深沉，构思独特而精巧，音韵婉转而谐趣，表现手法多变而灵活，语言自然流畅而精美，叙事与抒情相结合，既有对社会、人生的自我感悟，又有对现实、生活的准确把握，在深层的情感体验中蕴含着对世界和人生的理性认识，构成了高深民族化创作的独特风格。

李进祥（作家，宁夏作家协会副主席）：宁夏政协组织作家作品研讨会，这在全国都算是一项创举，足可以看出宁夏政协对发展宁夏文学艺术事业的担当和热忱。选取老中青三代9名少数民族作家作品进行研讨，是对这些作家个人创作的肯定，也是对其他少数民族作家的鼓励，更是对宁夏文学几十年发展脉络的总结与梳理。

宁夏自古以来就是一个多民族人民聚居的地方，多元共融、丰富多彩的少数民族文化，是一笔丰厚的精神资源，也是宁夏文学发展的底蕴和动力。近年来，在宁夏党委、政府的领导下，在宁夏人大、政协的关怀支持下，宁夏文联、作协努力工作，宁夏各民族作家辛勤耕耘、艰苦创作，宁夏文学已经成为中国文学百花园中的一枝奇花，宁夏的

少数民族文学正是这朵奇花上的鲜艳花瓣。

宁夏少数民族作家充满了对故乡、本土、本民族及国家发展的关注，既浸染着浓郁的民族文化的特征，又与中国传统文化一脉相承，从而创作出一批特色鲜明的文学作品，获得了许多重要奖项。老一辈作家高深、马知遥、杨少青、查舜、杨继国等开创了宁夏少数民族文学的局面；中生代作家石舒清、金瓯、李进祥等扛起宁夏民族文学的大旗；新生代作家马金莲等在全国崭露头角。石舒清的短篇小说获鲁迅文学奖、马金莲的长篇小说获中宣部"五个一"工程奖，有16位少数民族作家的18部作品获骏马奖，还多次荣获庄重文文学奖、小说选刊奖、人民文学奖、春天文学奖、回族文学奖等；4部作品入选"二十一世纪文学之星丛书"；15部作品入选中国作协重点扶持项目。涌现出一批具有全国影响的少数民族作家，受到中国作协的肯定和社会各界的关注，为宁夏赢得了良好的声誉。

我们作家也要通过研讨学习，不断提高创作水平，更多地发现宁夏之美，充分挖掘宁夏地域和民族特色，发掘宁夏故事的深层意义和价值，把宁夏故事讲得更好、传得更远，为建设"四个宁夏"作出新的更大的贡献！

（悟君摘编）

宁夏新边塞诗研讨会发言摘要

左宏阁　唐　晴等

编者按： 2016 年 11 月 25 日，为了认真贯彻落实习近平总书记在文艺座谈会上的讲话精神，进一步推动宁夏诗歌的发展和繁荣，由宁夏政协文史和学习委员会、宁夏文史馆、宁夏社科院、宁夏社科联、宁夏文联等单位或部门联合举办的"宁夏新边塞诗研讨会"，在宁夏政协 9 楼会议室召开。宁夏政协副主席洪洋出席会议并讲话，宁夏政协文史和学习委员会专职副主任张树仁主持研讨会。

宁夏政协副秘书长陈莉萍、宁夏师范学院副院长钟正平、宁夏文联副主席苏保伟、宁夏社科院副院长段庆林等领导出席研讨会，宁夏政协文史专员、文史和学习委员会成员，以及宁夏文史馆、宁夏社科院、宁夏社科联、宁夏文联、宁夏作协、宁夏诗词学会、宁夏诗歌学会等单位或部门负责人和区内部分诗人、作家参加研讨会。

研讨会上，宁夏政协副主席洪洋在讲话中指出，一要坚持正确的创作方向。要认真学习贯彻习近平总书记在文艺工作座谈会上的讲话精神，坚持以人民为中心的创作方向，把满足人民精神文化需求作为文艺和文艺工作的出发点和落脚点，把人民作为文艺表现的主体，把人民作为文艺审美的鉴赏家和评判者，把为人民服务作为文艺工作者的天职。把握正确的创作方向，坚持与时俱进，创造文艺精品，把最好的精神食粮奉献给人民，做先进文化的建设者和传播者。二要准确把握时代精神。习近平总书记在讲话中，把文艺和文艺工作放在我国和世界发展大势中审视，强调文艺最能代表一个时代的风貌，最能引领一个时代的风气，包括文艺在内的文化发展和中华民族发展紧紧联系在一起。我们要深刻认识到文艺事业是党和人民的重要事业，文艺战线是党和人民的重要战线，认清所担负的历史使命和责任，更加积极主动地推动文艺事业和诗歌创作的繁荣发展。三要服务"四个宁夏"建设。文化是民族生存和发展的重要力量，实现中华民族伟大复兴需要中华文化繁荣兴盛。同样，建设"四个宁夏"，也离不开我区文化大发展大繁荣。我们要高度重视，充分发挥文学和文学工作者的重要作用，不断增强包括文艺在内的文化软实力，突出"不到长城非好汉"的宁夏精神，为宁夏发展提供强大精神动力。不断推动宁夏文学事业繁荣发展，为建设"四个宁夏"作出更大贡献！

研讨会上，北方民族大学教授、宁夏诗歌学会特邀诗评家左宏阁对宁夏新边塞诗进行了综合论述，评论家唐晴、段庆林、于永森和闫立岭，针对以古体诗词创作为主的秦中吟、项宗西、吴淮生和张嵩的作品进行了评论；王武军、安奇、许峰和张富宝针对以现代诗创作为主的肖川、骆英、杨梓和杨森君的作品进行了评论。现将研讨会发言摘要如下，以飨读者。

左宏阁（评论家，北方民族大学教授）：宁夏新边塞诗的内容与唐代到清代的边塞诗既有联系又有区别，明显体现出地域特点、时代风貌、民族风情，是宁夏文学乃至全国文学宝库中不可或缺的珍贵财富。主要有：

一是塞上古风的哲思。历史是一面镜子，不忘历史是为了更好地珍惜今天，建设明天。所以，诗人们始终把对历史的思考作为自己咏叹主题之一。宁夏境内的固原地区，古代主要属于中原王朝统治地区，是通向朔方的交通要道，六盘山及萧关在宋代及以前，曾起着重要的作用。是军事重地，也是丝绸之路的枢纽。今天虽已不再发挥作用，但他们的历史价值人们始终不会忘记。秦中吟《萧关道上》"萧关无复马萧萧，散尽烽烟地阔辽。汽笛频催杨柳翠，行人不识霍嫖姚。"这里的萧关，指的是固原城南的萧关。宋代的萧关在今宁夏同心县。诗中由萧关、固原的今天，想到了卫青、霍去病，今天汽笛长鸣，绿染千家，回汉和谐，无复烽烟，卫青等若能再至，一定高兴不已。其实，作者要表达的正是卫青、霍去病等众多古代战将所追求的目标，今天得以实现，人们安居乐业，各族同胞和谐相处，共建家园。

二是历史文化印记的咏叹。贺兰山上的历史文化遗存十分丰富，有些还需要我们进一步挖掘。高嵩先生曾提出贺兰山就是古代不周山的说法，值得我们采纳和研究，但因研究者不多，且未形成学界共识，所以，歌咏者寥寥无几。而贺兰山上的岩画则是诗人们津津乐道的一个主题。在贺兰山上，有二十多处先民凿刻的岩画留存。岩画的每一笔、每一画都浸透着先民的智慧，镌刻着先民的喜怒哀乐。从岩画的内容看，这里的先民定是以狩猎和养羊为主，因为岩画中有各种形态的鹿、羊、马、狗和猛兽，游牧民族气息浓郁，时间约为春秋战国到西夏王朝时期。今天在宁夏文学作品中常常提及的岩画中的羊群、牧人、弓箭、图腾、马匹等，仿佛一群活生生的人与动物。这些故事让诗人感动，同时诗人又把读者的心灵带回到远古时代。

三是农耕文化与游牧文化碰撞的浅吟。农耕文化与游牧文化的碰撞与交融使宁夏山水文化的内涵更加丰富，也使得宁夏文学中的山水情结更加浓厚。历史上，宁夏地区是中原王朝与北方游牧民族互相争夺的重要地带，周朝尹吉甫率军队攻打到今宁夏灵武一带，唐朝李世民在灵武接受各部落的投降，西夏王朝与宋朝战争不断，元朝以后，宁夏基本归中央管辖。清代吴复安《贺兰怀古》："贺兰山色望玲珑，虎踞龙盘气象雄……贺兰山势抑何遒，险扼三边据上游……赫连古垒蓬蒿乱，元昊遗宫鹿豕游。割据雄图今已矣，苍烟漠漠锁荒丘。"该诗慨叹贺兰山虎踞龙盘，山势险峻，绵延二百多公里的山峦遍布一千三百多座烽火台，在朔方上游阻扼三边。今天，割据争霸已经结束，各个民族的矛盾冲突已被尘封，诗人的感慨随之戛然而止。阿尔《西夏王陵》："我们要开始了／诵经之后的马队沾满鲜血／我站着，手里的青砖落下局部的黑暗／是的，我们不应该去歌颂这种孤独"。历史已经过去，但它留下的教训不能遗忘。阿尔的《西夏王陵》虽然很短，却耐人寻味。

四是象征意蕴的情感解读。在诗人眼里，贺兰山已不单是一座山，她已经变成一种具有象征意义的意象。唐代韦蟾《送卢潘尚书之灵武》："贺兰山下果园成，塞北江南旧有名。"这里的贺兰山随着历代文人的演绎，已经变成一种指代意象，即整个银川平原地区。项宗西，20世纪60年代作为知青从杭州来到宁夏，四十多年的塞上工作生活经历，使其诗词刚柔并济，情感真挚。《忆秦娥·塞上情》词中"征途千里凌霜雪"，把当年知青满怀激情凌霜傲雪，赴宁投入建设的气势描写得形象生动。如今的贺兰山，已成为诗人表情达意的美丽意象，她时而雄浑巍峨，时而青翠俊秀；时而风雨雷霆，时而艳阳高照、魅力四射。贺兰山题材的诗歌，以其独有的魅力，值得人们去关注、研究。

另外还有塞上今日风土人情的描绘，塞上景物的描写，以及个性情感的抒发等，使得新边塞诗更加丰富多彩。当然，诗词中有待提高之处，一是雄壮有余、浑融不足。二是粗犷豪迈，但欠缺细腻。三是生产建设内容偏少，主观情绪抒发偏多。

唐 晴（诗人，宁夏人民出版社副总编辑）：诗歌的思想内容、表达方式等等，在同一地域，同一时代，也存在个体差异和个体的独特性。秦中吟老师作为西部田园诗和新边塞诗的倡导者，具有鲜明的个性色彩。用他的话说，他的诗词"都是对生我养我的家乡塞北黄土地的颂歌，对沧桑巨变中现实生活的反映，也是自我心灵历程的记录。不同的是主观愿望力求超越前者，在精神境界上有所提升"。其实也高度概括了秦中吟作品的几个主要特点。

一、匍匐在黄土地上，聆听生活的心跳，书写栖居的诗意。秦中吟写作的题材面很广，但诗人心中对生养的塞北大地充满了浓烈的乡土情结，"一行翠柳万行诗，不许漠风摧半只"（《唐徕柳》），"一路风光看不够，无心诉说旧时愁"（《公交车开到家门口》），讴歌家乡风土人情，生活的点点滴滴都充满了诗意。"丰收曲漫天涯路，谁道茨农只为钱"（《晒果》），劳动者在《午间小憩》时，"婆娑枝叶遮阴凉，姐妹闲聊聚一帮"，她们不仅友爱和谐，而且勤劳，对未来充满了希望。

二、雄浑大气话沧桑，娓娓道来说家常，形成独特的诗性。所谓诗性，就是形式与内容都趋于完美。他认为："传统诗词之博大精深，意境美妙，神韵幽远，它抑扬顿挫铿锵悦耳的声调，古朴、典雅、凝重的艺术风格，和谐蕴藉的美学意味，实在诱人，迷人。"这里透露出三个信息：一是诗人认为诗来源于生活，是要与人交流沟通的；二是说明了诗人对诗歌意象、艺术、美学等的认识与观点；三是诗人拒绝当下一些新诗的散漫、浮华、浅薄、不知所云。

旧体诗的形式之于内容的能动作用，在于句式简练，节奏铿锵，意象排列充满了张力。这在秦中吟的新边塞诗中表现十分突出。"天上流来向海奔，坚冰难锁赤诚心。

欢浇黄土无边地，苦汇千川绿化村"（《黄河魂》），诗人对历史题材、社会变迁等宏大叙事虽然简练，却雄浑大气，意象纷呈。

三、以出世的眼光，写入世的诗歌，构建诗人的灵魂。以出世的眼光，写入世的诗歌，构建诗人的灵魂。"真个夕阳无限好，平常心态即诗篇"（《诗友重逢》）。虽是暮年，但感觉生活美好，处处诗意。"小草春摧才泛青，挺身何必记虚名？风沙信可锤筋骨，寂寞诚能养性灵。天道酬勤终有报，浮心损志定无成。俏然独立成高格，管啥人看重与轻"（《与宁夏诗友共勉》）。不计虚名，但有筋骨、性灵，勤勤恳恳，俏然有高格。

四、师古不法古，新词新意表心声，成为时代的歌者。秦中吟的诗词有一个鲜明的特点，就是吸收现实生活中新鲜的词汇和民间口语、俗语等，形成富有时代感具有自己独特"诗家语"的现代诗词。秦中吟的诗短小但具有内核，能在读者心中飞翔。如"茶浓却伴郎情谊，别后多年仍不凉"（《盖碗茶》）。"萝卜快时不洗泥，深怀诚信不堪疑。心中自有公平秤，量得公私高与低。"另如《左柳公》："左公主政问如何，古柳株株实证多。叶叶寄情边塞事，莫将斧锯写悲歌。"呼唤人类与大自然和谐相处，关爱绿色生态。

一个诗人应该保持"人不能两次踏进同一条河流"的审美自由和丰富多变的想象力。在秦中吟很多诗词中存在内容、意象单一、简单，没有审美的独特角度，没有丰富多变或给人深刻印象的影像，显得平淡。这是秦中吟诗词存在的主要问题。

段庆林（诗人，宁夏社会科学院副院长）：边塞诗是一种以题材划分的诗歌类别。其对边疆奇绝风物和艰苦卓绝军务生活的描写，都给读者产生强烈的陌生化艺术感受。然而，随着现代交通的便捷化，边疆生产生活条件的显著改善，边塞诗给人的陌生化效果大大降低。宁夏已经自清朝开始从边疆成为内陆地区。新边塞诗面临读者对边疆认知的淡化，边疆已经不再神秘新奇，正如星汉认为"新边塞诗在题材内容上的继承有限"。传统题材的式微需要突破题材的限制。边塞诗也可以看做是以地域划分的诗歌类别，从突出其题材特色到突出地域特色，也应该是新边塞诗发展的方向之一。

项宗西诗词以七律、七绝和词为主，有少量五言诗。较多地以塞上为题，是重要的新边塞诗人，他的诗词有以下几个基本特点。

一是对人文精神和典雅审美的追求。项主席诗词追求中国特色美学精神，以及言志抒情的诗歌传统。很好地处理了继承与创新、言志与抒情的关系。具有时代精神和人文精神。正如秦中吟先生评价的是：质朴境界、崇高精神。

二是情景交融。诗的境界是情趣与意象的融合。项主席的诗词很好地做到了即景生情、因情生景、情景交融。一些作品诗中有画、画中有诗。一些作品采取移情、通感等艺术手法，表达深刻的思想内容。如"西湖借我三巡雨，塞上赢来一岁丰"，自是佳句。

三是语言自然清新。项主席诗词的语言典雅、自然、洗练、含蓄，语言质朴，感情饱满，韵味浓厚，很少使用典故。

下面我以个人对诗词的认识，从项主席三种诗体中各选择一首，试着做个简要的赏析。

项宗西的词，一是长调见功力，如《水调歌头·送友之沪》等。二是小令以咏物诗为佳。如《渔歌子·春芳咏》《鹧鸪天·咏梅》等，语言清新绮丽。

《水调歌头·送友之沪》是项宗西诗词的代表作之一。该诗表达了作者送别知青战友的离别之情。上段写聚会，下段写嘱托。上段分三个层次，首四句为一层，晓星、望远桥、送君，点明聚会的时间、地点、事由。

次三句，从塞北到浦江，从烟尘到激浪，表达了对战友命运转变的赞赏。并借用苏轼"一蓑烟雨任平生"句，表现了乐观和豁达的人生态度。末两句，以海阔凭鱼跃的祝愿，为战友壮行。下段亦分三层意思。首五句，以西北大美之景，嘱励志；"长河落，渔帆起，雁南征"，也可以解释为以雁南征串起长河落和渔帆起的南北两地景色，比喻新起点。次三句，嘱生花妙笔，不辜负百载、银汉的大时空、大时代。末两句，嘱重聚，常记北国知音，期待群英重聚。总之，全诗雄浑豪放，是首优秀的送别诗。

《京西初冬》是首以艺术语言反映反腐倡廉重大题材的作品。作者 2006 年开始兼任自治区纪委书记，更多地关注反腐倡廉事业。首联以寻红叶起，写时间地点。颔联承接，翠柏、丹枫喻坚守与本色。颈联以枯荷残梗和衰柳疏条为转，表示却看到腐败现象。晓风即清风。其中"凝""敛""携""掠"炼字精准。最为精彩的是尾联的合，"删尽繁英落清瘦，来年烂漫报春浓"。宕开一笔，语言奇崛，富于哲理，对反腐倡廉给予光明前景。联想到十八大以来中央大力从严治党，此首作于 2008 年的七律确实具有前瞻性。

绝句往往小中见大。《两岸标语牌》以短小的篇幅，反映了海峡两岸"九二共识，一中各表"的现实。第一句起，明写国共的分歧，两岸都宣传"统一中国"，但是以"三民主义"还是"一国两制"来统一中国却存在分歧。第二句承，暗写民进党与国民党的冲突，虽然经历了陈水扁时期的"风浪"，标语牌依然从容而立。绝句的重点在于第三句，第三句是转折处，以一轮团圆月，来映照"两岸一家亲"的期望。最后以"字字红"来预示大陆统一台湾，句绝而意不绝，意味深长。全篇看似句句写景，实为处处言志抒情。该诗作于 2010 年台湾马英

九执政时期，目前台湾民进党执政，开启"去中国化"道路，不知"两岸标语牌"是否还在？

于永森（文学博士，宁夏师范学院副教授）：吴淮生先生是享誉塞上的诗坛老前辈。从整体上来看，其诗词创作所涉及的内容较为广泛，主要分为六大类别：山水吟唱、感怀言志、咏叹历史、乡情之思、情感人生和酬唱寄赠，现就各类作品分别作一简单评析。

一、山水吟唱。在吴淮生先生的诗词中，这类作品较多，大多写得局度工稳，情境开阔，具有较高的艺术成就。比如《夜宿六盘山顶》一诗："拔地三千米，凌空二岱遥。苍穹连玉阁，星月挂崖梢。银汉峰前瀑，雁鸿云外桥。天风吹猎猎，相送入云霄。"吴先生此诗写出了六盘山巍峨雄伟的磅礴气势，也写出了夜宿才能见到的奇丽景观，令人神往。尤其是中间两联，写景精工，境界阔大，作者就实景进行了虚境的开拓和营构，既创造出了虚实结合的独特意境，又渲染了作者的高远情怀。

二、感怀言志。任何一个作者，对于创作来说都是有一个不错的价值观判断结果的。类似感怀抒情的作品有《念奴娇·六十初度自识》，"只诗书旧识，情萦难绝"，道出的正是笔者上述所言的内容，而平生钟情于文字而无悔，对于人生来说既是自足的，也是幸福的。

三、咏叹历史。吴先生诗词作品的代表作品还有一些咏古咏史之作，这些作品大多也写得格律精工，意蕴深沉。比如《访陕西岐山五丈原诸葛寺》："背倚青山一栈通，挥师六出足称雄。渭滨征战愁司马，蜀国安危系卧龙。三国纷争棋局乱，九州康乐普天同。木牛何似飞车快，五丈原头旭日红。"既缅怀了诸葛亮的功勋，又写出了为特定的社会发展情态所局限的历史人物的悲壮感，

今昔对比，令人无限感慨。其后所写的《破阵子·重游成都武侯祠》一词，以更为激烈的声情表达了对于诸葛亮大志未酬的感慨，令人动容。

四、乡情之思。吴先生原籍安徽，工作于宁夏数十年，但对于家乡的深切感念，显然是任何一个作者都避免不了的，这使得他的一些诗词作品写得情感浓烈，情怀真挚。比如《回乡偶书》："飘零岁月每愁肠，缕缕乡情万里长。今日回乡身是客，已将客地作家乡。"通过客地和故乡的情感对比，辩证地写出了作者对于故乡和客地的深刻而浓烈的情感，而"已将客地作家乡"的感慨，也显得情怀真挚，毫不做作。而在《赠台湾诗人羊令野先生》一诗中，则更进一步写出了对于故乡之情的复杂心态，可谓豪迈浓烈，熔于一炉。

五、情感人生。爱情是诗歌创作的一大重点内容，在吴先生的诗词中这类作品较少，有的也非专门而纯粹的性质，但还是能够看出一些蛛丝马迹。比如《访汉阳古琴台》："高山流水慕名来，紧闭龙门扣不开。欲访知音何处觅？桥头空望古琴台。"这是一首怀古兼游踪之作，咏叹追怀的内容是钟子期和伯牙高山流水遇知音的故事，从此作中是看不出情感的因子的。

六、酬唱寄赠。吴先生的诗词中属于此类的作品不算少，比如《万州呈劲强兄》以较为恢宏的笔墨书写了两人生平交际中的一些非常豪迈慷慨的生活历程，这就使得此类酬唱寄赠之作在很大程度上摆脱了应景或庸俗。类似的诗作，还有《呈吴葆萼师》等篇。

总起来看，吴淮生先生的诗词具有较高的艺术水平，也具有相当的个人艺术特色，情感真挚，情怀高远，格律工稳，意境独到，个别作品呈现出不错的神味。需要特别指出的是，如果从内容方面来看，吴先生反映表现宁夏当地的社会历史、人文风物方面的作品还不是很多。而从审美理想的层次来看，其诗词作品偏于"意境"的营造，以"意境"为主，而"神味"略见不足——"神味"说系笔者提出并系统建构、阐释的旨在突破、超越中国传统文艺旧审美理想"意境"的新审美理想理论体系。

闫立岭（诗人，宁夏遥感测绘勘查院副院长）：张嵩是一位从黄土地上成长起来的诗人，作品带有豪放的边塞号角的声音，带有浓厚的黄土的味道，阅读他的作品足以令人精神振奋。

张嵩三十多年间创作的旧体诗有五言七言，有绝句律诗，有古风体短诗，有歌行体长诗。其诗以成熟的技巧，优美的韵律，凝练的语言，充沛的感情和丰富的意象，高度集中地表现了诗人的精神世界和社会生活的景象。其诗从形式的建筑美、韵律的音乐美和语言的古典美，反映了自然的物镜美、感情的情境美和思想的意境美，即从内心世界出发，抒发了对理想世界的热烈追求，表现出热情、奔放、瑰丽、夸张的浪漫主义浓烈色彩；同时，又从现实世界中来，反映了忧国忧民的思想情怀，表现出细腻、冷静、客观、真实的现实主义价值取向。特别是他创作的13首歌行体长诗，形式变化较多，语言朴实无华，内容丰富感人，既承袭了高适的"边塞"之风，又兼具了张若虚的"春江"之美，在创作风格上有一定的独创性。

一、张嵩现实主义的创作风格。他的歌行体长诗在一定程度上反映了社会生活的广度和深度，在艺术手法上达到了比较纯熟和精湛的高度。

注重细节描写的真实性。《祭父诗》从不同时段的不同细节描写了一位勤劳、善良、正直、平凡、真实的父亲形象，情之所至，自然生发出了诗人由衷细腻的感慨、悲痛和怀念，细品有些联句，情思缠绵，意念悲切，感人至深，催人泪下。

注重形象刻画的典型性。《重读〈清贫〉有感》一诗通过有血有肉的故事情节，通过今人与烈士、清贫与富有、生活与良心、现实与理想的强烈对比，形象而生动地刻画出了"清贫者"方志敏烈士高尚而伟大的典型形象。该作品获"塞上清风"全国廉政诗词大赛一等奖，受到广泛好评。

注重具体描写方式的客观性。《读书感怀》是一首七言诗，其诙谐、幽默、童趣及人生感悟跃然纸上，从谈三国、红楼、聊斋、水浒，到读数理化和文史；看罢聊斋不起夜，读完红楼真糊涂；街坊前后皆陌生，书店男女都很熟；白鬓回首总怀想，黑发明目不孤独；莫论人间少知己，从头开始向书悟。整首诗通过具体描写读书的过程、经历、现象，客观地反映了书对人的影响、启发，表达了作者爱书、读书、悟书的美好情结。

具有浓厚的体物缘情的思想。《别固原》感情真挚隽永悠长，从始至终贯穿着一种朴素的故乡情，让人回味铭记。

具有强烈的批判性。《五月京城起大风》从四个层面逐渐深入地表达了诗人内心感受，深刻批评了社会上的丑陋现象，表达了诗人关心现实疾苦、"位卑未敢忘忧国"的思想。是一首现实主义叙事歌行体长诗代表作。

二、张嵩浪漫主义的创作手法。他的作品表现了自己的感情世界和认知，表现了强烈的主观色彩，寄情山水和歌颂大自然，善于吸收民间文学的精华，特别注重诗歌的艺术效果。

表达了强烈的主观色彩。重主观，轻客观和重自我表现，轻客观模仿，偏爱表现主观思想，注重抒发个人的感受和体验。《陌上花开缓缓归》抒情而不做作，其意象海阔天空，其感情回肠九转。以浪漫主义情怀，表述了诗人个人体验和主观思想，长短句交叉形成了诗歌的错落美和形式美，感情色彩浓郁而强烈，活色生香，意境优美。

寄情山水和歌颂大自然。诗人喜欢将自己理解的人事景物置身于淳朴宁静的大自然中进行吟唱，进而抒发出诗人的美好向往和真情寄托。《六盘山颂》有对历史的回顾、现实的关注、未来的展望和个人感情的抒发，视野随着渐进式的镜头徐徐展开，境界宏阔、气象万千，超越了他本身要抒写的六盘山的意象。

注重诗歌的艺术效果。诗人喜欢用夸张、对比的手法，追求强烈的艺术效果、曲折离奇的情节，塑造非凡的传奇性的人物形象。他的《君心向山我向水》是一首七言抒情歌行体诗，诗人巧妙运用夸张和对比的艺术手法，增强了诗的画面感和意象美，激起了内心感情的起伏和跌宕，显示了诗的艺术感染力和审美效果。

张嵩的歌行体长诗有较强的艺术感染力，既含有盛唐时期边塞诗的雄浑气象，又兼有中唐以后边塞诗的深沉感慨；既有抒发报效国家、渴望建功立业的豪情，又有状写别家离朋的思绪和浓浓乡愁；既有描摹塞上绝域的奇异风光，歌颂祖国大好河山的美好情怀，又有痛恨腐败与壮志难酬的思想矛盾。张嵩的歌行体长诗以自由转换新韵的韵脚来极尽内容多变、结构转折、气势壮阔、感情跌宕多姿之妙，承载了较大思想内容，抒发了激越奔放之情，其手法技巧多样，语言骈散结合、优美多姿，读来令人意气昂扬。

王武军（评论家，宁夏政协文史资料编辑）：肖川是宁夏著名的诗人，也是中国诗坛上的一员骁将。在众多西部诗人当中，肖川无疑是第一代西部诗人的主要骨干之一，与杨牧、周涛、章德益、昌耀、马丽华等诗人一道，使西部诗（新边塞诗）在 20 世纪 80 年代初期有过一个辉煌的时期。肖川诗歌真实地展现了特定时期宁夏乃至整个西部广阔的社会现实和地域特征，形象地将一代人的生活付诸笔端，表现出个体生命在社会现实和自然环境中的抗争、奋发、创造与追求，具有雄浑、旷达、豪放、劲健的"西部"特质。

肖川诗歌的雄浑之美。在肖川的诗歌中，有一种浑然一体、不可分割的整体美，雄浑的诗境中蕴含着无穷的意味……"精美的青铜造型与大西北之风采一起出土／拭去岁月的斑锈／无价之宝和无穷潜力／同时发出诱人的光／一切都不是幻想……"诗人在《这巍巍山这沉沉瀚海这厚厚荒壤》一诗中，通过"出土""发出""开发""找到""造"等动词，雄浑地再现了西部大开发的蓝图美景——"在广袤的大西北／造一轮中国味的太阳"。同时，在他的诗歌中，"雄浑"之美具有空间性、立体感，是一种有生命力的、流动的动态的美。诗人觉得，大西北不"只是雄性的粗犷与亢奋"，西部有一半的历史至少是女人书写的，旨在构建一个和大自然本身一样的立体的生命空间，从宏观世界对人类意志的探索，转到了从具象领域对人类意志的问津，彰显出肖川诗歌"超以象外，得其环中"的雄浑之美。

肖川诗歌的旷达之美。曹操在《短歌行》中写道："对酒当歌，人生几何？"就是对"旷达"之美的最好诠释。而肖川在自己的诗歌《中年的船，没有港湾》中写道："我不是神仙，也不是'高大全'／坦率地说，我的心并未全都交给荒原／我有家庭，有老人、妻子、儿女／几代人的忧欢苦乐，压在我的双肩／我知道，中年的船，没有港湾……"这种大度、超脱，而不拘泥于小节的"旷达"表白，具有超尘拔俗的人生审美体验。

肖川诗歌的豪放之美。肖川的诗具有"观化匪禁，吞吐大荒。真力弥漫，万象在旁"的豪放之美。诗人驰骋西北、穿越时空，无所拘束、诗意远翔。在他的笔下，无论苍茫古老的山塬，抑或是风景如画的塞上江南，这一切都不是单纯的自然景观，而是艾略特所说的思想感情的"客观对应物"。这些客观物象所呈示的意蕴，远远超出了它本身的范畴，变成了容量博大的艺术载体，基调高昂豪放，回荡着这个伟大时代高亢的声音。"若非亘古冰川之呼遏云漠野之吸／岂有这如此骄狂如此强悍如此犀利／又如此深长的西部风……风说：我将不朽"（《风说》）。表现出当今西部人"都领今日之风骚"的豪迈之气，是建设者"与血汗先祖与血火前辈是否同样风流"的历史见证。其诗出乎自然之气质，想象丰富、夸张大胆，波澜起伏壮阔，有一种极强的穿透力，让人激越而振奋。

肖川诗歌的劲健之美。肖川的诗在抒写人与自然的抗争中，体现着力量的抗争，有一种"天行健，君子以自强不息"的劲健特点。西部沉睡的自然需要开拓，这就需要男儿的开拓精神，歌颂"力"，歌颂"西部汉子"正是西部诗人的责任。这一点，在《易水行》这首诗中表现得尤为突出："一条大汉／一条与荆轲与狼牙山壮士同等气韵的大汉／使古之易水决然西向／雪山朝暾古塬午照漠野沉阳循行不已／趟着厚厚的西部光大汉走得很远了。"很显然，这条"大汉"是西部的最早创业者，是开拓西部的"大汉"，是"趟着厚厚的西部光""走得很远了"的"大汉"。诗是人的主体精神，在这个"西部大汉"的身上得到了集中体现，勇于开拓、勇于献身、勇于抗争的男性精神在此表现得淋漓尽致。正是因为有这种精神，西部才有开拓的可能，西部才有建设的未来。他们的男性精神，使西部更加苍健、更加崇高，彰显出肖川苍凉而雄健的诗风。

通过以上几个方面对肖川诗歌的分析，人们不难看出，肖川之所以能成为西部诗人的一代主干人物，是其雄浑、旷达、豪放、劲健的风格所致。肖川带给宁夏诗坛的不仅是他的西部诗，也带来诗学上的思考和沉思，诗艺上的审美和观照，对早期宁夏诗歌产生了重要的影响。

当然，在肖川的诗歌中也有一些奇异的、晦涩的诗句，应该引起我们的警觉和反思。

安 奇（诗人，宁夏教育厅语文教研员）：收到骆英先生的诗集《知青日记及后记》《水·魅》合集。立着就进入了阅读，我一口气读完了《知青日记及后记》，可以说它给了我比较大的震撼，因为对我来说知青时代的生活毕竟与我有着距离。但是在读到《水·魅》之时就没有那么快的速度了，一种宁静的诗意强烈地感染了我的心灵。

诗人必须有着一颗柔韧的心，还必须有一双善于观察的眼，透过世界的表象去看，所有被表达出来的诗境都使用那些来自自然界的物象，经过诗意的锤炼，进而成为意象，于是《水·魅》中的这些诗歌中的世界就呈现出两个层面上的意义——表象及表象之后的隐喻。也就是说表象的世界实际上来自诗人对生活的直观感受，这些感受都是非常细小的点，有着梦幻，有着迷幻，有着触景生情，有着不可言说的秘密，当然最重要的就是这些诗歌透过对自然情景的描绘隐喻了一个人生的世界。我们需要将自然界的事物看作诗人对人世的一个比拟，或者是一个比喻，需要我们将喻体转换为本体，进一步看到事情的真相。例如《赤脚的痛》："赤脚淌过山溪时我感到冷浚／也许是深秋的霜化作了溪流／我让心静下来慢慢在溪流中走／想象着世界其实一直就这么流动／早早熟悉了圆石触痛脚底的感觉／慢慢走 让痛从心底慢慢升上来"。在这首诗中，一个漫游者在经过山溪时感受到的冷峻。这世界为什么冷峻，是因为时光有了变化，于是溪水、赤

裸的脚与圆石的相触，给了诗人对这个自然之境的最初感受。这个感受是直接直观的，如果仅是这样诗歌就只能停留在表象之上，就不会有更深刻的感受，所以诗歌中结尾处的"踢翻"这个动作将圆石从静止的状态打破，进入一个新的世界，同时，在表达的过程中诗人采取了物我互换位置的方式，站在圆石的角度重新给世界一个定义，从而看到更多的世界，我想这里应该有这样的一个品味——冷峻是现实的味道。如果"圆石"不想变换位置，却只能被动地接受这个变化，那么它的拒绝显得苍白无力；反之，从物我相存的角度来看，这样的换位正是一种欣喜的接受。拒绝还是接受，这是《水·魅》这个文本中几乎贯穿的线索。只是这个线索，或者说这种感受诗人并没有意识到，所以他不是有意为之的。

我喜欢骆英的这些来自生活细节的诗歌，它们非常的柔美、寂静、同时又带有清新和小小的快乐，它们仿佛藏在某个瞬间。总之，这里的一切都会成为诗人笔下一个充满了自我反思的世界，因为可以透过生活中这所有的细节看透自己的内心，随时都可以将奔腾的生活之河静止下来，以便借此看透自己的心，在这个浮躁的世界中有着怎样的闪光：拒绝或者接受。在《水·魅》的诗章里比较完美地呈现了这样对立面的感受。如果表达了接受的意愿，那么拒绝的思想就会存在于对立面，当然这样的对立面不一定非得要表达出来。我们不妨再寻找几首诗歌来看一下这样的意味。

这些作品集中写作于 2010 年底至 2011 年初，我们可以把这些作品视为情感的集中爆发期，因此这些作品就具有了较为相近的哲学意味，也就带有着生活的痛感，例如《彩色的鱼》中鱼、马在时光中的意味，时间如水，鱼的游动跃伏，马的随意行走，世界的变化，清醒与睡梦的选择，不肯睡去，

于是点亮了一支火烛用来照亮世界。这里就有着选择，既然有了选择，那么拒绝的将是什么。看到这样的诗歌，我知道我自己也曾经有过这样的梦境，梦境在心海中反复出现，就会知道自己的方向。《时光》中我喜欢时光与山路上的每一个细节，当一只小鹿出现在隐藏起来的时光中，她的一切就变成选择将内心柔弱下来的理由，谁让现实是那样的坚硬。怎么选择？什么样的理由拒绝？《宇宙的89度》，差一度就成为绝高，成为不可企及，在这样的角度上，最后只剩下智慧的选择，这时的人生最应该看到什么，留下什么，是可以做最后的决断的时候，留下的就是人生的选择，抛弃的就是人生的拒绝。每一首诗歌都有它美好的地方，每一个细节，犹如一滴清水滴落整个镜面的世界，在喧嚣烦恼中，在波动不安的内心中，以静止的精致，细细地打造了时光流动中的细节，而这些细节，犹如一面面镜子，让阅读的人，从中照出自己的内心，从喧嚣中解脱，从低俗中趋向高雅。

这时，通过《水·魅》去看《知青日记及后记》对生存感觉的记忆就来得更加真切了。从总体上来看两部仿佛毫不搭界的作品，因为"拒绝或者接受"这样的一个概念而显得完整，显得颇有哲学意义的高度。

许　峰（青年评论家，宁夏社科院助理研究员）：作家和诗人都有一种"文学史"情结，能够进入"文学史"，可以说是对作家和诗人创作水平的认可。在丁帆先生主编的《中国西部现代文学史》中，进入此"文学史"的宁夏诗人只有杨梓，而且仅仅是以杨梓在20世纪90年代的诗歌成就来进行考量的。这足以证明杨梓作为西部"第三代诗人"在西部诗坛的分量。

20世纪80年代前期，周涛、杨牧、章德益等西部边塞诗人以其豪迈壮阔、粗狂激越的"新边塞"诗风雄起诗坛并影响深远，在很长的一段时间内，西部的许多诗人在前辈诗人面前不可避免地产生"影响的焦虑"。但杨梓的写作有意地去避开"新边塞诗"的群体化写作状态，而是追求一种诗歌创作的多元化。

迄今，杨梓创作的诗集有《杨梓诗集》《西夏史诗》《骊歌十二行》，可以说，每一部诗集，杨梓总试图在践行"摆脱主义"，实现"我的写作"。杨梓之所以在西部诗坛占有重要的地位，就在于杨梓诗歌体现出来的价值是一种创造，他的诗歌在每一个阶段，都在去努力摆脱他人和自己的创作经验。

一、"我一直在寻找诗的宗教，或者说一种诗的信仰。"（杨梓《扔掉而又拾起的诗片》）作为早期的《杨梓诗集》展现出来的并非是有具象的西部风景、风俗、风格，而是表现出作者对宇宙、人生的心灵感悟，对个体生命本质的苦苦探寻，对精神家园的执着守望。诗人"常常把个体生命置于广袤无际的宇宙空间与永恒无垠的时间中去冥思苦索"。从中，流露出他在追求"诗的信仰"过程中的痛苦与孤独，并在这种矛盾的痛苦中寻找自己、寻找世界，同时，还试图通过与喧嚣的现代都市文明的痛苦对抗来呵护自己的心灵净土，守卫自己的理想家园。

这一时期，杨梓的诗歌在艺术上特点鲜明，在诗情上呈现一种立体多维空间，意象跳跃，诗境迷离。诗句颠倒、断裂，追求意象化的意象。诗歌受禅宗思维方式的影响和各种艺术手法的继承，传统与现代熔于一炉。

二、"西夏是我离世的亲人，是我追寻的根。"（杨梓《触摸原型》）《西夏史诗》是杨梓创作的转折，是诗人以追寻远去历史的神光来探索诗歌再生契机的一次有价值的尝试。诗人以抒情的方式，展现西夏的神话、历史和文化，努力树起诗后面的美、美后面的善和善后面的真。

在《西夏史诗》中，作者则抓住了大量蕴含深刻的浸淫着远古西部风情的原型意象和地理自然符号。比如"牧羊人""白牦牛""白骁马""大舞羊""孪生湖"等进行了诗意的描述。这种近似于格尔茨所说的文化"深描"的方法使诗歌既摆脱了时空僵硬的框架，又灵动地展现出西夏的历史与文化，更深入地挖掘出历史背后的人文内涵。

杨梓笃信黑格尔的一句名言："这个英雄时代的已沉没的光辉，使人感到有必要用诗来表现它和纪念它。"所以，在《西夏史诗》中，杨梓通过追溯历史、礼赞英雄来彰显一种内涵更为丰富的英雄主义。传统史诗中的英雄往往只是历史的创造者和历史进步的推动力，而杨梓笔下的英雄不仅是历史的创造者，而且还是真善美的化身，有着神的力量与激情，充满着可以触摸的生命的张力。

《西夏史诗》在意境上雄浑旷达，诗风上强劲明朗，流露出慷慨悲壮的意味。

三、"你梦寐以求的近在咫尺，已经与你照面。"（荷尔德林《返乡——致亲人》）《骊歌十二行》是以"乡"为轴，将离乡、还乡再到处处是乡的人生历程内在化、诗意化，将乡行过程中的真切感受具象化。以梦为乡，独在异乡，空手还乡，四处皆乡。是诗人情感的升华，是具象世界走向内心世界，最终达到一个物我合一的境界。真正实现了故乡异乡四处皆乡的一个超越现实的理想境界。

杨梓诗歌此时探索的是一种内在化的真实，这种真实虽然是以故乡为基点，但诗人笔下的故乡成为诗人不断精心构筑的一个精神之乡。

总之，杨梓三十多年的创作，看似风格多变，实际上存在着一种永恒的东西。无论是对宇宙奥秘的探求，对西夏历史的透视还是对精神故乡的不懈构筑，都是在对个人内心不断地开掘的维度上实现的。所以，杨梓

的诗歌可以说是一部"心史"。

张富宝（青年评论家，宁夏大学人文学院副教授）：杨森君的诗无疑具有很高的辨识度和鲜明独特的个性风格，他的诗早已超逸出地域性的阈限而具有了更普遍的价值。杨森君有近乎偏执的浪漫主义的抒情倾向，但他的诗在形式的表达和诗意的凝练上却是深得古典主义之神韵与现代主义之精髓。由此，杨森君的抒情是节制的、内敛的、沉静的，他的抒情是祛除了矫情与滥情的真情，是蕴含着哲学意味的抒情，是包孕着艺术理性的抒情。

一、"荒凉征服了我"：作为"词根"的"西域"。在《西域见闻：老者》《西域的诗篇》《西域的忧伤》等一系列重要作品中，都清晰可见杨森君对"西域"的偏爱。那么对杨森君而言，"西域"就不仅仅是一种地理空间，更是一种陌生而美好的文化想象，蕴含着丰富而多元的诗性元素与美学意味。当然，杨森君对"西域"的发现经历了一个从懵懂到自觉，从疏离到回归的往复过程，这更加丰富了"西域"的意蕴空间。而正是这种地理性、文化性与审美性的合一，使得杨森君的诗获得了一种大的"景深"，充分彰显出一种特别的"西部气质"，从而变得苍茫、空阔、大气，充满更多的可能性。

二、"光线与阴影"：探寻时间深处的秘密。诗人杨梓曾把杨森君称为"心象化"的诗人，这种概括不无一定道理。的确，在杨森君的诗中，所有的人或事、情或景、历史与现实最终都变为一种充满"时光感"的"心象"，完全显现为具有诗人个性特征的诗意画面。读杨森君的诗，会发现它极像是一幅幅水墨画或油画，有时候寥寥数笔，有时候精雕细琢，在点染勾连之间、腾挪跌宕之中境界全出。他仿佛有一种超强的视像能力，写景状物如在眼前，我总觉得他的每一

首诗都是可以看见的，不仅可以看见光线的流动，还可以看见阴影的堆积，甚至时间无常的渐变。

三、"荒野"与"废墟"：自然与历史的当代性介入。如果说杨森君早期的诗偏于短小精悍的形式，奇巧别致的哲思，追求极简主义的美学风格，具有"语不惊人死不休"般的艺术效果，那么成熟期的杨森君在其诗歌中注入了"自然与历史"的元素，从而打开了一个更为辽阔深邃的当代性视野，使其进入一个大诗人的行列。镇北堡大家都不陌生，《镇北堡》一诗其实也可以看作是一首"咏史诗"，接续了中国传统的文脉，但它的运思却完全是现代性的。"鸳鸯剑"恰如见证者，穿越时间的锈蚀与磨砺，它既是爱情的隐喻，也是战争与离别的象征，把一个悲剧性故事的残酷与执着推到了极致，让人唏嘘不已。杨森君以极富张力的语言和精妙绝伦的想象写出了苍凉之美，写出了苍凉的各种"表情"，它可能是情，也可能是事，可能是物，也可能是时间。

四、"隐秘地活着和叙述"：忧伤气质与宁静诗学。在《美好部分》一诗里，杨森君这样写道："我无法选择言辞答复你们／诚实的暴露与虚伪的掩饰／都不是我的意图——／所以，我愿意如此隐秘地／活着和叙述，并且用怀念减轻／我对被遗忘了的美好事物的极度伤感——"这几乎就是对其诗歌美学的最好概括：其一，"隐秘地活着和叙述"，构建了一个敏感、细腻、卑微的"抒情主体"，一种发现者与观察者的视角；其二，"对被遗忘的美好事物极度伤感"，"被遗忘的美好事物"也就是充满"时光感"与"荒凉感"的事物。由此，杨森君在细腻的语言与精巧的叙事之后，写尽了各种忧伤的表情与姿态，有的含蓄静美，有的热烈残酷，有的电光火石，有的穿越洪荒。而这种四处弥漫的"忧伤气质"，已经成为诗人的

个人传统，成为其表达"对人间世事终极意义上的虚无感的紧张"的基本表征。

五、写作的喜悦：从经验细节到超验想象的穿越。无疑，杨森君是一个洞悉了写作的秘密并且体验到写作喜悦的诗人。需要提及的是杨森君的诗有极强的结构性处理，整首诗的起点往往小而微，然后慢慢拓展，旁逸侧出、峰回路转，最后水到渠成、超以象外，直达一个圆通之境。《父亲老了》并不是杨森君最好的诗，但因为入选了2011年5月被IB（international baccalaureate）国际文凭组织中文最终考试试卷采用，从而成为广受关注的一首诗。

这首诗用非常简洁、平实、直白的语言展开，因为老了，父亲的话越来越少，脸色阴沉地坐在窗前，而一句"他在想些什么"让人浮想联翩、不胜感慨。整首诗起笔平淡，然而结尾处构思精巧、独具匠心，以"我"变老之后的视角去反观年轻时候的"父亲"，最终完成了诗性的飞跃。

张　嵩（诗人，宁夏政协民族宗教委员会办公室主任）：宁夏政协文史和学习委员会牵头的"宁夏新边塞诗研讨会"在这里隆重举行，这是塞上文坛的一件大事、喜事。

宁夏地处边塞，向有塞上江南之美誉，诗词创作有着优良的传统。因为在这片神奇的大地上，历代文人骚客都曾留有优美的篇章。诸如："回中道路险，萧关烽堠多""大漠孤烟直，长河落日圆""出塞复入塞，处处黄芦草""贺兰山下果园成，塞北江南旧有名"等等，这其中最著名的当属毛泽东的《清平乐·六盘山》一词。正是这些传诵千古的诗词，为我们今天的诗人提供了丰厚的精神食粮和创作动力，诗人们只有不断地汲取前人诗篇中的不竭营养，深深植根于今天的火热生活，运用诗人灵巧的智慧，就会创作出无愧于时代的精品力作。诗人不仅仅

是一种称号和荣誉，更是一种责任与担当。我们今天在前人奠定的诗坛上高举起"新边塞诗"的大旗，我们就应该承担起更多的历史重任，继承发展，推陈出新。旧体发新韵，新诗存古意，花开两朵，各表一枝，并行不悖，都是文艺百花园内的香花蕙草，都在为塞上诗歌繁荣、文艺发展做着各自的贡献。

宁夏政协及政协文史委等单位不仅独具慧眼，而且立足高远，为宁夏诗歌繁荣发展大计着想，更为宁夏诗歌走向全国、不断提高诗人们的知名度和美誉度着想，不惜时力，多方组织，举办四位旧体诗作者、四位新体诗作者的作品研讨会，可谓用心良苦。惊魂一瞥，诗坛瞩目，这是何等的景致。但无论如何，这都是宁夏诗人们的幸事。我在这里向主办方宁夏政协文史委等单位，向各位不辞辛苦、费神劳思撰写评析文章的诗词评论家们表示最衷心的感谢！

多年来坚持旧体诗创作并且蜚声诗坛的前辈著名诗人秦中吟先生、吴淮生先生、项宗西先生，作品丰硕，名至实归，各位评论家就此论析他们的作品，人心服膺。秦中吟先生是新时期宁夏诗词的领军人物，他生前不仅身体力行，创作了大量的诗词作品，影响力波及海内外华文诗坛，而且不遗余力，奖掖后进，为塞上诗坛培养了一批诗词人才，开辟了一片诗词的新天地，功莫大焉。吴淮生先生现以87岁高龄移居广东珠海。他在宁夏工作生活了60余载，创作了大量文学作品，声名远播，其中的诗词作品显示了他的旧学功底和人生阅历，内容厚重，贡献独特，是塞上诗坛的一位重要诗人。项宗西先生生于江南，沐浴着南国的柔水温情一路走来，参与塞上建设50余年，饱经了北方畛域的风霜雪雨，人生经历丰富，其情其诗关注现实生活和重大事件，语言质朴平实，诗风透畅明亮，咏物、抒情或婉转流畅，或抑扬顿挫，与关注民生、不忘国事时时交织在一起，时入议论，想象丰富，在国内诗词界有一定影响，是新时期塞上诗坛的代表性人物。以上三位诗人创作了大量描写塞上风光、民族风情、人情风物的具有全新境界的"新边塞诗"，可谓思接千载，视通万里，意境深博、大气豪迈，一扫昔日边塞荒凉、冷酷的坚硬诗风，作品新意迭出，积极乐观。

承蒙主办方见爱，我亦忝列其中，劳人评析，诚惶诚恐。我是一名诗词爱好者和学习者，创作的路还长，虽然写了一些与"新边塞诗"关联的诗作，大多与本身生活的环境和所处的地域有关，身在塞上，感慨由之，引发为诗，但还不够成熟，需要更多地历练，苦学前人的本领，反思自己的写作。今日虽受知遇，也不敢稍有懈怠，以此鞭策，自当发愤努力，为宁夏的诗词繁荣竭尽绵薄之力。

新体诗人肖川先生、骆英先生、杨梓先生、杨森君先生，都是在全国有影响的著名诗人，为宁夏乃至全国的诗歌创作作出了贡献，他们或在宁夏长期生活工作，或视宁夏为其故乡，对塞上这片热土怀有深厚的感情，他们的作品自然带有悲壮、磅礴、激越、苍凉的边塞诗共有特点，只是表现形式不同罢了，但都洋溢着迷人的风采，充满着骄人的魅力，所以，他们的诗歌理念与创作风格很值得研究和探讨。

最后，我想说，诗歌是我们心中共同的语言，需要我们用纯情的文字去表述，诗歌是我们脚下共同的热土，需要我们用勤劳的双手去耕耘，诗歌更是我们每一个爱诗的人共有的家园，需要我们细心的呵护、爱惜甚至为之献身，因为诗回馈给了我们爱，因为我们在拥有诗的同时，也拥有了最美好的人生！谢谢诗，也谢谢大家！

（悟君摘编）

李进祥小说：苦涩的坚守

李晓伟

作为一位宁夏的回族作家，李进祥的创作有着鲜明的地域色彩和民族气息。他用平静舒缓的笔调悠悠地讲述着黄土地之上回民的平凡生活，而在其中又处处透着静默的力量，"清水河"的人们在他的涂抹之下，显得有血有肉，带着一股清新的人性之美跃然于纸上。在坚持抒写自己故土的同时，李进祥并未将自己的视野局限住，而是努力将笔触往纵横延伸，正所谓"花开并蒂，各表一枝"，他立足于贫瘠却又厚重的黄土，一方面自觉地担负起了自己民族文化的承续，展开对"回族文化"内蕴的浓情书写，另一方面也以深厚的人文关怀，对当下乡村——城市、传统——现代之间的激烈碰撞作了深刻的勾勒，以及这其中回族人民所特有的民俗世相。

一、趟不过的"清水河"：乡土的心理指归

不管是在创作中，还是在笔谈中，李进祥从不隐藏自己对于乡土的挚爱，因为正是他所扎根的这片土地赋予了他灵动的笔触，在小说中形成了清水河、河湾村这样的意象。世代居住在河畔的乡民们的酸甜苦辣、悲欢离合都被揉碎了，汇入河水中，最终浮现在他的笔下。对此，李进祥坦言："我的几乎所有作品，都写的是家乡清水河一带的人……我感觉那条河像我的母亲，或是像我的奶奶，我自己也很难说清那是怎样的一种感情。我的几乎所有作品中都有那条河……我把我写的人物都

放在清水河边，因为他们本来就在清水河边，因为他们就是我的亲人，我的乡亲；因为他们的人生就像清水河，洁净而浅薄，苦涩而欢乐。"（李进祥：《我的写作经历》,《朔方》2009年第1期）这里的土地是贫瘠的，但却也赋予了这里的人们一种坚韧的品质和淳朴的人性。"因为他们本来就在清水河边"，一个"本来"的字眼恰到好处地展现出乡民们就是以这样一种自然的状态与河水、黄土地相伴，同时也道出了李进祥的心绪。他从乡土与人的原始状态出发，所以行文中始终弥漫的是一种自然与安详，因为这些人们就是那样地在清水河畔享受着自给自足的幸福，从不奢求，河水在他们的脊梁上冲刷出蜿蜒的印迹，而作为回应，他们的汗水也将这片土地深深地浸透了。

这样的和谐状态反映在文本之中，就是一种安静舒缓的言说风格，我们在李进祥的作品中很少会看到大起大落、大开大合的手笔，相反，随处可见的是他就着一盏清茶，悠缓地给你讲着乡民们的朝夕耕作与人情风物。李进祥并不刻意以繁复、华丽的辞藻来粉饰这块土地，他更愿意借用小说中平凡人物的平凡语言来表露自己对于乡土的认同和亲近，在他看来，与土地相联系的一草一木都是有灵性的，那些树叶子"在树上的时候，要么金黄，要么老红，但一落到地上，它们都一下子钻到土里去了，钻到树根下面去了。"（李进祥：《天堂一样的家》,《女人的河》，第162页）在这样的土地上，即使是终日以屠宰为生的屠户，也总能感受到惬意与安心："屠户一回到河湾村，吸进村里的第一口空气，他就感到浑身舒坦。空气中有成熟的麦子的气息，有土腥气，还有些说不出来的亲切的气息……他感到土地有一股潮乎乎的温热……他感到有一股力量通过泥土往他身体里涌，让他的身体高大起来。"（李进祥：《屠户》,《女人的河》第187页、188

页）

在作家的笔下，乡土是美好、淳朴的，但在繁华喧嚣、灯红酒绿的现代城市面前，乡土也是羸弱的，逃不掉被现代的城市文明吞没的命运，所以李进祥用了很形象的比喻，将城市比作"虫子"，以"吃掉"、"吞"这样的形式逐渐侵蚀乡土。《寒战》里的老主任张宏理一人勉力支撑，但是"城市像个大虫，吃树叶子一样地吞吃附近的村子，越吃长得越大，越大吃得越多。张宏理的村子本来离城十几里地，十几年的光景就到城边了。开发商要开发，县上、乡上都积极响应，他一个村委会主任能抵个啥？……村子很快就给城吃掉了……"（李进祥：《寒战》,《回族文学》2010年第2期）在亚瑟爷的眼里，从村里走出去的人，都是被山"吃掉了"，有些人"被山给吃掉，再也吐不出来了，他们搬到外面去住了。听说他们在县城，在省城，在外面有水有路的地方安了家，都过得好好的，可亚瑟爷总感觉，他们是给山吃掉了，给外面的世道吃掉了。"（李进祥：《挂灯》,《女人的河》，第57页）在这种无可奈何之下，乡土逐渐沦陷，李进祥仍然在以自己的方式坚守，只不过平静的叙述中也难掩自己的焦虑与悲情。正是有着这样浓重的情感，李进祥对这片乡土之上的人们倾注了深切的人文关怀。人们对于土地的坚守，抑或是出走，以及他们在城市的街角巷弄中艰难地打拼与浮沉，都成为了他小说所关注的对象。

在穷困的驱动下，清水河畔的"地之子"们怀着美好的憧憬"出走"，而这一"出走"的征途却又是那么的苦涩难言，迎接他们的仅仅是冰冷的现实。在城市这样的一个无名空间中，作为在其中无根浮萍一般漂泊的乡民，无论多么努力，一样难逃困顿与挫折的遭遇。《换水》中的马清与妻子杨洁向城市的进发，是以"换水"（沐浴洗大净）开始的，这是一种带着庄重性的仪式，也寄托了他们对于自己所渴望的境遇的珍重。面对妻子的犹豫与疑惑，马清说道："城里也是人待的地方，城里人也没长着红毛绿胡子，我们又不偷不抢，城里人能把咱们吃了？我在城里打工这些年，不也好好的？盖房子、娶你，还不都是从城里挣来的钱？"这些话"说得很顺溜也似乎很有说服力"，他们的心愿很简单，就是"有一天，我要让你住上大房子，看上大彩电，用上真正的太阳能热水器！"然而没有想到的是，夫妻俩的简单心愿最终在城市的冷酷无情的金钱法则下被撞得粉碎，马清伤了胳膊，杨洁为了丈夫治病不得已进了发廊挣"卖身子"的钱，这对年轻夫妇的"出走"最终在城市的无情碾轧下反转成为了一次悲情的"返乡"："咱回家，清水河的水好，啥病都能洗好！咱回家！"（李进祥：《换水》，《女人的河》宁夏人民出版社，2012 年，第 94 页、98 页、108 页）

对于作家而言，"清水河"是他的一个情意结，同样这条河也成了这些"地之子"们趟不过的一条河。他们的成长、兴衰，乃至所有的运命都与之紧紧缠绕在了一起。而城市则仅仅是一个钢筋混凝土的冰冷之物，丝毫没有认同感与归属感，"城里的树叶子钻不进树根里去，钻不到土里去，就只能在沥青路面上乱碰一气，再被扫到不知啥地方去了。城里的人也一样，这么多的人，从四面八方来了，在这里拼斗一生，老了，大概也没有回去的。死了呢？这么多的人，都埋在啥地方了？在老家，可是每个村子都有个坟场的，一个家族埋一块，死去几十年、上百年的人，都有一块地方，一个坟堆，几辈以后的人都知道那里面埋的是谁。乡村也有乡村的好处。"（李进祥：《天堂一样的家》，《女人的河》，第 163 页）

李进祥对于乡土的这种深深眷恋与认同，是与他关于城市与乡村之间的激烈对立的思考相关联的，在这样的心理指归下，清水河畔的人们本着他们强烈的生存欲望，以"出走"乡土去渴求美好生活，而残酷的现实又让他们走上了返乡的路，这样的境况让李进祥的小说始终弥漫着一种像清水河河水一般的苦涩。对于阿依舍来说，这条河意味着她的爱情、成长和生命的延续。与自己朦胧的初恋马星晨的丝缕情絮就是在马星晨背起她过河那短短一瞬间交织起来的，就在这样的"过河"中，阿依舍完成了自己人生仪式般的成长，"在这条河边长大，又从河的上游嫁到了河的下游，始终没有离开过这条河，这条河就像是自己的亲人"，然后自己的生命又在河水的光影中，"流到儿女的生命中去了"，心里也就"有了一种特有的安宁与平静。"（李进祥：《女人的河》，第 2 页、3 页、14 页）妇女们在守望着艰涩的土地，同时又借着河水将生命延续，而那些离开土地去远方的城市打拼的浪子亦是割不断这条根，他们一心想着成为城里人，走出了那么远，却发现"他走了这么远，还是没有走出清水河，他就有些走不出宿命的感觉。"（李进祥：《屠户》,《女人的河》，第 184 页）

二、民族志与底层书写的立场

在李进祥的小说中，随处可见一些方言土语的运用，比如"碎""泼烦""松活""扯心""没麻达"，女人怀孕了就叫"害娃娃"，孕妇口馋则是称作"害口"，在《遍地毒蝎》行文开始，作者就这样写道："河湾村人把毒蝎叫'母猪'。老老小小的都这么叫，也没人细究过这种叫法的来历。对许多东西，河湾村人都有自己的叫法，把蝴蝶叫娜娜子，把锁阳叫面筋，把麻茄子叫嘎拉木。没法刨根问底的。"（李进祥：《遍地毒蝎》,《女人的河》，第 15 页）还有"下马羊"

的说法，因为出嫁的新娘子在"下车前，娘家还要一只羊，这才能让迎亲的接走。（李进祥：《鹞子客》，《女人的河》，第221页）这些词语都带着悠长的泥土气息，极具表现力，而且自然而然地形成了一种与"清水河"这一意象相得益彰的"文学地理"意义上的身份标识，"这些具有独特意味的语词共同构筑起文本的声音层面，具有区别性、独特性、排他性。就像每一款商品都有商标，李进祥的小说用这些独特的语言符号给自己也贴上了'标签'。"（王兴文：《论回族作家李进祥小说中的文化符号》，《宁夏师范学院学报》2012年第1期）这里我们强调的"标签"并非指一种时髦或者特立独行的风格，相反，这是作家对于自己身上所承续的文化血脉的自觉承担之后在文本中的自然呈现。"花样子""挦脸""干花儿"这些不仅仅是小说题目，也是一种活生生的文化存在，每一个这样的词语概念背后都蕴含了数不尽的爱恨情愁。从这些充满着"土气息，泥滋味"的"风景"中，我们可以窥见"底层"的存在，它不仅是文学书写中别致的色彩，同时也为古老的传统提供了一份素描。

与这些方言土语互相交错的，是大量的伊斯兰"经堂语"在小说叙事中的本色运用，比如"阿訇""乜帖""口唤""舍牺子""讨白""色俩目""乃玛孜"等等，这些"经堂语"带来的不仅仅是新奇，而是一种源自作家内心的庄重，尤其是在涉及一些历史回溯的作品中，这样的庄重与沧桑就成为了文本中的主调。作为一名回族作家，李进祥自己对于本民族传统与宗教信仰有着难以名状的感情，这一文化语境也是理解他的小说内涵的一个"基本路径"（白草：《读李进祥的三个短篇小说》，《朔方》2013年第1期），这样的情感在他的笔下自然流露，写下了他关于自己民族的理解，呈现出了回族特有的审美意境。

李进祥的创作是以一部大手笔的长篇《孤独成双》开始的，他直言自己的意图是"写下我对自己民族的理解，对中华民族的理解，写下我的一些人生观察和人生感受，也写下我的忧伤和孤独。"（李进祥：《孤独成双·后记》，宁夏人民出版社，2010年，第189页）这是一部依托历史的寻找之作，经历了百余次的战斗和暗杀，穆萨已经是满身的伤痕和满心的疲惫，他落脚在红沙湾，作者以他与后人的故事为线索，向我们讲述了四代人在历史的风云际会中的浮沉。穆萨的故事是以他对曾经的战友易卜拉欣的寻找开始的，这一寻找也是他对自己生活意义的寻找，而他的儿辈、孙辈无一不是在这一关乎"寻找"的主题中循环往复，在这一个家族每一代人的身上都有着伤害与苦难，实际上这代表的正是回族人民坎坷的历史命运。在小说中，穆萨家族在"寻找"，而在小说外，李进祥也在寻找，想为自己心中的孤独找到归宿，而就在对本民族的历史回溯中，他找到了民族灵魂深处深沉的孤独——一条像清水河一样苦涩、清洁的河流。正如书名"孤独成双"所喻示的，当作者心中的孤独与民族历史命运重合之后，他的这些文字就不再仅仅只是个体生命的记录了，折射出来的是整个民族的心灵史，成为一部鲜活的民族志。

不管是《花样子》中花样子那沉着，并且有着一种摄人心魄的震撼力的发绣，还是《口弦子奶奶》里口弦子奶奶所弹奏的那些有着洪荒时代味道的混沌曲调，它们都是对于清水河畔苦涩、碱性特质的诗意解读，所有的叙事都在这样一种浓郁的民族文化氛围中展开。正是这种苦涩和碱性造就了北方民族性格中的沉郁与隐忍，而与伊斯兰文化的融会则为这里的人们性格中注入了更多的静穆与神性。

李进祥的那些最乡土、最原味的作品大多都是与在乡土底层打拼的人们相关的，"因为我自己就生活在社会底层，我没有理由不关注底层人们的生活和心情，他们的人生际遇和悲欢离合和我差不多，他们的痛楚就是我的痛楚，他们的欢乐就是我的欢乐。"（李进祥：《我的写作经历》，《朔方》2009年第1期）不管是对于历史还是当下，李进祥都在以自觉担当的姿态来写作。这些底层的人民同"清水河"一样，都是可亲可敬的，在城市中的艰难打拼更是能够显出他们可贵的品德来，这当然是厚重的乡土赐予"地之子"们的精神本色，此外也不可避免地有着伊斯兰教文化的因素。面对着人生的大起大落，他们并未大悲大喜，而是始终以一种超然的态度冷静地面对，因为"真主是公平的"。这同样也是李进祥坚持的信念，他也一直强调自己身上"苏菲色彩回族"的因素："因为是回族，是苏菲色彩回族，又生活在苦甲天下的宁夏南部，我会写一些艰难的、苦涩的、不可言说的疼痛的东西"。（杨玉梅、李进祥：《于平常生活中看到深刻和复杂：与李进祥谈小说创作》，《朔方》2010年第11期）这来自于苏菲对于人生价值的深刻体察，即"清静无为"以及"人生的价值在于不断从事精神修炼以净化灵魂"，（王俊荣：《苏菲思想与中国哲学——谈苏菲著作在中国的翻译和意义》，《回族研究》2012年第3期），在此支配下，李进祥小说中的人物身上就始终都有着一种坚韧的隐忍精神。

隐忍所喻示的正是底层的力量，从这里折射出的是这些"地之子"们身处底层，却仍然坚韧的生存意志。因为隐忍并不是意味着向苦难屈服，相反，它正是要正视这一磨难，将之视作历练，不管是肉体还是心灵。保持一颗乐观、平常的心态，知足常乐。小米双目失明，丈夫喜子又在车祸中失去双

腿，这样的家庭组合的生活自然是艰难，但是夫妻俩总是齐心协力，小米擦鞋，喜子修车补胎修鞋修包，带着儿子洋洋其乐融融。他们平淡地面对大起大落，而作者的行文一样不渲染、不煽情，却在细微中透着明晰的不屈与温情，"少一样就会多一样，真主对人是公平的"，"有时候一家人一起出门，一起回家的，心里反倒踏实了。觉得这样的日子，也没啥不好的。日子嘛，咋过才算好呢？就像大街上那些急匆匆的人，银行存钱的取钱的人，就过得好吗？"苦难的昏暗自然是遮蔽不了心中的阳光的，"小米看不到，但她能感觉到，能想到，心里也是一大片的暗黄。"（李进祥：《向日葵》，《女人的河》第205页、215页、219页）小说《烧烤》中的老余守着自己的烧烤摊，平平淡淡，同时又与建成妈相互扶持，他们的生活态度也就如作者潺潺流水般的语言一样，平静、没有波澜，却又心安理得，总是能够在困顿之中屹立着，他们坚信"真主造人公平着呢，拿走一样，就补一样"，"有些钱能挣，有些钱不能挣"，"人都一样，没啥不干净的"（李进祥：《烧烤》，《女人的河》第148页、142页、151页）。

在这里没有惊天动地一般的壮举，也没有位高权重的人，有的只是平凡世界里的芸芸众生，他们在真主的赐福中各取所需，任劳任怨地耕耘着，苦难在他们的敲打下也逐渐消散，平常人总有平常的满足与幸福，这是伊斯兰文化的底蕴，也是扎根于乡土的"地之子"的本色。在这些本色式的底层书写中，蕴含着的不仅仅是作者对于民族信仰的赞美，也是对底层人民坚韧的生存意志和隐忍精神的称道。他无疑是以一种悲悯的笔调来观照自己笔下的这群"地之子"的，这种悲悯的注入，又使得小说中的人物或多或少都有了那么一丝悲情的色彩，同时也使得他平静的叙述中增加了厚重感，这些也即是

作家深切的人文关怀的体现。

三、焦虑与坚守

"故乡一直不远不近地默守在那里，所以我没有四海漂泊疲惫不堪的游子那种强烈的思乡情绪。我就在故乡的附近守候着，有些胆战心惊地看着它，看一条清水河因为一个小造纸厂的建设而变黑变臭，看窑洞变成了土房子，土房子变砖房子，砖房子变瓷片房子，房子越来越高，却越来越空……我的故乡在我眼皮底下变得渐渐陌生。我始终在想当然地描写着我的故乡，我以为那是我真的故乡。"（郎伟、李进祥：《以悲悯之心感受和描写世界——回族小说家李进祥访谈录》，《回族文学》2006年第4期）

正是因为自己一直在近距离地观察故乡，所以即使是平淡的讲述，李进祥的小说中也难掩他对于乡土的焦虑。

自从乡土中国与"现代"这个词遭遇之后，乡土大地也就随之在这现代浪潮中翻滚、衰败，而伴随着城市化进程的逐步推进，乡村与现代城市文明之间的尖锐对立更是愈演愈烈，毫无疑问的是乡村在逐渐被侵蚀，乡民们不得不放弃这一根脉出走，这样的出走几乎没有例外的都是伴随着血泪。而即便是在城市中靠着自己的苦力打拼已经小有所成，也一样地要面对城市对于自己的劫难。马成初进城时他惊叹于城里人的家"像天堂一样"，他的奋斗目标亦是如此，当事业终于有所成时，他所得到的不过是与自己一样进城来打拼的乡民"天堂一样"的感叹和城里人"以为是谁？有啥了不起？有房子就装城里人？土包子！"这样的不屑。

这些乡民们都是被城市粗暴地推了出来，而其他一些则更是被无情地吞没了。马万山是个老实巴交的农民，有着自己的名字，为了将自己的儿子培养成为"城里人"，他放下了锄头进入城中做了屠户，从此成为这座城中无名的一员——屠户。他所有的奋斗都只是为了儿子，而这些努力最终却只换回了城市对于他的无情吞噬——儿子被牛顶死了。"他一直想着把儿子供养成城里人，没想到培养成城里的一个坟堆"。在一刀一刀卖肉时，屠户默默地对着无名的"城里人""城"说道："我把儿子割给你们吃了，我在城里还没有扎站的地方吗？……我把儿子都割给你吃了，我该有扎站之地了吧！"（李进祥：《屠户》，《女人的河》第190页、191页）这不仅仅是屠户一个人的呼喊，也是千千万万在城市中游荡的"地之子"身影的集合，就算是付出了血的代价，在这个空间中，他们依然是一种无名的存在状态。城市更多的时候是以一种冷漠、无情来吞噬着"地之子"们满怀的希望以及淳朴的心灵。这块贫瘠却又厚重的土地是李进祥和他笔下的芸芸众生不断的心理指归，作家也在以他敏锐的眼光和深厚的人文关怀对这一冲突作自己的深刻打量。

贫瘠又厚实的土地给了乡民们坚韧的生存意志，而强烈的生存欲望也驱动着他们离开乡土，向着想象中的城市去谋取更好的生活。"出走"这一关于奋斗的美丽憧憬被城市的冰冷击碎了，这也只是社会转型浪潮中的一个断片。在这时代的大背景之下，变化的不仅仅是外在的生活，它也在深刻地影响着人们的心灵世界。乡土在这种现代的冲击之下在溃败，而与此同时分崩离析的还有人们的心灵世界。马清与杨洁的"换水"让自己得到了"清洁"，却也留下了作者更深入的思考：除去了外表的创伤，内里的"清洁"又将如何获得？因为城市如同吸血的臭虫，在它吞噬了进城寻求希望的人们，并且一步步侵蚀"地之子"们所坚守的黄土地的同时，淳朴、善良的人心也在这种现代化进程的冲刷下岌岌可危。乡民在"出走"，乡土被侵蚀，在这一波接一波的冲击下，"村庄的魂儿"也被带走了，为乡土辛苦一生的德成老汉，病倒数天却无人知晓，他想不通"一个村的人，咋一下子生分成这样了，跟城里人一样了"，只有一条孤零零的老黄狗每天都会来探望他，"他不知道黄狗会不会去找人，能不能把人找来。想到把一条命寄托给一条狗，德成老汉真正地觉得别扭。"（李进祥：《狗村长》，《女人的河》第45页、53页）这何止是别扭，更是一种面对乡土破败之后人心溃散的悲苦情怀，现代城市文明不但蚕食乡土，而且还在冲击着人心。

就在城与乡这一对立的场域中，李进祥不仅充分地写出了这些乡民进城之后的种种艰难，而且他的深沉目光还更多地集中在了他们内心世界的洞察。面对着这样的人心溃散，作家带着一种疗救的意识对此展开了自己的思考。相比那乡村败落，更为内在的则是人心的冷漠，城市的金钱法则也深刻地影响到了乡土上的人们，《挂灯》中逐渐冷清的村子，并不仅仅是因为人口在减少，更主要的还是村民们"心变冷了"，亚瑟爷的挽救措施就是"挂灯，高高地挂一盏灯"。"人心里得有一盏灯"，即使是"出走"的乡民，亚瑟爷也"劝他们出门在外，心里要亮堂，不能偷，不能抢，不能拐，不能骗，不能把乡村人的本分忘了。不能胡吃胡喝，不能把老回回的根本忘掉了。"（李进祥：《挂灯》，《女人的河》第57页、63页）

"挂灯"，这是对于心灵坚守的隐喻式表达，心中有了信仰，就有了力量，这里坚守的是心灵也是故土，在苦难面前，这些乡民们始终坚信"真主是公平的"，而这一信仰指向的首先是对于自身的反省，以及对于自身精神品德的"洁净"的要求。在这样的信仰之下，乡民们始终有着感恩戴德的心念，踏踏实实地对待每一件事情，《换水》中马清和妻子杨洁启程去憧憬之中的城市打拼，

这样的征途在他们看来是崇高的，所以他们在出发前要"换水"，洗大净，以一种身心俱洁的态度迎接这种赐福。而当遭遇到污浊的城市将他们无情地伤害之后，他们需要返乡，也正是通过"换水"这一神圣的仪式实现的，这不仅仅是洗去身上的污浊，更重要的是在这充满庄重神性的洗浴之后，他们的身心都得到了"清洁"，作者要在两个主人公名字中嵌入"清洁"两个字的寓意也正是在于指出这种对于洁净心灵的坚守是多么的必要。马穆萨到城中打工，因为一次轻微的工伤，在包工头的胁迫下向老板讹了八万块钱，最后自己分到了三万，然而当他带着这份"血汗钱"回到家之后，得到的却是父亲的一个响亮的耳光，原因很简单，因为"别人的东西不能拿……咱回民拿了别人的东西，还不清"。（李进祥：《耳光中成长》，《朔方》2012年第5-6期）这其中就有着回民心中对于"内清外洁"这一伊斯兰文化理念的尊崇，也有着作家自我良知的体现，他对于这些农民工身上劣根性的批判同样也是关乎乡土的浓情。

在对乡村与城市激烈冲突的书写中，隐示的还有作者对于民族的文化传统在现代文明冲击下日渐垂危的忧虑，乡土之上的年轻一辈逐渐在城市中迷失，他们与土地的这种血肉亲情则逐渐淡薄，当他们重新返回这片土地时，却又发现他们已然与乡土产生了隔膜。阿丹离开妻子进城务工，却因为一股"绿中透黄、甜中有涩、温润又凉爽"的豆豆味道焦躁不安，丢开一切要一路狂奔回家，然而耐人寻味的是，回家之后发现往日清澈的清水河已被污染，妻子被乡间痞子欺辱，置身于豆地中，"他的手摸过豆角，它们都黄了，硬了，硬得硌手，已经没有那种半青半黄的豆角了，他回来迟了。"（李进祥：《你想吃豆豆吗》，《回族文学》2005年第5期）"出走"的闯荡遭遇折戟，"返

乡"之后却又温情不再，"回来迟了"点出的正是现代语境下乡土的遭遇，在《一路风雪》《天堂一样的家》《遍地毒蝎》等作品中，作者展现的就是这样一种尴尬。每一个乡村的生命个体都聚焦了李进祥对于大时代背景下乡土命运的忧虑，而他自己则自觉地担任了乡村文明的代言人，在平静地讲述中勉力坚守，尽管这样的坚守多少显得苦涩。

平静、深沉，是李进祥小说创作的最直观的风格呈现，而内在的色调则是苦涩与悲悯，这归结于他对于乡土的心理指归以及身上所特有的"苏菲色彩"，使得他的小说有了不一般的厚实与肃穆。他也不刻意追求新奇的创作技法，多以一种白描来还原现实生活中底层本真的生命状态，在这种简单之中往往却又透出了不一般的深刻来。李进祥对个体生命在城市空间中的生存境况进行了多方面的透视，在这种悲悯的关怀之后，则是他始终"趟不过的清水河"，可以说李进祥的书写为当下乡土、底层的经验表达提供了可贵的参考。

李进祥小说的现实意义

赵炳鑫

　　李进祥是一个关注现实，把书写老百姓的痛苦当作自己义不容辞责任的作家。读李进祥的小说，使我意识到，在作家虚构的世界里，李进祥尽可能地在创造和建构一个脱胎于当下但又比当下更为真实的现实。在当代中国，如何书写现实是一件困难的事情。这几乎是每一个作家都会遭遇的困境。李进祥的意义在于，他在可能与不可能之间找到了属于自己的表达现实与当代人精神困境的方式。这是难能可贵的。深具批判意义的文学理论家巴赫金曾经说过："在任何文化秩序里，都有一些文化意识无法得到这种'合法'或'公开'的表达，比如，相对于城市文化中的'农民'，相对于精英文化中的底层，由于这些群体自我意识处于文化主导结构的边缘，成为文化的黑暗存在。"如何反抗被遮蔽或压抑的"黑暗存在"，如何为这种反抗寻找有效表达？这个时候，我想，文学作为介入现实结构内部，对现实非理性存在进行探察的有效工具，必将起到重要作用。文学对农村、边缘、底层、小人物等的同情和关注，就成为现代社会文化批判的重要使命。在某种意义上，李进祥比我们当下的许多作家有着更为敏感的现实自觉，他的小说一直保持着持续深入的状态，可谓"韧性的战斗"。在这个信息的传播与覆盖迅疾如潮的时代，"快写"和"写快"一直是一些作家妄图避免被读者遗忘的唯一选择，但李进祥不急不躁，不温不火，正如他的小说，一直保持着"慢"的节奏，但又是不断地递进，不断地深入肌理。走向底层内在的生活。他的小说创作体量并不大，但葆有较高的层次和质量。大多数新作都有新的"亮点"，新的发现。这是难能可贵的。

李进祥在关注底层的同时，对"欲望城市"的批判也是不留情面的。20世纪90年代中期，随着市场经济的确立，中国社会结构发生了重大变化。特别是近年来，随着城市化浪潮的到来，农民进城成为中国现代化进程中的奇特景观。在清水河一带，这个"圣人布道此处偏遗漏"的地方，同样经历着被动的或者自发的"人口大迁徙"。特别是面对城市发达的物质文明，几千年依附于乡土的村人也开始蠢蠢欲动，面对五彩缤纷的"外面的世界"，他们想挣脱乡土的羁绊，过上和城里人一样的生活的愿望和迫切的心情可想而知。但村人要蜕变为"城里人"或者过上城里人一样的生活，看似并不遥远的城乡之路，其艰难程度可想而知。首先是从政策和意识形态层面多年形成的城乡二元结构，说透了就是农民的不平等国民待遇。这样的社会机制，使原本处于弱势地位的农民无法享有城里人所享有的教育、卫生、公共服务等优质资源，可以说这是被严重边缘化了的一个庞大的群体。这应该是中国农民问题产生的主要社会制度根源。这一点，社会学家孙立平分析得更为直接和透彻。他说："国家机构无法在所有社会群体面前保持公正性，更是缺乏自主性，总是偏重照顾强势群体的利益，使占人口大多数的弱势群体的利益被牺牲。"特别是在20世纪90年代中期以来，随着市场经济的确立，中国社会结构发生了重大变化。这一时期中国的社会现实是，社会分化明显，贫富差距拉大。不要说城乡差距了，就是城市里，也出现了当代英国最著名的社会学家齐格蒙特·鲍曼所谓的"新穷人"。如果说经典意义上的穷人是资本主义生产过程的产物，那么"新穷人"则是消费社会和消费文化的伴生物，他们是资本主义经济从工业经济向金融资本、从实物经济向虚拟经济过渡中的产物。如果说"成为穷人"曾经的意义来源来自于失业，那么，今天"新穷人"的意义主要来自于有缺陷的消费者的困境。不平衡的经济拥有，不公平的政治权利，不平等的社会地位，造就了社会中支配着政治、经济权力和资源的强势精英群体，资本逻辑下形成的社会板块结构，使一大部分人沦为社会弱势群体。而农民、农民工则为这个底层庞大的队伍，他们辛苦劳作，所得菲薄；他们从事着城里人不愿干的脏活累活，却常常被歧视和欺凌，生存条件恶劣，前景渺茫。因此，农民进了城就以为成了城里人了，那肯定是一种"虚妄"。你仅仅是一个城里的打工仔、农民工，离真正的城里人还差得很远。正由于这种弱势地位，就注定了农民进城的路是多么"遥远"。其"在路上"的此在状态就具有了悲剧感和悲壮感。作为生于斯长于斯的李进祥，敏锐地捕捉到了这种城乡转换之时农民的追求、挣扎、不堪和无奈。正因为感受之强烈，他小说的视界才能下沉，才能深入社会底层现实结构的内部，深入理论家笔下所谓"灰暗的存在"，进行关注和书写，突显了李进祥小说视界的深广和敏锐。其作品才鲜明地带着批判甚至反抗情绪的底层情怀，这是令人感动的。

琐记李进祥

石舒清

还没见李进祥时，先看了他的长篇小说《孤独成双》。行家一出手，便知有没有。我从这部长篇看出李进祥是一个有自己独特手段的写作者。他写出了另一个面貌、另一种气息的西海固和回族。那是我第一次看李进祥的小说，看到深夜兴味不减。看这小说算来也有六七年了，如今想来，那种阅读的印象似还缭绕心头，就像我在我出生之前的故土上独自游荡了一轮那样。

李进祥小说里呈现的场景、散发的气息，使我感到极熟悉又很陌生。我想熟悉的应该是我们所共同面对的生活，陌生的应该是这个作者不同于我及我所习见的那种表达。同样的生活，不同的表达。这是初读李进祥的小说时，给我的很深印象，说是一个启发也未尝不可。我想，凭这一部小说我可以记住这个写作者了。

但是我好像跟人说过，《孤独成双》是半部成功之作。这既说出了我的肯定，更表露了我的遗憾。要是善始善终，这会是一部什么样的作品？当然这也只是当时的阅读印象。人的阅读趣味和感受是会逐日变化的，而且后来也听不到李进祥自己就这部长篇多说什么。但我确实是因这部作品记住了这个作家。即使只有这半部成功之作，李进祥也会是我心里一个很有分量、不容忽视的写作者。

除此之外，他后来又接连写出了那么多有相当影响的短篇。

就现在的写作结果看，李进祥大体上和我一样，也是以写短篇小说为主。因为都是宁夏"土著",都是回族,又年龄相近,我也习惯于就我们之间的写作做一对比。我好像总是有意无意地写一些前尘旧事。好像乐于沉湎于既往而无视现在。这其实也是一种拈轻避重。比较来说,李进祥的短篇小说中,相当多的篇幅都是不闪不躲、直写当下,像《狗村长》《屠户》《遍地毒蝎》《宰牛》《换水》等均是。

就像可以从李进祥的小说题目中看出某种端倪一样,李进祥的相当一部分小说,给人一种警告和棒喝的意思。好像他是那个能看出别人疾病的扁鹊,因而要一次次走上前来加以提醒,好像他看到一个迷路者正走上歧途而不自知,于是忍不住拦在前面,棒喝一声。有时候为了表达他这样的关切和隐忧,甚至不惜突出要旨,以辞害意。

我觉得在某些特殊的阶段,在某些紧要的关头,有这样的写作者,这样的写作路径,不只应该获得理解,还应博得足够的响应和支持。如果把小说比作医病之药的话,那么李进祥的小说就是一味猛药,专用在那些重症患者身上。

像身受猛药会极感不适一样,读李进祥的小说,其实也不是一种愉快的经历。他的小说里,有浓烈的创伤味,有浓重的杀伐气,像在一个逼仄的空间里短兵相接,像一个被延长了的手术那样给人一种绝望和新生交混在一起的感觉。记得读他的《屠户》,到结尾时,真好像是闻到了一股令人心身都强烈不适的血腥味。由此而来的相反的力量总会促使我们做出一些反省和有益的事吧。作者的用心也正在这里。就是要逼你歧路回首,另寻生途。

读这样的小说不愉快,写这样的小说,无疑也是苦差事。七八个星天外,两三点雨山前——总不如写这样的文字有益身心。日本作家村上春树说,写作,大体说来并非健康的职业,很需要一个更加强健的身心,因此该作家自写作伊始就开始练习长跑,参加各式各样的马拉松赛,这对于写作者而言,是一个很好的告诫吧。幸好李进祥的身体看起来还不错,这也是他能创作这样的小说的一个重要的保证吧。

多次听李进祥讲过,他很喜欢读《聊斋志异》。一本《聊斋》被他翻弄得不像个样子了。真可谓渊源由自。老实讲,李进祥的不少小说里,都是有些鬼气和戾气的。然而深究其因,发现如此深重的鬼气和戾气,与其说是从《聊斋》中来,倒不如说更多来自我们的实际生活。李进祥的小说很有些以毒攻毒的意思。除尽毒气,滋生和气。这也许是他小说的一个根本愿望。当然作为小说,其中的意绪要比这单一的意思丰杂许多。

生活中的李进祥却完全是一个温厚谦逊的人。有冷幽默的能力,讲什么都能讲出一种特别的滋味来。自己不动声色,听者兴味盎然。这是我最为钦羡和佩服的能力了。我即使两三分钟的一个发言,也需要着力准备一番,而且还得弄一个稿子在手里,时时以备不测。李进祥能做事,不好名。做事时踏踏实实,尽己所能,论功行赏时不声不张,守默处边。能够如此,一来出自本性,二来也是因为作为一个写作者,有自己所看重所喜欢的追求吧。他的能于做事,说来也帮了我一个大忙。某年,法国汉学家安波兰女士要来宁夏,因安女士译过我和进祥的小说,人家要来,我们肯定要力表欢迎的,但我却深以为忧,不知来了怎么招待。我在这方面总是逊着一筹的。

安教授若是忽然取消了行程,该多么好啊——连这样不可告人的算盘都打出来了。

当然安波兰教授如期而至。我们招待得还好,宾主皆欢。老实说,全仰仗了李进祥,作陪几日,事无巨细,他都安排得妥帖而适意。看到安教授凡事都认定了似的径奔李进祥而去，我得闲一边窃喜不已：能者多劳啊。又想，要是与人合出书，不出则已，出则最好和李进祥这样的人绑捆在一起。

而李进祥除了在写作中闹腾那么几下，在实际生活中，他好像倒是一个安分守己的人。虽然在正式场合也能不温不火，侃侃而谈，但平时他的话并不多。更多的时候，他习惯于充满善意地看着你，深具意味地向你笑笑。

记得一次单位开什么联欢会，几个人扮作丑角上台，李进祥扮作一个腿脚不甚利索的老大爷，吭吭咳嗽着上台来。然而看他的态度，他就是上来助兴的，是甘愿做一个配角的。配角也会给人留下格外深刻的印象。李进祥拖拉着一条腿，在台上欣赏着同伴表演的样子，予我的感慨是很多的。

另有一次，一个文友说她的房子卖给了一个熟人，一个和我们一样写小说的，让我猜其人是谁。我屡猜不准，使她火起，于是报出答案来，就是你们单位的你也猜不到吗？我还是没有猜准。原来就是李进祥。李进祥之不引人注目者至此。

我就想，一个写小说的，在他的小说里大张旗鼓，摧枯拉朽，在实际生活里处常守分，不龇牙咧嘴，不摇头摆尾，没有比这样的写手更得我心的了。

罗贵荣:闲谈与追问

罗贵荣　石舒清

石舒清（以下简称石）：先问一个近乎打卦算命的问题，人到中年，作为一个画家，你喜欢什么颜色？顺便说说理由。我是喜欢黑白两色，直觉上就喜欢。白茫茫一片大地真干净。一条道走到黑，都是我很喜欢的说法。

罗贵荣（以下简称罗）：和你一样，我其实也喜欢黑色和白色，这既有性格因素，也有职业因素。黑与白，似乎是矛盾对立的极端两色，但又彼此补充渗透。高明的画家必须用好黑白两色。两者相互依赖和不停博弈，才有望形成精彩统一的画面。白色的圣洁与空净，给人以无限的幸福感和虚无感，而黑色的深远包容则给人无限的神秘性与探索感。

石：色彩的运用在你的创作中很要紧吗？这方面考虑多不多？我印象里，你的版画作品就色调而言，既不灰暗，也不热烈，而是居于冷暖之间。这肯定是有原因的。我写小说，原本喜欢风景描写，大段大段来写，后来就没有这样铺张了，我向往像鲁迅先生那样来写风景。

罗：色彩是绘画中的重要元素。对我而言，画面不仅仅要体现线条、造型和构图之类的样态，还要通过色彩展现某种性质，包括想象。所以色彩运用肯定是我考虑最多的，因为图像呈现给人的第一印象就是色彩。你看到我的作品色彩"既不灰暗也不热烈"，这也许是在我这一年龄阶段和创作阶段对事物的认知和理解，由此决定了对色彩的选择和运用。淡淡的伤感总是围绕着我，是我作画时的常有状态，从表面热烈的色彩中寻找、调和出一种色彩倾向，在微妙的色彩环境里产生出一种复杂的紧张感与和谐感。色彩有如各种各样的命运，既让人有种种不安，又有种种兴奋感呼之欲出难以抑制。

石：你祖籍北京，生长于宁夏。宁夏的成长经历在你的作品里已有很充分的体现，比如《东方国里的穆斯林》等系列创作就是。但作为一个宁夏土著，我还是感到你身上有一种外来者的气质和气息。这个祖籍的背景对你有影响吗？会是什么影响？

罗：祖籍对一个人而言，是一种乡土的DNA，是血脉中深藏的暗流，总会在某个时候悄悄涌动，掀起情感波澜，影响你对事物的认知和判断。我幼时曾随父亲数次回到北京，著名的周口店一带。你知道当时总是以成分论，我们的成分是不好的，在当时是低人一等的，决定了你在人群中没有什么地位和尊严可言。我记得我站在一片矿区的空地上，听我父亲用紧张压抑的声音告诉我，眼前的这片土地曾经属于我家时，我的不安和惶恐，怕这话给人听到。那时候几乎没有比"地主"等更不合时宜更难听的词了。我的容易不安和敏感，应该说都与我的这一背景有关。这自然对我的创作还是有很大影响的，我在生活中如你所见，显得拘谨理性，只有在作画时，我感到我有极大的活力和感情需要激活和释放。我对创作中的自己是满意的，偶尔甚至是欣赏的，生活中可以要求不多不高，这和画画时的严要求高标准是相对应的。在《东方国里的穆斯林》这个系列作品里，我把我对理想生活的思考与向往尽我所能做了一定的探索与表达。

石：成长的背景总是在潜移默化中影响人，实际上我家的成分比你家好不了多少。我爷爷就因为做一点小生意养家糊口被劳教过十年。过往的事情就不要提吧。对一个有极高追求的版画家而言，你觉得最理想的创作环境应该是什么样的？作家史铁生先生说过他作为一个作家，对创作条件的要求，就是衣食无忧，看病不愁（史先生的病情使他要付出相当的医疗费，故有此说），然后给他纸笔，不要再管他就是了。你认同他的话吗？他的这个"再不要管"我觉得是很有意思的。但作家和画家对创作环境的要求可能有所不同？

罗：我想画家和作家应该有很多相似之处，虽然所从事专业不同，但对好作品的向往和追求是一致的。我理解史先生这说法，也可能一个阶段我们对文艺的管控太多了一些，使文艺家们不大适应甚至于噤若寒蝉，所以史先生的不要管在我理解意思是很深很丰富的。我能听懂并理解他的意思。当然他的话里也透露出一个信息，就是最尖端的创作总是个体的，创作的过程大致也是孤立无援的，总之有很多意思和信息在里面。我理想的创作状态当然是精神尽可能自由，能最大可能地接受外界的滋养，能最大限度地释放自己的潜能，同时有一定的物质保证，不要在物质上窘迫到一个画家连颜料也买不起。当然，历史上不乏艺术家在艰难世事中成就伟大作品的例子，但就我而言，我觉得无论说得多么冠冕堂皇，一个艺术家受困于物质条件不能施展手脚，对艺术家而言总是难堪的。除了史先生所说，我还希望能有一部符合我审美的车子，可以四处走走，看看自己喜欢的风景和人事，感受在速度中驰骋的快感。你喜欢开车吗？怎么看开车？还有造车？

石：我驾照学了几年也没有学到手，最终一退了事。但对开车还是很向往的。今人开车如古人骑马，男人没有不好这口的吧。我只是没驾照而已，车其实是会开的。这已经是犯忌的话了。有辆车子这里走走那里看看，对一个写小说的来说，好像也是必备的家当。你看你毕竟是画家，不但要好车子，还要这车子符合你的审美。我则只要是个车子，能拉着我跑就可以了。造车的想法，连这个梦也没有过。我知道罗兄是有这个爱好和雄心的，这可能和你在工作室里日复一日的那种创作有关。一刀一刀地奏刻版画，和设计机械多少有些异曲同工之处。

还是回到说你的版画。从你画册里的相片看到你的创作过程，简直像一个苦力。听说你出一个作品需要埋头劳作数月之久。这么长的时间，请问你的创作状态是如何调整和维持的？离开情绪的创作是无价值的，但要把一种激情保持数月之久，同样有些不可想象。一些写长篇小说的人也遇到这问题，据说通常的法子是，每天写到最得意的地方就停下来，第二天把头天写的先读一遍，算是熟悉一下情节，更重要的是调动酝酿一种必需的情绪和状态，以便进行新的创作。作家如此，画家又如何呢？

罗：我着重说说版画创作。很多时候，我感觉这首先是个体力活。套色版画在画草图、刻版、印制等过程中，其复杂与变化更显得像是一次长途旅行，是一次前景莫测的探险。套色绝版木刻（减版木刻）的创作，要实现刻印过程中每一版的型与色的自然相接，必须精神高度集中，保持眼手心的精准一致，每一刀，每一版，都不能有丝毫差错，要把每次的矛盾问题和预设意图都合理解决和表现到位，实现画面的完整和谐、气息的连贯畅通，达到画面的饱满愉悦，这对版画家来说是一个考验。在刻印下一版时，先回忆前一次刻印的过程，酝酿到前一次的情绪状态，方可开始继续创作。这一点和你说的作家创作有些相似。当然这样的劳作过程总是"痛并快乐着"。探险的刺激和收获的乐趣也非同寻常，特别是沉浸其中时，仿佛肉身和木板之间被刻刀像线一样穿在一起成为一个整体，刻到得意微妙处时，会忘记自己是在工作中，真有些物我两忘的感觉。

石：创作就像年轻人谈恋爱，明知苦多

乐少，还是沉溺其中，乐不知返。我母亲就常对我说，说你写上点够了，写多少才够呢？说来版画创作总还是有些特别的，仅就时间而言，一年也就两三幅作品而已。一次听韩美林访谈，他说他一分钟就能画一幅画。从这个角度讲，选择做一个版画家不就是自讨苦吃了吗？何况国画油画你又不是不会画。必有你的不同于流俗的观点，说来听听？

罗：存在主义心理学家罗洛·梅说："特别有创意的人特别容易受个人性格张力影响；这种人更敏感，在生活中更受苦，但他享有更多的可能性"。似乎这就是在说我！我记得上次跟你交流时说过，版画是我找到的表述自己的最好的方式。搞版画特别是搞减版木刻的画家都知道版画有多苦，但这不影响我内心的收获感和满足感。

另外，我觉得一个艺术家选择走什么样的路，除了性格、旨趣、能力等因素外，环境因素也十分重要。回想自己选择了版画，我认为当年机缘巧合，宁夏曾有幸拥有过力群、代大权先生这样国内优秀的版画大家，包括曾师从力群先生的版画家韩惠民老师，他们接力培养了宁夏几代版画人，如金珏、韩惠民、黄智、李宪、陈超、王银冬等，有一种热烈的氛围让大家熟悉版画，热爱版画，用版画的形式来领受和展现我们这个既古老又新奇的地方——宁夏。

再有呢，我确实经过国画和油画严格的训练，当年也被认为很有才华。但逐渐发现版画特有的媒材表现出来的绘画语言，实在具有一种超越性，有着其他画种无法呈现不能替代的特别气质。减版套色木刻对我们这一代中国版画家而言，完全是一种全新尝试。即使到现在，每一次作新画的时候，我仍然有一种强烈的陌生感和莫名的兴奋，始终不失初学者的心态。这种陌生感能够带着你不断地往前走，让你有无穷的好奇心，推动你去探索历险，仿佛只有你把这一件事情专心做下去才不辜负你这个生命。

石：罗洛·梅先生说得真好，这是让人一见即难忘却的话。你的始终不失初学者心态的话也是很有启发和教益的。作家张承志先生写过一篇文章《早期意味》，专门探讨和感慨艺术家的初学者心态。说到了，归结为一句话："善始者盖众，克终者实寡。"你能始终保持初学者的心态，一来体现了你对艺术的认真的态度，二来也说明版画这一画种确实对画家有着相当的要求，使你熟滑不得，轻忽不得，不得不每次以一个新手的面目出现在画案前。代大权先生有一说法，叫"画种性格"，听来耳目一新，但又很容易理解。比如我们从事文学写作的，有人天生适合写诗，有人则适合写小说而不善于写诗，如我就是写不了诗的，即使小说，我也更适合写短篇而不适于写长篇，这不但是身体状况决定的，更是感受、认识和表现的方式及能力等诸多方面所决定的。比如说我是一种短篇小说性格，我是完全可以接受的，这种性格的主要特点就是以碎片的方式去认识并表现生活，而难以拿出一个大的整体来。我正是这样的。如果说你是一种版画性格，你会认同吗？版画性格是一种什么样的性格？

罗：我一直认为性格决定命运。不同的人身体里不同的DNA，决定了人的性格的差异。我近30年的从艺之路已经印证了我的性格，如果把它称为"版画性格"的话，我也认为没有什么不妥。作好版画，特别是减版木刻，要坚韧，要有足够的耐力，要心态沉静不为所动，要敏感于捕捉稍纵即逝的东西，要有相当的领悟力。现在流行说工匠精神，我个人深有体会，优秀的版画家实在是要有点工匠精神的，刀木之间不停地碰溅出奇异的灵感和火花来，需要不俗的心智，也需要强大的体力作为支撑和保证。军马未动，粮草先行。版画创作，甚至让我想到这样的话。

石：对于一个辛勤劳作了几十年的创作者来说，总有几件自己的心血之作，得意之作，深有寄托之作，敝帚自珍之作，很想听你说说这方面的作品，其中包含着怎样的感情和故事？一般有一定成就的作家，为了表达对自己此类作品的认可和推介，会郑重遴选取舍，出一本作家自选集，方便读者读到作家的精粹部分。画家是怎样表达这一点的，有一个约定俗成的方式吗？

罗：我觉得对待自己作品创作过程的投入态度，决定了你对作品遴选的结果。我2015年出版了自己的版画作品集，是把我所有版画作品，满意的和不满意的，都放到集子里，让自己看到走过的真实路程。每一件作品都是在不同年龄段对事物的认识，对情感的理解，对艺术的把握。我只能说，作品集里每一幅作品都包含着我当时的真情实意，代表我当时创作的能力，记录着我一路走过的样子，精粹也好，平庸也罢，都记录着我一路走来的精神痕迹。他们都是我生出的孩子，我从没有想过把他们划分出优劣和等级。因为每一幅版画作品从构思、落稿、修订、打磨、制版、刻印到最终完成，我都使尽全力让它们达到最好。

石：你这样说，究其实还是和版画创作的周期漫长，创作过程的过于细致和辛劳有关，每一幅作品都是倾数月之功才拿出来，自然会格外郑重的。我在写作中，有时会碰到这样的现象：一些作品，自己比较认可，也清楚在方方面面投入了很多，但外界反应平淡，认可不多。反而是一些不经意之作，反响不错，认可度高。你碰到过这样的情况吗？如有，会改变你对作品的原有判断吗？你认为造成这种认知错位的原因是什么？会因此影响到自己的创作吗？比如有意无意地顺着外界的趣味或路径来创作。毕竟这样的创作也会取得另一样成功。

罗：首先拿这话问问你，你会因为外界的原因影响自己的判断吗？比如你的《清水里的刀子》相对认可度高，因此对你的写作有过影响没有？

石舒清：多少还是有些影响的。尤其编辑，希望你一直照这个路子写下去。读者好像也是这样。但我还是屡作变化。老实说，《清水里的刀子》那一种文风我已经不喜欢了，觉得抒情太多，仪式性太强，我现在想写得更加拙重一些，对巧特别的抵触和警惕，希望写得尽可能的生活化一些而不要太文艺化。

罗：我也有同感。比如构想很久的一个立意，费了很多心思和工夫，创作出来后，不一定有期许的反响。反而你自己很放松很自然状态下拿出的作品，却点赞的很多，甚至深受好评。我认为这种错位的原因可能有如下几点。

其一，你要表现的内容过于繁杂、主题不够明确、和现实环境的需求不同步；

其二，或者你讲的故事有独特性无普遍性，使人有隔膜感和疏离感；

其三，再就还有一种可能，你想表达的内容略略地有些超前了，滞后不行，超前也不行，要恰恰合拍，才容易引起共鸣。

当然这只是从接受学的角度来说的，并不能以此断言作品的优劣。

回到你问的问题，无论如何，外界的看法都不会决定性地影响到我的创作。别人的观点甚至与我相左的观点，我会悉心聆听，但会在心里有权衡，我自有主张，在生活中我也不是一个愿意迎合或求全的人，落实到创作上，就会更加如此。对于艺术家来说，和人类经验的无限性相比，更重要的是这一切经历的深度和浓度。

当然，点赞越多，对自己创作的方向、个人风格的形成都会有帮助。我想舒清在这方面感受要比我更深刻吧。还是想听你再说说你的《清水里的刀子》，现在说到你的创作大家首先要提这篇小说。

石：首先就我个人的真实感情来说，对这篇小说，我是抱有感激之情的。它给我带来了好运，它也代表了我写作上的一个重要的路数。前面说我现在不喜欢这样的小说了，但同时有一点我没有说出来，就是这样的小说，也许现在我再也写不出来了，我没有这样的心境了。我对人事的认知已有了相当大的变化。那时候（20世纪90年代中期）的写作状态是不错的，像张承志先生说的，有早期意味，像你说的，有初学者心态。那时候心态相对清纯，也便于写出这样的小说来，现在心里的沧桑感重了。对写作来说，这不是没好处。我希望我还能写出另一种不同于《清水里的刀子》的好小说来。在这方面我是有强烈的愿望的。之于《清水里的刀子》，我觉得这是一篇运气不错的小说，不是所有的好作品都有好运气的。这篇小说写出来，首先幸运地发表在《人民文学》上，后来又幸运地获了鲁迅文学奖，搁在现在的环境里，获不获奖就很难说了，另外宁夏画家李东星根据这篇小说画的连环画好像也获了一个全国奖，年轻的导演王学博就这个小说改编的同名电影更是获得了好几项国际奖。种种结果看来，这篇小说的运气真是不错的。我首先希望我写出真正好的小说来，接下来自然也希望好东西能有个好运气。这也是人同此情吧。

《清水里的刀子》谈到这里可以了，毕竟这次访谈是以你为主的。平时看一些画家传记，说到不少画家很重视选模特。马知遥老师的一篇文章里说，模特是创作的一部分。广义上的模特应该包括一切有助于创作的印象和对象。请谈谈你所认为的模特与创作的关系。很多画家会以自己的家人亲朋为创作对象，这一点在你的创作里似不多见。不知有无什么特别的原因。作家创作，一般都习惯于先以自己熟识的人为对象,《我的父亲》《我的母亲》《我的老师》……这样题目的文章汗牛充栋,随处可见就是明证。

罗:我想每个画家创作的方式和生活的环境不同,因而他的创作内容和表现对象也会相应不同。但以自己熟悉的人事作为创作对象,对一切创作者而言,可说是再自然不过的了。舒清有所不知,其实我的版画、油画既画过同学、工友、邻居,也画过我母亲、妻子、儿子。在我眼里,他们不是模特,我一时还找不到准确的言词来做表述,但说他们是模特我会觉得有别扭感,有冒犯了什么的不安。我的作品《白盖头》,就是以我的母亲为灵感而创作的。《方格里的游戏》是完全以妻子为原型而作,《飘》系列则是以儿子为原型创作出来的。我作品里的很多形象,是我外出采风中偶遇的,但又与我在日常生活中长期观察思考的主题相呼应,比如《东方国里的穆斯林》系列作品。也有一些作品形象,则是在脑子里已经形成了完整的画面,好比成竹在胸,完全由我的精思熟虑而来,比如《时间》系列。我没有固定的模特。但确实有一些优秀画家,特别是油画家,他们喜欢用相对固定的模特,这个模特确实成为共同的创作者了,直接影响到作品的成败。

最近,在《黄河文学》看到你关于《清水里的刀子》与导演王学博的短信交流,读后让我十分兴奋,好在真实感人。你们的一些交流可以说比较尖锐激烈,都不大隐瞒自己的观点。

石:这部电影刚刚拍成的时候我看了未剪辑本,觉得不满意,也许是特别希望拍好的缘故吧,对导演直言了我的看法,有些说法是情绪化了一些。要说出有见地的观点,须先剔出一切情绪化的干扰。这个导演虽然还年轻,他是"80后",但他的修养是不错的,你说你的,他不大申辩,但是心里有主

张。一切创作者大概在创作方面都是顽固的。我也是这样。你当然更不例外。这个王学博导演很能吃苦,很有耐心和韧劲,是个干事情的人,就这部电影,他前后有七八个剪辑本,后来还在台湾请来了著名导演侯孝贤的专职剪辑师做了定剪。现在这部电影的运气很好,获了好几个奖了。应该说,是我的审美趣味之外的一种好吧。但作品获奖,我还是很高兴的。希望它能获更多的奖得到更多的认可,希望这个年轻导演因为这一部作品而前景看好。现在看来,他是达到这一点了。他的一部电影又顺利投拍。《清水里的刀子》投资三百多万,他现在的这部电影投资一千万。可见他已获得制片人的信任了。

我们写小说主要是写人事的,没有人事,小说即无从做起,所以对人事我是有特别的兴趣和敏感的。想问问罗兄,你有没有印象特别深刻,触动特别强烈的人或事,想用自己的作品把他(她、它)们记录下来,反映出来?如果是让我难以忘怀的人事,会有个酝酿时间短长的区别,但最终我都希望这些能很好地出现在我的文字里。好的文学创作是对生活和人性的精深洞察和忠实记录,想必画画也是这样的?

罗:特别深刻触动我的事和人,我已经把他们转化成了我的作品。分别是《苹果的力量——向乔布斯致敬》《致敬2008》《时间之锁》。特别是《苹果的力量——向乔布斯致敬》,是在乔布斯逝后的一个月,我开始进行构思。他被誉为一个时代的传奇,将科技与艺术完美的结合,改变了一代人的科技生活和对工业产品的审美体验。在此之前,我国报道有年轻男子为了能买一部iphone手机送给恋爱中的女朋友,不惜卖掉自己的一个肾;一个高中女生则用身体去交换一部iphone手机!这些真实的事件,深深触动了我。难道一部手机就重塑了我们年轻一代的价值观吗?与其谴责人类与生俱来的虚荣

心，不如更多地检讨我们这个社会一直严重缺失的审美能力。我个人有个近乎极端的观点，人类从蒙昧到走向文明，一个突出特征就是发现了美并能够再现美。一切文明的形式都是包涵在美里面的。然而，很长一段时期当中，我们不仅仅丧失了创造美的能力，甚至连被美感动的能力都丧失了，更何谈文化的想象与创造？这是一个时代的悲哀，一个民族和国家的悲哀。我在画面中刻的孩子身首倒悬漂浮无依的形象，希望能触动人们有一些痛切的思索。

石：听了你这些话再去看你的画，感受一定会更多一些，理解也会更深切一些。所以说和艺术家的交流也是理解其作品的一个不可或缺的方式。前面你说你的《飘》系列是以你的儿子为原型创作的。文学创作方面总是暗含着一种要求和原则：写最熟悉的，写感受最深的。鲁迅先生格外强调这一点。好像是写作中的一个铁律。这一原则在画画中是否也同样被强调被重视？

罗贵荣：是的。绘画肯定是画自己感受最深的东西。要把画中的人物、景致画好画得有深度，就必须去了解它，研究它，在具象和心灵之间找到沟通和对话的渠道。我找到的方式是版画，我最关注的是人在社会中的感受与命运走向，所以我大部分作品是对各种生存环境中人的揭示，希望传递真实的情感，找到爱和温暖，毕竟人只有靠这些才能活下去活得还算好。好多人到一些名山大川总是兴奋激动，但我往往显得迟钝淡然。那种人们熟见的风景似乎很难激动我激发我，长期在西北生活，那种被不引人注目、极易被忽略却又顽健自得的生命，更容易引起我的情感共鸣，比如沙漠枯草、旷野残雪、寂寥孤鸟……这也形成了论家所谓的"现实主义风格"。我觉得，重复是对艺术的最大践踏，原创是艰难的，但是却能感受生命的厚度和精神的纯度。所以，我一直特别

赞赏拥有原创精神的艺术家，并打心底里尊重他们！

石：说到重复的话题，我看很多的画作，尤其山水画、花鸟画，也许我是外行，看不到其奥妙的缘故，多给我千人一面的印象。说老实话，作为一个书画的喜好者、欣赏者，这样千人一面的作品即使真的好，也让人有不满足感，容易有审美疲劳。但好像要摆脱这一点又极为不易。是否山水总是那个山水，花鸟也总是那个花鸟的缘故？若真如此，这类画的前景又在哪里？这好像是题外话了，但很多人都有着这样的困惑，而且关乎文艺的重复与创新，你刚才说，重复是对艺术的最大践踏，我有同感，因此不妨讨论讨论。

罗：你的这个话题非常重要。"千人一面"因互相模仿，审美疲劳又因"千人一面"，真是因果往复。如果小说创作有重复的因素，可能会被界定为抄袭。我们的山水画、花鸟画，在美术教育里就是强调你要严谨地去模仿前人，一笔一画、一招一式，临摹前人的画作，一句话，一切以传统为本，一切从传统里来。不是说这个主张和强调不对。但如何去学习传统、光大传统，必须要融入自己的审美自觉和创新勇气，当然这是很不易的。久而久之，学得越来越像前人，也慢慢失去自己对现实的新鲜认知，无法在旧的传统里展现自己的新。加之畸形的艺术市场的推波助澜，人们用大量真金白银换取那些死板单调、无情趣无意境的画，市场的需要反过来又鼓动了创作者，让这样的东西层出不穷、源源不断。艺术的本质就是创造创新，如果只是重复复制，其实已经是离开了艺术之道，没有什么值得一说的了。我的观点，探索求变即使失败，也远胜于看起来似乎高明的重复。

真正的艺术作品，是要有着强烈的原创精神，鲜明的个人风格。有主见的艺术家，不会追随潮流，而是立身潮头，引领潮流。

从这个意义上说，绘画作品不仅仅是一幅画作，更是画家的另一种更本真更强劲的生命形式。它是活的，有气息的，有感染力的，是可以和其他的生命形式做深度的呼应和交流的。

石： 重复不可以，但修改却好像是允许的，而且有时候几乎就是一种必须。然而在不同的文艺形式中，似乎又不尽然，有的可以反复修改，比如油画，比如文学写作，文学方面，只要有必要你又愿意，可以无休止地修改下去。所以歌德的《浮士德》慢慢悠悠，改改停停可以写六十年，惠特曼的《草叶集》则在不断的修改和补充中写了一辈子，但也有些文艺形式不方便修改，比如电影就被称作遗憾的艺术，一旦完成，再要修改，就得劳师动众，成本巨大。似乎版画也不方便修改。若真如此，版画创作中是怎样处理一刀不慎的呢？再高明再谨严的创作者，在漫长的创作过程中，也难免一刀不慎的啊。

罗： 在多版套色的写实木刻中，不可以一刀不慎！特别是在刻人物面部表情时，必须精神集中，如履薄冰。如若刻错，就一招不慎，前功尽弃。你投入的时间、制版材料、颜色、专用纸张、刻刀工具等，对个体画家来说是一笔不小的开支。在我们版画圈子里常说，刻错了，你就哭吧！所以，减版木刻的创作和电影一样，也被称为遗憾的艺术。这种遗憾既是一种对人的磨炼考验，又是一种极度诱惑。就是这样一种状态，在每一次的遗憾中结束，又在每一次开始中希望满满。生命苦短，艺术路长，也许这一生都无法修习到你希望的那种理想状态。

石： "刻错了，你就哭吧"，发人深省的话。觉得这话可以用来做我们这个访谈的题目。文学上倒不至于这样，写得不满意，涂掉重来，甚至撕掉不满意的一两页也不打紧。我是近几年才慢慢领会到修改的好处

的。回顾我的写作过程，有两个节点比较关键，一是 1994 年《朔方》发表了我的小说辑，使我有了写作的信心，1998 年《人民文学》发表了我的短篇小说《清水里的刀子》，使我的小说第一次走向了全国，我把这看作我写作过程中第二个关键点，拿掉其中任何一个点，对我而言都是不可想象的。你创作过程中无疑也有着这样的关键点，很想听听。是否这样一些节点也是可遇不可求？

罗： 我从来没想过自己创作中的关键节点，经你这么一问，我梳理一下，大约 1990 年创作《光系列中的门廊》是第一个关键节点，当时创作了《光系列中的门廊》之一、二、三，获得了全国首届青年版画大展的优秀奖，它似乎一下子把我推到了版画这个艺术殿堂的大门前，就像有一种神秘光亮的吸引，让我带着新奇感往这个殿堂的深处一步步向前去，从此乐此不疲，义无反顾。1992 年创作《白盖头》获得全国第 11 届版画展金奖，此后大约 18 年间在全国美展、多届全国版画展、观澜国际版画双年展等获银奖、铜奖、国际版画奖、优秀奖、中国美术金彩奖 17 次，并因此形成了自己独特的艺术风格及在版画界的影响力，也赢得了宁夏美术家协会常务副主席的名头。

2007 年，是另一个关键节点。那一年 5 月，我获得了首届中国观澜国际版画双年展的国际版画大奖，只有 5 位来自全球各国的版画家获得这个奖项，也是我首次获得国际奖项，自然有几分欣喜，那应该是版画家生涯的顶峰吧。但那年秋天，一项集体创作工程的实施，在非关艺术创作本身的某个环节让我遭遇了一次沉重的"意外"。这次"意外"让我从宁夏美协来到了文学艺术院，一个后来我非常喜欢的地方。近 10 年走过了，我深深感谢这场在很多人看来是"灾难"的转折，感谢曾经给予我同情与支持的人们，也感谢带给我磨炼的人们。当然，更应该感

谢版画，前面说到的"画种性格"在这里得以充分体现。这磨炼让我对我自己，对艺术，对我与社会的关系及艺术与社会的关系，对生命本身的困境及秘密等诸多方面，有了深入持久的思考，在版画语言的表达和艺术风格的转变上有了更多的摸索和延展，重要的是还孵化出了"罗汉版画工作室"这样一个好"作品"，我想在版画方面尽我的一己所能。现在，这个工作室良好运行，我是比较欣慰和满意的。

石：经历对每一个创作者都有着不言而喻的价值，特别的经历中伏藏着特别作品的可能性。我平时喜欢看人物传记，就是想看看文艺家的经历对他们作品的影响。只要是我喜欢的作家艺术家，我想把他们的一切相关的文献都收来，比如个人传记，日记、书信、照片等等。也算是一个默默的追星族。我觉得作家就是用自己的才能把自己的经历写出来的人。说来每一个创作者都有一些自己喜欢和崇敬的作家、艺术家，这个名单随着岁月流逝，阅历加深，会时有变化，但这样一个名单总是有的，就我的印象和感受而言，我可以随手写下一串给我深刻印象的作家，我信手写出来的肯定是对我有潜移默化的影响的。先从文学的角度给出我的名单：托尔斯泰、鲁迅、毛姆、弘一法师、孙犁、陶渊明、李白、杜甫、白居易、苏东坡……也很希望你能从画家的角度给我一份同样性质的名单，并请说说喜欢他们的理由及对你的影响。

罗：我初期学习绘画的那个年代，身处在经济落后的小城市里，信息、交通不畅，所见所识极其有限。印刷质量的缘故，偶尔能从少量的报刊或画册上看到一些模糊不清的作品图片，更遑论接触到很好的作品原作。那时，要想看到好的作品原作，就得攒好久的钱去北京。在学习绘画的过程中如果没有看到原作，你是无法领会作者的精神迹

象和表现技法的。崇敬的对象因此也总是模糊的，我的名单上应该有伦勃朗、凡高、毕沙罗、米勒、达利、蒋兆和、黄永玉、赵无极、朱德群等中外画家，但看他们的画主要还是通过画册，偶尔能在展览中看到原作，这样的机会不多。所以，我更愿意通过与身边敬重的艺术家交流去学习，像中国版画界当今的大家，广军、宋源文、代大权先生，还有油画家孙为民、刘亚明等。他们对我的影响是直接的。他们不但有着深厚的学养和专业造诣，还有着极富魅力的独特个性。和他们相处，不仅可以得到知识的补给、艺术修养的提高，还可以感受到他们产生的艺术的力量，这很鼓舞我时感寂寞的心。在和他们的交流学习中，我感悟到，优秀的艺术家一生不仅是为了寻找好的东西，更要自己有信心有能力拿出好的东西。

石：对艺术家而言，拿出好作品就是王道，没有作品，没有立得住的作品，你这个艺术家其实就是不成立的。这一点上，相信我们的看法一定是一致的。你有两件带有纪念和献礼意义的作品，一件是给邓小平的，一件是给张贤亮的。两件作品都具备特别又深邃的意境，在你的作品里显得卓尔不群，面目别样，显然是你的用心之作。纪念张贤亮先生我好理解，是一个晚辈以艺术的方式向一个前辈致敬。纪念邓小平先生，我很想知道你是纪念他的哪个方面？这件致敬作品没有丝毫政治化的痕迹，不概念化，荷塘深深，荷叶田田，整个画面有着一种安谧素净的气氛，使人莫名的肃然而又欣然。似乎暗含着画家一种很热烈又很内敛的情愫。

罗：在中国文化里，荷是一种高洁精神的象征。我曾经画过池塘残荷，即使枯萎了，它的形体线条依然刚硬倔强，有着遗世独立的特殊美感，与版画要体现的刀味、木味、纸味等美学要素十分吻合。2014年，中央文献研究会邀请我作为组委会委员参与

"春天的故事——纪念邓小平诞辰一百一十周年全国版画精品展"的策划，我随同组委会来到小平同志的家乡四川广元采风，一下子就被邓小平故居门前的那一片荷塘吸引。荷叶圆润饱满，静静躺在清澈的水面上，阳光扑来，溅起一圈一圈金光，幽幽乡愁蓦然涌上心头，小平的影像忽然弥漫在荷塘之上，为人们熟悉的身影姿态、声音神情弥满视野。静水流深，斯人已去，灵魂不灭，精神永存。就在那一刻，我觉得这片美丽的荷塘有独特风姿，就迅速确定了我要表现的画面，深信那一片荷塘之上，有着一代伟人的灵魂印记，有着老人对故乡永远的牵挂与祝福。

石： 这是一个特别的灵感。肯定有人会指手画脚，说出种种不合宜来，比如伟大人物，怎么可以用一个静无波澜的荷塘来表现啊，还有残荷，更容易给人口实，觉得不合适。但我正是从你这样的表达里，感到你深深的缅怀之意和足够的崇敬之情。我们见到的假大空的东西太多了，造成了今天的遗患无穷与根除不易。这个且放过一边不说。说到政治，有一个思而不得其解的问题我想问问你，比如特殊时期的文艺创作，因其文艺形式不同，结果和命运会完全两样，就比如"文化大革命"时期的创作吧，当时的文学创作，到今天几乎留不下多少值得一看的作品，但是绘画、瓷器、雕塑、刺绣、歌舞等艺术作品，到今天不但有其独特的价值，而且几乎成了一个收藏方向，就叫"文革"藏品。但是很少有人收藏"文化大革命"期间的文学作品。这是很有意思的一个现象，其中必然暗含着某种重要的信息或秘密。

罗： 我不懂政治，也没有研究，一时不知该怎么回答你的提问。我理解，好的收藏品，一定要有历史价值、审美价值和研究价值，包含着当时的人文精神和情感印迹，让收藏者或欣赏者能够透过某个造型、颜色、音符、体态、影像等去看到那时的风物习俗人情世相，也许你所说的"文革藏品"具有这些特质。不过，文学是语言的艺术，它和造型艺术、舞台艺术、音乐艺术等最大的不同在于媒介的特点殊异。以我个人的感觉来说，文学艺术通过文字与人交流，是理性超于感性的审美活动。而"文化大革命"时期的语境、语态、语感都是破坏性极强的，它们和非理性的荒诞的异化的生活相糅合，似乎文艺的功能性远远地超过了审美性，因而难以引起读者共鸣。抱歉，我是外行，以上完全是不成熟的个人感受。

石： 罗兄谦虚了，我觉得你已经回答了我的问题，"功能性大过了审美性"，答案也许就在你的这句话里，时过境迁，原有的功能性丧失之后，就一无是处了，比如"人有多大胆，地有多大产"，说这个话的背景和语境消失之后，这话就只是一个谎言和笑柄了。而文学之外的艺术形式，美术音乐等，其审美性无论怎样高明的手段也是剔之不除除之不尽的。

聊得不少了，最后一个问题吧。

不知你自己怎样认为，我觉得代大权先生写给你的《理想和现实》是一篇非常精彩和重要的文章。画家评论，这些年给我印象很深的有三篇，一篇是冯其庸先生写给朱屺瞻先生的，一篇作者名声不响，文章很好，还有就是代大权先生写给你的这篇了，代大权的文章，显示出他既熟悉整个版画创作，同时也很熟悉你的版画创作，而且观点精准，直言无隐。 他的文章中有许多精彩的说法不只关乎版画创作，对我这个写小说的人也启发多多，比如他说到生活里的对中之错与艺术里的错中之对；说到偶然之错与必然之对；说到一对再对终归平庸，错而复错却出神采；说到物性通过人性的作用而产生美；说到偏执在成就一个天才的同时也有着毁掉他的可能；他还说到版画的特点和困境：源于印刷却要反印刷，强调技术却又不以技术为目的。概括精准，一言中的，让外行也能于一瞬之间明白内行门道。如此种种，不胜枚举。更让我印象深刻的是他对你的肯定和对尚存不足的指出，肯定时青睐有加，不吝赞词，指陈不足时一针见血，不留情面，有师友如此，真正难得。我从代先生的肯定和期待改进两面，来认识你的创作，肯定方面，代先生说你已跻身当代版画著名大家之列；说美术界需要你这样近乎自学成才的大家来捧场；说每一画种都有其对应的画家，用一些虚头巴脑的画家来装点门面，用一些真正有实力的画家来充实画种的自身价值，而你正是充实了版画价值的画家；说你在各种展览中跃然而出，获奖无数，可谓情理之中，当之无愧；评价之高，令人咋舌，伯乐识才之欢欣，溢于言表。但代先生陈说不足时的坦直无隐，同样让人印象深刻，他说你直观前方而放松了周围，看得深远却视野不宽；说你独创的格子语言已受到两面夹击，格子被无端地怀疑为数码技术，语言的个性也因格子的细分而被弱化；说你意识到困境需要突破时，却面临储备不足的尴尬；说你焦灼的情绪已在作品中有所显露；说你有可能落入以革命始以保守终的

窠臼；说你的细腻和丰富越来越接近照片和技术，而欠缺新颖的表现……不一而足，我一边看代先生的评论，一边不停地联想到你的作品，技术方面的东西，非内行是不大可能看得出来的，但就看画的直感来说，我觉得你的作品虽然精微到几乎可以用显微镜来观照，但画面似乎还可以更具冲击力和感染力一些，粗而有力总还是胜于精而寡味，我觉得你的画面太安静了，像一些底片默默地在一个角落里。当然说这话时我是非常心虚非常不安的，外行难说内行的好，外行总是看热闹。这一点我是很清楚的。但借此良机，跟在代先生后面，我也谨慎地说出我的一些印象和观感吧。总之代大权先生的这篇文章，我觉得是可以作为座右铭，来时加温习的。

罗：代大权先生不仅是一个优秀的画家，也是一位有独特见解的评论家，一直以来都带给我许多教益。如你所说，《理想和现实》是可以作为座右铭的，既有真情厚爱，肯定鼓励了我前三十年的创作与探索；也有鞭策期许，指出了我目前创作上存在的不足。同时，也非常感谢舒清的直言引导，让我可以更加清晰自信地修正我今后的创作。路还长，慢慢来。

张春荣：新媒体时代对摄影人专业性的反思

张春荣　陶萌萌

　　人类社会的重大变迁总是与技术的发展有着千丝万缕的联系。摄影术的发明革命性地改变了人类视觉表达的手段，同时也改变着人们的视觉意识和观念。本雅明在《机械复制时代的艺术》中，描述的摄影、电影，改变了艺术与人之间的距离，改变人们对艺术对影像的认知。技术发展到今天，数字摄影技术和设备的普及，拓展了人类对影像获得的可能性，而互联网和新媒体的发展，更是极大地推动了人类对影像的需求。在这样一个纷繁变化的时代，摄影还是十年前的摄影吗？手机摄影、自拍，后现代艺术、当代艺术，社交网络、智能手机、摄影APP等，各种各样的概念以自己最大的努力想要占据我们有限的注意力和时间。面对这样一个蓬勃发展，又错综复杂的环境，摄影师究竟该如何发展，怎样做才能保持自己的专业性呢？为了寻找答案，笔者采访了宁夏摄影家协会副主席兼秘书长张春荣老师。

　　陶萌萌（以下简称"陶"）：张老师您好，在这个人人都能拍照，人人都是摄影师的时代，面对摄影空前的普及化，摄影的专业与非专业的划分还有必要吗？

　　张春荣（以下简称"张"）：首先要肯定全民摄影，对摄影的发展有利，而且在一定程度上会推进摄影进一步向专业化方向发展。摄影的普及化，看似将非专业提升，并不断向专业靠近，但事实上只是推动专业摄影更专业。之前看摄影师专业与否，老百姓更多的依据来源于摄影的器材使用、摄影的技术把握。而现在呢？更多的看内容表达。这就跟写字一样，是中国人就会写汉字，但是写字和书法是一样的吗？过去的人都用毛笔写字，现在很少有人用毛笔了，好像一用毛笔写字就成了书法家。这肯定是不对的。我们对书法家的定义不是来源于工具，而是造诣。当然会写字的人经过训练和提高能够成为书法家。会拍照片的人经过训练和提高也能够成为摄影师。我们现在不应该再用工具来定义摄影家，而是要看视觉影像语言的运用。这也是摄影专业与非专业的区别，也就是技术运用的法度以及内容表达的方式。所以我们要考虑的不应该限于是否还有划分专业与非专业的必要，而是改变我们区分专业与非专业的标准。所以摄影的普及化反而可以衬托出摄影师的专业性。

陶：那就是说，手机摄影也能够拍出专业的作品？

张：手机摄影向"作品"的方向发展能否做到？我想绝对可以。协会在这方面一直在引导大家，让更多人明白，什么是作品，什么是照片。让手机摄影和摄影之间既关联，又保持独立。也就是说，现在不应该再用器材去论英雄，不是相机拍摄的就都是作品，手机拍摄的就都登不了大雅之堂。而是用影像的要素去衡量照片的价值，以及专业性。即便手机摄影能够拍出专业的作品，用相机摄影仍然有其不可替代性。

陶：数字摄影的普及让照片的产量达到空前的高度，在这个照片的海洋中，什么样的照片才是好照片？怎样得到一张好照片呢？

张：摄影过程中如果掌握好了三个要素，照片不会差，哪三个要素呢？光圈、速度、感光度。摄影师必须彻底弄清楚三者之间的关系，能够运用自如。只要按下快门就能得到一张在技术上达标的好照片，但它是不是作品？当然不是。现在手机摄影的普及率很高，但是手机不考虑光圈、速度、感光度，基本是全自动，只要按下快门，就能得

到一张"照片"，兴许还是一张好照片，但是这还不能称为一张作品。当我们探讨"摄影作品"这个层次的时候，也有三个要素，瞬间、画面构成和影调。瞬间很好理解，就是在时间轴上拍摄的那个瞬间，就是人和物的运动状态、人物的表情、主体与陪体之间的关系、在画面中的位置等等。为什么我现在在讲画面构成不讨论画面构图呢？这不是咬文嚼字。我们以往所讲的构图只是一个形式，而构成包含着形式和内容。这种说法对摄影来说更确切。第三个要素是影调，也就是正确曝光。现在很多人对曝光不是从"艺术"的层面去理解它，都是以技术形式去理解，技术形式在现代摄影中不是那么的重要，因为相机都已经基本帮人考虑好了，但是从艺术层面上去理解，就需要人为的控制影调。过曝或者欠曝光，都要基于照片的内容表达。摄影师在按下快门的时候应该就清楚自己想要的影调是怎样的，有怎样的预期。老一代的摄影家们，都经过胶片暗房的训练，按下快门的瞬间就基本清楚图像会呈现出怎样的影调，要的是什么感觉。现在能够达到"摄影作品"层次的照片其实为数不多。

陶：面对全民摄影的现状，有摄影师表现出了忧虑，摄影普及以后，摄影何去何从？摄影师又何去何从？

张：全民摄影是否成立要看在什么层面上，大众娱乐层面全民摄影是事实，如果从专业领域看，全民摄影是假象。实际上，偶尔得到一张好的照片，甚至能称得上是作品的照片很容易。毕竟拍摄的基数提高了。但是能否在同一个水平上形成系列，有贯穿始终的主题？这对一个专业摄影师来说，都会有一定的难度，何况是对一般的摄影人。经常会有人连相机都不会用，结果一出门碰到好场景，说不定就能拍到一张好照片，还获了金奖。但能说他是摄影家或者摄影师吗？

当然不能。摄影普及化的好处是能提高大家的审美意识，坏处是让摄影越来越难。就像王文澜说的"现在的摄影难就难在摄影人太多。"有相机的人多了，能拍摄的人多了，碰到的事情也多了，拍到一张稀奇的或者有视觉冲击力的照片，也没有那么难了。在这样的基础上，拍出一张真正的好照片、与众不同的照片、有内涵的照片变得难上加难。摄影师似乎应该感到忧虑。

不少人都会说"相机好坏无所谓，关键是在相机后面的那颗脑袋"。这种想法比较片面，容易进入唯内容论的极端。我们应该更客观地看待这个事情，当两个人的水平旗鼓相当的时候，谁的器材好，谁能充分地利用器材表达到位，谁领先。这不是唯器材论，因为摄影语言中的技术，一部分来源于设备本身在技术参数上的可能性，更重要的一部分来自于人对设备技术参数的灵活运用。

从大环境看，互联网的蓬勃发展，各种各样的APP，都在推荐作品、经验、技术……这些内容有极强的雷同性。这有可能会促成一种趋于同质化的方法、审美、构成。对大众摄影来说，这种趋同的摄影语言，多少不利于摄影语言的良性发展。可是从另一方面来理解，摄影的这种发展，正好满足了基础的提升，同时给专业性的发展提供了更多的推动力和可能性。作为一个摄影师还不应该对这个环境恐惧，也不应该去担心摄影何去何从，而应该回归到自身。考虑自己应该怎样做才能更好。

陶：在您看来摄影师具体应该怎么做呢？

张：别无他法，唯有踏踏实实地挖掘自己、填充自己、反思自己。具体来说，至少要做到三点：首先是要从视觉语言的掌握入手，在拍摄过程中的那些视觉语言是需要多年的训练，才能掌握，所以平时要多积累；其次要提高自己对拍摄对象的认知，不能人云亦云，也不能浮于表面；最后，比较重要的是要学会用视觉语言说话。

陶：说到视觉语言，它到底是怎样的？有没有什么文献能解释它的概念范畴？

张：我到目前为止看过的书和文章中，还没有对"摄影的语言"有明确的规范。摄影的发展毕竟还不到两百年，起初与绘画紧密结合，并以绘画理论为基础。经过了很长时间的发展，才逐渐形成自己模糊的语言体系。近十年，中国的摄影界意识到了它的存在，开始正式提到了"语言"。我认为，不论是摄影的技术、技法还是构成，最终是要看这些要素结合在一起形成的语速、语调、节奏等等，至于结合的方式，因人而异。刚才说的那些评判一张照片的标准是视觉语言的基础。也就是说，从刚开始的拍摄中使用的技巧，光圈、速度、色温等，到后期的制作，从开始拍摄的模糊的想法，到后期照片的编辑组合。这些都是摄影语言表达的过程。总的来说，摄影的语言体系还在形成过程中。

陶：中国的摄影视觉语言是这样，那么国际上又是什么样的，别人的经验能不能直接移植到中国的摄影中？

张：首先，在我所读的国际上的文献中，也没有见到成型的视觉语言体系。艺术，在很大程度上和人群有关。中国人和国外人不一样，基本的文化背景有着非常大的差异，甚至不同民族和族群的视觉语言也有差距，有些东西是能直接拿来用的，但是大部分都还不能直接使用。比如，不能理念和形式都照搬。要么用自己的形式表现别人的内容，要么说自己的理念用别人的方式。（方式是沟通的桥梁，内容是核心）要多从自我出发来考虑。如果你喜欢森山大道，但是用他的方式或者理念去拍摄自己的东西，观众最多看到的是森山大道第二、第三。所以不能简单的复制，一定要有变化。作为一个摄影师如果没有自己的语言是很恐怖的事。森山大道的视觉语言和当时的社会相关，当然也和当时摄影在技术和思想的发展状态紧密相关。现在感光材料的宽容度、成像质量等方面，和以前比简直就是飞跃。能够反映出更加丰富的层次、细节和信息。为什么还要用那种"粗糙"的方式来表现？为什么不能用现代的语言去阐释你所认同的观念？当然，信息量的增加导致的直接结果可能是主体被淹没。这就更加考验摄影师对视觉语言和要素的把握。

陶：现在的时代背景对摄影语言的发展有没有影响？

张：不可否认，互联网的极速发展，帮人们拓宽了眼界，人们可以看到更多超过自己视觉经验的照片，在不断观看的过程中，每个人都在逐渐形成一种模糊的视觉语言。在需要用图片表达的时候，有些人能够用类似小孩子学语言的方式，模仿着表达出来，这个过程在一定程度上能够提高大家的审美。但是一个掌握了1000字的人和一个掌握了3000字的人，都来写小说，掌握的字数越多，表达肯定就会越丰富。摄影也一样，如果你掌握了更多的方式，也许你的题材能够拍摄得更好，表达得更准确。但如果你对这个句式并不了解，百分之百做不到。随之而来的是语言的匮乏、表达的单调、内容无法得到支撑。如果这样，就只能碰。在看影友的照片过程中，经常会遇到这样一种情况，前面几张让人眼睛一亮，感觉很老到，再往后看马上就能知道，其实他对技术一点都不懂，根本控制不住，之前的几张只是运气好。这种无法控制的语言没办法用到正常的表达中。这个全民摄影的时代确实对摄影的语言的普及化有很好的推动作用。但是目前来看这种普及还只停留在单词和短语的程度。

对摄影来说，从它诞生的那一天，就是技术和艺术两条腿走路，一直到今天。技术是摄影语言里基础的部分，它对摄影的艺术表达来说，尤为重要，是艺术表达的支撑。所以我说这是现在摄影师必须要解决的基础性问题。一般的摄影爱好者和摄影师的重要区别就在于，作为摄影师必须要能够保证自己的照片保持在一个水平上，绝对不是靠碰运气，而是能够控制住，在这个基础上才能继续完成一个系列，完成表达。要知道，得到一张照片容易，但是得到一组同样水平照片对摄影爱好者来说还是有困难的。

陶：您这里提到了系列，那摄影师如何完成一个系列的表达呢？

张：我之前有说到，摄影人要提高自己对拍摄对象的认知。这是摄影师应该做到的事情，也是完成系列表达的基础。因为毕竟摄影是个工具，要做一个好摄影师，一定要有丰富的底蕴，知识面一定要广，不能只图稀奇。当面对一个完全不了解，或者了解不够深入的事件时，要静下心来，去了解它，也去反问自己如何理解它。对拍摄对象陌生，很难拍出好的照片。据我了解，摄影人里有不少喜欢去拍风俗和节日，甚至是民俗演出。我说的不是舞台演出。比如，社火、婚礼等，这其实是他人的程序，盲目进入只是在记录这个程序。如果不了解程序里的内在关系，拍的可能都是表面现象。而内涵的东西却没法获取到，因为大脑中没有相关的知识库存，看到的都是外在的热闹，表现得也只能是外在的"热闹"。其次还要端正自己的态度，反省自我，改变观念，坚持不懈。我们身边存在很多热情饱满的摄影师，我不止一次听他们说起，经常会叫上摄友一起去某个地方拍照片，但是有不少人会说："哦。我不去了，那地方我去过。"去过是去过，但是是否拍好了？是否拍到作品了？似乎去过了就行，浮在表面的浅尝辄止，甚至是以旅游的心态来面对，似乎更在乎的是完成了个体的行为和拍摄地的关联，根本不是去完成一个专题、故事或者是系列。这样的事情经常在发烧友中发生。这种游玩的心理也很难引人认真地完成视觉语言的表达，更多地呈现出现代人浮躁的状态。协会在日常宣传时也经常提到这样问题，也是希望大家可以反思，改变观念。总的来说，没有深入，没有坚持很难完成一个专题。

陶：想请教一下您，具体的拍摄过程，怎么去掌控一个专题？

张：在实际的拍摄过程中，每一张照片，或者每一次拍摄，每一件事都可以看作是一个点。得到一个点容易，由两个点得到一条线也不难，但是一堆点想要连成线，讲逻辑，其实很难。在拍摄一个专题系列时，往往在拍主线过程中会遇到分支。怎么办？分支先搁置，注意力放在主线上，等有了时间，再去处理分支。这是一个大多数人都可能会遇到的问题，尤其是刚刚开始拍纪录类照片的摄影师。这时千万不能贪大贪多，先完成主线，将分支先用笔记下来，等下次有精力有机会的时候再一一处理。按照步骤来进行，随着主线的完成，分支的不断填充和丰富，一个大专题就逐渐完成了。但如果一下就进入这个大专题的时候会束手无策，连从哪里开始都不知道。所以一定要先找到了入手点，找到一条线，在拍摄中不断反思和补充，碰到闪光点，立马记下来（一定要用笔记下来，不然时过境迁，没多少时日可能就忘记了），再不断地开拓挖掘分支。比较老到的纪实摄影师，有敏锐的洞察力和丰富的经验，能够在拍摄现场，瞬间找到自己关注的几个点，并搭建出来一个框架，并不一定能够有清晰的线条，在现场先把所需的素材都拍到手，回来了再分类总结，找到具体的线条。然后再回到现场，继续按照之前的入手点拍摄。这样不断的积累多次，再分析汇总整理，一个大的专题就有了。但是这种方法不是初学者的方法，因为在拍摄中新

奇感会影响人们的判断力和注意力，致使把握不住线条和逻辑，所以一定要有所收敛，不然在视觉语言方面，甚至是在内容上，都无法统一，就更别说拍到一个完整的专题了。

关于专题摄影，要有一点很重要：不要跟着摄影大师的形式走，要了解他们的意图。有些初学者认为跟着摄影家或者摄影大师，看到他们的拍摄过程和方式，就能学到纪实摄影的真谛，这是个错误的学习路径。摄影家们看似随意的拍摄方式，其实并不随意，都是有自己的思考和拍摄习惯的。人和人之间在拍摄的作品上的不同，来自于各自的语言方式和思维方式。观察别人的拍摄过程，并不能帮助你了解他们的思维过程。拍摄习惯也是每个人的特点，学别人的拍摄习惯，也会逐渐迷失自己。这是我们现在很多摄影人没有意识到的问题，不能跟着"疯子"扬土，"疯子"一定是有原因才疯的。一定要将注意力放在别人的观念上，而不是形式上。协会一直努力开展培训、讲座、比赛等各种活动，通过这些途径让我们的摄影人能够理解这个道理，改变不好的拍摄习惯，能够切实提升自己。

陶：我注意到您刚刚还谈到了摄影师要用视觉语言去说话。怎样理解？

张：不了解内涵拍摄其实也能拍到好照片，甚至不止一张，即便在了解内涵的基础上去拍摄，得到一张与别人不一样的照片也不是那么困难。真正的困难在于，要拍到能够凝练出同一个主题的一组照片，而且还能够自己编排出一组作品。能否做到这一点，在于摄影人对影像语言的把握。如果影像语言不够丰富，在拍摄过程中，就可能出现"一顺子"的状况。也就是说，今天拍摄的第一张好照片的景别、构成，在按下快门的时候就已经深深刻画在脑海里，接下来的拍摄过程中，无法摆脱它的影响，有可能这一

天的拍摄都会是这样的视觉感受的复制和延伸，结果得到的照片都是类似的景别、构成或者影调。当组成组照的时候，就会看到影像语言的贫乏，当然就无法得到一组好的照片。

这就跟写文章一样，如果按照一个套路写，写十篇小说，都会是一个感觉，只不过是主人公的名字变了而已。看完一篇就等于看了全部。拍照过程中这是一个普遍现象，有些摄影人的组照，一看就是摆脱不了他自己的套路，一大堆照片里面，只能挑出来两三张，作为组照来说，就难免有缺憾，有可能少环境，有可能少细节，也可能少关系，凝固在照片上的不是事件的过程，而只有那么几个零星的瞬间。如果一张照片是一个词，用视觉语言去说话的意思，就是把他们连起来，形成有逻辑的组照，如果不太清楚，可以了解一下动态摄影。要知道那些对景别、对构成以及对类似的形式上的要求，其实是有内涵的，画面和画面之间是有关联的，存在各种逻辑。所谓的会说话，就意味着能够准确地表达每张照片的意图，同时可以编辑图片的先后顺序，讲述自己的逻辑。

陶：我们现在除了会遇到拍摄过程中对影像语言把握不到位的问题，是否也会存在对影像语言解读不到位，甚至是乏力的问题呢？毕竟一张照片之所以是作品，除了是摄影师深思熟虑的创作，还要经过观众的观看，才能够真正成为摄影人想要的那个"作品"。究竟该怎么读照片？

张：大部分人对"读照片"这件事并没有那么重视。老一代的摄影师，看作品的时候，实际上是在读作者，去了解作者表达了什么，而现在的人是读"我"。作为行家看照片，一定是在读作者，揣摩作者想要干什么，表达什么，做到了没有。只有表达了，又表达到位了才能算是成功。作为一般人来说。是读"我"，读自己，读"我"曾经经历过这个场景、这个时代、这个瞬间。但凡照片的内容和"我"有关系，"我"就会对这张照片特别亲切。我曾经去过这个地方，很多年没有去了，我看到这张照片觉得特别有感触。对这张照片的解读，总是来源于个体与照片中影像的关联，带有极强的个人认知和感情色彩，只有有关联的图片才能够产生共鸣，才能引起"阅读"。比如，你去美国拍了很多的照片，而我没有去过，观看照片的时候没有任何关联，只能评论技术上的好或者不好，我喜欢或者不喜欢，而这个喜欢与否，与照片的好坏没有直接关系。当我没有生活经验的时候，有可能完全看不明白，可能无法理解和感受到，影像中展现的我们本已习以为常的事情，在不同的文化背景下，却那么与众不同。所以解读的过程其实受到文化背景因素的影响，当出现文化差异较大时，解读的困难尤为明显。所以在解读过程中，作者本身要表达的东西，有一部分是能够传达到位的，但是肯定还是会有一部分与作者的初衷背离。这就要求摄影师尽量表达准确，同时读者如果也能够掌握一定的视觉语言，就可以打通表达与欣赏之间的路径。

协会这两年看到了宁夏本地的摄影环境和外地环境之间的差距，所以很多努力都放在指导大家怎么去拍摄，怎么提高大家的审美，比较难的是怎么提高大家解析的能力，甚至是评论的能力。

陶：这两年确实感觉协会组织了很多的讲座、培训和拍摄活动。您能从组织方的身份出发，解析一下宁夏摄影家协会是从怎样的角度去服务摄影人的？

张：协会这两年做的这些活动，无非是要跟我们的摄影人做良好的沟通和互动。让大家知道协会存在的意义、协会的要求。

首先要告诉大家协会重视的不是照相，而是摄影。很多人觉得自己能够照相了，展览、比赛也都能入选了，为什么还不能是会员？展览和比赛是分类型的，有宣传功能的，也有娱乐功能的，当然协会看重的是真正的摄影类型的展览。协会通过讲座培训，告诉大家我们强调的"摄影"是严格意义上的摄影，是严肃的。

不论是纪录类的还是艺术类的作品都需要时间的酝酿，需要拍摄的过程，需要认真思考，绝对不是我们一般人想象的那样。有些人会这么想：一个专题摄影，可能需要摄影师跟踪很多年，做深入了解，挖掘不为人知的细节，但艺术摄影也需要那么久么？我们看到艺术性的摄影作品，看起来在形式上很简单，但正因为外在形式的简单，更需要在表现手法和语言上推敲、琢磨。由内而发地阐释主题，这种语言表达的精确性，同样也需要不断地思考和摸索，才能建立起内在的联系。所以看似简单的作品，也有可能需要很多年的积累和努力。来听讲座的人不一定能吸收所有内容，但是首先要让我们的摄影人知道什么是真正的摄影，真正的摄影师在干什么，要让大家看到摄影作品背后摄影师的思考和努力。让大家能够读得懂作品的内容，也要读得懂作者，更要明白其中的道理。否则我们将深陷于阅读"自我"的泥沼，不能自拔。

其次，我们强调摄影只是个工具，不要给自己贴标签。这种情况全国各个地方都有，最常见的就是"纪录"还是"艺术"。但实际上，这种在比赛中经常出现的分类只是为了让组织者更好区分，让组织者有可比性。作为摄影师，一定不能先入为主地给自己带上个标签，限定自己的拍摄。其实摄影无法确定地分出什么是完全的纪录，什么是完全的艺术。因为一张照片再怎样都会兼顾两者。只是一些照片里的艺术性手段多一些，而另一些照片的纪录性手段多一些。摄影是个工具，不论是纪录类还是艺术类，它

的视觉语言都是相通的，关键是去锻炼自己的视觉语言。摄影家之所以是摄影家，就是因为他能用更多的手段、更合适的手法去表达自己的意图。比如王文澜的作品中，技术的运用很讲究，光线的选择、画面的结构、镜头语言的运用。如果没有技术上的讲究，怎么能有这么丰富的视觉感受？我们不应该因为题材是纪录，就拒绝用富有艺术的视觉语言，也不能因为题材是艺术，就拒绝用纪录性的视觉语言。人们对照片分类时候，用归纳总结的方法给视觉语言贴了标签，然后又用这种标签去约束拍摄过程中手段的运用。这其实是自己在给自己下套。协会这几年在各种公共场合都在宣传这种理念，让我们宁夏的摄影人意识到这个问题，从根本上有所改变。

最近我发现，很多以前坚守纪录的摄影师，现在不谈纪实摄影了，很少从他们口中听到"纪实摄影"这个词，大家不约而同地不再谈论纪实摄影这个类别。在实践中，开始使用创意摄影的方式去拍摄纪录的题材，在构成、景深、用光上都变得讲究了。不再是"只要拍摄下来，就是纪实摄影"。为什么？因为现在可以拍照，能拍照的人太多了，仅仅是记录下来，已经远远不能满足人们表达的需要。技术在发展，媒介在发展，大山里的孩子都已经走出来了，还有什么是我们看不到的呢？早先我们的纪实摄影是不需要表现的，因为它的价值来源于得到这张照片需要的千辛万苦、跋山涉水。可现在当技术的发展让得到变得越来越容易的时候，大家才会去思考怎么能更好。

最后，协会提倡公平的发展空间，不做偏向性的指导，不会反对任何摄影流派，让任何一个流派都能够有足够的空间自由发展。宁夏的摄影在全国肯定不可能走在前列，但是协会所要做的，或者说能做的是"引导"。如果协会看到了宁夏之前没有出

现，或者还不够成熟的流派，协会若指导不了，就会在全国范围内去找这一个流派的专家来引导。绝对不能抹杀可能性。这就和教师一样，不能把孩子锁在一条道路上，一定是全方位的，一定是开放的。这样对协会的要求就更高了。因为协会要面对的不仅仅是年轻的学生，还有社会各个阶层，不同年龄段的摄影人。他们其实也都有自己对影像的理解，也会拍到很多有意思的照片，但是，这个照片不一定能让人看懂，所以就需要协会要有能力分辨，有能力引导，能够提供相应的资源。这对协会的鉴赏能力、管理能力、组织能力，甚至资源获取渠道都有非常高的要求。

这次的《宁夏第九届摄影艺术展览》，能够在一定程度上展示我们这几年的努力。虽然也有分类、质量上的问题，还达不到全国的水平，但是最可贵的是宁夏以前没有的门类，现在有了。这和我们之前的讲座、培训都有很大的关系。协会的努力是希望大家能够有更广的眼界、更丰富的内涵。

所以，摄影家协会不能只跟上时代的潮流，而是要走在潮流之前，才能够对摄影人有更多的帮助。我们不应该去惧怕互联网的发展，这是这个时代的变革。我们应该做的是怎样在这种变革中不断提高专业的水准，从而给业余以更多的引领作用。这就好像教育，一定有作为基础的标准化的部分，也有作为创新性的精英化的部分，而精英化的部分来自于标准化的提升。这样才能让全民摄影名副其实。

陶：谢谢张老师，在百忙之中接受我的访谈。

张：不客气。

张学东:辽阔的西北,迷离的往事

张学东　姜广平

一

姜广平（以下简称姜）：先说你的短篇吧。《送一个人上路》广受好评。我也认真读了。首先让我觉得颇有意味的是，你的片断处理，用了地支的"子、丑、寅、卯……"为什么不用天干的"甲、乙、丙、丁……"或者数字"一、二、三、四……"这里面有什么考究吗？

张学东（以下简称张）：一般中短篇小说都会有小节符号如一、二、三之类，具体到《送一个人上路》，子、丑、寅、卯等承担着区分小节的用途，但我更多考虑的是这些符号跟文本的契合度以及仪式性问题。这篇小说始终萦绕着一种浓浓的仪式气息，不论包括我在内的家庭成员对韩老七的敌意与抗拒，还是我们的祖父信守承诺地百般庇护韩老七以及最终亲自送他上路，这个过程对于一个卑微的生命意义重大，甚至可以说它已上升到了某种宗教层面。而采用子、丑、寅、卯等划分小节，既符合中国传统文化的丧葬仪式特点，又暗合了国人命运与属相的关系。另外，民间俗话道"这事你得给我说出个子、丑、寅、卯来"，那么，韩老七近乎疯狂地在小说中作践他自己和祖父一家人，这总得有个前因后果吧。

姜：在这篇小说里，你经常站出来，用括号里的话跟我们读者交流。你不担心小说的气场破了？我的意思是，你一个叙述者用不着经常站出来的。我与毕飞宇聊过这种写作，毕飞宇说，这是作家自己与叙事者"抢话"。当然啦，也就是作家自己与自己抢话。

张：事实上，每个作家都有他自己的写作习惯，或者说话方式，毕飞宇的小说也并不是完全没有"抢话"的现象。我以第一人称讲述《送一个人上路》的故事，这里面有种逻辑是不言而喻的，第一人称的好处是作者往往可以充当主人公，比如鲁迅的《孔乙己》，咸亨酒店里的小伙计其实文化程度相当低，但鲁迅正是通过他来俯视一个卑微生命的，让他不知不觉发出慨叹和怜悯，其实读者完全能感受到那不是小伙计的所思所想，而就是鲁迅本人，这样的叙述方式在西方经典短篇里更是不胜枚举，我们大概不能轻言这些作品是有瑕疵的吧。我倒觉得如果采用第三人称出现这种现象才是不正常的。

姜：徐大隆说这篇小说里有黑色幽默的元素，我觉得非常中肯。说到这里，有一个话题就自然露出水面了，那就是，现代主义与先锋文学，一定是你的文学营养了。

张：说实话，幽默这种东西不能刻意去制造，就好比一个人言语表情老是自作幽默状，可能他是最不懂幽默的人。我个人以为这篇小说"黑色"的成分远远大于"幽默"，现实那么残酷，人生如此无常，有时候真的幽默不起来，至少我创作它时心情沉重。我的文学给养很大程度上来自于传统评书和古典小说，直到如今我还保持着用 iPad 每晚听一半个小时评书连播，我迷恋文本变成声音后的那种一泻千里和峰回路转。

我最喜欢的小说当数《红楼梦》。但凡记性好的读者，一定不会忽略其中的两个极小的人物，即小红和兴儿。小红本名红玉，她是府中世仆林之孝的女儿，因为她的名字这个"玉"重了宝玉和黛玉的名，要避讳，她就得做出牺牲，所以更名小红，在封建社会一个小人物的名字绝对不能跟大人物同字

或谐音，这其实很不公平，可小红他们必须无条件接受。正是这样的小红，她跟凤姐却有一段经典对白，她说"平姐姐说我们奶奶问这里奶奶好，原是我们二爷不在家，虽然迟了两天，只管请奶奶放心，等五奶奶好些，我们奶奶还会了五奶奶来瞧奶奶呢，五奶奶前儿打发了人来说，舅奶奶带了信来了，问奶奶好，还要和这里的姑奶奶寻两丸延年神验万全丹，若有了，奶奶打发人来，只管送在我们奶奶这里，明儿有人去，就顺路给那边舅奶奶带去的"，话语不多，却有五个不同的"奶奶"，这里说的完全不是一个人，而小红却轻易地区分并流利地表达了这种复杂的关系，可见她的聪明与伶俐，当然还有一心往上爬的妄想，人往高处走，用现代人的眼光看，做领班当然要比做一线服务生好得多，这是人生价值的体现。至于兴儿，他不过是贾琏手下一个跟班的小子，因主子偷娶一事而被凤姐拿来盘问，要他自己打自己嘴巴，兴儿只得自己左右开弓，打了十几个嘴巴，并把贾琏偷娶尤二姐的经过一一告知。兴儿说话最具幽默感，更能一针见血地揭示人物的本质。在谈及林、薛二人时，他说："我们几个是大气也不敢出一下的，怕气出大了，吹倒了姓林的；怕气吹暖了，吹化了姓薛的"。多么精辟而又传神地表述出了黛玉和宝钗的性格特点。还有，他在同尤二姐说凤姐的坏话时，兴儿的语言更是魅力四射所向披靡，他说："我告诉奶奶，一辈子别见她才好。嘴甜心苦，两面三刀；上头一脸笑，脚下使绊子；明是一盆火，暗是一把刀，都占全了。"接下来，小说就写到了"苦尤娘赚入大观园"及"弄小巧用借剑杀人"，兴儿所说的那些话全部应验了，凤姐的恶毒和手腕可谓惊心动魄。这两个奴才一样的小人物为什么会叫人过目不忘？道理其实非常简单，因为曹雪芹在写作时，从来没有忽略他们的存在，并且，在叙述中充

分表达了他对小人物的尊重，对下人的体恤与同情，让他们自由地开口说话，即便他们是那么卑微渺小，也同样闪耀光彩，这完全是一个现代写作者的视角，也许这就是我从事创作十余年来一直持续不断读《红楼梦》的原因吧。在我看来，最古典的东西往往具有最可贵的现代性，《红楼梦》就是最好的例证。

姜： 当然，虽然是说这里的现代味儿与先锋味儿非常浓，但现实主义的元素却非常丰富。或者，这是基于一种现实的写作。一些细节，如赶麻雀、眼角附近的指甲盖大小的斑点等，这些当然可以通过想象获得，但是，这种想象的现实基础是那么强大。

张： 其实，《送一个人上路》多少受了《枯枝败叶》的影响，我不否认自己对马尔克斯的喜爱，我后来创作完成的长篇小说《妙音鸟》采取的正是魔幻现实主义的手法。马尔克斯是一个可以让沉重的现实插上翅膀的优秀作家，他的作品告诉我们想象力怎样依托现实，又如何超越现实飞翔起来。

姜： 委实，我在读《送一个人上路》时，也常有感慨，你的想象力与现实描写的结合，是那样的有力。譬如，写韩老七与"我们"的对抗那一段，"他简直像生了根似的，死猪一样躺在炕上。当我们扑向他的时候，他用牛一样大的贼眼怒视着我们每一个人，嘴巴公猴似的呼呼张着……他的指甲肯定有五十年没有修剪过，镰刀刃一样划拉在我们的手臂、腿脚和脸上。最后，他还用他的排泄物恶毒地朝我们身上胡涂乱抹。我们坚持不住了！我们在节节后退。"我不得不感慨，你的语词力量的强大。当然，还有，想象力的强大。

张： 这里想象倒是其次的，我想可能是怒视、张着、划拉、涂抹这一系列动词的恰当使用，才让整个句子动能十足，字里行间充斥着一种剑拔弩张的力量。我发现很多作家不善于使用动词，总是习惯于形容再形容，看起来华丽无比，但好像缺乏有效的表现力。

姜： 也是在这一篇里，我发现了你一如既往的主题——生命。"祖父一只手里捏着潮湿的抹布，在他的身体上来来回回来来回回地擦弄着，那架势仿佛是在清理一件刚刚出土的古董。祖父很是悉心，他的嘴里始终耐心地咕哝着，就像父亲在跟儿子说悄悄话在逗儿子开心。"这种终极关怀的温馨，两个生命之间的对话，显然，有着很多常人难以理解的地方，但正是这些地方，体现了作品的张力，当然，更体现了生命的质朴与高贵。我必须承认，这里有一种逼人的力量。并且，其最为得体的表现方式，被你找到了。

张： 这大概正是我早期文学创作一直苦苦追寻的东西，当然更多来自于童年生活记忆。我祖父的兄弟，也就是被我称作二爷爷的老人，早年做过生产队的赶车夫，后来改行做了屠户，他一生无儿无女，仿佛陷入某种宿命之中，尤其晚年生活甚是凄凉。我虚构这样一篇小说，既有凭吊之意，亦想以我个人的方式反思一下那个"极左"的时代。

姜： "补记"似乎是神来之笔，将主题引向了救赎。只不过，我是读到这样的内涵，却不知道你写作之时的想法了。

张： 实话实说，这个简短的"补记"的确是在我以为小说已经完成了之后才加上去的，打个比方，就像一个人出门旅行拖着沉重的行李箱离开房间后，忽然意识到自己竟忘了带身份证。"身份"在那个"极左"时代非同小可，出身不好就意味着悲剧人生的开始，韩老七和祖父的身份关系在这篇小说中极其重要，不交代一下这个作品也许就不成立。

姜： 《送一个人上路》是非常优秀的短篇，还有一个问题，我们得正视，那就是语言。我同样不得不承认，这篇小说，你的语言非常精彩。精彩之处在于，它是那么妥帖地用在它们应该待着的地方。"他身体上的垢痂肥胖的蚯蚓似的纷纷爬滚下来，他的阴囊早就萎缩了，剩下一团蔫巴的死皮，上面的毛发犹如被雨打湿而又发了霉的玉米缨子。""那身老衣已经显旧了，皱皱巴巴的，跟从死人身上扒下来的没有两样。还有，裤子的裆部沾染上了他每回死前的最后一些排泄物，看上去硬撅撅的像用木头撑着。"像这样的语言，如此之妥帖，我忍不住想问，你的这种语言感觉从何而来？

张：我以前跟徐大隆、张昭兵和王颖等朋友对话时均谈到这个问题，语言是随着单篇作品而定的，这里面除了作家的千锤百炼，很大程度上是由作品本身的气质所决定的，好比量体裁衣。《送一个人上路》的故事很民间，也很生活化，属于那种泥沙俱下一片浑浊的样子，我只是在写作时恰到好处地用自己的语言感觉营造出这种气氛。

二

姜：连带着这一问题的就是文化问题，特别是地域文化。我发现，与《送一个人上路》相比，你在刚刚开始进入写作时，还没有强烈地意识到这一点。

张：我最初引起文学界关注的作品并非这篇，而是稍早一些发表在《十月》上的《跪乳时期的羊》，那完全是在一个地域文化考量范围内。这里我想引用近期何言宏先生在《文学报》上开辟的《70 以后读札》里的一段文字：虽然在张学东的小说中，问世较早的成名作《跪乳时期的羊》不太被人经常提起，但相对于其后来的作品，这篇小说的生命力也许会更加强大和更加久远。当我们谈到"生命"，谈到诸如存在主义所经常说到的"生命的悲剧意识"的时候，我们所说的"生命"，往往只是指我们"人"的生命，其中的人类中心意识非常明显。而《跪乳时期的羊》，则将上述主题无限拓展，提升到我们对整个世界的生命的思考。这篇作品虽然写到了自然，写到了羊，也渲染了"人畜共居"的温馨与美好，但并不是一般意义上的、非常廉价的"生态小说"。在作品的整个叙事进程中，处处弥漫和埋伏着凶险与不祥，人与动物间表面的和谐之下，充满了血腥。作家没有简单化和时尚化地倡导什么"动物权利"和"生态意识"，而是有对动物处境的真实揭示，充满了悲悯。——在我们人的生命和动物的生命之间，实际上是一种相当复杂的悲剧性关系，这样的揭示，使得作品无比深刻，也给我们留下了难以忘怀的永恒疼痛。

我一直认为，《跪乳时期的羊》是我对童年生活，尤其是人畜共居的那种西北地域文化的一次深情回望与关照，而且，是带着非常强的文化自觉的。如今回过头再看这篇小说，我还是强烈地感到那是一段伤感而又温暖之旅。不知您如何看待？

姜：羊，在你的写作中，可能占据了非常重要的位置。你的很多作品，都对这种特殊地域里的动物进行过正面描写。但实际上，《跪乳时期的羊》，还是写生命。白耳朵抢食、偷食以及最后被杀，都是一种生命叙事。

张：没错。如果没有这种对于生存和生命的真诚关注，这样的写作也许就失去意义了。

姜：所以，我发现，这里的羊，其实有一种深刻的隐喻。至于这是不是你当初写作时的预设与本意，已是在问题之外。这就带来我们常常说的一个问题，作家未必然，读者未必不然。所有的作品，都必须经过读者的二度创作才算完成。

张：我想说个题外话，《跪乳时期的羊》是我 2001 年春天在鲁院进修时的一篇习作，当时学院有递交作品的规定，班上学员来自五湖四海，包括后来获鲁迅文学奖的夏天敏等，压力可想而知，而我那时多少有些意气风发，便铆足了劲只用两三天时间手写了这个短篇。后来，鲁院要开结业讨论会，像《十月》《当代》《中国作家》《青年文学》等主编或一线编辑都参加了，那次会议后来被大伙说成是张学东个人的作品研讨会了，因为几乎所有与会者都在大谈特谈《跪乳时期的羊》，那是我平生头一回真切地感受到作品被读者二度创作后的喜悦。

姜：突然发现一点，白耳朵是有母亲的。只不过这个母亲慑于爷爷，同时，又惑于爱情。于是便弃白耳朵于不顾。饶有意味的是，"我"的母亲好像也被悬置了。

张：应该是羊的母亲担任了"我"的母亲角色，在人类的意图面前，任何动物包括白耳朵只能无条件地做出牺牲，尽管这的确很残酷，可这就是生存法则。

姜：羊的感觉与心理描写，是那样的自然。这似乎也是在将人与羊的感觉接通。而这个白耳朵与"我"的关系的设置，实在是意味深长的。这种设置，是在写作过程中想到的，还是一种预设？

张：是预设的，我写短篇通常得把前前后后都想透了，才埋头动笔。

姜：当然，这部作品，最重要的主题还是饥饿。

张：饥饿问题其实就是生存问题，人类向自然界索取一切，为了活下去可以毫不顾及其他生命。

姜：我们是不是可以认为这里的"人畜共居"是一种隐喻——在我们人和动物之间，实际上存在着相互守望与依存的关系。我是这样理解的。因为，这样理解，我们也便能发现，《跪乳时期的羊》里出现的两次高潮，是那样的动人心魄。一是白耳朵的"无耻"偷食，一是白耳朵被阉割。前者，是生命力的昂扬，后者则是生命被阉割。

张：高潮情节实际上最能考验一个作家的叙述能力，故事大同小异，但用密集的带有个人色彩的文字将它展现出来，这个作品基本上就成功了。现在好多小说之所以写得"水"，就是没有写出惊心动魄的高潮。其实，这篇小说还有第三次高潮，那就是白耳朵羊被作为祭祀品而宰杀，一个生命从出生到死亡不过短短几十日，这不能不叫人扼腕慨叹啊！

姜：《青羊过街》似乎有着与《跪乳时期的羊》一致的地方——弱小生命遭遇凌侮的情形。

张：早在2007年，日本汉学研究者野原敏江，也是我的小说《送一个人上路》等日文版的译者，她曾在日本文坛发表的一篇论文中将我早期的小说《跪乳时期的羊》《青羊过街》《看窗外的羊群》等并称为"羊的三部曲"，并深刻论述了我的文学创作与故乡、童年的关系。《青羊过街》等确属这类作品，羊这种动物天性温顺，在强大的人类面前只能任由宰割，在我的小说中羊既是主角受难者，也有一种文化符号的意味。

姜：说到这里，我发现一个非常重要的话题，就是接地。作家还是要有扎实的生活，要被生活中的酸甜苦辣浸泡着，否则，那些焦虑、挣扎、苦痛、欢乐，一定不能有最为真切动人的思考与演绎。

张：的确如此。所以，我要感谢那段不可复制的童年生活。

姜：对了，很想问一句，"羊"这一写作对象的选择（我并不认为这是一种意象的选择，我觉得，这里的诗性是一种偶然），对你来说，除了地域特点以外，是否还因为羊所具有的温驯、纯洁与神圣性？

张：应该说两者兼而有之。我觉得古今中外很多作家的作品意象选择都兼备这样的性质，比如《红楼梦》中花与女子的对应，更直接一点的像《变形记》里的甲壳虫等。

当羊作为人类不可或缺的祭祀品时，它其实已进入了宗教活动的某个重要环节。

姜：这样我们便顺其自然地谈起宗教的问题。在你的写作中，宗教意识的影响应该是存在的吧？你的长篇小说《妙音鸟》涉及了佛教，还有一个人物红亮后成为弘量师傅。关于作品中的宗教意识，过去，我与北村聊过，后来，与赵德发聊得也挺多。我也因此发现，其实，宗教所要解决的问题，也往往会成为文学需要解决的问题。特别是文学命题，是一种更接近于宗教的一种东西，更趋于永恒。我一直认为，一个伟大的作家之所以伟大，是因为他的文学主题在向文学命题无限趋近。

张：非常认可你这一论断。文学和宗教都诉诸人的精神世界，是要去解决人们在现实生活中那些不能或根本无法解决的难题，好的小说就具有这种春风化雨的作用，当你读完整部作品，你会被打动，会在内心世界掀起波澜，会有泪滴涌出，为什么？因为小说触动了你内心最最柔软的部分，就像一个基督徒去跟神父忏悔，神父耐心地听完对方讲述，然后告诉他说："孩子，上帝会宽恕你的。"这种时候，其实就是忏悔者跟神父以口述的方式共同完成了一件作品。而小说家完成一部作品后需要的正是广大读者。因此，这两者非常接近。

姜：但关于《妙音鸟》这部具有浓厚魔幻现实主义色彩的作品，死魂灵们一次次粉墨登场，在村庄周围游荡，跟生者畅所欲言，完成在阳世未尽的心愿，虽然能给活人的世界和身心带来一次次震动和警醒，但是，作为一种文学表现手法，我一直无法对此产生更多的崇敬。包括从马尔克斯手里诞生的伟大作品《百年孤独》，我都无法对这样的手法给予更多的认同。我觉得卡夫卡的《变形记》，至少不必然应该引导一个作家走向魔幻。无限趋近于现实，但又能走向形而

上，我觉得才更能显示一个作家的功力。而魔幻，有时候，我觉得是作家在玩花活。这样说，可能实在有点对不住人。特别对不住像你这样扎实用功的作家。当然，也许，是我等还未能尽识魔幻现实主义之魔力与魅力吧。

张：这些年我一直在强调一句话，就是作家创作每一部作品，在形式上等同于医生给病人接诊，望闻问切之后，好的大夫一定会根据病情和病人的身体状况开出切实可行的药方。作家也如此，至少，我是这样做的。《西北往事》写一群懵懂少年伙伴和兄弟间的成长往事，带有强烈的回忆意味的第一人称叙述，写起来挥洒自如一气呵成；《超低空滑翔》又多少带一些自传体性质，故事来自于我在民航院校及地方民航局学习工作的近14年的经历，我也比较好地把握住了现代性叙事技巧，陈晓明先生在文章中指出"《超低空滑翔》是对新写实主义的一次光大"；到了《人脉》，我似乎又自然而然地回归传统，尤其是对中华传统儒家文化的涉猎。而当初，《妙音鸟》因为要面对羊角村黑白颠倒的现实困境，我想以时间作为一个突破口，于是，就自然而然地采用了魔幻现实主义的手法，让人们劳作的时间突然颠倒，让母鸡下软蛋，让星星掉下来，让村庄出现神秘的湖水等等，这也极大地考验了我的想象力和对特殊历史的把握能力。我一直比较清醒，对待一部长篇小说创作要像对待一次攻坚战役，没有挑战也就没有成功，我不喜欢那种四平八稳的言说方式，更厌恶没完没了的自我重复，当下很多文学作品只是人物名称不同，里面的那个核大同小异。我写《人脉》光人称问题就颇费思量，评论家王春林先生说他从来没有见过哪个小说即便是在先锋作家那里，也没有像《人脉》这样高频率地转换第一、三人称的，而何向阳女士则认为《人脉》的人称转换达到了天衣无缝的境界。所以，我相信只要面对挑战勇往

直前，每一部作品都有它独特的气息与性格，甚至别开生面

姜： 当然，这可能跟我的成长有关。我可以说是在民间故事中长大的，小时候，我们在乡下，祖父与父亲都是一肚子古今奇谭。我最近还打算写一篇这样的作品，告诉现在的读者，我们曾经与多少美丽的民间故事天天做伴，而现在，这些美好的东西，也都随时代推移而消逝了。可能，这些东西吃得多了，反而对故事的表现手法失去了兴趣。

张： 是的，你说的这些古今奇谈大都来自故乡和记忆，然而，一个作家仅仅写出这些作品还远远不够，因为那只是记忆中的故乡，而非作为精神家园的故乡朝向外部世界和当今社会的辐射与蔓伸。陈寅恪先生有句名言：前人说过的我不再说，别人说过的我不再说，我自己曾经说过的我不再说。我一直以为，这样的元素之于作品固然重要，但豆腐三碗三碗豆腐式的言说亦该休矣，至少我现在已经不那么依靠这些东西来支撑自己的创作了。

姜： 说到这里，我还想说，一个作家，其实不需要解决更多的问题，他只要能解决一个问题，也许就是一个伟大的作家。

张： 但那个问题，或许终其一生也解决不了。

三

姜： 陈寅恪先生的名言我是非常膺服的。我时常感叹，也许，在我们面对六七十年代时，如果排除现实主义的手法，排除西方舶来的先锋技法，也排除掉奥威尔《一九八四》这样的方法，我们迄今还没有找到一种最为准确的方法来表现那个时代。我非常赞同你的一句话："好小说的样子总是神秘莫测的，是可遇不可求的，似有理又无理……"小说最佳最上乘的表现手法，也是可遇不可

求的。

张： 看来你我所见略同。

姜：《妙音鸟》是一部关于20世纪六七十年代的小说。看来，我们这个年龄段的人，必然是要在六七十年代停留一阵子的。这可能是一个"60后"作家的代际特征与烙印了。这个时代，有很多可以继续挖掘的东西，然而，现在看来，还是有很多将会被遮蔽着。我一直感叹的是，我们离"真相"其实是多么遥远！

张： 但一个作家起码应该相信，比之那些堂而皇之的正史，小说也许是最能接近历史"真相"的，而我所说的这个"接近"，又恰恰是小说家大有作为的地方。

姜： 你这本书中有一个问题，我一直非常感兴趣，也一直与相关作家在讨论，就是乡村政治的问题。刚刚，我与杨少衡也聊到这个问题。过去，我与刘震云、阎连科、毕飞宇等都聊到过，他们中，大部分人还是认同我的看法的，我一直认为，中国乡村是一个非常特殊的地域，所谓山高皇帝远，政治，就一直没有着陆过。如果一定要说有，我觉得就只是权力之争。刘震云说得更彻底，他说，就是打架。

张： "打架"一定不会少的，可问题是在20世纪六七十年代，当全国山河一片红的时候，上至行政机关、研究机构、大中院校，下至工矿企业、山寨村庄，你又能说哪个地方没有武斗过，哪个地方不为打架而死一群人？死去的人里固然有可恶可恨者，但大多数我想都是无辜的，权力不论大小，当风暴来临的时候，权力会被妖魔化，个个都是老虎，只要笼子（或潘多拉盒子）被打开了，妖魔鬼怪全都会出来，瞬间酿成大灾祸。我觉得现在讨论"文化大革命"是离不开权力之争的，说白了一个阶级试图以暴风骤雨的方式推翻另一个阶级，不打打架怎么可能？如果说它在乡村中国没有着陆，是否

过于偏颇了，只能说它们的程度是有强弱之分的，但麻雀虽小，五脏俱全。

姜：在聊《超低空滑翔》之前，我们先说说你的《西北往事》。似乎《西北往事》中，西北风情的东西少了，更多的是青春往事，青春、成长、母爱、爱情、性、死亡，这些意象却是非常强烈。这似乎与我们的阅读期待作了一次较量，它既符合我们的阅读期待，又在颠覆着我们的阅读期待。

张：《西北往事》主要讲述生活在西北小镇上的一群少年的疼痛和忧伤的成长故事，也是我的第一部长篇小说，的确涉及诸多意象，这跟写作初期的冲动和激情分不开的。忘了谁说过的一句话，每个作家至少要为自己的青春和成长留下一部书，我自己也不例外。至于题目，可能既切题又跑题，因为正如你所言，如果是奔这个书名而来的读者，会有上当之嫌，不过通篇读完我想至少不会令人失望。

姜：我突然就非常羡慕你们，我们要是写个《华东往事》或者《江苏往事》，似乎就不太可能。上次读陈家桥的《云南往事》，我也曾涌起这样的想法。

张：西北太辽阔，往事又多迷离，两者结合起来是比一般的"某某往事"要大气一些。

姜：姐姐蓝丫是狼，哥哥是狐狸，早年丢失的弟弟是一只懵懂的蝌蚪。这样的设计，是不是旨在表现人为了生存，总会有那么些动物的本能，伤害别人，同时也被别人伤害？

张：我想主要还是人物性格所决定的。人在现实生活中总会或多或少表现出动物性的，比如贪婪、阴狠、狡猾、羸弱等等，尤其是在那样一个有着"文化大革命"后遗症的家庭里，成员彼此间的情感非常淡漠，蓝丫也好，哥哥也罢，他们都不是故意想要伤害谁，而是在做一种生存选择题，而在这个

过程中伤害了对方，所以，我更多要表达的是那个时代在伤害我们每一个人。

姜：当然，我也看到，在你的这部书里，温馨与柔软，似乎更是你要表现的一种力量，一种大于伤害的力量，就如同吴义勤所说的"坚冰是如何融化的"。

张：谢谢你的深度解析。也许这部书从一开始就让人感到寒冷和阴郁，但我想这一切都是为了小说结束时的那样一种悄然回归与和解，时代伤害了我们，我们伤害了彼此，可生活还要继续，于是，人物需要寻求一种光来照亮自己，或前面的路，坚冰的融化是需要温度的，温馨、柔软和光亮才是我最想呼唤的东西。但这种东西不能太多太浓，就像唐代出现的青绿山水画，绿色仅仅作为一丝点缀，那就够了，清新之气便会迎面而来。

姜：你这部长篇采用的视角，应该是非常沉重的。当然，从诗性上讲，它又是非常轻盈的。说它沉重，我的意思是，既要有儿童的懵懂，又要有长篇小说的视界，还必须要有"我"的局限。因而，单纯罗列一个作家的长篇不如他的短篇，可能有点武断了。

张：坦白地说，我的多部长篇是在中短篇的写作过程中自然而然诞生的，因为中短篇的篇幅和含量不足以表达我想说的东西，于是萌生了要写大部头的计划，假如中短篇可以说得清楚完美，何苦还要写那么长？用短篇比之长篇，就好比是拿匕首和青龙偃月刀做比较，这实在是得不出什么好结论的，充其量只能说，它们都能置敌于死地。

姜：对了，突然想到一点，这部书在你的写作史上，有什么样的意义？

张：非常重要，因为它让我进一步看清自己是有写作才华的，否则，当初我可能不会那么冲动地从地方民航局跑到省文联去的。再补充一点，2009 年中国现代文学馆举办共和国 60 年文学成就展时，《西北往

事》是宁夏青年作家唯一一部入展"建国以来优秀长篇小说"的作品。

姜：又突然想到一点，一个人的写作，究竟有着什么样的意义？

张：如果仅就《西北往事》而言，它的写作让我有机会那么感伤又那么真诚地穿越时空回到了过去的生活中。

四

姜：《超低空滑翔》被认为是目前国内首部以民航生活为原型的原创长篇小说。可能，在常人眼里，民航确实戴着"神秘面纱"。因而，这部小说，如果说获得了成功，可能题材方面，也让你占了先机。毕竟，这是一块很少有人涉及的领域。

张：我觉得题材优势只是一方面，小说的优劣终究是拼作者功力的。

姜：过去王朔写过《空中小姐》，但他毕竟隔了一层了。没有真切的体验，我觉得，想占题材的先机也很难。

张：所以，单靠臆想难免会露怯。

姜：你其实写的是地勤，又是写后勤一摊子事，这首先就将风花雪月推得远远的了。可能，这部小说，还是免不了人们所热议的底层。只不过是一种别一样的底层罢了。这样的底层，缺少了真正意义上底层的温情与悲悯。毕竟，在民航的人，都太聪明了。我们甚至可以说，你写了一个聪明人云集的底层。乃至我们可以认为"聪明"是这本书的一个关键词。

张：但我以为主人公白东方就不聪明，或者说，他后来所谓的变聪明了也是被逼无奈的，想想看，在那样一种职场境遇里，白东方实在是太不聪明了。小说的意义也许就在于此，在一个过于世故或机关算尽的人群中，至少还有一个不够聪明甚至傻乎乎的家伙，就像《红楼梦》宝玉所生活的环境，他

也是与大多数人格格不入的，这个"格格不入"正是要作家大做文章的地方。

姜：这又让我想起莫言他们也非常头疼的事，为人物取名字。白东方这个人的名字，看来，你没少花心思。这个人的名字，似乎都是所谓的"隐括"众人啊！呵呵，我都在这个人身上费这样的心思了。

张：其实，真的没那么复杂，如果说非有什么，我想至少有一点可以肯定，那就是我名字里也有个"东"字吧，也就是说，我希望这个白东方能多少有些我个人的影子。

姜：这个人物，一度迷茫，甚至很长时间内都只是随波逐流。但在白东方的身上，我们看到了庸俗的成熟和权力体制奴化一个人（"俘获一个人"可能更确切些）的过程。

张：我曾说过，在任何一个机关、团体或公司内，总会有这样一个人物，他们始于清白无辜，但权力体制这台机器太庞大了，简直是巨无霸，在生存的碾压下，几乎没有谁可以与之抗衡。"松柏本孤直，难为桃李颜"，这是我引用在作品中的诗句，其实我们每一个人的境遇大抵如此，要么深深入世，要么只能去做闲云野鹤，可后者又能有几个呢？

姜：这样一来，"超低空滑翔"也就成了一种隐喻了。但关于隐喻，我最近一直在想，这是不是小说的任务呢？你知道的，我是持文学有机本体论的。小说本身的题材、作家的本体地位，其实容不得别人将这些拐到别的地方去。这也不是小说的读法。

张：我觉得"隐喻"该归到修辞层面去更好，小说家要做的是讲述，就像莫言在斯德哥尔摩坦言，他只是个讲故事的人，但小说家毕竟不仅仅是故事大王，你要讲的那个东西总得有点深意吧，总得关乎人性和命运。"超低空滑翔"的确是个航空技术方面的术语，用于小说题目，只是觉得它非常贴切，跟航空、跟飞机、跟机场都很切合，这

就够了。对了，需要强调的是这部书先有书名，并作为中国作协的一个重点项目去申报的，选题通过后才着手开始创作，最终成书。

姜：我也是从这个意义上来研究文学的。我觉得，人与题材的相遇有一种必然的关联。就像《人脉》这一题材与"后文革时代"背景的选择，我认为，不能说是你的设置，只能说这题材一直在你心里。

张：同样赞同这个说法。关于此类题材我在《西北往事》和一些中短篇里都写过，但总觉得意犹未尽，所以，不知不觉又有了写《人脉》的打算。

姜：说及《人脉》这个长篇，我的第一个问题是：这部作品有没有受《喧哗与骚动》的影响？我发现，在人称转换这个角度上，似乎与《喧哗与骚动》有着某种关联了。当然，题材我们不说它了，人物关系的配置，我们也暂且不论。我说过，我是持文学有机本体论的，绝不会对作家写了什么置喙一词的。不过，这部小说中，对"脉"与"根"的演绎，是当代作家们亟须做的一件事。用你的话讲，就是一种担当。作家如果不担当，又如何推进这个社会的文明进程？也许，在这一过程中，作家会遭遇很多烦难，但是，有所为，则是一个作家负有责任的良知选择。

张：说老实话，《喧哗与骚动》不是我特别喜欢的小说，我更喜欢福克纳的《我弥留之际》。再者，我读西方经典作家的东西不少，可以列出长长的一个书单，即便受谁影响也不会限于一人一作。

一个作家若无担当的话，那么，他（她）所写的一切很可能是没有根基和主心骨的，充其量也就是贪图文坛的热闹，我最瞧不起的是那些流行什么就写什么的作家。作家其实更应该像科学家那样，选定某个课题或难关，终其一生研究下去，然后有重大发明。而我们的问题是太善变了，朝三暮四，东瞧瞧西看看，以为沿途都是好风景，可到头来不过是狗熊掰玉米罢了。

姜：《人脉》对中国文化传统作了非常好的演绎。这方面，你与郭文斌等做得都非常扎实。我们最近在大语文课程中心，也将孔孟之学作为国学中重要的内容传播给孩子们。我认为这非常有意义，也非常有价值。

张：这种做法我觉得非常好，它好就好在让孩子们从小就不做无根之木无花之果，因为我们的文化根脉极深，假如没有"文化大革命"戕害，这个民族不会变成今天这种模样。

姜：对乔雷这一流浪汉（相对于乔家而言，我们评论上习惯称之为"闯入者"），我们发现你的书写极有意味，你写了一个闯入者的主动入流与回归，当然，也可以说是一种救赎。

张：或许，我最想写的是，一个少年在"文化大革命"中饱受磨难，人世间已是草木皆兵，他也几乎丧失了爱的能力，而在小说结束的时候，那种爱的力量已悄然回归，让人感到慰藉。周立民先生曾评说我的作品有"正声"，这也许是我一直苦苦追寻的东西。

姜："人脉"一词，其实还可以像书中的中医乔万木所说的，是人的脉息。这样看来，你这篇小说，无疑又是一种生命叙事。当然，所有的作品，我们都可以看成是生命叙事。但我在这里，是想沿着救赎这一条线，表达一种重生的意味。至于如乔万木所讲的"咱们整个国家就像是大病了一场"，我也明白，你想通过这部书表达你的一种文学理想或社会理想。但这样一来，是不是赋予了这部书过多也同时是过大的担当？你写这部书时，最初的诉求是什么呢？

张：更多的还是反思吧。我经常感慨那些欧洲尤其是德国作家，包括他们的电影，总是对第二次世界大战不断深入地追忆与思考，而我们似乎更善于遗忘，不愿意去揭老伤疤，我虽然生于20世纪70年代，"文化大革命"已近尾声，但它对我的影响其实一直如影随形，我从父辈兄长们身上，很小就感到了那种讳莫如深和恐惧，所以，我希望自己能够铭记并不断去反思那段特殊历史。

姜：这部书篇幅也非常大，你自己也认为这是你"写作生涯中最为成熟也最为庞杂的一部作品"。那么，你是否想以无主题叙事来进行写作的呢？对你来说，这次写作的挑战无疑是非常巨大的了？

张：每部小说都是要预先设置的，怎样讲述，表达什么，等等。但具体到《人脉》，我希望它更开放，既有通道，又多迷宫，或者说，由于想要表达的东西太过庞杂，索性视它为"无主题变奏曲"，这样至少避开了主题先行的窠臼。可同时正如你所说，挑战也就随之而来，因为篇幅较长，很有可能洋洋洒洒弄成一盘散沙。

姜：关于无主题叙事，虽然可以说是一种叙事时的主题空缺，但小说的技术问题与章法，还是要求圆整的。这一点，我在谈纳博柯夫的《洛丽塔》和毕飞宇的几个短篇时谈起过。无主题叙事，其实是一种非常先锋性的文学实验。当然，你已经说了，你对自己喜爱马尔克斯从不隐讳。这也让我发现，这部《人脉》，是寄寓了你的小说理想的。

张：没错，我始终觉得一个优秀作家总得在他所处的那个（代际）群体里表现出某种先锋精神和小说理想，否则，他的作品很快就会被淹没。《人脉》作为"70后"作家的一部长篇小说，它至少让我在某些时候可以挺直腰杆。

姜：现在，我们得做一些规定性的动作了。首先，想问的是，你觉得一个作家与世界的关系究竟应该如何处理？

张：作家首先应该与他所处的那个社会相左，冷峻的目光，理性的批判，犀利的言辞，以及道义担当，哪怕这种担当只是表现在你的文本中，任何粉饰太平的东西都是写作者最大的敌人。其次，才是世界与你的关系，或者说，你的文学或文字对这个世界有什么意义。但现实情况往往是，很多人都把这两层东西搞反了。

姜：你是如何走上文学之路的？

张：很偶然，似乎又是必然的。这缘于我的恋爱和婚姻，我最初学理工科的，因为我爱人是中文系科班出身，且喜好文学，也发表散文诗作，跟她相识后我才开始写作的。

姜：哪些作家哪些作品给了你影响？或者说，对你影响最大乃至有着决定性作用的作家作品是哪些？

张：《红楼梦》一直是枕边书，我的最爱，甚至最近去西藏，还意外地淘到一套20世纪50年代版本的《红楼梦》连环画，绘画风格十分古朴，编文也讲究忠实于原著，总之，我喜欢《红楼梦》有关的所有文字和绘图。此外像鲁迅的小说，陈忠实的《白鹿原》，马尔克斯的《百年孤独》《霍乱时期的爱情》，以及卡夫卡、福克纳、巴尔加斯·略萨、加缪、君特·格拉斯、库切、耶利内克、帕慕克、胡赛尼等等，这些人的作品对我或多或少都产生过一定的影响。

姜：最近有什么打算？

张：正在构思一部新的长篇，这次希望自己能真正地贴近现实或当下，毕竟我们的生活每天都是那么的骚动喧嚣、不可思议，作家是不该回避的。